ULLSTEIN

Das Buch

Sarah Jensen, freie Ermittlerin und eine der besten Devisenhändlerinnen in Londons City, hat sich nach dem schweren Unfall ihres Bruders Alex eine zweimonatige Auszeit von ihrem Job genommen, um in Wyoming in der Nähe ihres Bruders zu bleiben. Dort lernt sie John Redford kennen, den weltberühmten Rocksänger, und verliebt sich in ihn. Ihre kurze Affäre bleibt nicht folgenlos, denn nach neun Monaten kommt Georgie zur Welt. Von seiner Existenz erfährt John jedoch nichts, denn ihrer beider Wege hatten sich in Wyoming getrennt. Kurze Zeit darauf kehrt Sarah in die Finanzwelt zurück – John Savage, der Vorstandsvorsitzende der Bank Goldsteins, hat einen interessanten Auftrag für sie: Der Rocksänger John Redford möchte seine Plattenbestände verbriefen lassen, doch die Bank möchte zunächst Redfords Vertrauenswürdigkeit überprüfen, bevor man den Rock-star als Kunden akzeptiert. Sarah kann diesen Zufall kaum fassen, nimmt den Auftrag aber an und begleitet ihn auf einer Tournee nach Europa. Die alte Leidenschaft entflammt erneut – bis John schlimme Drohbriefe erhält und ein böser Verdacht auf ihn fällt ...

Die Autorin

Linda Davies, geboren 1963, arbeitete nach ihrem wirtschaftswissenschaftlichen Studium in Oxford als Brokerin an der Wall Street in New York und als Devisenhändlerin bei verschiedenen Instituten, bevor sie sich 1992 ganz aus dem Börsengeschäft zurückzog, nach Peru ging und als Schriftstellerin arbeitete. Ihre Romane *Das Schlangennest*, *Die Drachenhöhle* und *Das Sonnentor* wurden internationale Bestseller.

Von Linda Davies sind in unserem Hause bereits erschienen:

Die Drachenhöhle
Das Schlangennest
Das Sonnentor

Linda Davies

Die Löwengrube

Roman

Aus dem Englischen
von Veronika Dünninger

Ullstein

Für meine Söhne Hughie und Tommy
und ihren Vater Rupert,
Lieben meines Lebens.

Umwelthinweis:
Dieses Buch wurde auf chlor- und säurefreiem Papier gedruckt.

Besuchen Sie uns im Internet:
www.ullstein-taschenbuch.de

Ullstein Verlag
Ullstein ist ein Verlag des Verlagshauses Ullstein Heyne List GmbH & Co. KG.
1. Auflage Januar 2003

Titel der englischen Originalausgabe: *Something Wild* (Headline, London)
Übersetzung: Veronika Dünninger
Umschlaggestaltung: Thomas Jarzina, Köln
Titelabbildung: Mauritius, Mittenwald
Gesetzt aus der Sabon
Satz: MPM Wasserburg
Druck und Bindearbeiten: Elsnerdruck, Berlin
Printed in Germany
ISBN 3-548-25521-3

1

Buffalo River Valley, Wyoming

Der Wind blies den Geruch grässlicher Angst in die geblähten Nüstern des Hengstes, und er begann, unter seiner Reiterin zu tänzeln und zu springen. Sie zog die Zügel an; straff genug, um ihn spüren zu lassen, dass sie da war, aber nicht so straff, dass sie ihn weiter aufstachelte. Hier in der Wildnis verfügte er über einen unendlich besseren Instinkt als sie. Er erschrak nicht vor den Schatten der Blätter, die auf dem holprigen Pfad umherwirbelten, und auch nicht vor dem hämmernden Heulen des Windes in der Weißbirke. Das Hochwasser des Flusses ließ ihn aufmerken, doch genügten dafür ein paar prüfende Blicke. Jetzt spürte sie seine Angst, seine zitternden Flanken, und sie teilte diese Angst. Sie versuchte, der Angst Herr zu werden, versuchte, ruhig zu bleiben, besänftigend zu wirken. Es gelang ihr nicht. Sie sah sich um, bemühte sich zu ergründen, wo die Angst ihres Reittiers herrührte, doch das Tal schien unverändert. Dann hörte sie es, von hinten kommend, ein wildes, hämmerndes Geräusch – und sie wusste, es waren die Trommelschläge der Angst.

»Immer schön sachte, braver Junge, immer schön sachte, es ist alles gut.« Aber das war es nicht. Ein Pferd kam mit einem Satz in Sicht, im fliegenden Galopp, als würde es von den Höllenhunden verfolgt. Ein Reiter klammerte sich verzweifelt auf seinem Rücken fest, aus den Steigbügeln gerutscht, die Zügel nicht mehr im Griff. Das Pferd flog wie der Wind dahin, auf die Bäume zu, die etwa eine halbe Meile entfernt standen. Dort würde der Reiter keine Chance mehr haben. Er würde abgeworfen werden, gegen einen Baum prallen, sich das Rückgrat, das Genick brechen. O mein Gott. Sarah reagierte automatisch. Sie presste die Knie zusammen.

»Komm schon!« Der Hengst musste nicht erst angefeuert werden. Er machte einen Satz nach vorn, von dem holprigen Pfad auf den grasbewachsenen Boden des Tals. Sarah lenkte ihn so, dass er das andere Pferd mit etwas Glück noch vor dem Wald abfangen würde. Wenn er bloß rechtzeitig dort ankommen könnte, wenn er bloß schneller laufen könnte, wenn er bloß das andere Pferd einholen könnte. Sie presste die Knie fester zusammen. »Komm schon, Junge. *Schneller.*«

Er reagierte, inzwischen erregt. Sarah spürte seine Erregung und seine Panik. Wenn er strauchelte, dann würden sie beide in einem heillosen Durcheinander gebrochener Knochen am Boden enden. Sie hatte das andere Pferd hinter sich, dank ihres Vorsprungs, doch sie näherte sich in einem spitzen Winkel. Die Pferde begannen, aufeinander zuzulaufen. Jetzt konnte sie das Gesicht des anderen Reiters erkennen. Es war bleich vor Entsetzen. Die Pferde beäugten sich mit wilden Blicken. Sie spürte, wie ihres sein Tempo steigerte, sah, wie das andere Pferd das Gleiche tat. Mein Gott, wie sie dahinjagten. Wenn sie nicht beide Pferde bremsen konnte, dann würden sie *und* der andere Reiter im Wald zu Brei zerquetscht werden.

Die Pferde kamen näher, schneller, noch näher. Jetzt kämpfte Sarah mit ihrem Hengst, riss am linken Zügel, zog ihn straff, versuchte mit aller Kraft, ihm Einhalt zu gebieten. Zehn Meter, acht, sieben, sechs. Sie hielt den Atem an, zog ihr Pferd fester an sich, sah die Angst im Gesicht des anderen Reiters aufflackern.

»Gleich haben wir's, halten Sie sich bereit«, schrie sie. Fünf Meter, vier, drei, zwei. Jetzt hatte sie ihn fast erreicht. Mit einer Hand hielt sie Zügel und Sattelknopf umklammert, die andere streckte sie weit nach vorn und nach unten aus, nach den schlenkernden Zügeln des durchgegangenen Pferdes. Sie warf einen Blick auf den Wald, der immer näher kam, lehnte sich weiter hinaus, ihr Pferd mit den Beinen wie ein Schraubstock umklammernd. Noch zwei Zentimeter, und sie würde aus dem Sattel rutschen. Bitte, Gott, gib mir die Zügel. Der Wald kam näher. Ein letzter Versuch. Sie hatte sie.

Jetzt lehnte sie sich nach hinten, drückte die Beine nach vorn, die Füße fest in den Steigbügeln verankert, und zog mit aller Kraft die Zügel an. Sie spürte, wie sich das Pferd unter ihr krümmte, sein Tempo abrupt verringerte. Das andere Pferd versuchte noch immer, mit gleicher Geschwindigkeit weiterzulaufen. Sie kämpfte darum, nicht aus dem Sattel geworfen zu werden. Sie lockerte die Zügel ein wenig, dann zog sie sie mit aller Kraft, die sie aufbringen konnte, wieder straff. Das andere Pferd wehrte sich, krümmte sich, versuchte, den Kopf zu schütteln. Sarah zog die Zügel noch ein wenig fester an. Riss sie zurück. Beide Pferde versuchten zu kämpfen. Sie nahm den Kampf auf. *»Immer schön sachte, schön sachte, soooo, soooo. Schön sachte, sachte.«*

Langsam, langsam bekam sie die Pferde unter Kontrolle. Der Wald rückte bedrohlich näher. Sarah lenkte sie nach rechts. Sie setzten zu einer Kurve an, langsam jetzt, sachte jetzt, nicht zu ungestüm, sonst würden sie straucheln. Der Wald war noch dreißig Meter entfernt. *»Immer schön sachte, schön sachte.«* Und schließlich verlangsamten die Pferde ihr Tempo, bremsten freiwillig ab, die Beine vorgeschoben, Staub aufwirbelnd. Bis sie anhielten.

2

Sarah verließ die Ranch, auf der sie ihr Pferd gemietet hatte. Staubwolken bauschten sich zum Abschied hinter ihrem Wagen. Sie hatte den schweigsamen Reiter zurück zu der Ranch begleitet, auf der er sein Quartier hatte, und ihn einem besorgten Rancharbeiter übergeben. Der Ausreißer, wie sie ihn im Stillen nannte – den Reiter, nicht das Pferd –, hatte den ganzen Weg über kein Wort gesprochen, hatte lediglich mit glasigen Augen vor sich hin gestarrt. Er stand eindeutig unter Schock, was kein Wunder war. Er hätte um ein Haar sein Leben verloren. Sarah hatte dem Rancharbeiter berichtet, was passiert war, und ihm vorgeschlagen, einen Arzt zu rufen. Ein Schock konnte durchaus tödlich sein, und der Ausreißer sah aus, als würde er mehr benötigen als das in dieser Gegend übliche Arzneimittel: einen doppelten Bourbon und heißen Kaffee.

Sie spürte die Anspannung in sich, während sie fuhr, während sich die Ranken des Schocks um ihr Herz legten. Der Schatten eines gewaltsamen Todes war wieder einmal über sie gefallen. Diesmal war sie ihm davongeritten, mit knapper Not, hatte jemand anderem das Leben gerettet und dabei ihr eigenes um ein Haar verloren. Wie üblich hatte sie gar nicht erst darüber nachgedacht, hatte einfach losgelegt, ihren Instinkten, Genen oder irgendeiner Konditionierung folgend, deren Wurzeln so tief in ihr verborgen lagen, dass sie sie selbst nicht kannte.

Wie oft musste der Tod ihr noch nachstellen, bis er sich ihrer bemächtigen konnte? Bis jetzt hatte sie überlebt, auch wenn ihr Lebensweg mit zahlreichen Leichen übersät gewesen war; ihre Eltern, die bei einem Autounfall starben; der betrunkene Fahrer, der in ihren Wagen gerast war, als Sarah sieben Jahre alt war. Vierzehn Jahre später waren ihre beste Freundin Mosami und ihr Geliebter Dante Scarpirato aus kürzester Entfernung erschossen worden. Der Tod hatte erst vor kurzem sein Bestes getan, um ihr auch noch den Bruder zu rauben, der nun eingegipst in seinem Krankenhausbett lag und auf ihren Besuch wartete. Alex Jensen hatte am Grand Teton in Wyoming eine Klettertour unternommen und war auf eine Felswand gestürzt. Irgendein Ding, das seinen Fall hätte auffangen sollen, hatte versagt. Er stürzte einhundert Meter tief, bevor er auf eine Felsnase prallte, die aus seinem Körper Kleinholz machte. Sarah spürte, wie ihr die Tränen übers Gesicht rannen, als sie daran dachte, wie sie Alex das erste Mal vor sich sah, nachdem sie staubig, erschöpft und angsterfüllt mit einer Maschine aus London angekommen war, um an seinem Bett zu sein. Aus dem Verband um seinen Kopf sickerte damals noch Blut, seine Augenlider zuckten, blieben aber geschlossen. Er war dreiundvierzig Stunden lang bewusstlos gewesen.

Sarah starrte auf ihre Finger, die gespreizt auf dem Lenkrad ihres Geländewagens lagen. Weißlich verfärbt und zitternd. Mit quietschenden Reifen lenkte sie den Wagen an den Straßenrand, stellte den Motor ab und blieb eine Zeit lang sitzen, den Kopf aufs Lenkrad gestützt, bis sie spürte, dass sie ein gewisses Maß an Ruhe wiedergewann, und machte sich dann, langsam und bedächtig, erneut auf den Weg.

Er las in einem Buch, zweifellos irgendeine Abenteuergeschichte, dachte Sarah in einem Anfall schwesterlicher Verzweiflung. Er war so vertieft in die Lektüre, dass er zunächst gar nicht bemerkte, dass sie in der offenen Tür stand. Sein Haar war zerzaust, in seiner Miene lag die übliche Neugier. Selbst jetzt, da sein halber Körper durch Gipsverbände außer Gefecht gesetzt war, spürte man die Energie, die von ihm ausging. Selbst die Ärzte hatten sich für einen kurzen Augenblick von den Stützpfeilern ihres wissenschaftlichen Rationalismus gelöst und eingeräumt, dass die Lebenskraft des jungen Mannes außergewöhnlich stark war. Wenn er nicht überlebt hätte, dann hätte Sarah nicht gewusst, wie sie selbst hätte weiterleben sollen. Seit sie in früher Kindheit zu Waisen wurden, hatten sich die geschwisterlichen Bande zwischen ihnen stärker entwickelt als normalerweise. Auch wenn Alex einen Großteil des Jahres fort von zu Hause mit Reisen und Klettern zubrachte, blieben sie durch dieses Band doch immer vereint. Wenn eine Hälfte dieses Flusses versiegte, würde das die andere dann nicht auch tun? Wieder dachte sie an das durchgegangene

Pferd, und ein Schauder lief ihr über den Rücken. In diesem Augenblick sah Alex auf.

»Hallo?«

»Hallo, Al.« Sarah stürzte nach vorn und drückte ihrem Bruder einen innigen Kuss auf die Wange.

»Alles in Ordnung?«, fragte Alex mit ängstlicher Miene. Sie konnte ihm grundsätzlich nichts verheimlichen.

Sarah setzte sich zu ihm auf die Bettkante und erzählte ihm von dem Ausreißer. Alex hörte zu, und Falten des Entsetzens legten sich auf sein Gesicht.

»O mein Gott. Und ich dachte immer, *ich* bin von uns beiden der Verrückte. Und was ist dann passiert?«, fragte er.

Voller Liebe blickte Sarah auf ihn hinunter, wie er dort lag, ein Bein in der Schlinge, die Arme in Gips, mit der klaffenden Wunde, die sich über seine linke Wange zog und erst allmählich abheilte.

»Der Bursche hat kein Wort hervorgebracht. Er wollte auch nicht mehr auf sein Pferd steigen, hat bloß heftig den Kopf geschüttelt, als ich es ihm vorschlug, also bin ich allein geritten, habe sein Pferd geführt, und er ist zu Fuß gegangen, drei Stunden zurück, immer auf dem Weg, der zu dieser Farm am Fluss führt. Dort habe ich ihn bei einem Rancharbeiter zurückgelassen.« Sarah zuckte die Schultern. »Das war alles. Ich habe mein Pferd abgegeben und bin gleich danach hierher gefahren.«

Es dauerte einen Augenblick, bis Alex das Wort ergriff. »Du hast dein Leben aufs Spiel gesetzt, Sare.«

»Das sagst ausgerechnet du.«

Alex sah sie betreten an. »Irgendjemand muss doch für das verantwortlich sein, was von dieser Familie noch übrig ist.«

»Ja, na ja …« Sarah wandte sich ab, versuchte, das Schreckgespenst des Verlustes aus ihren Gedanken zu vertreiben. Abrupt wandte sie sich wieder zu Alex um. »Wie steht's denn nun eigentlich mit dir? Haben die Ärzte irgendwas gesagt?«

Auf einmal sah Alex zufrieden aus. »Hatte heute Morgen eine gründliche Untersuchung. Der Gips an den Armen dürfte in den nächsten paar Tagen abkommen, heißt es, am Bein in einer Woche.«

Sarah kratzte an seinen Gipsverbänden. »Das ist ja großartig. Haben sie sonst noch irgendwas gesagt?«

»Ich glaube, sie wollen einen Blick auf alles werfen, wenn die Verbände ab sind. Aber eine umfassende Physiotherapie werde ich wohl auf jeden Fall brauchen.« Für einen kurzen Moment wirkte er verlegen.

»Was?«

»Ist nicht schlimm, keine Sorge.«

»Was denn?«

»Finanziell schlimm. Zu Hause gibt's da eine Einrichtung, auf dem Land, eine Reha-Klinik. Soll hervorragend sein, die beste in Europa.«

»Dann fährst du eben dorthin.«

»Das kostet ein Vermögen, Sarah.«

»Nichts ist wichtiger als deine vollständige Genesung.«

»Sie haben gesagt, ich könnte es vielleicht schaffen.« Er hielt einen Augenblick lang inne, und Hoffnung flackerte in seinen Augen auf. »Zwei Monate dort, dann nach Hause und regelmäßige Behandlungstermine, Physiotherapie und Krankengymnastik, das alles. Sie haben gesagt, in neun Monaten könnte ich vielleicht laufen. Normalerweise.«

Sarah ließ den Kopf auf die Brust ihres Bruders sinken, verbarg ihre Tränen. Sie wischte die Tränen rasch beiseite, als sie sich aufrichtete.

»Das ist ja fantastisch, Alex. Das ist die beste Nachricht, die ich *je* gehört habe.«

Er lächelte und ergriff ihre Hand. »Sare, das ist zu viel. Zehn Wochen hier, zwei Monate in der Klinik. Das ist dir gegenüber nicht fair.«

Sie entzog ihm ihre Hand. »Dafür ist Geld doch da.«

»Du hast dein Geld nicht gerade auf leichtem Wege verdient. Und jetzt musst du bluten, um mir zu helfen.«

»Solange ich nur finanziell blute, und vor allem nicht du, ist es mir egal. Du bist mein Fleisch und Blut. Du bist alles, was von unserer Familie noch übrig ist. Meinst du wirklich, dass mir im Vergleich dazu Geld irgendetwas bedeutet?« Jetzt gab sie sich keine Mühe mehr, ihre Tränen zu verbergen.

»Wie viel Geld hast du denn noch übrig? Ich schröpfe dich doch völlig. Diese ganze Behandlung, da wirst du auf eine Million Dollar kein Wechselgeld mehr rausbekommen.«

»Ich habe eine Million.«

»Und dann was?«

»Es ist ja nicht so, dass ich nicht arbeite. Ich werde noch mehr beschaffen.«

»Du hast seit meinem Unfall nicht mehr gearbeitet.«

»Ich werde arbeiten, wenn wir nach Hause kommen.«

»Ich weiß, wie wichtig Geld für dich ist. Ich weiß, wie wichtig es dir ist, finanziell abgesichert zu sein. Eine Million bekommst du nicht im Handumdrehen zurück.«

»Vielleicht werde ich wieder anfangen, an der Börse zu spekulieren. Wie auch immer, ich werde schon nicht verhungern, Al, und du wirst zu Hause in diese Klinik kommen, also lassen wir das Thema jetzt bitte fallen.«

Sarah fuhr zurück nach Spring Creek. Sie war seit zweieinhalb Monaten dort, seit dem Tag, an dem der Anruf aus dem Krankenhaus gekommen war, und der Anblick raubte ihr noch immer den Atem. Ihre Hütte lag auf einem Hügel, als Teil einer Ferienanlage, zweieinhalbtausend Meter hoch, in Jackson Hole, Wyoming. Darunter kauerte sich das Tal zu einer gewaltigen Schale zusammen, fruchtbares, sattes Grün, und dahinter ragte die Teton-Bergkette auf, zerklüftet und schneebedeckt, und umrahmte den Horizont, so weit ihr Auge reichte. Es war so friedlich hier. Hier war nichts von dem krankhaften Lärm, der ihr in London zu schaffen machte. Dort hatte sie bisweilen das Gefühl, als würde sie durch die Straßen eines Edvard-Munch-Gemäldes schlendern, vorbei an endlosen Mietshäusern voller schreiender Bewohner. Sie war zu dünnhäutig, und sie wusste es, konnte es nicht ändern, würde vom Leben gegeißelt werden, wenn sie es zuließ. Wyoming, trotz des Entsetzens, das der Anblick des zertrümmerten Körpers ihres Bruders bei ihrer Ankunft hier ausgelöst hatte, erwies sich nun, da Alex allmählich wieder zu Kräften kam, als Ort der Zuflucht.

Sie schloss die Tür zu ihrer Hütte auf, schenkte sich ein Glas Whisky ein und dachte übers Abendessen nach. Als Erstes musste sie unter die Dusche. Sie roch nach Pferd und Schweiß, und auch wenn sich Alex niemals darüber beklagen würde, so konnte Sarah es doch nicht mehr erwarten, sich endlich den Staub von der Haut zu waschen.

Sie war gerade aus der Dusche gekommen, in Handtücher gehüllt, als sie ein Klopfen an der Tür hörte. Vermutlich das Hotel, das ihr die Wäsche wiederbrachte. Hatte sie nicht das *Bitte-nicht-stören*-Schild außen an die Tür gehängt? Sie wickelte das Handtuch fester um sich und öffnete die Tür.

Ein Fremder stand vor ihr, das Gesicht zum Teil durch einen Cowboyhut verdeckt. Er sagte nichts, sah sie nur an. Sarah spürte, wie plötzliche Angst sie durchzuckte, rasch gefolgt von Zorn. Sie stemmte die Hände in die Hüften und nahm eine aggressive Haltung an.

»Ja?«, fragte sie in einem Tonfall, als wolle sie eigentlich sagen: *Erklär dich jetzt aber verdammt schnell, Freundchen.*

Der Mann lächelte, und aus irgendeinem Grund wurde Sarah dadurch nur noch wütender. Sie wollte dem Mann schon die Tür vor der Nase zuschlagen, als er das Wort ergriff.

»Ich bin gekommen, um Ihnen zu danken.« Seine Stimme war leise, äußerst selbstbewusst.

»Wofür?«

»Dafür, dass Sie meinem Freund das Leben gerettet haben«, erwiderte der Fremde.

»Ach das«, sagte Sarah, als würde sie dergleichen jeden Tag

tun. »Na ja, was hätte ich denn schon tun sollen?« Ein kalter Windstoß ließ sie frösteln. Sie wickelte das Handtuch fester um sich und rieb sich die Arme. Sie erwartete, dass der Mann den Wink verstehen und sich verabschieden würde, um sie in die Wärme ihrer Hütte zurückkehren zu lassen, aber das tat er nicht. Er stand einfach da und sah sie an. Sie starrte zurück, und eine Zeit lang verharrten sie reglos, während der eisige Wind sie umwehte. Dann wandte sich Sarah um, ging zurück in die Hütte und wusste, dass der Mann ihr folgen würde.

Als die Tür ins Schloss fiel, hielt sie mitten im Zimmer inne.

»Ich werde mir etwas anziehen«, sagte sie.

Er nickte nur.

Ihre Finger kämpften mit den Knöpfen, während sie versuchte, ihre Strickjacke zuzumachen. Sie schlüpfte in eine Jeans, zwängte die Füße in Cowboystiefel, fuhr sich mit einem Kamm durchs Haar und kam zu ihm zurück. Er stand vor dem Aussichtsfenster im Wohnzimmer und starrte in die stürmische Nacht hinaus.

»Wollen Sie was trinken?«

Er drehte sich langsam zu ihr um. »Dasselbe wie Sie.« Diese sanfte Stimme, die Art, wie er es sagte, verwandelte ihr Blut in Rauch. Sie ging in die Küche, schenkte zwei doppelte Whiskys ein, ging zu ihm zurück und bot ihm das Glas an. Er nahm es und leerte es in einem Zug bis zur Hälfte.

»Also«, sagte Sarah, die Hände wieder in die Hüfte gestemmt, »wer sind Sie?«

Das löste ein Lachen bei ihm aus, offensichtlich aus Vergnügen.

»Ich war mir nicht bewusst«, bemerkte Sarah kühl, »dass ich einen Witz gemacht habe.«

»Spielt es denn eine Rolle, wer ich bin?«

Sarah zuckte die Schultern. »Was ist schon ein Name?« Sie nahm einen kräftigen Schluck Whisky. »Diesen dämlichen Hut können Sie jedenfalls absetzen.«

Er tat wie befohlen, den Blick beständig auf sie gerichtet. Jetzt konnte sie sein Gesicht erkennen, die harten, glatten Züge, die funkelnden grauen Augen, die die Farbe von Felsen hatten, den kalten Mund.

»Ah«, sagte sie. »Verstehe.«

3

Sie lag im Bett, rastlos wie der Sturm. Sie musste etwas Schlechtes gegessen haben, oder vielleicht war es auch eine Art verzögerter Schock, denn ihr Magen war nervös, und sie verbrachte die halbe Nacht damit, immer wieder zur Toilette zu laufen. In den unruhigen Momenten, in denen sie auf dem Bauch lag, drehten sich ihre Gedanken im Kreis und verschlangen das Bild des Fremden. Sie kannte die Fakten; jeder, der Radio, Zeitung oder Fernseher in Reichweite hatte, kannte sie. John Redford war einer der herrschenden Götter im Pantheon der Rockmusik, ein Mann der Männer, ein Mann der Frauen, der Mann des Volkes. Er war Thor und Pan, in einer Person verschmolzen, und hatte dabei etwas vom goldenen Schmerz des gefallenen Engels. Er sang Protestlieder der Arbeiterklasse gegen Geisterstädte der Stahlindustrie, er sang heißblütige Lieder von verschmähter Liebe, die Frauenklöster leer gefegt hätten, und er sang herzzerreißende Klagelieder von Verlust und Verlassensein.

In seiner zwanzigjährigen Karriere hatte er über einhundert Millionen Alben verkauft, und dabei war er doch erst vierzig. Von der Presse zum harten Mann der Rockmusik erklärt, mied er die quirlige Welt, die er beherrschte, und folgte stattdessen dem Lockruf seiner Ranch in Wyoming und beschäftigte sich dort mit seinen Pferden. Er hatte Schwielen an den Händen, das war ihr aufgefallen, und sie vermutete, sie rührten von der körperlichen Arbeit her, nicht vom Zupfen der Gitarre, auch wenn er das ebenfalls tat, und er tat es weiß Gott gut. Seine Lieder waren ein Teil ihres Lebens. Sie hatte zu ihnen gelacht, zu ihnen geweint, zu ihnen geliebt. Er hatte ihre Emotionen zum Klingen gebracht, ganz der Meister, der er war. Er brachte auch die Gitarre und das Piano zum Klingen, und er schrieb all seine Lieder selbst, mit dem Herzen. Er legte seine Gefühle in seinen Liedern bloß, doch die Presse stellte den Mann stets als großes Rätsel dar, zugänglich und völlig unzugänglich zugleich. Er gab keine Interviews, es sei denn, er wollte ein Forum, auf dem er sich gegen irgendeine Ungerechtigkeit aussprechen konnte, die ihm persönlich am Herzen lag. Doch seine Ansichten und Leidenschaften ließen sich einfach nicht in Schubladen stecken.

John Redford war ein Umweltschützer, der für die Erhaltung bestehender Fabriken ebenso vehement eintrat, wie er sich der Eröffnung neuer widersetzte, wenn diese Raubbau an der benachbarten Umwelt verhießen. Aber er war kein reformierter Möchtegern-Heiliger. Es gab über ihn Gerüchte von bacchantischen Ausschweifungen mit engen Freunden, zu denen auch ein berühmter Hollywoodschauspieler zählte. Sein öffentliches Image schien ihm völlig gleichgültig zu sein; er sagte, was er wollte, ohne sich irgendwelcher *political correctness* zu beugen, machte, was er wollte, und wurde trotzdem über den grünen Klee gelobt. Doch es lag stets ein leiser Argwohn in dieser Huldigung, als könnte sich der Löwe auf einmal umwenden und seine Bewunderer verschlingen.

Er war durchaus gefährlich. Das war ihr von dem Augenblick an klar gewesen, in dem er vor ihrer Tür stand. Die Gefahr war Teil des kraftvollsten Charismas, dem Sarah je begegnet war. Sie war schon Leuten begegnet, die ein leichtes, leuchtendes, gutes Charisma ausstrahlten, aber Redfords war nicht von dieser Art. Redford war eine gefahrvolle Reise, die anzutreten sie nicht die Absicht hatte.

Gefährliche Männer hatte sie zur Genüge kennen gelernt, hatte einige von ihnen in ihr Bett gelassen, und einen in ihr Herz. Jetzt war er tot, und sie war dafür verantwortlich.

Dante Scarpirato, mit seinem dunklen Blick und seiner glatten braunen Haut, war in der zweiten Bank, für die sie in der Londoner City gearbeitet hatte, ihr Boss gewesen. Seinetwegen hatte sie bei dieser Bank angefangen. Ihre Aufgabe war es gewesen, im Rahmen eines komplizierten Auftrags, den der MI 6 und der Gouverneur der Bank von England erarbeitet hatten, gegen Scarpirato zu ermitteln. Er stand im Verdacht, der führende Kopf hinter umfangreichen Insidergeschäften auf den Devisenmärkten zu sein.

Sie besaß keinerlei Qualifikation für diesen Job, bis auf ihr Können als Devisenhändlerin, ihre Schönheit und ihre Lust am Risiko – genau das, was der MI 6 und der Gouverneur hatten ausnutzen wollen. Und bei Gott, sie hatte sie nicht enttäuscht. Sie war eine Spionin im Zentrum des Geldes gewesen, aber sie hatte sich in das Objekt verliebt, dem ihr berufliches Augenmerk galt. Sie und Dante wurden ein Liebespaar, und dabei stellte Sarah fest, dass er unschuldig war. Und dann ließ ihn ein bösartiges, blindes Schicksal, dem man einen solchen Schachzug niemals zugetraut hätte, zur falschen Zeit am falschen Ort sein, und er wurde von einer Auftragsmörderin zur Strecke gebracht, die eigentlich Sarah auf den Fersen war. Was weder der MI 6 noch der Gouverneur der Bank von England ihr erzählt hatten, war die Tatsache, dass die Mafia in die Insidergeschäfte verstrickt war, und Sarah hatte, ohne sich dessen bewusst zu sein, in dieses Wespennest gestochen. Sie hatte ihren geheimen Auftraggebern die Schuldigen ausgeliefert, aber Dante und ihre beste Freundin Mosami Masimoto wurden auf Grund dessen, was sie – zumindest in den Augen der Mafia – wussten, ermordet. Sarah hatte nur überlebt, weil sie mit der Mafia einen Deal abgeschlossen hatte, und mit der Auftragsmörderin, die man ihr hinterhergeschickt hatte. Ihr größter Handel: die Freiheit dieser Leute gegen Sarahs eigenes Leben.

Ihr Bedarf an Gefahr war gedeckt, und in Redfords Augen lag irgendetwas, was die Erinnerung daran in ihr wachrief. Aber andererseits, was spielte das schon für eine Rolle? Sie würde ihn niemals wieder sehen.

4

Am nächsten Nachmittag fuhr sie wieder ins Krankenhaus. Mit geröteten Augen und aufgeputscht vom Koffein, hockte sie sich zu ihrem Bruder auf die Bettkante und erzählte ihm ihre Geschichte.

»Und was hast du dann gemacht?«, fragte Alex ängstlich.

»Keine Sorge, kleiner Bruder. Ich hatte noch ein paar höfliche Worte für ihn und habe ihm dann die Tür gewiesen.«

»Hm. Nach dem Blick in deinen Augen zu urteilen, bezweifle ich stark, dass du lediglich höfliche Worte für ihn hattest.« »Das war alles, was ich für ihn hatte, und alles, was ich je für ihn haben werde. Ich habe nicht vor, Groupie eines Rockstars zu werden.«

»Der Gedanke kam mir nie in den Sinn. Die Dame, wie mich dünkt, gelobt zu viel ...«

»Halt den Mund.« Sarah holte zu einem scherzhaften Klaps gegen ihn aus und fuhr mit der Hand durch die Luft über seinem Kopf.

Eine Stunde später erhob sie sich zum Gehen. Sie beugte sich über Alex und gab ihm einen Kuss auf die Wange. »Es wird schön sein, wieder nach Hause zu kommen, was?«

Alex sah überrascht aus. »Du hast es doch nicht etwa eilig, oder? Ich dachte, es gefällt dir hier draußen.«

»Schon, aber wie Dorothy in *Wizard of Oz* sagt, *am schönsten ist es daheim.*«

Wenn sie an diesen Augenblick zurückdachte, fragte sie sich bisweilen, ob sie es, wenn sie es gekonnt hätte, Dorothy gleichgetan hätte oder nicht. Ob sie sich einfach umgedreht, dreimal die Absätze zusammengeschlagen und sich augenblicklich nach Hause zurückversetzt hätte ...

Sie fuhr vom Krankenhaus zurück, wieder einmal verstaubt nach einem langen Tag im Sattel. In ihrer Hütte duschte sie und merkte dann, dass sie unschlüssig war, was sie anziehen sollte. Als vor zehn Wochen der Anruf aus dem

Krankenhaus kam, hatte sie binnen fünf Minuten gepackt, einfach ein paar Anziehsachen in eine Tasche geworfen. Jetzt wünschte sie, sie hätte ihre gesamte Londoner Garderobe und die Hälfte des Bekleidungsangebots von Harvey Nichols zur Auswahl. Die meisten Kleidungsstücke, die sie mitgebracht hatte, mussten dringend gewaschen werden. Wohlriechende Wäsche schien nebensächlich, wenn man den Großteil des Tages zu Pferd verbrachte, abends den Bruder besuchte und dann allein in einer Blockhütte zu Abend aß, mit keinen Zuschauern außer ein paar vorlauten Backenhörnchen, die bettelnd auf dem Sonnendeck saßen. Verdammt, was soll's. *Reiß dich zusammen*, dachte sie missbilligend und entschied sich für eine nicht allzu schmutzige Jeans. Das einzige Oberteil, das halbwegs sauber und nicht verschwitzt war, war eine Weste. Sie zog sie an. Man sah die Träger ihres Büstenhalters. Sie zog den Büstenhalter aus. Man sah ihre Brustwarzen. Was soll's. Sie gönnte sich ein Grinsen und ging barfuß zurück ins Wohnzimmer. Den Backenhörnchen würde es nichts ausmachen.

Sie schenkte sich einen Whisky ein und setzte sich mit dem neuesten Elizabeth-George-Krimi hin. Sie musste sich völlig in die Handlung vertieft haben, denn sie schreckte mit einem Ruck hoch, als es an der Tür klopfte. Sie legte das Buch beiseite, schwang die Beine vom Sofa und schlurfte durchs Zimmer. Das Blut pochte ihr in den Adern, als sie die Tür aufmachte. Sie hatte gewusst, dass er es sein würde. Er stand vor ihr in seinen Jeans, mit Schaffelljacke und Cowboyhut. Ein Meter achtzig, wettergegerbtes Gesicht, muskulöse Oberschenkel, ein Bein leicht schräg gestellt, ein halbes Lächeln, das seine Lippen umspielte. Sie wartete, nahm dieselbe Haltung an, sagte nichts. Der Augenblick des Schweigens zog sich weitaus länger hin, als es im Allgemeinen angenehm ist. Die Zeit schritt zögernd voran, während Sarah den Fremden auf ihrer Türschwelle anstarrte. Sie hörte den Wind in den Espen säuseln, sie spürte seinen kalten Hauch auf ihrer Wange, sie war sich aller Sinneseindrücke über die Maßen bewusst. Sie konnte fast spüren, wie sich das Blut in ihren Adern bewegte. Sie lächelte. »Kommen Sie doch lieber rein.«

Er nickte fast unmerklich, folgte ihr hinein. Sie ging in die Küche, setzte Wasser auf, goss zwei Becher Kamillentee auf. In all der Zeit, die sie dafür benötigte, sprach keiner von ihnen ein Wort. Sarah ging zurück ins Wohnzimmer, reichte Redford seinen Tee und nahm im Sessel Platz. Redford entschied sich für das Sofa. Über die Kluft zwischen ihnen blickten sie sich an und lächelten. Auf einmal schienen Worte völlig fehl am Platz. Die Gedanken und Gefühle waren ihnen so weit vorausgeeilt. Spiel das Spiel, dachte Sarah, die Zuflucht suchte, wo sie sie finden konnte. Spiel das Versteckspiel der Worte.

»Hat Ihr Freund Sie gebeten, noch einmal zu kommen?«, erkundigte sie sich, während sie sich den Becher an die Lippen hielt und Redford über den Rand hinweg ansah.

»Er hat mich gestern nicht gebeten.«

»Warum sind Sie dann gekommen?«

»Neugier.«

»Ach ja?«

»Sie haben etwas sehr Mutiges getan.«

»Ist das so selten?«

»Sie hätten sich selbst wehtun können, und zwar sehr.«

Sarah zuckte die Schultern.

»Hatten Sie keine Angst?«

»Schreckliche.«

»Warum haben Sie es dann getan?«

»Ich habe gar nicht erst überlegt. In den Bäumen hätte es Ihren Freund in Stücke gerissen.«

»Ohne Sie mit Sicherheit.«

»Wer ist er?«

»Strone Cawdor, mein Manager. Und«, fuhr Redford fort, während er einen Schluck Tee schlürfte, »was haben Sie für eine Geschichte? Was machen Sie hier, allein in einer Blockhütte, viertausend Meilen von zu Hause?«

»Wieso glauben Sie zu wissen, wo mein Zuhause ist?«

»Meinen Sie, diesen teuren Londoner Akzent kann ich nicht erkennen?«

Sarah lachte. »Oh, ich bitte Sie. Als Nächstes werden Sie mich noch als gut situierte Dame der Mittelschicht bezeichnen.«

»Nein. Von denen hab ich ein paar kennen gelernt.«

»Und?«

»Das sind zahme Geschöpfe. Eine andere Spezies.«

»Und was bin ich dann?«

»Da bin ich noch am Überlegen.«

»Dann überlegen Sie weiter.«

»Sie haben mir noch immer nicht gesagt, was Sie hier machen.«

Sarah zappelte nervös hin und her, bevor sie antwortete. Sie sah auf die Berge hinaus, auf den Schnee, der im Sonnenuntergang rötlich schimmerte.

»Mein Bruder war hier draußen auf einer Klettertour. Er hatte einen Unfall.« Sie wich vor den Worten zurück.

»Was ist passiert?« Redfords Stimme, die quer durchs Zimmer hallte, klang auf einmal sanft, und seine Augen, die auf ihren ruhten, waren voller Mitgefühl.

Sarah ging in die Küche, kehrte mit zwei Gläsern Whisky zurück. Sie leerte ihres zur Hälfte, bevor sie wieder das Wort ergriff. »Er ist am Grand Teton geklettert, vor zweieinhalb Monaten, eine Klettertour auf Schnee und Eis. Er ist abgestürzt.« Die Stimme drohte ihr zu versagen, doch sie zwang sich weiterzusprechen. »Er wurde mit einem Rettungshubschrauber ins Krankenhaus gebracht, mehrfache Knochenbrüche, ein Bein, sechs Rippen, beide Arme, das Gesicht zerfetzt. O mein Gott.« Sie verbarg das Gesicht in den Händen, als die Maske plötzlich fiel. Redford beobachtete sie und wartete, bis sie sich wieder gefangen hatte.

»Er war dreiundvierzig Stunden lang bewusstlos. Eine Zeit lang stand alles auf Messers Schneide.« Sie sah auf. »Aber er ist ein zähes Bürschchen. Er hat überlebt, und jetzt glauben sie, mit einer umfassenden Physiotherapie könne er vielleicht sogar vollständig genesen.« Sie schenkte ihm ein tapferes, mattes Lächeln. »Alles, was er will, ist, so gesund zu werden, dass er wieder klettern kann. Das hat er schon immer geliebt, mehr als alles andere.«

»Und Sie lieben ihn mehr als alles andere«, bemerkte Redford.

»Er ist mein kleiner Bruder. Ich habe mich schon immer um ihn gekümmert, und ja, natürlich liebe ich ihn mehr als alles andere.«

»Ihre Eltern?«, fragte Redford.

Nein, auf dieses Thema würde sie sich nicht einlassen; für einen Abend hatte sie mit diesem Fremden schon genug über Schmerz gesprochen.

»Was bringt Sie hierher?«, fragte sie, während sie aufstand.

»Ich bin hier geboren, nicht in Jackson, in den Bergen. Ich komme hierher zurück, sooft ich kann.«

»Flüchten«, sagte Sarah grübelnd.

»Genau. Es ist ein bisschen ermüdend, ständig auf der Straße zu leben.«

»Wie? All die Huldigungen, Adrenalin, Konzerterfolge, zujubelnde Massen, ganz zu schweigen von den Dollars, die dabei in die Tasche strömen. Ja, das Leben ist hart.«

»Ja, knallhart«, entgegnete Redford voller Sarkasmus.

»Also, was ist so hart daran?«, stachelte Sarah ihn auf, obwohl sie sich selbst nicht sicher war, weshalb sie eigentlich nachhakte.

»Eine lange Geschichte. Eine, für die ich im Augenblick nicht in der Stimmung bin – und Sie nicht empfänglich, wenn ich Sie richtig einschätze.«

Sarah war so gnädig, zu lächeln.

»Und was machen Sie zu Hause?«, fragte Redford, offensichtlich erleichtert, das Thema wechseln zu können. »Zehn Wochen sind eine lange Zeit, wenn man fort von zu Hause ist. Gibt es keinen Ehemann, keinen festen Freund, keinen Job, der Sie zurückruft?«

»Kein Ehemann. Kein fester Freund.«

»Warum nicht?«

»Eine lange Geschichte.«

»Ich hab's nicht eilig.«

Sarah seufzte. Ein Teil von ihr fand Gefallen an Redfords Fragen, an dem unausgesprochenen Verständnis, das sich aufzubauen schien, doch der andere Teil erinnerte sie, dass er, ganz gleich, wie vertraut sein Gesicht auch sein mochte, letztendlich doch ein Fremder war.

»Es gibt Männer für die Liebe, Männer für den Sex, Männer für Spiele, und Gefährten. Das Schicksal hat die letzten drei in reicher Zahl meine Wege kreuzen lassen, und mehr von ihnen benötige ich im Augenblick nicht. Aber mit den Männern für die Liebe war es knauserig.« Sie lächelte. »Jedenfalls, man braucht ja nur eine, stimmt's, die eine große Liebe des Lebens.«

»Und Sie sind ihr noch nicht begegnet?«

»Nein, bis jetzt nicht. Vielleicht werde ich ihr auch erst mit neunzig begegnen, aber deswegen werde ich mich in der Zwischenzeit nicht im Schlussverkauf hergeben.«

»Wie, keine Liebhaber ab und zu?«

»Ach, Liebhaber wird es schon geben, aber keinen, der mich davon abhält, alles in meinem Leben stehen und liegen zu lassen und für zehn Wochen hierher zu kommen, wenn es sein muss.« Sarah strich sich das Haar aus dem Gesicht, um Redford zu betrachten. »Wie sieht's bei Ihnen aus?«

»Was? Ob ich verheiratet bin, gebunden, oder was?«

»Und?«

»Ich bin Single. Ich habe geliebt, aber die eine große Liebe ist mir noch nicht begegnet. Ich wünschte, ich könnte glauben, dass es sie gibt.«

»Sie singen doch von ihr.«

»Ich fantasiere, ich träume von ihr. Und dann wache ich auf.«

»So zynisch sind Sie nicht, John Redford.«

Er leerte seinen Whisky. »Ach nein?«

Sarah ging zu ihm hinüber, versuchte, ihm das Glas aus der

Hand zu nehmen. Er hielt es fest. Sie sah ihm von nahem in die Augen, die hart und blendend zugleich wirkten, die sich der Stärke dieses Mannes durchaus bewusst schienen, aber auch eine gewisse Unsicherheit bargen. Sarah hatte das Gefühl, diesem Mann würde eine Frau kein Pardon geben können.

»Nein«, sagte sie, den Blick unbeirrbar auf ihn gerichtet, »das sind Sie nicht.«

Er gab das Glas frei. Sie füllte beide nach. Sie drehte sich um und stellte die Flasche hinter sich auf den Tisch.

»Und wo haben Sie Ihr Quartier?«, fragte sie, als sie plötzlich den Drang in sich verspürte, wieder festen Boden unter den Füßen zu bekommen.

»Auf meiner kleinen Ranch. Einfach die Straße hinunter.«

Sarah schenkte ihm ein spöttisches Lächeln. »Klein? Ja, das möchte ich wetten.«

»Jedenfalls nicht groß genug für meine Zwecke.«

»Und das sind?«

»Platz, Freiheit. Unendliche Weiten, die die Grizzlys durchstreifen können.«

»Dann kaufen Sie doch noch mehr Land.«

»Das ist nicht ganz so einfach.«

»Warum nicht? Keine Verkäufer?«

»Es gibt Verkäufer, aber die Preise sind Schwindel erregend hoch.«

»Verzeihen Sie, wenn ich an dieser Stelle etwas unbeholfen klinge, aber ich hätte eigentlich nicht gedacht, dass das ein Thema für Sie ist.«

Redford lächelte ironisch. »Ja, alle Rockstars schwimmen im Geld. Sie würden sich wundern, wenn Sie wüssten, wie wenig uns bleibt, nachdem Plattenfirma, Agent, Manager, Buchhalter und Anwälte abgesahnt haben.«

»Vielleicht, aber trotzdem.«

»Haben Sie irgendeine Vorstellung davon, was für eine hübsche Ranch mit Blick auf die Teton-Berge verlangt wird?«

»Sagen Sie's mir.«

»Eine wurde vor ein paar Monaten verkauft, zweihundert Morgen Land, gleich unten im Tal. Fünfundzwanzig Millionen Dollar.«

»Mein Gott! Das ist ja Irrsinn.«

»Zur Auktion dieses Grundstücks sind über zwanzig Leute erschienen. Irgendwann musste ich ausscheiden. So 'n Computerfreak aus dem Silicon Valley hat es bekommen.«

»Das überrascht mich. Woran liegt es, dass das Land hier so teuer ist?«

»Es ist der Spielplatz der Reichen, im Sommer wie im Winter. Es ist unglaublich schön, und weniger als drei Prozent des Bodens sind überhaupt verkäuflich, alles andere ist öffentliches, geschütztes Land.«

»Sie sollten eine Verbriefung in Betracht ziehen«, sagte Sarah. »Verscherbeln Sie Ihren Plattenbestand an irgendwelche gelangweilten institutionellen Anleger, die etwas suchen, was ein bisschen sexy ist, um es sich ins Portefeuille zu stecken. Auf die Weise könnten Sie weitaus mehr als fünfundzwanzig Millionen lockermachen. Denken Sie an Bowie.«

»Ja, von dem Bowie-Deal habe ich auch schon gehört.«

»Sie sind weitaus größer als Bowie. Wenn er fünfundfünfzig Millionen Dollar aufbringen konnte, dann können Sie vermutlich einhundert Millionen aufbringen.«

Redford schien unbeeindruckt. »Glauben Sie?«, fragte er.

»Bei uns zu Hause gibt es eine Bank namens Goldsteins International. Das ist das beste Finanzierungsinstitut, das es gibt. Tüchtig, geradlinig, aggressiv, hervorragender Ruf. Die gehen für ihre Kunden praktisch über Leichen«, fügte sie hinzu, wobei sie bei ihrer Wortwahl leicht zusammenzuckte. Sie fuhr rasch fort. »Wenn Sie einmal in London sind, bitten Sie einfach um einen Termin bei dem Vorstandsvorsitzenden, James Savage.«

»Vielleicht werde ich das tun.«

Sarah erhob sich. Die Erwähnung der Goldsteins-Bank holte sie auf den Boden der Tatsachen zurück, setzte den Fantasiegebilden der Nacht ein Ende. Er war ein Rockstar. Sie war eine Bankerin und Privatermittlerin. Goldsteins beschäftigte sie auf freiberuflicher Basis in beiden Eigenschaften, wobei jeweils eine die andere hervorragend tarnte. Nach Dantes und Mosamis Ermordung hatte Sarah die InterContinentalBank verlassen und war in den Himalaja geflogen, um sich dort mit Alex zu treffen. Sie hatte ein Jahr lang dort gelebt, bevor sie mit Alex für noch ein Jahr nach Peru weiterreiste und schließlich nach England zurückkehrte. Ohne jede Vorstellung, was sie mit sich anfangen sollte, ohne Alex, der seine Odyssee fortsetzte, in London gestrandet, hatte sie bei Kroll Associates angefangen, den besten Privatermittlern der Welt, und ihr neues Geschäft gelernt. Sie hatte ein paar tolle neue Freundschaften geschlossen, ein Jahr in der Firma gearbeitet und dann gekündigt, um sich selbstständig zu machen. Goldsteins war ihr bester, inzwischen praktisch ihr einziger Auftraggeber. Sie zahlten gut, so gut, dass sie nur eine Hälfte des Jahres arbeiten musste und sich die Aufträge frei aussuchen konnte. Damit würde es nun bald zu Ende sein, dachte sie, als sie sich Alex' Rechnung ausmalte. Wenn sie nach England zurückkehrten, würde sie lange Zeit am Stück arbeiten müssen, bis sie wieder einen Notgroschen beisammen und ihre finanzielle Unabhängigkeit zurückerlangt hatte. Ein hübscher Gegensatz, dachte sie mit einem Blick auf den Mann, der ihr gegenübersaß. *Nicht dein Format*, sagte ihre innere Stimme.

»Würden Sie mich jetzt bitte entschuldigen«, sagte sie. »Ich muss etwas essen und mich dann in die Falle hauen. Ich muss morgen sehr früh raus.«

Redford sah überrascht aus. »Doch nicht zurück nach England?«

»Nein. Ich reise erst ab, wenn mein Bruder mitkommen kann. Ich mache einen Ausritt, tief in die Wildnis hinein, drei Nächte zelten.«

»Allein?«

»Ich, drei Pferde und drei Maultiere, ein Führer und ein Maultiertreiber.«

5

»Eine *Gitarre* mitnehmen? Sind Sie völlig übergeschnappt?«

Sarah starrte den Mann in Reithosen und Cowboyhut an, der für vier Tage ihr Führer sein sollte, falls sie sich je in Marsch setzen sollten, was immer zweifelhafter schien.

»Was will'n Ihr Freund damit, dieser Musikus, will er sie 'nem Grizzly übern Kopf braten oder sie spielen und ihn damit in die Flucht schlagen?«

Sarah spürte, wie die Wut in ihr aufstieg, doch sie entschied, die Zunge im Zaum zu halten und zu warten, bis dem Cowboy sein eigener fragwürdiger Humor selbst langweilig wurde.

»Schlimm genug, dass Sie mich aufn letzten Drücker anrufen und sagen, da kommt noch einer mit, jetzt will er auch noch 'ne *Gitarre* einpacken. Was will er'n sonst noch, 'ne Zehnmannband?«

Sarah hatte genug. »Hören Sie, wollen Sie nun mit uns ins Geschäft kommen oder nicht?«

Der Cowboy grinste unvermittelt. »Na, ich nehm's doch an. Schließlich sind wir jetzt hier, oder nicht, zumindest Sie und ich. Und wo steckt nun dieser Musikus?«

Sarah wandte sich zu ihrem Jeep um. Sie sah Redfords Silhouette mit dem Cowboyhut, sah, wie er in sein Handy sprach.

»Er wird gleich hier sein«, antwortete sie, versperrte dem Mann die Sicht auf Redford und gab dem Rockstar ein Zeichen. Eine Minute später trat er zu ihnen, in genau dem Augenblick, in dem der Cowboy zu seinem nächsten verbalen Angriff ansetzte.

»Hi«, sagte Redford und streckte ihm die Hand entgegen. »Entschuldigen Sie, dass ich Sie habe warten lassen.«

»Hm«, entgegnete der Cowboy, offensichtlich verwirrt von Redfords Charme. Er legte den Kopf auf die Seite, um ihn zu betrachten. »Waren Sie schon mal hier in der Gegend? Sie kommen mir irgendwie bekannt vor.«

»Bin hier geboren.«

»Wo'n genau?«

»Am Ufer des Schlangenflusses, genau südlich von Moran.«

»Wie, richtig am Fluss geboren?«

»Genau dort, auf dem Gras. Der Fluss hat meine Ma angeblich entspannt.«

»Was Sie nicht sagen. Wer war denn Ihre Ma? Noch immer hier?«

»Wir sind weggezogen«, entgegnete Redford kurz angebunden. »Also, geht's los?«

Der Cowboy sah erneut verunsichert aus, verwirrt durch Redfords plötzlichen Stimmungsumschwung. »Ja. Wir müssen bloß noch Ihre *Gitarre* aufladen.« Der Cowboy schnaubte verächtlich durch die Nase und suchte die Gesellschaft der Maultiere.

Redford zog hinter dem Rücken des Cowboys, der sich von ihnen entfernte, die Augenbrauen hoch.

Sarah grinste. »Der ist selbst ein bisschen wie 'n Pferd, was? Übermütig, leicht verletzt, aber auch leicht gezügelt.«

»Können Sie reiten, Musikus?«, rief der Cowboy von der Pferdekoppel herüber. »Wir werden genau ins Herz des Grizzlygebiets vorstoßen. Wir wollen nicht mehr Unfälle, als wir uns leisten können.«

»Das ist ja eine tröstliche Aussicht«, sagte Redford zu Sarah gewandt. »Geben Sie mir einfach irgendwas Vernünftiges«, rief er.

»Ich hab genau das richtige Pferd für Sie, heißt Tony. Und Sie reiten auf seinem Zwilling, Wes!«, rief der Cowboy zu Sarah hinüber. »Sind beides Schecken, sanftere Pferde werden Sie nirgends finden.«

»Klingt gut«, sagte Sarah.

»Haben Sie einen Namen?«, fragte der Cowboy, als er auf Redford zutrat, am Zügel ein geschecktes Pferd, etwas über fünfzehn Handbreit hoch.

»John. Und Sie?«

»Ich bin Dave.« Er wies auf einen drahtigen, jüngeren Mann Anfang zwanzig, der den Maultieren sanft ins Ohr säuselte, während er sie belud. »Das hier ist Ash.«

Ash wandte sich um und schenkte ihnen ein leises, schüchternes Lächeln. Er kam in seinen Reithosen nach vorn geschlurft und schüttelte Sarah und Redford die Hand.

»Das hier sind Sarah und John. John sagt, er kommt von hier.«

Ash wurde kreidebleich, als er das erste Mal einen genauen Blick auf Redfords Gesicht warf. »Freut mich außerordentlich«, brachte er murmelnd hervor, bevor er zu den Maultieren zurückschlurfte.

Sie ritten zunächst am Ufer des Buffalo River entlang. Der Fluss war braun und angeschwollen durch die ungestüme Schneeschmelze, nachdem der Frühling allmählich auch auf den Berghängen Einzug gehalten hatte. Die Pferde kämpften sich auf dem grob gehauenen Pfad geschickt vorwärts, wobei sie hin und wieder einen Blick nach links und rechts warfen, als würden sie selbst die atemberaubende Aussicht genießen. Sie ritten aufwärts, durch Wäldchen voller Weißbirken, Douglastannen und Lodgepolefichten, die mit augenförmigen Knorren übersät waren, als würden die Baumgeister sie beobachten, während sie vorbeizogen. Die Luft schwirrte von Libellen und Schmetterlingen und trug den Geruch der Kiefern zu ihnen, die in der heißen Sonne brieten, rein und durchdringend wie Weihrauch. Der Wind blies zischelnd durch den smaragdgrünen Schimmer der Weißbirke. Wohin sie auch kamen, stets war Wasser in Hörweite, tröpfelnde, sprudelnde, tosende Flüsse und Wasserfälle, Lachen bildende Bäche, wo die Pferde ihre weichen Mäuler eintauchen und ihren Durst löschen konnten.

Als sie in das Becken eines von einem Gletscher gemeißelten Plateaus ritten, staunte Sarah über die Weite des Himmels, der sich so gewaltig über ihnen erstreckte, dass sie fast glaubte, sie könnte die Krümmung der Erde in seinem strahlenden Blau erkennen. Die Wiesen beiderseits des steinigen

Wegs strotzten vor unzähligen blauen und goldgelben wilden Blumen, die das Gras bedeckten. Kahle Aststiele trieben rings um sie herum Knospen. Mitte Juni kam der Frühling in die tiefe Wildnis. Sarah starrte auf die hohen Gipfel der Teton-Berge in der Ferne und fragte sich, ob der Frühling ihr verschneites Massiv je erreichte. Umgestürzte Bäume lagen am Wegesrand, mit rindenlosen Ästen, stocksteif wie gebleichte Knochen. Ein See glitzerte in strahlendem Türkis, randvoll mit Schneeschmelze. Wohin Sarah auch blickte, alles war erfüllt von Schönheit, von Leben und Tod und Erneuerung.

Redford kam an ihre Seite geritten.

»Es ist atemberaubend, nicht wahr?«, sagte sie.

»Der schönste Ort auf Erden«, pflichtete er bei.

»Du kannst dich glücklich schätzen, hier geboren zu sein.«

»Hm.« Er zügelte sein Pferd und fiel ein paar Meter zurück.

Sie bogen vom Plateau auf einen gewundenen Pfad ein, der entlang der Talwand führte. Auf einmal hielt der Zug inne. Der erste Führer, Dave, wies schweigend auf einen Elch, der etwa zehn Meter entfernt stand. Der Elch betrachtete sie mit klaren braunen Augen, aufmerksam, aber ohne Furcht. Sein Kopf war gewaltig und unförmig, aber seine langen Schlappohren schienen aus weichem Samt zu sein, und als er sich langsam entfernte und auf seinen langen Beinen elegant über die holprige Erde schritt, da hatte er die Anmut eines Tänzers.

»Was für ein erstaunliches Geschöpf«, sagte Sarah zu Redford. »Schön und hässlich zugleich.«

»Sind wir das nicht alle?«, fragte Redford. »Dich selbst natürlich ausgenommen. Du bist nur schön.«

»Bitte«, hielt Sarah verwirrt dagegen. »Das hast du doch bestimmt schon tausendmal gesagt.«

»Vielleicht, aber ich habe es nicht immer gemeint.«

Einen Moment lang sahen sie sich schweigend an; keiner von beiden wollte den Blickkontakt abreißen lassen. Sarah schlug als Erste die Augen nieder. Es schien noch immer unwirklich, dass Redford tatsächlich hier war. Als sie ihm gestern Abend von ihren Plänen erzählt hatte, hatte er lediglich, als sei es das Einfachste auf der Welt, gefragt: *Kann ich mitkommen?* Und sie hatte, ebenso einfach, erwidert: *Ja.*

Sie ritten höher hinauf, erreichten die Schneegrenze. Knirschend stapften die Pferde durch einen halben Meter Schnee und bahnten sich vorsichtig einen Weg zwischen den schlanken Tannen hindurch, die fünfzig Meter hoch in den Himmel ragten.

Der Tag verstrich in einem rhythmischen Traum aus Hufschlägen, Schönheit, Vogelgesang und Wärme. Hoch droben fanden sie einen idealen Platz, um ihr Lager aufzuschlagen, in einem Tannenwäldchen mit Blick über ein Tal. Dave und Ash pflockten die Pferde an, fütterten und tränkten sie und begannen dann, das Lager aufzubauen. Sie errichteten Zelte. Nur zwei. Sarah trat auf sie zu.

»Kann ich Ihnen beim dritten Zelt irgendwas helfen?«

»Gibt kein drittes Zelt«, entgegnete Dave. »Sie teilen sich doch eins mit dem Musikus, oder nicht?« Er fing Sarahs zweifelnden Blick auf und grinste. »Drücken wir's so aus, es muss entweder er, ich oder Ash sein. Sie können sich's aussuchen.«

»Was aussuchen?«, fragte Redford, der in diesem Augenblick zu ihnen stieß.

»Hab gesagt, sie muss sich entweder mit mir, Ash oder Ihnen ein Zelt teilen«, antwortete Dave. »Also, wer soll's sein?«

Redford betrachtete Sarahs Gesicht von nahem. Sie wandte sich ab und entfernte sich schweigend.

»Hey!«, rief Dave ihr nach. »Bevor Sie gehen, lassen Sie mir alles da, was duftet oder essbar ist, falls Sie's bei sich haben.«

»Wie zum Beispiel?«

»Wie zum Beispiel alles. Zahnpasta, Gesichtscreme, Pfefferminzbonbons, Mundspülung, alles, was auch nur annähernd süßlich riecht. Das lieben die Bären. Wir müssen alles fünf Meter hoch über dem Boden aufhängen. Und wir soll-ten's besser jetzt gleich tun.«

»Und was ist, wenn wir unser Abendessen kochen?«, fragte Sarah. »Das werden die Grizzlys doch riechen, oder nicht?«

»Na klar werden sie das, aber die wissen sowieso schon, dass wir hier sind, spielt keine Rolle mehr. Was wir nicht wollen, ist, dass sie ins Lager gelockt werden, während wir schlafen. Und was wir erst recht nicht wollen, ist, dass etwas für sie Verlockendes in den Zelten bleibt.«

Sarah verzog besorgt das Gesicht. »Na schön.« Sie sammelte alles ein, was einen Grizzly auch nur entfernt in Versuchung bringen konnte, und reichte es Dave in einer Plastiktüte. »Was ist, wenn doch ein Grizzly ins Lager kommt?«, fragte sie.

»Ash und ich werden uns um ihn kümmern, keine Sorge.«

»Wie denn?«

»Erstens einmal wird vermutlich gar keiner kommen, die meisten von denen halten ganz gern Abstand. Der Mensch ist meistens das Problem, nicht die Grizzlys.«

»Aber wenn doch einer kommt? Wenn einer genau auf mich zukommt?«

»Erstens, laufen Sie nicht davon. Bleiben Sie einfach, wo Sie sind. Und sehen Sie ihm nicht in die Augen, halten Sie den Blick gesenkt. Er könnte Sie angreifen, aber in neunzig Prozent aller Fälle ist es nur ein Scheinangriff, also rühren Sie sich einfach nicht vom Fleck, dann wird er vermutlich bloß ruckartig anhalten und dann kehrtmachen, sobald er das Interesse verloren hat.«

»Schön, dann ist ja alles in Ordnung«, sagte sie matt. »Und was mache ich, wenn er das nicht tut?«

»Na ja, Ash und ich, wir haben beide Zwölfkaliberflinten, Revolver und Reizspray mit einer Reichweite von zwanzig Metern. Wir würden mit einer Ladung davon anfangen, das streckt ihn erst einmal nieder, und dann würde er sich aller Wahrscheinlichkeit nach davonmachen.«

Sarah brauchte einen Augenblick, um das zu verdauen. »Haben Sie schon einmal einen Grizzly von nahem zu Gesicht bekommen?«

Dave nickte. »Das hab ich, und eins kann ich Ihnen sagen, ein prachtvolleres Geschöpf gibt's auf Gottes ganzer Erde nicht.«

6

Sie aßen ein Cowboy-Dinner, das sie auf einem Lagerfeuer zubereitet hatten: Steaks, Backkartoffeln und, vielleicht als Geste gegenüber dem späten zwanzigsten Jahrhundert, Salat. Sie spülten alles mit Bier hinunter, das sie in dem sprudelnden Bach gekühlt hatten, der ihr Lager auf der rechten Seite begrenzte. Dann holte John Redford seine Gitarre hervor.

»Spielen Sie auch auf Wunsch?«, fragte Dave.

»Na klar«, lächelte Redford. »Was soll's denn sein?«

»Na ja«, sagte Dave, der sich nun ein wenig scheute, seine Lieblingslieder preiszugeben. »Da es irgendwie 'ne sternklare Nacht ist, wie wär's mit *Starry, starry night?* Kennen Sie das?«

Redford nickte, nahm die Gitarre in die Hand und drückte sie nah an sich. Wie eine Geliebte, dachte Sarah. Sie beobachtete, wie er mit den Fingern über den hölzernen Körper des Instruments glitt, es hier beklopfte, dort streichelte, und dann, als sei er sich sicher, dass es sich unter seiner fachmännischen Berührung erwärmt hatte, die zitternden Saiten zu zupfen begann. Und dann sang er.

Als er sein Lied beendet hatte und die letzten Akkorde ins Tal verhallten, hielt er den Blick auf Sarah geheftet. Sie konnte ihn nicht erwidern; er hatte bemerkt, wie verzückt sie war, hatte den Blick bemerkt, den normalerweise nur ein Liebhaber bemerken würde, und hier, wo sie mit den Tieren und den Cowboys an einem einsamen Berghang saßen, war die Vertrautheit sogar noch größer. Ein langsames Beifallklatschen beendete den Moment, und sie wandten sich beide zu Dave um.

»Spielen können Sie schon. Und verdammt schön, wenn ich das sagen darf.«

Ash verschwand in sein Zelt und kam mit einem Stift zurück. Er nahm seinen Hut ab und trat auf Redford zu. »Würden Sie mir 'n Autogramm auf den Hut schreiben?«

Redford nahm Hut und Stift. »Mit Vergnügen.« Er unterzeichnete und gab beides Ash zurück, der strahlte wie ein Honigkuchenpferd.

»Wenn ich das meiner Freundin zeige. Sie wird mir nie im Leben glauben, wenn ich ihr erzähle, dass ich hier draußen gesessen hab und ein privates Konzert mit John Redford gehört hab.«

»John Redford? O mein Gott!« Dave wurde kreidebleich. »Sie sind *John Redford?* Teufel noch mal. Das hätten Sie mir doch sagen können.« Jetzt verfärbte sich sein Gesicht rot. »Nehmen Sie diesen Hut ab«, brachte er keuchend hervor. »Sie sehen nicht aus wie John Redford, wenn Sie sich darunter verstecken.«

Der Sänger behielt den Hut auf, aber er lächelte und zuckte elegant die Schultern.

»Ach zum Teufel. Na, wo Sie jetzt schon hier sind, könnten Sie uns doch noch ein Lied spielen, und wo wir schon Ihre verdammte Gitarre mitgeschleppt haben. Mein Gott, wenn ich gewusst hätte, dass Sie's sind, hätt ich niemals dieses verdammte Getue gemacht. Ich dachte, Sie sind einer von diesen Stadtcowboys, die auf ihren Saiten herumklimpern und uns und die Tierwelt zu Tode quälen. Wenn ich gewusst hätte ...«

»Wie hätten Sie es denn wissen sollen? Was soll ich für Sie spielen?«

»Na ja, ich nehm an, für das Lied haben Sie das falsche Geschlecht, aber es war schon immer eins von meinen Lieblingsliedern.«

»Sagen Sie's mir.«

»Dieses eine Lied von Ihnen. ›Etwas Wildes.‹ Das hab ich schon immer über alles geliebt.«

Redford nahm die Gitarre in die Hand. Wieder war Sarah gebannt von der Sinnlichkeit seiner Berührung. Er saß dort auf dem Boden, den Kaffeebecher neben sich, die Knie übereinander geschlagen, Gitarre im Schoß, das Haar goldblond im Sonnenuntergang, den Wind in den Bäumen und den rauschenden Bach als Orchester und das gesamte Tal, wimmelnd von sichtbaren und unsichtbaren Tieren, als Zuhörerschaft.

Du kommst zu mir wie ein Hurrikan, mit Sturm
in deinen Augen.
In deiner Berührung liegen Erde, Wind und Feuer,
Du raubst mir den Atem.
Du kennst keine Regeln.
Du bist etwas Wildes.

Du nimmst dir die Welt, du forderst sie ein
von Wolkenkratzern und Canyons, von Flüssen
und Sonnenaufgang,
von allen Geschöpfen Gottes,
von meinem Herzen.
Du bist etwas Wildes.

Was hat dich gebrochen? Welcher Ofen hat dich
hart gemacht?
Woher kamst du, meine Schöne?
Du hast mir all meinen Schutz genommen
und mir nichts gelassen
als etwas Wildes.

Eine Zeit lang rührte sich niemand vom Fleck, als wollte man das Lied noch nicht loslassen. Schließlich rissen sich Ash, Dave und Sarah von Redfords Anblick los und starrten alle drei auf ein anonymes Fleckchen Erde, die Gesichter allen Schutzes beraubt durch die Schönheit seines Liedes, durch die Stimme, die er ihren Träumen lieh.

»Das war für dich, Sarah«, sagte Redford mit leiser Stimme, so leise, dass Sarah sich fragte, ob sie ihn wirklich gehört haben konnte. Er war ein Zauberer, der sie in seinen Bann geschlagen hatte, und jetzt war sie in ihm gefangen, aller Widerstandskraft beraubt. Es war ein zu schöner, zu perfekter Traum, als dass sie ihn mit ihrer Willenskraft hätte zerschlagen können.

Mit einem Mal erschallte eine andere Stimme durch die sinkende Nacht, das lang gezogene, lauter werdende Heulen eines einsamen Wolfs. Er war nicht weit von ihnen. Als seine Stimme verklungen war, hallte ein zweites Heulen durchs Tal zu ihnen herüber, von dem Hügel in der Ferne.

»Zwei Alphamännchen«, sagte Dave mit schwerer, dankbarer Stimme, als sei er froh, wieder festen Boden unter den Füßen zu bekommen. »Dem einen gehört das Tal, und er lässt den anderen wissen, dass er sich fern halten soll.«

Sarah ging in ihr Zelt, und das Heulen der Wölfe folgte ihr, während sie in ihren Schlafsack kroch und den Reißverschluss zuzog. Sie lag da und lauschte auf ihr wildes Rufen, und auf den Wind, der in den Blättern der Weißbirke raschelte, und auf die Maultiere und Pferde, die scharrten und schnaubten, während sie Schlaf suchten.

Als Redford etwas später ins Zelt kam, lag sie auf der Seite, das Gesicht der Zeltwand zugewandt, und stellte sich schlafend. Sie hörte, wie er den Reißverschluss seines Schlafsacks auf- und wieder zuzog. Sie versuchte, mit ihrem Atem die langsamen Kadenzen seines Schlafs nachzuahmen, und fragte sich, ob er ihren Herzschlag hören konnte. Sie wusste nicht, wie lange sie dort gelegen und den Schlaf angefleht hatte, sie zu erlösen, aber er musste es getan haben, denn das Nächste, was sie merkte, war, dass sie plötzlich aufwachte. Ein Geräusch hatte sie im Schlaf gestört, ein schrilles, plötzliches Geräusch, das schon wieder verschwunden war, bevor sie es einordnen konnte, aber nicht, bevor sie Zeit hatte, Angst darin zu erkennen. Sie setzte sich aufrecht hin und sah auf Redford hinunter. Er hatte die Augen weit aufgerissen. Draußen begannen auf einmal die Maultiere zu wiehern und die Pferde zu schnauben.

»Was ist los?«, flüsterte Sarah.

»Ich bin mir nicht sicher.« Redford begann, sich aus seinem Schlafsack zu schälen. Draußen wieherten die Tiere inzwischen doppelt so laut vor Angst.

»Bleiben Sie in Ihrem Zelt«, kam Daves Stimme von draußen. »Setzen Sie sich in die Mitte des Zelts und bleiben Sie dort. Tun Sie, was ich Ihnen sage.« Seine Stimme klang eindringlich.

»Was ist los?«, fragte Sarah.

»Hier draußen ist ein Grizzly.«

»Oh, Scheiße.«

»Keine Sorge. Wir kümmern uns um ihn, Sie beide bleiben einfach, wo Sie sind.«

»Wir rühren uns nicht vom Fleck«, sagte Redford.

»Ach nein?«, fragte Sarah. Ihre Augen flackerten vor Angst.

»Diese Burschen wissen schon, was sie tun«, sagte Redford zu ihr. »Komm, rücken wir näher zusammen.«

Sarah rückte mit ihrem Schlafsack in die Mitte des Zelts. Sie spürte Redfords Wärme, als er seinen Schlafsack neben ihren legte. Die Maultiere wieherten noch immer. In den Augenblicken der Stille zwischen ihren ängstlichen Schreien hörten Sarah und Redford eine feste Stimme, die sanft sprach und allmählich näher kam. Auf einmal hörten sie Schritte, keine menschlichen, schwer und entschlossen. Die Schritte blieben vor ihrem Zelt stehen. Sarah und Redford hielten den Atem an. Sarah spürte, wie die Angst durch ihren Körper jagte, wie jede Sehne sie zur Flucht antrieb. Als hätte er ihre Gedanken gelesen, griff Redford nach ihrer Hand und hielt sie fest. Von draußen kam ein lautes Schniefen, dann ein starkes Beben und ein reißendes Geräusch, als das

Zelt aufgeschlitzt wurde. Sarah und Redford blickten auf und sahen Himmel und Sterne und, vor beidem abgezeichnet, das gewaltige Haupt eines Grizzlybären.

Sarah starrte ihn einfach nur an, sah die lang gezogene Schnauze, die dunklen Augen, die sie ansahen.

O mein Gott, wo steckten denn bloß Dave und Ashley?

»Schön brav, Junge, schön brav«, sagte Redford neben ihr. »Es ist alles gut, du kannst dich wieder auf den Weg machen, wir wollen dir nichts tun, wir haben kein Futter für dich, schön brav, Junge, schön brav, du kannst jetzt gehen, du kannst jetzt gehen, es ist alles gut, es ist alles gut.« Während Redford mit seinem sanften Gemurmel fortfuhr, versuchte Sarah, sich vom Anblick des Bären loszureißen, aber es gelang ihr nicht. In den Augen des Tiers sah sie irgendetwas flackern. Der Bär wirkte, als habe er irgendetwas vor. Sie hörte, wie ein Gewehr gespannt wurde, und noch immer Redfords Stimme, die sanft, leise und geschmeidig sprach, und während er sprach, stieß der gewaltige schwarze Kopf über ihm einmal tief und dampfend Atem aus, bevor er sich langsam zurückzog. Sie hörten die schweren Schritte, die sich nun entfernten.

Mit einem leisen Zischen atmete Sarah aus. Sie starrte auf das klaffende Loch hoch oben in ihrem Zelt.

»O mein Gott!«, sagte sie schaudernd. »Wir hätten abgemurkst werden können, skalpiert, für immer vergessen.«

»Aber nichts von alledem ist passiert, oder?«, entgegnete Redford mit immer noch sanfter Stimme. »Er war nur neugierig, das ist alles. Er wollte uns nichts tun.«

»O verdammt noch mal! Er hat unser Zelt in Fetzen gerissen.« Ihre Stimme bebte.

»Er wollte eben einen Blick hineinwerfen. Muss wohl ...«

»Alles in Ordnung mit Ihnen beiden?« Daves Kopf tauchte über ihnen auf.

»Alles in Ordnung«, entgegnete Redford. »Danke.«

»Nichts ist in Ordnung«, sagte Sarah.

»Ich glaub auch nicht, dass mit irgendeinem von uns alles

in Ordnung ist«, sagte Dave, »aber wir sind am Leben und unverletzt, und dieses schöne Geschöpf hat sich unverletzt wieder auf den Weg gemacht. Ash hält Wache. Ich werd ihn später ablösen, aber unser bestes Frühwarnsystem sind immer noch die Maultiere. Die werden's uns schon wissen lassen, wenn er wiederkommt.«

»Glauben Sie denn, er wird wiederkommen?«, fragte Sarah.

»Nein, aber ausschließen kann man's nie. Grizzlys sind unberechenbare Dinger. Sie haben das gut gemacht«, sagte er mit einem Blick auf Redford. »Sind ruhig geblieben, haben ihm seinen Platz gelassen.«

Redford grinste. »Einem Grizzly werde ich nie auf den Leib rücken, so viel steht fest.«

»Ich werd mich jetzt um die Maultiere kümmern«, sagte Dave. »Sie beide versuchen am besten, ein bisschen zu schlafen. Ich fürchte, mit dem Zelt können wir heute Nacht nicht mehr viel machen, aber Sie können unseres haben, wenn Sie wollen.«

»Das ist schon in Ordnung«, sagte Redford, »aber trotzdem vielen Dank.«

Sarah legte sich wieder in ihren Schlafsack, über sich das nächtliche Himmelsgewölbe, das von strahlenden Sternen übersät war.

»Alles in Ordnung mit dir?«, fragte Redford.

»Ein bisschen aufgewühlt bin ich schon. Ich kann gar nicht glauben, dass ich einem Grizzly begegnet bin, praktisch Auge in Auge, und es überlebt habe. Er war schön, nicht wahr?«

»Wunderschön.«

»Du hast ihn mit deinem Charme betört«, sagte sie scherzend. »Einen Augenblick lang dachte ich schon, er würde gleich hier zu dir ins Zelt kommen.«

Redford lachte. »Das dachte ich auch.«

»Kaum zu glauben, dass es dort drüben Zivilisation gibt, dass wir einfach so von einem Leben in ein anderes geschlüpft sind.«

»Was ist dir lieber?«, fragte Redford.

»Etwas Wildes«, entgegnete Sarah. »Jederzeit.«

»Und was ist mit mir?«, fragte John Redford und nahm Sarahs Hand. »Bin ich dir wild genug?«

Sarah ließ ihre Hand in seiner. Ihre Haut vibrierte unter seiner Berührung. Er begann, mit seinen Fingern federleicht über ihre zu gleiten, so leicht, so entflammend.

»Du bist zu wild. Du bist wie der Grizzly.«

»Wie das?«

»Du bist zweifellos eines der schönsten Geschöpfe auf Gottes Erde, aber ich möchte dich lieber aus sicherer Entfernung betrachten.«

Redford lächelte. »Du meinst, hier ist es zu nah, in diesem Zelt, in der Wildnis, mit den Sternen, die auf uns hinunterstarren, und dem Wind, der in den Bäumen singt, wir beide ganz allein.«

»Es ist viel zu nah.«

»Für eine schöne Frau, die eine Insel ist.«

»Ich *bin* eine Insel. Ich bin gern eine Insel. Und ich will nicht, dass irgendjemand an Land kommt.«

»Und dein Bruder?«

»Das ist eine Gegebenheit wie der Sonnenaufgang. Da habe ich keine Wahl.«

»Man hat immer eine Wahl.«

»Und du bedeutest Unannehmlichkeiten, John Redford. Ich habe dich nicht gewählt.«

»Nein, das hast du nicht. Wir befanden uns auf Kollisionskurs.«

»Willst du damit sagen, das Schicksal hat uns zusammengeworfen?«

»Hat es das denn nicht?«

»Wer sagt denn, dass ich nach der Pfeife des Schicksals tanzen muss?«

»Tun wir das nicht alle? Du tanzt auf das Schicksal zu oder fort von ihm, aber du tanzt trotzdem, Babe.«

Seine Finger streichelten ihre Hand. Noch immer sahen

sie sich an, während ihr Verstand sagte: *lauf.* Während sie das sagte, im Stillen, wie ein Mantra, wie ein Flehen an eine stärkere Macht, die sie erretten sollte, streckte sie eine Hand aus, um seine freie Hand zu berühren. Ihre Finger glitten über die braune Haut, die Finger, die sie beobachtet hatte, wie sie die Saiten seiner Gitarre zupften. Wir sind alle allein, dachte sie. Das hier ist einer dieser Augenblicke in der Ewigkeit, in sich geschlossen. Ein Augenblick in der Ewigkeit, in dem alles vollkommen ist, mit dem Wind, der in den Blättern der Weißbirke tanzt. Nur eine Nacht, versprach sich Sarah. Eine vollkommene Nacht, und danach nichts mehr.

Sie konnte die Erde unter ihnen riechen, sie konnte seine Haut riechen, wie frisches Brot und Honig. Sie küsste sein Handgelenk, sie leckte sein warmes Fleisch, nahm seinen Geschmack in sich auf. Sie bewegten sich langsam, fanden sich, fanden zueinander, Lippe an Lippe, Brust an Busen, sein Schenkel zwischen ihren Beinen, und langsam schmiegten sie sich aneinander, befreit von Kleidung, befreit von Scheu, das Sternenlicht in ihren lächelnden Augen schimmerte. Sie legten die Waffen ihrer eigenen, endlosen Kämpfe nieder, gaben ihre Einsamkeit auf und liebten sich die ganze Nacht. Sie schliefen, als die Morgenröte über die hoch aufragenden Berge kroch, und erwachten, als die Sonne ihr Zelt küsste, lagen sich in den Armen und atmeten dieselbe süße Luft.

7

Sarah blickte auf die Oberschwester des Krankenhauses hinab, die in den langen Stunden der Nachtwache zu einer Freundin geworden war. »Kann er die Klinik denn nun verlassen, oder kann er es nicht?«, wollte sie wissen.

»Er kann sie verlassen, na klar. Ist aber nicht ideal. Sollte eigentlich noch zwei Wochen hier bleiben, sich die Gipsverbände abnehmen lassen. Ich dachte, Sie haben da nichts dagegen. Was'n los, Mädchen? Sie kommen hier hereinspaziert, außerhalb der Besuchszeiten, und sagen, Sie wollen Ihren Bruder mit dem erstbesten Flug nach Hause bringen. Haben wir vielleicht irgendwas getan, was Ihnen nicht gepasst hat?«

»Sie haben nichts getan. Nichts ist passiert. Ich will einfach mit Alex nach Hause fliegen. Wenn er ohne Gefahr reisen kann, dann will ich morgen abfliegen.«

»Und was sagt Ihr Bruder dazu? Ich weiß, die Rechnung geht an Sie, aber wie lautet denn seine Meinung?«

»Mit der Rechnung hat das alles gar nichts zu tun. Er ist so weit, dass er nach Hause kann.«

Die Oberschwester stieß einen tiefen Seufzer aus. »Na schön, Mädchen. Wie Sie wollen. Dann fliegen Sie eben nach Hause.«

Jetzt, als nichts mehr zwischen ihr und dem Abflug stand, kam Sarah ins Wanken. Aber je mehr sie bleiben wollte, desto besser wusste sie, dass sie abreisen musste. Sie würde sich von diesem Mann nicht das Herz in Stücke reißen lassen, und das würde mit Sicherheit passieren, wenn sie blieb. Er war nicht der Typ Mann, über den man mit einem Gähnen und ein paar Flaschen Chardonnay hinwegkam. Er hatte sie schon jetzt geprägt, mit einer einzigen vollkommenen Nacht. *Lauf jetzt, flieh, solange du noch Vorsprung hast.* Es war nicht nur die Händlerin in ihr, die da sprach, es war die Frau, die sich allein durchgeschlagen hatte, nachdem diejenigen, die sie liebte, sie verlassen hatten oder, um genauer zu sein, ihr mit Gewalt entrissen worden waren. Redford musste Tausende von Nächten wie die letzte erlebt haben. Er war mit Sicherheit abgehärtet dagegen und würde es mühelos verschmerzen. Sie war allzu verletzlich, als dass sie so leicht verschont bleiben würde. Sie hatte keine andere Wahl, als zu gehen.

Sie unterzeichnete die Abschlussrechnung, wobei sie ein Gefühl von Übelkeit unterdrücken musste, als sie die Zahlen ausschrieb: siebenhundertdreiundvierzigtausend Dollar und achtzehn Cent. Gesund zu werden war in diesem Land der Möglichkeiten ein wahrer Luxus.

»Kann ich heute Nacht in der Klinik schlafen?«, fragte sie die Oberschwester. »Ich hab mein ganzes Gepäck in dem Mietwagen, den ich dort hinten geparkt habe. Das würde mir die Abreise morgen früh um einiges erleichtern.«

Die Oberschwester warf ihr einen prüfenden Blick zu. »Wollen Sie etwa auf die Schnelle aus Spring Creek ausbüchsen?«

Sarah lachte. Nach Monaten in der kleinen Stadt kannte sie die Familienmafia. »Wenn ich mich recht erinnere, ist Ihr Cousin der Bursche an der Rezeption. Ihn habe ich bezahlt. Rufen Sie ihn ruhig an, Sie Zweiflerin.«

Die Oberschwester lachte mit ihr. »Schon gut, Mädchen, ich glaub's Ihnen. Sie können bleiben. Ich werd's Ihnen nicht in Rechnung stellen, Sie haben auch so schon genug bezahlt.« Einen Moment lang sah sie nachdenklich aus. »Wissen Sie, es geht mich ja nichts an, und Sie können mir gerne sagen, ich soll den Mund halten, wenn Sie möchten, Liebes, aber es macht mir Sorgen, wenn ich sehe, wie ein Mädchen wie Sie so viel Geld bezahlen muss. Sind Sie sich sicher, dass Sie das schaffen?«

Sarah strich sich das Haar aus dem Gesicht, eine nervöse Angewohnheit, die sie in diesen letzten Monaten angenommen hatte. »Es hat meine Ersparnisse mehr oder weniger aufgefressen, aber ich habe immer noch ein Haus, das mir bereits ganz gehört. Und ich beherrsche ein paar zweifelhafte Fertigkeiten, mit denen ich mir immer etwas Geld beschaffen können werde. Meine Kunden mögen mich. Sie sind mir treu.«

»Mein Gott! Was sind Sie, Mädchen, 'ne Nutte?«

Sarah kicherte. »Nein. Bankerin.«

Am nächsten Morgen hob das Flugzeug ab, stieg durch einen wolkenlosen Himmel hoch über die Teton-Berge hinaus und brachte Alex und Sarah nach Hause, brachte Sarah fort von der Wildnis, fort von John Redford, der allein auf seiner Ranch saß und auf eine Frau wartete, die nichts davon gesagt hatte, dass sie ihn verlassen würde. Sarah starrte aus dem Fenster und spürte, wie mit jeder Meile, die sie sich von ihm entfernte, die Angst von ihr wich. Sie hatte nicht nach Liebe gesucht. Sie war nicht bereit dazu, wollte es nicht, würde *nicht* nach ihrer Pfeife tanzen.

8

Carlyle Square, London, achtzehn Monate später

Als Sarah aufwachte, hörte sie Gelächter. Die Sonne fiel durch das Fenster ihres vierstöckigen Hauses am Carlyle Square. Sie blieb noch ein paar Augenblicke im Bett liegen, genoss die Wärme und hörte glückselig zu, bevor sie aus dem Bett schlüpfte, ein langes T-Shirt überstreifte und ins Zimmer nebenan schlurfte. Sie sah hinunter auf eine Salve aus Kichern und Lächeln, die sie begrüßte.

»Wie geht es dir, mein Schatz? Weißt du überhaupt, wie hinreißend du bist? Weißt du das?« Sie beugte sich hinunter und küsste die samtige Haut, fast besinnungslos vor Freude über seinen Geruch, seine Augen. Es gab keine Leidenschaft wie diese. Sie streckte die Arme aus, schnurgerade in seine Richtung. »Willst du zu Mama, ja?«

Wieder kicherte ihr Sohn und streckte, ihr Tun nachahmend, die Arme nach ihr aus. Sie hob ihn hoch, und er wandte all seine kindliche Kraft auf, um sich an sie zu werfen, packte mit einer kleinen Hand ihr Haar und betätschelte sie mit der anderen. Sarah sprach in die seidenweiche Haut seines Halses. »Wie geht es dir, mein Schatz, hast du gut geschlafen, hast du das, mein Kind der Liebe?«

Sie wechselte ihm die Windeln und nahm ihn mit in ihr

Schlafzimmer, wo sie ihn stillte. Nachdem sie ihn für den Tag angezogen hatte, setzte sie ihn zum Spielen in seinen Laufstall und stellte sich rasch unter die Dusche, wobei sie das Wasser zwischendurch ein paarmal abstellte und lauschte, ob mit Georgie alles in Ordnung war. Dann cremte sie sich Gesicht und Brüste ein, schlüpfte in Jeans, Pulli und Turnschuhe, hob Georgie hoch und stieg zwei Stockwerke hinunter in die Souterrainküche. Nach einer längeren Kuschelsitzung setzte sie das Baby zu einer Auswahl von Spielzeug auf den neu verlegten Küchenteppich und begann, sich ihr Frühstück zu machen.

Sie liebte dieses Zimmer. Das Sonnenlicht flutete von Osten her durch die Verandatür, die auf den kleinen, liebevoll gepflegten Garten hinausging. Neben der Küche befand sich das Wohnzimmer, mit tiefen Sofas, Bücherregalen, einem riesigen Fernseher und einem CD-Player von Bang & Olufsen, der vor fünf Jahren der letzte Schrei war, als Sarah als eine der führenden Devisenhändlerinen in London noch knapp eine halbe Million Pfund jährlich scheffelte. Sie legte Lauryn Hill auf, eine von Georgies Lieblings-CDs. Vermutlich sollte sie ihm besser Mozart oder Beethoven vorspielen, aber er schien mit Lauryn mehr als glücklich zu sein.

Das Stillen weckte in ihr immer einen unbändigen Appetit. Sie schnitt sich fünf dicke Scheiben Biovollkornbrot ab, toastete sie stark und bestrich sie mit reichlich Butter und diversen Honig- und Marmeladesorten. Sie kochte etwas Haferbrei für Georgie, rührte eine zerquetschte Banane darunter und stellte den Topf zur Seite, um ihn etwas abkühlen zu lassen. Sie kochte sich eine große Kanne Kamillentee, wobei sie einen sehnsüchtigen Blick auf die Espressomaschine warf, die sie vernachlässigt hatte, seit sie wusste, dass sie mit Georgie schwanger war, und die sie auch weiterhin ignorieren würde, solange sie ihn nicht abgestillt hatte, was sie noch lange nicht vorhatte. Sie hob Georgie hoch, setzte ihn auf seinen Kinderstuhl und begann, ihm und sich selbst etwas zu essen zu geben.

Das stampfende Geräusch einer Gnuherde wurde auf der Treppe laut und kündete Alex' Auftritt an. Sarah lächelte. Dass er die Treppe hinuntersteigen konnte, und vor allem hinunterrennen, das war ein kleines Wunder.

Mit einem Wirbel aus Lebensschwung und Energie fegte er ins Zimmer. »Hi, Sare.« Er warf ihr eine Kusshand zu und wandte sich dann Georgie zu. »Wie geht's dir, mein kleiner Schlingel? Hast du deine Mutter auch schön schlafen lassen?«

»Gar nicht schlecht«, erwiderte Sarah. »Letzte Nacht war er nur einmal wach. Und du musst dich nicht mit uns Hühnern aus dem Bett schwingen.« Auf der Wanduhr war es halb sieben. In London stand Alex im Allgemeinen ungern vor neun auf.

»Ich hab doch Toast gerochen, oder nicht?«, sagte er grinsend. Diese Lüge beglückte und bedrückte Sarah gleichermaßen. In einer Woche würde er aufbrechen, zu seiner ersten Expedition seit dem Unfall, und sie wusste, dass er versuchte, tagsüber möglichst viel Zeit mit ihr und Georgie zu verbringen, bevor er sie verließ.

Er war ein wunderbarer Onkel, eigentlich eher wie ein Vater. Er hätte sich die halbe Nacht mit Georgie um die Ohren geschlagen, wenn Sarah es ihm erlaubt hätte. Und in den allerersten Tagen hatte sie es ihm auch erlaubt, als die Erschöpfung so gnadenlos brutal war, aber danach hatte sie darauf bestanden, sich selbst darum zu kümmern. Sie lehnte alles ab, was auch nur annähernd nach einer Krücke aussah. Sie musste den Umständen gehorchen, als allein erziehende Mutter. Aber Alex hatte alles getan, was er konnte. Er hatte sie ins Krankenhaus gefahren, als die Wehen einsetzten, und er und ihr geliebter Onkel Jacob waren nach dem Klinikpersonal die Ersten, die Georgie sahen, und beide hatten sich leidenschaftlich in ihn verliebt. Ihr Baby konnte sich glücklich schätzen, sagte sich Sarah. Es hatte zwei völlig in ihn vernarrte Onkel, und sicherlich machte das den fehlenden Vater wett. Unwillkürlich kehrten ihre Gedanken, wie so oft, zurück zu Redford. Wo war er? Was machte er? Regte sich je ein seltsames Gefühl in seinem Bewusstsein, dass es irgendwo jemanden gab, der die Hälfte seines Blutes, die Hälfte seiner Gene besaß? Sarah verspürte die alte Sehnsucht, die zu ihrem Verdruss nie wirklich erloschen war, die ein wenig nachgelassen hatte, sie aber immer noch verzehrte.

Nachdem er sein Frühstück verdrückt hatte, verschwand Alex in Sarahs Arbeitszimmer, breitete seine Wanderkarten aus und machte sich Notizen für seine nächste Trekkingtour in Peru. Für Sarah und Georgie war es Zeit für einen Spaziergang. Sarah machte ihr Baby fertig, setzte ihm sein Mützchen auf, und sie traten hinaus in den sommerlichen Sonnenschein. Sarah schob den Kinderwagen durch Straßen, die ihr vertraut und neu zugleich vorkamen. Sie und Alex waren erst vor kurzem nach London zurückgekehrt, nachdem sie neun Monate auf dem Land verlebt hatten. Sie waren für kurze Zeit nach London gekommen, als Sarah im St.-Mary's-Krankenhaus Georgie zur Welt brachte, danach aber wieder in das Cottage in Dorset zurückgekehrt, das Sarah mitten auf dem Land gemietet hatte und wo ihr Onkel Jacob oft und lange zu Besuch kam. Es war aufregend für Sarah, wieder hier zu sein, und sie war nervös. Sie sah sich um. Früher oder später würde sie irgendjemandem über den Weg laufen, den sie kannte, und ihr Geheimnis würde gelüftet sein. Bis jetzt wussten lediglich Alex, Jacob und ihre Reinemachefrau Mrs. V., Mutter von fünf Kindern, von Georgies Existenz. Sie sah auf ihr Kind hinunter, hielt spontan an, um ihn mit Küssen zu bedecken. Er lächelte und kringelte sich, und sie lachte vor Freude.

»Du bist mein kleines Geheimnis, nicht wahr, mein Kind der Liebe. Ich denke, irgendwann demnächst werde ich dich mit der Welt teilen müssen, aber im Augenblick gibt's nur uns beide, niemanden sonst.« Georgie gluckste, als hätte er alles verstanden und würde sich über diese Aussicht freuen.

Stolz schob Sarah den Kinderwagen durch die Straßen und den Verkehr, bis sie die Stille des Battersea Parks erreichten.

Dort spazierte sie eine Stunde in der warmen Sonne, bevor sie nach Hause zurückkehrte, als Georgies Mittagsmahlzeit nahte. Alex war für sein Training aus dem Haus gegangen, als sie zurückkamen. Er trainierte ausdauernd sechs Tage die Woche, um seine Kraft und Fitness wiederzuerlangen. Sarah wusste, dass er gute Fortschritte machte, aber sie wusste auch, dass er sich den Schmerz nicht anmerken ließ. Nur gelegentlich entwich ihm, bevor er es verhindern konnte, eine Grimasse, die verriet, dass er noch immer litt. Die Ärzte hatten gesagt, er sei zu achtzig Prozent genesen. Alex hatte gesagt, er fühle sich wieder fit genug für eine Trekkingtour im Hochgebirge. Die Ärzte hatten unter Vorbehalt zugestimmt. Noch ein Sturz auf das zertrümmerte Bein, das noch immer von Stiften zusammengehalten wurde, und er würde seinen Trekkingtouren vielleicht für immer Lebewohl sagen müssen, hatten sie ihn gewarnt. Aber Alex würde sein Leben immer nur voll auskosten. Schleichenden Kompromissen stattzugeben, das war nicht seine Sache. Wenn zwischen ihm und dem, was er wollte, das Risiko war, entschied er sich, genau wie seine Schwester, einfach für den Sprung.

Sarah hob einen Pulli auf, den er hatte fallen lassen, faltete ihn zusammen und legte ihn auf die Anrichte. Sie machte es sich im Küchensessel bequem und legte sich Georgie für seine frühe Nachmittagsmahlzeit an die Brust. Sie hatte ihn eben zu Ende gestillt und für ein Nickerchen zu Bett gebracht, als es an der Tür läutete.

»Scheiße, wer ist das denn?«, flüsterte sie im Stillen und schlich leise aus dem Zimmer, um Georgie nicht zu wecken. Sie eilte die Treppe hinunter, bevor es noch einmal läuten konnte, und riss die Tür auf.

»Eva Cunningham«, rief sie.

»Unpassende Zeit?«

Sarah gab sich einen Ruck. »Was? Ja, nein, entschuldige.« Sie strich sich das Haar aus dem Gesicht. »Ich bin nur etwas durcheinander, dich hier zu sehen. Ich dachte, du wärst irgendwo im Südpazifik.«

»Sarah Jensen durcheinander, *das* ist nun aber etwas Neues«, intonierte Eva in ihrem eisigen, schnurrenden Tonfall. »Ich *war* im Südpazifik. Wir sind vor einer Woche zurückgekommen. Hör mal, soll ich dir meine Lebensgeschichte hier auf der Türschwelle erzählen, oder willst du mich ins Haus lassen?«

Sarah grinste, wobei sie wieder ein bisschen mehr wie sie selbst aussah. »Ich werde dich den ganzen Tag hier draußen stehen lassen, wenn ich dafür deine Lebensgeschichte erzählt bekomme.«

Eva grinste zurück. »Ja, träum weiter, Babe.« Sie trat ein und ging auf die Treppe zu, in Richtung Küche, wo sie im Allgemeinen beisammensaßen.

»Nein, dort unten in der Küche ist es schrecklich unaufgeräumt. Lass uns lieber hier oben bleiben.«

Eva warf ihr einen prüfenden Blick zu, sagte jedoch nichts.

»Was willst du trinken?«, fragte Sarah. »Es ist ein bisschen zu früh für Sekt, um deine Rückkehr zu feiern.«

Evas Augen verengten sich, und sie blickte Sarah zweifelnd an. »Verkalkst du allmählich? Ich trinke nicht, Sarah, weißt du das nicht mehr?«

»Ach ja.« Eva Cunningham war eine Ex-Heroinsüchtige, so viel hatte sie Sarah erzählt.

»Wie wär's dann mit Kaffee?«

»Gern, aber lass dich meinetwegen nicht abhalten, wenn du einen Schluck Alkohol trinken willst.«

»Keine Sorge, ich trinke auch nicht.«

»Na, das überrascht mich jetzt aber wirklich. Was ist los? Bist du auf Entzug?«

»In solchen Mengen habe ich noch nie getrunken, Eva«, entgegnete Sarah schnippisch. »Ich lege einfach einmal eine Pause ein. Und jetzt hole ich dir deinen Kaffee«, beeilte sie sich zu sagen, um Eva keine Zeit für Fragen zu lassen. Sie ging in die Küche hinunter und ließ Eva in dem spielzeugfreien Wohnzimmer im Erdgeschoss zurück. Ein paar Minuten später kam sie wieder, mit Kaffee für Eva und Kamillentee für sich selbst.

Eva warf einen skeptischen Blick auf den Kamillentee. »Trinkst du Pferdepisse?«

»Sehr witzig.«

»Was ist denn los? Du siehst irgendwie anders aus.«

»Erzähl mir von eurer Reise«, sagte Sarah, während sie mit den Fingern in die Hosentasche glitt, um sich zu vergewissern, dass das Babyfon noch eingeschaltet war. »Erzähl mir vom Südpazifik. Wie habt ihr es überhaupt geschafft, diese Gegend wieder zu verlassen?«

»Na ja«, sagte Eva ironisch. »Andrew hat seinen Job aufgegeben, ist mir dorthin gefolgt, und wir haben zwei Jahre dort gelebt, mit Unterbrechungen. Aber allmählich ist er dort unten verrückt geworden, also war es nur fair, dass ich mich jetzt einmal nach ihm richte. Wir sind zurückgekommen, um eine Ermittlungsfirma zu gründen, Nachforschungen über Firmen, Nachforschungen über Privatpersonen, du weißt schon, was ich meine.«

»Wie das, was wir beide früher bei Kroll gemacht haben?«

»Genau. Arbeitest du noch immer dort?«

»O nein.« Sarah schüttelte den Kopf. »Ich bin ein Jahr dort geblieben, aber ich bin einfach kein Angestellten-Typ. Ich hab mich selbstständig gemacht, arbeite freiberuflich hauptsächlich für Goldsteins, aber ich hab mir jetzt schon seit längerem etwas Auszeit genommen.«

»Und was machst du? Wie bezahlst du die sprichwörtliche Miete?«

Bevor Sarah antworten konnte, wurden aus dem Babyfon in ihrer Jeanstasche verschlafene Schreie laut. Evas Augen weiteten sich.

»Entschuldige, aber ich glaube, deine Jeans weint.«

Sarah erhob sich, das Gesicht ohne jede Verstellung. Sie ging zu Georgie hinauf, hob ihn hoch und drückte ihn an sich. Sie trug ihn hinunter. Eva war aufgestanden, als sie ins Zimmer trat.

»Nein, ich fass es nicht. Sarah, du bist Mutter.«

Sarah grinste.

»Wer ist denn der Kleine?«, fragte Eva leise.

Sarah drehte sich zur Seite, sodass Georgie und Eva einander Auge in Auge betrachten konnten. »Das ist Georgie. Georgie, das ist Eva.«

»Mein Gott, Sarah. Ich bin ja kein besonders mütterlicher Typ, das weißt du, aber er ist einfach *schön.*«

Ihre Freundin strahlte. »Ja, nicht wahr. Das Schönste, was ich je im Leben zu Gesicht bekommen habe. Er ist die große Liebe meines Lebens, das Kostbarste auf der Welt.«

»Wow, dich hat's ja ganz schön erwischt«, sagte Eva. »Das hätte ich nie von dir gedacht, von dir am allerwenigsten.«

Sarah nahm wieder Platz, Georgie auf dem Schoß. »Ich habe keine Wahl in dieser Sache. Ich würde wirklich für ihn sterben. Wenn man andere Leute das sagen hört, denkt man immer, wie die übertreiben, aber es stimmt. Ich sage dir, mütterliche Fürsorge ist das Stärkste, was es auf dieser Erde gibt.«

»Das glaube ich durchaus«, sagte Eva, während sie Sarah und Georgie gegenüber Platz nahm. »Und wer ist der Vater? Ich wusste ja gar nicht, dass du jetzt ein Familienleben angefangen hast.«

»Das habe ich auch nicht.«

»Ach. Ich glaube, da haben wir beide noch einiges nachzuholen.«

»Da gibt's nicht viel zu erzählen.«

»Was? Du bist schwanger geworden, und er hat dich verlassen?«

»Nein. Ich habe ihn verlassen, bevor ich überhaupt wusste, dass ich schwanger war.«

»Hast du's ihm danach gesagt?«

Sarah schüttelte den Kopf.

»Wer weiß es denn dann überhaupt?«

»Fast niemand.«

»Das steckt also hinter all dieser Geheimnistuerei, als ich hereinkam. Ich dachte schon, du hättest unten einen Liebhaber.«

Sarah grinste. »Ich hatte schon so lange keinen Liebhaber mehr, dass ich fast vergessen habe, wie es sich anfühlt.«

»Ziemlich gut, das muss ich schon sagen.«

»Ach, keine Sorge, das kommt bei meinen derzeitigen Träumen an allerletzter Stelle. Wenn ich die Wahl zwischen Schlaf und Sex habe, macht jedes Mal der Schlaf das Rennen.«

»Darf ich dir eine Frage stellen?«, fragte Eva sanft.

»Was?«, fragte Sarah misstrauisch.

»Na ja, du hast festgestellt, dass du schwanger bist. Du hattest eine Karriere. Du hattest ein Leben, hattest allem Anschein nach alles gedeichselt, und verglichen damit ist es doch immer noch schwer, ein Kind allein großzuziehen, selbst im neuen Millennium, vor allem für Frauen wie uns, du weißt schon, vermeintliche Karrierefrauen. Was hat dich dazu bewegt, dein Kind trotzdem auszutragen?«

Sarah küsste Georgies flaumigen Kopf und drückte ihn fester an sich. »Was soll ich sagen? Ich habe auf mein Herz gehört, nicht auf meinen Verstand. Ich war entsetzt, als ich feststellte, dass ich schwanger war, völlig schockiert, aber dann habe ich erst einmal einen Gang zurückgeschaltet, habe mir Zeit gelassen, die Gefühle jenseits der Angst wahrzunehmen, und weißt du, es war, als würde dieses kleine Wesen zu mir sprechen. Ich habe gespürt, dass es da war, dass es in mir lebte, und ich wusste, ich müsste ihm die Chance auf ein Leben geben. Und nach all dem, was mit meiner eigenen Familie passiert ist, so viele Todesfälle ... die Chance, selbst eine Familie zu gründen – wie hätte ich das ausschlagen können? Aber es war mehr als das. Ich habe mich schon damals in ihn verliebt, als er noch ein winziger Fötus war, so klein, dass man ihn mit bloßem Auge nicht einmal erkennen konnte.«

Eva nickte. »War es schwer?«

Unvermittelt traten Sarah Tränen in die Augen. »Das Schwerste, was ich je getan habe. Ich kann dir sagen, jede Nacht dreimal aufzustehen, um ihn zu stillen, und jede

Nacht sechsmal, um ihn zu trösten, das ist tausendmal schwerer, als Nächte im Büro durchzuarbeiten. Du würdest nicht glauben, wie erschöpft man sich dabei fühlt, und man kann eben nicht einfach aufstehen und weggehen. Dieses kleine Ding ist völlig auf dich angewiesen, um zu überleben.«

»Das würde mich völlig fertig machen, all diese Verantwortung.«

»Hundertprozentige Verantwortung. Für immer. Es macht mir immer noch Angst. Ich dachte immer, wenn ich je ein Kind haben sollte, dann würde ich die Bedingungen festsetzen, dann würde ich der Erfahrung Grenzen setzen, die Mutterschaft genau abstecken, mein altes Ich weiterleben lassen, aber das ist unmöglich. Man wird ein neuer Mensch. Vielleicht ist es wie eine religiöse Bekehrung, nur dass ich das Gefühl habe, es ist noch unendlich viel stärker. Wenn dein Kind geboren wird, dann wirst du selbst neugeboren. Du kannst nicht mehr in dein altes Leben zurück.«

»Sehnst du dich denn je danach zurück?«

»Manchmal.«

»Würdest du die Geschichte neu schreiben, wenn du es könntest? Gar nicht erst schwanger werden?«

Sarah schüttelte entschieden den Kopf. »Ich würde nicht ein bisschen ändern. Es gibt nichts Schöneres als diesen liebevollen Blick in seinen kleinen Augen, wenn ich in sein Zimmer komme und er mich sieht, es gibt nichts Schöneres, als ihn zu halten und zu stillen, als den Augenblick, in dem er geboren wurde und ich dalag und sie ihn mir reichten ... Na ja, man kann es nicht in Worte fassen. Unser Leben lang warten wir darauf, dass uns etwas Überlebensgroßes widerfährt, dass wir völlig verzückt werden, Zauber entdecken, ein Wunder erleben. Und das ist das Größte von alledem. Ich werde es nie vergessen.« Sie streifte mit den Lippen über Georgies Gesicht. »Nichts wird sich je damit vergleichen können.«

Eva verfiel in Schweigen. Das hier war eine Sprache, die sie nicht kannte, aber sie konnte die Kraft erkennen, die in ihr lag. Die Stärke von Sarahs Liebe zu ihrem Kind rührte sie fast zu Tränen. Sie fragte sich, ob sie selbst je eine solche Liebe empfinden würde.

»Du kannst dich wirklich glücklich schätzen«, sagte Eva langsam. Sarah schenkte ihr ein strahlendes Lächeln, überglücklich, dass Eva gesehen hatte, was sie empfand, was das Leben für sie jetzt war.

»Ich bin so glücklich, wie man nur sein kann.«

»Noch eine Frage«, sagte Eva. »Wie kommt es überhaupt, dass du schwanger geworden bist? Ich meine, du bist doch nicht unbedingt leichtsinnig.«

»Ich hatte die Pille genommen«, sagte Sarah. »Ich dachte, es sei sicher. Aber ich hatte eine leichte Magenverstimmung. Dachte in dem Augenblick nicht daran, aber ich glaube, die Pille muss einfach durch mich hindurchgerutscht sein, bevor sie ihren Job erledigt hatte.«

»Aha. Letzte Frage.«

Sarah ahnte schon, worum es ging, graute sich davor.

»Darf ich fragen, wer der Vater ist?«

Sarah lächelte und schüttelte den Kopf.

»Dann sag mir einfach, wie er ist.«

Sarah seufzte. »Er ist umwerfend. Der charismatischste, erotischste, herrlichste Mann, dem ich je ins Auge geblickt habe.«

»Warum in aller Welt hast du ihn dann sitzen lassen?«

»Aus all diesen Gründen. Ich habe mir gesagt, ich will keine Sklavin der Liebe sein.« Sarah lachte. »Und nun sieh mich an.«

»Meinst du, du wirst seinen Vater je wieder sehen?«, fragte Eva.

Sarah schüttelte den Kopf. »Das glaube ich kaum. Unsere Wege haben sich einmal im Leben gekreuzt. Man kann vom Schicksal nicht erwarten, dass sie sich noch einmal kreuzen.«

9

Das Telefon klingelte in genau dem Augenblick, in dem Eva ging. Sarah stürzte ins Zimmer und nahm ab, Georgie auf dem Arm.

»Sarah, James Savage.«

»Ach, hallo, James, wie geht's Ihnen?«

Georgie gluckste.

»Was war denn das?«, fragte Savage.

»Das Radio«, sagte Sarah. »Augenblick, ich stell's rasch ab.« Sie brachte Georgie ins Zimmer nebenan, legte ihn auf den Boden und besänftigte seinen prompten Tränenausbruch mit seinem Lieblingsspielzeug, einem gelben Hasen. Sie eilte zurück ans Telefon. »Entschuldigen Sie, James.«

»Hm. Ich wusste gar nicht, dass es so lange dauert, ein Radio abzustellen.«

»Na schön, jetzt bin ich jedenfalls wieder da.«

»Das sind Sie, und spitzer denn je, könnte man meinen. Sind Sie noch an Arbeit interessiert? Ich weiß, Sie sagten, die Auszeit, die Sie sich nehmen wollten, müsste jetzt in etwa zu Ende sein. Hatten Sie denn eine schöne Zeit?«

»Und wie.«

»Ach ja, das ist ein Leben. Jung, frei und ungebunden.«

Sarah unterdrückte ein Gähnen. »Erzählen Sie mir mehr davon.«

»Also, hätten Sie gern etwas Arbeit?«

O mein Gott. Sarah spürte, wie ihr ganzer Körper von Panik ergriffen wurde. Sie war noch nicht so weit, wieder zu arbeiten, wieder in diese Welt zurückzukehren. Sie kam ihr inzwischen so fremd vor. Was einmal ihr Fachgebiet gewesen war, erschien ihr nun erschreckend unzugänglich. Sie wollte Georgie nicht allein lassen. Sie wollte sich kein Kindermädchen nehmen und ihn abgeben, aber sie wusste, dass dieser Augenblick irgendwann kommen musste, früher oder später. Sie brauchte das Geld. Schlicht und ergreifend. Nachdem sie Alex aus der Patsche geholfen hatte, war sie ohnehin schon knapp bei Kasse, aber nun hatte sie auch noch ein Kind durchzufüttern. Wie Millionen anderer Frauen vor ihr blieb ihr keine andere Wahl, als wieder arbeiten zu gehen. Aber sie hatte Glück. Ihre Arbeit war lukrativ. Sie konnte ein paar Monate arbeiten und sich dann etwas Zeit freinehmen. Sie holte einmal tief Luft und entschied sich.

»In Ordnung. Ich mach's.«

»Wollen Sie denn gar nicht wissen, was es ist?«, fragte Savage überrascht.

»Sagen Sie mir einfach, wo ich sein soll und wann.« Was spielte es schon für eine Rolle? Arbeit war Arbeit. Sie brachte Geld ein, das war das Einzige, was im Augenblick zählte. Sie konnte sich nicht den Luxus erlauben, selbst zu entscheiden, was interessant war, was nach ihrem Geschmack war, was sie ablehnen konnte.

»In meinem Büro. Morgen früh um elf.«

Wie schnell und beängstigend sich unsere Lebenseinstellung doch ändern kann, dachte Sarah. Die Arbeit war für sie immer eine Art Leidenschaft gewesen, geliebt und gehasst, eine notwendige Therapie und eine Ablenkung. Jetzt war sie ein Mittel, um die Rechnungen zu bezahlen, nichts weiter. Sie hatte Alex immer unterstützt. Er versuchte, Geld zu verdienen. Hin und wieder verfasste er einen Artikel zum Thema Bergsteigen, aber von seinem Honorar konnte er sich allenfalls ein neues Paar Stiefel kaufen. Er war ein Träumer, ein leidenschaftlicher Bergsteiger und Abenteurer, und Sarah hatte das, wofür er sich entschied, immer gern finanziert, aber jetzt hatte sie auch noch Georgie. Der Berg ihrer künftigen finanziellen Verpflichtungen türmte sich vor ihr auf. Sie brauchte die Ablenkung nicht mehr, die die Arbeit ihr früher geboten hatte. Sie wollte mit Georgie zu Hause sein. Sie hatte einen Grund zu leben, sie musste ihr Leben nicht mehr rechtfertigen, indem sie sich am Arbeitsplatz behauptete. Sie war eine der besten Devisenhändlerinnen in der Londoner City gewesen, hatte genügend Geld verdient, um es zu beweisen. Auch wenn sie noch immer stolz auf ihre Erfolge war, so sprach die Geisteshaltung, die damit verbunden war, doch eine Sprache, die ihr inzwischen fremd war.

Sie fragte sich, was für einen Auftrag Savage wohl für sie auf Lager hatte – einen Handel oder eine private Ermittlung? Würde sie mit ihrem breiigen Hirn und mangelnden Ehrgeiz auch nur eines von beiden überhaupt noch beherrschen? Ihr Handwerk als Privatermittlerin hatte sie bei Kroll gelernt, wo Eva Cunningham ihre Mentorin gewesen war. Eva hatte sieben Jahre lang als Undercover-Agentin für den MI 6 gearbeitet. Ihre Tarnung war so weit gegangen, dass sie sich Heroin spritzte, um sie zu untermauern – und im Handumdrehen süchtig wurde. Die Jahre der Abhängigkeit lagen inzwischen längst hinter ihr, ebenso wie die Tage beim MI 6, aber sie hatte Sarah mit dem, was sie gelernt hatte, jede Menge Tricks beigebracht, die man auf keinem bereinigten Lehrplan eines Kurses für Privatermittler finden würde. Sarah versuchte vergeblich, sich irgendwelche davon ins Gedächtnis zu rufen, fragte sich, wie in aller Welt sie Savage etwas vormachen sollte.

Das Geräusch der Tür, die sanft geschlossen wurde, ließ sie aufmerken. Georgie sah interessiert von seinem Kissenlager auf dem Boden hoch. Alex schneite herein, mit schweißnassem Haar, das ihm am Kopf klebte.

»Hallo, ihr beiden.« Er hob Georgie hoch und knuddelte seinen Neffen überschwänglich.

»Ich bin völlig geschafft. Ich denke, ich werde mich erst einmal duschen und hinlegen.« Sein Blick fiel auf Sarah, und sein unbekümmertes Lächeln verschwand. »Was ist los?«

Sarah strich sich das Haar aus dem Gesicht nach hinten und hielt es in der Faust fest. »James Savage hat eben angerufen. Er will, dass ich morgen bei Goldsteins vorspreche. Hat irgendeinen Job für mich.«

»Ah.« Verständnis strömte über Alex' Miene.

»Ich bin noch nicht so weit«, sagte Sarah mit einem Schulterzucken. »Ich stille noch. Ich war noch nie länger als ein paar Stunden von Georgie getrennt. Wie soll ich denn irgendein verdammtes Meeting in der City bewältigen? Wie soll Georgie es bewältigen? Was soll ich sagen? Ich habe in den letzten acht Monaten im Grunde nie etwas Spannenderes erörtert als die Frage, welche Windelmarke man am besten kauft.«

Alex lächelte. »So übel bist du nun auch wieder nicht.«

»Aber nicht weit davon entfernt. Und wer soll sich um Georgie kümmern? Du musst schließlich zu deinem Training.«

»Ich könnte es in Gottes Namen einmal ausfallen lassen.«

Sarah schüttelte den Kopf. »Vielleicht werde ich Jacob anrufen«, sagte sie.

»Du weißt doch, dass er dir liebend gern aushelfen würde«, sagte Alex.

Sarah lächelte. Georgie und Jacob liebten sich abgöttisch. »Ja, ich werde ihn anrufen. Vermutlich ist es sowieso bloß eine einmalige Angelegenheit. Wenn Savage erst einen Blick auf mein verkrüppeltes Gehirn geworfen hat, wird er mich in die Wüste schicken, bevor ich mir sagen kann, mach dir nichts draus.«

10

Am nächsten Morgen wachte Sarah in einem Anfall von Panik auf. Was sollte sie anziehen? Sie hatte noch immer zwanzig Pfund Übergewicht. Was sollte sie sagen? Ihr Verstand war praktisch zu Brei geworden, sie war achtlos gegenüber allem geworden, was sich nicht um Georgie drehte, und völlig desinteressiert an allem außer ihm. Sie hatte keine Ahnung, was in der großen weiten Welt vor sich ging, geschweige denn auf den Märkten. Sie sah keine Nachrichten, sie las keine Zeitungen, sie las gar nichts.

In früheren Zeiten hätte sie sich einfach durch ein solches Meeting hindurchbluffen können, aber ihr Selbstvertrauen war wie weggeblasen, sie war sich nicht sicher, wohin oder warum oder wie, nur dass es verschwunden war. Sie begann, im Zimmer auf und ab zu laufen und vor sich hin zu sagen: *Du bist klug, du bist erfolgreich, du hast einen Abschluss aus Cambridge, du hast in deinem Leben Millionen von Pfund verdient, du hattest schon mit wirklich heiklen Typen zu tun und hast sie eingewickelt, du kannst alles erreichen.* Es klappte nicht. Sie konnte nicht einmal sich selbst überzeugen.

Als Jacob um neun kam, war Sarah noch im Nachthemd, mit wirrem Haar und Blick. Georgie hatte sich von der Panik seiner Mutter anstecken lassen und weinte herzzerreißend.

Sarah gab Jacob einen Kuss zur Begrüßung, während dieser sich mit glucksenden Lauten an Georgie wandte. »Hallo, Georgie. Hallo, du. Hallo-ho, Georgie.« Er schenkte ihm ein strahlendes Lächeln, das von Georgie bald erwidert wurde, der sein endgültiges Einverständnis erklärte, indem er sich fort von Sarah und hin zu seinem Großonkel streckte.

»Komm zu Onkel Jacob, na, dann komm.«

Sarah reichte ihn hinüber. Jacob drückte Georgie an sich und wandte sich über seine Schulter an Sarah. »Nun geh schon und mach dich fertig, Schätzchen.«

Seine Nichte trat von einem Fuß auf den anderen. »Ich glaube, ich kann das nicht. Ich kann noch nicht zurück. Es ist zu früh. Ich bin noch nicht so weit. Ich will nicht dorthin, Jacob. Warum sollte ich überhaupt, es ist nicht fair, es ist nicht –«

»Immer schön langsam, Schätzchen, immer mit der Ruhe. Du gehst jetzt dorthin, und du wirst deine Sache gut machen. Du hast in deinem Leben schon vor weitaus größeren Herausforderungen gestanden.«

»Ach ja? Ich kann mich gar nicht erinnern. Jedenfalls, das war die alte Sarah, die ist gegangen.«

»Nein, Sarah, das ist sie nicht, sie ist immer da und wartet nur auf einen Ausflug. Gib ihr eine Chance. Geh zu diesem Meeting und zeig's ihnen. Hör zu, denk immer an meinen Trick. Immer, wenn ich irgendwie nervös war und mich eingeschüchtert fühlte, habe ich mir einfach vorgestellt, wie derjenige, der mir dieses Gefühl gibt, nackt auf dem stillen Örtchen aussieht.«

Sarah lachte schallend auf.

»Es klappt«, sagte Jacob. »Versuch es.«

Das Trio – Jacob, der eine entschlossene Miene aufgesetzt hatte, Alex, der noch verschlafen und im Pyjama war, und Georgie, der verwirrt um sich blickte – winkte Sarah zum Abschied. Sie saß wie angefroren auf der Rückbank eines schwarzen Taxis und sah zu, wie sich auf der schier endlosen Fahrt in die City das Straßenbild veränderte. Wenn sie die vorbeihastenden Gestalten in Anzügen eingehend genug studierte, vielleicht würde sie sich dann ein paar ihrer alten Tricks wie durch Osmose wieder aneignen können.

Sie saßen alle da und warteten auf sie, die Gesichter ihr zugewandt, und beobachteten, wie sie in ihre Mitte trat. Am Kopf des Tisches saß James Savage, Vorstandsvorsitzender von Goldsteins und der Mann, der für Sarahs Anwerbung verantwortlich war. Er hatte sich zurückgelehnt, die Arme hinter dem silbergrauen Haarschopf verschränkt, eine glänzende Gestalt in einem tadellos geschnittenen marineblauen Nadelstreifenanzug. Seine Augen hatten sich zu Schlitzen verengt. Er lächelte, nicht vor Zuneigung, sondern vor Vergnügen. Sarah gefiel ihm, sie erzielte Ergebnisse. Aber noch mehr als das gefiel ihm ihre gefährliche Unberechenbarkeit. Er wusste von ihrem Ruf. Der Gouverneur der Bank von England hatte sie ihm empfohlen, allerdings mit dem Vorbehalt, dass sie die Unberechenbarste von allen war. Savage, der sich unter seinen Nadelstreifen gern für einen Renegaten hielt, hatte auf Anhieb eine Affinität verspürt. Hatte mehr als das verspürt, wenn er ehrlich war.

Er warf einen raschen Blick auf sie. Sie hatte zugenommen, trug eine weit geschnittene Hose und eine luftige Hemdbluse, dazu ein Paar klobige, flache Schuhe. Sie hatte eine äußerst frische Gesichtsfarbe, glühende Wangen. Sie sah unglaublich verlockend aus, mit der Wölbung ihrer Brüste, die durch den dünnen Stoff der Hemdbluse allzu deutlich erkennbar war. Sarah Jensen war die Verlockung der Lust auf zwei Beinen. Heute wirkte sie ein wenig erschöpft, abgelenkt, aber sie lächelte entschlossen. Wie sie sich diese Leichtigkeit bewahrte, diesen Hauch von Anmut, das war ihm ein Rätsel. Er kannte lediglich einen Teil ihrer Lebensgeschichte, und allein schon dieser Teil hätte einen Schatten über die sonnigsten Gemüter geworfen. Er wusste, dass sie seit ihrer Kindheit eine Waise war, dass die Zahl der Toten um sie herum während ihrer kurzen Zeit bei der InterContinental-Bank rasch angestiegen war, dass sie in großer Gefahr geschwebt hatte, ihr aber irgendwie entronnen war, nur um anschließend in den Himalaja zu fliegen. Die Schatten mussten schwer auf ihr lasten, und doch war sie nun hier, und allem Anschein nach so herrlich und entschlossen unbekümmert. Er konnte allenfalls ahnen, wie viel Mut und Lebensvertrauen dazu gehörten. Den einzigen Hinweis auf die Schicksalsschläge, die sie erlitten, die Kämpfe, die sie ausgefochten hatte, waren die Falten um die Augen, zu strenge Falten für eine solch junge Frau. Sie konnte die Dreißig noch nicht überschritten haben. Hin und wieder hatte er bemerkt, wie ein sorgenvoller Ausdruck über ihr Gesicht huschte, aber nur in jenen raren Augenblicken, in denen sie sich selbst nicht in Acht nahm.

Dick Breden, ein Privatermittler, den Savage für umfangreichere Ermittlungen einsetzte, als Sarah sie durchführte, begrüßte sie mit seinem irgendwie zwiespältigen Lächeln. Im Allgemeinen betrachtete er Sarah als Rivalin, doch die volle Kraft des Konkurrenzgeistes konnte er nie wirklich gegen sie aufbringen. Einerseits war das Geschäft mit Goldsteins allzu lohnend, als dass man es aufs Spiel setzen sollte, aber andererseits verhielten sich seine und Sarahs Arbeit eher komplementär als konkurrierend zueinander. Außerdem zerstreute sie mit ihrer draufgängerischen, unbekümmerten Einstellung meist jedes Rivalitätsgefühl. Er wusste, dass sie jederzeit aufspringen und das Feld räumen konnte, dass sie fast alles als Spiel ansah. Aus diesem Grund betrachtete er sie stets als Leichtgewicht – gegenüber ihm selbst als Schwergewicht –, wenn auch ein Leichtgewicht, das, wie Savage offensichtlich glaubte, auch in einer höheren Gewichtsklasse empfindliche Schläge austeilen konnte.

Breden streckte sich elegant und erhob sich. Er stand mit der Förmlichkeit eines Soldaten still. Zehn Jahre nach seinem Ausscheiden aus der Armee hatte er noch immer einen schlanken, muskulösen Körper.

Zaha Zamaroh, Chefin des Börsenparketts, Summa-cum-laude-Abschluss von Harvard, Gehirn wie ein Großrechner, mit einer Figur wie aus einem Rubens-Gemälde, blieb sitzen, mit übereinander geschlagenen Beinen, auf denen eine schwarze Seidenstrumpfhose glänzte. Schamlos begutachtete sie Sarah von Kopf bis Fuß, musterte die Garderobe und die Frau, wie sie es jedes Mal tat, wenn sie sich begegneten, suchte nach einem Makel und, dem triumphierenden Blick nach zu urteilen, fand ihn auch. Zamaroh war perfekt gestylt, wie immer; ihr empörend kurvenreicher Körper war in ein mandarinenfarbenes Chanel-Kostüm gehüllt, und ihr rabenschwarzes Haar fließend und schimmernd wie ein Ölteppich. Zamaroh war ein Raubtier, ein großer, glänzender schwarzer Panther, geschmeidig, klug und kräftig. Für sie war Sarah ein Spielgefährte, ein guter Spielgefährte, da sie einen Kampf genoss und gut kämpfte.

Ihr seid doch ein Schwarm von Piranhas, dachte Sarah.

Jeder von ihnen hatte etwas zu verbergen, das konnte Sarah ihnen an den Augen ablesen. Savage war zu selbstbewusst, zu glatt. Niemand gelangte in seine Position und blieb dort, ohne Geheimnisse und Fehltritte anzuhäufen. Sein Schutzwall waren der perfekt geschnittene Anzug, die abgehackte Redeweise, bar jeder Höflichkeit, um Macht und seinen überlegenen Status zur Schau zu stellen; Privatschulvokale, verdorben durch eine gelegentliche amerikanische Intonation und Wortwahl, nur um zu zeigen, dass er zum

Zeitgeist gehörte, ein Prinzipienreiter, der hart für sein Geld arbeitete, aber trotzdem am Ende auch noch eine Medaille erwartete.

Savage verabscheute die Presse, verabscheute sie mehr, als es vornehm oder vernünftig war. Dementsprechend verfolgte die Presse Goldsteins mit überdurchschnittlicher Schärfe. Im vergangenen Jahr hatte ein Journalist namens Roddy Clark, der gern aufreibend aggressiv gegen die City zu Felde zog, einen Artikel in *The Word* veröffentlicht, in dem er Goldsteins finanzielle Ungereimtheiten unterstellte. Vier Wochen später hatte *The Word* eine Gegendarstellung veröffentlicht und, wie man selbst zugab, eine beträchtliche Summe an Schadensersatz bezahlt, aber seltsamerweise arbeitete inzwischen keiner der Händler, die in den Skandal verstrickt waren, noch für Goldsteins. Genau genommen hatten sie die City vollständig verlassen. Aber Savage hatte überlebt, ebenso wie Zaha Zamaroh, die Vorgesetzte der verdächtigten Händler. Allerdings war sie ein wenig spröder geworden, fand Sarah, fast, als sei sie nur knapp davongekommen. Sie wirkte angriffslustiger, als seien ihr Unrechtsempfinden, ihr Zorn gegen die City und die Welt stärker als je zuvor. Sarah fand sie faszinierend. Diese Frau hatte die Glasdecke nach oben, in die Domäne der Männer, zertrümmert, doch die Scherben steckten noch immer in ihr, und Sarah hütete sich, ihr allzu nah zu kommen.

Was Breden betraf, so war er der Hüter der Geheimnisse anderer Leute, und wer wusste schon, wie viele Geschäfte er gemacht hatte, um in den Besitz dieser Geheimnisse zu gelangen? Je mehr man weiß, desto mehr kann man verkaufen. Goldsteins war sein größter Auftraggeber, aber irgendwie hatte er etwas von einem Söldner. Die übliche Distanz, die protzige goldene Armbanduhr, der Aston Martin. Er liebte das Geld mehr, als es gesund war, dachte Sarah.

Aber schließlich stand es ihr selbst wohl kaum zu, sich ein Urteil über all diese Leute zu erlauben.

11

Sie saßen um einen blank polierten Konferenztisch, und eine Sekretärin schenkte aus einer Silberkanne Kaffee ein. Savage leerte seinen Espresso und stellte die Tasse klirrend auf die Untertasse. Das Telefon neben ihm piepste einmal. Er nahm den Hörer ab und hörte unbewegt zu. »Bringen Sie ihn herein.«

Sarah trank ihr Mineralwasser; sie sah auf, als Evangeline, Savages Sekretärin, mit glänzenden Augen ins Zimmer kam. Sarah hielt ihr Glas hoch und trank es in genau dem Augenblick aus, in dem der Vater ihres Kindes den Raum betrat.

Sie glaubte, würgen zu müssen. Sie versuchte verzweifelt, das Wasser im Mund zu behalten, schaffte es schließlich, es hinunterzuschlucken. *Immer mit der Ruhe, immer mit der Ruhe. Das bringt dich nicht um, das ist nicht das Leben, das ist nicht der Tod. Atme, Mädchen, tief, langsam. Immer mit der Ruhe, verpatz jetzt nichts, du wirst das hier jetzt nicht verpatzen.* Sie spürte, wie aus ihren Brüsten Milch in die Baumwollpolster sickerte, die sie sich in den Büstenhalter gestopft hatte, nur zur Sicherheit, aber wenn es in diesem Tempo damit weiterging, dann würde ihr gesamtes Oberteil bald voll gesogen sein. O Gott, nicht einmal ihren eigenen Körper hatte sie unter Kontrolle. Sie suchte nach einem Eissplitter in ihrer Seele, einer eisernen Selbstbeherrschung, dann gab sie auf und versuchte es mit Jacobs Trick, versuchte, sich alle nackt auf dem stillen Örtchen vorzustellen. Die Anstrengung, die es sie kostete, das hysterische Kichern zu unterdrücken, brachte sie wieder zur Vernunft, verlieh ihr wieder so viel Selbstdisziplin, dass sie nach vorn blicken konnte, unverwandt, als hätte sie diesen Mann noch nie gesehen, nie die süßeste, leidenschaftlichste Liebesnacht mit ihm erlebt, nie Leben mit ihm in die Welt gesetzt. O nein, in diese Richtung hätte sie nicht denken sollen. Georgie saß vor ihr, in ausgewachsener, reifer Schönheit. Das Gesicht ihres

Sohnes stand so überdeutlich in John Redfords geschrieben, dass es fast schon unerträglich war.

Sie hörte, wie Savage mit der Vorstellung der Anwesenden begann. »Das hier ist Zaha Zamaroh, Chefin des Börsenparketts, und das ist Dick Breden, der ihr zur Seite stehen wird.«

Redford nahm Platz, mit kalter Miene, als stünde er ebenfalls unter Schock. Er gab niemandem die Hand, nickte nur in die Richtung derjenigen, die ihm vorgestellt wurden.

»Und das hier ist Sarah Jensen, ebenfalls eine Händlerin, die mit zu unserem Team gehört«, sagte Savage. Als Redford sich zu Sarah umwandte, kam es Sarah vor, als hätte er ihr einen kurzen Blick unterdrückter Emotionen zugeworfen; zu vieler, und sie kamen zu schnell, als dass sie sie hätte einschätzen können. Sarah nickte ihm im Gegenzug fast unmerklich zu. Redfords Blick verhärtete sich wieder, als wollte er sagen: *So wird es nun also sein.* Er ergriff zum ersten Mal das Wort.

»Hallo, Sarah. Es ist mir ein Vergnügen.«

Sie nickte, außer Stande, etwas zu sagen. Sie hielt sich weiterhin ihr Glas vors Gesicht, als wollte sie sich die glühenden Wangen kühlen.

Evangeline zog sich widerstrebend zurück. Sarah ließ den Blick durchs Zimmer schweifen. Savage schien entgegen seiner Art verunsichert. Zamaroh versuchte angestrengt, blasiert auszusehen, und Breden wirkte trotz seines britischen Understatements milde interessiert.

»Sie sind pünktlich, und Sie sind allein gekommen«, stellte Savage fest, um ein drolliges Lächeln bemüht.

»Warum sollte ich das auch nicht? Hören Sie, können wir dieses dämliche Rockstar-Getue jetzt sein lassen?«, sagte Redford gereizt. »Ich bin ein Geschäftsmann wie Ihre anderen Kunden auch. Mein Produkt trägt eben zufällig eine Menge Gepäck mit sich, aber doch nur in den Köpfen der Leute. Lassen Sie das Gepäck fallen, das macht das Leben leichter.«

»Ist Ihre Musik für Sie denn nur ein Produkt?«, fragte Zamaroh überrascht.

»Natürlich nicht«, entgegnete Redford mit plötzlicher Verachtung. »Musik ist der wichtigste Teil meines Lebens, aber deswegen muss ich doch noch lange kein blauäugiger Künstler sein, der sie nicht auch aus geschäftlicher Perspektive betrachten kann. Dieses Spiel kann ich schon auch spielen.«

»Aber nicht, wenn Sie sich hinsetzen, um Ihre Songs zu schreiben?«, hakte Zamaroh nach.

»Nein, dann nicht«, erwiderte er sanft. »In dem Augenblick ist mir das Geschäftliche piepegal, oder wie viele Platten ich verkaufen werde. Das Einzige, was dann für mich zählt, ist das, was ich ausdrücken will, dass ich das Gefühl vermitteln kann, das ich empfinde, dass ich die Leute mitreißen kann.«

Wie ein Schlangenbeschwörer, dachte Sarah, oder der Rattenfänger, der die Kinder wegführt. Es war ein hässliches Bild, das ungebeten auftauchte, und sie schalt sich selbst, während sie die Züge von Georgies Vater betrachtete. Während die Leidenschaft seine Miene erhellte, ließ er die Verletzlichkeit darunter für einen kurzen Augenblick aufblitzen.

»Möchten Sie vielleicht einen Kaffee?«, fragte Sarah, erleichtert und froh zugleich, dass sie ihre Stimme wiedergefunden hatte, aber auch verängstigt. Sie fühlte sich, als würde sie außerhalb ihrer selbst tätig sein, außerhalb der Selbstbeherrschung, der gesellschaftlichen Schranken und Konventionen. Und es half auch nicht unbedingt, dass bei dieser gesamten Besprechung eine irgendwie seltsame Stimmung aufkam, als Zamaroh von den Bilanzen in die Philosophie abschweifte.

Redford schien überrascht von Sarahs Stimme, und von ihrer Frage, und einen entsetzlichen Augenblick lang überlegte sie, ob sie ihn vielleicht etwas völlig anderes gefragt hatte.

»Ja, natürlich. Entschuldigen Sie bitte meine Unachtsamkeit«, sagte Savage zu Sarahs großer Erleichterung. »Kaffee, Tee, Mineralwasser?« Er grinste verwegen. »Whisky, Gin, Wodka, was auch immer.«

»Ein Mineralwasser, bitte. Still, Zimmertemperatur, ohne Eis, eine Scheibe Zitrone.«

Savage kniff die Augen zusammen, drückte auf einen Knopf auf einem Zierhahn, und Fred der Butler erschien, der in seinem Frack eine blendende Figur machte. Er nahm die Bestellungen entgegen, wobei er über Redfords einen Augenblick lang zögerte, dann verschwand er wie ein Geist, auf dicken Sohlen, die lautlos über den Plüschteppich schritten.

Alles in diesem Zimmer flüstert *Geld, Position, Privileg*, dachte Sarah. Savage, Zamaroh und Breden und, wie sie vermutete, auch sie selbst, wirkten stilvoll und beherrscht. Das klimatisierte Büro mit seinen hermetisch abgeschlossenen, doppelt verglasten Fenstern schien meilenweit entfernt von dem gottverdammten Geschäft des Geldverdienens, von den Träumen und Opfern, den Siegen und den Verlusten, die hinter jedem Vermögen lagen. Vielleicht war das der Grund, weshalb die Leute oft glaubten, dass diejenigen, die in der City das große Geld scheffelten, ihre dicken Gewinne im Grunde gar nicht verdient hatten. Die Nadelstreifeneleganz und die vornehmen Butler, das war alles nur Tarnung, ein Relikt aus den Tagen, als das Geldverdienen noch wie verbotener Sex betrieben wurde, heimlich hinter verschlossenen Türen. Und doch befand sich nur ein paar Stockwerke tiefer das Börsenparkett, das Geld um sich schleuderte, zusammenraffte und ausschwitzte.

»Würden Sie sich gern etwas zeigen lassen?«, hörte sich Sarah Redford fragen. »Das, worum es hier wirklich geht?«

Redfords Augen weiteten sich.

»Das Börsenparkett«, sagte Sarah. »Den Bauch dieses Hauses. Wollen Sie sehen, wo die Geschäfte abgeschlossen werden, wo Geld gewonnen und verloren wird, Emotionen Amok laufen ...«

»Ja. Sehr gern«, antwortete Redford, den Blick fest auf Sarah geheftet.

Savage blickte besorgt drein, Zamarohs Augen funkelten. Sarah hatte soeben öffentlich das ungeschriebene Gesetz gebrochen. Zeig den Kunden nicht den Schlachthof, in dem sie die Kadaver sind, an denen die Händler fressen. Zamaroh sah in Redford nicht, was, wie Sarah wusste, dort war: den rohen Ehrgeiz, der noch immer in einem Mann loderte, der allem Anschein nach den Gipfel seines beruflichen Erfolgs erreicht hatte. Sie erkannte, dass der Plüschteppich und die Butler ihn abstießen, dass die einzige Möglichkeit, ihn als Kunden zu gewinnen, darin bestand, ihm zu zeigen, dass sie selbst auch roh sein konnten, dass sie ebenfalls Hunger hatten, auch wenn sie fett und selbstzufrieden wirkten.

Sie verließen die stille Gruft des Konferenzraums und steuerten auf den Fahrstuhl zu. Redford ließ Sarah und Zamaroh den Vortritt. Er stand neben Savage, Sarah den Rücken zugewandt, während sie drei Stockwerke nach unten fuhren. Redford trug eine schwarze Wollhose und einen eng anliegenden feinen Wollpullover. Sarah bemerkte die Kerbe seines Rückgrats, und die Muskeln, die nach beiden Seiten hin anschwollen. Sie erinnerte sich, wie sie über die Konturen, die sie nun vor sich sah, erst mit den Fingern, dann mit der Zunge hinweggeglitten war. Sie musste an seinen Geruch denken, an seinen Geschmack. Die Fahrstuhltür ging auf. Savage schritt hinaus. Redford trat einen Schritt zurück und ließ Zamaroh und Sarah wiederum den Vortritt. Sarah hielt den Blick nach vorn gewandt und ging an ihm vorbei, so nah, dass sie ihn fast berühren konnte. Sie ging auf den Eingang des Börsenparketts zu, in dem Bewusstsein, dass sein Blick ihr folgte.

Zamaroh schwenkte ihren elektronischen Ausweis vor den Türen des Börsensaals, und auf ihr Kommando schoben sie sich auf. Der tosende Lärm war das Erste, was ihnen entgegenschlug, das Brüllen von vierhundert Händlern, das Summen ihrer Terminals, das elektronische Piepsen von Telefonen, das Wutgeheul und das Triumphgeschrei. Zamaroh führte sie weiter in den Saal. Gesprächsfetzen wetteiferten miteinander.

»Ich nehm eine Tonne zu neunundvierzig zwanzig.« – »Du

Dreckskerl, du hast mich mit dem Endox-Deal ausgetrickst. Das zahl ich dir heim, dir vertrau ich nie mehr.« – »Jaaaa! Ich bin hochgeschossen wie eine Rakete. Bin ich jetzt der Größte oder nicht?« – »Scheiße, das Ganze gottverdammte Ding rutscht so schnell ab, ich krieg die Krise.« – »Gib's mir, Baby, alles bis aufs Letzte!«

Redford wandte sich zu Sarah um. »Hier haben Sie gearbeitet?«

»Sieben lange Jahre«, antwortete sie. Sie sah die Frage in seinem Blick. »Mit ein paar Unterbrechungen hier und da.«

»Und sind Sie gut?«

»Was glauben Sie?«

Sie sah die Belustigung in seinen Augen aufflackern, bevor er sie rasch unterdrückte und wieder sein Pokerface aufsetzte.

Als sie wieder im Konferenzraum Platz genommen hatten, ergriff Redford die Initiative. »Also«, sagte er. »Verbriefung. Erklären Sie mir, wie das funktioniert.«

»Zuerst einmal«, sagte Zamaroh, »erzählen Sie mir genau, was Sie wollen. Wie haben Sie von Goldsteins erfahren?«

Sarah und Redford sahen sich an. Sie befürchtete, in diesem einen Augenblick würde der Blick, den sie tauschten, alles verraten.

»Ab jetzt werde ich übernehmen.« Eine kratzige Stimme kam von der Tür und forderte jedermanns prompte Aufmerksamkeit. Ein Mann Anfang fünfzig stand in den Türrahmen gelehnt da, eine Hüfte vorgeschoben. Die Haltung lag irgendwo zwischen Lässigkeit und Aggression. Der Mann war schlank, in Jeans gekleidet, eine Lederjacke über die Schulter geworfen. Er hatte kurzes und dichtes graues Haar, das seinen Kopf nur an den Seiten bedeckte, die Mitte war eine glänzende Wüste. Seine Nase war lang und fleischig, die Lippen voll und die Augenlider schwer, wodurch er einen abgekämpften Eindruck machte. Es war der Mann auf dem durchgegangenen Pferd, der nun wiederhergestellt und, wie es schien, wieder eins mit seiner üblichen Arroganz war.

Sarah freute sich über sein Timing, fluchte über sein Erscheinen. Jetzt würde ihr Täuschungsmanöver endgültig auffliegen.

»Kann ich Ihnen helfen?« Savage erhob sich.

»Ich bin Strone Cawdor, John Redfords Manager«, verkündete er mit einem selbstgefälligen Grinsen. Für einen kurzen Augenblick stellte Sarah die unwürdige Überlegung an, ob es wirklich eine solch gute Idee gewesen war, ihm das Leben zu retten. Evangeline stand stumm neben ihm.

»Sie sind spät dran«, bemerkte Savage.

Cawdor sah überrascht aus. »Spät?«, fragte er, als sei dieser Begriff entweder neuartig oder bedeutungslos. »Na, aber jetzt bin ich doch hier, oder? Also, fangen wir an. Wie ich schon sagte, ab jetzt werde ich übernehmen.«

Sarah warf einen Blick auf Redford, um festzustellen, wie er zu dieser Sache stand. Der Rockstar beobachtete Cawdor mit Geduld und einer Spur von Belustigung.

Savage stellte die Anwesenden mit eiserner Korrektheit vor. Cawdor nickte erwidernd. Als Sarah an die Reihe kam, erwartete sie irgendeine Reaktion, ein Zeichen des Erkennens vielleicht, aber Cawdor schien sie nicht wiederzuerkennen. Aber andererseits war es auch schon anderthalb Jahre her – als es geschah, hatte er unter Schock gestanden, sie hatte einen Cowboyhut über einem braun gebrannten, staubigen Gesicht getragen, sie hatte zehn Kilo weniger gewogen, und sie war Teil einer Episode gewesen, die er vermutlich angestrengt zu vergessen suchte. Ein offensichtlicher Kontrollfreak, der die Kontrolle verloren hatte. Nicht einer seiner besten Augenblicke. Also war sie hier einfach die Bankerin, ein anonymer Anzug, und das war ihr nur recht. Sie stieß einen leisen Seufzer der Erleichterung aus.

»Wir haben Ihre Vertrauenswürdigkeit überprüft«, erklärte Cawdor, während er neben seinem Star Platz nahm, »und Ihr Ruf ist so weit ausgezeichnet.«

Zamaroh schnaubte verächtlich. Cawdor drehte sich zu ihr um und starrte sie an. Zamaroh starrte zurück. »Sie nehmen hier an einem Schönheitswettbewerb teil«, fuhr Cawdor genüsslich fort, der an der Ausdrucksweise und den Anschauungen der City sichtlich Gefallen fand. »Wir werden mit anderen Banken ebenso wie mit Ihnen sprechen, also ...« – er nahm seine goldene Armbanduhr ab und legte sie auf den Tisch –, »... dann sagen Sie mir doch, weshalb wir zu Goldsteins kommen sollten.«

Bevor irgendeiner aus dem Goldsteins-Team auf diese tickende Zeitbombe reagieren konnte, ergriff Redford das Wort.

»Wir sind gekommen«, sagte er und starrte Sarah an.

»Sag das noch einmal«, verlangte Cawdor.

»Goldsteins kommt mit mir ins Geschäft«, sagte Redford gelassen.

»Du bist doch eben erst durch diese gottverdammte Tür spaziert.«

Savage fuhr zusammen.

Redford zuckte die Schultern und sagte nichts weiter. Als elegante Zurschaustellung, wer hier das Heft in der Hand hielt, war es einwandfrei.

Zamaroh grinste. Sarah sah zu, um Gleichmut kämpfend. Breden sah gelangweilt aus, eine Tarnung, unter der sich, wie Sarah wusste, lebhaftes Interesse verbarg.

Cawdor holte einmal tief Luft. Er wandte sich von Redford ab, als sei der Rockstar gar nicht anwesend. »Schön. Gibt's irgendwo Kaffee?«

»Wie hätten Sie ihn denn gern?«, fragte Savage harsch.

»Wie er aus der Bohne kommt. Schwarz wie das Pikass.«

Savage drückte auf den Summer seines Zierhahns. Fred erschien Sekunden später, außer Stande, sich verstohlene Blicke in Redfords Richtung zu verkneifen. Der Klatsch in der Küche, wusste Sarah, würde brodeln.

Cawdor leerte seinen Kaffee und schien seine Fassung wiederzugewinnen. »Na schön. Die Sache läuft folgendermaßen. So macht es Bowie. So machen es Iron Maiden.«

Sarah rätselte über seinen Akzent. Er war Amerikaner,

hatte aber einen seltsamen angloamerikanischen Einschlag, der normalerweise Engländer verrät, die sich amerikanisch geben wollen. Iron wurde *Iaarn,* Maiden zu *Mayden.* Sarah vermutete, dass er sich bei seiner Stimme Mick Jagger zum Vorbild nahm. Nicht dass sie Jagger je begegnet war, aber sie hatte Interviews mit ihm gehört.

»Verbriefung, darum geht es. Wir haben zwanzig Platinalben, was bedeutet, dass jede über eine Million Mal verkauft wurde«, fuhr er mit einem gönnerhaften Lächeln fort. »Aber jedes Album hat sich weitaus öfter als eine Million Mal verkauft. Die Absatzzahlen der Alben insgesamt belaufen sich auf über einhundert Millionen. John hatte in den Staaten sieben Nummer-eins-Alben hintereinander, und vier davon gleichzeitig in Großbritannien. Man hat ausgerechnet, dass drei Prozent aller Singles, Alben und Tonbandkassetten, die alljährlich weltweit verkauft werden, von ihm stammen. Er ist *der* Star. Er ist auf dem Höhepunkt seines beruflichen Erfolgs angelangt und wird auf Jahre hinaus dort bleiben. Wir wollen den Gewinn aus alledem jetzt haben, als Vorschuss. Eine Vermögensanlage, die hart für uns arbeitet, eine Wertpapieremission, Verbriefung, mit allem Drum und Dran.«

Er lehnte sich zurück, sein City-Vokabular war erschöpft. Interessant, dachte Sarah, er hat das Wort *Geld* nicht ein einziges Mal erwähnt, den einzigen Grund, weshalb dieses ganze Meeting überhaupt angesetzt wurde. Seine Aggression war eine erbärmliche Tarnung. Sarah vermutete, dass er es in seinem allgemeinen Umgang mit der Plattenfirma, mit Anwälten und Buchhaltern gewohnt war, die Zügel in der Hand zu halten, den Ton anzugeben. Aber wenn hier ein erfolgreiches Geschäft abgeschlossen werden sollte, dann zu Goldsteins' Bedingungen.

Savage wartete, bis das Schweigen peinlich wurde, bevor er das Wort ergriff. »Lassen Sie beide sich von uns ein bisschen über das Verfahren erzählen, über das, was wir für Sie tun könnten, und über das, was wir von Ihnen benötigen würden. Und dann werden wir feststellen, ob wir zueinander passen.« Er schenkte Cawdor ein kurzes, kühles Lächeln.

Cawdor lachte ungläubig auf. »Zueinander passen?«, sagte er höhnisch. »Was sind Sie? Eine Begleitagentur? Wir wollen doch schließlich nicht zusammen ins Bett gehen.«

Redford warf einen Blick auf Sarah. Die beiden sahen sich an, während Savage antwortete.

»Im Gegenteil«, sagte der Vorstandsvorsitzende. »In finanzieller Hinsicht ist es genau das, was wir tun *werden. Falls* wir uns entschließen, ins Geschäft zu kommen, werden wir Partner, sehr enge Partner. Sie färben auf uns ab, und wir färben auf Sie ab. Wir müssen jetzt so viel wie möglich über den jeweils anderen in Erfahrung bringen, uns überlegen, ob es klappen würde oder nicht. Beiden Seiten zuliebe«, sagte Savage nachdrücklich, als Cawdor versuchte, ihn zu unterbrechen. »Sie würden doch sicher nicht gern eine Bank beauftragen, die Kunden annimmt, ohne zunächst eine gründliche Überprüfung vorzunehmen? Das stünde doch sicher nicht im besten Interesse Ihres Klienten, oder?«

Redford wandte den Blick von Sarah ab. »Hätten Sie etwas dagegen«, fragte er Savage leise, »wenn wir jetzt einfach weitermachen? Erzählen Sie uns, was Sie uns vorschlagen, fragen Sie uns, was Sie wissen müssen. Wir werden versuchen, Ihnen behilflich zu sein.« Er warf einen raschen Blick in Cawdors Richtung.

»Darf ich?«, fragte Zamaroh. Savage nickte fast unmerklich.

»Wir schlagen Folgendes vor. Wir werden sämtliche Daten über Ihre Absatzzahlen seit Beginn Ihrer Karriere sammeln und die voraussichtlichen Absatzzahlen des aktuellen Plattenbestands für die nächsten sieben bis zehn Jahre überschlagen. Dazu müssten wir wissen, wie viel Prozent des Ladenpreises an Ihre Plattenfirma gehen, wie viel an Groß- und Einzelhändler und wie viel an Sie. Womit wir spielen müssen, das ist das Geld, das an Sie geht. Das ist unser Ausgangspunkt. Auf dieser Grundlage werden wir errechnen, wie hoch die Zinsbelastung sein darf, die Ihr Einkommen tragen könnte, mit einer Auswahl unterschiedlicher Zinssätze. Daraus werden wir dann die Kreditsumme errechnen, die Sie aufnehmen könnten, je nach Zinssatz. Im Rahmen dieses Verfahrens müssen wir entscheiden, in welcher Weise Sie die Kreditsumme in, sagen wir, zehn Jahren zurückzahlen. Sie könnten jedes Jahr einen Teil zurückzahlen oder im zehnten Jahr alles auf einen Schlag. Um festzustellen, was sich am besten eignen würde, müssten wir einen Blick auf die Qualität Ihrer Einkünfte werfen, wie stark sie schwankten, wie stark sie schwanken könnten.« Zamaroh hielt einen Augenblick inne. »Und genau hier wird die Sache heikel. Wir müssen uns so sicher wie möglich sein, dass Sie während der Laufzeit der Wertpapieremission nichts tun werden, was Ihrem Ruf und Ihren Einnahmen schaden könnte.«

»Wie zum Beispiel?«, fragte Redford.

»Ach, ich weiß nicht«, sagte Zamaroh ausweichend.

»Jede Straftat, die die Plattenkäufer empören könnte«, schaltete sich Sarah, an Redford gewandt, ein. »Die Käufer *Ihrer* Platten, um genau zu sein. Ich will hier kein Werturteil abgeben«, fuhr sie fort, »und lassen Sie es sich nicht einfallen, mich außerhalb dieser vier Wände zu zitieren, denn ich würde es abstreiten, aber Drogen würden hier kaum ins Gewicht fallen, wenn sie lediglich für den persönlichen Gebrauch bestimmt sind und die Kompositionen und Konzerte nicht beeinträchtigen. Dasselbe gilt auch für Alkohol, aber bei Straftaten gegen eine Person sieht die Sache schon anders aus. Rechnen Sie sich's selbst aus. Sie wissen doch, was mit Michael Jacksons Verkaufszahlen passiert ist, nachdem diese Anschuldigungen gegen ihn laut wurden.«

»Wollen Sie damit sagen ...«, begann Cawdor zu brüllen.

»Oh, tun Sie uns allen einen Gefallen, und lassen Sie das Theater«, fuhr Sarah ihn an. »Ich will damit überhaupt nichts sagen. Ich versuche lediglich, etwas so deutlich wie möglich zu erklären. Niemand von uns ist hier, um Ihrem Klienten am Zeug zu flicken, also benehmen Sie sich doch bitte nicht wie ein tollwütiger Rottweiler. Ich weiß ja, dass Sie lediglich versuchen, Ihre Arbeit zu machen, aber hier kommen Sie uns damit einfach nur in die Quere.« Redford beobachtete Sarah, offensichtlich bemüht, sich sein Lächeln nicht anmerken zu lassen. Cawdor starrte sie lange und gebannt an, während der entrüstete Ausdruck allmählich aus seinem Gesicht wich.

»Sie sind wirklich ein verdammt harter Brocken«, sagte er zu Sarah. Er schien noch eine Zeit lang über irgendetwas nachzugrübeln, bevor er seine Aufmerksamkeit schließlich wieder Zamaroh zuwandte. »Na schön«, sagte er etwas gelassener. »Zufälligerweise ist mein Klient grundanständig, aber weshalb eigentlich die Aufregung um diesen ganzen Scheiß?«

»Nehmen wir einmal an, es würde doch irgendetwas eintreten, was die Öffentlichkeit veranlasst, seine Platten nicht mehr zu kaufen«, erwiderte Zamaroh. »Dann würden seine Einkünfte nicht mehr ausreichen, um den Wertpapierbesitzern ihr Geld zurückzuzahlen, und die Chance, noch mehr Geld durch eine weitere festverzinsliche Wertpapieremission oder eine Aktienemission aufzubringen, wäre gleich null. Sie würden in Säumnis geraten, und wenn Sie eine persönliche Garantie für bestimmte oder sämtliche Wertpapiererträge übernommen haben – etwas, was ich im Übrigen nicht empfehlen würde –, dann könnten Sie letztendlich Bankrott machen.«

»Dazu wird es niemals kommen«, sagte Cawdor.

»Vielleicht nicht«, entgegnete Zamaroh, »aber es *könnte* dazu kommen, das ist der Punkt. Was wir abschätzen müssen, das ist die *Wahrscheinlichkeit*, dass es dazu kommen könnte, das *Risiko*, dass es dazu kommen könnte, und dann *bewerten* und *strukturieren* wir die Emission entsprechend diesem Risiko. Je höher das Risiko, desto höher der Zinssatz und desto niedriger die Summe, die Sie aufnehmen können werden. Ab einem bestimmten Risiko ist das Geschäft nicht mehr durchführbar. Je niedriger das Risiko, desto niedriger der Zinssatz, und desto mehr Geld können Sie aufnehmen und behalten. Die Leute, die das Geld zur Verfügung stellen würden, die die Emissionen erwerben würden, sind hochkarätige Institutionen. Sie berechnen Risiko und Gewinn bis ins letzte Detail, aber sie messen auch dem Namen Goldsteins großes Gewicht bei. Sie wissen, dass wir, wenn wir einen Kunden vertreten – es sei denn, wir haben irgendetwas mordsmäßig vermasselt –, ein gutes Geschäft anbieten.«

Savage ergriff das Wort. »Das ist es, was Sie sich mit dem Namen Goldsteins kaufen, aber davor müssen wir sicherstellen, dass unser Ruf nicht gefährdet ist. Wie ich bereits sagte und wie Miss Zamaroh andeutete, ist unser Ruf unser kostbarster Vermögenswert. Wenn Sie sich also entscheiden, mit uns zusammenzugehen, dann werden wir mit der, wie wir es nennen, ›verkehrsüblichen Sorgfalt‹ vorgehen müssen. Wir werden Sie durchchecken müssen, wie jeden anderen Kunden auch. Mit diesem Punkt müssen Sie sich also anfreunden, falls Sie sich entschließen, uns zu beauftragen.« Savage ließ die Worte in der Luft schweben.

»Wir haben nichts zu verbergen«, sagte Cawdor. Er warf einen Blick in die Runde und erhob sich dann. »Willst du sonst noch irgendetwas wissen, John, nachdem du diese Leute nun schon beauftragt hast?«, fragte er.

Sarah warf einen Blick auf Redford. Er sah ihr genau ins Gesicht. Er lächelte ihr zu, nickte Savage, Zamaroh und Breden zu und verließ das Zimmer. Cawdor folgte ihm. An der Tür hielt er noch einmal inne.

»Wir sind in einer Woche wieder hier.«

12

»Warum zum Teufel mussten Sie ihn mit aufs Parkett nehmen?«, brüllte Zamaroh.

»Was?«, fragte Sarah, die nun, nachdem Redford gegangen war, allmählich in einen Schockzustand glitt.

»Seien Sie still, Zaha«, sagte Savage. »Das hat Redford begeistert, das haben wir alle gemerkt.«

»Jetzt wissen alle, dass er hier war, und sie werden sich denken können, dass es um die Verbriefung geht«, gab sie zurück.

»Wenn man Redfords Worten Glauben schenken darf, dann haben wir das Geschäft«, sagte Savage.

»Ha! Sie würden einem Rockstar vertrauen?«

»Ich würde ihm nicht unbedingt vertrauen, aber ich denke, er hat seine Gründe, weshalb er uns das Geschäft anbietet, und die wird er wohl kaum ändern.«

»Und?«, bohrte Zamaroh mit einem zornigen Blick in Sarahs Richtung nach.

»Ich weiß nicht, was es für Gründe sein könnten«, entgegnete Savage, und es kam Sarah vor, als bemühte er sich angestrengt, den Blick *nicht* auf sie zu richten, »und es spielt im Grunde auch keine Rolle, oder? Tatsache ist, dass er Goldsteins den Zuschlag für das Geschäft erteilt hat.«

»Aber können wir es denn überhaupt annehmen?«, fragte Zamaroh. »Wie soll ich die Dinge denn jetzt noch unter Kontrolle halten, nach Sarahs kleiner Showeinlage?«

»O mein Gott, lassen Sie doch das Gemecker«, fauchte Sarah, die auf einmal aus ihrer Träumerei erwachte. »Ich habe ihn mit aufs Parkett genommen, weil er sich im Konferenzraum zu Tode gelangweilt hat. Und ich dachte, das Parkett würde ihm gefallen. Er ist ein schwärmerischer Typ, und er war begeistert.«

»Es *war* eine tolle Idee«, äußerte sich Breden anerkennend, was er nur selten tat.

»Allerdings«, pflichtete Savage bei.

»Danke«, sagte Sarah.

»Wir haben eine Woche Zeit, um zu Experten zum Thema Rockstar-Verbriefung zu werden«, sagte Savage auf einmal geschäftlich. »Es ist ein neues Produkt für uns, und wir können es uns nicht leisten, nicht auf dem Marktplatz zu sein. Wir haben den Bowie-Deal und den Iron-Maiden-Deal verpasst. Wir haben den Ruf, die vorherrschende Investmentbank auf dieser Welt zu sein, ein Marktführer, kein Nachzügler. Das hier wird ein hochkarätiges Geschäft werden. Es ist sexy. Es ist anders. Die Presse wird über uns berichten, wie sie es noch nie getan hat. Der Name Goldsteins wird über den Erdball verbreitet werden. Wir werden dieses Geschäft sowohl mit einer Unterschrift als auch durch Redfords Wort gewinnen, und wir werden es behalten.«

»Ich dachte, die beiden sind synonym«, sagte Sarah, verwirrt von Savages Kampfrede.

»Das dachte ich auch«, zischte Savage. »Was Sie nicht wissen, und was Sie unter allen Umständen für sich behalten werden, was lediglich die in diesem Zimmer Anwesenden wissen, ist die Tatsache, dass uns in den letzten sechs Wochen vier Geschäfte durch die Lappen gegangen sind, bei denen wir schon glaubten, wir hätten sie gemacht, im Wert von rund fünfzehn Millionen an Gebühren. Nur wir in diesem Raum wissen davon, aber irgendein Drecksack bei Goldsteins reicht *unsere* Geschäfte an die verdammte Konkurrenz weiter. Wir haben eine undichte Stelle, die sich zu einer Blutung auszuweiten droht. Wenn es so aussieht, als ob wir dieses Geschäft machen, nur um es uns im letzten Augenblick wegschnappen zu lassen, dann werden wir bald als die Teflon-Bank berühmt werden. Nichts bleibt haften. Das werden wir nicht noch einmal zulassen.« Savage hielt einen Augenblick inne und ließ seine Worte in der Stille bedrohlich nachhallen.

»Angenommen, das Geschäft wird tatsächlich abgeschlossen, dann sind die Einzigen, die über dieses Geschäft Bescheid wissen, bis es unterzeichnet und unter Dach und Fach ist, die in diesem Zimmer Anwesenden. Das heißt, wenn es eine undichte Stelle gibt, werde ich wissen, dass es einer von Ihnen dreien ist. Sarah, ich will, dass Sie zu Hause an diesem Geschäft arbeiten. Sie haben eine Woche Zeit, um ein Experte zum Thema Rockstar-Verbriefung zu werden. Stellen Sie fest, ob sich Redfords Plattenbestand verbriefen lässt, und wenn ja, erarbeiten Sie einen vorläufigen Plan und ein Angebot für das Geschäft.«

Sarah fühlte sich, als hätte man ihr mit der Faust in den Magen geschlagen.

Zamaroh füllte die Gesprächslücke. »Warum sollte Sarah sich darum kümmern?«, fragte sie. »Ich habe zehn Leute auf dem Parkett, die das mit geschlossenen Augen erledigen können. Die arbeiten Vollzeit auf den Märkten und sind mit diesen Dingen um einiges vertrauter als ein Freiberufler.« Zamaroh warf einen Blick in Sarahs Richtung, bevor sie sich wieder zu Savage umwandte und ihn funkelnd ansah.

»Entweder Sie oder Sarah«, erwiderte Savage. »In diesem Wespennest, das Sie dort unten haben, vertraue ich niemandem mehr, bis wir die undichte Stille ausfindig gemacht und gefeuert haben. Ich bin nicht gewillt, dieses Geschäft sausen zu lassen. Ist das klar? Und wenn ich einen Freiberufler nehmen muss, um die Vorarbeit zu leisten, dann werde ich es gern tun. Das ist Ihr Problem, Zamaroh. Einer Ihrer Leute ist ein Judas, und ich biete Ihnen eine befristete Lösung an.«

»Sie gehen davon aus, dass ich die Arbeit gern übernehmen werde«, sagte Sarah, als sie ihre Stimme allmählich wiederfand.

»Warum sollten Sie das nicht?«

O mein Gott, Sie haben ja *keine* Ahnung. »Wie Zaha bereits sagte, arbeite ich freiberuflich. Und sie hat schließlich all diese Vollzeitmitarbeiter.«

»Die können Sie doch in einem halben Tag überrunden, wenn Sie sich dazu entschließen.«

Zamaroh hielt den Atem an.

»Dann geben Sie mir einen Grund, weshalb ich mich dazu entschließen sollte«, sagte Sarah.

Savage erhob sich. Er warf einen Blick auf Breden und Zamaroh. »Entschuldigen Sie uns.«

Er ging mit Sarah in sein privates Badezimmer. Sie hockte sich auf das Marmorbecken und kühlte sich die Hände an dem kalten Stein. Savage schloss die Tür mit einem Tritt nach hinten und lehnte sich dann lässig dagegen.

»Eintausend pro Tag plus Spesen.«

»Nicht genug, James. Bei diesem Satz würden Ihre Vollzeitkräfte zweihundertvierzig Riesen im Jahr bezahlt bekommen, und Sie und ich, wir wissen beide, dass das Peanuts sind. Ihre besten Leute bekommen zehnmal so viel, also stellen Sie meine Geduld bitte nicht auf die Probe. Freiberufler bekommen ohnehin mehr bezahlt.«

»Welche lachhaft astronomische Summe würden Sie also als annehmbar betrachten?«

»Dreieinhalb, plus Spesen.«

»Das ist doch absurd. Mit solchen Preisen verderben Sie sich selbst das Geschäft. Wollen Sie diese Arbeit denn nicht?«

Nein, wollte sie aufschreien. *Ich will Ihre verdammte Arbeit nicht. Meine Brüste platzen gleich, ich will nach Hause und mein Baby stillen und Ihr Gesicht niemals wieder sehen, diesen gottverlassenen Ort niemals wieder betreten.* Sie sagte nichts, starrte nur zornig auf den Boden.

»Sie haben mich hier in der Zange, Sarah. Das werde ich Ihnen nicht verzeihen.«

»Es ist ein Markt, James, wie jeder andere auch. Greifen Sie zu, oder lassen Sie's bleiben.«

»Mein Gott, Sie sind ja knallhart geworden. Ich weiß gar nicht, was in Sie gefahren ist, Sarah. Sie sind ja ein völlig anderer Mensch.«

Sie lächelte.

»Na schön. Dreieinhalb plus Spesen.«

Scheiße, Scheiße, Scheiße, Scheiße, Scheiße. Sie hätte nie gedacht, dass er damit einverstanden sein würde.

»Nun machen Sie nicht so ein klägliches Gesicht«, sagte Savage ungläubig. »Jeder würde schwören, ich hätte Sie eben zur Sklavenarbeit abkommandiert.«

»Nein, nur ins Gefängnis.«

Savage warf ihr einen völlig verständnislosen Blick zu und ging, gefolgt von Sarah, zurück ins Konferenzzimmer. Zamaroh sprach am Telefon, geschäftsmäßig, in Eile, nahm sich aber doch die Zeit, klarzustellen, worum es ihr ging. Breden blickte leicht amüsiert drein. Zaha beendete ihr Gespräch mit einer Anweisung an ihren unsichtbaren Leibeigenen, *sich um die Sache zu kümmern*, und legte in dem Augenblick auf, in dem Savage Platz nahm und auf ihr Eindringen in sein Territorium mit einem zornig funkelnden Blick reagierte.

»Das Börsenparkett schläft nie, James.«

»Ein Börsenparkett, das an Schlaflosigkeit leidet. Was für eine beängstigende Vorstellung. Na schön. Hier ist mein Schlachtplan. Sarah wird uns bei diesem Geschäft aushelfen. Sie wird die anfänglichen Planungs- und Recherchearbeiten übernehmen. Wird ein Präsentationspaket für uns erstellen. Redford und sein Manager kommen in einer Woche wieder. Ich will die beiden an uns und unser vorläufiges Angebot binden, will, dass sie so bald wie möglich eine Auftragsbestätigung unterzeichnen. Sobald die Auftragsbestätigung unterzeichnet ist oder wir die undichte Stelle ausfindig gemacht haben, je nachdem, was schneller geht«, wandte er sich an Zamaroh, »können wir Ihre Leute auf das Geschäft ansetzen.«

Sarah spürte, wie sie von Panik ergriffen wurde. Es war eine Unmenge an Arbeit, die sie binnen einer Woche würde bewältigen müssen, ohne Unterstützung, und Savage würde sie es mit Sicherheit büßen lassen, wenn sie die Sache vermasselte. Sie würde praktisch Tag und Nacht arbeiten müssen, sie würde Georgie abstillen müssen, jemand finden müssen, der sich um ihn kümmerte, die Energiereserven in ihrem ausgelaugten Körper wecken … Sie spürte, wie ihr die Tränen in den Augen brannten, und wischte sie rasch beiseite.

»Zaha, Sie werden Sarah in dieser Sache anleiten«, fuhr Savage fort, »aber nicht übers Telefon. Treffen Sie sich persönlich im Büro oder außerhalb. Das überlasse ich Ihnen. Sorgen Sie dafür, dass über dieses Geschäft nirgendwo bei Goldsteins irgendetwas schriftlich festgehalten wird und dass niemandem etwas zu Ohren kommt.«

»Wir werden schweigen wie ein Grab«, sagte Zamaroh düster.

»Was ist, wenn sich die Nachricht über Redfords Besuch herumspricht?«, fragte Breden.

»Die undichte Stelle weiß es vermutlich bereits«, entgegnete Savage mit ernster Miene.

»Genau«, sagte Zamaroh. »Es war idiotisch, ihn mit aufs Parkett zu nehmen.«

»Oh, halten Sie in Gottes Namen doch den Mund!«, brauste Sarah auf. »Glauben Sie nicht, dass man in den Nachrichten sowieso über seinen Besuch berichtet hätte? Und wie viele Leute haben allein schon auf seinem Weg hierher einen Blick auf ihn geworfen? Portiers, jeder, der am Empfang vorbeikam, jeder im Lift, jeder, der auf dieser Etage herumläuft. Fred. Als er kam und ging, ist er insgesamt vermutlich über dreißig Leuten aufgefallen. Glauben Sie vielleicht, die werden alle die Klappe halten?« Sarah beugte sich über den Tisch zu Zamaroh vor und ließ ihrer Wut freien Lauf. »Wissen Sie, was Ihr Problem ist? Sie sind es gewohnt, Leute herumzukommandieren, die auf Sie angewiesen sind, um ihre Leistungsprämie zu bekommen. Das läuft bei mir nicht. Ich kann aus diesem Haus gehen, ohne auch nur einen Blick zurückzuwerfen, und das heißt, wenn Sie wollen, dass ich Ihnen hier aushelfe, dann sollten Sie besser lernen, sich zusammenzureißen. Verstanden?«

Savage und Breden sahen mit ehrfürchtigem Schweigen zu.

»Dann tun Sie mir einen Gefallen. Gehen Sie«, fauchte Zamaroh.

»Genug«, schaltete sich Savage ein. »Das reicht. Halten Sie jetzt beide den Mund. Können wir vielleicht versuchen, einen Augenblick lang konstruktiv zu arbeiten? Wir wollten uns überlegen, was wir im Hinblick auf die undichte Stelle unternehmen sollten. Können wir uns diesem Punkt jetzt zuwenden?«

Sarah und Zamaroh funkelten sich schweigend an.

»Machen Sie das Beste aus dem Klatsch«, schlug Breden vor.

»Wie denn?«, fragte Savage.

»Stellen Sie eine Falle auf, um einen Dieb zu fangen. Dieses Geschäft wird wie Goldstaub sein. Die größte Rockstar-Verbriefung, die es je gegeben hat. Jede Investmentbank in der City würde über Leichen gehen, um dieses Geschäft in die Finger zu bekommen. Wenn die undichte Stelle im Allgemeinen gegen Bezahlung liefert, dann wird sein Preis bei diesem hier in Schwindel erregende Höhe schnellen.«

»*Sein* Preis?«, fragte Zamaroh mit zusammengekniffenen Augen, als würde sie einen imaginären Verräter ins Visier nehmen. »Haben Sie denn eine Ahnung, wer es sein könnte?«

»Nein. Noch nicht. Aber wir könnten dieses Geschäft benutzen, um ihm auf die Schliche zu kommen.« Breden wandte sich an Savage. »Was meinen Sie?«

»Ich meine, wenn es so aussieht, als ob wir schon wieder ein Geschäft abschließen, nur um es uns dann doch abjagen zu lassen, dann steht bei jedem Einzelnen von Ihnen der Job auf dem Spiel.«

Angst und Habgier, dachte Sarah kläglich. Nichts hat sich geändert.

»Dann fangen wir ihn doch«, drängte Breden.

»Wie denn?«

»Geben Sie Sarah ein Büro auf dem Parkett, benutzen Sie ihre Beteiligung als Köder. Verstecken Sie eine bewegungsaktivierte Kamera in ihrem Büro, verwanzen Sie die Telefone, nehmen Sie geräuschaktivierte Stimmenrekorder, bereiten Sie sich darauf vor, die privaten Telefone bei allen Leuten zu verwanzen, bei denen ich es Ihnen vorschlage. Greifen wir den Drecksack mit der Atombombe an.«

Sarah sah entsetzt aus. Savage lächelte. »*Glänzende* Idee.«

»Sie stinkt«, sagte Sarah. »Ich werde mit dieser Sache sowieso schon ein klein wenig beschäftigt sein.«

»An der Verbriefung können Sie von hier aus arbeiten,

solange Sie Ihre Unterlagen wegschließen, wenn Sie Ihr Büro verlassen. Ich finde die Idee hervorragend«, sagte Savage.

Sarah war zum Verzweifeln zu Mute. Hier geriet allmählich alles völlig außer Kontrolle.

»Mir gefällt sie nicht«, sagte Sarah.

»Allmächtiger Gott. Was muss ich denn tun, um Sie zu überzeugen?«, fragte Savage.

»Ich glaube nicht, dass Sie das können. Ich müsste praktisch vierundzwanzig Stunden am Tag arbeiten, und diese Zeiten sind für mich längst vorbei. Da spiele ich nicht mehr mit. Ich habe schließlich noch ein Leben.«

»Dann verschieben Sie das doch einfach auf später.« Savage reichte Sarah eine Notiz. Auf ihr stand: *5000 Pfund pro Tag. Letztes Angebot*.

Sarah schrieb zurück. *Plus fünfzig Bonus, wenn ich die undichte Stelle finde*.

Savage nahm die Notiz zur Kenntnis, seiner Miene nach zu urteilen zornig und beeindruckt zugleich.

»Sie sind wirklich unglaublich. Ich war ja schon immer der Ansicht, dass diese Auszeiten eine schlechte Idee sind.« Er knüllte die Notiz zusammen, steckte sie ein und wandte sich an Breden. »Dick, Sie werden mit Sarah die technischen Details besprechen.«

Für einen kurzen Augenblick wurde Sarah warm ums Herz, als sie an all das Geld dachte, das demnächst auf ihr Bankkonto fließen würde, bevor sie wieder in stille Hysterie versank, die Unmenge an Arbeit vor Augen, in der sie mit allem Drum und Dran zu ersticken drohte.

Breden neigte huldvoll den Kopf.

»Zaha, Sie schalten sich ein, sobald Sie einen bestimmten Verdacht haben«, fügte Savage hinzu.

»Ich verdächtige jeden«, entgegnete sie. »Ich finde die Vorstellung, dass *irgendjemand* aus meinem Team mich verraten könnte, so abstoßend und unglaublich, dass ich einfach alle verdächtige.«

Sie nimmt immer alles persönlich, dachte Sarah. Das Leben als Kriegsschauplatz.

»Grenzen Sie's ein«, sagte Savage. »Geben Sie Sarah und Dick etwas, woran die beiden arbeiten können. Beobachten Sie Ihre Leute mit Argusaugen, wenn die Nachricht über Redfords Besuch bekannt wird.«

Zaha lächelte. »Seien Sie unbesorgt.«

Sarah hatte das Gefühl, als hätten sie alle ein gewaltiges Netz über das Börsenparkett und seine fünfhundert Händler ausgeworfen. Und wie alle anderen war auch sie darin gefangen. Sie würde Jäger und Gejagte zugleich sein.

»Und ich weiß nichts von alledem. Tun Sie, was Sie zu tun haben«, sagte Savage schroff.

Sarah warf einen Blick auf die Armbanduhr – und unterdrückte einen Stoßseufzer. Sie musste dringend nach Hause. Georgie hätte schon vor einer halben Stunde, vor seinem Nickerchen, gestillt werden sollen. Sie hatte nicht damit gerechnet, dass die Besprechung so lange dauern würde, schon eine Stunde und fünfundvierzig Minuten. Sie hatte lediglich eine kurze Unterredung erwartet, einen halbstündigen Vorschlag, Savages übliche Art. Diese verdammte undichte Stelle hatte die Besprechung in die Länge gezogen und ihr mehr Arbeit aufgehalst, als sie je würde bewältigen können.

Sie hielt es nicht mehr aus. Sie erhob sich. »Ich muss los«, erklärte sie allen, stürzte aus dem Zimmer und knallte die Tür hinter sich zu.

Savage, Zamaroh und Breden starrten ihr verblüfft nach. Zamaroh atmete mit einem Zischen langsam aus.

»Wohin will sie denn, diese Frau? Kommt hier angeschlendert und stürzt dann plötzlich los, als hätte sie eine Audienz bei Gott. Und wer zum Teufel ist sie denn schon? Doch nur eine ausgebrannte Händlerin, die irgendwo ein bisschen Arbeit ergattern will.«

»Die beste Händlerin, die es je gab«, sagte Savage mit ungewohnter Wehmut in der Stimme.

»*Gab*. Vergangenheit«, zischte Zamaroh.

Savage schenkte ihr ein ironisches Lächeln. »Sie ist der härteste Verhandlungspartner, der mir je im Leben begegnet ist, und sie scheint inzwischen noch gestählter zu sein. An Ihrer Stelle würde ich sie mir nicht zur Feindin machen.«

»Ich kann selbst auf mich aufpassen. Mir macht *niemand* Scherereien«, fauchte Zamaroh entrüstet.

Savage lächelte. Zamaroh war fast schon unerträglich arrogant. Ihr entscheidender Pluspunkt war die Tatsache, dass ihr die meisten Leute in intellektueller Hinsicht nicht das Wasser reichen konnten, und ihr Auftreten hatte irgendwie etwas Prunkvolles. Sie benahm sich wie die iranische Prinzessin, die sie der Geburt nach war und noch heute sein würde, hätte nicht der Schah das Exil angetreten und ihr eigenes tragisches Schicksal seinen Lauf genommen. Savage wollte und konnte ihr vieles verzeihen.

»Wollen Sie dieses Geschäft?«, fragte er.

»Sie wissen, dass ich es will.«

»Dann arbeiten Sie mit Sarah zusammen. Sie ist nicht nur eine beeindruckende Händlerin, ob Vergangenheit oder Gegenwart, sondern auch einer der besten Menschenkenner, die Ihnen je begegnen werden.« Er leerte einen zweiten Espresso und starrte aus dem Fenster.

»Aber es ist seltsam. Irgendetwas ist in sie gefahren.«

13

Sarah raste im Taxi nach Hause. Ein nervös aussehender Jacob hielt einen schreienden Georgie im Arm und wiegte ihn verzweifelt zu den Klängen von Lauryn Hill.

»Wie geht's, Schätzchen?«, fragte er, sich mühsam Gehör verschaffend. »Wie lief's?«

»Es war ein Albtraum«, sagte Sarah, nahm Georgie und knöpfte sich sogleich ihr Oberteil auf.

Sie machte es sich mit ihm auf dem Schaukelstuhl bequem und begann, ihn zu stillen. Stille legte sich wie ein Segen über das Zimmer. Fünf Minuten lang sprach Sarah kein Wort. Sie saß einfach mit Georgie da, strich ihm sanft übers Haar, und beide entspannten sich. Jacob machte sich nützlich, räumte die Spülmaschine ein, setzte Wasser auf, bereitete das Mittagessen vor. Bis Sarah Georgie zu Ende gestillt, sein Bäuerchen abgewartet und ihn zu Bett gebracht hatte, hatte Jacob bereits Nudeln mit frischer Tomaten-Basilikum-Sauce gezaubert. Erschöpft nahm Sarah Platz und legte das Babyfon neben dem Teller ab. Sie lebte wieder auf, als sie sich über die Nudeln hermachte.

»Und?«, fragte Jacob. »Wie war's? Du sahst aus, als hättest du einen Schock erlitten, als du zurückkamst.«

Sarah trank einen Schluck Wasser. »Sie wollen, dass ich nicht nur an einem, sondern an zwei Aufträgen arbeite.« Sie merkte, wie sie ins Stocken kam, als ihre Gedanken zu Redford zurückkehrten. Wie in aller Welt sollte sie die Rolle, die dieser Mann in ihrem Leben spielte, vor Jacob geheim halten? Nur Alex wusste Bescheid. Niemand sonst würde es je erfahren – *falls* sie sich vor diesem Mann, der sie, nach ihrem Bruder, besser kannte als irgendjemand sonst auf der Welt, zusammenreißen konnte.

»Und?« Jacob wartete geduldig, den Kopf auf eine Seite gelegt, und betrachtete seine Nichte mit einem verwirrten Gesichtsausdruck.

»Sie haben eine undichte Stelle, irgendjemand plaudert Details über Geschäfte, die sie schon fast in der Tasche haben, an die Konkurrenz aus, die ihnen die Geschäfte anschließend vor der Nase wegschnappt. Savage platzt vor Wut. Zamaroh will irgendjemands Kopf rollen lassen. Und ich soll den Schuldigen ausfindig machen.«

»Knifflig, aber nicht unmöglich, nicht für dich. Und was noch?«

Sarah nahm sich eine Minute Zeit, um ihren Teller leer zu essen. Sie stand auf, um ihn in die Spülmaschine zu stellen, und hatte Jacob den Rücken zugewandt, als sie ihm antwortete.

»Es gibt da diesen einen Rockstar, er heißt John Redford ...« Da, sie hatte seinen Namen ausgesprochen. »Er will eine Rockstar-Verbriefung, will seinen Plattenbestand verbriefen lassen. Und da Savage allen Leuten auf dem Börsenparkett zutraut, dass sie dieses Geschäft ausplaudern könnten, soll ich sämtliche Recherchen erledigen, einen vorläufigen Plan erstellen, in einer Woche eine Präsentation liefern.« Sie drehte sich um. »Das heißt, natürlich nur in der Zeit, in der ich nicht damit befasst bin, die undichte Stelle zu finden.«

»Oh, Schätzchen«, sagte Jacob. »Das ist aber *viel* Arbeit.« Sein besorgter Gesichtsausdruck spiegelte Sarahs wider.

Sie kam zurück an den Tisch und ließ sich auf ihren Stuhl plumpsen.

»Ich weiß. Wie soll ich das schaffen? Das kann ich nicht. Nicht mit Georgie. Ich müsste ihn abstillen. Ich hätte keine Zeit mehr, um mit ihm zusammen zu sein, mich um ihn zu kümmern. Ich würde ihn gar nicht mehr zu Gesicht bekommen.« Tränen brannten ihr in den Augen. »Sie haben mich geködert. Savage hat mich geködert. Ich habe so viel Geld verlangt, dass ich dachte, er würde mich vor die Tür setzen müssen, aber stattdessen hat er mich angeheuert.«

»Du kannst immer noch abspringen, Schätzchen.«

Sarah warf Jacob einen kummervollen Blick zu. »Nein, das kann ich nicht. Ich brauche das Geld. Früher oder später muss ich wieder mit der Arbeit anfangen, und diese Sache wird mir so viel einbringen, dass ich vielleicht ein halbes Jahr lang nicht werde arbeiten müssen. Er zahlt mir fünf Riesen pro Tag, plus Spesen, plus noch einmal fünfzig Riesen, wenn ich die undichte Stelle finde. Wenn ich hier, sagen wir, vierzehn Tage, maximal drei Wochen arbeite und die undichte Stelle finde, dann macht das hundertfünfundzwanzig Riesen. Ich kann es mir nicht leisten, das auszuschlagen.«

Sie erhob sich.

»Vergiss es. Ich kann es nicht machen«, entschied sie plötzlich. »Ich kann Georgie nicht allein lassen, und außerdem habe ich sowieso niemanden, der sich um ihn kümmert.«

Jacob räusperte sich. »Das stimmt so nicht ganz, Schätzchen.«

»Was stimmt so nicht ganz?« Alex steckte den Kopf durch die Tür. Er warf seine Sporttasche auf den Boden und steuerte auf die Nudeln zu, die in der Kasserolle abkühlten. »Gott, ich bin am Verhungern«, sagte er und schaufelte sich mit den bloßen Fingern eine Hand voll Nudeln in den Mund.

Jacob lächelte. »Wann bist du das nicht?«

Alex wandte sich um und grinste, den Mund voller Nudeln. »Zugegeben«, murmelte er. »Also, was stimmt nicht ganz?«

»Dass Sarah niemanden hat, der sich um Georgie kümmert.«

»Keine Frage. Wir können uns um ihn kümmern, oder nicht?«, sagte er zu Jacob. »Das würden wir liebend gern tun, das weißt du doch«, erklärte er seiner Schwester. »Wir würden dich gar nicht mehr zu ihm lassen.«

Sie lächelte. Alex schluckte mit einem plötzlichen Aufschrei. »Ich bin ja völlig neben der Spur. Wie lief's denn bei Goldsteins? Hast du den Job?«, fragte er.

Sie verzog das Gesicht.

Alex sah sie besorgt an. »Nichts drin?«

»Viel drin. Zu viel«, antwortete sie kläglich. »Savage will, dass ich an zwei Aufträgen gleichzeitig arbeite.«

»Mit einem Rockstar«, sagte Jacob beeindruckt.

»Mit welchem denn?«, fragte Alex betont beiläufig, den Blick auf Sarah geheftet.

»Ich hab natürlich noch nie von ihm gehört«, sagte Jacob. »Redburn. John Redburn, nicht wahr, Schätzchen?«

»Fast richtig«, antwortete Sarah und beugte sich hinunter, um sich am Knöchel zu kratzen. Als sie wieder aufsah, blickte ihr Bruder sie mit einer Besorgnis an, die sie gar nicht erst zur Kenntnis nehmen wollte.

»Und?«, fragte Alex.

»Er scheint in Ordnung«, antwortete Sarah. »Für einen Rockstar.«

Als Jacob eine Viertelstunde später ging, kam Alex und setzte sich leise zu Sarah aufs Sofa.

»Also, was ist los?«

»Womit?«, fragte sie, um einen leichten Tonfall bemüht.

»Du weißt, womit.«

Sarah stieß einen tiefen Seufzer aus. »Ich sitze dort bei Goldsteins mit Savage und Co., und dann kommt er hereinspaziert. Mich hätte fast der Schlag getroffen.«

»O Gott, Sarah. Ist jetzt wieder alles okay?«

Sie betrachtete ihren Bruder mit einem düsteren Blick. »Nein. Ich stehe unter Schock.«

»Du hattest keine Ahnung, dass er dort sein würde?«

»Nicht die geringste.«

»Was haben Savage und Co. von alledem mitbekommen?«

»Nichts«, antwortete Sarah. »Hoffe ich. Wir sind cool geblieben. Haben getan, als würden wir uns nicht kennen.«

Alex verzog ungläubig das Gesicht. »Warum ist er denn überhaupt hier?«

»Er will seinen Plattenbestand verbriefen lassen.«

»Warum jetzt? Warum Goldsteins, warum du?«

»*Mein Gott*, ich weiß es nicht. Von allen Bars in allen Städten …«, zitierte sie halb zornig.

»Musste er ausgerechnet in deine kommen«, führte Alex den Satz zu Ende. »Reiner Zufall?«

Sarah strich sich das Haar aus dem Gesicht. »Ich weiß nicht. Damals in Wyoming habe ich ihm eine Verbriefung vorgeschlagen. Ich habe gesagt, Goldsteins sei die beste Bank der Welt, und ich habe ihm Savages Namen genannt. Mein Gott, ich hab mir nichts weiter dabei gedacht. Ich habe es doch bloß nebenbei einmal einfließen lassen. Ich hätte doch nicht wissen können, dass es mich irgendwann wieder einholt.«

»Und hat er?«

»Was?«

»Dich wieder eingeholt?«

»Nein, Alex. Das hat er nicht.« Sie rieb sich die Augen. »Du glaubst doch nicht etwa, dass er etwas von Georgie wissen kann, oder?«, fragte sie auf einmal.

»Woher denn?«, erwiderte Alex sanft.

»Ich weiß nicht. Das ist einfach mein Albtraum – dass er es irgendwie erfahren könnte und dann kommt und ihn mir wegnehmen will.«

»Das könnte er gar nicht, Sare, selbst wenn er es erfahren würde, was nicht der Fall sein wird.« Ein besorgtes Stirnrunzeln huschte über sein Gesicht.

»Was?«, fragte Sarah rasch.

»Na ja, wenn du an diesem Auftrag mit ihm arbeitest. Da könnte er dir vielleicht näher kommen, als dir lieb ist.«

Sarah schüttelte den Kopf. »Ich werde diese verdammte Arbeit für Savage erledigen, aber das ist alles. Ich werde die Mutter aller Berliner Mauern zwischen mir und Redford errichten. Er wird nicht in meine Nähe kommen. Was vorbei ist, ist vorbei. Es gehört der Vergangenheit an.«

14

Vera Vernon versuchte nun schon seit vielen Jahren, Ordnung in Sarahs Haushalt zu schaffen, indem sie putzte, bügelte, Einkäufe erledigte, Wäsche in die Reinigung brachte und nebenbei kluge Ratschläge erteilte. Als Mutter von sieben inzwischen erwachsenen Kindern war es kein großer Sprung mehr zur Oberlehrerin für die Zubereitung von Milchflaschen.

»Also, so müssen Sie's machen, passen Sie auf. Sehen Sie mir zu.« Vera, alias Mrs. V., goss vorsichtig einen Viertelliter frisch abgekochtes und gekühltes Evian-Wasser in eine sterilisierte Flasche und gab dann acht gestrichene Löffel Milchpulver dazu. Sie schraubte den Verschluss zu, schüttelte die Flasche kräftig aus starken Handgelenken und stellte sie in den Kühlschrank. »Und jetzt die nächste.« Sie reichte Jacob die Flasche. »Sie sind dran.«

Sarah sah zu, während sie Georgie im Arm hielt. Er schien die Zubereitung seiner Flaschen als unterhaltsames Schauspiel zu betrachten, brach in sein übliches Gekicher aus, wand sich in den Armen seiner Mutter und streckte die Hände nach sämtlichen Bestandteilen des Zubehörs aus.

Mrs. V. drehte sich zu Sarah um, die Hände in die Hüften gestemmt. »Nicht unbedingt die beste Art, um ihn von der Brust zu entwöhnen, was? Gleich ein paar Mahlzeiten auf einmal. Sie werden es büßen, Sie beide, er mit dem Entzug und Sie mit all den Hormonen, die in Ihnen herumschwirren. Ganz zu schweigen von den Brüsten, die Ihnen wie Zeppeline vorkommen werden.« Ihre Augen schweiften in die Ferne. »Ich weiß es noch. Verdammt scheußlich.« Sie lächelte. »Aber auch verdammt schön.« Sie blickte wieder auf Sarah. »Keine Sorge, Mädchen. Ich werde den ganzen Tag hier sein. Ihr werdet's schon überleben, alle beide. Und jetzt machen Sie sich fertig. Geben Sie mir den Jungen.«

Sarah zögerte.

Mrs. V. streckte die Arme aus. »Na los. Je länger Sie's hinausschieben, desto schwerer wird's. Machen Sie sich fertig und gehen Sie los, ohne sich noch einmal umzudrehen.«

»Haben Sie es so gemacht?«

Mrs. V. lachte. »Tun Sie, was ich sage, nicht, was ich gemacht habe. Na los, Mädchen. Ich weiß, was Sie durchmachen, aber Sie werden alles nur noch schlimmer machen, wenn Sie's in die Länge ziehen. Für Sie und für Ihren Kleinen.«

Sarah zog es in die Länge, schob es hinaus bis zum letztmöglichen Augenblick, ließ mit einem Stich, der ihr das Herz zerriss, einen schreienden Georgie zurück und rannte nach oben. Hatte keine Zeit zu duschen. Schlüpfte nur aus dem Nachthemd, spritzte sich kaltes Wasser übers Gesicht, rieb es mit Feuchtigkeitscreme ein, hielt den Kopf vornübergebeugt, während sie sich das Haar bürstete, und zog ein marineblaues Wollkostüm an. Der Rock wollte sich nicht schließen lassen. Sie drehte den Reißverschluss nach hinten, versteckte den klaffenden Spalt unter ihrem Jackett. Schlüpfte in hochhackige marineblaue Slingpumps und zog Jacobs riesigen Rubinring über den Finger, ihren Talisman. Sie benötigte acht Minuten, bis sie fertig war. Sie kam an Georgies Zimmer vorbei, als sie auf Zehenspitzen die Treppe hinunterschleichen wollte. Sie hielt einen Augenblick inne, schlug ihre eigenen Ermahnungen in den Wind. Jacob lag auf dem Boden und ließ Georgie mit seinem weißen Schnurrbart spielen. Mann und Kind kicherten, nichts ahnend von ihrem Blick, ihrer Sehnsucht, ihrem Schmerz. Sie seufzte bekümmert auf, eilte weiter und zur Tür hinaus.

Sie fuhr ins Tatsuyo, ein japanisches Restaurant am Broadgate Circle, kam eine Viertelstunde zu spät, aber trotzdem noch als Erste an. Sie fühlte sich heiß, verschwitzt und ungekämmt. *Reiß dich zusammen*, befahl sie sich. Geh wie eine Königin, dann wirst du auch eine sein. Man führte sie nach unten an einen Tisch für zwei Personen. Blicke folgten ihr durch den Raum, und einen Moment lang empfand sie Genugtuung. Sie hatte immer noch etwas.

Um Viertel nach zwölf war das Lokal schon fast vollständig besetzt. Sarah bestellte sich einen grünen Tee und versuchte, Arbeitshaltung anzunehmen. Ihre alte Rolle, die sie früher, vor Georgies Zeit, so mühelos angenommen hatte, kam ihr nun fremd vor, als hätte sie gar nicht ihr selbst gehört, sondern irgendeiner entfernten Bekannten. Sie sah sich im Lokal um, hielt nach anderen Hochstaplern Ausschau, versuchte, hinter die Masken zu blicken.

Jeder im Restaurant ließ sich entweder als Käufer oder als Verkäufer einordnen. Der Verkäufer schien stets mit der lauteren Stimme zu sprechen, der schnelleren Zunge; verkauf oder stirb. Sie machten alle denselben Fehler. Wenn sie sich doch bloß eine Stunde lang dem umworbenen Käufer gegenüber den Anschein geben könnten, als würden sie ihn nicht so dringend benötigen, wenn sie sich und ihr Produkt doch bloß rar machen könnten, wenn sie doch bloß langsam und mit leiser Stimme sprechen könnten, dann würden sie den Gewinn ihrer Träume einstreichen.

Spiel das Spiel, rief sich Sarah in Erinnerung. Geh aufs Ganze, aber vergiss nie den Stil. Es war so leicht zu beobachten, wie alle anderen es machen sollten. *Medizinmann, heil dich selbst*.

In die Höhle stolzierte Zaha Zamaroh, dreiundzwanzig Minuten zu spät, obwohl Goldsteins gleich gegenüber dem Circle und zu Fuß nur drei Minuten von hier lag. Während der Kellner sie an ihren Platz brachte, spulte sie schon ihre Bestellung ab, ohne vorher einen Blick in die Karte geworfen zu haben. Erst dann nahm sie Sarahs Anwesenheit zur Kenntnis.

»Ich bin in Eile. Wissen Sie schon, was Sie wollen?«

Sarah lehnte sich mit einem amüsierten Lächeln auf ihrem Stuhl zurück. »Hallo, Zaha.« Sie blickte zum Kellner hoch. »Könnte ich bitte die Karte haben?«

Zwei Minuten später war er wieder da, Karte in der Hand. Sarah ließ sich noch zwei Minuten Zeit, um sie zu studieren und ihre Bestellung aufzugeben, ruhig und entspannt unter den Wurfgeschossen, die Zamaroh aus den Augen auf sie abfeuerte.

»Sie haben sich verspätet«, durchbrach sie die Stille. »Verspäten Sie sich nicht noch einmal.«

Einen Augenblick lang sah Zamaroh aus, als würde sie vor Zorn explodieren, doch dann wurde sie sich offenbar ihrer eigenen Machtlosigkeit bewusst, denn es gelang ihr, sich im Zaum zu halten. Eine Zeit lang starrte sie Sarah nur an, als suchte sie nach einer geeigneteren Waffe als Einschüchterung, doch dann schien sie in einer Sackgasse zu stecken, denn sie wandte sich lediglich zu dem Kellner um und bestellte noch mehr Tee.

»Da Goldsteins mich pro Tag bezahlt, könnten wir jetzt vielleicht anfangen«, sagte Sarah.

»Warum nicht?«, entgegnete Zamaroh, als würde sie einen Fehdehandschuh aufnehmen.

Die Kellner brachten ihnen auf einem Tablett den Lunch: Misosuppe, Sashimi und einen Seetangsalat für sie beide.

»Ich hätte gern ein unauffälliges Büro«, sagte Sarah, während sie an ihrer Suppe schlürfte, »aber nicht zu unauffällig. Wir sollten den Anschein erwecken, als würden Sie versuchen, mich zu verstecken, aber gleichzeitig bluffen. Ich muss der Köder sein, aber nicht zu offensichtlich. Unser Bursche ist ein ausgekochter Schuft, denke ich, mit viel Lust am Risiko.«

»Wieso das?«

»Das haben Sie doch gestern selbst gesagt. Was er – oder sie, das will ich einmal offen lassen – hier begeht, ist Verrat, und ich möchte wetten, er hat einen Heidenspaß dabei. Was er unternimmt, ist geheim und tabu, und genau damit sollten wir spielen. Er glaubt, er ist schlau, daher sollten wir es ihm *gerade* noch schwer genug machen, dass sich sein Ego geschmeichelt fühlt. Ich will ihn genau auf die falsche Fährte locken. Ziehen wir ein Phantomgeschäft auf, das wir ›Gravadlax‹ nennen. Vielleicht wird er vermuten, dass es sich um eine Volvo-Übernahme handelt. Codenamen sind immer verräterisch. Die Leute wählen immer einen Namen, den sie im Unterbewusstsein mit dem Namen in Verbindung bringen, den sie geheim halten wollen. Daher ist Gravadlax gut, sodass er in eine bestimmte Richtung gelenkt wird und es uns dadurch leichter gemacht wird, die Spur zu verfolgen, falls auf einmal irgendjemand versuchen sollte, mit irgendwelchen schwedischen Unternehmen ungewöhnliche Dinge zu treiben.« Sarah bemerkte ein erstes Funkeln in Zamarohs Raubtieraugen.

»Ich werde eine falsche Fährte legen«, fuhr sie fort. »Ich will das Büro so bald wie möglich beziehen. Das heißt, Breden muss morgen früh als Erstes seine Leute dort einschleusen, als Putzkolonne getarnt, und mein Büro nach Wanzen absuchen lassen, Ihres ebenfalls, und die Konferenzräume. Wenn sie irgendwelche Wanzen finden, will ich, dass sie dort bleiben, wir werden sie uns selbst zu Nutze machen, wenn wir über Gravadlax sprechen. Ich will einen guten PC, groß, stark und schnell, einundzwanzig Zoll –«

»Sprechen Sie jetzt von einem Mann oder einer Maschine?«, fragte Zamaroh dazwischen.

Sarah lachte schallend über Zamarohs unerwarteten humorvollen Einwurf.

»Schön wär's. Also, einen Einundzwanzigzoll*bildschirm*, Bildschirmschoner, ich will ISDN, und ich will NEXUS. Mein Computer spricht mit niemand anders bei Goldsteins. Ich will keine anderen PCs, die meinen belauschen. Sie und ich, wir werden uns außerhalb des Büros treffen müssen, um über Redford zu sprechen, dem ich den Codenamen Tatsuyo geben werde.«

»Den Namen eines Restaurants?«

»Das ist perfekt. Welchen möglichen Zusammenhang könnte es schon zwischen einem Megastar und einem japanischen Restaurant geben?«

»Stimmt«, räumte Zamaroh mit einem dünnen Lächeln ein. »Und wie soll ich Sie beschreiben, wenn mich Leute danach fragen?«

»Sagen Sie einfach, ich arbeite dort ein bisschen auf freiberuflicher Basis. Das dürfte die undichte Stelle bei uns anlocken. Ich werde Breden bitten, in meinem und Ihrem Büro eine akustische und visuelle Raumüberwachung installieren zu lassen, sodass wir überprüfen können, ob irgendjemand nach Büroschluss versucht, an Unterlagen zu gelangen.«

»Meine Telefone?«

»Ihre Telefone und jedes Gespräch, das Sie in Ihrem Büro führen.«

»Das ist ein nicht hinnehmbarer Eingriff in meine Privatsphäre«, gab sich Zamaroh auf theatralische Weise beleidigt.

»Haben Sie auf dem Börsenparkett denn überhaupt eine? Wenn ja, dann haben Sie es dort ja besser, als ich es je hatte.

Hören Sie, es ist doch nur für eine Woche oder zwei, bis wir den Dieb gefangen haben.«

Zamaroh verzog das Gesicht.

»Uns bleibt im Grunde keine andere Wahl. Sie können es sich nicht leisten, noch mehr Geschäfte zu verlieren, Zaha.«

»Seien Sie still, erinnern Sie mich nicht daran.«

»Man muss Sie daran erinnern.«

»Gibt es sonst noch etwas?«, fragte Zamaroh mit zusammengekniffenen Lippen.

»Ja, durchaus. Wer, glauben Sie, könnte es sein?«

15

Sarah hatte vergessen, wie quirlig das Börsenparkett in Wirklichkeit war; die Gewinne und Verluste, die Bewertung von Menschen in Pfund Sterling, die Täuschungsmanöver, die Schadenfreude. Und vor allem der Neid.

Sie schritt wie über einen Laufsteg in ihr geliehenes Büro. Sie wusste, dass es nicht nur ihr Aussehen war, das Aufmerksamkeit erregte. Jedes neue Individuum zog unverhohlene musternde Blicke auf sich, wie eine neue Hyäne, die um die Meute schleicht, aber Sarah besaß darüber hinaus bereits eine gewisse Berühmtheit. Sie war in der City als eine der besten Händlerinnen der letzten Jahre anerkannt, aber sie war auch als die Frau bekannt, die die Leichensäcke bei der ICB hinter sich gelassen hatte, nur um für zwei Jahre von der Bildfläche zu verschwinden. Selbst für Nichteingeweihte schien Sarah Jensen eine Aura der Gefahr und Exotik zu verströmen.

Sollen sie doch reden, dachte sie sich, während sie durch die gläsernen Wände ihres Büros dem geschäftigen Treiben zusah. Sie reden über jemanden, den sie nur zu kennen *glauben.* Unvermittelt kehrten ihre Gedanken zu Georgie zurück, wie sie es etwa alle neunzig Sekunden taten. Vielleicht schlief er nun, vielleicht war er aber auch zappelig ohne sie, verschmähte das Getränk aus Milchpulver, das man ihm ohne jede Warnung vorgesetzt hatte. Sehnsüchtig starrte sie auf ihr Telefon. Ihr Anruf würde, wie alle anderen auf dem Börsenparkett, aufgezeichnet werden. Und wenn das Büro verwanzt war, dann hatte es auch keinen Sinn, wenn sie ihr Handy benutzte. Jacob hatte ihre Nummer. Wenn es irgendein Problem gab, würde er sie anrufen. Und doch, sie konnte sich den lieben langen Tag den Kopf zerbrechen, ohne dass es sie beschwichtigen würde.

Karen, Zamarohs Sekretärin, klopfte an ihre Tür.

Sarah blickte auf. »Ja?«

»Zaha hat mich gebeten, Ihnen das hier zu bringen.«

Personalakten, Zamarohs Verdächtige. Sarah nahm die knapp zehn Zentimeter Unterlagen entgegen. »Danke.«

Sie begann, sich durch die Papierflut hindurchzukämpfen. Eineinhalb Stunden später war sie fertig. Sie ging hinüber zu Zamarohs Büro, schlüpfte durch die offene Tür und nahm gegenüber der Iranerin Platz.

»Danke für die Akten«, sagte Sarah. »Sagen Sie mir, weshalb Sie diese drei verdächtigen.«

Zamaroh seufzte theatralisch auf. »Was soll ich sagen? Ich habe keinen schlüssigen Beweis, sonst hätte ich sie gleich gefeuert. Ich habe auch keinen schwachen Beweis, nur ein Gefühl, nur den Blick in ihren Augen, wenn ich mit ihnen spreche. Sie müssten das doch verstehen«, fügte sie mit einem für sie untypischen Respekt hinzu. »Sie und Ihr sagenhafter Instinkt.«

Sarah lächelte. »Ich würde gern einmal einen Blick auf diese Leute werfen. Könnten Sie mich bitte diskret auf sie aufmerksam machen?«

Zamaroh betrachtete Sarah ein paar Augenblicke lang schweigend, bevor sie sich erhob. »Folgen Sie mir.«

Zamaroh schritt über das Börsenparkett, Sarah an ihrer Seite. Rücken versteiften sich, Stimmen kreischten und Wertpapierhändler zogen die Schultern ein, während die beiden vorübergingen. Zwischen mahnenden und tadelnden Zurufen, einem Stirnrunzeln hier und da und einem gelegentlichen, kostbar gehüteten Hallo für ihre Stars machte Zamaroh Sarah diskret auf die Verdächtigen aufmerksam. Da war Petra Johnson, Verkäuferin von Staatsschuldverschreibungen, die Schatzwechsel und Staatsanleihen nach Europa verkaufte – in Sarahs Augen der langweiligste Job auf dem Börsenparkett. Staatsschuldverschreibungen waren völlig einbruchsicher und etwa so spannend wie eine Doppelhaushälfte in Deptford. Es gab praktisch keine Gewinnspanne, kaum Schwankungen, und man musste sich wirklich mächtig ins Zeug legen, um aus diesem Geschäft überhaupt Profit zu schlagen. PJ, als die sie auf dem Börsenparkett bekannt war, musste verdammt hartnäckig gewesen sein, und voller Eifer. Sarah rief sich die Personalakte in Erinnerung, während sie die Frau betrachtete. Sie war vierunddreißig, Abschluss in Geschichte aus Bristol, unbedeutendes Internat, Gehalt im vergangenen Jahr fünfundsiebzigtausend Pfund, Bonus einhunderttausend. Als nächster Verwandter stand in der Personalakte ihr Vater Julian. Im vergangenen Jahr hatte sie sich zwölf Krankheitstage geleistet – nach den Maßstäben, die auf dem Börsenparkett herrschten, ein echter Luxus. PJ war blond, ein teures Blond, stark geschminkt und schick gekleidet, fast schon aufgedonnert. Der Glanz ihres Haars biss sich mit den Rottönen ihres Gesichts, was ihre von Natur aus cholerische Art noch unterstrich. Sie war eine Frau, die es eilig hatte. Sie redete schnell, als sie aufstand und sich bei einem anderen Händler nach einem Preis erkundigte, sie ging schnell, und als ihr der Preis nicht gefiel, drehte sie schnell durch. Sarah mochte wetten, dass sie auch schnell Geld ausgab. Sie war Single, ohne festen Freund, soweit Zamaroh wusste, aber Sarah bezweifelte, dass irgendjemand auf dem Parkett Zamaroh ins Vertrauen zog, und so maß sie diesem Punkt keine allzu große Bedeutung bei.

Dann war da Miles Churchward, Verkäufer von festverzinslichen Wertpapieren, der britische Firmenschuldverschreibungen an britische institutionelle Anleger verkaufte. Laut seiner Personalakte war er sechsunddreißig, hatte eine Tagesschule in Jersey besucht, dann die Universität von Exeter. Gehalt im vergangenen Jahr achtzigtausend, Bonus einhundertzwanzigtausend. Sein nächster Verwandter war seine Schwester Claire. Keine Fehltage im vergangenen Jahr. Sarah konnte nicht erkennen, weshalb Zamaroh aus einem der üblichen Gründe Einwände gegen ihn haben sollte. Nach Sarahs flüchtiger Einschätzung – und dem Vertrauen, das sie in Physiognomie setzte – schien er ein durch und durch netter Bursche zu sein. Einen Meter achtzig groß, reif, elegant, fast schon zu feinsinnig fürs Börsenparkett. Er wirkte höflich, zuvorkommend, freundlich – alles Eigenschaften, mit denen er auf dem Börsenparkett aus dem Rahmen fiel, und vielleicht war er allein schon aus diesem Grund eine genauere Analyse wert. Churchward passte in die Kategorie *»der Letzte, den man verdächtigen würde«*, noch ein Minuspunkt.

Jeremy St. James hingegen, unter dem Namen Jezza bekannt, wirkte bei weitem zu offensichtlich, wodurch er, wenn man von einem doppelten Bluff ausging, ebenfalls ein aussichtsreicher Kandidat war. Einunddreißig, Eton und Oxford. Gehalt im vergangenen Jahr zweihunderttausend Pfund, Bonus eine Million. Nächster Verwandter Fehlanzeige. Acht Krankheitstage. Er war schnittig, ehrgeizig, laut, ein wenig zu gut gekleidet. Er war Eton, das sich auf dem Börsenparkett gut machte. Während er abwechselnd in zwei Telefone sprach, wählte er einmal geschliffene Vokale und einmal die Gossensprache der Straßenhändler. Sarah vermutete, dass er stets genau das war, was er sein wollte, je nachdem, wer im Augenblick mit ihm zusammen und wichtig für ihn war. Er war eindeutig ein geborener Imitator, einer, der mit allen konnte, aber Sarah bezweifelte, dass irgendjemand auf dem Börsenparkett ihn sich zum Freund oder Vertrauten machte. Ihm stand nicht unbedingt »vertrau mir« in großen Lettern ins Gesicht geschrieben. Ob er insgeheim vielleicht eine Integrität besaß, die er vor den Hyänen auf dem Parkett lieber verborgen hielt, das vermochte Sarah nicht zu sagen, aber sie hatte den seltsamen Verdacht, dass es vielleicht der Fall war. Es hätte zu ihm gepasst, denn die Figur auf dem Börsenparkett war oftmals ein Deckmantel, der etwas verbarg, was vielleicht viel feiner war. Aber ebenso oft verbarg er auch nur Leere.

Sarah kehrte in ihr Büro zurück und grübelte über die Verdächtigen nach. Allesamt von Zamaroh ausgewählt, durch nichts Stärkeres begründet als Instinkt, eine latente Unzufriedenheit mit ihnen oder vielleicht auch eine bloße Abneigung. Zamaroh besaß in Sarahs Augen keine gute Menschenkenntnis. Sie steckte selbst zu tief in ihrem eigenen Zorn und Schmerz, um ein Gespür für andere zu entwickeln. Sie beurteilte Menschen auf Grund der Gewinne, die sie für sie und Goldsteins erwirtschafteten, und danach, ob sie ihr das Leben in ihrer leitenden Funktion leicht oder schwer machten. Nebensächlichkeiten wie Persönlichkeit, Privatleben, Hoffnungen und Traumata drangen nicht zu ihr durch. Zamarohs Einstellung zu ihnen bildete Sarahs Ausgangspunkt. Es war an der Zeit zu reden.

Jezza eignete sich am besten, um den Anfang zu machen. Er handelte auf eigene Rechnung mit Devisen, mit Goldsteins' Kapital. Sarah hatte bei Findlays und der ICB genau dasselbe gemacht; das würde ihr einen ungezwungenen Einstieg ermöglichen. Sie nahm sich vor, für einen beiläufigen Plausch über die Märkte bei ihm vorbeizuschauen, aber Jezza kam ihr zuvor.

»Sarah Jensen, die Königin der Devisenmärkte. Sagen Sie bloß nicht, Sie sind zu unseren niedrigen Rängen gestoßen.« Er stand im Türrahmen, seine schlaksige Gestalt gegen den Türpfosten gelehnt, die Augen voller Spott und Schalk.

Sarah betrachtete ihn aufmerksam. »Sagen wir einfach, ich bin eine Leihgabe aus der wirklichen Welt.«

»Oh, ich *bitte* Sie.« Er trat vor und streckte eine Hand aus. »Ich bin Jeremy St. James.«

Sarah gab ihm die Hand. St. James' Händedruck war kühl, im Widerspruch zu seinem lächelnden Gesicht.

»Ich handle auf eigene Rechnung. Devisen«, sagte er mit Stolz in der Stimme. Die Devisenhändler auf eigene Rechnung standen auf dem Börsenparkett an der Spitze der Nahrungskette. Er hätte ebenso gut verkünden können, dass er einen zwölf Zoll langen Penis hatte. Sarah sagte weiterhin nichts.

»Verfolgen Sie die Märkte noch immer?«, fragte St. James.

»Auf meine Weise.«

»Und das heißt?«

»Sporadisch.«

»Verfolgen Sie die Kabelnotierungen?«

»Ein bisschen.«

»Woll'n Sie wetten?«

»Kommt drauf an.«

»Steht jetzt bei eins vierundsechzig, fünfundsechzig. Schließt heute um fünf schwächer oder stärker?«

»Um welchen Einsatz?«

Jezza sann über diesen Punkt einen Augenblick lang nach, dann formte sich langsam ein Lächeln auf seinem Gesicht. »Eine Flasche Jahrgangs-Krug. Heute Abend bei Corney & Barrow.«

Es war eine relativ unbedeutende Wette. Sarah hatte sich noch nie besonders für die täglichen Kursbewegungen eines Index interessiert, hatte sie stets als wirres, trunkenes Taumeln betrachtet. Sie wettete lieber auf die monatlichen Trends, wo eine gewisse zugrunde liegende Logik mit ins Spiel kam, und außerdem, wenn sie ihre Rückkehr zu Georgie verschob, um zwei Stunden lang mit einem Egomanen schlechten Champagner zu schlürfen, dann würde sich ihre Brustmilch in saure Brause verwandeln und sie selbst einen noch nie da gewesenen Kater davontragen ...

»Sie wird schwächer schließen«, sagte sie voller erhabener und echter Gleichgültigkeit.

Jezza kam um fünf wieder. »Zücken Sie Ihr Portemonnaie.«

Sarah blickte von den Unterlagen auf, die sie studierte. »Augenblick.« Sie rief ihren Bildschirm auf, überprüfte die Schlussnotierungen und lachte schallend los.

»Sie unverfrorener Lügner. Sie haben allen Ernstes geglaubt, Sie könnten damit davonkommen.«

Er grinste. »Ist immer einen Versuch wert.«

»Sie dachten, ich würde es nicht nachprüfen?«

»Sie schienen entsetzlich gelangweilt von der Wette.«

»Das war ich auch, aber nicht so gelangweilt, dass ich Ihnen über den Weg trauen würde.«

Er zuckte die Schultern. »In den meisten Fällen zieht mein Bluff.«

»Nicht bei mir, Freundchen.«

Von der Toilette aus rief sie über ihr Handy rasch bei Jacob an. »Und, wie läuft's?«, bestürmte sie ihn.

»Gut, Schätzchen, mach dir keine Sorgen.«

»Mit den Fläschchen alles okay gewesen?«

»Er hat sie bis auf den letzten Tropfen geleert.«

»War mit ihm alles okay?«

»Er war wunderbar.«

»Hat nicht geweint?«

»Na ja, hin und wieder, aber eigentlich nicht sehr.«

»Gut.« Sarah spürte, wie ein Gefühl der Erleichterung sie überkam, vermischt mit einer anderen, weniger deutlichen Regung, die sie lieber nicht allzu tief ergründen wollte. Sie legte die Stirn in Falten. »Er vermisst mich also gar nicht?«

»Natürlich vermisst er dich, Mädchen. Er verzehrt sich nach dir, aber nicht allzu sehr, okay?«

Sarah holte einmal tief Luft. »Okay. Es wird bei mir noch ein paar Stunden dauern. Schaffst du das noch?«

»Ich schaffe das sehr gut. Erledige alles, was du noch erledigen musst. Wir werden hier sein.«

»Schön. Ich lasse mein Handy eingeschaltet. Hast du die Nummer? Du weißt schon, sie klebt in meinem Arbeitszimmer.«

»Sie klebt in meinem Kopf, und nun sieh zu, dass du weiterkommst.«

Sarah starrte auf die Milchpumpe in ihrer Handtasche und überlegte, ob sie ihren gequälten, prallen Brüsten nicht ein klein wenig Erleichterung gönnen sollte. Ich werde eine Flut in Gang setzen, dachte sie, und wenn dann irgendjemand kommt und das Geräusch hört, werden sie denken, ich bin mit einem Vibrator hier drinnen. O mein Gott, eine platzende Mutter, die fälschlicherweise für eine Sexbesessene gehalten wird, in null Komma nichts von der Erhabenen zur Lächerlichen. Sie steckte die Pumpe wieder ein und eilte hinaus, um sich mit Jezza zu treffen.

Sie schoben sich zwischen den eintrudelnden Massen bei Corney & Barrow hindurch, um an einem Ecktisch die Poleposition einzunehmen. Jezza verschwand in Richtung Bar, wo er, Kopf und Schultern über dem Gedränge, den Barmann hartnäckig mit Blicken verfolgte, um ihn auf sich aufmerksam zu machen. Sarah sah sich im Lokal um. Erregte Händler, die nach einem harten Arbeitstag Entspannung suchten, starke Trinker, starke Raucher. Mein Gott, was für ein Leben. Noch vor vier Jahren hätte sie mit den besten von ihnen mitgehalten, hätte den Tag mit legalen Drogen sanft ausklingen lassen. Jetzt zählte sie die Minuten, bis sie endlich wieder nach Hause konnte. Fünfzig Riesen, wenn du die undichte Stelle findest, rief sie sich in Erinnerung, während sie sehnsüchtig nach der Tür schielte. Ihre Brüste fühlten sich an, als würden sie jeden Augenblick platzen. Sie hatte, wie es ihr vorkam, schon ein ganzes Päckchen Brustpolster verbraucht, und wenn es irgendwo eine undichte Stelle gab, dann bei ihr. Sie begann zu kichern, hin und her gerissen zwischen Hysterie und der Absurdität von alledem.

»Was gibt's denn zu lachen?«, fragte Jezza, während er eine Magnumflasche Jahrgangs-Bollinger auf den Tisch stellte.

»Großer Gott, Sie erwarten doch nicht etwa, dass ich das alles trinke, oder?«

»Wofür müssen Sie denn nüchtern bleiben? Sie handeln doch nicht für uns, oder?«

Sarah lächelte. »Recherchen.«

»Ach, ich *bitte* Sie. Halten Sie mich für beschränkt?« Er begann, mit dem Korken zu kämpfen.

»Ich dachte, das machen sie einem an der Bar«, bemerkte Sarah.

»Ich lass es grundsätzlich gern selbst knallen, Darling.«

Der Korken flog ihm aus der Hand, prallte von der Decke zurück und landete auf einem der benachbarten Tische, und neidische Blicke schossen von der dortigen Flasche auf die Magnum bei ihnen hinüber. Sarah fragte sich wieder, was zum Teufel sie hier eigentlich machte.

Rasch schenkte St. James zwei Gläser fast bis zum Überlaufen voll, so selbstzufrieden, als hätte er ein Pferd gezähmt, das Schaum vorm Mund hat.

»Aufs Gewinnen«, sagte er, hob sein Glas hoch und ließ es schwungvoll gegen Sarahs klingen.

»Aufs Gewinnen«, erwiderte sie und täuschte einen Schluck vor.

»Ihr Ring gefällt mir«, sagte St. James mit einem Blick auf Sarahs Rubin.

»Danke.«

»Von einem Liebhaber?«

»Von meinem Onkel, um genau zu sein. Nicht dass es Sie etwas angeht.« Nicht ihr wirklicher Onkel, aber Jacob war schon seit ewigen Zeiten ein Onkel ehrenhalber.

»Haben Sie einen Liebhaber?«

»Und Sie?«

»Ach, ich weiß gar nicht, wo ich mit dem Zählen anfangen soll, Darling.«

»Ein Harem ergebener Damen, verstehe.«

»Ein Harem von Damen.« Jezza fand Gefallen an der Vorstellung.

Du bist schwul, sagte eine Stimme in Sarahs Kopf. Warum gibst du es nicht einfach zu? Weil es sein Leben zur Hölle machen würde, sein Leben auf einem Börsenparkett, auf dem Konformität alles war, was zählte, auf dem Minderheiten, welcher Art auch immer, für Späße herhalten mussten.

»Jezza, könnten Sie mir vielleicht eine Flasche Evian besorgen? Es ist heiß hier.«

»Na klar.« Er erhob sich, so bemüht um die Gefälligkeit, dass es fast schon beunruhigend war, und verschwand. Sarah warf rasch einen Blick um sich, dann leerte sie ihren Champagner in die halb volle Flasche Evian, die sie in ihrer Handtasche versteckt hatte. Indem sie zweimal aufs Klo verschwand und dabei jedes Mal ihr Glas ins Waschbecken leerte, wurde Sarah drei Gläser Champagner los, während Jezza vier trank. Er schien unbeeinträchtigt.

Lächelnd gesellte sie sich wieder zu ihm. In ihrer Abwesenheit hatte er noch ein Glas gekippt.

»Also, erzählen Sie mir, wer ist wer auf dem Parkett?«

Jezza lächelte. »Na ja, der Größte von allen, das kann natürlich nur *moi* sein.«

»Warum?«

»Wissen Sie, wie viel ich im letzten Jahr für Goldsteins gemacht habe?«

»Sagen Sie's mir.«

»Fünfzehn Mille.« Er prostete sich selbst zu, warf den Kopf zurück und leerte sein Glas. Sarah beobachtete, wie sein Adamsapfel hervortrat, während der Champagnerstrom an ihm hinunterschoss. Er sah so verletzlich aus mit dieser bloßen Kehle.

»Nicht schlecht. Und dieses Jahr?« Sie stieß das Messer hinein.

Sein Kopf schnellte zurück. »Wer zählt das im Augenblick schon? Es ist doch erst September.«

Zamaroh hatte Sarah erzählt, dass St. James acht Millionen im Rückstand war, fast schon draußen. Zamaroh gab ihm noch einen Monat Zeit, um das Ruder herumzureißen, aber Sarah bezweifelte, dass er es schaffen würde. Sein Geschrei war allzu verzweifelt, sein Blick allzu verängstigt.

Wenn ein Händler die Nerven verlor, dann war er im Meer der City für die Haie ein gefundenes Fressen.

»So ist es«, sagte Sarah sanft. »Und wer ist der Zweitgrößte?«

Jezza ging eine Namensliste durch, die Hackordnung hinunter. Wenn sie noch ein Dutzend anderer Goldsteins-Händler gefragt hätte, vermutete Sarah, dann hätten diese aus den fünfhundert Händlern, die es auf dem Parkett gab, mehr oder weniger identische Listen erstellt. Es war kein Zufall, dass das Parkett der Dschungel genannt wurde, aber Jezza würde, trotz seiner lauten Art, niemals das Alphamännchen sein.

Ein paar Minuten später kam Jezza auf Miles Churchward zu sprechen. Sein Urteil war persönlich vernichtend, aber es enthielt keinen Hinweis auf eine versteckte kriminelle Ader.

»Er ist *einschläfernd*«, brüllte Jezza. »Aber was will man schon von einem erwarten, der aus Jersey kommt? Ist dort geboren und aufgewachsen, spricht fließend Französisch, französische Freundin, die letztes Jahr zur Weihnachtsorgie mitgekommen ist. Sie ist das Beste an ihm.«

»Sie haben doch nicht etwa versucht, bei ihr zu landen?«

»Und selbst wenn? Wird allmählich Zeit, dass sie sich einen Spieler angelt.«

Sarah lachte. »Ich dachte, er *soll* ein Spieler sein.«

»Er ist *eine Art* Spieler, denke ich, aber *im Grunde* doch eher der unsichtbare Mann. Kommt zur Arbeit, erledigt seinen Job, verpisst sich, man sieht ihn nicht, er trinkt nie nach der Arbeit, trinkt überhaupt nie, Punkt.«

»Ein Antialkoholiker auf dem Parkett, das ist ja eine ganz neue Geschichte.«

»Eine verdammt *einschläfernde* Geschichte, wenn Sie mich fragen«, fauchte Jezza.

»Gut fürs Gleichgewicht.«

»Mr. Gottverdammtes Gleichgewicht. Genau das ist er. Macht jedes Jahr eineinhalb Millionen für die Firma, jahraus, jahrein, hat einmal zwei gemacht, glaube ich, letztes Jahr, hat die Korken knallen lassen.«

Mehr Namen, die Liste wurde weiter durchgegangen. Jezza genoss es sichtlich, die Gerüchteküche brodeln zu lassen, und Sarah schwankte erschöpft auf ihrem Stuhl hin und her. Dann fiel Petra Johnsons Name.

»Sie muss auf dem Weg nach draußen sein«, sagte Jezza, beschwipst von Schadenfreude. »War früher einmal gut, inzwischen hat sie nichts mehr im Kopf, als sich einen reichen Idioten zu angeln und sich zur Ruhe zu setzen.«

Sarah rutschte auf ihrem Platz hin und her, ließ sich ihre Zustimmung nicht anmerken. »Oh, ich bitte Sie. Kommen Sie mir doch nicht damit, dass jede Frau über dreißig verzweifelt auf der Suche ist. Das stimmt einfach nicht.«

»Das behaupte ich ja gar nicht, aber bei ihr ist es nun einmal wahr.«

»Könnte sie sich nicht mit ihren eigenen Ersparnissen zur Ruhe setzen? Sie haben doch selbst gesagt, sie war eine Zeit lang recht erfolgreich.«

»Ein schnelles Leben, Babe. Geschmack für die schönen Dinge.«

»Wie zum Beispiel?«

»Wie zum Beispiel, was uns allen gefällt.«

»Mein Gott, Jezza, ich habe keine Ahnung, was Ihnen gefällt, und erst recht nicht, was ihr gefällt.«

»Schöne Wohnung, die richtige Gegend, echte Juwelen, die richtigen Freunde, schönen Urlaub, die richtigen Orte, schöne –«

»Ich hab's begriffen.«

»Wo wohnen Sie?«

»Carlyle Square.«

»Wohnung«, verkündete St. James.

»Haus«, berichtigte ihn Sarah.

»Mein Gott. Daddy?«

»Ich.«

»Sie müssen gut gewesen sein.«

»Das war ich auch. Ich kenne den Druck. Ich habe Mitleid mit PJ.«

»Dazu besteht kein Grund. Sie weiß, was sie tut. Die Wohnung, die Kleidung, der Lebensstil, die schrecklichen Freunde, das ist doch alles ein Investment, oder? Dem Mr. Fünfzig Millionen wird sie schließlich kaum begegnen, wenn sie sich bei Tesco's die Fertigmahlzeiten holt.«

»Ich hab gar nicht gewusst, dass das solch harte Arbeit ist«, sagte Sarah nachdenklich.

»Ist es auch nicht. Oder? Nicht für eine wie Sie.« Es kam mit einer Spur von Bitterkeit, die seine aufgeplusterte Art nicht verdecken konnte.

»Was ist es für Sie?«

»Golden Girls, ihr schreitet durchs Leben, als ob's euch gehört, Sie und Zamaroh, euch fällt doch alles in den Schoß, stimmt's?« Die Worte der Weinlaune, schließlich doch.

»Ja, genau, und Sie haben's so schwer.«

Seine Augen verengten sich und funkelten sie aus zehn Zentimeter Entfernung an. »Sie haben ja keine Ahnung.«

»Dann klären Sie mich doch auf.«

Ein hasserfülltes Aufflackern in seinen Augen, und Jezza erhob sich schwerfällig. »Ach, verpissen Sie sich doch.« Er bahnte sich einen Weg durch das Gewühl, wobei er auf dem Weg nach draußen ungehaltene und nachsichtige Blicke auf sich zog.

An der London Wall bemühte sich Sarah um ein Taxi und versuchte, sich auf Jezzas hitzigen Stimmungsumschwung einen Reim zu machen. Kaum dass sie sicher in einer schwarzen Limousine saß, wünschte sie, sie könnte ein Martinshorn auf dem Dach anbringen und mit Vollgas durch den Verkehr nach Hause preschen. Sie versuchte, ruhig und gelassen zu bleiben, aber es kam ihr vor, als hätte sie Georgie einen Monat lang nicht zu Gesicht bekommen. Sie und ihr Körper, der in letzter Zeit in vielerlei Hinsicht wie ein vom Verstand getrennter Organismus zu arbeiten schien, sehnten sich nach ihrem Baby.

Wieder mit Georgie vereint, entließ sie Alex mit überschwänglichem Dank, fütterte und knuddelte ihren Sohn, brachte ihn zu Bett und erledigte einen raschen Telefonanruf.

»Freddie? Hier spricht Sarah Jensen. Ich weiß, sehr lange. Kommt mir vor wie eine Ewigkeit. Hör zu, ich muss dringend etwas besprechen. Können wir uns morgen treffen? Es ist wirklich dringend, leider. Bitte nimm dir die Zeit. Gut. Wie viel Uhr?« Sie stöhnte. »Na schön. Dann sehen wir uns dort um zehn.«

Sie legte auf, aß einen Happen und legte sich schlafen, bevor die Erschöpfung ihren Körper bis auf die letzte Zelle in Beschlag nahm.

16

Jacob kam am nächsten Morgen um neun mit einer gewaltigen Mahlzeit in einer Kasserolle auf dem Arm.

»Mittag- und Abendessen. Hab keine Zeit, mich um ein Baby zu kümmern und gleichzeitig etwas Anständiges zu kochen, jedenfalls nicht, solange ich noch dabei bin, meinen Führerschein zu machen. Und was die Kochkünste deines Bruders anbelangt, sagen wir, ich hoffe, dass ich für den Rest meines Lebens keine weiße Bohne in Tomatensauce mehr zu Gesicht bekomme.«

»Ach was«, sagte Alex. »In siebentausend Meter Höhe schmecken sie ausgezeichnet, das kann ich dir sagen.«

»Wasser und Brot auch, würde ich vermuten«, gab Jacob zurück.

Sarah lächelte und schnupperte an einem Coq au Vin. »Oh, Jacob, du bist ein Schatz.«

»Ich möchte wetten, dass du gestern Abend kaum noch etwas gegessen hast.«

»Das stimmt, aber ich werde es schon noch nachholen.«

»So funktioniert er nicht, der Verdauungsapparat. Das solltest du eigentlich wissen.«

Sarah entschuldigte sich mit einem Lächeln, als hätte sie Jacobs, nicht ihren eigenen Verdauungsapparat gekränkt.

»Wir werden das für dich deichseln«, sagte Jacob und tauschte die Kasserolle gegen Georgie aus. »Sei ein Engel, stell das in den Kühlschrank, geh und zieh dich an.«

Sarah küsste alle zum Abschied, wobei sie sich fragte, ob ihr die Trennung von Georgie je leichter fallen würde. Um Viertel nach zehn kam sie in ihr Büro, genau in dem Augenblick, in dem Zamaroh hineinrauschte. Die Raubtieraugen der Iranerin flackerten vor Häme.

»Ah. Wir sind gekommen. Einen schönen guten Nachmittag. Ich dachte, es macht Ihnen Sorgen, dass Goldsteins Sie pro Tag bezahlt? Keine Zeit zu verschwenden.« Sie zischte das S genau wie eine Schlange. Eine Anakonda, dachte Sarah.

»So leicht würde ich mir an Ihrer Stelle keine Sorgen machen, Zaha. Zufälligerweise bin ich bereits seit halb sechs auf den Beinen, als Sie, wie ich vermute, noch in Ihrer Höhle schlummerten.« Sarah schenkte ihr ein süßliches Lächeln.

»Und wenn Sie mich jetzt bitte entschuldigen …« Sarah wandte sich demonstrativ den aufgeschlagenen Unterlagen auf ihrem Schreibtisch zu. Sie spürte Zamarohs Blick noch lange auf sich, nachdem sich die Iranerin auf ihr eigenes Terrain zurückgezogen hatte, spürte, wie sie das marineblaue Kostüm taxierte, das Sarah den zweiten Tag hintereinander trug. Jetzt würde sie zu allem Überfluss auch noch Einkäufe erledigen müssen, Zeit und Geld, was beides kostbar war, damit verschwenden, ein Kostüm zu kaufen, das zwei Nummern größer als normal war und das sie hoffentlich in einigen Monaten wieder in die hinterste Ecke des Kleiderschranks verbannen konnte. Und das alles nur, weil ihr Aussehen zu ihrer Rolle passen musste, weil sie sich in der Rüstung ihres Körpers sicher fühlen musste. Das war es, was sie wirklich ärgerte – dass ihr eigenes Aussehen, ihr Image, wie immer man es nennen wollte, sie als Geisel gefangen hielt. Es sollte nicht so sein, aber so war es nun einmal. Sie hatte ihre Schönheit und ihre früher einmal perfekte Figur immer als selbstverständlich betrachtet. Jetzt, nachdem beides durch die Geburt und die Erschöpfung gelitten hatte, waren sie auf einmal wichtig.

Sie stürzte einen großen, dünnen, entkoffeinierten Cappuccino hinunter, dann schaltete sie ihren Computer an und begann, im Internet zu surfen und sämtliche Informationen zu sammeln, die sie über Rockstar-Verbriefungen finden konnte. Dann wählte sie sich bei NEXUS ein und las sich über einhundert Presseausschnitte durch. Savage hatte Recht. Rockstars in der Finanzwelt, das *war* sexy. Die Presse konnte gar nicht genug davon bekommen:

Der echte Preis des Ruhms – Prominenten-Bonds sollen aus starken Talenten ein großes Investment machen, aber wird die Wall Street anbeißen? Rock als felsenfestes Investment? Vergessen Sie den Footsie, verfolgen Sie stattdessen die Popcharts. Nicht zu stolz, ein Stück Rock zu verkaufen. Bowies Banker singt neue Melodie. Motown-Hits sind immer noch Gold wert. Pullman springt auf den Musikzug unsterblicher Rockstars auf. Kann Bowies Banker den Absturz noch verhindern? Stars stoßen auf Goldadern. Brown-Bonds. Papas brandneue Bonds. Heavy Metal heißt die neue Währung. Iron Maiden räumen ab. Iron Maiden legen ihre Gewinne in Bonds an.

Die Schlagzeilenmacher leisteten sich das Schlimmste. Die Kommentare erstreckten sich über das gesamte Spektrum, von den Finanzzeitungen über die normale Tagespresse bis hin zu den Boulevardblättern: *Time*, das *Wall Street Journal*, die *Financial Times, Business Week*, die *New York Times, USA Today*, die *Times, Rolling Stone, Variety, Billboard*, die *South China Morning Post*. Das Interesse war immens. Sarah erkannte, was Savage vorschwebte: Goldsteins' Name, der in großen Lettern überall dort prangte, wo er es noch nie getan hatte, und in noch größeren Lettern, wo er es bereits getan hatte. *Wenn* sie das Geschäft bekamen, *wenn* die undichte Stelle es ihnen nicht vermasselte.

Es war Viertel nach zwölf, als sie schließlich eine Pause einlegte. Sie rieb sich die Augen und starrte aufs Börsenparkett hinaus. Dort schepperte die übliche Stimmenkakophonie von Menschen, Computern und Telefonen, dort brodelten die üblichen Emotionen, Jubel und Verzweiflung, Habgier, Neid, Entsetzen. Es war so leicht, sich verführen zu lassen, sich gleichfalls in den Tumult zu stürzen, noch eifriger nach dem größtmöglichen Kick zu suchen, doch Sarah glaubte trotzdem zu wissen, dass das Motiv der undichten Stelle Rache war, nicht bloße Adrenalinkicks um ihrer selbst willen, auch wenn das zweifellos auch eine Rolle spielte.

Für ihren nächsten Schritt passte sie den Zeitpunkt genau ab. Als PJ mit eiligen Schritten über das Börsenparkett stürmte und auf die Doppeltür zusteuerte, folgte Sarah ihr mit einigem Abstand. Wie zu erwarten, war PJ im nächsten Augenblick in der Damentoilette verschwunden. Sarah folgte ihr hinein, machte so rasch wie noch nie im Leben Pipi und kam gleichzeitig mit PJ aus ihrer Kabine. Während sie sich an zwei nebeneinander liegenden Waschbecken die Hände wuschen, fing Sarah PJs Blick im Spiegel auf und wartete, bis die andere Frau das Wort ergriff.

»Sind Sie neu bei uns?«, fragte PJ.

»Ja«, antwortete Sarah, während sie sich die Hände abtrocknete. »Seit gestern.«

»Und wie läuft's?«

»Ach, na ja, die ersten Tage sind immer eine Art Probe, oder? In mehrerlei Hinsicht.«

PJ hielt einen Augenblick inne, die Hände in die Hüften gestemmt. »Wie meinen Sie das?«

»Ach, Sie wissen schon, das Übliche eben, dass man sich erst einmal ein Bild von der Lage macht, wer gut ist, wer schlecht ist, wem man vertrauen kann, wem man besser aus dem Weg geht, wer nett ist, wer psychotisch ist.«

PJ lachte. »Die Antwort auf *diesen* Punkt lautet, etwa das halbe Parkett. Haben Sie Ihr eigenes Büro, oder sind Sie einem Schalter zugeordnet?«

»Recherche.«

»Aha. Welches Gebiet?«

»Neue Produkte.«

»Irgendwelche bestimmten? Ich meine, *irgendwo* muss doch Ihr Fachgebiet liegen.« Hm, der erste Dolch war geworfen.

»Was haben Sie denn für eines?«, fragte Sarah.

»Staatsschuldverschreibungen.«

»Aha.« Welche geistreiche Bemerkung ließ sich dazu schon machen? »Und, macht es Ihnen Spaß?«

PJ lachte ungläubig auf. »Ja, verdammt viel Spaß, was meinen Sie denn?«

»Warum machen Sie es denn dann?«

»Was glauben Sie?«

»Es gibt doch noch mehr Möglichkeiten, um die Miete zu bezahlen.«

»Ja, na ja, wenn Sie 'ne bessere finden, lassen Sie's mich wissen.« PJ drehte sich auf ihren Stöckelabsätzen um und stelzte hinaus.

Sarahs nächstes Ziel war Miles Churchward. Es gelang ihr, sich hinter ihm bei Birley's in die Sandwichschlange einzureihen. Er drehte sich zu ihr um und lächelte.

»Sind Sie nicht neu bei Goldsteins?«

»Stimmt.«

»Und niemand nimmt Sie mit zum Lunch?«

»Nein, aber das ist schon in Ordnung. Ich habe viel zu tun, sodass ich die Zeit sowieso nicht erübrigen könnte. Ich arbeite lieber über Mittag durch und komme abends zu einer vernünftigen Zeit nach Hause.«

»Genauso sehe ich das auch, und ich habe inzwischen durchaus einen Geschmack für Birley's entwickelt. Die besten Sandwiches in der City.«

»Ja, die sind nicht schlecht, was?«

Die Schlange rückte näher an die Theke vor.

»Also, was machen Sie?«, erkundigte sich Churchward.

»Recherche.«

»Aha. Worüber?«

»Neue Produkte. Und Sie?«

»Einschläfernde alte Festverzinsliche. Verkäufer«, fügte er fast schon bedauernd hinzu. Verkäufer belegten in der Hierarchie des Börsenparketts nach den Händlern einen schlechten zweiten Platz, aber trotzdem wirkte Churchward ein wenig zu bedauernd. Sie kamen an die Reihe. Churchward griff nach seiner Tüte und verschwand mit einem freundlichen Wink.

»Bis später.«

»Ja, bis später.«

Kurz entschlossen schaute Sarah bei einem Herrenausstatter hinein. Sie sah die Herrenanzüge durch, bis sie drei fand, die ihr gefielen. Dann suchte sie sich sechs Hemden aus, je zwei in Weiß, Hellblau und Rosa, und legte sie auf die Anzüge. Ein Verkäufer trat lächelnd auf sie zu. Es kam nicht oft vor, dass eine Frau Anzüge für ihren Ehemann einkaufte, und er wusste es eindeutig zu schätzen.

Sarah deutete auf den Stapel. »Diese hier würde ich gern anprobieren.«

Ein überraschtes Hüsteln wurde laut. »Wie bitte, Madam?«

»Sie haben mich gehört. Ich bin kein umgekehrter Transvestit. Ich bin eine stillende Mutter, mit einer Figur, die völlig in die Binsen gegangen ist, und ich dachte, diese Sachen hier könnten genau das Richtige sein. Dürfte ich sie anprobieren?«

Wenn die Augen des Mannes noch größer werden sollten, dann würden sie bald in ihre Höhlen zurückrollen, dachte Sarah, die sich ein Grinsen verbiss.

Sie verließ das Geschäft mit drei Anzügen und sechs Hemden, die ihr allesamt hervorragend passten, dank der Tatsache, dass Männer breite Taillen und Brustkörbe hatten.

Jezza tauchte in dem Augenblick auf, in dem Sarah wieder in ihrem Büro saß und sich über ihre Sandwiches hermachte. Sie war dabei, noch mehr Hintergrundinformationen über Verbriefungen zu durchforsten, als er den Kopf durch die Tür steckte. Sie schaltete den Bildschirmschoner ein, und schwimmende Fische erschienen auf ihrem Monitor.

»Hi.« Er trat von einem Fuß auf den anderen, versuchte sie einzuschätzen, versuchte zu ergründen, wie er sie anpacken sollte. Sie gab so wenig wie möglich preis. Lass ihn schwitzen.

»Junge, hab ich einen Kater«, sagte er, schraubte sich ins Büro und in einen Stuhl gegenüber von Sarah. »Normalerweise trinke ich nicht so viel.«

»Ach nein?«

»Na ja, mit leerem Magen und das alles. War ich ein bisschen laut, ich kann mich nicht erinnern?«

Verdammt laut, dachte Sarah.

»Wir wär's mit Dinner?«

»Hm?«, fragte Sarah in der Hoffnung, sie hätte sich verhört.

»Heute Abend, Justine's. *Ich* kann dort immer einen Tisch bestellen.«

»Tut mir Leid, Jezza. Ich habe zu tun.«

»Dann eben morgen.«

»Da habe ich auch zu tun.«

Jezza lehnte sich halb über den Tisch. »Dann übermorgen?«

Gab dieser Mann denn nie auf? »Können wir es spontan entscheiden?«

»Ja, ich denke schon. Aber ich bin im Allgemeinen früh ausgebucht.«

»Das ist dann eben mein Risiko.«

Sarah lud sich ein paar der Rockstar-Informationen, die sie noch nicht gelesen hatte, auf ihren PC zu Hause und schloss ihren Schreibtisch ab. Sie verließ das Parkett um sechs, und während sie sich durch das Labyrinth der Schreibtische hindurchschlängelte, spürte sie Jezzas Blick, der ihr bis zur Tür folgte.

Georgie schlief, als sie nach Hause kam, und das Haus war still. Sarah gab Jacob einen flüchtigen Kuss auf die Wange, bevor sie nach oben eilte, in Georgies Zimmer, um einen kurzen Blick auf ihn zu werfen. Er lag auf dem Rücken, die

Arme ausgestreckt, mit offenem Mund, und atmete sanft. Er seufzte glückselig auf, während Sarah neben ihm stand, ihn beobachtete und auf seinen Atem lauschte. Seine rosigen Lippen formten sich zu einem vollkommenen Kussmund. Seine langen, dunklen Wimpern lagen sanft auf seiner seidigen Haut. Er war das schönste Wesen, das Sarah je zu Gesicht bekommen hatte. Sie spürte, wie ihr Herz dahinschmolz. Sie stand gute fünf Minuten da und sog ihn in sich auf. Sie musste an seinen Vater denken, an die sinnliche Schönheit seines Gesichts. War er hier in London? Was tat er jetzt, in genau diesem Augenblick? Spürte er, dass es irgendwo ein kleines Stückchen seiner Seele gab, friedlich schlafend, liebevoll behütet? Georgie war auch sein Sohn, dachte Sarah plötzlich mit einem besitzergreifenden Gefühl.

Auf Zehenspitzen schlich sie hinunter zu Jacob. Alex war mit ein paar Bergsteigerfreunden ausgegangen.

»Wie lief's?«, fragte sie, während sie ihm ein Glas Rotwein einschenkte.

Er nahm das Glas mit einem Lächeln entgegen. »Gut. Er war ein kleiner Engel. Er ist solch braver Junge. Du hast Glück als Mutter.«

»Ich weiß.«

»Trotzdem, ich muss dir sagen, ich weiß nicht, wie all diese allein erziehenden Mütter mit drei Kindern gleichzeitig zu Rande kommen, und das auch noch, ohne dass ihnen jemand dabei hilft. Mrs. V. kam heute für ein paar Stunden vorbei, und ich bin fast aufgesprungen und ihr um den Hals gefallen.«

»Du machst das schon. Aber jetzt im Ernst, es wird doch nicht zu anstrengend für dich, oder?«

»Ich würde lügen, wollte ich sagen, dass ich nicht völlig erschossen und erschlagen bin, Schätzchen, aber es ist schon lange her, seit ich so zufrieden war, erschöpft zu sein. Ich und Georgie, wir verstehen uns prima, wir haben dieselbe Wellenlänge. Du weißt, dass ich den Jungen über alles liebe. Es ist ein Privileg, Zeit mit ihm verbringen zu dürfen.«

»Oh, Jacob. Ich weiß gar nicht, wie ich dir danken soll.«

Der alte Mann grinste. »Du hast es eben getan.«

Als Georgie aufwachte, hungrig und laut weinend, fütterte Sarah ihn und nahm dann ein langes, luxuriöses Bad mit ihm. Sie trocknete ihn ab und steckte ihn in seinen kleinen Schlafanzug, schlüpfte selbst in Jeans und ein weißes T-Shirt und setzte ihn neben dem Küchentisch in sein Kissenlager auf dem Boden. Jacob stellte zwei Teller dampfenden Coq au Vin auf den Tisch. Sarah machte sich über ihren her, als hätte sie seit einer Woche kein Essen mehr bekommen. Sie stöhnte vor Vergnügen.

»Ah, das ist köstlich.«

Sie aß rasch zu Ende, stand auf und beugte sich hinunter, um Georgie hochzuheben. Sie warf ihn sanft an sich. »Ich müsste in spätestens zwei Stunden zurück sein«, sagte sie zu Jacob. »Georgie müsste bald müde werden. Wenn du dich schlafen legst, lass das Babyfon einfach auf der Türschwelle liegen. Ich nehm's mir dann, wenn ich zurückkomme.« Nachdem Jacob in letzter Zeit ständig als Babysitter im Einsatz war, hatten sie entschieden, dass es für alle Beteiligten einfacher war, wenn er eine Zeit lang im Gästezimmer übernachtete.

»Mit wem bist du denn verabredet?«, fragte er.

»Mit einem Typen im schmutzigen Regenmantel.«

»Ach, einer von denen. Und wie läuft alles?«

»Ich hab drei Verdächtige. Eine ist von Bitterkeit zerfressen, einer ist ein aufbrausender Kontrollfreak, einer nett und normal, also muss er es sein.«

Jacob grinste. »Und was macht dein Rockstar?«

Sarah zuckte zusammen. »Hm? John Redford?«, fragte sie vage. »Ich bin noch dabei, mich in all diesen Verbriefungskram hineinzufuchsen. Weiß Gott, wann ich damit fertig sein werde.« Sie warf einen Blick auf die Armbanduhr. »Hoppla, entschuldige, Jacob, ich muss los.«

Sie gab Georgie einen sanften Kuss und reichte ihn seinem Großonkel. Sie eilte die Treppe hoch zu ihrem Safe und entnahm ihm eine große Plastikhülle, die prall gefüllt mit Bargeld war. Sie zählte fünfzehnhundert Pfund ab, rollte sie zu zwei dicken Würsten zusammen, umschnürte sie mit Gummibändern und steckte sich in je einen Strumpf eine Wurst. Sie nahm sich eine Akte aus ihrer Aktentasche, steckte sie in eine Plastiktüte, schlüpfte in Turnschuhe und eine Jeansjacke und stürmte zur Tür hinaus.

Es war halb zehn, die sommerlichen Straßen wurden von Leuten bevölkert, die in den Straßencafés aßen und tranken, die sich bis auf die King's Road ausbreiteten. Sarah nahm sich ein Taxi nach Camden, wo noch mehr Gedränge herrschte als in der King's Road und wo es noch ärmere und gereiztere Menschen gab. Sie war froh, dass sie sich lässig angezogen hatte. Sie steuerte das Lokal »Ratte und Papagei« an, wobei sie sich zwischen einer Menge trinkender Gäste hindurchschlängelte, die stiller war als die City-Truppe am Abend zuvor. Die Leute kamen hierher, um sich in aller Ruhe zu entspannen, nicht, um sich und alle anderen in Hörweite davon zu überzeugen, dass sie sich köstlich amüsierten.

Freddie hatte bereits an seinem bevorzugten Ecktisch Platz genommen und trank ein Pint Bitter. Er war ebenfalls lässig gekleidet.

Sarah trat an die Bar, bestellte sich eine Virgin Mary und gesellte sich zu ihrem Bekannten. Er lächelte. »Hallo, Kleines. Schön, dass ich dich endlich einmal wieder sehe.«

Sie lächelte zurück. »Schön, *dich* wieder zu sehen, Freddie.«

»Was hast du getrieben? Ich hab dich seit einer Ewigkeit nicht gesehen.«

»Ach, dies und das«, antwortete Sarah.

»Du siehst aus, als ob's dir gut getan hat, was immer es war.«

»Danke. Du bist eben ein Gentleman.« Der Charmeur. Er war so glatt, mit seiner samtigen, tuntenhaften Stimme, dem gepflegten, gleichmäßig dunklen Haar, das er nach hinten zurückgekämmt hatte. Selbst seine Jeans sah tadellos aus.

»Entschuldige, dass ich dich auf die Straße gezerrt habe«, sagte Sarah.

»Wenn ich mich schon auf die Straße zerren lassen muss, dann doch am liebsten von dir. Außerdem war ich schon bei so vielen von diesen Dingern, dass ich praktisch das Drehbuch für den Abend schreiben könnte. Ich verpasse nicht viel.«

»Das erleichtert mein Gewissen.«

»Was kann ich diesmal für dich tun?«

Sarah zog die Akte aus der Plastiktüte. »Drei Namen. Sie arbeiten alle bei Goldsteins. Das hier sind Details aus ihren Personalakten. Ich will alles über sie wissen, so schnell wie möglich. Kreditkarte, Bank, Telefonrechnungen.«

»Das wird dich etwas kosten, wenn du es gestern haben willst.«

»Das will ich.«

»Wann willst du das nicht?«

»Nie.« Sarah beugte sich hinunter und zog die Geldwürste aus ihren Strümpfen. Sie reichte sie Freddie heimlich unter dem Tisch. »Das sind fünfzehnhundert. Lass es mich wissen, wenn es nicht genug ist.«

»Das werde ich. Ich ruf dich morgen an, Kleines. Verlass dich drauf.«

»Danke, Freddie.« Sarah leerte ihren Tomatensaft und eilte auf die Straße hinaus. Freddie Skelton, der Senior-Partner bei Spinnacres, der führenden Anwaltskanzlei in der City, sah ihr lächelnd nach.

17

Um halb zehn war Sarah endlich bei Goldsteins. Sie machte sich eben über ihr zweites Frühstück des Tages her, als Savages Sekretärin an ihrer Tür klopfte.

»Kurierpost für Sie.«

»Danke, Evangeline.«

Sarah schlitzte die Sendung auf. Sie enthielt sämtliche Finanzunterlagen zu John Redford, unterlegt mit reichlich Wortgeklapper. Sarah machte sich sogleich an die Zahlen.

Redford hatte zweiundzwanzig Alben und über fünfhundert einzelne Songs verfasst. Sein meistverkauftes Album war sein jüngstes, *Fire Walk*. Jedes neue Album hatte sich besser verkauft als das zuvor. Sein erstes Album hatte sich eine Million einhundertneunzigtausend Mal verkauft, sein jüngstes fünf Millionen Mal. Insgesamt hatte er einhundertundacht Millionen Alben verkauft. Er hatte zehn ausverkaufte Welttourneen bestritten, die brutto einhundertzwanzig Millionen Dollar eingespielt hatten. Die Merchandising-Einkünfte beliefen sich auf achtzig Millionen Dollar insgesamt. Jedes Jahr schien er über eine Million Dollar mit so genannten Sendegebühren zu verdienen, dem Entgelt, das jedes Mal an ihn entrichtet werden musste, wenn eine seiner Platten im Radio gespielt wurde. In den letzten drei Jahren hatte er insgesamt acht Millionen Dollar damit verdient, dass er Lizenzen für die Verwertung seiner Songs in Fernseh-Werbespots vergab. Für seine Single »Etwas Wildes« von 1999 erhielt Ford die Lizenz, sie neunzig Tage lang in Fernsehspots zu verwenden, wofür er fünf Millionen Dollar kassierte.

»Du großer Gott!«, sagte Sarah zu sich selbst.

Die Leistung dieses Mannes war phänomenal. Er war ein moderner Prophet, der vor Millionen sang, die seinen Worten lauschten, und für noch mehr bezahlten, um sich aus ihrer Welt in seine Stimme zu flüchten. Dieser Mann, der für sie in der Wildnis die Gitarre gezupft und gesungen hatte, für sie gesungen und ihr ein Kind geschenkt hatte.

Sarah erhob sich, als sie ein plötzliches Schwindelgefühl überkam. Sie wandte sich vom Schreibtisch ab und starrte durchs Fenster auf die Skyline der City hinaus. Ein frühherbstlicher Regen schlug mit seltsamer Wucht flach gegen die Scheibe.

Sie strich sich das Haar aus dem Gesicht. Sie konnte sich nicht in den Zahlen verkriechen. Sie konnte sich mit dieser

Sache nicht befassen, als sei es einfach ein neuer Auftrag. Sosehr sie auch dagegen ankämpfte, Redford schlich sich immer wieder in ihre Gedanken, ihr Sohn schlich sich immer wieder in ihre Gedanken. Alles verschwamm ineinander: Liebe, Geheimnisse, Sehnsucht, die Erinnerung an das Verlangen. Jede Hoffnung auf Objektivität war ein Mythos. Sie selbst hätte sich augenblicklich gefeuert. Und Savage würde es tun, wenn er irgendwann hinter die Wahrheit kam. Wie hätte die alte Sarah Jensen in diesem Fall gehandelt, fragte sie sich? *Du kannst doch vorgeben, sie zu sein*, sagte sie sich beharrlich, *nur vierzehn Tage lang.*

Sie nahm wieder Platz, versuchte erneut, sich in die Zahlen zu vertiefen, aber Konflikt und Konfusion attackierten sie noch immer. Sie fühlte sich wie ein Voyeur, während sie die Geschäftsunterlagen des Vaters ihres Kindes durchstöberte. Redfords tatsächliches Einkommen ließ sich nicht leicht erkennen. Er schien an allen Ecken und Enden Abzüge hinzublättern, an Manager, Agenten, Promoter, Buchhalter, Anwälte, seine Plattenfirma. Er stand an der Spitze einer ausgesprochen langen Nahrungskette und unterstützte eine Schar von Empfängern, die allem Anschein nach in die Tausende ging. Nach Begleichung aller Abzüge und Vergütungen belief sich sein Bruttoeinkommen auf etwa zwölf Millionen Dollar im Jahr.

Gott, diese Summe hätte einer anderen Mutter reichlich Munition gegeben, einer Frau, die vielleicht Anspruch auf Unterhaltszahlungen erheben wollte. Eine Mischung aus Stolz, besitzergreifendem Denken und der ihr eigenen Geheimniskrämerei sorgte dafür, dass Sarah das niemals tun würde. Sie konnte und würde Georgie allein durchbringen. Sie brauchte nicht eine einzige von Redfords Millionen, die hier unverhohlen und in aller Blöße vor ihr lagen, und doch, ohne es selbst zu wollen, verspürte sie einen leisen Stich, als sie das tatsächliche Ausmaß seiner Einkünfte erkannte. Ein paar Millionen von ihm, und sie würde nie wieder arbeiten müssen. Was war der übliche Satz? Wie viel musste Mick

Jagger angeblich an die brasilianische Mutter seines jüngsten unehelichen Kindes abdrücken? Zehn Millionen Dollar? Hatte sie das nicht irgendwo gelesen? Einen Augenblick lang kostete sie die Versuchung, bevor sie sie ausspie.

Sie arbeitete noch eine Zeit lang weiter; dann schloss sie die Unterlagen in ihren Schreibtisch ein und ging auf die Toilette – zum Wasserspender. Sie ließ die Gravadlax-Unterlagen als Attrappe auf dem Schreibtisch liegen, verführerisch halb versteckt, eine dünne Haarsträhne an ihnen befestigt, um später feststellen zu können, ob sich dort jemand zu schaffen gemacht hatte, doch als sie zurückkam, war die Strähne noch immer da, die Unterlagen schienen unberührt.

Drei Stunden später wanden sich die Zahlen wie Schlangen vor Sarahs ermatteten Augen, aber sie schaffte es trotzdem noch, eine gewisse Ordnung hineinzubringen. Sie legte eine kurze Lunchpause mit Sandwiches von Birley's ein, dann klappte sie ihren Laptop auf und begann, ein Bild der Firma Redford Inc. in Vergangenheit und Zukunft zu entwickeln.

Auf diese Art mit Zahlen zu spielen, das gab ihr immer noch einen echten Kick. Finanzstrukturierung, das war ein Schwelgen in der Kunst des Möglichen, Wahrsagen mit Hilfe eines Computerchips und eines Gehirns. Und wie die besten Wahrsager fügte auch sie noch die Kunst hinzu, sich auf eine Art Zeitreise zu begeben, zu sehen und zu wissen, was echt war und was nicht. Die besten Finanzhirne beherrschten diese Kunst – Nicola Horlick, Warren Buffet, George Soros, all die überragenden Fondsmanager. Für die meisten anderen war die Aktienauswahl kaum mehr als eine Zufallsentscheidung, ein Affe konnte sie genauso gut erledigen.

Sarah geriet immer stärker in Fahrt, je mehr Seiten sie mit Zahlen und Kalkulationen füllte. Die Qualität von Redfords Einkünften war sensationell, und mehr oder weniger rezessionssicher. Wenn die Rezession zuschlug und die Leute sich einschränken mussten, dann schienen sie die Träume und Schmerzen, die John Redford besang, als Notwendigkeit, nicht als Luxus zu betrachten.

Ihr Telefon klingelte.

»Sarah. Evangeline hier. Könnten Sie bitte in James' Büro vorbeischauen?«

Einen Augenblick lang stockte ihr der Atem, und sie fühlte sich von einer irrationalen Angst erfasst, Savage könne ihr auf die Schliche gekommen sein. Sie fragte sich, ob sie diese Furcht, durchschaut zu werden, je ablegen würde, einfach nur sie selbst sein würde, sogar ihrer Geheimnisse entledigt. Sie stieg über die Hintertreppe in den sechsten Stock hinauf, über Marmorstufen, auf denen ihre Absätze einen matten Marsch anschlugen.

Als sie eintrat, stellte sie fest, dass Zamaroh und Breden ebenfalls in Savages Büro saßen. Breden berichtete Savage und Zamaroh über die Wanzeninstallation.

»Sämtliche Büros, die überprüft wurden, haben sich als sauber erwiesen«, erklärte er. »Zahas, Ihres, James' und Sarahs provisorisches Büro. Ich würde vorschlagen, die monatliche Überprüfung von jetzt an immer in unregelmäßigen Abständen vorzunehmen, wie wir's diesmal getan haben.«

»Schön«, sagte Savage. »Hat es Sie überrascht, dass die Büros sauber sind?«

»Eigentlich nicht«, erwiderte Breden. »Ich denke, wir haben es mit einem äußerst raffinierten Individuum zu tun, mit einem, der weiß, dass wir die Wanzen aus den Büros entfernen würden. Es ist eine solch offensichtliche Methode, an Informationen zu gelangen. Eine allzu offensichtliche.«

»Und sie macht überhaupt keinen Spaß«, bemerkte Sarah.

»Spaß?«, fragte Breden.

»Ja, *Spaß*. Unsere undichte Stelle betreibt das alles hauptsächlich wegen des Kicks, und ich wette mit Ihnen um eine Flasche guten Rotwein, eine Kiste Havannas oder was immer Ihr privates Laster ist, dass das sein eigentliches Motiv ist. Wanzen in Büros, das ist zu unpersönlich, das ist kein wirklicher Diebstahl oder Verrat, nicht in seinen Augen.«

»Und weshalb, wenn Sie die Frage gestatten, sind Sie sich da so sicher?«, fragte Zamaroh herausfordernd.

»Das Profil«, erwiderte Sarah knapp, »und Instinkt.«

»Haben Sie irgendetwas Konkretes?«, erkundigte sich Savage.

»Noch nicht.«

»Was ist mit meinen Verdächtigen?«, fragte Zamaroh im Tonfall einer Königin, die sich nach »meinen Gefangenen« erkundigte.

»Noch nichts.«

»Sie haben noch nichts getan?«

»Das nicht. Ich habe noch nichts zu berichten.«

»Was in aller Welt haben Sie denn dann gemacht?«, herrschte die andere Frau sie an.

»Ihnen Zeit erspart. Ich könnte Ihnen in allen Einzelheiten darlegen, was ich gemacht habe, aber damit würde ich lediglich meine und Ihre Zeit verschwenden. Ich weiß, dass es Ihnen sehr wichtig ist, sich auf dem Börsenparkett in Pose zu werfen, Sie werden mir verzeihen, wenn es mir nicht wichtig ist.«

»Erzählen Sie uns von der Verbriefung«, sagte Savage, der erfolglos versuchte, ein Grinsen zu unterdrücken.

»RV«, sagte Sarah.

»Wie bitte?«

»RV«, wiederholte sie langsam. »Rockstar-Verbriefung. Die Wertpapiere sind als Bowie-Bonds bekannt, da er der erste Rockstar war, der verbrieft wurde, von diesem amerikanischen Senkrechtstarter namens David Pullman. Sie werden im Allgemeinen über eine Laufzeit von zehn bis fünfzehn Jahren ausgegeben, bekommen eine einfache A-Einstufung, aber sie bieten ein bis zwei Prozent mehr als vergleichbare Firmenschuldverschreibungen mit einfacher A-Einstufung. Oft gibt es eine Art Krediterweiterung, eine Garantie des Musikverlegers, aber wenn die Qualität der Einkünfte des Rockstars gut genug ist, benötigt man keine Garantien.

Bowie hat etwa eine Million CDs im Jahr verkauft, jahraus, jahrein. Sein Geschäft, mit dem er fünfundfünfzig Millionen Dollar aufnahm, wurde durch die Tantiemen aus seinen ersten fünfundzwanzig Alben gestützt. Bowies Pluspunkt war, dass er die Songwriting-, Veröffentlichungs- und Aufnahmerechte an seiner Musik besaß, sodass ihm aus allen drei Bereichen Tantiemen zuflossen. Oft besitzen die Künstler lediglich die Aufnahmerechte.

Ich glaube, John Redford besitzt alle drei, wie Bowie, und das macht ihn zu einem ausgezeichneten Kandidaten. Er hat zweiundzwanzig Alben veröffentlicht, und sein Absatz beläuft sich im Durchschnitt auf über vier Millionen CDs im Jahr, das ist ein weiterer Punkt, der für ihn spricht. Es gibt da noch jede Menge technischer Details. Beispielsweise muss bewiesen werden, dass er das Copyright an seinem Werk besitzt, aber wenn man davon ausgeht, dass all diese Punkte geklärt werden können – und ich gehe davon aus, dass Sie Teams von Anwälten haben werden, die sich in diese Sache hineinknien –, dann dürfte Redford auf Grund der Qualität seiner Einkünfte und seiner umsichtigen Strategie, sein Material selbst zu verfassen und möglichst viele Rechte einzubehalten, ein idealer Kandidat für eine RV sein.«

»Wie würden Sie ihn einstufen?«, fragte Savage.

»Einfache A-Einstufung.«

»Ertrag?«, bellte Zamaroh.

»Sagen wir, um die vierhundertfünfzig Basispunkte über dem Basiszinssatz, um bis zur Fälligkeit eine Rendite von rund neun Prozent zu erwirtschaften. Bei einem solchen Satz dürfte Redford, in Anbetracht seines offensichtlichen Jahreseinkommens von rund zwölf Millionen Dollar, in der Lage sein, etwa einhundert Millionen aufzunehmen, mit einer Deckungsquote von eins Komma drei drei. Eng, aber machbar.«

Savage, Zamaroh und Breden verfielen fassungslos in kollektives Schweigen. Selbst Sarah war von sich beeindruckt. Vielleicht hat sich mein Verstand doch noch nicht völlig verflüchtigt, dachte sie.

»Gebühren?«, fragte Zamaroh, als sie allmählich wieder zu sich kam.

Sarah fuhr aus ihrer Träumerei hoch. »Vermutlich könnten wir eine Bearbeitungsgebühr von rund fünf Prozent in Rechnung stellen, das heißt, glatte fünf Millionen lockermachen, in einen neuen Geschäftsbereich vorstoßen, das bislang größte Geschäft mit einer Rockstar-Verbriefung abschließen und als Marktführer groß rauskommen.«

»Klingt sexy«, sagte Savage mit einem Lächeln in Sarahs Richtung. »Dieser Mr. Redford hat's Ihnen offenbar ziemlich angetan.«

»Es ist ein gutes Geschäft«, erwiderte Sarah, die befürchtete, dass ihr die Röte ins Gesicht stieg.

»Warum will er es denn überhaupt?«, fragte Zamaroh, womit sie Sarah, ohne es zu beabsichtigen, aus ihrer Lage errettete. »Das würde ich gern wissen. Was sind seine Gründe? Wie schöpfen wir dabei Wert?«

Sarah lachte. »Seit wann schert Sie das denn? Was ist denn aus der These ›Schnapp das Geld, und dann nichts wie weg‹ geworden?«

Zaha funkelte Sarah an, als hätte diese eben den Rock hochgeschoben.

»Ach, ich verstehe«, sagte Sarah. »Der neue Geist der *political correctness*. Sie sind hier doch unter Freunden, Zaha, oder zumindest unter Mitverschwörern. Sie müssen sich nicht verstellen.«

»Ersparen Sie mir die Belehrung, beantworten Sie einfach die Frage, wenn Sie es können.«

Sarah lächelte. »Mit Vergnügen. Eine Rockstar-Verbriefung bedeutet im Wesentlichen, dass sich der Rockstar Geld leiht und aus künftigen Tantiemen zurückbezahlt. Das ist weitaus besser, als die Plattenfirma zu verpflichten, ihm einen Vorschuss auf künftige Tantiemen zu bezahlen. Denn erstens diskontiert die Plattenfirma künftige Tantiemen mit einem höheren Zinssatz als die Investmentbanken, die eine RV durchführen, sodass der Rockstar bei einer RV einen höheren Vorschuss erhält. Außerdem bekommt er bei seiner Plattenfirma, die ihm nun keinen Vorschuss mehr bezahlen muss, einen höheren Tantiemensatz. Zweitens, während ein Vorschuss seitens der Plattenfirma als Einkommen betrachtet und dementsprechend besteuert wird, gilt das Geld, das der Rockstar mittels einer Rockstar-Verbriefung als Vorschuss erhält, als Kredit. Die Zinsen für diesen Kredit sind steuerlich absetzbar, sodass der Rockstar mittels einer RV seine Steuerlast sogar noch verringern kann. Drittens, sobald die Bonds fällig werden, erhält der Rockstar die Eigentumsrechte an seinem Plattenbestand zurück, der die Tantiemen abgeworfen hat. Wenn die Tantiemen höher als erwartet ausfallen, werden die Bonds früher zurückbezahlt, und der Rockstar kann den Rahm abschöpfen.« Sarah beendete ihren Vortrag, dankbar für die Serie hervorragend geschriebener Artikel, die sie am Tag zuvor gelesen hatte und in denen alle Vor- und Nachteile der RV dargelegt worden waren.

»Wer sind die Käufer?«, fragte Zamaroh.

»Im Allgemeinen Versicherungsgesellschaften. Die Pru hat sämtliche Bowie-Bonds erworben, die komplette Emission. Es ist leicht zu erkennen, weshalb ein solches Geschäft für jemanden wie Bowie attraktiv ist. Auf diese Weise kann nämlich nur ein einziger institutioneller Anleger seine Nase in all seine vertraulichen Angelegenheiten stecken, und nicht gleich ein Schwarm von zwanzig. Das ist etwas, was wir für uns selbst ernsthaft erwägen sollten.«

»Wie, Redford-Bonds im Wert von einhundert Millionen Dollar schlucken?«, entfuhr es Zamaroh.

»Wenn wir das Geschäft wollen, dann müssen wir das vielleicht tun«, erwiderte Sarah mit einem Blick in Savages Richtung, um seine Reaktion abzuschätzen.

»Das würde ein gewaltiges Unterfangen für uns bedeuten«, antwortete Savage, »aber wenn die Zahlen es unterstützen und wenn es aussieht, als müssten wir das Geschäft kaufen, um es zu bekommen, dann werden wir es eben tun.«

»Das erhöht unser Risiko«, sagte Zamaroh. »Wenn wir falsch liegen, gehen wir mit einhundert Millionen baden.«

Sie betrachtete Sarah mit langsamen Blicken. »Das könnte ein verdammt großer Fehler sein.«

Sie ist Salome, dachte Sarah, während sie Zamaroh betrachtete, und aus irgendeinem unerklärlichen Grund will sie meinen Kopf.

18

Jacob hatte sich auf den Weg nach Golders Green gemacht, um eine Nacht lang mit seinen Kumpeln Poker zu spielen, Alex saß in Sarahs Arbeitszimmer und pflegte sein Liebesverhältnis mit Landkarten, Georgie saß auf Sarahs Arm und spielte mit einigen ihrer Ringellocken, als es an der Tür klingelte. Sie zuckte zusammen, und Georgie stieß überrascht einen leisen Schrei aus.

»Es ist alles in Ordnung, mein Schatz.« Sarah legte ihn auf eine Decke auf dem Boden, wo er augenblicklich in Tränen der Wut und des Verlassenseins ausbrach. Sie schloss die Wohnzimmertür hinter sich und ging mit leisen Schritten an die Haustür, während sie überlegte, wer es sein konnte, und hoffte, dass Jezza sie nicht ausfindig gemacht hatte. Er wusste, dass sie am Carlyle Square wohnte. Es würde nicht schwer sein, einzukreisen, in welchem Haus.

Sie warf einen Blick durch den Türspion und entspannte sich, als sie sah, dass es ein Motorradkurier war. Sie machte die Tür auf.

»Jensen?«, fragte er. Seine Stimme klang gedämpft durch das Visier seines Helms.

»Das bin ich«, erwiderte Sarah, während sie einen Blick über den unbelebten Platz warf.

»Unterschreiben Sie bitte hier.«

Sie unterschrieb, nahm die Sendung entgegen und schloss hinter sich die Tür, erleichtert und gleichzeitig bestürzt darüber, wie schreckhaft sie war. Georgies Tränen versiegten rasch in den Armen seiner Mutter. Sie riss den dicken Umschlag auf und sah Bündel von Bankauszügen, Kreditkartenbelegen und Telefonrechnungen. Freddie hatte schnell gearbeitet, wie er es versprochen hatte. Die Sendung enthielt keinerlei Notiz »mit freundlicher Empfehlung« des Senior-Partners bei Spinnacres. Freddie Skelton hatte eines der besten geheimen Notizbüchlein mit den Namen zweifelhafter, bestechlicher Kontakte; und was noch besser war, seit Inkrafttreten des Datenschutzgesetzes, als Ermittler und Prozessanwälte etwas nervöser wurden, wenn sie an Informationen dieser Art gelangen wollten, hatte er einen Großhändler, der die schmutzige Arbeit für ihn erledigte. Wer auch immer dieser geheimnisvolle Unbekannte war, er hatte ausgezeichnete Arbeit geleistet. An Stelle von Freddie Skeltons Unterschrift gab es eine getippte Notiz, die besagte: *Du bist mir noch einen halben Riesen schuldig.*

Sarah machte es sich mit Georgie im Schaukelstuhl gemütlich und begann mit PJ. Sie besaß eine goldene Visacard. Das Geld, das sie ausgab, wurde kontinuierlich von ihrem Girokonto abgebucht. In den letzten vier Monaten hatte sie ihr Konto stets überzogen; der Negativsaldo stieg allmonatlich auf zwölftausend an. Die monatlichen Ausgaben, die über die Karte getätigt wurden, beliefen sich im vergangenen Jahr auf durchschnittlich vier Riesen. Sarah sah sich die Ausgaben an, versuchte, ein bestimmtes Muster zu erkennen. Die Frau kaufte bei Harvey Nichols ein, mindestens einmal pro Monat, manchmal einmal pro Woche, dann trank sie teure Getränke in Harvey Nick's Bar im fünften Stock, ein Anmachlokal ohnegleichen, dachte Sarah. PJ aß bei Vong, Momo's und Alberto's, dem Namen nach offenbar ein Italiener, in South Kensington, in der Nähe ihres Zuhauses in Little Boltons. Dort aß sie vermutlich mit anderen Mädchen, oder es handelte sich um Eurotrash-Treffen, wobei in beiden Fällen jeder, bis auf die begehrtesten Mädchen, für sich selbst bezahlte. Das einzig Seltsame, neben der Tatsache, dass sie über ihre Verhältnisse lebte, war, dass sie jeden Monat über fünfzehnhundert Pfund in bar abhob, immer am Monatsanfang und immer am selben Geldautomaten an der Old Brompton Road.

Churchward gab bezeichnenderweise weniger als fünfzehnhundert im Monat aus, teils mit Visa, teils mit Amex, ohne erkennbare Logik für die Aufteilung zwischen den beiden Karten. Er war ein Abonnent: *Country Life, The Week*, der *Spectator*, der *National Trust, The Economist, Condé Nast Traveller*, der Wohltätigkeitsfonds ehemaliger Seeleute und *Red Hot Dutch*. Gewissen und Sehnsucht, höhere Ziele, Träume bukolischer Beglückung, ein Intellektueller, ein Reisender mit dem Finger auf der Landkarte und tatsächlich Reisender.

Die einzige Abweichung von seinem konservativen Umgang mit Geld war sein Urlaub, jeder einzelne der reinste Luxus: neun Riesen, um für eine Woche eine Zwanzigmeteryacht zu chartern. Sechs Riesen für zwei Wochen Skiurlaub in Kanada, bei dem man mit einem Helikopter ins Skigebiet geflogen wurde, acht Riesen für vierzehn Tage Sporttauchen in Tortola, alles Abenteuerurlaube, keine romantischen Wochenenden in Paris, wenige Dinnerabende in teuren Restaurants. Churchward war auf dem Papier, mit all seinen Widersprüchen, interessanter als auf den ersten Blick in Person.

Sarah nahm sich Jezzas Kreditkarten vor. Acht Riesen gab er im Monat aus, teils mit Visa, teils mit Amex. Schuhe von John Lobb: zweitausend Pfund, Anzüge von Oswald Boateng: drei Riesen, verlängerte Wochenenden in Venedig und Kairo: sieben Riesen, Dinnerabende im Ivy: dreihundert Pfund, Drinks in der Met Bar: fünfhundert Pfund – der Mann war ein echter Entertainer. Das einzig Seltsame war ein gelegentlicher eher prosaischer Abend; ab und zu ein Dinner in einem indischen Restaurant abseits der Brompton Road. Sarah zuckte zusammen, als das Telefon klingelte. Sie warf die Unterlagen auf den Boden und streckte fluchend, mit einer Hand Georgie auf dem Arm haltend, die andere nach dem Telefon aus.

»Hallo!«

»Guten Abend, Sarah. Dick Breden hier.«

Voller Entsetzen starrte Sarah das Telefon an und betete, Georgie möge friedlich bleiben. Wenn sie ihn ablegte, um in ein anderes Zimmer zu gehen, würde er sich die Seele aus dem Leib schreien. Wenn sie ihn im Arm behielt, würde er womöglich zu glucksen anfangen oder in sein berühmtes Glücksgebrüll ausbrechen. Sie nahm die Fernbedienung in die Hand und schaltete den Fernseher ein, um ihn abzulenken.

»Hi, Dick, wie geht's Ihnen?«

»Ich hab da ein paar Informationen über unsere Leute. Ich dachte, vielleicht könnte ich vorbeikommen und es mit Ihnen besprechen?«

»Jetzt?«

»Ist der Zeitpunkt ungünstig?«

»Können wir es morgen erledigen?«

Georgie stieß einen fröhlichen Gluckser aus, als sein Lieblings-Werbespot auf dem Bildschirm erschien. Sarah hustete lautstark, um das Geräusch zu übertönen.

»Alles in Ordnung mit Ihnen?«, fragte Breden. »Das klang eben aber komisch. Eine Art Gluck...«

»Alles in Ordnung, danke, Dick. Wo wollen wir uns treffen? Im Büro?«

»Ich versuche, mich ein paar Tage nicht im Büro blicken zu lassen. Können wir es zu Hause erledigen? Ich könnte zu Ihnen kommen.«

»Wir können uns im Oriel treffen, kennen Sie das, am Sloane Square?«

»Frühstück?«

»Wie viel Uhr?«

»Halb acht?«

Ausgeschlossen, dachte Sarah. Um die Zeit würde sie stillen. »Ich bin bis halb zehn beschäftigt.«

Breden war galant genug, nicht zu fragen, womit. »Bis dann.«

19

Sarah hatte eine beschwerliche Nacht. Georgie war nicht, wie üblich, einmal aufgewacht, sondern dreimal. Sie kam zwölf Minuten zu spät ins Oriel, und sie fühlte sich schlapp und abgespannt. Zum Ausgleich hatte sie einen ihrer neuen Anzüge und ein neues Hemd angezogen, dazu ein Paar hochhackige, mit Ziermünzen besetzte marineblaue Pumps, die, wie sie hoffte, die Aufmerksamkeit von ihrem Gesicht ablenken würden.

»Hi, Dick. Entschuldigen Sie bitte die Verspätung.«

Er nickte mit seiner üblichen Anmut, ließ sie nachwirken. »Kann ich Ihnen einen Kaffee bringen?«

»Kamillentee, bitte, und vier Scheiben Toast mit Honig.«

Als das Frühstück kam, verdrückte Sarah alle vier Scheiben Toast, fast ohne zwischendurch einmal Luft zu holen.

»Haben Sie das Abendessen ausfallen lassen?«, fragte Breden.

»Hm?«, fragte Sarah und wischte sich mit einer Serviette die Krümel aus dem Gesicht. »Nein, bin nur hungrig.« Sie bestellte sich noch einen Tee und wartete, bis er gebracht wurde, bevor sie nach unten in ihre Aktentasche griff und die immer dicker werdenden Unterlagen über die Verdächtigen hervorholte.

Breden überflog die Unterlagen, dann sah er auf und heftete den Blick auf Sarah. »Sie sind fleißig gewesen.«

»Ja, ziemlich.«

»Irgendwelche Gedanken vorab?«

Sarah trank ihren Tee aus und lehnte sich auf dem Stuhl zurück. »Jeremy St. James, alias Jezza. Teurer Geschmack, großzügiger Entertainer, hat ein Image zu pflegen, ist hoch aufgestiegen, droht jetzt abzustürzen. Er sieht es kommen und ist verzweifelt. Hat möglicherweise ein Alkoholproblem, ansatzweise frauenfeindlich, latent homosexuell, im Zustand des Leugnens, was ihn verletzlich macht. Kaum familiäre Bindungen, aufgestaute Wut, schwenkt von dieser zu

Gewissensbissen und Schuldgefühlen über.« Sie berichtete Breden über das Trinkgelage mit ihm. »Wie ich erwartet hatte, ist er mir gestern Vormittag erst aus dem Weg gegangen, bevor er dann irgendwann seinen Mut zusammengenommen hat und in mein Büro geschneit ist, alles heruntergespielt und erwartet hat, dass ich mit den Schultern zucke und ihm Absolution erteile. Dann hat er mich gefragt, ob ich mit ihm ausgehe. Ist nicht der Typ, der sich mit einem Nein als Antwort zufrieden gibt, könnte dabei durchaus unangenehm werden. Eigentlich wollte ich ihm sagen, er soll sich verpissen, aber dann dachte ich, vielleicht könnte ich doch noch etwas Nützliches aus ihm herausholen, also habe ich ihn erst einmal zappeln lassen, habe gesagt, ich würde es spontan entscheiden. Ein glattes *Nein*, und er wäre mein Erzfeind geworden.«

Breden nickte, während er Sarah genau beobachtete.

Sie fuhr fort: »Probleme mit Intimität, Bindungsängste, lebt gern spontan, heute hier, morgen da, will nicht wirklich Wurzeln schlagen. Wie die meisten Händler niedrige Reizschwelle, was Langeweile betrifft.«

»Wie wär's mit ihm?«

»Als unsere undichte Stelle? Er passt durchaus ins Profil. Braucht das Geld, hat Angst, gefeuert zu werden. Das heißt, Informationen zu verkaufen und Goldsteins dabei zu verwunden, vorweggenommene Rache, all das befriedigt ihn. Geheimnisse ausplaudern, das ist undurchsichtig, da fühlt sich der Verräter überlegen, und das passt genau zu Jezza, er ist ein echter Statusfreak, glaubt gern, er ist die Nummer eins auf dem Parkett.«

Breden kicherte. »Ich denke, Königin Zaha hätte dazu einiges anzumerken.«

»Ja, nicht wahr? Aber sie ist eher eine Kaiserin, also könnte Jezza sich immer noch in der Rolle des erstgeborenen Prinzen gefallen.«

»Wie schätzen Sie die anderen ein?«

»Churchward ist zu schön, um wahr zu sein; langweilig,

beständig, Einzelgänger. Finanziell umsichtig, lebt entsprechend seinen Verhältnissen, der einzige Luxus ist sein Urlaub. Mag Porno. Ich hab den Eindruck, er hat eine bestimmte Strategie und verfolgt sie auch. Macht seinen Job gut, hält den Kopf eingezogen. Jeder träumt von Ruhm, auch er ist nicht immun. Vielleicht plant er, sich selbstständig zu machen, arbeitet hart fürs Kapital. Vielleicht will er sich in ein paar Jahren zurückziehen und um die Welt segeln. Er ist aus Jersey, in seinem Lebenslauf nennt er Segeln als Hobby. Aber ich bezweifle, dass es ihm, wenn er Verrat an Goldsteins begeht, unterm Strich genug einbringen würde, um ihn für das Risiko zu entschädigen. Er hat kein anderes Motiv, soweit ich erkennen kann. Keine Rache, kein Unrechtsempfinden, auch wenn er, wenn ich's mir recht überlege, vielleicht glaubt, dass er besser entlohnt werden sollte, dass er darunter leidet, der nette Bursche zu sein, dass er, wenn er lauter und unangenehmer auftreten würde, weiter kommen würde, was fast ohne jeden Zweifel stimmt. Er ist die archetypische graue Maus. Rebellion in seinem Inneren? Wer weiß?«

»Und PJ?«, fragte Breden, bevor er den Kellner herbeiwinkte. »Noch einen schwarzen Kaffee, bitte. Möchten Sie noch etwas?«

»Ja, Evian, bitte. Ohne Eis. Sie ist verbittert, zornig, knapp an Zeit und knapp an Geld. Gibt viel aus, überzogenes Konto, verbraucht jede Menge Bares. Hebt jeden Monat fünfzehnhundert ab, könnte interessant sein, könnte für Drogen ausgegeben werden. Sie hat ein Motiv, und ich habe irgendwie das Gefühl, sie ist ein echtes Luder. Ihr könnte ein solcher Verrat auf jeden Fall einen Kick geben. Das Problem ist, wenn ich das gesamte Parkett analysierte, würde ich vermutlich auf über einhundert Leute stoßen, die ein Motiv und das richtige Profil haben. Börsenparketts ziehen nun einmal egoistische, geldgierige, laute, karrieresüchtige Leute an. Wenn man es nicht schon ist, wenn man dort ankommt, dann ist man es spätestens, wenn man wieder geht. Und dort verstärkt sich auch das Unrechtsempfinden. Die Leute wissen oder glauben zu wissen, was alle anderen bezahlt bekommen, und natürlich glaubt keiner, dass die größten Absahner wirklich verdienen, was sie einstreichen. Jeder glaubt, er wird im Vergleich unterbezahlt. Es ist wie ein Gefängnis, eine ganze Horde von Insassen, die jeden Tag für zwölf oder vierzehn Stunden zusammengepfercht werden, voll gepumpt mit Testosteron, die Frauen eingeschlossen, abgeschnitten von der Außenwelt. Es ist ein Dampfkochtopf, und irgendjemand wird dabei hochknallen. Die undichte Stelle zu finden, das dürfte in etwa so schwer sein wie die Suche nach der sprichwörtlichen Nadel.« Sie seufzte und rieb sich die Augen.

»Wollen Sie, dass ein paar meiner Leute einen Blick auf die Telefonrechnungen werfen?«, fragte Breden.

Sie war hellauf begeistert. Die Telefonrechnungen durchzuarbeiten, Anrufe zu tätigen, festzustellen, welche Leute von der unheiligen Dreieinigkeit der Verdächtigen angerufen wurden, das würde eine entsetzlich einschläfernde, Zeit raubende, aber wirklich wichtige Arbeit sein.

»O ja, *bitte. Liebend* gern.«

Breden lächelte. »Geben Sie sie mir. Haben Sie zufällig Kopien der Bankauszüge und Kreditkartenbelege für mich?«

»Das hier sind alles zusätzliche Kopien, die ich heute Morgen abgezogen habe. Es sind Ihre.«

Breden warf einen raschen Blick auf die Unterlagen, bevor er sie in seiner Aktentasche verschwinden ließ.

»Danke. Woher haben Sie die?«, fragte er beiläufig.

Sarah lächelte. »Sie erwarten doch nicht allen Ernstes, dass ich diese Frage beantworte, oder?« Durch das neue, strengere Datenschutzgesetz war jeder vorsichtiger geworden, was die Geheimhaltung seiner Quellen betraf.

»Nein, aber Sie könnten mir einen kleinen Anhaltspunkt geben. Großhändler, Einzelhändler et cetera.«

»Ein Mann mit einem unvergleichlich gut gefüllten geheimen Notizbuch.«

»Ein Großhändler. Was zahlen Sie ihm?«

»Ihm nichts, seinen Kontakten zwei Riesen.«

»Was springt dann für ihn dabei raus, es sei denn, er schneidet sich eine Scheibe von den zwei Riesen ab?«

»Das würde er nicht tun, das wären Peanuts für ihn.«

»Also?«

»Ich habe dafür gesorgt, dass er bei seiner Scheidung eine Menge Geld spart.«

»Ach?«

»Ach, allerdings. Also, was haben Sie herausbekommen? Übrigens, Sie können Ihr Jackett ablegen, wissen Sie. Morgens um zehn in Chelsea müssen Sie nicht förmlich gekleidet sein.«

»Tatsächlich?« Breden schlüpfte elegant aus seinem Jackett. Er trug ein langärmeliges schwarzes Baumwollhemd, das eng an seiner muskulösen Gestalt anlag. Sarahs Blick ruhte einen Augenblick lang auf ihm, und sehr zu ihrem Erstaunen, Entsetzen und erleichterten Gefühl durchzuckte sie ein plötzliches sexuelles Verlangen.

»Erstens einmal ist das Parkett sauber. Wir haben alles gründlich abgesucht. Haben nirgends Wanzen entdeckt, schon gar nicht in Zamarohs Büro.«

»Hmmm. Dann muss es also jemand sein, der engen Zugang hat.«

»Sieht so aus.«

»Aber damit kommen immer noch fünfhundert Leute auf dem Parkett in Betracht«, sagte Sarah.

»Das schon, aber wir werden sie beobachten. Zamarohs Büro wird jetzt akustisch und visuell überwacht, genau wie Ihres auch.«

»Na wunderbar. Ich werde nicht einmal mehr in aller Ruhe in der Nase bohren können. Der arme Tropf, der die Bänder angucken muss, tut mir Leid.«

»Ich würde sagen, in Ihrem Büro ist das doch eine Sondervergünstigung.«

Sarah lachte. »Haben Sie irgendwas über unsere Dreiergang?«, fragte sie.

»Ein paar Hintergrundinformationen. Jezza wohnt in einem weitläufigen Haus am üblen Ende der Fulham Road. Hat eine Schwäche für Antiquitäten und deren Beschaffer. Hatte letzte Nacht einen Übernachtungsgast, jung, brünett, hübsch, arbeitet bei Sotheby's, scheint ein nettes Mädchen zu sein. Ach, und er fährt einen Aston Martin.« Eine leise Spur von Unbehagen huschte für einen kurzen Augenblick über Bredens Gesicht.

Sarah konnte sich ein Lachen nicht verbeißen. »Das würde ich jemandem nicht unbedingt zur Last legen, oder?«

Breden zwang sich zu einem Grinsen.

»Neueres Modell als Ihres? Größer, schneller?«, fragte Sarah.

Breden sah sie mit einem Gesichtsausdruck an, als würde er sie am liebsten übers Knie legen und ordentlich versohlen.

Sarah kicherte. »Der Mann hat also einen starken Motor, was sonst noch?«

Breden hatte ein ätzendes Lächeln für sie. »PJ ist seit etwa sieben Wochen ohne festen Freund und trauert ihm offensichtlich nach. Giovanni di Castiglio. Niederer Adel, viel Knete in der Familie. Sie ist drei Jahre mit dem Burschen zusammen gewesen, hat vermutlich mit einer Heirat gerechnet, hat jetzt wahrscheinlich das Gefühl, drei Jahre investiert und verschwendet zu haben. Sie ist fünfunddreißig, unverheiratet, ein bisschen verbittert, würde ich vermuten.«

»Braucht einen neuen Schlachtplan«, überlegte Sarah, halb in Gedanken bei PJ und entsetzt über die Art, wie sie sie bewerteten, und halb mit der politisch nicht korrekten, aber unbarmherzigen Logik eines Ermittlers weiterforschend. »Wie lebt sie?«

»Souterrainwohnung in Little Boltons, geht hinten auf einen Garten hinaus, jede Menge sorgsam gehegte Pflanzen.«

»Komisch, hätte nie gedacht, dass sie einen grünen Daumen hat.«

»Ich auch nicht. Fährt ein marineblaues BMW-Cabrio. Morgen werde ich Ihnen mehr berichten können. Ich habe heute Abend die Nachtschicht und werde sie beobachten.«

»Deswegen der schwarze Kaffee, um jetzt schon aufzutanken. Churchward?«

»Churchward wohnt in einer Dreizimmerwohnung in einem umgebauten Herrenhaus, in einer Seitenstraße der Kensington Church Street. Fährt im Gegensatz zu den anderen beiden einen Firmenwagen. Einen Nissan Micra.«

»Einen Nissan Micra. Was ist los mit dem Burschen? Dann muss er wirklich für etwas Größeres sparen. Kein Mann fährt einen Nissan Micra, wenn er es nicht muss. Die meisten Männer, die ich kenne, mögen große, leistungsstarke, schwungvolle Wagen, die ...«

Breden schnitt ihr das Wort ab. »Passend zu diesem Wagen hat er den Abend zu Hause mit Lesen und Fernsehen verbracht. Der Bursche ist allem Anschein nach wirklich zu schön, um wahr zu sein.«

»Mein Gott, wir sind schon abartig«, sagte Sarah.

Breden sah sie interessiert an. »Stört es Sie, was wir machen?«

»Natürlich tut es das, im Leben anderer Leute herumzuschnüffeln, nach ihren Schwächen zu stochern. Es stört mich, wenn sie unschuldig sind. Wenn sie schuldig sind, ist es nur gerecht. Aber wissen Sie, irgendwie muss man schließlich die Miete bezahlen, und in gewisser Weise ist es doch auch recht interessant. Ich war schon immer fasziniert vom heimlichen Leben anderer Leute. Stört es Sie?«

»Es ist ein Job. Ich halte Distanz.«

»Das tun Sie mit Sicherheit. Wann geben Sie Ihre Distanz je auf, Dick Breden? Was stört *Sie* denn? Warum tun Sie das alles? Es kann doch nicht nur wegen des Geldes sein, oder?«

Breden lächelte nur.

20

Sarah kehrte nach Hause in ihr Arbeitszimmer zurück und verbrachte den Großteil des Tages mit der Ausarbeitung ihres Vorschlags zur Verbriefung. Die Besprechung mit Redford sollte morgen stattfinden, und Sarah war noch nicht annähernd fertig. Zu Hause zu arbeiten gestaltete sich weitaus angenehmer, als in die City zu stiefeln. Sie konnte Georgie etwa einmal die Stunde sehen, aber auch das war in gewisser Weise eine Qual, denn dann hatte sie nur fünf Minuten mit ihm, während sie und er sich nach mehr sehnten. Sie legte eine Pause ein, um ihn für die Nacht zu füttern und selbst etwas zu essen, dann verkroch sie sich wieder in ihr Arbeitszimmer. Sie ließ Georgie bei Alex und Jacob, die sich ein altes Schwarzweißvideo über eine frühe Everest-Besteigung ausgeliehen hatten.

Das Telefon klingelte um acht.

»Sarah. Hier spricht Zaha.«

»Hi, Zaha.«

»Warum sind Sie heute nicht zur Arbeit gekommen?«

»Gibt es einen wichtigen Anlass für diesen Anruf?«, fragte Sarah. »Falls ja, würden Sie bitte zur Sache kommen. Falls nicht, auf Wiederhören.«

»Haben Sie den Vorschlag schon fertig?«

»Ich arbeite im Augenblick an ihm.«

»Noch nicht fertig?«

»Er wird fertig sein, wenn er gebraucht wird.«

»Ich brauche ihn jetzt. Ich muss ihn prüfen.«

»Es wird keine Zeit mehr sein, ihn zu prüfen, Zaha. Es sei denn, Ihnen ist danach zu Mute, ihn sich mitten in der Nacht hier abzuholen, womit Sie Ihre Zeit verschwenden würden, denn ich habe ohnehin nicht vor, irgendetwas zu ändern.«

Sarah konnte fast hören, wie Zaha in Farsi stille Verwünschungen ausstieß. »Habe ich Sie eben richtig verstanden? Ich meine, das kann ich gar nicht glauben. Ich kann nicht glauben ...«

»Gute Nacht, Zaha. Glauben Sie's, oder lassen Sie's bleiben. Das ist mir egal.« Mit einem euphorischen Gefühl legte Sarah auf. Gott, es war köstlich, das letzte Wort zu haben. Die Euphorie legte sich, während sie weiterarbeitete, entschlossen, Zamaroh keinen Anlass zur Kritik zu geben, bis sie um drei Uhr morgens endlich fertig war. Erschöpft fiel sie ins Bett.

Wie durch Telepathie und Empathie ließ Georgie sie ungestört bis sieben schlafen. Um acht nahm Jacob ihn ihr ab, und sie war mit sich allein – und mit der bevorstehenden Besprechung. Sie konnte sich nichts vormachen. Sie war aufgeregt und verwirrt angesichts der Aussicht, John Redford wieder zu sehen. Sie versuchte sich einzureden, dass das flaue Gefühl im Magen von ihrer Nervosität wegen der Präsentation des Vorschlags herrührte. Auf ein Zehntel davon traf das vielleicht zu.

Sie stand nackt vor ihrem Kleiderschrank und entschied sich für ihren neuen, dunkelgrauen Nadelstreifenanzug und das hellrosa Hemd. Sie schlüpfte in ein Paar schwarze Lederhalbschuhe und sprühte sich zwei großzügige Spritzer Parfüm hinter die Ohren. Sie steckte ein Paar Diamant-Ohrstecker an, dazu ihren Glück bringenden Rubinring, und überprüfte ihr Erscheinungsbild im Spiegel. Sie legte Lipgloss und Mascara auf, kämmte sich das Haar mit den Fingern, wobei sie sich fragte, was John Redford wohl denken würde, und schalt sich sogleich dafür, dass es sie überhaupt kümmerte.

Alex war aufgewacht und ging mit steifen Bewegungen die Treppe hinunter, als sie aus ihrem Schlafzimmer kam. Er sah sie prüfend an.

»Du siehst hübsch aus.«

Sie lächelte. »Danke.«

»Dein großes Meeting?«

»Ja.«

»Viel Glück, Sare.«

»Ja.« Sie holte einmal tief Luft.

»Pass auf dich auf, ja«, sagte ihr Bruder, und Sarah wusste, dass er sie nicht ermahnte, die Präsentation nicht zu vermasseln.

Sie kam fünf Minuten zu spät zur Besprechung. Savage, Breden und Zamaroh warteten bereits im Konferenzzimmer.

»Schön, dass Sie es einrichten konnten, zu kommen«, sagte Savage mit einem Blick auf ihre klobigen, maskulinen Halbschuhe.

»Sie sind spät dran«, bemerkte Zamaroh spitz.

»Ich weiß. Ich hab's mit meinem Freund getrieben, und danach habe ich eben eine Weile gebraucht, bis ich wieder ordentlich aussah.« Sarah ließ ein Lächeln aufblitzen. »Sie wissen ja, wie das ist.«

Savage und Breden lachten schallend los. Zamaroh hätte außerhalb der Bank ebenfalls gelacht, aber hier war jeder Satz ein Wettstreit, und sie wollte Sarahs Sieg nicht anerkennen.

Ein diskretes Hüsteln ertönte.

»Darf ich eintreten?« John Redford stand in der Tür, neben Savages Sekretärin, Evangeline. Er wirkte müde, schien aber fit zu sein. Sarahs Blick wurde auf seine sinnlichen Lippen gelenkt, die sich in diesem Augenblick zu einem sanften, amüsierten Lächeln verzogen.

Evangeline verließ den Raum. Savage erhob sich.

»Mr. Redford, es ist mir ein Vergnügen.«

Redford gab ihm die Hand. »Bitte nennen Sie mich John.«

»John«, sagte Savage, als wollte er es ausprobieren. »Sie erinnern sich noch an Zaha Zamaroh, Dick Breden und Sarah Jensen?«

Redford begrüßte sie alle mit einem höflichen Lächeln. Der Blick, den er Sarah schenkte, ließ vermuten, dass er sich nicht nur außerordentlich gut an sie erinnerte, sondern auch ihren kleinen Scherz mitbekommen hatte.

Sarah spürte, wie ihr die Röte ins Gesicht stieg. Mein Gott, was für ein tadelloses Timing hatte sie doch, was für einen tollen Auftakt, mit dessen Hilfe sie sicherlich gleich einen guten Start hinlegen würde.

Sie spielte mit den Manschetten ihres Jacketts.

»Hübscher Anzug«, sagte Redford, den schelmischen Blick noch immer in den Augen.

Sarah schenkte ihm ein dünnes Lächeln. Sie wollte kein Geplänkel ins Rollen bringen, bei dem sie sich sicher war, dass Savage, Zamaroh und Breden es anschließend bis ins letzte Detail prüfen würden. Sich den Anschein zu geben, als sei sie diesem Mann noch nie begegnet, das war schon eine Qual. Sie konnte nur hoffen, dass Redford dieses Versteckspiel ebenfalls weiterspielen würde. Seine Neckerei ließ anderes vermuten. O mein Gott, sollte sie es jetzt vielleicht einfach zugeben, aufspringen und verkünden, dass sie und Redford sich einst geliebt hatten, eine glückselige, verhängnisvolle Nacht lang?

»Sarah?« Savages Stimme riss sie aus ihren Träumen. Sie zwang sich wieder zur Konzentration. »Sie werden unseren Vorschlag Mr. R. . . ., ich meine, John unterbreiten.«

Sarah strich ihre Hose glatt und setzte eine fröhliche Miene auf. »Natürlich. Soll ich jetzt gleich damit anfangen, oder wollen wir noch auf Mr. Cawdor warten?«

»Er kommt nicht.«

»Was? Sie haben gar keine Vertretung?«, fragte Sarah ungläubig.

Redford schüttelte den Kopf. »Nein.«

»Und was ist mit einem Anwalt? Ich meine, ich würde Ihnen wirklich empfehlen . . .«

»Keine Sorge, Sarah. Ich bin ein großer Junge. Sie werden mich doch sicher nicht in die Irre führen, und außerdem werde ich all Ihre Unterlagen später sowieso meinen Anwälten übergeben. Fühlen Sie sich jetzt besser?« Seine Augen lächelten sie an, sein Tonfall war gedehnt. Er wirkte gleichermaßen hinreißend und aufreibend. Sie war sich bewusst, dass Savage, Breden und Zamaroh den Wortwechsel gebannt verfolgten. Sie konnte nur hoffen, dass sie seine schelmischen Vertraulichkeiten auf die Ignoranz eines Rockstars hinsichtlich der üblichen gesellschaftlichen Normen zurückführten.

Sie schob das Dokument, an dem sie die Nacht zuvor so gründlich gearbeitet hatte, über den Tisch zu Redford hinüber. Einen Augenblick lang überlegte sie, was er wohl um drei Uhr morgens gemacht hatte, und verspürte eine plötzliche Eifersucht, auf seinen Lebensstil, auf sein Geld, auf seine Freiheit, auf irgendeine namenlose Geliebte, die ihren Platz eingenommen hatte. Mein Gott, Frau, reiß dich zusammen. Sie *hatte* keinen Platz an seiner Seite.

»Also«, sagte sie entschlossen, wobei sie mit einem Kopfnicken auf das Dokument wies. »Was dort drinsteht, das sind das fachliche Geschwafel und eine Menge Zahlen. Mit anderen Worten: Nach unserer derzeitigen Auffassung, und an diese legalistischen Einschübe werden Sie sich wohl gewöhnen müssen, würden Ihre Zahlen eine Emission in Höhe von rund einhundert Millionen Dollar stützen. Vermutlich könnten Sie sich eine einfache A-Einstufung bei Moody's, Fitch oder Duff & Phelps sichern. Das heißt, Sie könnten zu einem Satz von etwa viereinhalb Prozent über den Basiszinssätzen leihen, sagen wir, um die neuneinhalb Prozent. Hierbei würden wir Ihnen eine Gebühr von rund fünf Prozent in Rechnung stellen und ...«

»Mein Gott«, unterbrach sie Redford. »Was zum Teufel tun Sie denn dafür?«

Sarah lächelte. »Erstens einmal berechnen wir das, was die Märkte hergeben werden, okay? Ich erzähle Ihnen da keinen Quatsch. Andere Banken werden Ihnen in etwa dasselbe berechnen. Kleinere Banken würden vielleicht auf die Gebühr verzichten, aber andererseits könnte Ihr Geschäft leiden, und ich bin mir sicher, Ihre Berater würden es für keine gute Idee halten, Ihr Profil mit zweitklassigen Banken in Verbindung zu bringen. Nun, was wir für dieses Geld tun, ist Folgendes: Als Erstes bekommen Sie von uns eine Verpflichtungserklärung, die wir beide unterzeichnen. Darin verpflichtet sich Goldsteins International erstens, einen bestimmten Teil Ihres Plattenbestands zu verbriefen, das heißt, Wertpapiere auszugeben, die durch die Einkünfte aus diesem

Teil Ihres Bestands gestützt werden, zweitens, eine Einstufung einzuholen, und drittens, die Emission zu platzieren. Goldsteins wird sich selbst die Option einräumen, alle oder einen Teil der Bonds nach Belieben zu erwerben.«

»Wie lange wird das alles dauern?«, fragte Redford stirnrunzelnd.

»Im Allgemeinen ist es ein Einhundertachtzig-Tage-Engagement, auch wenn das je nach der Komplexität Ihres Falls starken Schwankungen unterliegen kann. Normalerweise benötigt man dreißig Tage für die verkehrsübliche Sorgfalt, die Überprüfung Ihrer Einkünfte, das Aufteilen und Zuordnen der Einkünfte und die Auswertung aller relevanten Statistiken. Außerdem müssen wir uns davon überzeugen, dass alles auch wirklich koscher ist. Dann braucht man dreißig Tage, um das Geschäft der Größe nach einzuschätzen, zu bewerten und zu strukturieren, eine Art mathematische Orgie. Dann noch einmal dreißig Tage, um das eigentliche Dokument zu erstellen, das ist eine juristische und deskriptive Orgie, und um den Investorenprospekt zu verfassen, im Grunde ein Verkaufsdokument, in dem jedem erzählt wird, weshalb er sich unglaublich glücklich schätzen kann, eine Redford-Bond in die Finger zu bekommen. Dann noch dreißig Tage für die Schlussphase, das ist dann der Augenblick, in dem alle hysterisch werden und sich gegenseitig anschreien und damit drohen, alles abzublasen. Und normalerweise räumen wir noch einmal dreißig Tage für Notfälle ein, nach dem Motto: ›Was schief gehen kann, wird auch schief gehen.‹ In der Zwischenzeit arbeiten die Rating-Agenturen an Ihrer Einstufung, die Anwälte gründen Ihre Spezialgesellschaft, wir führen eine Copyrightsuche durch, um zu überprüfen, dass alle Platten auch wirklich Ihnen gehören, wir prüfen bei Lexus-Nexus nach, ob Sie auch kein Krimineller sind, wir beschaffen uns eine Steuerbescheinigung, eine Firmenbescheinigung, damit wir wissen, dass Ihre Spezialgesellschaft einen guten Ruf hat, und eine Bankrottbescheinigung, die feststellt, dass Ihre Spezialgesellschaft und das gesamte ihr zufließende

Einkommen immun bleiben werden, selbst wenn Sie Bankrott machen. Wenn Sie all das überleben, dann werden wir die Emission unter großen Ovationen und mit riesigem institutionellem Appetit vom Stapel lassen, und Sie fliegen um einhundert Millionen Dollar reicher zurück nach Wyoming, abzüglich all der Gebühren natürlich.«

Redford lächelte, und Sarah konnte in seinen Augen erkennen, dass er, genau wie sie, an ihr Zelt in der Wildnis dachte.

»Sehr eindrucksvoll«, sagte er, den Blick noch immer auf sie gerichtet.

»Das ist die Goldsteins-Maschine«, sagte Zamaroh, als hätte sie und nicht Sarah eben das Angebot unterbreitet. »Das ist es, was Goldsteins International für Sie tun kann«, fuhr sie fort, im knallharten Verkäuferton, mit dem sie, wie Sarah auffiel, Redford unter anderem daran erinnern wollte, dass es hier ums Goldsteins-Team ging, nicht um Sarah Jensen, die Redford noch immer anlächelte. Sarah lächelte zurück, womit sie sich einen klitzekleinen Ausrutscher erlaubte. Sie hatte die Präsentation erfolgreich über die Bühne gebracht. Sie spürte, wie Savage neben ihr strahlte, und das war die Belohnung, die sie dafür erhielt: Fünf Sekunden lang war Sarah die Frau, die auf Redford den Mann reagierte. Und die ganze Zeit war da das Gesicht ihres Sohnes, das sie im Gesicht ihres Liebhabers wiederfand.

»Also«, brach Savage, ohne es zu wissen, den Bann dieses Augenblicks, »haben Sie irgendwelche Fragen?«

Redfords Blick nahm wieder einen distanzierteren Ausdruck an, als er Savage ansah. »Nein, im Augenblick nicht.« Er erhob sich und klemmte sich die Präsentationsmappe unter den Arm. »Ich werde diese Unterlagen gleich meinen Anwälten übergeben«, sagte er mit einem Blick auf Sarah, »bevor ich irgendetwas überstürze.«

»Wo werden Sie denn sein, falls wir Sie kontaktieren müssen?«, fragte Savage mit einem verwirrten Stirnrunzeln in Sarahs Richtung.

»Wieder in den Staaten«, antwortete Redford.

»Wo genau?«, fragte Zamaroh, die sich über seine ungenaue Auskunft ärgerte.

»Überall. Ich bin auf Tournee.«

»Sie haben Ihre Tournee unterbrochen, um hierher zu kommen?«, fragte Breden.

»Ich hatte ein paar Tage frei. Außerdem lohnt es sich doch, für einhundert Millionen Dollar nach London zu fliegen, meinen Sie nicht auch?«

»Das meine ich durchaus«, erwiderte Breden, »und verzeihen Sie bitte, wenn ich unverschämt klinge, aber wieso sollten Sie es persönlich tun? Sie hätten doch aus einer Schar von Beratern einen herschicken können.«

Sarah rutschte nervös auf ihrem Stuhl hin und her. Der Boden wurde ihr hier allmählich zu heiß.

»Genau das ist der Grund, weshalb Leute wie ich sich oft Ärger einhandeln«, sagte Redford langsam und mit Nachdruck. »Sie überlassen alles einem Stab von Beratern, und dann wundern sie sich, wenn sie aufs Kreuz gelegt werden.«

Breden nickte beipflichtend. »Aber warum London? Sie hätten sich doch auch an unser Büro in New York wenden können? Das wäre weitaus einfacher gewesen.«

Redford legte den Kopf ein wenig schräg und betrachtete Dick Breden genauer. »Worauf wollen Sie eigentlich hinaus? Ich versteh Sie nicht ganz.«

Breden zuckte die Schultern. »Ich bin nur neugierig. Ich möchte gern wissen, weshalb Leute bestimmte Dinge tun.«

»Mein Gott. Fragen Sie meinen Psychiater.« Redford ging in Richtung Tür. »Ich melde mich bei Ihnen.«

»Was in aller Welt haben Sie sich eigentlich dabei gedacht?«, herrschte Zamaroh Breden an, kaum dass die Tür ins Schloss gefallen war. »Ihn unter die Lupe zu nehmen, als ob er ein Strafgefangener ist?«

»Das ist mein Job.«

»Sie *waren* ein wenig hartnäckig«, sagte Savage gedehnt.

»Wie ein äußerst eleganter Terrier, der an einem Knochen zerrt.«

»Irgendetwas an der Geschichte kommt mir komisch vor«, sagte Breden. »Ich bin mir nicht sicher, was. Ich weiß nur, dass es etwas Großes ist.«

»Wie zum Beispiel?«, fragte Zamaroh verächtlich. »In ein paar Stunden wird er wieder in New York sein. Für einen Rockstar ist es doch ein Klacks, sich in ein Flugzeug zu setzen. Mein Gott, seien Sie doch nicht so provinziell.«

Bredens Blick wanderte zu Zamaroh, und er betrachtete sie, als sei sie ein Laborexperiment. Sarah sah zu, sagte nichts, versteckte sich hinter ihrem Schweigen. Breden wandte sich zu ihr um, bezog sie wieder ins Gespräch ein.

»Was meinen Sie?«

»Er ist ein Rockstar«, antwortete sie. »Ich würde vermuten, sie arbeiten nach anderen Regeln als der Rest von uns. Das sollten wir in die Überlegung mit einbeziehen, bevor wir irgendetwas nach unseren Maßstäben als seltsam beurteilen.«

Breden sah sie eine Zeit lang an und dachte über ihre Antwort nach, bevor er ein grübelndes »Hmm« von sich gab und sich abwandte.

»Ich denke, das ist alles recht gut über die Bühne gegangen«, blieb Savage auf seiner Spur. »Meinen Sie nicht auch?«, fragte er in die Runde. »Sie haben gute Arbeit geleistet, Sarah. Ich denke, da könnten wir wirklich ein hübsches Geschäft abschließen.«

»Haben Sie Kopien der Unterlagen, die Sie ihm eben ausgehändigt haben?«, fragte Zamaroh.

Sarah öffnete ihre Aktentasche und verteilte drei Stapel. Zamaroh stürzte sich auf ihren. »Es klang durchaus, als ob alles in Ordnung sei, aber ich möchte es doch gern überprüfen.«

Mein Gott, dachte Sarah, Zustimmung von Savage und Lob, halbwegs zumindest, von Zamaroh. Sie musste wirklich gute Arbeit geleistet haben.

»Ich denke, wir müssten jetzt so weit sein, diese Sache weiter voranzutreiben«, sagte Savage.

»Wie denn?«, fragte Zamaroh. »Jetzt muss er den Ball zurückspielen.«

»Nehmen wir doch einmal an, wir bekommen das Geschäft«, entgegnete Savage. »Bevor wir uns davon blenden lassen, müssen wir feststellen, ob es irgendeinen Grund gibt, weshalb wir John Redford vielleicht doch nicht unserer illustren Kundenliste hinzufügen wollen. Ich weiß, dass wir ein paar echte Hohlköpfe auf unserer Liste haben, aber es sind diskrete Hohlköpfe, es sind Establishment-Hohlköpfe, oder es sind langweilige Hohlköpfe, die für einen Journalisten etwa so attraktiv sind wie eine braune Papiertüte. Zum Teufel, Redford ist schließlich ein Rockstar. Er muss einfach übel sein. Ich muss nur wissen, wie übel er wirklich ist. Es gibt annehmbar übel, und es gibt so übel, dass er unseren Namen mit Dreck überzieht und unseren Ruf ruiniert. Dick, Sie glauben, an der Sache ist etwas faul. Bleiben Sie am Ball.«

O mein Gott, der beste Privatermittler in London würde nach Redfords Leichen im Keller schnüffeln. Sarah stand noch immer unter dem Schock dieser Vorstellung, als Savage sich an sie wandte. »Sie werden mit Dick zusammenarbeiten.«

»Wie bitte?« Sie versuchte verzweifelt, nicht zu begreifen, was Savage von ihr verlangte.

»Was ist denn schon dabei? Mein Gott, meine Liebe, Sie machen ein Gesicht, als hätte ich von Ihnen verlangt, dass Sie durchs Feuer gehen.«

Sarah starrte ihn nur an, unter Schock, um Fassung ringend.

»Das ist Teil der Arbeit, das Vorwärtskommen. Sie werden schon damit zurechtkommen, falls Sie diesen Auftrag wollen, und wenn ich mir die Bemerkung erlauben darf, falls Sie Ihre durchaus saftigen Honorare auch weiterhin einstreichen wollen. Und kommen Sie gar nicht erst auf die Idee, zu fragen. Mehr werden Sie nicht bekommen, verstanden? Setzen Sie mich *nicht* unter Druck.« Er drehte sich zu Breden um und ignorierte Sarah, die ihn mit stillem Zorn beobachtete, mit den Tränen kämpfend, die ihr jeden Moment aus den Augen zu stürzen drohten.

»Sie kümmern sich um den groben Überblick«, sagte Savage zu Breden. »Hintergrund, wo und wie er aufgewachsen ist, was er seitdem getan hat, mit wem, finanzielle Vorkehrungen, Peinlichkeiten, Hobbys, Häuser, alles.« Er wandte sich wieder an Sarah. »Sie haben eine Woche Gnadenfrist. Wenn ich in einer Woche mit allen Vorarbeiten zufrieden bin, dann haben wir ein Geschäft, und Ihr privates Spiel beginnt. Sie vertiefen sich in die Seele dieses Mannes, stellen fest, was da ist, was er liebt, was er hasst, ohne was er nicht leben kann, wofür, wenn überhaupt, er über Leichen gehen würde. Sie rütteln an ihm und seinem Käfig, bis die Leichen herauspurzeln, und dann sammeln Sie sie ein.«

»Und wie soll ich das bewerkstelligen?«, brachte Sarah hervor.

»Sie werden schon einen Weg finden.«

21

Sarah verbrachte ein glückseliges, aber auch wehmütiges Wochenende mit Georgie, Jacob und Alex. Ihr Bruder wollte am Sonntag nach Peru fliegen, und sie alle versuchten, die letzten paar Stunden mit ihm in London voll auszukosten, vor einer Trennung, die, wenn alles gut lief, über zwei Monate dauern würde. Sie gingen mit dem Baby im herbstlichen Sonnenschein spazieren, lagen mit ihm in den Parkanlagen am Carlyle Square im Gras, und Sarah las, während Georgie ihre Zeitungen in Fetzen riss. Eva Cunningham gesellte sich am Samstag zum Lunch zu ihnen, mit schönen Sachen beladen. Takeaway-Sushi für die Erwachsenen, den letzten Schrei aus dem Baby-Gap-Geschäft für Georgie. Eva spielte fröhlich mit Georgie, ein wehmütiges Lächeln auf dem Gesicht, während sie mit Sarah plauderte. Am Sonntag packte Alex die letzten Sachen ein und nahm herzlich Abschied von seiner Schwester, seinem Neffen und seinem Onkel.

Sarah nahm sein Gesicht in die Hände und küsste ihn auf die Stirn.

»Viel Glück, Al, und pass auf dich auf, ja? Versprich es mir.«

Er erwiderte die Geste. »Das werde ich, mach dir keine Sorgen um mich.« Sein Blick wurde eindringlicher. »Und du pass auch auf dich auf, in jeder Hinsicht.«

Sie begriff die Bedeutung seiner Worte klar und deutlich und lächelte mit einer Selbstsicherheit, die sie nicht wirklich empfand. »Das werde ich. Mach du dir keine Sorgen um *mich*.«

Sarah hielt Georgie fest im Arm, während er seinem Onkel mit einem verwirrten Stirnrunzeln zum Abschied winkte. Sie empfand eine Mischung aus Sorge und Stolz, während das Taxi Alex auf ein Abenteuer fortnahm, von dem keiner geglaubt hatte, dass sein gesundheitlicher Zustand es ihm je gestatten würde. Sarah wurde noch immer von Ängsten und Zweifeln geplagt, aber Alex hatte mit jeder Faser an seinem Körper gearbeitet, um ihn wieder in Form zu bringen, und auch wenn es unwahrscheinlich war, dass er je wieder die volle Stärke und Beweglichkeit vergangener Tage zurückerlangen würde, so war er doch verglichen mit den meisten Menschen immer noch außerordentlich kräftig und durchtrainiert, was ihm auf einer Reise, die im Grunde eine Wandertour, kein Kletterurlaub werden sollte, genug Sicherheit bieten sollte. In Heathrow würde er sich mit Eddie treffen, seinem alten Reisegefährten und einem Ex-Freund von Sarah. Dass Eddie mitfuhr, war Sarah ein großer Trost.

Außerdem war Alex seit Georgies Geburt nicht mehr ihr De-facto-Kind, und in der Beziehung zwischen Bruder und Schwester hatten sich die Achsen verschoben. Alex war Sarah gegenüber schon immer fürsorglich gewesen, aber nun verspürte sie bei ihm ein neues Maß an Verantwortung, wozu auch gehörte, dass er die Höhe des Risikos, das er bereit war, einzugehen, nach unten schraubte. Hinzu kam, dass er in finanziellen Dingen nicht mehr ganz so weltfremd war wie in früheren Zeiten. Er hatte in aller Stille Geld verdient, indem er Interviews mit bekannten Bergsteigern geführt und Artikel über sie verfasst hatte, und er hatte, trotz Sarahs Protestbekundungen, das vertrackte Vorhaben in Angriff genommen, seiner Schwester die rund neunhunderttausend Dollar zurückzuzahlen, die sie für seine nicht versicherte Krankenhausbehandlung hingeblättert hatte.

Jetzt war er fort, und sie würde niemanden haben, dem sie sich im Hinblick auf Redford anvertrauen konnte. Sie würde ihre Geheimnisse noch mehr in sich verschließen müssen, als sie es normalerweise ohnehin schon tat. Mit etwas Glück würde diese ganze Geschichte vorbei und Redford aus ihrem Leben verschwunden sein, bis Alex wieder nach Hause kam.

Sie versuchte nach Kräften, Redford aus ihren Gedanken zu verbannen. An jenem Sonntagabend hatte sich Jacob, nachdem sie Georgie zu Bett gebracht hatte, auf den Weg nach Golders Green gemacht, um eine Nacht lang seine Unabhängigkeit zu genießen. Sarah wärmte sich den Fleischkäse auf, den er ihr dagelassen hatte, und suchte dann Zuflucht im Schlaf. Georgie schlief inzwischen besser. Freitagnacht war er nur ein einziges Mal aufgewacht, Samstag- und Sonntagnacht hatte er jeweils ganz durchgeschlafen und sie ungestört mit den Träumen und Ängsten gelassen, die ihr stets im Schutz der Dunkelheit aufzulauern schienen.

Am Montagmorgen fungierte Jacob erneut als Babysitter, und Sarah war wieder bei Goldsteins auf der Suche nach der undichten Stelle. Wenn sie den Schuldigen fand, vielleicht konnte sie dann einfach den Bonus von fünfzig Riesen einstreichen und den Redford-Auftrag ausschlagen. Während sie davon träumte, traf sie wieder PJ auf der Damentoilette, diesmal allerdings zufällig. Als sie eintrat, fing PJ, die sich in diesem Augenblick die Wimpern mit Mascara bestrich, Sarahs Blick auf.

»Hi«, sagte Sarah leichthin. »Wie geht's?«

PJ betrachtete sie einen Augenblick lang, bevor sie antwortete. »Beschissen, um ehrlich zu sein«, erwiderte sie mit verblüffender Offenheit. »Mein Freund hat mich vor ein paar Wochen sitzen lassen.«

»Ah«, sagte Sarah. »Das ist allerdings beschissen.«

»Vielleicht kennen Sie ihn zufällig«, sagte PJ und drehte sich vom Spiegel zu Sarah um.

»Wie heißt er denn?«, fragte Sarah, als ob sie es nicht wüsste.

»Giovanni di Castiglio.« PJ sprach den Namen voller Verachtung aus, und voller Sehnsucht.

Sarah schüttelte den Kopf. »Wieso sollte ich ihn kennen?«

»Sie leben doch am Carlyle Square, stimmt's?«

»Ja, stimmt.« *Mein Gott*, hier sprachen sich Neuigkeiten aber schnell herum.

»Er auch. Nummer achtzehn.«

»Auf der anderen Seite des Platzes«, antwortete Sarah. »Wirklich erstaunlich, dass man so nah bei anderen Leuten leben kann, ohne zu ahnen, wer sie sind – oder was sie im Schilde führen könnten.«

»Nicht, wenn man die Augen offen hält«, entgegnete PJ mit dem Anflug eines Lächelns.

Sarah legte den Kopf schräg. »Und das soll heißen?«

»Na ja, ich lebe zufällig in derselben Straße wie unser nobler Vorstandsvorsitzender.«

»Tatsächlich?«, fragte Sarah interessiert. »Und?«

»Sagen wir nur so viel, ich habe bemerkt, dass Mrs. Savage eine gewisse Schwäche für Teenachmittage hat. Vor allem mittwochs.«

Sarah grübelte einen Augenblick lang darüber nach, bevor sie eine Vermutung wagte. »Sie meinen, Vergnügungsnachmittage?«

PJ lächelte süffisant. »Das haben Sie gesagt, nicht ich.« Sie warf den Mascara in ihr Make-up-Täschchen und ließ den Schnappverschluss einrasten.

»Nur noch eine Frage, aus reinem Interesse«, sagte Sarah nachdenklich. »Woher wissen Sie das denn?«

PJ warf ihr einen geringschätzigen Blick zu. »Haben Sie sich noch nie einen Krankheitstag genommen?«

Sarah lächelte. »Ich weiß schon gar nicht mehr, wie oft.«

Der Tag verstrich, und PJs Bemerkungen verblassten. Sarah suchte mit äußerster Wachsamkeit nach der undichten Stelle, ohne irgendetwas aufzutun. Dienstag und Mittwoch kamen und gingen, und weder sie noch die Kameras spürten die undichte Stelle auf. Savage und Zamaroh wurden zunehmend nervöser und gereizter. Jeder war auf seine Art ein Diktator, der seine schlechte Laune an seiner Umgebung ausließ. Am Donnerstag entschied Sarah, mangels Inspiration und des Büroalltags überdrüssig, zu Hause zu bleiben. Die Sonne schien, die Grünanlagen des Platzes strahlten, und ihr war danach, einen Tag lang mit Georgie im Gras zu liegen.

Sie leitete alle Anrufe auf ihr Handy um und hoffte, es würde nicht läuten. Bis kurz vorm Mittagessen blieb es stumm, dann klingelte es. Sie schnappte sich das Handy, bevor es Georgie aufwecken konnte, der unter einer alten Eiche auf einer Decke schlief. Sie entfernte sich ein paar Schritte.

»Ja?«

»Sarah? James hier. Tolle Neuigkeiten. John Redford hat unterschrieben.«

»Das ist ja fantastisch«, erwiderte Sarah mit wild gemischten Gefühlen. »Wir haben das Geschäft, das Sie wollten. Die größte Rockstar-Verbriefung aller Zeiten. Wir haben die undichte Stelle geschlagen.«

»Ich hoffe es. Er war wie ein Schatten. Ich habe ihn einfach überall vermutet, Zamaroh auch. Ich hoffe, er lässt sich nie wieder bei uns blicken.«

»Haben Bredens Kameras irgendwas gesichtet?«

»Nicht ein bisschen.«

»Vielleicht ist es ihm langweilig geworden, und er hat sich jemand anderen gesucht, den er piesacken kann«, mutmaßte Sarah, ohne es selbst zu glauben. »Haben Sie einen guten Vertrag mit Redford gemacht?«

»Ziemlich gut. Vierzehn Seiten juristischer Sprachkrampf, der letztendlich besagt, dass Goldsteins sich verpflichtet, eine Wertpapieremission, die durch seinen Plattenbestand gestützt wird, zu strukturieren, zu bewerten und durchzuführen. Er hat im Gegenzug zugesichert, dass ihm kein vorangegangener Vorfall, Hinderungsgrund oder Anspruch bekannt ist, der die Durchführbarkeit des Geschäfts von der Ausgabe bis zur Tilgung der Bonds gefährden könnte«, gab Savage den Vertragstext wieder.

»Das hat er getan?«

»Meinen Sie denn, er hat etwas zu verheimlichen?«

»Wer hat das nicht?«

»Sie wissen, was ich meine.«

»Er ist Künstler. Er würde es gut verheimlichen, meinen Sie nicht?«

»Wir sind alle verdammte Künstler. Werden Sie den Job annehmen?«

Sarah schwieg; sie konnte noch immer nicht gutheißen, was Savage von ihr verlangte.

»Ich weiß, dass Sie gewisse Zweifel plagen«, fuhr Savage fort. »Hätten Sie vielleicht die Güte, mir zu erklären, was das Problem ist?«

O mein Gott. »Mein Problem ist, dass es eine abgekartete Sache ist, und damit bin ich fast schon zum Scheitern verurteilt. Die schlimmsten Leichen sind die, die am besten vergraben sind.«

»Wie zum Beispiel?«

»Ach Gott, ich weiß es nicht. Der Mann muss ein echter Profi sein, was den Schutz seiner Privatsphäre anbelangt. Seit fast zwanzig Jahren ganz oben, und seine Privatsphäre wurde vermutlich schon so oft verletzt, dass er inzwischen ein

Experte im Hinblick auf Geheimhaltung ist. Das hat nicht unbedingt etwas Böses zu bedeuten, es ist einfach ein Lebensstil, würde ich vermuten.«

»Vielleicht, aber ich bezweifle entschieden, dass da nicht irgendwo dunkle Geheimnisse lauern.«

»Breden hat nichts aufgestöbert?«

»Bis jetzt alles in Ordnung.«

»Sie haben entschieden, dass er koscher ist?«

»Koscher genug, um eine Auftragsbestätigung und eine Verpflichtungserklärung zu unterzeichnen. Wenn wir, oder Sie, im weiteren Verlauf noch irgendetwas finden, was uns nicht gefällt, dann wird das eine nachteilige Bedingung, und wir steigen aus dem Geschäft aus. Das wäre zwar ein bisschen peinlich, aber keine Katastrophe. Es *wäre* allerdings eine Katastrophe, wenn uns irgendetwas entgeht, was erst dann rauskommt, wenn wir die Emission anlaufen lassen, oder während der Laufzeit der Bonds. Vor allem wenn wir beschließen, alles selbst zu halten.«

»Werden Sie das denn tun?«

»Kommt darauf an, unter anderem auf das, was Sie zu Tage fördern.«

»Genau das macht mir eben Sorgen, James. Bei dieser Sache steht einfach zu viel auf dem Spiel. Rockstars sind nicht unbedingt mein Fachgebiet.«

»Leute zu durchschauen ist Ihr Fachgebiet.«

»Ich weiß nicht, James. Es ist alles *so* verworren. Es ist so leicht, sich zu täuschen, und ich muss dann den Kopf dafür hinhalten.«

»Ich bitte Sie, Sarah. Es könnte ein tolles Geschäft werden. Erstens für Goldsteins und zweitens für Sie. Sie sagen doch immer, ich soll Ihnen was Interessantes geben, etwas, was ein bisschen sexy ist.«

»Das ist nicht mehr sexy, sondern schon pornographisch. So heiß, dass sich jemand die Finger dabei verbrennen könnte, und dieser Jemand bin im Allgemeinen ich.«

»In der Vergangenheit haben Sie sich darum doch noch nie

gekümmert. Je riskanter, desto besser, das galt doch immer für Sie, wenn ich mich recht erinnere.«

»Vielleicht ist mir der Appetit aufs Risiko vergangen.«

Savage lachte. »Das glaube ich erst, wenn ich es sehe.«

»Ich will den Job nicht, James. Können Sie das nicht einfach akzeptieren? Dick wird das bestens erledigen. Sie brauchen mich wirklich nicht.«

»Dick wird nicht die Informationen bekommen, die Sie beschaffen könnten.«

»Ich weiß nicht, warum Sie das annehmen. Außerdem wird er schon einen Weg finden. Wie immer.«

»Aber keiner wird so gut sein wie der Weg, den ich mir für Sie überlegt habe.«

»Was soll das heißen?«, fragte Sarah, während Misstrauen und Panik in ihr aufstiegen. Savage schwieg einen Augenblick. Sarah spürte die Spannung, die zwischen ihnen knisterte. »Sie werden ihn zwei Wochen auf seiner Tournee begleiten.«

»Ich werde *was* tun?«

»Bevor wir unterzeichnet haben, habe ich ihm und seinem Manager erklärt, dass Sie etliche Stunden damit zubringen werden müssen, all seine Verträge durchzugehen, um für Goldsteins sicherzustellen, dass es keine Pfandrechte gibt, die es nicht geben sollte, keine Nebenabsprachen, die die Auszahlung seines Einkommens beeinträchtigen, keine sonstigen Ansprüche, das alles. Dafür haben Sie mit Ihrer Präsentation bereits sehr geschickt die Vorarbeit geleistet. Die beiden haben gesagt, geht in Ordnung, aber woher sollten sie die Zeit dafür nehmen, mitten auf einer Welttournee? Ich hab das ihnen überlassen, hab ihnen mehr oder weniger deutlich klargemacht, dass sie die Zeit einfach erübrigen müssten. Cawdor hat zurückgerufen und erklärt, man würde Sie einladen, sie zwei Wochen zu begleiten.«

Sarah war sprachlos.

»New York, London, Paris und Venedig mit einem der, wie man mir gesagt hat, erotischsten Männer auf diesem Planeten, und fünftausend Pfund pro Tag. Was wollen Sie mehr?«

22

Eine Stunde später trafen Sarah und Georgie in Golders Green ein. Sarah trug einen schlafenden Georgie aus dem Wagen, durch das quietschende Tor, das Jacob absichtlich nicht ölte. So konnte es als eine Art Frühwarnsystem dienen. Jacobs Garten begrüßte sie mit dem Duft von Geißblatt und Jasmin. Er stand an der Tür, um sie willkommen zu heißen.

Voller Liebe blickte Sarah in sein Gesicht. Dieser Mann war der Ersatzvater für sie und ihren verwaisten Bruder gewesen. Als Sarahs und Alex' Eltern bei jenem Verkehrsunfall in New Orleans ums Leben kamen, nahm die Schwester von Sarahs Vater, Isla, die beiden verwaisten Kinder mit zurück nach London. Sie zogen in dieses Haus, in die Rotherwick Road in Nord-London, und Jacob war ihr Nachbar. Isla war Professorin für Chemie an der Londoner Universität. Sie war freundlich, aber allzu vergeistigt und in ihre Arbeit vergraben, um den Kindern die Aufmerksamkeit zu schenken, die sie benötigten. Bei Jacob gab es warme Mahlzeiten und freundliche Hände, die die aufgeschlagenen Knie und gebrochenen Herzen versorgten.

Seine Frau war im Jahr zuvor gestorben, bevor Sarah und Alex in die Rotherwick Road kamen und ihm eine neue Lebensaufgabe boten. Die Herzen der Kinder heilten nie wirklich (über einen solchen Verlust konnte man nicht hinwegkommen, es ließ sich lediglich lernen, mit ihm zu leben), aber sie lernten, wieder zu lieben. Jacob war ihre Liebe, ihr Freund, ihr Mentor, ihre Sicherheit. Er setzte sich mit Alex zusammen, wälzte mit ihm Atlanten, las ihm Geschichten über die großen Bergsteiger-Expeditionen vor und entfachte in dem Jungen eine Liebe fürs Abenteuer, die er nie verlor. Er hatte dazu beigetragen, Sarahs Sinn für Anarchie zu stärken, ihre unkonventionelle Moral. Jacob war ein pensionierter Safeknacker. Er hatte dreißig Jahre gearbeitet und sich auf Sarahs Drängen hin aus dem Berufsleben zurückgezogen, bevor er erwischt wurde. Sarah hatte ihm zudem in den

Ohren gelegen, bis er ihr einige seiner Künste beigebracht hatte, und auch wenn sie inzwischen ein wenig eingerostet war, so nahm sie doch an, sie würde die einfachsten Safes vermutlich noch immer knacken können.

Sarah blickte in Jacobs wettergegerbtes Gesicht und dachte an all die Menschen, die sie geliebt und durch einen gewaltsamen Tod verloren hatte. Ihre Eltern, ihre beste Freundin und ihren Liebhaber. Jacob war ihre Rettung gewesen. Ein Leben ohne ihn konnte sie sich nicht vorstellen. Isla war in die Staaten gezogen, als Sarah älter wurde, und Sarah hatte sich verhältnismäßig leicht an ein Leben ohne sie gewöhnt, aber sie fürchtete den Verlust von Jacob mehr als ihren eigenen Tod. Er war achtundsiebzig, noch immer rüstig und gut aussehend, aber sein Altern machte ihr Angst, und bei jedem neuen Anzeichen davon durchzuckte Sarah ein heftiger Schmerz. Sie strich ihm über den Hinterkopf und küsste ihn auf die Wange.

»Hallo, Schätzchen.« Er trat einen Schritt zurück und warf einen prüfenden Blick auf ihr Gesicht. Ihr Übermaß an Zärtlichkeit kam ihm verdächtig vor. Er wandte sich an Georgie, der nun rasch wach wurde, in Fahrt gebracht durch Jacob und seine neue Umgebung.

»Hallo, mein schöner Knabe.« Er küsste Georgie auf die Stirn. Das Baby wand sich und kicherte, als der weiche Schnurrbart ihn kitzelte. »Kommt rein. Ich weiß nicht, wie's mit dir steht, aber ich bin am Verhungern.«

Er führte Sarah und Georgie ins Haus, und wieder verspürte Sarah jenen Balsam, der ihr die Kindheit gerettet hatte. Seine Katze Ruby strich um Sarahs Knöchel und schnurrte, als sie sich zu ihr hinunterbeugte, um sie zu streicheln. Auf dem Küchentisch, in einer schlichten Vase, standen Rosen, im Ofen schmorte ein Huhn, das langsam knusprig und golden wurde, und eine Flasche roter Burgunder stand bereits geöffnet auf der Anrichte. Jacob nahm zwei seiner gewaltigen Gläser aus dem Schrank.

»Möchtest du?«

»Gern.«

Jacob hatte ihr einiges über Wein und übers Kochen beigebracht. Sie spürte, wie er sie beobachtete. Sie legte Georgie mit einer Auswahl von Spielzeug auf eine Decke auf dem Boden und nahm am Tisch Platz.

»Also, wohin geht deine Reise?«, fragte Jacob, während er ihr ein Glas reichte.

Sarah setzte sich an den Küchentisch und nahm einen Schluck Wein. »Ist das so offensichtlich?«

»Du rufst an, sagst, dass du vorbeikommst. Du sprudelst vor Aufregung und vor Ängstlichkeit, versuchst, cool zu bleiben, als müsstest du es besser wissen. Ich kann praktisch schon einen Phantom-Koffer neben dir sehen. Also, worum geht's? Ein Trip mit einem neuen Freund?«

»Kein neuer Freund«, sagte Sarah und schluckte den Wein hinunter. »Und auch kein alter Freund. Ich fliege nach New York. Mit dem Rockstar.«

»Was? Mit diesem Redfern-Burschen?« Jacob nahm Sarah gegenüber Platz und lehnte sich über den Tisch zu ihr hinüber.

»Redford.«

»Sollte ich damit irgendetwas anfangen können? Wer zum Teufel ist er, und was will er mit dir?«

»Er ist ein Kunde, Jacob.«

»Das weiß ich.«

»Er schreibt und singt Rockmusik und Balladen. Es ist eine schöne, wilde, ergreifende Musik. Er hat rund um die Welt mehrere hundert Millionen Platten verkauft, und er hat bei Goldsteins unterzeichnet.«

»Und was sollst du nun mit ihm anfangen?«

»Ihn überprüfen. Ihn schütteln, bis die Leichen aus ihm herauspurzeln. Wenn es dabei keine besonders hässlichen gibt, dann wird Goldsteins dieses Geschäft mit ihm abwickeln, wenn doch, steigen wir aus.«

»Da wirst du dich aber beliebt machen. Er ist ein Rockstar, Schätzchen. Das sind doch alles völlig durchgeknallte Typen.«

»Na ja, hoffentlich nicht. Savage hat vor einer Stunde angerufen und mich gefragt, ob ich für zwei Wochen mit Redford auf Tournee gehen würde.«

Jacob stand auf und machte sich am Herd zu schaffen. Ein paar Minuten später teilte er Huhn und geröstete Kartoffeln aus. Er sprach kein Wort, bis sie beide vor dampfenden Tellern saßen.

»Was ist mit Georgie?«

Sarah verzog das Gesicht. »Ich weiß nicht. Einerseits will ich fliegen, andererseits drehe ich durch bei dem Gedanken, ihn zurückzulassen. Ich bin hin und her gerissen und weiß einfach nicht, was ich tun soll.«

»Was hast du zu Savage gesagt?«

»Dass ich mich wieder bei ihm melden würde.«

»Zwei Wochen sind eine lange Zeit.«

»Ich weiß. Ich würde versuchen, für ein paar Nächte zurückzukommen, aber es würde immer noch entsetzlich werden.«

»Warum willst du dann überhaupt fliegen?«

O Gott. *Weil ein Teil von ihr John Redford liebte, ihn seit jener ersten leidenschaftlichen Nacht in der Wildnis geliebt hatte, ihn umso mehr liebte, als er, auch wenn er es nicht wusste, der Vater ihres geliebten Kindes war; weil ein Teil von ihr sich nach ihm verzehrte, weil ein Teil von ihr spürte, dass sie irgendeinem seltsamen Weg folgte, den das Schicksal für sie geschlagen hatte.*

»Weil ich das Gefühl habe, ich muss, Jacob.«

Der alte Mann warf ihr einen langen, prüfenden Blick zu. »Ich weiß, ich kann dir nicht sagen, was du mit dir selbst anfangen sollst. Das konnte noch nie jemand, nicht einmal, als du noch ein kleines Mädchen warst, daher werde ich nicht sagen, flieg nicht. Aber mir und deinem Sohn zuliebe, pass auf dich auf. New York mit einem fremden Mann …« Jacobs Blick schweifte besorgt in die Ferne.

Sarah empfand eine Ekel erregende Mischung aus Hochstimmung und Todesangst. Sie hatte Jacob die Würfel des

Schicksals ausgehändigt, und er hatte sie für sie geworfen. Sie würde ihr Baby zwei Wochen allein lassen, um mit einem Mann zusammen zu sein. *Um zu arbeiten*, sagte sie sich, *um Geld zu verdienen*. Die Geliebte und die Mutter in ihr erhoben sich und klagten sich in einem lautstarken Wettstreit gegenseitig an.

»Ich werde vorsichtig sein«, sagte Sarah. »Mach dir keine Sorgen. Sein Manager wird schließlich auch da sein, und ein ganzes Gefolge, zweifellos. Die Sicherheit der Gruppe und das alles.«

»Wie ist er denn so?«

Das war wirklich eine Qual. Immer wieder lügen und etwas verheimlichen zu müssen, und das gegenüber dem einen Mann auf diesem Planeten, dem sie, neben ihrem Sohn und ihrem Bruder, die Wahrheit schuldig war.

»Er wirkt nett, sensibel, nachdenklich, intelligent – fast still.«

Es lag Jacob auf den Lippen: *Und was hätte deine Mutter über die stillen Typen gesagt?* Aber er schluckte seine Worte hinunter.

»Pass auf dich auf, Schätzchen. Und ich werde auf deinen Sohn aufpassen.« Er hielt einen Augenblick inne und blickte mit plötzlicher Appetitlosigkeit auf seinen Teller hinunter. »Wann musst du los?«

Sarah schob den vollen Teller von sich. »Morgen.«

23

Am nächsten Morgen stillte Sarah Georgie zum letzten Mal. Die Endgültigkeit dieses Augenblicks gab ihr ein entsetzliches Gefühl von Verlust. Sie bedeutete einen Abschnitt, einen Übergangsritus auf dem Weg der allmählichen Trennung von ihrem Kind. Sie befürchtete, es würde nicht mehr auf genau dieselbe Weise ihr Kind sein. Was sie in diesem Augenblick für ihn tun konnte, das war etwas, was niemand sonst konnte. Es war ihr einzigartiges Band, und nun würde sie es durchtrennen.

Nachdem sie ihn zu Ende gestillt hatte, nahm sie Georgie mit nach unten zu Jacob und ließ ihn in seinen Armen. Dann ging sie wieder hoch in ihr Zimmer, warf sich aufs Bett und heulte fünf Minuten lang. Dann raffte sie sich langsam wieder auf und begann, ihren Koffer zu packen, mit schwerfälligen, roboterartigen Bewegungen. Sie stellte den CD-Player an, drehte die Lautstärke auf. John Redfords Stimme erfüllte das Zimmer, blendete alles andere aus, als seien sie beide allein zusammen. Er ließ Gefühle ebenso gekonnt erklingen wie seine Gitarre, aber den Schmerz beherrschte er besser als die Freude. Woher kam er, all sein Schmerz? Er sang eine Ballade eine Klagelied von verlorener Liebe:

Lauf fort, lauf fort, lauf fort, lauf fort.
Worte können dich nicht halten, Berührung kann dich nicht halten,
Augen können dich nicht halten, Liebe kann dich nicht halten.
Du bist eine Gefangene meines Herzens,
Lauf fort, lauf fort, lauf fort, lauf fort.

Geh jetzt, bevor du mich tötest,
mich tötest mit deinen Worten,
mich tötest mit deiner Berührung,
mich tötest mit deinen Augen,
mich tötest mit keiner Liebe,
Lauf fort, lauf fort, lauf fort, lauf fort.

Hör auf, dich zu verstellen, meine Süße, hör auf, dich zu verstellen.
Ich kann sehen, dass deine Liebe nicht mehr ist.
Deine Berührung ist kalt, deine Augen sind abwesend,
du bist woanders, mit jemand anderem,
und ich sterbe ohne dich.
Lauf fort, lauf fort, lauf fort, lauf fort.

Sarah stellte die Musik ab und ging hinunter zu Jacob und Georgie. Sie nahm ihren Sohn auf den Arm, hielt seinen Kopf an ihre Lippen und atmete ihn ein.

»Ich muss jetzt fort, mein Liebster. Aber ich werde wiederkommen. Ich werde ständig an dich denken. Ich werde dir ständig meine Liebe senden. Ich werde …« Sie kam ins Stocken, als die Tränen sie zu überwältigen drohten. Sie würde nicht vor seinen Augen weinen, ihn mit ihrem Schmerz erschrecken. Sie rang um Fassung, und als sie sie gefunden hatte, hielt sie ihr Kind mit ausgestreckten Armen ein Stück von sich weg, sodass sie ihm in die Augen blicken konnte. »Ich liebe dich, mein Süßer. Mama liebt dich.«

Jacob sah ihr zu, und Tränen flossen ihm über die Wangen. Er wischte sie weg, in der Hoffnung, Sarah hätte sie nicht bemerkt, und streckte die Arme nach dem Kind aus. Draußen knallte eine Tür, Schritte hallten auf den Stufen, und an der Tür läutete es. Jacob betätigte die Gegensprechanlage.

»Sie wird in einer Sekunde draußen sein.« Er wandte sich zu Sarah um. »Das Taxi ist da.«

Sie küsste Georgie ein letztes Mal und eilte zur Tür.

Das Telefon klingelte und ließ sie erstarren. Sie schnappte es sich auf dem Weg nach draußen von dem Tischchen in der Diele.

»Ja?«

»Sarah, James hier. Ich hab eben mit diesem Entertainment-Anwalt bei Theodore Goddard gesprochen«, verkündete er gewichtig. »Er sagt, man muss nach Frauen Ausschau halten. Die könnten Redford zum Verhängnis werden. Mütter seiner unehelichen Kinder, die mit ihren Unterhalts- und Vaterschaftsklagen in den Kulissen warten und zu behaupten versuchen, dass sie an seinen Songs mitgeschrieben haben, dass die Copyrights nicht wirklich seine sind. Sarah? Sind Sie noch da? Sarah? *Sarah?*«

24

Sarah ging die Musikauswahl durch, während das Flugzeug sie über den Atlantik flog. Es dauerte nicht lange, bis sie John Redford gefunden hatte. Er sang eine Coverversion von Van Morrisons »Queen of the Slipstream«. Er sang ihr in die Kopfhörer, als würde er ihr ins Ohr flüstern. Sie schlief ein, träumte von faustdicken Lügen, und von Träumen, die im Antlitz eines Kindes sichtbar wurden.

Um zwölf landete die Maschine am Flughafen JFK. Sie bahnte sich einen Weg durch das Gedränge des Flughafens, Passkontrolle, Zoll, Gepäckausgabe, und dann auf den kalten Vorplatz hinaus, wo die Taxis vorfuhren und davonbrausten. Sie zog den Mantel fester um sich und wartete, bis sie an der Reihe war, während sie verstohlene Blicke auf ihre Mitreisenden warf. Die Sonne stand strahlend am Himmel, sodass sie blinzeln musste. In New York schien es immer sonnig zu sein. Jedes Mal, wenn sie in New York ankam, war sie von strahlendem Sonnenschein begrüßt worden, sommers wie winters. Und dann war da noch der schwache Schatten einer Mondsichel, die zu warten schien, bis die Helligkeit des Tages schwinden würde.

Dann war Sarah an der Reihe. Sie warf ihr Gepäck in den Kofferraum, nahm auf den rissigen Kunststoffsitzen des Taxis Platz und fügte sich zum ersten Mal in ihrem Leben in der Großstadt Earth Kitts Anordnung, nicht widerspenstig zu sein und sich anzuschnallen. Sie lächelte ironisch in sich hinein. Georgie der Puppenspieler, der, ohne es zu ahnen, bei ihr die Fäden zog. Ihr Taxi startete wie ein Spaceshuttle und brachte sie nach Manhattan.

Das SoHo Grand sah seltsam aus, roter Backstein, hochmodern, fast wie ein fantasieloser Apartmentkomplex in Marylebone. Dieser Eindruck wurde augenblicklich zerstreut, als Sarah das Foyer im Erdgeschoss betrat. Es erinnerte sie an Batmans unterirdische Höhle, mit seinen Backsteinmauern, der Fabriktreppe aus Metall und Glas, bewacht von zwei Bronzehunden, die gleichermaßen Angst einflößend und besänftigend blickten, je nachdem, auf wessen Seite sie standen.

Sie stapfte die Treppe zur Rezeption im ersten Stock hinauf und sah sich um, während sie darauf wartete, einchecken zu können. Die anderen Gäste waren großenteils ebenso hip wie das Hotel. Sie trugen im Allgemeinen legere Kleidung, was der Lage in SoHo entsprach. Es gab jede Menge beigefarbener Jerseypullover, die die Männer eng anliegend über durchtrainierten Brustkörben trugen, während die Frauen alles bevorzugten, was aus bunt bedrucktem Baumwollstoff bestand. Entzückend gealterte Lederknautschsessel und gut gepolsterte Sofas standen in der Lounge, die sich rechts der Rezeption befand. Üppige Palmen mit stumpf geränderten Blättern warfen fernöstliche Schatten. Die Wirkung war, auch wenn alles dem neuesten Trend entsprach, unglaublich besänftigend, und gleichzeitig bezaubernd. Sarah fühlte sich, als sei sie ins Jazz-Zeitalter zurückversetzt worden.

Die Empfangsdame richtete sich auf, als Sarah zum Einchecken ihren Namen nannte und ihren Pass aushändigte. Es entstand ein leises Murmeln, und sie wurde sogleich zu ihrem Zimmer geleitet. Die Gästebetreuerin, dem Namensschild zufolge Deborah, drückte im Fahrstuhl auf den Penthouse-Knopf und schien gebannt zu warten, dass Sarah irgendetwas sagte. Der Aufzug schoss nach oben und führte auf einen sanft kaffeebraunen Flur hinaus. Sarah schlängelte sich nach links, der anderen Frau hinterher. Sie hielten vor einer ramponierten Metalltür an, die Deborah mit Schwung aufstieß. Sarah trat über die Schwelle in ihr Zimmer. Falsch, in ihre Penthouse-Suite.

»Schönen Aufenthalt«, wünschte Deborah. »Lassen Sie es uns wissen, wenn wir noch irgendetwas für Sie tun können.«

Sarah nickte. Sie fragte sich, was in »irgendetwas« wohl alles enthalten war. Sie warf die Handtasche beiseite und schritt verzückt durch ein riesiges, lichtdurchflutetes Wohnzimmer, bis hin zu einer Verandatür, die auf die größte Dachterrasse hinausführte, die sie je gesehen hatte. Sie trat ins Freie und schnappte einen Augenblick lang nach Luft, als der kühle Herbstwind sie umfing. Manhattan erstreckte sich vor ihr, Midtown geradeaus, der East River zu ihrer Linken. Sie hatte einen fast vollständigen Rundumblick. Ein hölzerner Sonnenstuhl lag neben einer Anordnung von Zwergtannen und Zierkohlpflanzen. Wenn sich das Wetter noch änderte, konnte sie nackt sonnenbaden und würde höchstens von einem Hubschrauber aus zu beobachten sein.

Sie trat an den Rand der Terrasse und blickte hinunter auf das geschäftige Treiben unten in der Canal Street. Hier oben fühlte sie sich exklusiv, verwöhnt. Als Aufwandsentschädigung konnte sich das hier durchaus sehen lassen. Sie ging zurück in die Suite. Das Schlafzimmer war mollig warm und behaglich. Es gab dort auch eine Decke in einem leuchtenden Orangeton, die zusammengefaltet auf dem Bett lag, schokoladenbraune Wände und noch einen fantastischen, sonnendurchfluteten Ausblick. Am Fenster hingen gestreifte Taftvorhänge, die sich spröde anfühlten, wie das Ballkleid einer Debütantin. Eine goldgelbe Margerite schwebte in einer Schale mit Wasser, Schwarzweißfotografien schmückten die Wände. Wie schön könnte es hier sein, wenn sie bloß nicht arbeiten müsste!

Dieser Gedanke holte sie mit einem Schlag in die Wirklichkeit zurück. Man kriegt eben nichts geschenkt, sagte sie sich im Stillen, als sie schließlich das blinkende Lämpchen auf dem Anrufbeantworter des Telefons entdeckte.

Es waren vier Nachrichten eingegangen, allesamt von Strone Cawdor, der sie um Rückruf bat. Nimm ein Abführmittel, dachte sie sich derb und legte auf. Sie griff rasch nach Handtasche und Mantel und verließ die Beschaulichkeit des Hotels für ein bisschen Straßenleben in New York. Sie liebte diese Stadt, die Energie, die Anonymität, den Reiz des Möglichen, der hinter jedem geheimnisvollen Lächeln und getönten Fenster lag.

Sie konnte sich noch nicht mit Redford treffen. Sie wollte erst einmal ein paar Stunden mit ihren Träumen und Illusionen allein sein, bevor sie loszog, um sie alle zu zerstören. Sie fing an zu laufen, ohne zu wissen, in welche Richtung sie steuerte, und es spielte auch gar keine Rolle. Sie trug ihre schwarzen Todds, ihre »City-Kommandostiefel«, wie Jacob sie nannte. Sie hätte meilenweit laufen können. Auf dem Broadway schlug ihr der Wind mit voller Wucht entgegen. Mein Gott, ging es hier brutal zu. Auch wenn das Stadtleben noch so behaglich war, die Natur ließ sich eben doch nicht zähmen.

An einem Straßenschild hielt sie inne: Worth Street. Darunter stand geschrieben: »Die Straße der Stärksten«. Sie lächelte in sich hinein. Sie war in unmittelbarer Nähe der Wall Street. Waren die Leute an der Wall Street die Stärksten, oder gab es da eine weitere verstecktere Anspielung, die ihr entging?

Sie kehrte rechtzeitig für einen ausschweifend späten Lunch in ihr Hotel zurück. Oben angekommen, nahm sie ihren elektronischen Schlüssel aus der Handtasche und schloss ihre Suite auf. Auf der Schwelle hielt sie einen Augenblick inne, alle Sinne in Alarmbereitschaft. Irgendetwas stimmte nicht. Sie spürte, dass irgendjemand da war, die Luft vibrierte förmlich.

Eine Bewegung fiel ihr ins Auge.

»Na endlich, verdammt noch mal. Wo zum Teufel haben Sie denn gesteckt?«

Strone Cawdor kam aus dem Badezimmer geschlendert, schüttelte sich Wasser von den Fingern. Er ging grob an Sarah vorbei und nahm mit dem Rücken zu ihr Platz. »Haben Sie meine Nachrichten nicht erhalten? Ich habe vier hinterlassen.« Er streckte den Arm aus und nahm sich eine Hand voll Erdnüsse aus einer Silberschale. Er ließ sie sich in den Mund fallen, eine nach der anderen. Schließlich wandte er sich zu Sarah um.

»Verschwinden Sie aus meinem Zimmer«, sagte sie mit

leiser Stimme. Sie stand völlig still. Ihr Gesicht verriet keinerlei Gefühlsregung. Irgendetwas an ihrem Tonfall veranlasste Strone, sich zu erheben. Und dann, als würde er sich auf einmal an seine Kaltschnäuzigkeit erinnern, fauchte er zurück.

»*Was* haben Sie da gesagt?«

Sarah trat noch einen Schritt vor.

»Verschwinden Sie. Auf der Stelle.«

Strone lachte gezwungen auf. »Habe ich richtig gehört, *Ihr* Zimmer? Zweitausend Dollar die Nacht, mit meiner Unterschrift auf Ihrer Rechnung, haben Sie gesagt, *Ihr* Zimmer?«

Sarah trat an einen Seitentisch und nahm einen Telefonhörer ab. Sie tippte drei Nummern ein. »Security? Ja, Sie können etwas für mich tun. Da ist ein Mann in meinem ...«

»Halten Sie verdammt noch mal den Mund!«, schrie Strone. Er sprang über das Sofa und schlug mit der Faust aufs Telefon, sodass die Verbindung unterbrochen wurde. »Sie dumme Kuh. Wenn die Presse davon Wind bekommt ... Rufen Sie sofort zurück, sagen Sie, es war ein Irrtum. Die werden innerhalb von Sekunden hier sein, die werden ...«

»Dann sollten Sie besser verschwinden.«

Strone machte mit dem Zeigefinger eine Geste in Sarahs Richtung, als wollte er auf sie einstechen, dann stürzte er aus dem Zimmer. Sarah knallte die Tür hinter ihm zu. Sie lehnte sich dagegen, schwer atmend und zitternd. Sie sah auf ihren Koffer, der an der Wand stand und noch nicht einmal geöffnet war, und spielte mit dem Gedanken, ihn einfach in die Hand zu nehmen, das Hotel zu verlassen und nach Hause zu fliegen. Es klingelte an der Tür, und Walkie-Talkies knisterten draußen. Sie spähte durch den Türspion: die Security-Leute. Sie machte die Tür auf, und zwei Männer stürzten ins Zimmer.

»Sie hatten einen Eindringling, Madam?«, fragte einer der beiden und ließ die Blicke durchs Zimmer schweifen, während es der andere in drei langen Schritten durchmaß.

»Er ist gegangen«, sagte Sarah. Sie überlegte, ob sie Strones

Namen nennen sollte, entschied sich dann aber Goldsteins zuliebe dagegen.

»Was ist passiert, Madam?«, fragte einer, während der andere in sein Walkie-Talkie sprach. »Wie sah er aus?«

»Es war ein Missverständnis«, hörte Sarah sich sagen. »Jemand, den ich kenne, hat mir einen Streich gespielt.«

Es gelang ihr, die offensichtlich skeptischen Security-Leute zu überzeugen, dass mit ihr alles in Ordnung war, dass sie die Lage lediglich falsch eingeschätzt hatte. In genau dem Augenblick, in dem sie mit bestem Dank und nochmaligen beschwichtigenden Worten die Tür hinter ihnen schloss, klingelte das Telefon.

»Sarah?«

Sie zuckte zusammen. »Ja?«

»Hier spricht John. Es tut mir wirklich Leid, was passiert ist. Kann ich bei dir vorbeikommen?«

25

Redford trug eine verwaschene Trainingshose und ein weißes T-Shirt. Sein Haar war ungewaschen und nur mit den Fingern gekämmt worden. Schweiß glänzte auf seinem Gesicht. Sarah konnte ihn riechen. Sie konnte ihn fast schmecken.

»Entschuldige die Klamotten.« Er deutete auf sein Outfit und trat in Sarahs Suite. »Ich komme gerade aus dem Fitnessraum.«

»Da musst du aber einigen Aufruhr ausgelöst haben.«

Er lachte. »Ich hab in meiner Suite meinen privaten Fitnessraum.«

»Oh. Wie einsam.«

Redford sah sie überrascht an. »Die Sache ist die«, sagte er schlicht, »der Zweck des Fitnessraums besteht doch zur einen Hälfte darin, dass man sich zwingt, bei den Miezen Eindruck zu schinden, und zur anderen Hälfte, bei den Typen. Wenn man allein ist ...«

Sarah erinnerte sich an jeden Zentimeter seines Körpers, wusste, dass er perfekt durchtrainiert war. Sie versuchte, die Erinnerung aus ihren Gedanken zu vertreiben.

»Hör zu, Sarah, es tut mir wirklich sehr, sehr Leid, dass Strone hier drin war. Er glaubt, nur weil wir den Scheck unterschreiben, gehört das Zimmer ihm, und dass er –«

»Nein«, sagte Sarah, »er dachte, dass *ich* ihm gehöre, dass ihm, weil du vielleicht an Goldsteins eine Gebühr bezahlen wirst, auch alle gehören, die für Goldsteins arbeiten. Ich werde dir eines sagen«, sie hielt einen Augenblick inne, »nein, warte, ich werde es diesem Arschloch selbst sagen.«

Redford zuckte die Schultern. »Es ist deine Energie. Mach ihn fertig, wenn du willst.« Sarah nahm langsam wieder Platz; ihr Zorn loderte noch immer, aber sie hatte ihn zumindest im Griff.

»Er ist ein Heißsporn«, sagte Redford leise, »aber er hat ein gutes Herz. Das Problem ist, so, wie wir leben, verliert man leicht den Bezug zur Realität. Er muss auf den Boden der Tatsachen zurückgeholt werden. Das müssen wir alle. Wir sind jetzt seit über einem Jahr auf Tournee, und der ständige Druck macht einem auf die Dauer zu schaffen. Ich will ihn nicht entschuldigen, ich versuche nur, die Wogen ein bisschen zu glätten.«

Er bemerkte, wie Sarah ihren Koffer betrachtete. »Du überlegst dir doch nicht etwa, schon wieder abzuhauen?«

»Und ob ich das tue. Wenn alles schon so anfängt.«

»Ich bitte dich, Sarah. Gib ihm eine zweite Chance. Bitte.«

»Warum?«, fragte sie, entschlossen, ungerührt zu bleiben.

»Weil jeder Fehler macht.«

»Na und? Ich muss seine nicht erdulden. Weißt du, ich wünschte wirklich, ich hätte sein Pferd einfach in den Wald stürmen lassen.«

Redford lächelte unfreiwillig. »Ich weiß. Mir selbst geht es mit ihm manchmal genauso.«

»Er kommt sich einfach soooo toll vor, aber ich hab gesehen, wie er wirklich ist, wenn er Angst hat. Er ist wie ein kleines Kind.«

»Das ist seine nette Seite.«

»Ich meine, der Dreckskerl erkennt mich nicht mal wieder!«

»Er stand unter Schock, als du ihn zurück zur Ranch gebracht hast. Und die ganze Sache ist eine Episode, die er am liebsten vergessen würde. Er ist mit der nächstbesten Maschine abgeflogen, zurück nach New York, zurück in die Sicherheit der Großstadt, und er hat seitdem nie wieder ein Wort darüber verloren. Selbstverleugnung nennt man das. Ich kann dir sagen, für einen Kontrollfreak gibt es nichts Schlimmeres, als die Kontrolle ausgerechnet auf einem durchgegangenen Pferd zu verlieren.«

Sarah lachte schallend los. »Vermutlich hat es ihm gut getan.«

»Das würde es, wenn er sich je damit auseinander setzen würde.«

»Wie hältst du es bloß mit ihm aus?«

»Unter der rauen Schale ist er im Grunde ein netter Bursche. In seinem Job muss man den Leuten schon die Stirn bieten können. Es gibt so viele Leute, die versuchen, mich übers Ohr zu hauen, da muss er einfach den harten Mann spielen. Er muss immer alles unter Kontrolle haben.«

»Ja, na ja, mich jedenfalls nicht. Ich wüsste nicht, wieso ich ihn ertragen sollte.«

»Na schön. Wie wär's dann damit, dass dieses Geschäft für mich sehr wichtig ist?«

»Wieso denn das?«, fragte sie leise.

»Du *weißt*, wieso.«

Sie starrten sich an, suchten etwas in den Augen des jeweils anderen, nur für einen kurzen Augenblick, ließen die Masken fallen. Redfords Frage war allzu deutlich sichtbar. *Warum bist du vor mir davongelaufen?* Sarah wandte sich ab und trat ans Fenster. Sie sah hinaus auf die Canal Street, als eine Stretchlimousine langsam am Straßenrand zum Stehen kam.

Redford trat von hinten an Sarah heran. »Was willst du denn? Wie kann ich es wieder gutmachen?«

Sarah drehte sich zu ihm um. Ihr Gesicht war keine dreißig Zentimeter von seinem entfernt. Sie drückte sich an ihm vorbei, suchte Schutz hinter einem Stuhl, hielt sich an der Lehne fest.

»*Ich* werde diese Sache regeln. Ich werde diesem Dreckskerl seinen Hauptschlüssel abnehmen, und ich werde selbst für meine Suite bezahlen. Wenn er noch einmal versucht, hier einzudringen, dann rufe ich nicht erst den Sicherheitsdienst, sondern gleich die Presse an, und dann werde ich denen außerdem sagen, dass er ein jämmerlicher Angsthase ist, der nicht die Bohne reiten kann.«

Redford lächelte. »In Ordnung, abgemacht. Aber hör zu, du musst wirklich nicht für die Rechnung aufkommen. Diese Zimmer kosten einen verdammt dicken Batzen Geld. Selbst ich bin nicht ganz so wirklichkeitsfremd, dass ich das nicht wüsste. Wie könntest du es dir denn leisten ...«

»Ich bin keine verarmte Bankerin, John, selbst wenn es ein solches Geschöpf überhaupt geben sollte. Ich arbeite auf freiberuflicher Basis für Goldsteins, bei außergewöhnlichen Geschäften. Ich bin aus freien Stücken berufstätig, nicht aus Notwendigkeit«, log sie. »Ich habe mir schon vor langer Zeit den Luxus erarbeitet, nur noch dann tätig zu werden, wenn ich mich dafür entscheide. Du meinst, Rockstars haben ihr Ego, Rockstar-Manager haben ihr Ego – nun ja, aber die Händler bieten ihnen auch was für ihr Geld. Strone sollte mich ab sofort besser mit Samthandschuhen anfassen, und wenn nicht, dann werde ich ihm die Hölle heiß machen, bevor ich ihn auf dem Weg nach draußen zertrample. Ich gehöre niemandem. Verstanden? Wenn ich bleibe, dann Goldsteins zuliebe, weil James Savage dieses Geschäft will und weil es wichtig für dich ist.«

»Du wirst also bleiben?«

»Im Augenblick ja.«

Sarah strich sich das Haar aus dem Gesicht und begann, im

Zimmer auf und ab zu gehen. Redford beobachtete sie und wartete ab. Am Sofa blieb sie stehen und hielt sich an der Lehne fest, als Barriere zwischen ihnen.

»Kann ich dir eine Frage stellen?«

»Ja, klar.«

»Weiß Strone, dass wir uns kennen – uns *kannten?*« Röte stieg ihr in die Wangen.

Redford schüttelte den Kopf. »Nein, das weiß er nicht.«

»Hast du ihm denn nicht erzählt, dass du bei mir vorbeigeschaut hast, um mir dafür zu danken, dass ich ihm das Leben gerettet habe? Ich meine, schließlich war er zu der Zeit doch noch bei dir.«

»Er war schon abgeflogen, als ich zu dir kam. Der Rancharbeiter Earl hatte mir mitgeteilt, dass du Quartier in Spring Creek genommen hattest. Strone wusste nicht einmal das. Earl hat mir außerdem erzählt, Strone hätte behauptet, du hättest ihn gerettet, Strone konnte mir nicht einmal das selbst sagen. Das Einzige, worüber er je mit mir gesprochen hat, war, dass er Pferde hasst, dass er nie wieder seinen Arsch auf eines setzen wird, und dann war er plötzlich auf und davon, zurück in die Stadt. Hatte gar keinen Sinn, über dich zu reden. Außerdem gibt es schließlich auch ein paar Dinge, die Privatsache sind.«

Sarah benötigte die vollständige Erklärung, fühlte sich erleichtert, dass er sie ihr so großzügig gegeben hatte. Sie warf einen kurzen Blick auf ihn. Er beobachtete sie, als suchte er nach einem versteckten Hinweis. Sie wandte sich ab.

»Ich nehme an, Goldsteins weiß nicht, dass wir uns kennen«, sagte er leise.

»Nein«, antwortete Sarah. »Das wissen sie nicht.«

»Na ja, es gibt auch jetzt noch keinen Grund, es ihnen zu sagen, oder?«

Sarah fing seinen Blick auf, voller Dankbarkeit. »Nein, den gibt es nicht.«

»Gut. Ich bin froh, dass wir das geklärt haben.«

Sarah fühlte sich aus dem Gleichgewicht geworfen. Redfords Gespür dafür, was sie benötigte, und die Tatsache, dass er es ihr so elegant gab, dass sie ihre wahren Motive nicht auszusprechen brauchte, hatten sie völlig entwaffnet. Sie wollte nicht, dass er so vernünftig war, oder so großzügig.

»Hör zu, ich muss jetzt erst einmal einen klaren Kopf bekommen, eine Tasse Tee trinken, mich entspannen.«

Er verstand den Hinweis und hob eine Hand zum Abschied. »Ich bin schon weg.«

Sarah beobachtete, wie sich die Tür hinter ihm schloss. Warum musste er so verdammt sensibel sein? Er war ein Rockstar, mein Gott. Er hätte ein selbstsüchtiger Egomane sein sollen. Er musste dieses Geschäft wirklich verdammt dringend brauchen, dachte sie schlecht gelaunt, wenn er so nett zu ihr war.

Fünf Minuten später klingelte es an der Tür. Ein Hotelpage händigte ihr einen Zimmerschlüssel und einen Briefumschlag aus. Sarah bog den Plastikschlüssel zweimal zusammen und warf ihn in den Papierkorb. Mit einem Obstmesser schlitzte sie den Briefumschlag auf.

Liebe Sarah,

würden Sie gern mit der Informationsbeschaffung beginnen? Wir können uns um halb sechs in meiner Suite treffen, wenn es Ihnen recht ist.

Strone

Keine ausdrückliche Entschuldigung, aber der untypisch versöhnliche Tonfall kam einer Entschuldigung, soweit Strone dazu im Stande war, vermutlich am nächsten. Sarah griff nach dem Telefon.

Der Manager meldete sich mit einem gelangweilt klingenden »Jaaa?«.

»Wir treffen uns in zwanzig Minuten.«

Sie legte auf und trat an die Fensterfront. Sie legte sich auf den Bauch und starrte, die Nase gegen das kalte Glas gepresst, hinaus auf Manhattan. Sie liebte diese Stadt der Träume, der Neuerfindung, der brutalen Fantasie. Die Leute schienen gewillt, an jede Illusion zu glauben, die man für sie schuf, solange man selbst an sie glaubte und sie mit genügend Flair ausschmückte. Wer also war John Redford? Und wer war *sie?*

26

Sie saßen um einen Tisch aus Glas und Stahl. John Redford hatte geduscht und sich etwas anderes angezogen, eine verwaschene schwarze Jeans und einen schwarzen Rollkragenpulli. Strone Cawdor trug Jeans und ein perfekt gebügeltes weißes Hemd, das einen maßgeschneiderten Eindruck machte. Sarah trug Männerkleidung, eine schwarze Wollhose aus ihrer neuen Kollektion von Herrenanzügen, ein himmelblaues, langärmeliges T-Shirt und eine eng anliegende schwarze Strickjacke. Sie trug ihren Rubinring und eine wasserdichte Swatch.

Strone sah zu ihr hinüber. Seit sie ins Zimmer getreten war, hatte seine Stimmung zwischen Erleichterung und Nervosität geschwankt. Sie fragte sich, was Redford wohl zu ihm gesagt hatte.

»Möchten Sie etwas trinken?«, fragte er sie.

»Einen Espresso, bitte, und eine Flasche stilles Wasser.«

Er wählte die Nummer des Roomservice und gab ihre Bestellungen auf. Redford nahm Mineralwasser, Zimmertemperatur, mit Zitrone.

»Wie unamerikanisch«, bemerkte Sarah. Sie erinnerte sich, dass er bei Goldsteins genau dasselbe bestellt hatte.

»Was genau?«, fragte Redford mit einem sardonischen Blick.

»Amerikaner nehmen doch normalerweise Unmengen von Eis.«

»Da gefriert einem ja der Verdauungsapparat.«

»Sie leben gern gesund?«

»Sie nicht? Sie sehen so aus, als ob.«

»Ich halte es gern ein bisschen gemischt«, sagte Sarah. »Das verhindert, dass ich allzu besessen werde.«

»Sind Sie denn besessen?«, fragte Redford interessiert.

»Von Natur aus.«

»Und wovon?«

»Details«, sagte Sarah lächelnd. »Sollen wir anfangen?«

Redford lehnte sich in seinem Sessel zurück und schenkte Sarah ein leises Grinsen, als wollte er sagen, Runde eins ist an dich gegangen.

»Wie wollen wir die Sache anpacken?«, fragte Strone.

»Es ist wie beim Tango«, sagte Sarah. »Nur dass ich der Mann bin.«

»Und das heißt?«

»Ich übernehme die Führung, und Sie folgen.«

Es sprach für Strone, dass er nicht einmal mit der Wimper zuckte.

»Na, dann übernehmen Sie.« Er lächelte langsam, den Kopf auf eine Seite gelegt, und beobachtete sie. Doch bevor sie das Wort ergreifen konnte, hob er schon eine Hand, als wollte er ihr Einhalt gebieten. »Wissen Sie, es lässt mir irgendwie keine Ruhe. Ich könnte schwören, ich kenne Sie von irgendwoher.«

Sarah spürte, wie ihr das Blut ins Gesicht schoss. Strones Blick ruhte auf ihr, Redfords ebenfalls. Sie konnte es sich nicht leisten, diese Sache zu vermasseln. Sie versuchte sich vorzustellen, ihr Gesicht sei in Eis getaucht.

»Tatsächlich?« Ihr Tonfall war leicht und verwirrt. »Und woher, glauben Sie? Ich kann mich nämlich nicht erinnern, Ihnen je begegnet zu sein.«

Er schüttelte den Kopf. »Genau das ist es ja. Teufel noch mal, ich komm einfach nicht drauf.«

»Ich war im Laufe meines Lebens schon oft in New York«, antwortete Sarah sanft. »Vielleicht sind wir uns einfach einmal auf der Straße begegnet oder haben im Flugzeug nebeneinander gesessen.«

»Ja, das wird es sein.« Strone zuckte mit den Schultern, als sei es nicht weiter von Bedeutung, aber Sarah erkannte, dass die Neugier noch immer in seinen scharfen Augen loderte.

»Also, wollen wir anfangen?«, fragte Sarah. Die beiden Männer nickten.

Sarah wandte sich an Redford. Sie hielt einen Augenblick inne, bevor sie das Wort ergriff, und nahm die harte, unpersönliche Banker-Persönlichkeit an.

»Ich muss wissen, wer Sie sind, wer Sie waren, wer Sie sein werden, wer Ihre Platten kauft, für wie viel und wo. Ich muss mir Klarheit über Ihre Zahlen verschaffen, Absatzzahlen, Tantiemen, sämtliche Abzüge bis zum Schluss, bis das Geld bei Ihnen landet. Einen gewissen Einblick habe ich ja bereits bekommen, aber ich benötige eine ausführlichere Erklärung. Ich werde alles über Ihre vertraglich-beruflichen Beziehungen erfahren müssen, die Summen auf Ihren verschiedenen Bankkonten, Einzelheiten über Ihre Vermögenswerte, Häuser, Autos, Aktienbesitz, warum Sie das Geld benötigen, warum Sie eine Verbriefung anstreben. Ich muss wissen, wie Ihre Pläne für die nächsten zehn Jahre aussehen, beruflich, privat, falls es erheblich ist. Ich werde ein schlimmstmögliches Szenario erstellen, ein mittleres oder wahrscheinlichstes Szenario und ein bestmögliches Szenario. Was schief gehen könnte, was klappen könnte und warum. Ich muss wissen, ob es irgendwelche Leute gibt, die eventuell Ansprüche gegen Sie geltend machen könnten oder gegen Ihren Plattenbestand, mit der Behauptung, *sie* hätten Ihre Songs geschrieben oder an ihnen mitgeschrieben. Oder mit sonst irgendeiner Behauptung, die ihnen Rechte über Redford Inc. einräumen könnte.«

»O mein Gott.« Redford fuhr sich mit den Fingern durchs Haar.

Sarah überlegte, ob sie vielleicht allzu dick aufgetragen hatte, ob sie allzu viele Fragen der Privatermittlerin mit denen der Bankerin vermischt hatte.

»Gewöhnen Sie sich an diesen Eingriff in Ihre Privatsphäre«, sagte sie gelassen. »Ich weiß, es ist nicht angenehm, aber ich mache es weder aus Spaß noch aus Neugier. Ich mache es, weil die Ermittler es verlangen und weil es im Rahmen der Sorgfaltspflicht Goldsteins' Aufgabe ist, alle relevanten Informationen zu beschaffen. Wenn wir das nicht tun, und irgendetwas geht schief, dann könnten wir verklagt werden, und unser Ruf könnte beträchtlichen Schaden erleiden. Entschuldigen Sie, wenn ich so hochtrabend klinge, ich will nur, dass Sie begreifen, dass es nicht persönlich gemeint ist.«

»Für mich ist es persönlich«, sagte Redford.

»Ich weiß, und ich werde versuchen, so sensibel wie möglich vorzugehen.«

»Ist das alles denn wirklich notwendig?«, fragte Strone. »Gibt es keine andere Möglichkeit, eine weniger aufdringlichere?«

»Nicht, wenn Sie wollen, dass dieses Geschäft zu Stande kommt«, erwiderte Sarah. »Jede anständige Bank würde genau dieselben Informationen anfordern. Jeder Laden, der das nicht tun würde, hätte keine Ahnung von seiner Arbeit und würde das Geschäft zum Scheitern verurteilen, da sämtliche Investoren genau diese Informationen verlangen, und sie werden alle Einzelheiten genauestens unter die Lupe nehmen, bis sie sich überzeugt haben. Glauben Sie mir, es gibt keine andere Möglichkeit.«

»Na schön. Es gefällt mir nicht, aber ich nehm's Ihnen ab«, sagte Strone. Er drehte sich zu Redford um. »Ja?«

»Ja.«

Dann wandte er sich wieder an Sarah. »John Redford hat seine ersten Songs geschrieben, als er vierzehn war. Seine Großmutter hat ihm Klavierspielen beigebracht, und er hat gesungen und sich selbst dabei begleitet.«

Mit einem Mal hatte Sarah das Bild eines einsamen Kindes vor Augen, das laut seine Träume sang.

»Ach, die Wehmut wollen Sie gar nicht«, sagte Strone, der Sarahs versonnenen Blick völlig falsch interpretierte. »Bleiben wir also bei den Zahlen. John Redford hat im Laufe der Jahre etliche Verträge mit Plattenfirmen abgeschlossen, die immer besser und immer größer wurden. Aber ob Sie's glauben oder nicht, es ist nicht leicht, es in dieser Branche zu Geld zu bringen, wenn man Künstler ist.« Strone hielt einen Augenblick inne. »Sie sehen überrascht aus, aber ich kann Ihnen sagen, wo all das Geld hingeht, bevor das letzte bisschen dem Künstler zutröpfelt.«

Er beugte sich vor und nahm eine CD und einen Taschenrechner aus seiner Aktentasche. Er knallte die CD mit einer Kante auf den Tisch. »Cassandra Wilson. Jazz, den ich zufälligerweise mag, aber sagen wir einfach, es ist John Redford, wie er sich in England verkauft.« Er nahm den Taschenrechner und tippte eine Zahl ein. »Fangen wir mit dem Preis an, den Sie bezahlen, wenn Sie in ein Geschäft, sagen wir W. H. Smith, kommen. 14,99 Pfund. Ziehen Sie 2,62 Pfund Mehrwertsteuer ab, dann bleiben Ihnen noch 12,37 Pfund«, sagte er, während er rasch weitere Berechnungen eintippte. »Rund dreißig Prozent davon, etwa 3,31 Pfund, gehen an Smith. Damit bleiben noch 8,65 Pfund. 10 Prozent hiervon, 86 Pence, gehen an den Musikverleger und den Songschreiber, was glücklicherweise beides John ist. Damit bleiben noch 7,79 Pfund. Das ist Ihr Ausgangspunkt für die Tantiemen. John bekommt, da er in seinem Beruf ganz oben steht, eine Tantieme von 20 Prozent, das sind 1,56 Pfund. Das entspricht 10 Prozent des Ladenpreises der CD. Aber wenn Sie glauben, dass er das nun in die eigene Tasche stecken kann, dann haben Sie sich geirrt. Sagen wir, er verkauft eine Million Stück dieser CD – tatsächlich verkauft er um etliches mehr als das, aber machen wir's uns mit den Zahlen ein bisschen einfacher. Bei einer Verkaufszahl von einer Million bedeutet das eine Gesamtbruttotantieme in Höhe von, sagen wir, eineinhalb Millionen Pfund, die an John geht. Aus diesem Betrag wird noch der so genannte ›Faktor freie Güter‹ bestritten, mit dem die

CDs abgedeckt werden sollen, die die Plattenfirma kostenlos abgibt, um die CD zu promoten; zum einen ist es das, der Rest ist aber im Grunde nur noch ein Wucher, bei dem dem Künstler das Geld aus der Tasche gezogen wird. Das macht 15 Prozent aus, oder 234 000 Pfund. Damit bleiben John noch 1 326 000 Pfund. Dann muss er noch einen Abzug an die Plattenfirma bezahlen, einen Wucher, der sich ›Reserve‹ nennt und der die Firma angeblich schützen soll, wenn sie sich in ihren Summen vertan und ihm zu viel gegeben hat. Diese Reserve frisst noch einmal 20 Prozent oder 265 200 Pfund, womit John noch 1 060 800 Pfund bleiben, plus seine Veröffentlichungstantieme, die sich auf 860 000 Pfund belaufen würde, sodass er dann auf 1 920 800 Pfund kommt. Sein Agent nimmt 5 Prozent, das sind 96 040 Pfund, sodass ihm noch 1 824 760 bleiben. Dann nehme ich als sein Manager und Geschäftsführer 10 Prozent, das sind 182 476 Pfund, sodass noch 1 624 284 Pfund bleiben. Dann zieht die Plattenfirma 100 Prozent der Aufnahmekosten ab, das dürften um die 200 000 Pfund sein, und 50 Prozent der Produktionskosten des Videos, 50 000 Pfund. Anwalts-, Buchhaltungs- und andere Geschäftskosten schlucken grob gerechnet noch einmal 200 000 Pfund, sodass John Redford, Superstar, unterm Strich 1 192 284 Pfund bleiben, bei einem Bruttoumsatz von 14 990 000 Pfund.«

Sarah pfiff durch die Zähne. »Lassen Sie mich das noch einmal klarstellen. Eine Million Alben, die in der Innenstadt für insgesamt knapp fünfzehn Millionen Pfund verkauft werden, bringen John« – sie nahm ihren eigenen Taschenrechner und tippte die Zahlen ein – »1 192 284 Pfund, was ganze 7,9 Prozent bedeutet. Das ist ja empörend!«

Strone lächelte. »Und das ist *vor* der Steuer. Außerdem dürfen Sie nicht vergessen, dass es sehr ungewöhnlich ist, dass ein Künstler gleichzeitig auch der Musikverleger und der Songschreiber ist. Ohne diese Tantiemen würden sich Johns Einnahmen am Gesamtpreis der CD eher um die fünf Prozent bewegen.«

»Der bettelarme Rockstar«, bemerkte Sarah trocken.

»Es kommt häufiger vor, als Sie glauben«, sagte Strone. »Natürlich verkauft John seine Alben weltweit. Eine Million pro Album, das sind lediglich seine Einnahmen aus England, also besitzt er durchaus die nötige Größenordnung, um die dicken Dollars einzufahren, selbst wenn die prozentualen Anteile gering sind, aber es zeigt einfach, wie die Sache wirklich aussieht.«

Sarah nickte. »Ich vermute, die Tourneen bringen eine Menge Geld ein?«

»Inzwischen schon«, erwiderte Strone. »Coca-Cola sponsert sie, übernimmt alle Kosten, das macht den Unterschied. Wenn wir diese Tour abgeschlossen haben, dann werden schätzungsweise drei komma vier Millionen Leute 59 John-Redford-Konzerte besucht haben. Bei einem durchschnittlichen Kartenpreis von 40 Pfund beläuft sich das brutto auf 136 Millionen Pfund. Davon ergeben sich folgende Abzüge.« Strone leierte sämtliche Fakten und Zahlen aus dem Gedächtnis herunter.

»Wie organisieren Sie denn all diese finanziellen Angelegenheiten?«, fragte Sarah. »Gehen die Einkünfte an diverse Tochtergesellschaften, die alle einer Holdinggesellschaft gehören?«

»Ja, unterschiedliche Firmen für unterschiedliche steuerliche Zuständigkeitsbereiche.«

»Könnten Sie für Goldsteins in London Kopien von all den Hintergrundinformationen beschaffen, all den Quellen dieser Zahlen, die Sie mir eben genannt haben?«

»Was werden die dort damit anstellen?«

»Sie werden sie als Bezugspunkt verwenden, wenn wir unser internes Archiv mit allen Details über historische Finanzabschlüsse bestücken, sodass sie die Grundlage für künftige Projekte bilden können.«

Strone blickte ein wenig beklommen.

»Gibt's ein Problem?«, fragte Sarah.

»Das sind über vierzig verschiedene Gesellschaften.«

»Wir sind an Papierberge gewöhnt«, wischte Sarah seine Bedenken leichthin beiseite. »Wenn Sie dafür sorgen könnten, dass mir jemand die Zusammenfassung zur Verfügung stellt, die Sie mir eben gegeben haben, Absatzzahlen, Tantiemen und so weiter, dann kann ich anfangen, mich ein bisschen mit der Strukturierung zu beschäftigen.«

»Sie machen diesen Kram?«, fragte Strone.

»Was glauben Sie denn, was ich mache?«

»Knifflige Fragen stellen.«

»Das tue ich auch. Das ist Phase eins. Die Strukturierung ist Phase zwei.«

»Ich dachte, das machen die Spitzenwissenschaftler«, sagte Strone.

Sarah lachte.

»So nennt man sie doch, oder nicht?«, fragte der Manager.

»So nennt man sie«, antwortete Sarah.

»Also machen Sie das?«

»Ich mache es.«

»Halten Sie mich nicht für unhöflich«, sagte Redford. »Ich bin nur neugierig. Wie haben Sie sich in all das eingearbeitet? Welche Qualifikationen besitzen Sie denn?«

»Einen Abschluss mit Auszeichnung aus Cambridge, in Mathematik, acht Jahre in der City. Ist das gut genug?«

»Sie sehen nicht aus wie eine Mathematikerin?«, bemerkte Strone.

»O mein Gott«, sagte Sarah, »und ich dachte immer, die City sei sexistisch. Nun ja, meine Gehirnzellen *denken* wie die einer Mathematikerin, und das ist es doch schließlich, was zählt.«

Redford funkelte Strone an.

»Was glauben Sie denn, weshalb ich hier bin?«, fragte Sarah. »Glauben Sie, ich bin ein Unschuldsengel mit großen Augen, eine, die für ein bisschen PR hier ist? Dass Sie bei mir mit ein paar schicken Hotelsuiten Eindruck schinden können, mit einem Backstage-Ausweis, ein paar schönen Dinnerabenden, und dass ich dann nach Hause fliege und sage: ›Hey Leute, hab mich toll amüsiert, wir müssen dieses Geschäft machen.‹ Es tut mir Leid, aber so läuft es in der City nicht, und so läuft es auch bei mir nicht.« Sarah erhob sich.

Redford stand ebenfalls auf. »Hey, beruhigen Sie sich. Glauben Sie nicht, dass Sie ein bisschen überreagieren?«

»Seid ihr schon so daran gewöhnt, Groupies zu vögeln, dass ihr euch eine Frau mit Verstand nicht einmal mehr vorstellen könnt?«, fragte Sarah kühl.

Redford starrte sie zornig an. »Das ist ein schmutziges Vorurteil.«

»Genau«, sagte Sarah. »Dann wissen Sie ja, was ich meine. Und überlegen Sie sich, wie Ihnen das gefällt.« Sie ging zur Tür. »Das war für mich in etwa genug Scheiße für einen Tag. Beschaffen Sie mir die Zahlen, wenn Sie so freundlich sind, beschaffen Sie mir Ihre mondänen Presseerklärungen, Ihre Hagiographien und Ihr ganzes aufgeblasenes Zeug, und dann können wir morgen vielleicht endlich einmal zur Sache kommen.«

Als sie wieder in ihrer Suite war, verfluchte sich Sarah. Sie ließ sich aufs Bett plumpsen und legte den Kopf in die Hände. Wie hatte sie bloß so leicht die Kontrolle über sich verlieren können? Die schützende Hülle ihrer Selbstbeherrschung schien verbrannt, sodass sie nackt und wehrlos dastand. Wo war der Gleichmut der Pokerspielerin geblieben? Sie erhob sich und stolperte ins Bad, spritzte sich kaltes Wasser ins Gesicht und legte sich wieder ins Bett, zog die Decken über sich und rief Jacob an.

»Wie läuft's?«

»Hallo, Schätzchen. Alles ist bestens. Der Kleine vermisst dich, sucht dich überall, aber ich halte ihn bei Laune. So weit, so gut.«

»Ich vermisse ihn so sehr, dass es schon wehtut«, sagte sie. »Umarm ihn ganz fest und küss ihn von Mama, ja?«

»Das werde ich tun. Er hält sich munter, das freut dich doch sicher zu hören.«

»Oh, schön. Der Gute.«

»Und jetzt erzähl mal. Wie läuft's bei dir?«

»Entsetzlich. Ich will nach Hause kommen.«

»Ach, Schätzchen.«

»Ich hab eben einen Streit mit dem Kunden provoziert. Ich weiß, ich hätte mich beherrschen sollen, aber ich konnte einfach nicht.«

»Klingt für mich, als suchst du nach einer Ausrede, einen Streit vom Zaun zu brechen.«

»Da hast du völlig Recht.«

»Hör mal, du musst ja nicht bleiben. Du kannst dich jederzeit aus dem Staub machen, Schätzchen – das weißt du doch.«

»Ja, theoretisch.«

»Und praktisch. Warum entscheiden wir es nicht mit einer Münze?«

Sarah kicherte. Jacob konnte sie fast immer mit einem Scherz aus einem Stimmungstief reißen. »Du machst *Witze*?«

»Ich war nie ernster.«

»Mein Gott, du meinst es ja wirklich.«

»Ich hab eine Pfundmünze in meiner Hand. Kopf, du bleibst, und du hältst den Mund und machst es gern. Zahl, du gehst. Ich werfe.«

»Wie kann ich dir vertrauen?«

Jacob schnaubte verächtlich. »Fertig?«

»Fertig.«

Sarah hörte, wie der Hörer abgelegt wurde, Kleingeld klimperte, und dann wurde eine Münze auf eine Tischplatte geknallt.

»Kopf«, sagte Jacob traurig. »Du bleibst.«

Es klopfte an der Tür.

»Augenblick, Jacob.« Sie rollte sich aus dem Kokon ihres Betts und ging misstrauisch zur Tür.

John Redford stand auf der Schwelle. »Störe ich?«

Sarah schnellte herum. »Komm rein«, sagte sie über die Schulter. Sie nahm das Telefon im Wohnzimmer ab. »Tut mir

Leid, Jacob, ich muss Schluss machen. Nächstes Mal werde *ich* werfen.«

Sie legte auf und stellte sich hinter das Sofa, während sie Redford kritisch betrachtete.

»Du willst werfen?«, fragte er.

»Eine Münze.«

»Wozu?«

»Um zu entscheiden, ob ich bleiben oder gehen soll«, antwortete sie mit provozierender Nonchalance.

»Hier bleiben?«

»Genau.«

»Du triffst Entscheidungen danach, wie eine Münze fällt?«

»Mein ganzes Leben ist ein Würfelspiel. Ich bin eine Spielerin. Nimm's nicht persönlich.«

»Verdammt, Sarah. Ich nehme es aber persönlich. Für mich ist das hier kein Spiel.«

»Dann solltest du wohl noch ein bisschen dazulernen.«

Redford rammte die Hände in die Hosentaschen. Er schritt durchs Zimmer, starrte auf den Teppich. »Was *ist* eigentlich dein Problem?«

Sarah zog theatralisch die Augenbrauen hoch. »Wo soll ich anfangen?«

»Du gehst also?«

»Ehrlich gesagt, bleibe ich. Ich finde wirklich, ich sollte dich morgen Abend im Konzert erleben.«

»Tu mir bloß keine gottverdammten Gefälligkeiten, ja?«

»Das würde mir nicht im Traum einfallen.«

Redford holte einmal tief Luft und hielt seine Wut im Zaum. »Eigentlich bin ich ja gekommen, um vorzuschlagen, dass wir versuchen sollten, noch einmal von vorn und etwas besser anzufangen. Wirst du heute Abend mit mir essen gehen?«

27

Redfords schwarzer Range Rover setzte sie irgendwo auf der Upper West Side ab, Sarah war zu sehr mit anderen Dingen beschäftigt, um zu bemerken, wo. Als sie gemeinsam das Lokal betraten, war Sarah nervös; sie befürchtete eine Wiederholung der Vorstellung, die sie an diesem Tag gegeben hatte. Anfangs bemerkte sie die Reaktionen im Lokal gar nicht. Stimmen, selbst die der blasiertesten New Yorker, verstummten, Gesichter wandten sich um, Augen folgten ihren Bewegungen wie Radare. Posen wurden eingenommen, neidvolle Blicke auf Sarah abgeschossen wie Raketen. Sie nahmen auf einer Bank an der Rückwand des Lokals Platz. Sie konnten in den Raum blicken, wurden aber vor den unzähligen Schaulustigen durch ein üppiges Arrangement aus Salweiden verhältnismäßig gut geschützt.

»Mein Gott«, sagte Sarah. »Passiert das jedes Mal?«

Redford nickte.

»Wie hältst du das bloß aus?«

»Ich hasse es, aber es gehört eben einfach dazu. Für die anderen Leute, die mit mir zusammen sind, ist es schwieriger.«

Sarah schüttelte den Kopf. »Wenn Blicke töten könnten, dann wäre ich längst gestorben. Ich glaube nicht, dass ich je so viel Neid auf mich gezogen habe.«

»Gefällt es dir?«

»Was? Bist du übergeschnappt? Ich hasse es.«

»Manchen Frauen gefällt es sehr.«

»Ich bin aber nicht ›manche Frauen‹. Versteh mich nicht falsch, aber abstrahlender Glanz ist nicht meine Sache.«

Redford lachte. »Ich bin froh, dass wir das geklärt haben. Ich wünschte nur, mehr Frauen würden so empfinden wie du.« In diesem Augenblick rauschte eine Dame an ihnen vorbei und warf demonstrativ eine Visitenkarte auf ihren Tisch. Redford ignorierte sie.

Sarah nahm sie in die Hand und las die darauf geschriebene Notiz laut vor. »Ruf mich für den Fuck des Jahrhunderts an! – Wie bitte?«

Redford zerriss die Karte und warf sie in den Aschenbecher.

»Ist das ein gewöhnlicher Vorfall?«, fragte Sarah.

»Du kannst dir nicht vorstellen, wie gewöhnlich.«

»Dann weißt du ja, wie man sich fühlt, wenn man eine Frau ist.«

»Wenn man eine sehr schöne Frau ist, vielleicht, mit mehr Angeboten, als man in hundert Jahren annehmen könnte.«

»Ist es für dich so?«, fragte Sarah.

»Ist es für dich nicht so?«

»Nicht ganz.« Sie spielte mit ihrer Armbanduhr, wurde allmählich misstrauisch.

»Bitte versteh mich nicht falsch«, sagte Redford gefühlvoll. »Aber du bist eine der schönsten Frauen, die ich je gesehen habe. Du musst doch jeden Tag mindestens zehn eindeutige Angebote bekommen, allein schon, wenn du einfach die Straße entlanggehst.«

Sarah sah ihn ungläubig an. »Ich habe zwölf Kilo Übergewicht. Ich schlafe kaum noch, habe ständig schwarze Ringe unter den Augen, und meine Haut sieht aus wie gebrauchte Alufolie.«

Die Beleuchtung war gedämpft, eine Kerze flackerte zwischen ihnen auf dem Tisch, und Sarahs Haut schimmerte pfirsich- und cremefarben. Ihre katzenartigen Augen glänzten, die geschwungene Linie ihrer Wangenknochen und die vollen Lippen verliehen ihr eine Sinnlichkeit, die überzuquellen drohte. Sie trug noch immer die schwarze Hose, die schwarze Strickjacke und die Herrenhalbschuhe von Lobbs. Ihr zerzaustes Haar fiel ihr über den Rücken. Sie roch nach Tuberose und nach Ärger.

»Du siehst in den falschen Spiegel«, sagte Redford sanft.

Sarah lächelte. »Womit wir beim Thema sind, ich muss auf die Toilette.«

Sie bahnte sich einen Weg durchs Restaurant, wobei sie

mehr als die üblichen Blicke erntete. Die Damentoilette war eingerichtet wie ein Boudoir: Es gab große, mit Goldrand verzierte Spiegel und eine Chaiselongue aus rotem Samt, auf der sich eine ausgehungerte Blondine ungelenk räkelte. Per Handy diskutierte sie mit einer Freundin über ihren wartenden Begleiter. Vermutlich hatte diese eine ähnliche Körperhaltung eingenommen.

»Ich meine, soll ich denn *nicht*?«, jammerte die Blondine. »Schließlich ist es doch schon das *zweite* Date.«

Häng dir doch gleich eine Medaille um, dachte Sarah und verschwand auf die Toilette.

Als sie wieder herauskam, war die Blondine verschwunden, zweifellos entschlossen zu einer Nacht voller Leidenschaft. Auf einmal wurde die Tür schwungvoll aufgerissen. Aus irgendeinem Grund zuckte Sarah zusammen. Eine hoch gewachsene, auffallend dünne Frau mit hüftlangem rotem Haar kam herein. Sie schien in den Dreißigern zu sein. Die hübschen Züge ihrer frühen Jugend hatten einer herben Schönheit Platz gemacht. Ihr Blick fiel sofort auf Sarah. Sarah erwiderte ihn und erwartete, dass die Frau den Blick höflich abwenden würde, aber sie starrte sie einfach weiterhin an. Als sie schließlich an ihr vorbeirauschte, riss sie Sarahs Handtasche vom Waschbecken. Sie beugte sich sofort nach unten, um sie aufzuheben, und wandte sich dann langsam zu Sarah um, wobei sie ihr die Handtasche am ausgestreckten Arm hinhielt.

»Wie ungeschickt von mir«, sagte sie mit einem dünnen Lächeln und einer heuchlerischen Miene.

Sarah nahm die Handtasche schweigend entgegen, verblüfft von der Feindseligkeit, die diese Fremde ausstrahlte. Es war fast, als hätte diese Frau sie absichtlich provozieren wollen. *Lass es gut sein*, dachte sie, *verschwende nicht deine Energie*.

»Warum gehst du denn eigentlich überhaupt aus?«, fragte sie Redford, als sie wieder an ihrem Tisch saß und den Rotschopf aus ihren Gedanken verdrängt hatte, »wenn du all diese Aufmerksamkeit bekommst?«

»Soll ich denn bis an mein Lebensende den Roomservice kommen lassen? Ich dachte, du würdest gern ausgehen, sozusagen auf neutralem Gebiet, damit wir uns unterhalten können wie normale Leute. Nicht wie Rockstars und Banker.«

»Klingt gut«, erwiderte Sarah, schockiert von dieser Aussicht.

»Was willst du trinken?«

»Irgendein Rotwein wäre schön.«

Redford ging die Weinkarte durch. Er schlug einen 1983er St. Julien vor. »Magst du roten Burgunder?«

»Sehr gern, und diesen ganz besonders.« Dank Jacobs Erziehung und reichlichen Genusses im Laufe der Jahre wusste Sarah, dass dieser Wein ein außergewöhnlich guter war.

Der Weinkellner brachte ihnen die Flasche, entkorkte sie und begann mit dem Ritual des Anbietens und Einschenkens. Als er verschwunden war, tranken Sarah und Redford eine Zeit lang schweigend, als würden sie sich sammeln.

»Tut mir Leid wegen heute«, sagte Redford.

»Was sollte das alles denn?«, fragte Sarah.

Redford sah sie verwirrt an. »Strone war ein Arschloch, als er in dein Zimmer ging und so tat, als wäre es seines. Aber aus dem ganzen Rest werde ich selbst nicht schlau. Ich denke, vielleicht bist du ein bisschen empfindlich?«

»Natürlich bin ich verdammt empfindlich, aber damit seid ihr beide noch lange nicht aus dem Schneider. So redet man einfach nicht mit Leuten.«

»Haben wir uns wirklich so schlimm benommen?«

»Nein, das habt ihr nicht«, sagte Sarah. »Aber was mich geärgert hat, war das Prinzip. Ihr habt beide getan, als könntet ihr einfach sagen, was ihr wollt, ohne jede Rücksichtnahme. Ich habe versucht, dir klarzumachen, dass ich mir das nicht zwei Wochen lang gefallen lassen würde.«

Redford nickte nachdenklich.

»Hör zu, daran gibt es überhaupt nichts Tiefergehendes oder Geheimnisvolles«, sagte Sarah verwirrt.

Eine tiefe Erschöpfung schien Redford zu überkommen.

»Was ist los?«, fragte Sarah. »Was habe ich gesagt?«

Redford lächelte matt. »Etwas, was schon sehr lange niemand mehr zu mir gesagt hat.«

»Und was meinst du damit?«

»Damit meine ich, dass niemand offen mit mir spricht, niemand sagt mir gründlich die Meinung, weil sie alle irgendetwas von mir wollen. Sie lassen sich jeden Dreck bieten, damit sie die Bonbons bekommen, und sie nehmen so viele Bonbons, wie sie nur bekommen können, um einen für den Dreck bezahlen zu lassen. Also teilt man noch mehr Dreck aus, weil man weiß, dass man übers Ohr gehauen wird, zum Narren gehalten wird, und irgendwann kommt es einem dann völlig normal vor, und man denkt, alle Beziehungen sind so. Man fängt an zu vergessen, wie es eigentlich sein sollte.«

»Aber andere Leute *müssen* doch so reden wie ich mit dir.«

»Ich wünschte, sie würden es tun. Du machst einem das Leben wirklich schwer, aber schön schwer.«

Sarah lachte.

»Wie schaffst du das bloß?«

»Na ja, ich nehme an, wie du selbst gesagt hast, ich will nichts von dir.«

»Gar nichts?«, fragte Redford langsam.

»Was sollte ich wollen?«, fragte Sarah, und Misstrauen mischte sich in die knisternde Spannung der Situation.

»Verdammt, ich weiß es nicht. Schmuck, Geld, eine Wohnung, einen Plattenvertrag, einen Skalp.«

Sarah kicherte. »Ich habe Schmuck – Schmuck, der mir etwas bedeutet. Ohne das ist es doch nur Kohlenwasserstoff. Ich habe ein schönes Haus, ich habe Geld, genug, um das Leben zu genießen, aber nicht so viel, dass ich kein Ziel mehr vor Augen hätte. Ich könnte nicht singen, um meine Haut zu retten, also wäre ein Plattenvertrag vielleicht ein klein wenig reizvoll, und was deinen Skalp betrifft ...«

»Ja?«

»Mach da bloß keine Witze. Ich muss dich warnen, meine

Mutter hatte ein bisschen Indianerblut. Sie war etwa ein Fünftel Cheyenne.«

»Du machst Witze.«

»Es ist die Wahrheit.«

Redford sah sie an, den Kopf auf die Seite gelegt.

»Jetzt erkenne ich es, dein Teint, deine hohen Wangenknochen, das lange, glänzende Haar. Mmmm. Ich sollte besser aufpassen, stimmt's?«

Sarah schwieg.

»Wie ist sie nach England gekommen?«, fragte er.

»Gar nicht. Sie war Amerikanerin.«

»Woher?«

»New Orleans.«

»Na, *das* ist nun aber wirklich eine großartige Stadt.«

»Allerdings.«

»Hast du dort gelebt?«

»Bis ich acht war.«

»Und dann?«

»Dann bin ich nach London gezogen.«

Redford sah sie verwirrt an. »Du allein?«

»Ich und mein Bruder.«

»Und deine Mutter? Dein Vater?«

Sarah sah in ihr Weinglas. »Sie waren tot.«

»Oh, Sarah, das tut mir Leid.« Er trank einen Schluck Wasser. »Wie?«

»Autounfall.«

Er wurde bleich, als hätte er ein Gespenst gesehen.

»Was ist?«, fragte Sarah beunruhigt. Es erschien ihr unmöglich, dass ihr Schmerz ihn so sehr berühren konnte, wie er es offensichtlich tat.

»Meine Mutter starb bei einem Autounfall, als ich zwölf war.«

»Oh, John.«

»Hätte leicht auch meinen Vater töten können. Er hat noch vier Jahre durchgehalten, bevor er sich mit dem Kaninchengewehr das Gehirn weggepustet hat.«

Sarah streckte den Arm aus und griff nach Redfords Hand.

Er richtete den Blick auf sie. Der Schmerz in seinen Augen zerriss ihr das Herz. Er war ein gebrochener Spiegel ihrer eigenen Qualen. Lange Zeit sprach keiner von beiden ein Wort.

28

Dick Breden saß Savage und Zamaroh gegenüber. In seiner lässigen Miene lag Triumph.

»Na, dann lassen Sie uns mal hören«, sagte Savage, dessen Neugier allmählich hinter der üblichen gelangweilten Maske hervortrat.

»Drogen«, sagte Breden. »Kokain. Er hat drei Monate in einer Reha-Klinik in Arizona verbracht, vor drei Jahren.«

»Und?«, hakte Savage nach.

»Offenbar hat er ziemlich viel genommen.«

»Ich will Ihre Bemühungen nicht schmälern, Dick, aber es hätte mich überrascht, wenn er nichts mit Drogen oder Alkohol oder sonstigen Exzessen zu tun gehabt hätte. Mein Gott, er ist eben ein Rockstar.«

»Ein Rockstar, der so süchtig ist, dass er vermutlich unstabil ist. Die meisten Drogensüchtigen müssen auch dem Alkohol abschwören, aber er trinkt immer noch. Da muss man sich doch fragen ...«

»Er *war* süchtig«, sagte Zamaroh. »Und vielleicht hat er das Trinken im Griff, ohne im Hinblick auf die Drogen rückfällig zu werden. Außerdem, den schlimmsten Fall einmal angenommen, können viele Leute, die Drogen nehmen, trotzdem noch Höchstleistungen vollbringen, vorausgesetzt, sie bekommen auch weiterhin ihren Stoff.«

Savage schnellte herum. »Wir haben doch nicht etwa irgendwelche Kokser auf dem Börsenparkett, oder?«

Zamaroh betrachtete ihn einen Augenblick zu lang, fast außer Stande, ihre Ungläubigkeit zu verhehlen. »Natürlich nicht.«

»Das will ich allerdings auch stark hoffen. Ich kann sie mir schon lebhaft vorstellen, wie sie sich eine Position erarbeiten, in der sie glauben, unbesiegbar zu sein, in einer Art Traumwelt leben.«

»Einen solchen Ort gibt es auf dem Parkett nicht, James, das wissen Sie. Jeder Tag ist der Tag des Jüngsten Gerichts.«

Savage lächelte. »Und Sie sind Gott. Ich weiß.« Er drehte sich wieder zu Breden um.

»Wäre es denn nicht allgemein bekannt, wenn John Redford Drogen nehmen würde? Ich meine, bei Rockstars gehört das doch fast schon zum Pflichtprogramm.«

»Es gab Gerüchte, Mutmaßungen. Die habe ich bestätigt.«

»Und jetzt? Ist er clean?«

»Ich konnte keinen Beweis dafür finden, dass er noch immer Drogen nimmt.«

»Und die Gerüchte, die Mutmaßungen?«

»Besagen, dass er clean ist.«

»Gut«, sagte Savage. »So weit. Irgendwas Neues über die undichte Stelle?«

Breden schüttelte den Kopf. »Jede Menge Lauferei, aber nichts zu berichten.«

»Vielleicht hat die undichte Stelle aufgegeben«, sagte Zamaroh. »Wenn das der Fall ist, könnten Sie dann vielleicht die Kameras und Abhöranlagen aus meinem Büro entfernen? Einen hundertprozentigen Eingriff in meine Privatsphäre kann ich nämlich nur für begrenzte Zeit hinnehmen.«

Breden wandte sich an Savage. »Meinen Sie, wir sollten aufgeben?«

Savage schüttelte den Kopf. »Nicht, bevor wir den Dreckskerl aufgespürt haben. Diesem Burschen haben wir es zu verdanken, dass uns vier Geschäfte im Wert von über fünfzehn Millionen Pfund durch die Lappen gegangen sind. Dafür wird er büßen müssen.« Er warf einen Blick auf Zamaroh. »Tut mir Leid, Zamaroh. Die Kameras laufen weiter.«

Zamaroh seufzte zornig auf. »Vielleicht sollten wir sie in *Ihrem* Büro aufstellen. Mal sehen, wie Ihnen das gefällt.«

»Das ist nicht nötig«, erwiderte Savage kurz angebunden.

»Warum nicht?«, fragte Zamaroh, legte den Kopf schräg und wartete interessiert auf Savages Selbstrechtfertigung.

»Weil ich es sage. Die Leute kommen nicht einfach so in mein Büro geschlendert, wie sie es bei Ihnen tun.« Savage wandte sich wieder an Breden. »Haben Sie sonst noch irgendetwas?«

Breden untersuchte seine Hände. »Ich habe da noch etwas gefunden, neben der Hintergrundüberprüfung zu Redford.«

»Erzählen Sie's uns.«

»Seine Mutter starb bei einem Autounfall, als er zwölf Jahre alt war. Sein Vater hat sich vier Jahre später das Leben genommen. Hat sich das Gehirn weggepustet. Redford hat die Leiche gefunden.«

»O mein Gott.« Zamaroh sah aus, als würde ihr schlecht werden. Savage warf ihr einen überraschend mitfühlenden Blick zu.

»Ist alles in Ordnung mit Ihnen, Zamaroh?«

Sie brauchte ein paar Sekunden, bis sie etwas erwidern konnte, und antwortete dann mit leiser, würdevoller Stimme. »Alles in Ordnung. Danke.« Sie erhob sich und verließ das Zimmer. Savage und Breden sahen ihr nach.

»Was hat sie denn?«, fragte Breden ungläubig. Es war das erste Mal, dass er Zamaroh von einer verletzlichen Seite erlebt hatte.

»Die Ayatollahs haben ihren Vater aufgehängt«, antwortete Savage.

Zehn Minuten später kehrte Zamaroh zurück. »Was habe ich verpasst?«, fragte sie. Ihr Tonfall war ausgeglichen und die aufgeplusterte Art verschwunden.

»Wir haben erörtert, ob wir mit einem dieser Punkte ein Problem haben oder nicht. Haben Sie eines?«

»Nein. Habe ich nicht«, antwortete sie leise. »Der Bursche hatte ein Drogenproblem, er hat es gelöst. Erfolgreich. Er hat ein persönliches Trauma überwunden und es in seinem Beruf bis an die Spitze gebracht. Er ist ein Überlebenskünstler, er ist ein Star. Ich habe kein Problem damit. Und Sie?«

»Es wird interessant sein«, sagte Savage grübelnd, »zu hören, was Sarah Jensen zu Tage fördert.« Zu seinem Vergnügen sah er den Konkurrenzgeist in Bredens Augen aufblitzen.

»Gar nichts wird sie zu Tage fördern«, entgegnete Zamaroh wegwerfend.

»Sie wollen dieses Geschäft auf jeden Fall, stimmt's?«, bemerkte Savage.

»Sie doch auch. Hinter einem solchen Geschäft sind wir schließlich schon seit Jahren her.«

»Ich will es durchaus«, sagte Savage, »aber nicht um jeden Preis.«

»Keine Bange, ich werde dafür sorgen, dass der Preis bezahlbar bleibt«, gab Zamaroh zurück.

»Goldsteins wird keinerlei Informationen zurückhalten, ganz gleich, wie unangenehm sie sein könnten«, sagte Savage. »Letztendlich schießt man damit immer nur ein Eigentor.«

Tatsächlich, überlegte Zamaroh und dachte, noch immer unsicher, an ihre eigenen Erfahrungen. Sie lebte unter einem Damoklesschwert. Und Sarah Jensen konnte jeden Augenblick mit ihrer kühl musternden Art anspaziert kommen und das Haar, das das Schwert hielt, durchtrennen. Auch wenn sie es keiner Menschenseele gegenüber je zugeben würde, kaum sich selbst eingestehen konnte, lebte Zaha doch in ständiger Angst vor Jensen. Sie brauchte unbedingt etwas gegen Sarah, womit sie für einen Ausgleich sorgen konnte, was sie bei einem Handel einsetzen konnte.

29

Sarah wachte spät auf, mit dem Gefühl, dass ein Albtraum sie im Schlaf gestört hatte. Sie konnte sich an kein Detail aus ihren Träumen erinnern, doch irgendwelche unangenehmen Echos hallten noch immer in ihr wider. Sie blieb eine Weile liegen und ließ den Abend zuvor Revue passieren. Redfords Verlust hatte sie schockiert, seinetwegen, und weil es sie beide irgendwie enger aneinander band.

Stöhnend quälte sie sich aus dem Bett. Ihr fehlte das Stillen, das von gestern Abend und das von heute Morgen. Ihre Brüste fühlten sich steinhart und verstopft an. Es schien ihr, als wollte ihr Körper platzen und ihre Seele vor Sehnsucht in sich zusammenfallen. Sie dachte an ihren Jungen, fragte sich, wie er die Nacht wohl verbracht hatte und was er in diesem Augenblick wohl tat. Sie schüttelte den Kopf und zwang sich, Trost in der Routine zu suchen. Sie duschte lange, zog sich an und konzentrierte sich dann aufs Geschäftliche. Um zehn rief sie Strone an. Es klang, als sei er anderweitig beschäftigt.

»Wann wollen wir uns treffen?«, fragte Sarah.

»Heute ausgeschlossen, tut mir Leid.«

»Oh«, sagte Sarah und schwieg einen Augenblick. »Warum das denn?«

»Heute ist Konzerttag, Sarah. Können Sie sich auch nur annähernd vorstellen, was das bedeutet?«

»Nicht im Geringsten. Aber ich würde es liebend gern feststellen«, sagte sie, voll von echtem Enthusiasmus. »Vielleicht könnte ich Sie den Tag über beschatten. Ich werde mich still verhalten, ich verspreche es. Sie würden gar nicht merken, dass ich da bin.«

Strone lachte. »Ja, das glaube ich. Na schön. Die meiste Zeit über habe ich irgendwas zu tun, wobei ich niemanden gebrauchen kann, aber kommen Sie doch einfach ein bisschen früher mit ins Beacon, werfen Sie einen Blick auf die Bühne und den Aufbau, Soundcheck und den ganzen Kram. Ich hole Sie um sechs ab. Wie klingt das?«

»Abgemacht.«

Sarah legte auf und sah sich ziellos im Zimmer um. Sie hatte nichts Bestimmtes zu tun, und so beschloss sie, auszugehen, im Village einen Brunch einzunehmen und für eine Weile aus ihrer Rolle zu schlüpfen. Sie schnappte sich ihre Handtasche, suchte nach ihrem Portemonnaie, um ihm etwas Bargeld zu entnehmen, das sie sich in die Hosentasche stopfen wollte. Doch ihr Portemonnaie war nicht da. Verdammt, wo hatte sie es bloß hingelegt? Sie suchte ihre Suite ab. Sie versuchte sich zu erinnern, wann sie es zuletzt gesehen hatte. Gestern Abend hatte sie es mit ins Restaurant genommen. Sie hatte ihr Bargeld bei sich haben wollen, um bei Bedarf vor Redford Reißaus nehmen zu können. Fluchtgeld sollte man immer bei sich haben. Sie sah sich wie wild um. Keine Brieftasche. Kein Geld, keine Kreditkarten, kein Führerschein. *Scheiße*. Wo war es?

Eine halbe Stunde panisches Suchen, wobei sie ihre Kleider überall verstreute. Dann schien jeder Irrtum ausgeschlossen: Ihr Portemonnaie war verschwunden. Sie verspürte einen mörderischen Drang gegenüber dem Unbekannten, der es an sich genommen hatte. Konnte es ein Zimmermädchen gewesen sein? Aber sie hatte ihre Handtasche immer bei sich gehabt, wenn sie das Zimmer verlassen hatte. Irgendjemand vom Roomservice, der etwas brachte, während sie im anderen Zimmer war? Möglich, aber äußerst unwahrscheinlich. Dann fiel es ihr ein. Dieses Biest im Restaurant, die Rothaarige, die Sarahs Handtasche zu Boden gerissen hatte. Als sie sich hinuntergebeugt hatte, um sie aufzuheben, hatte sie Sarah den Rücken zugewandt. Es war so leicht für sie gewesen, die Brieftasche in einer Tasche verschwinden zu lassen, bevor sie sich umgedreht und Sarah die Handtasche zurückgegeben hatte. Sie erinnerte sich an das sarkastische »Wie ungeschickt von mir« der Frau und den seltsamen Blick in ihren Augen. *Zum Teufel* mit der Frau!

Sarah suchte nach ihren Ruhereserven. Sie hatte keinen Schaden an Leib und Leben genommen, es ging lediglich um ihr

Eigentum. Doch die Ruhe wollte sich nicht einstellen. Ihre Brieftasche war etwas zu Persönliches, ihre Gefühle im Hinblick auf Geld zu prekär, um seinen Verlust mit einem Schulterzucken abzutun. Sie fühlte sich gestrandet, ihrer Macht beraubt, ihrer Unabhängigkeit, und sie hasste das Gefühl. Morgen würde sie bei ihrer Bank anrufen müssen, um sich eine Stange Geld schicken zu lassen. Sie erinnerte sich, wie sie vorschnell darauf bestanden hatte, ihre Suite selbst zu bezahlen. O mein Gott! Die Fotos von Georgie – sie steckten ebenfalls alle in ihrer Brieftasche. Sie fühlte sich ausgeraubt ohne sie, als hätte man ihr ihren Sohn entrissen. Tränen brannten ihr in den Augen. Wütend wischte sie sie beiseite. Jetzt hatte dieses Biest die Fotos; Georgie in ihren Armen, Georgie im Bad, Georgie wenige Sekunden alt im Krankenhaus. Diese Bilder boten Einblick in ihr Herz und ihre Seele. Dass eine Fremde sie nun besitzen sollte, das war eine Art Schändung.

Sie zwang sich, langsam und gleichmäßig zu atmen. Sich aufs Praktische zu konzentrieren. Sie durchwühlte ihre Taschen, suchte nach dem Geld, das sie immer herumliegen ließ, um es als Trinkgeld geben zu können. Sie kratzte fünfundzwanzig Dollar zusammen; genug für einen bescheidenen Lunch. Auf einmal musste sie lachen; in einem Fünfsternehotel gestrandet, unter der Ägide eines der reichsten Männer der Welt. Geld, Geld überall ... Sie rief die Vermittlung an und ließ sich mit Visa und AMEX verbinden. Sie zeigte den Diebstahl ihrer Karten an, legte auf und verließ das Hotel.

30

Um halb sieben erreichten Sarah und Strone das Beacon Theatre auf der Upper West Side. Redfords Porträt, eine Schwarzweißaufnahme mit einem etwas rätselhaften Blick, sah auf sie hinunter, als sie das Gebäude betraten. Strone nickte einem schwarz gekleideten, scharfsichtigen Security-

Mann zu, der ein winziges Mikrofon und einen Ohrhörer trug.

»Alles in Ordnung?«

»Ja. Keine Scherereien.«

»Gut.« Strone stürmte weiter. Sarah verlangsamte ihr Tempo und sah sich um. Das Beacon war ein Rokokoparadies mit Schnörkeln und Goldverzierungen, einem Wandgemälde mit einer neoklassischen Utopie, einer Balustrade und Buntglasfenstern, die eher an eine Kirche erinnerten. Strone war schon fast außer Sichtweite. Sarah legte einen Schritt zu, um ihn einzuholen, während er dem Backstagebereich zustrebte. Die Luft roch nach frittiertem Essen und Bier. Etwa vierzig Leute eilten geschäftig auf der Bühne hin und her, kümmerten sich um etliche Drähte und Lautsprecherboxen und vollführten eine Vielzahl esoterischer, in manchen Fällen fast unsichtbarer, aber zweifellos unabdingbarer Akte, bevor sie links und rechts der Bühne verschwanden. Sie trugen Jeans und Armeehosen, lange Haare, Pferdeschwänze, schwere Stiefel. Männer und Frauen waren identisch angezogen. Viele trugen Kopfhörer mit kleinen Mikrofonen, in die sie fast unablässig flüsterten, als sprächen sie mit einem Liebhaber. Als Strone auftauchte, verwandelte sich die Geschäftigkeit in Übereifer. Strone stand da wie ein Zenturion, der zusieht, wie sich seine Truppen für die Schlacht rüsten. Leute traten an ihn heran und wechselten in aller Eile ein paar Worte.

»Das ist die Einlaufzeit fürs Team«, erklärte Strone Sarah. »Die Vorstellung heute Abend wird eine Miniaturausgabe eines normalen John-Redford-Konzerts sein. In den letzten beiden Wochen hat er in den Madison Square Gardens fünf Vorstellungen gegeben. Jeden Abend zwanzigtausend Plätze. Heute Abend gibt er im Rahmen dieser jetzigen Tournee seine Abschiedsvorstellung für New York. Ganz intim, wissen Sie. Ganz echt. Zweitausend Leute. Das ist ...«

Strone verstummte. Sarah folgte seinem Blick zu einer Frau mit langem blondem Haar und hohen schwarzen Stiefeln, die mit entschlossenen Schritten auf ihn zukam.

»Hallo, Zena«, sagte er matt.

»Komm mir nicht mit ›Hallo, Zena‹. Sprich mich am besten gar nicht erst an.«

Strone drehte sich auf dem Absatz um. »Oh. Na schön. Großartig. Dann werde ich dich eben nicht ansprechen.«

»Immer schön langsam, du Vollidiot.« Die Frau legte Strone eine Hand auf die Schulter. Sarah vermutete, dass er gleich in die Luft gehen würde. Sie selbst hätte es getan, aber der Manager seufzte nur matt auf, entfernte die beleidigende Hand sanft und wandte sich um, um sich der Schimpfkanonade zu stellen.

»Du hast mir doch vor drei Wochen versprochen, Ray würde 'ne Erhöhung bekommen, und was seh ich auf seiner Lohnabrechnung? Null Komma nichts, das seh ich. Du weißt doch, dass er Bass spielt wie 'n Engel. Er *trägt* die Show. Jake hat 'ne Erhöhung bekommen, und der kann schließlich kaum klimpern ...«

Strone unterbrach den Wortschwall: »Zena, Zena, Zena. Niemand bezweifelt, dass Ray gut ist. Wir wissen alle, dass er ein Genie ist. Deswegen spielt er ja auch für ein Genie.«

Zena machte den Mund auf und sah aus, als wollte sie sich auf Strone stürzen. Der Manager hab beschwichtigend die Hand. »Jetzt beruhige dich erst einmal. Ich tue, was ich kann. Ich bin allen möglichen Zwängen unterworfen, die du gar nicht erkennen kannst. Ich ...«

»Ach Blödsinn. Du tust, was du willst, du bist doch der allmächtige Strone.« Sarkasmus schwang in ihrer Stimme mit. »Mr. Allmächtig, das wissen wir doch alle ...«

Strones Stimme fiel um eine Oktave. »Jetzt gehst du aber zu weit. Ich habe zu tun. Bitte lass uns in Ruhe.«

Sarah beobachtete die Szene interessiert.

Zena hatte nicht vor, sich so leicht abspeisen zu lassen. »Komm mir bloß nicht mit Drohungen.«

»Du würdest es schon merken, wenn ich dir mit Drohungen käme. Du bist bloß ein trauriger kleiner Groupie, der ein bisschen Glück gehabt hat. Und jetzt sieh zu, dass du verschwindest, und mach das, was du am besten kannst. Hör auf mit deinem Genörgel.«

Die Augen der Blondine füllten sich mit Tränen der Wut. »Du Dreckskerl.« Sie spie die Worte Strone ins Gesicht, bevor sie sich auf ihren hohen Absätzen umdrehte und davonrannte.

Sarah blickte sich um. Etliche der Roadies hatten ihre Arbeit unterbrochen, um den Wortwechsel zu verfolgen. Strone funkelte sie böse an, und widerwillig machten sie sich wieder an die Arbeit.

»Diese dumme Kuh«, sagte Strone. »Wenn ich das Dienstpersonal aus meinem Leben entfernen könnte, würd's mir richtig gut gehen.«

»Kommt das oft vor?«, fragte Sarah, die noch immer völlig verblüfft vom gehässigen Ton dieser Meinungsverschiedenheit war.

»Ständig. Sie würden gar nicht glauben, was für eine Hackordnung hier herrscht. Jake, die Leadgitarre, kriegt 'ne Lohnerhöhung. Der Vollidiot posaunt es aus. Also will Ray jetzt auch eine, und wenn ich ihm eine gebe, kommen alle anderen Musiker mitsamt ihren Groupie-Freundinnen und machen auch noch ein Geschrei.«

»Sie scheinen keine sehr hohe Meinung von den Leuten in dieser Branche zu haben«, bemerkte Sarah.

Strone warf ihr einen prüfenden Blick zu. »Zum überwiegenden Teil sind es entweder Drecksäcke oder Dummköpfe.«

»Und was von beidem sind Sie?«

Ein drahtiger, völlig kahler Mann, der in den Vierzigern zu sein schien, nahm Strone beiseite, bevor er antworten konnte. Sarah fragte sich, wer der Mann sein mochte.

Ein paar Minuten später war Strone wieder da – mit kreidebleichem Gesicht.

»Worum ging's denn?«, fragte Sarah beiläufig.

»Wie?« Strone gab sich unbestimmt. »Entschuldigen Sie mich einen Augenblick, Sarah. Muss pinkeln.«

Eloquent ausgedrückt, dachte sie, während sie beobachtete, wie er in seinen engen Jeans davonmarschierte. Sie hielt einen breit lächelnden Roadie an, der in diesem Augenblick an ihr vorbeilief.

»Entschuldigen Sie, kurze Frage, wer ist denn der Mann dort drüben?«, fragte sie und wies auf den Glatzkopf.

Der Roadie sah sie verwirrt an, als sei sie von einem anderen Planeten. »Das ist Jim O'Cleary. Der Security-Chef.«

Sarah neigte den Kopf zur Seite und tat verwirrt. »Komisch. Ich hätte schwören können, ich würde ihn von irgendwoher kennen.«

An dieser Stelle warf ihr der Roadie einen äußerst argwöhnischen und forschenden Blick zu, bevor er weitereilte.

Sarah fragte sich, weshalb ihre Worte eine solche Verwirrung gestiftet hatten. Sie schlenderte umher, die Hände in den Hosentaschen, und versuchte, den Anschein zu erwecken, als gehörte sie in diese fremdartige Welt. Von Hungerattacken getrieben, steuerte sie den Cateringwagen an und kaufte sich wider besseres Wissen einen Hot Dog. Sie lehnte sich gegen einen gewaltigen Metallkasten und machte sich über ihre Mahlzeit her.

»Na, wer sind Sie denn?«, fragte eine freundliche Stimme.

Sarah wandte sich mit vollem Mund um und betrachtete den Fragesteller. Es war ein Mann in den Vierzigern, mit langem, gewelltem Haar und amüsierten braunen Augen. Sarah schluckte den Bissen, den sie im Mund hatte, hinunter.

»Wer sind *Sie* denn?«, gab sie lächelnd zurück. Der Mann schien einen Augenblick lang verwirrt, doch dann gewann er sein Lächeln rasch wieder. »Ich bin Ray Waters.«

»Aha.« Sarah versuchte es mit einem Schuss ins Blaue. »John Redfords Bassgitarrist.«

»Der einzig wahre. Und Sie sind seine neueste Tussi.«

Der Tonfall war noch immer freundlich, und Sarah glaubte, sie müsste sich verhört haben. »Wie bitte?«

»Tussi. T-U-S-S-I.«

»Mein Gott«, sagte Sarah, bevor sie einen Moment lang

innehielt, um Waters einer eingehenden Musterung zu unterziehen. »Für ein Arschloch drücken Sie sich erstaunlich gewählt aus.«

Strone trat leise von hinten wieder an Sarahs Seite. »Ich sehe, ihr beide lernt euch gerade kennen.«

Sarah zuckte zusammen und drehte sich wütend zu Strone um.

»Machen Sie das *bloß* nicht noch mal. Ich hätte fast einen Herzinfarkt bekommen.«

»Das ist eben sein Stil«, sagte Ray in demselben freundlichen Ton. »Ein-schüch-te-rung. Dann kommt er sich vor, als ob er hier der Häuptling wäre.« Er wandte sich zu Strone um. »Zena hat mir erzählt, wie ihr zusammengeprallt seid. Ich hab's nicht gern, wenn du mein Mädchen beschimpfst.«

»Vielleicht sollten Sie besser aufpassen, wen Sie selbst beschimpfen«, bemerkte Sarah in demselben sanften, doppelzüngigen Tonfall, in dem Ray sprach.

»Aber wo würde denn dann der Spaß bleiben, Tussi?« Er grinste und verschwand.

»Sieht aus, als könnten die Leute in dieser Branche auch Drecksäcke *und* Dummköpfe sein«, bemerkte Sarah.

Strone warf ihr einen kläglichen Blick zu. »Ignorieren Sie ihn. Er sucht gern Streit.«

»So sieht man mich hier also, als Johns Tussi?«, fragte Sarah ungläubig.

»Denken Sie mal drüber nach«, sagte Strone. »Sie wohnen in demselben Hotel, auf derselben Etage desselben Hotels. Und Sie haben, nach allem, was die Leute wissen, keinen anderen Grund, weshalb Sie mit ihm reisen sollten. Ich meine, wir können schließlich kaum bekannt geben, dass Sie seine Bankerin sind, die seine Zahlen überprüft. Und *bitte* fassen Sie es nicht als Beleidigung auf, aber Sie entsprechen dem Aussehen nach sowieso nicht unbedingt der Vorstellung, die sich diese Leute von einer Bankerin machen. Aber da dieses Geschäft schließlich vertraulich behandelt werden soll, ist Tussi doch eine ziemlich gute Tarnung für sie. Kratzen Sie nicht daran.«

»Und ob ich daran kratze«, sagte Sarah zornig.

»Viele Frauen würden sich um eine solche Stellung reißen, ganz gleich, ob in Wirklichkeit oder in der Fantasie.«

»Und viele nehmen sie auch gerne an, würde ich vermuten.«

Strone starrte sie eisig an. »Na ja, ich würde sagen, das ist Johns Angelegenheit, meinen Sie nicht auch?«

Sarah zuckte mit den Schultern. »Warum wird denn ein solches Getue gemacht, wenn jemand im selben Hotel wohnt wie er, und dann auch noch auf derselben Etage?«

»Warum fragen Sie?«

»Weil Sie sich so anhörten, als ob das etwas Bemerkenswertes sei.«

»Niemand aus der Band oder dem Gefolge darf im selben Hotel wohnen wie er. Nur ich.«

»Und Tussi«, sagte Sarah, die noch immer am Nachhaken war.

Aber Strone gab nichts preis.

»Warum steigt die Band in einem anderen Hotel ab?«, fragte sie.

»Privatsphäre, nehme ich an, damit er nicht rund um die Uhr immer nur John Redford ist. Sie haben doch Ray Waters kennen gelernt. Ein paar der anderen Bandmitglieder sind besser als Ray, ein paar schlechter, aber es sind alles Nörgler, bis auf einen vielleicht – den Keyboardspieler, Stevie Charlton. Der lebt einfach nur, um zu spielen. Er ist wundervoll.« Strone schnaubte anerkennend. »Ihm ist es egal, was er bezahlt bekommt oder wer die größte Hotelsuite hat und dieser ganze Scheiß. Aber alle anderen, die nörgeln ohne Ende. John will einfach nicht von seiner Band oder deren durchgeknallten Freundinnen in einen Hinterhalt gelockt werden.«

»Versteht er sich denn nicht mit der Band?«

»Sie stehen sich nicht sehr nahe, nein. Er macht sein Ding,

und die machen ihres. Sie kommen für den Abend zusammen, und dann läuft's. Außerhalb der Bühne ist die Chemie anders. Er will einfach nicht, dass sie um ein Uhr morgens im Flur um ihn herumwuseln und ihm hinterherschreien.«

Sarah lächelte. »Nachdem ich Ray und Zena kennen gelernt habe, kann ich das gut verstehen. Aber warum hat er dann jetzt gegen die Regel verstoßen und mich im selben Hotel untergebracht?«

Strone zuckte die Schultern. »Keine Ahnung.«

Seine Augen wanderten zur Bühne, auf der Ray Waters und andere – nach der Achtung, die man ihnen zollte, offensichtlich Bandmitglieder – ihre Plätze einnahmen.

»Soundchecks«, erklärte Strone. »In dieser Phase sind die Toningenieure die Kings. Jedes Instrument hat seinen eigenen Verstärker, und der Toningenieur kann den Bass entweder so einstellen, dass er die Leute von den Plätzen pustet, oder so, dass man ihn fast gar nicht mehr wahrnimmt. Es ist eine echte Kunst, die Balance zwischen den Instrumenten richtig hinzubekommen. Und diplomatisches Geschick gehört auch dazu. Diese armen Teufel von Ingenieuren müssen Waters und Co. gegenüber standhaft bleiben, von denen jeder immer nur sein eigenes Instrument verstärkt haben will. Ray würde John am liebsten übertönen, wenn er es könnte.«

»Wo *steckt* John denn?«, fragte Sarah. »Wann macht er seinen eigenen Soundcheck?«

Strone betrachtete Sarah einen Augenblick lang. »Wer weiß? Er ist ein Mann voller Geheimnisse, unser John, nicht wahr?«

Machte er sich über sie lustig, wusste er irgendetwas, oder zog er sie lediglich ein wenig auf – ohne jeden Hintergedanken?

Sarah konnte Strones starren Blick nicht länger ertragen. Sie entschuldigte sich und verschwand in Richtung Damentoilette. Das WC war ein kühler Zufluchtsort nach dem »Maschinenraum« der John Redford Inc. Sie verdrängte

Strone aus ihren Gedanken und dachte stattdessen darüber nach, was es wohl hieß, John Redford zu sein. All diese Leute, die auf seiner Gehaltsliste standen, all die Ausrüstung, all die Vorbereitung. Wie kam Redford mit der Verantwortung für das alles wohl zurecht?

Hinter der Zirkusatmosphäre, dem nach außen hin freien Leben der Roadies, gab es Ehefrauen, Kinder und Hypotheken. Unter dem Sternennebel und der Schminke lauerten Rechnungen und das Gespenst der Arbeitslosigkeit. Redford Inc. war eine One-Man-Show. Niemand sprang für ihn ein, wenn er sich krankmeldete, wenn er einmal nicht mehr weitermachen wollte. Er war in etwas weitaus Größerem gefangen – der Show –, und die musste weiterlaufen. Das hier war Karneval, es war Zirkus, und es hatte all den Pathos eines »Spiel heute, zahl morgen«, das vergängliche Vergnügen der Vorstellung, all der Aufbau und der Abbau, das Vorher und Nachher, das unzählige Male wiederholt wurde, in hundert verschiedenen Städten in den achtzehn Monaten einer Marathon-Welttournee. Das ständige Ankommen und Abreisen, die Heimatlosigkeit, das Gefolge in einem Hotel, der Star getrennt davon in einem anderen. Kein Wunder, dass jeder für sich blieb und nichts einen Wert zu haben schien. Nichts von alledem besaß eine langfristige Konsequenz. Sie kamen in die Stadt und zogen dann weiter. Wie ein plündernder Stoßtrupp.

Sarah schüttelte sich und versuchte, sich von etwas zu befreien, das ihr fast unheimlich vorkam.

31

Die Strobolights glitten über das Publikum hinweg wie Kriegswaffen. Die Menge roch nach Schweiß, nachdem sich der chemische Hauptbestandteil von Parfum in all der Aufregung längst verflüchtigt hatte. Die Augen in der Menge schossen immer häufiger zur Bühne, je näher die Stunde des

Konzertbeginns heranrückte. Sarah spürte die Spannung, die in der Luft lag und die an Hunger erinnerte. Es war eine Sehnsucht, teilweise sexuell, aber mehr als das, es war ein Verlangen nach dem Mann selbst.

Sie beobachtete die Leute um sich herum. Eine Frau in engen Jeans, hochhackigen schwarzen Wildlederstiefeln und einem rosa Pullunder. Stark geschminkt, parfümiert, Lüsternheit im Blick, aufgedonnert und bereit für eine Nacht mit ihrem Liebhaber. Ein Mädchen, nicht älter als vierzehn, mit langem hellem Haar, verwaschenen Jeans, Hoffnung und Staunen in den Augen, die versuchte, ihr Sehnen vor der Mutter und deren abgestumpftem Sinn für Kultur zu verbergen.

Die Menge verstummte, als drei schwarze Background-Sängerinnen, die kurze, enge, mit Ziermünzen besetzte Kleider trugen, mit schwingenden Bewegungen die Bühne betraten und ihre Plätze einnahmen. Sie wiegten sich gemeinsam zu einem fast unhörbaren Takt.

Sarah zuckte zusammen, als John Redford auf die Bühne kam. Um sie herum erhob sich die Menge, brüllte und schrie. Adrenalin jagte durch Sarahs Körper, als seien sie und die Menge an ein und dieselbe Energiequelle angeschlossen. Redford trug Jeans und ein weißes T-Shirt, dazu Cowboystiefel. Er sah umwerfend aus. Sein Gesicht war strahlend und wild. Er hob eine Hand, und hinter der Bühne ertönte ein Tusch. Die Mitglieder seiner Band betraten die Bühne und nahmen ihre Plätze ein, an Schlagzeug, Keyboard, Leadgitarre, Bassgitarre, Altsaxofon, Tenorsaxofon, Trompete und Violine. Die Scheinwerfer beleuchteten einen Musiker nach dem anderen. Als sich das Gejohle der Menge allmählich legte, lief ein Roadie nach vorn und reichte John Redford seine Gitarre. Redford trat wieder ins Rampenlicht und begann zu singen. *Komm zu mir*, einen hymnenartigen Rockrhythmus, der die Menge aufpeitschte.

Redford sang, grölte, rannte über die Bühne. Es lag etwas ungemein Erotisches in der Art, wie er Gitarre spielte. Sie hing in der Leistengegend, und die Bewegungen seiner Finger, die die Saiten zupften, beschworen Erinnerungen und Fantasien gleichermaßen herauf. Schweiß begann auf seinen Armen zu glänzen, über sein Gesicht zu rinnen. Sarah konnte den Schweiß von ihrem Platz in der ersten Reihe aus sehen, sie konnte ihn auf seinem Gesicht glänzen sehen. Sie erinnerte sich daran, wie er schmeckte.

Zum ersten Mal sah Redford in die Menge. Seine Augen glitten über das Meer von Gesichtern. Sie spürte, wie sie sich nach seinem Blick sehnte. Sie war so nah, vielleicht drei Meter von ihm entfernt, doch er, ob zufällig oder absichtlich, sah sie nicht an.

»Guten Abend«, sagte er mit einem komplizenhaften Lächeln, mit leiser Stimme, scheinbar äußerst selbstbewusst. Die Menge grölte.

»Es ist herrlich, hier zu sein, an einem so intimen Ort wie dem Beacon. Das heißt nämlich, ihr könnt mich sehen, aber wisst ihr was?« Die Menge johlte erneut, als wäre sie ein unterwürfiges junges Hündchen, das das Spiel aufnimmt.

»Es heißt, dass ich *euch* sehen kann«, erwiderte Redford auf weiteres Johlen, »und nicht nur das, sondern ich kann euch auch hören.« Er lächelte und setzte zu einer sanften Parodie an. »*Er sieht gut aus, sieht jünger aus. Was hat er da bloß mit sich machen lassen?* Oder: *Sieh bloß seine Muskeln an. Er ist wirklich der harte Mann der Rockmusik. Ich frage mich, ob er bis unten hin hart ist?* Oder: *Ob er wirklich sieben Stunden lang kann?* Nun, ich kann euch sagen, ich habe den tantrischen Sex aufgegeben«, verkündete er. »Ich mache jetzt tantrische Einkäufe. Sieben Stunden lang Einkäufe machen, ohne tatsächlich etwas zu kaufen.« Die Menge brach in schallendes Gelächter aus.

Das war der Punkt, an dem die Leidenschaft und das Geschäft des Rock aufeinander trafen. Redford war der Sänger, der Künstler, all diese leicht abgegriffenen und doch kostbaren Titel erlangten auf einmal Bedeutung in der Person von John Redford, der über die Bühne schritt wie ein

Koloss, der den Leuten gab, wonach sie sich sehnlichst verzehrten. Zu Beginn einer Vorstellung gibt es immer einen Augenblick, an dem sie eine von zwei Richtungen einschlagen kann. Das Publikum sieht zu, mit verhaltenem Atem, und wartet, ob der Künstler seiner Zuhörer auch würdig ist. Eine Stimmung, die es schon bei den Christen und den Löwen im alten Rom gegeben haben muss. Wenn der Künstler täuscht und verführt, dann kann er leben. Wenn er als freier Mann anfängt, dann versklavt er seine Zuhörer, indem er sie täuscht. Wenn es ihm nicht gelingt, ihnen einen meisterlichen Eindruck von sich zu vermitteln, dann wird sich das Publikum von ihm abwenden, ihn der Lächerlichkeit preisgeben und zerreißen. So groß war Redfords Ruf, dass sein Schicksal niemals in der Schwebe zu sein schien, nicht einmal für einige wenige, entscheidende Sekunden. Aber es war der Mann selbst, nicht sein Image oder sein Ruf, wodurch das Publikum von anfänglichem Respekt zu sklavischer Hingabe gebracht wurde.

Sarah beobachtete, wie er an den Rand der Bühne trat und mit langen, kräftigen Zügen aus einem Glas etwas trank, was nach Wasser mit Zitronenscheiben aussah. Sie verspürte einen Stich, als sie ihn etwas so Prosaisches tun sah. Er kehrte in die Mitte der Bühne zurück und sang noch drei Rocksongs, in schnellem, wildem Tempo. Die Bühne war ein Kraftfeld. Was Sarah nicht erwartet hatte, das war die Tatsache, wie all die einzelnen Instrumente und Künstler innerhalb des Ganzen lebten. Auf einer CD, mochte die Qualität auch noch so gut sein, klang die Musik im Vergleich immer wie aus der Konserve, eine fade Mischung. Aber live fand jedes Instrument seine eigene Stimme, und so entstand eine Alchemie des Sounds.

Auf der Bühne erreichten alle Künstler, sogar Ray Waters, eine gewisse Würde, aber Redford stand immer noch über ihnen, der unangefochtene King. Sarah dachte über seinen langen Weg zum Superstar nach, an die Tage, als er sich noch einen Namen machen musste, an das Selbstgefühl und die

Zweifel, daran, wie ein Junge, der so viel gelitten hatte wie er, sich wieder hochrappelte, die Kraft fand, eine Bühne zu beherrschen. Das war etwas, was sie niemals könnte. In ihr steckten zu viele Zweifel und zu viele Schatten.

Auf einmal wurde die Bühne in Finsternis getaucht. Als ein einziger Scheinwerfer erneut erstrahlte, stand Redford in der Mitte der Bühne, allein mit seiner akustischen Gitarre. Er setzte zu seiner ersten Ballade an: *Wie*. Er bewegte sich langsam, tanzte für sich allein, sang mit leiser Stimme, die vor Schmerz fast krächzte. *Wie konnte ich tun, was ich tat? Wie konnte ich sagen, was ich sagte? Wie konnte ich unsere Liebe töten?* Sarah beobachtete sein Leiden, spürte seinen Schmerz, fragte sich, für wen er da wohl sang.

Sie beobachtete die Leute in ihrer Umgebung, sah, wie sie ihres Schutzes beraubt wurden. Die zur Bühne erhobenen Gesichter wurden zu Bildschirmen, über die Gefühle flackerten, ungehindert, ungeschützt. Ihre nackte Verletzbarkeit war auf eine seltsame Weise ergreifend. *Wie kann ich dich zurückgewinnen? Wie werde ich dich diesmal lieben, gib mir nur diese eine Chance.* Es war eine Verführung, langsam, gekonnt und wissend. Jeder Takt eine Liebkosung, jedes Wort ein Kuss, und als Wort, Musik und Bewegung ineinander verschmolzen, da war es die höchste Vollendung.

Sarah ging selten in Konzerte, hatte sich instinktiv stets von ihnen fern gehalten. Menschenansammlungen waren ihr von jeher verdächtig: egal, ob in Kirchen oder in Aerobic-Kursen. Irgendwie befürchtete sie, es gebe etwas in ihr, das nicht gegen Massenhysterie immun war. Aber sie sehnte sich – genau wie jeder andere – nach einem Zustand der Selbstvergessenheit, danach, in den Armen eines Menschen zu liegen, der sie verstand, der ihrem Schmerz in Liedern Ausdruck verlieh, der ihn hervorholte und ihn in etwas Schönes verwandelte. Jetzt gab sie sich dem völlig hin.

Jetzt konnte sie erkennen, dass der Hunger der Menge ein Hunger nach Sinn war, nach der Welt, die John Redford schuf, nach den Orten, an die er sie mitnahm. Er zeigte ihnen ihre Seelen, er zeigte ihnen ihre Herzen, er veredelte ihre Gefühle, sprach die Worte, die sie selbst nicht sprechen konnten. Er lebte das Leben, von dem einige von ihnen träumten. Er war ihr Prinz, ihr Messias, aber auch ein Mann des Volkes. Er hatte ihr Leben gelebt, ihre Träume geträumt, ihren Schmerz erfahren. Vergoldete Schmerzen, so etwas gab es nicht. Sein Geld, sein Erfolg, sein Talent – nichts trennte ihn von ihnen. Er hätte sie überallhin führen können.

Sarah verspürte insgeheim ein prickelndes Gefühl, dass sie diesen Mann kannte, dass ein Teil dieses Mannes in Form ihres Sohnes für immer ihr gehören würde. In diesem Augenblick fiel Redfords Blick genau auf sie. Sie versuchte wegzuschauen, aber es gelang ihr nicht. Seine Augen hielten sie in einem Strom sexueller Energie gefangen, die so rein und unverfälscht war, dass sie fast das Gefühl hatte, sie könnte auf der Stelle kommen. Den Blick noch immer auf sie gerichtet, begann er zu singen, *Vollkommene Nacht*.

In einer vollkommenen Nacht kamst du zu mir,
mit deinem unsicheren Lächeln,
du hieltest inne auf deiner wilden Flucht,
und du verbrachtest sie mit mir.

Nur du und ich und der singende Wind,
die Wölfe als Beschützer,
die Sterne leuchteten uns den Weg,
und du hast mich mit Scherben zurückgelassen.

Du hast mir zugelächelt, du hast mein Gesicht
gekiisst,
du hast der Natur ihren Lauf gelassen,
und du bist spurlos verschwunden,
hast mich zurückgelassen mit nichts als der
Erinnerung
an eine vollkommene Nacht.

Sarah hatte dieses Lied bestimmt schon ein Dutzend Mal gehört, ohne jedoch auf die Worte zu achten. Heute Abend jedoch schien John Redford es mit außergewöhnlicher Deutlichkeit zu singen, denn sie verstand jedes einzelne Wort, als sei es allein für ihre Ohren bestimmt. Ihr Gesicht brannte. Er *musste* einfach über die eine vollkommene Nacht singen, die sie beide gemeinsam verbracht hatten. Sie wollte es gleichzeitig glauben und von sich weisen. Jede Nuance seiner Worte beschwor die Erinnerung an ihre gemeinsame Nacht herauf. Als die letzten Gitarrenklänge langsam verhallten, war sie völlig in ihren Erinnerungen versunken.

Sie zuckte zusammen, als ihr jemand auf die Schulter klopfte. Strone stand neben ihr. »Kommen Sie mit«, flüsterte er. Er nahm Sarahs Arm und zog an ihm. Sarah war dankbar für den Antrieb, den Strone ihr gab. Sie hatte das Gefühl, als wäre sie ohne ihn, noch immer glückselig in der Schönheit ihres Traums gefangen, außer Stande gewesen, sich vom Fleck zu bewegen. Security-Leute bahnten ihnen einen Weg. Strone brachte Sarah an den Rand der Arena, um die Bühne herum, eine Treppe hoch, auf die Bühne selbst. Sie konnte Staub riechen, der im Licht der Scheinwerfer köchelte. Sie konnte Samt riechen, als sie neben fünfundzwanzig Meter hohen Vorhängen stand. Sie beobachtete Redford, wie er seine Zugabe sang: *Lauf fort*.

Sie stand hinter der Bühne und starrte auf das Meer von Gesichtern hinter den Lichtern. Zum ersten Mal sah sie, was Redford schon tausendmal oder öfter gesehen haben musste. Eine gewaltige Bühne, eine leere, einsame Weite. Tausende von Leuten, alle deinetwegen da. Hier konzentrierten sich der Hunger und die Liebe der Menge auf einen einzigen kleinen Menschen, der den Saal mit sich selbst füllte. Er gab der Menge, was sie wollte, gab ihr das, weswegen sie ihn verehrte. Sarah strich sich das Haar aus dem Gesicht. Wie in aller Welt konnte er dabei noch bei Verstand bleiben?

Strone beobachtete sie.

»Jetzt sehen Sie es, was?«, fragte er. »Worum es bei ihm geht.«

Sarah nickte. Sie fühlte sich wie in einem Traum, in dem sie versuchte, vor der Gefahr zu fliehen, während ihre Füße in süßem Sirup steckten. Sie wollte nicht nackt sein wie die Menge. Sie wollte nicht, dass Strone ihre Gefühle sah. Sie versuchte in Gedanken wegzurennen, fort von diesem Zustand des Verlassenseins, zurück zu geistiger Gesundheit. Gemeinsam standen sie da und beobachteten Redford, bis er zwei weitere Zugaben gesungen hatte. Schließlich verließ er, nach einer heroischen zweieinhalbstündigen Vorstellung, die Bühne. Sie starrte in den Raum, den er ausgefüllt hatte, fühlte sich fast, als sei sie irgendwie neben ihm aufgetreten. Es war ein Gefühl von Katharsis, wie es sich die alten Griechen nicht besser hätten erträumen können. Sie fühlte sich verzückt und ausgelaugt zugleich. Strones Hand legte sich ihr sanft auf die Schulter.

»Schon gut. Wir haben alle einmal an diesem Punkt gestanden. Als ich John das erste Mal in einem Konzert sah, da glaubte ich, ich würde eine Woche lang kein Wort mehr sprechen können. Er hat mich zu Tränen gerührt. Aber schließlich muss ich doch ein paar Worte hervorgebracht haben, denn noch an demselben Abend habe ich ihn vertraglich verpflichtet.«

Sarah wandte sich zu ihm um, mit glänzenden Augen. »Tatsächlich? Wann war das denn?«

»Das ist 'ne lange Geschichte. Kommen Sie. Ich lade Sie zum Essen ein und erzähl Ihnen alles darüber.«

32

Kurze Zeit später überquerten sie die Brooklyn Bridge.

»Ich lade Sie zu Pierre's ein. Dort gibt's die besten Steaks mit Pommes frites in der ganzen Stadt und eine fantastische Weinkarte.« Ein entsetzter Ausdruck huschte plötzlich über sein Gesicht. »Sie sind doch nicht etwa Vegetarierin, oder?«

»Fleisch fressend, durch und durch.«

»Gott sei Dank.«

Sarah saß Strone gegenüber. Sie trank die zweite Nacht hintereinander hervorragenden Rotwein. Heute Abend herrschte beim Essen eine angenehme anonyme Atmosphäre. Niemand schenkte ihnen mehr Aufmerksamkeit, als Sarah üblicherweise zuteil wurde.

»Was ist mit John?«, fragte sie Strone. »Müssen Sie denn nicht zu ihm? Er kann doch nach alledem nicht allein bleiben?« Sie hielt einen Augenblick inne, ein kurzes, verlegenes Lächeln auf den Lippen. »Obwohl, ich nehme an, er ist gar nicht allein. Vermutlich hat er fünfzigtausend Geliebte, unter denen er auswählen kann, allein schon in einer Stadt.«

Strone lachte. »Glauben Sie bloß nicht an dieses alte Klischee. Der Rockstar und seine Groupies.«

»Warum nicht? In Klischees steckt meist ein wahrer Kern, und denken Sie doch bloß an Mick Jagger.«

»Ja, na ja, das hat John hinter sich gelassen.«

»Und was macht er jetzt?«

»Im Allgemeinen viel oberflächliches Händeschütteln. Manager von Plattenfirmen, Freunde, Journalisten, aber nicht heute Abend. Diese Vorstellung heute Abend hat er nur für sich selbst gegeben, weil es ihm Spaß macht, an einem kleinen Veranstaltungsort aufzutreten und nicht in einem Zoo. Heute Abend kommt er also allein runter. Meditiert. Macht sein Yoga und seine Atemübungen, trinkt ein großes Glas Karottensaft und geht zu Bett.«

»Allein?«

»Zurzeit hat er keine Freundin, das heißt, ja, er geht allein zu Bett«, erwiderte Strone geduldig, während er Sarah neugierig ansah.

»Es kommt mir so einsam vor«, sagte sie, während ihr Herz unfreiwillig schneller schlug, »nach einer solchen Vorstellung, all der Liebe dieser Leute, nachdem er sich für sie Herz und Seele aus dem Leib gesungen hat, geht er zurück in sein anonymes Hotelzimmer, allein.«

»Es *ist* einsam. Was meinen Sie, weshalb ich den Burschen liebe? Was meinen Sie, weshalb ich jetzt hier bin, allein, ohne eine feste Beziehung, anstatt nach Hause zu fahren, irgendwohin, wo's gemütlich ist, zu einer Frau und Kindern?«

»Sie lieben ihn?«, fragte Sarah überrascht.

»Natürlich liebe ich ihn. Ich habe ihn gefunden, als er noch ein Junge war. Sechzehn Jahre alt.« Er lächelte. »Ich war praktisch selbst noch ein Kind; sechsundzwanzig. Jedenfalls, da war er und sang sich in einer Bar in Jackson Hole, Wyoming, das Herz aus dem Leib, und mir ist es im wahrsten Sinn des Wortes eiskalt über den Rücken gelaufen. Ich wusste, *das* war es. Seitdem habe ich alles miterlebt. Seine Höhen und Tiefen, ich habe seinen Ehrgeiz erlebt, seinen Mut. Ich habe sein Talent erlebt, roh und wild, und ich habe erlebt, wie er es zu dem Zauber entwickelt hat, den Sie heute Abend mitbekommen haben. Sie haben noch nie so etwas wie ihn erlebt, stimmt's?«

Sarah schüttelte den Kopf. »Es war unbeschreiblich.«

»Wir waren immer füreinander da, all die Jahre hindurch«, fuhr Strone fort. »Ich kenne beide Seiten. Ich kenne den Ruhm und die Verehrung, und ich kenne den Schmerz, die Einsamkeit und das Opfer.«

»Was für ein Opfer?«, fragte Sarah.

»Die Verblödung«, antwortete Strone ungeduldig, als sei die Antwort offenkundig. »Diese völlig verrückte Achterbahnfahrt, die dieses Ding namens Rock 'n' Roll ist.«

»Wieso Verblödung?«, fragte Sarah.

»Weil Ruhm gefährlich ist. Er raubt einem den Verstand, treibt einen manchmal in den reinsten Wahnsinn.«

»Sie und John?«

»Mich und John.«

»Und wie äußert sich das?«

Strone sah sie an, dann wandte er den Blick ab und verbarg seine Antwort hinter verschwommenen Augen.

»Warum tun Sie beide es dann?«, fragte Sarah. »Warum zieht John sich nicht einfach aus dem Geschäft zurück?«

Strone lachte. »Sie haben ihn doch dort oben gesehen. Sie haben gesehen, was er gesehen hat, haben die Menge gespürt. Können Sie sich vorstellen, wie es ist, wenn man der Künstler ist? Der Kick, die Macht, das Highsein. Das ist die süßeste Droge, die man je nehmen kann, die größte Liebe, die Sie je empfinden werden.«

Nicht einmal annähernd, dachte Sarah, in Gedanken bei Georgie.

»Erzählen Sie mir genauer, wie Sie ihn kennen gelernt haben«, sagte Sarah, während sie in ein Stück blutiges Steak biss.

Strone trank einen kräftigen Schluck Wein, und seine Augen nahmen einen wehmütigen Ausdruck an. Sarah staunte über die Verwandlung, die in ihm vorging. Redfords Auftritt hatte eine andere Seite von Strone zum Vorschein gebracht, und vielleicht fühlte er sich freier, diese Seite zu zeigen, da er Sarahs Reaktion auf seinen Star gesehen hatte. Es war, als hätte sie eine Art Initiationszeremonie durchlaufen und sei nun Teil des Stammes.

»Es ist jetzt zwanzig Jahre her. Ich hatte fünf Jahre lang als Buchhalter gearbeitet und hielt es nicht mehr aus.« Er bemerkte Sarahs überraschten Blick. »Ich weiß, ich weiß, ich seh nicht aus wie ein Buchhalter. Aber wer sieht schon aus wie das, was er ist? Bitte schütten Sie mir nicht den Wein ins Gesicht«, sagte er vorsichtig, »aber wie ich bereits zu äußern wagte, sehen Sie auch nicht aus wie eine Bankerin.«

Sarah lächelte. »Hab verstanden.«

»Jedenfalls, Buchhaltung allein, das hab ich irgendwann nicht mehr ausgehalten. Also dachte ich, ich könnte es vielleicht als Grundlage benutzen, um irgendwo anders Fuß zu fassen, mit etwas, womit ich mehr anfangen konnte. Für Musik hatte ich schon immer eine Schwäche, und daher hatte ich irgendwie diesen Traum, dass ich einen Star finden und ihn managen könnte. Oder sie. Eines Tages hab ich dann einfach meine Sachen gepackt und bin gegangen, hab meinen Job in New Jersey gekündigt und mich auf den Weg in den

Wilden Westen gemacht. Ich dachte, wenn es irgendwo einen Ort gibt, an dem Träume wahr werden, dann dort. Also bin ich einfach durch die Gegend gereist, nach Lust und Laune irgendwohin, ohne wirklich zu überlegen, wo ein Talent schlummern könnte. Hab mich einfach treiben lassen. Jedenfalls, nach etwa einem Jahr bin ich in Wyoming vor Anker gegangen, in Jackson. Ich war fast völlig pleite, also habe ich in Heuschobern geschlafen und von Frühstücken in Trucker-Cafés und Erdnüssen in Bars gelebt. Eines Abends bin ich in diese eine Kneipe gegangen, Sägemehl auf dem Boden, Raubeine an der Bar, und am anderen Ende des Raums sah ich diesen Jungen, der sich, eine Gitarre in der Hand, zwischen den Tischen hindurchschlängelte, offensichtlich auf dem Weg zur Bühne. Ich hatte gefunden, was ich suchte. Ich wusste es, noch bevor er den Mund aufgemacht hatte, bevor er auch nur einen Takt gespielt hatte. Er hatte einfach etwas. Er war jung und schön, und er hatte diese Wildheit, aber auch ein Pathos in den Augen, als hätte er die Welt begriffen, mit seinen sechzehn Jahren. Und dann machte er den Mund auf.« Strone lächelte und zuckte die Schultern, als gäbe es nichts mehr zu sagen. »Danach bin ich auf ihn zugegangen, hab mich vorgestellt, hab praktisch meinen letzten Dollar springen lassen, um ihm einen Drink auszugeben.«

»Und was geschah dann?«

»Ich hab ihm gesagt, ich könnte einen Star aus ihm machen. Er hat gefragt, wer zum Teufel ich sei, woher ich denn käme. Was ich in Jackson verloren hätte, wo ich wohnte. Ich bin das Risiko eingegangen und hab ihm erklärt, ich würde in Heuschobern pennen. Er lachte schallend los, sagte, das sei gut. Jedenfalls, er muss in mir auch irgendwas gesehen haben, denn ich hab einen Vertrag auf die Rückseite einer Serviette gekritzelt, und er hat ihn unterzeichnet.«

»Spontan«, sagte Sarah nachdenklich.

»Ja, das war er, aber Sie müssen verstehen, ihm hatte schon lange niemand mehr gesagt, dass er für irgendetwas gut ist, und er hatte nichts in Jackson, keinen Grund, dort zu bleiben, bis auf seinen Bruder, und der kam mit uns mit.«

»Seine Eltern waren beide schon tot«, sagte Sarah.

»Das hat er Ihnen erzählt?«

Sarah nickte.

Strone sah sie scharf an. »Normalerweise redet er nicht darüber.«

Sarah zuckte die Schultern. »Ja, nun. Er ist nicht ins Detail gegangen, und ich hätte ihn auch nicht darum gebeten. Wie alt war sein Bruder denn damals?«

»Vierzehn.« Strone betrachtete sie noch immer misstrauisch, als hätte sie eine Art Bollwerk durchbrochen.

»Und wohin sind Sie dann alle gefahren?«

Strone lächelte. »Zu meiner Mutter nach Jersey City. Wir mussten alle aufgepäppelt werden, ein bisschen verhätschelt. Das konnte meine Mutter sehr gut.«

»Konnte?«, fragte Sarah sanft.

»Krebs. Letztes Jahr.«

»O Gott, Strone. Das tut mir Leid.«

Er winkte mit zusammengekniffenen Augen ab, sagte aber nichts. Sarah half ihm aus seiner Lage. »Und dann sind Sie zu *Melody, Music, Entertainment* gegangen.«

Strone nickte. »John hat vor dem Geschäftsführer gesungen und Gitarre gespielt. Ich habe darauf bestanden, dass er ihn persönlich empfing, keine Demokassette. Er musste John einfach selbst erleben.«

»Wie haben Sie das geschafft? Sie waren ein unbekannter ehemaliger Buchhalter mit einem unbekannten Teenager.«

»Ich war sehr überzeugend.« Er lächelte. »Ich bekomme meistens, was ich will.«

»Meistens?«, hakte Sarah nach.

»Die Lappalien habe ich unberücksichtigt gelassen. Wenn es drauf ankommt, dann bekomme ich *immer*, was ich will.«

»Ja, genau. Erzählen Sie mir bloß nicht, dass Sie auch noch unsterblich sind.«

»Hier gibt es nur eine Göttin«, erwiderte er.

»Nicht mich«, sagte Sarah. »Ich habe die Illusion, unsterblich zu sein, längst verloren.«

Strone lächelte. »Wer würde Sie vermissen, wenn es Sie nicht mehr gäbe? Das ist die Frage, die wir uns alle stellen sollten.«

Sarah dachte an Georgie, und zu ihrem Entsetzen füllten sich ihre Augen mit Tränen. Strone streckte einen Arm über den Tisch aus und griff nach ihrer Hand.

»Hey, Entschuldigung«, sagte er, auf einmal ängstlich und besorgt.

Sarah zog ihre Hand zurück und wischte die Tränen weg. »Es ist schon gut. Ich bin einfach ein bisschen gefühlsduselig. Hat nichts mit Ihnen zu tun, keine Sorge.«

Strone lächelte ihr sanft zu. »Sie sind eben doch nicht so knallhart, wie Sie rüberkommen, was? Wer immer es ist, den Sie so sehr lieben, er ist ein echter Glückspilz«, sagte Strone.

Sarah wandte sich ab. Diese Nähe wurde ihr allmählich zu viel. Redford hatte sie, durch sein Konzert, geöffnet, wie nur er es konnte, und sie fürchtete sich vor dem, was nun womöglich sichtbar war.

33

Der Roomservice weckte Sarah um sechs Uhr morgens mit dem Frühstück. Mit verschlafenen Augen schlüpfte sie in einen Morgenrock, ließ ihn ins Zimmer und unterzeichnete die Rechnung. Sie fühlte sich nicht nur erschöpft, sondern stand völlig neben sich. Die Brüste taten ihr noch immer weh, und sie verspürte diese losgelöste, nervöse Benommenheit, die meist eine Hormonattacke anzukündigen pflegte. Mrs. V. mit ihren ernsten Warnungen, nicht zu schnell abzustillen, hatte nur allzu Recht behalten. Ein schöner Trost war das, dachte Sarah. Sie warf einen sehnsüchtigen Blick auf den Teller, auf dem sich die Gebäckstücke türmten, doch bevor sie zulangte, zwang sie sich, bei ihrer Bank in London anzurufen und einen Eiltransfer in Höhe von fünfzehntausend Dollar zu veranlassen. Nachdem die Suite schon 2000 Dollar die Nacht kostete, würde sie es nicht so weit kommen lassen, dass ihr hier das Geld ausging, oder in Paris, ihrer nächsten Station.

Sie rieb sich die Augen, schenkte sich Kaffee ein und rief Jacob an. Alles war in bester Ordnung. Georgie gluckste ihr übers Telefon sogar irgendetwas zu. Sarah sprach etwa fünf Minuten mit ihm, bevor sie auflegte. Sie biss sich auf die Lippe, stand auf, ging im Zimmer auf und ab und starrte mit leerem Blick durchs Fenster auf die Skyline von Manhattan. Dann zwang sie sich, Platz zu nehmen, schenkte sich noch einen Kaffee ein, biss in ein Croissant und begann, an Redfords Finanzunterlagen zu arbeiten. Sie hielt etwa eine Stunde durch, dann rief sie Savage an.

»Was gibt's?«, fragte er.

»Auf der negativen Seite nichts. Auf der positiven ist er ein *unglaublicher* Künstler. Sein Konzert gestern Abend war umwerfend – zweitausend Leute, die in seinem Bann standen.«

»Hat er Sie bekehrt?«

»Ich bin eine Heidin, James, schon immer gewesen, und ich werde es auch immer bleiben. Was haben Sie für mich?«

»Drogen«, erwiderte Savage und ließ eine lange Pause eintreten, um Sarahs Reaktion abzuwarten. Als sie nichts sagte, war er gezwungen, weiterzusprechen. »Eine lang anhaltende Sucht, allem Anschein nach. Ist seit drei Jahren clean, seitdem war nichts. Unstabiler Hintergrund. Mutter kam bei einem Autounfall ums Leben, Vater hat sich ein paar Jahre später das Leben genommen. Hat sich das Gehirn weggepustet. Redford hat die Leiche gefunden.«

»O nein.« Einen Augenblick lang war Sarah geblendet vom Bild ihrer Eltern, die tot, in sich zusammengesackt, auf den Vordersitzen ihres Wagens saßen, während sie und ihr Bruder eingeschlossen und verletzt auf der Rückbank lagen. Sarah kannte Redfords Schmerz, wusste, dass es unmöglich war, je darüber hinwegzukommen. Drogen, Huldigungen oder Adrenalin, in welchen Mengen auch immer, würden nie genug sein.

»Glauben Sie, er ist clean?«, fragte Savage, womit er ihr, ohne es zu wissen, die Möglichkeit gab, das Gespräch in eine andere Richtung zu lenken.

»Sieht unglaublich gesund aus. Es würde mich sehr wundern, wenn er welche nimmt. Ich werde die Sache im Auge behalten. Ist das ein Problem für Sie?«

»Ich glaube, nicht – ich hoffe, nicht. Er ist ein Rockstar, Drogen sind da gang und gäbe, und jedenfalls scheint er ja davon losgekommen zu sein. Wenn wir feststellen sollten, dass er rückfällig geworden ist, werden wir entscheiden müssen, ob wir damit leben können oder nicht.«

»Zamaroh nimmt's gelassen?«

»Sie steht voll hinter ihm.«

Sarah dachte an den toten Vater der Iranerin. Hier hatten sie alle also etwas gemeinsam, sie waren alle durch den Tod vereint.

»Breden hat diese Drogengeschichten aufgespürt, nehme ich an?«

»So ist es.«

»Ist er heute bei Goldsteins?« Breden genoss das seltene Privileg, ein Büro auf der Etage des Vorstandsvorsitzenden benutzen zu dürfen.

»Ja. Möchten Sie mit ihm sprechen?«

»Bitte.«

»Gestatten Sie, dass ich Sie verbinde«, sagte Savage sarkastisch.

Für jemanden, der seine Sekretärin sogar bat, die Nummer seiner Frau für ihn zu wählen, fand Sarah, war das eine herausragende Dienstleistung.

»Ja, Sarah, wie geht's Ihnen?«, fragte Breden schwungvoll.

»Ich bin völlig geschafft. Im Gegensatz zu Ihnen. Hören Sie, ich weiß nicht genau, was für einer Sache ich hier auf der Spur bin, aber es gibt da einen Burschen in Redfords Gefolge, Jim O'Cleary, Security-Chef. Irgendetwas an ihm kommt mir komisch vor, ich weiß einfach nicht, wer er eigentlich ist. Kann leider nichts Genaueres sagen. Es ist nur so ein Gefühl, aber ich dachte, vielleicht könnten Sie einen Ihrer unzähligen Kontakte dazu nutzen, ihm ein bisschen auf den Zahn zu fühlen?«

»Für Sie und Ihre Gefühle tue ich doch alles.«

Ein Klopfen an der Tür unterbrach ihre Gedanken, während sie sich gerade eine Antwort zurechtlegte; sie war schon in Versuchung, etwas Scharfes zu entgegnen, doch dann rief sie sich in Erinnerung, dass sie hier schließlich um Zusammenarbeit bat.

»Äh, hören Sie, da ist jemand an der Tür, ich muss Schluss machen – danke, Dick.« Sie legte auf und eilte durchs Zimmer. Ein Hotelpage wartete mit einem Umschlag.

»Für Sarah Jensen. Dringend«, sagte er und hielt ihn ihr entgegen. Sarah gab ihm ihr letztes Kleingeld und machte die Tür zu. Sie riss den Umschlag auf. Ein einzelnes Stück Papier flatterte heraus. Darauf standen sieben schlichte, maschinengeschriebene Worte:

An Sarah Jensen

Mach weiter und stirb.

Sie ließ sich aufs Sofa plumpsen, den Zettel in der Hand. Adrenalin ließ ihr Herz schneller schlagen und bewirkte ein Prickeln auf ihrer Haut, von dem ihr speiübel wurde. Sie wollte den Zettel zusammenknüllen und in den Papierkorb werfen. Ihn mit einem *Scheiß-drauf*-Trotz ignorieren. Aber sie konnte den Mut zur Rebellion nicht aufbringen. Sie war zu verängstigt.

Sie wartete, bis sich die Furcht ein wenig legte und von einer unterschwelligen Wut darüber abgelöst wurde, dass ein Stück Papier und irgendein Feigling, der sich dahinter verbarg, sie in einen solchen Zustand versetzen konnte. Wer zum Teufel steckte dahinter? In Gedanken ging sie die verschiedenen Möglichkeiten durch. Irgendein Verrückter, der an einem freien Vormittag nichts Besseres zu tun hatte; irgendein Verrückter, der ihren Namen kannte, der sie warnen wollte. Wovor? Ihre Ermittlungen fortzusetzen? Aber außerhalb von Goldsteins wusste niemand davon, nur Jacob, und der hätte nie im Leben irgendjemand anders etwas von ihrem wirklichen Auftrag erzählt. Innerhalb von Goldsteins wussten lediglich Savage, Zamaroh und Breden Bescheid, und keiner von ihnen hatte irgendeinen Grund, sie zu verraten.

Aber *wenn* jemand sie verraten hatte, wer bedrohte sie dann – und warum? Redford konnte es nicht sein. Die Notiz wirkte unnormal, fast unreif. Wenn Redford versuchte, irgendetwas zu vertuschen, dann würde eine solche Warnung Sarah doch lediglich anstacheln, noch tiefer zu stochern. Wie auch immer, er wollte das Geschäft, er brauchte es, und er brauchte Sarah auf seiner Seite. Wenn er etwas zu verbergen hatte, dann war eine Vertuschung die beste Methode, nicht Drohungen. Und diese Notiz war ohnehin nicht sein Stil. Sie konnte sich beim besten Willen nicht vorstellen, dass er anonyme Drohungen aussprach.

Sie warf den Zettel beiseite und rieb sich die Augen. Mein Gott, was heißt hier Verblödung. Das Problem bei ihrem Job war, dass die Bandbreite menschlicher Verhaltensweisen so weit gesteckt und unübersichtlich war, dass man, wenn man sie analysierte, leicht überschnappen konnte, dass man nach immer komplexeren Interpretationen suchte, wenn manchmal die einfachste und nächstliegende Erklärung die richtige war, dass man überall Dämonen sah, immer das Schlechte in den Menschen suchte.

Sie starrte die Notiz an. Vielleicht war es ein geistig verwirrter Fan, der sie und Redford zusammen gesehen hatte. Sie musste an Ray Waters denken. Er hatte angenommen, sie sei Redfords *Tussi*. Wer hatte das sonst noch angenommen? Redfords gesamte Crew musste sie gestern Abend mit Strone im Beacon gesehen haben. Der Klatsch würde sich wie ein Virus in der inzestuösen Crew ausbreiten. Jeder von ihnen hätte es sein können, oder ein eifersüchtiger Groupie. Könnte es vielleicht sogar Strone selbst gewesen sein, der sie davor warnen wollte, seinen Star anzutasten? Höchst unwahrscheinlich. Erstens einmal schien es nicht dem zu entsprechen, was sie allmählich über die Persönlichkeit des Managers erfuhr, und zweitens würde Strone als Redfords Manager zehn Prozent des Erlöses aus der Wertpapieremission bekommen. Möglicherweise glatte zehn Millionen.

Dann schoss ihr auf einmal ein seltsamer Gedanke durch den Kopf. Vielleicht war es die undichte Stelle. Schließlich flogen viele Mitglieder des Händlerteams alle paar Wochen nach New York und zurück. Vielleicht war ihr Täuschungsmanöver bis zu ihm durchgesickert. Scheiße, es konnte jeder sein.

Sie musste an Strones Worte denken – *Wer würde Sie vermissen, wenn es Sie nicht mehr gäbe?* – und unterdrückte ein Schaudern.

34

Sarah zählte 4335 Dollar in bar ab. Der Kassierer sah ihr angewidert zu. Das Geld bestand aus Zwanzigern, die Sarah eine halbe Stunde zuvor bei der Citibank am Ende des Blocks abgeholt hatte, um ihre Rechnung zu bezahlen.

John Redford tauchte leise hinter ihr auf und flüsterte ihr etwas ins Ohr. »Bist du eine Drogenschmugglerin?«

Sie schnellte herum und funkelte ihn an. Wie er dort neben ihr stand, die Hände in die Taschen einer abgewetzten Lederjacke vergraben, war er auf einmal wieder menschlich; den gottähnlichen Künstler hatte er auf der Bühne zurückgelassen.

»Mach das *bloß* nicht noch mal!«, zischte sie. »Ich hätte fast einen Herzinfarkt bekommen. Was ist denn los mit dir und Strone? Er hat gestern genau dasselbe mit mir gemacht.«

Redford lächelte. »Was soll das viele Bargeld?«

»Mir ist die Brieftasche geklaut worden«, fuhr sie ihn an.

Auf einmal wurde Redford ernst. »Wo? Von wem?«

»Eine Taschendiebin der gehobenen Gesellschaft. Sie hat auf der Toilette meine Handtasche auf den Boden gerissen, an dem Abend, an dem wir zusammen essen gegangen sind.«

»Woher weißt du, dass sie es war?«

»Sicher bin ich mir nicht – ich hab's bloß im Gefühl. Ich habe meine Handtasche fast nie allein irgendwo liegen lassen, daher bin ich überzeugt, dass es niemand im Hotel war«, flüsterte sie, da sie nicht wollte, dass irgendwelche unschuldigen Zimmermädchen Ärger bekamen. Der hochnäsige Kassierer schenkte Sarah inzwischen einen weitaus freundlicheren Blick und reckte den Kopf vor, um das Gespräch zu belauschen.

»Was hast du verloren?«

Sarah betrachtete Redford, verwirrt über die Eindringlichkeit seiner Fragen.

»Etwa fünfhundert Pfund und eintausend Dollar in bar, Führerschein und Kreditkarten. Aber was noch schlimmer ist, ich hatte Fotos von meinem –« *O mein Gott.* Sie bremste sich im letzten Augenblick.

»Fotos von deinem was?«, fragte Redford stirnrunzelnd.

»Nacktaufnahmen von all meinen Liebhabern«, antwortete Sarah, einer plötzlichen Eingebung folgend.

»Ja, na klar.«

»Jedenfalls, es war alles ein Mordsaufwand, aber inzwischen hab ich mir Geld schicken lassen. Ich bin wieder flüssig, also vergessen wir die Sache.«

Eine kleine, neugierige Schar von Hotelgästen strömte allmählich zusammen, die offenbar alle einen dringenden Grund hatten, sich um den Kassierer herum zu versammeln. Sarah wies mit einem Kopfnicken auf das Grüppchen.

»Sollen wir?«

»Sollen wir was?«, fragte Redford schelmisch.

»Uns von hier verpissen«, sagte Sarah wütend.

Die Limousine wartete draußen. Strone hatte bereits Platz genommen und sprach in sein Handy. Er nickte Sarah zu, warf einen Blick auf Redford und wandte sich wieder seinem Gespräch zu.

»Vorn oder hinten?«, fragte Redford und wies auf die Sitze.

»Vorn, bitte«, erwiderte Sarah keck seine Höflichkeit.

»Wird Ihnen im Auto leicht schlecht?«, fragte Redford.

»Nein, ich hasse es einfach, hinten zu sitzen.«

»Aha.«

»Aha was?«

»Kontrollfreak.«

»Sagt wer?«

»Sagt jeder ernst zu nehmende Psychiater.«

»Und was wissen *Sie* über Psychiater?«

»Ehrlich gesagt, möchte ich meinen Informationsvorsprung nicht aufgeben.«

Sarah lächelte und beschloss, sich das für später zu merken. Ein Teil von ihr war wieder verblüfft von der Absurdität dieser Situation, wie sie hier mit dem Vater ihres Kindes in einer Limousine saß und ihn allmählich kennen lernte. Sie betrachtete ihn. Redford wirkte erschöpft, aber gut aufgelegt, als sei er froh, wieder unterwegs zu sein.

Sie beugte sich zu ihm vor. »Ich bin mir sicher, Sie haben das schon oft gehört, aber letzte Nacht waren Sie wirklich umwerfend.«

»Danke.« Er schien sich aufrichtig über ihr Lob zu freuen.

»Es war ein unglaubliches Gefühl, Sie zu beobachten, fast schon ein Teil Ihrer Songs zu sein.«

»Kam es Ihnen denn so vor, als ob Sie ein Teil der Songs sind?«

»Auf jeden Fall, mir und allen anderen auch. Die Musik schien einfach durch uns hindurchzuströmen. Ich fühlte mich fast, als würde ich darin schweben, wie in einem Meer aus Musik und Gefühl.«

Redford nickte nachdenklich.

»Wie fühlt man sich dabei«, fragte Sarah, »wenn man genau im Mittelpunkt all dessen steht?«

Redford lächelte, und seine Augen nahmen einen sinnlichen, beschaulichen Ausdruck an. »Es ist der größte Kick, den es gibt.« Sein Blick verhärtete sich. »Und die größte Verblödung, die man kriegen kann.«

»Wie das?«

»Was tut man nicht alles für eine Zugabe? Danach wieder runterzukommen, das ist die Hölle.«

»Und wie kommen Sie runter?«

Seine Augen flackerten kurz auf und huschten über sie hinweg. Das war alles, was sie als Antwort bekam. Er streckte einen Arm nach einem kleinen Schränkchen vor sich aus und entnahm ihm eine Flasche Evian. Erst jetzt bemerkte Sarah den Verband an seiner rechten Hand.

»Was ist Ihnen denn da passiert?«, fragte Sarah und wies mit einem Kopfnicken auf seine Hand. Redford sah sie leicht verlegen an. Er schien irgendetwas abzuwägen, bevor er das Wort ergriff.

»Ich hab die Hand gegen eine Wand gerammt«, sagte er, fast im Flüsterton.

»Sie haben was?«, rief Sarah aus.

»Sie haben mich gehört.«

»Warum in Gottes Namen sollten Sie die Hand gegen eine Wand rammen?«

Auf einmal schaltete Strone sein Handy aus und mischte sich in das Gespräch ein.

»Hey, würden Sie sich bitte abregen«, sagte er mit Nachdruck.

»Es war doch nur 'ne Frage«, entgegnete Sarah und blickte von Strone zu Redford. »Es ist doch kein gottverdammtes Staatsgeheimnis, und verzeihen Sie mir, wenn ich das sage, aber meiner Ansicht nach ist es schon eine etwas seltsame Sache, die Hand gegen eine Wand zu rammen.«

Strone beugte sich zu ihr vor. »Ja, na ja, Sie sind noch nie ein Rockstar gewesen, oder? Sie hatten noch nie diesen

Druck, den man spürt, wenn man nach einem Konzert wieder runterkommt. Sie hatten noch nie all dieses aufgestaute Adrenalin, das durch den Körper jagt und nirgends hinkann. Also regen Sie sich ab, verdammt noch mal.«

Sarah hob beide Hände, als wollte sie sich ergeben. »Entschuldigung. Vergessen Sie, dass ich je etwas gesagt habe.« Redford betrachtete sie mit einem gequälten Blick. Sie wandte sich ab, um aus dem Fenster zu schauen, und sie versuchte vergeblich, die Vorstellung von Redford, wie er seine Faust gegen eine Wand rammte, mit allem, was das über seine Stabilität aussagte, aus ihren Gedanken zu verbannen.

35

Im Flugzeug nach Paris saß Redford neben Sarah. Strone hatte seinen Platz zwei Reihen hinter ihnen und war offensichtlich mit einer Million Details für den europäischen Abschnitt der Tournee befasst. Sarah blickte sich um. All die anderen Passagiere mussten schon oft in der ersten Klasse geflogen sein. Sie wirkten alle übersättigt. Sarah schien es, als sei diese Geisteshaltung und nicht so sehr Respekt vor Redfords Privatsphäre der Grund, weshalb sie Redford nicht mehr Beachtung schenkten als einen gelegentlichen flüchtigen Blick von der Seite. Vielleicht hatten sie Angst vor ihm in diesem beengten Raum, fürchteten einen Ausbruch rockstartypischer Gewalt, wenn sie ihn bedrängten. Als die Maschine mit voller Kraft in die Lüfte emporstieß, spürte Sarah, wie sich auch ihre Stimmung hob. Der Zettel mit der Drohung kam ihr klein vor, unbedeutend – ein Jux eines Witzboldes.

Die Stewardess kam vorbei, sobald sie die Reiseflughöhe von zehntausend Metern erreicht hatten. Sie überreichte Redford Kaviar, schwarze Weintrauben und Mineralwasser. Sarah bat um dasselbe und kaute dann fröhlich vor sich hin. Redford sprach wenig und verbrachte die meiste Zeit des

Flugs in ein Buch über Wölfe vertieft. Er kam Sarah entsetzlich erschöpft vor und gleichzeitig doch aufgedreht. Er überraschte sie, als er schließlich das Wort ergriff.

»Erzähl mir noch einmal die Geschichte von deinem Portemonnaie.«

»Meiner Brieftasche«, verbesserte ihn Sarah, deren Hochstimmung augenblicklich verflog. »Und es gibt nichts weiter zu erzählen.«

»Hast du keine Anzeige erstattet?«

»Vermutlich hätte ich das tun sollen, aber es war mir in dem Augenblick einfach egal. Ich hatte ein paar Stunden frei, und ich wollte nichts weiter, als sie in aller Ruhe allein zu verbringen und nicht auf irgendeiner muffigen Polizeiwache in einer Schlange zu warten und anschließend fünftausend Formulare auszufüllen. Hör zu, deine Besorgnis rührt mich, und bitte halte mich nicht für undankbar, aber was spielt das für dich schon für eine Rolle? Du nagst daran herum wie ein Hund an einem Knochen.«

»Ohne Grund. Muss es denn immer einen Grund geben?«

»Immer.«

»Ich bin nervös, nehme ich an.«

»Warum?«, hakte Sarah mit scharfer Stimme nach.

Redford fuhr sich mit den Fingern durchs Haar, sah an die Decke und atmete langsam aus.

»Jim O'Cleary, unser Security-Chef, ist verschwunden.«

»Verschwunden?«

»Ist für den American-Airlines-Flug nach Paris vor einer Stunde nicht erschienen.«

»Vielleicht hat er einfach verschlafen.«

Redford schüttelte den Kopf. »Nicht seine Art.«

»Jeder macht Fehler. Vielleicht hat er vergessen, seinen Wecker zu stellen.«

»Ach was.«

»Du hast wirklich alles im Blick«, sagte Sarah. »Ich hätte nicht gedacht, dass du dich um solche Details kümmerst.«

»Der Security-Chef ist kein Detail. Unser Leben könnte in seiner Hand liegen.«

Sarah blickte Redford überrascht an. »Wieso das?«

»Hast du noch nie von durchgedrehten Fans gehört, Krawallen, Entführungen?«

Sarah dachte an die Notiz, die sie bekommen hatte, und konnte sich das alles auf einmal lebhaft vorstellen. »Ja, ich verstehe, was du meinst. Aber das sind doch alles rein theoretische Risiken, oder? Ich meine, es besteht doch keine Gefahr seitens einer bestimmten Person, oder?«

»Nein, das nicht«, erwiderte Redford fast schon wütend. »O'Clearys Job ist es, zu verhindern, dass das Theoretische praktisch wird. Deswegen ist es ja so ärgerlich, dass er einfach verschwunden ist.«

Unvermittelt wandte er sich wieder seinem Buch zu. Sarah bat um eine Tasse Tee. Sie nahm einen kräftigen, wärmenden Schluck.

»Macht dir die Tournee Spaß?«, fragte sie abrupt.

Er sah mit plötzlicher Neugier auf. »Warum fragst du?«

»Weil ich es gern wissen würde. Es scheint kein leichtes Leben zu sein.«

»So ist es. Ich hasse es.«

»Tatsächlich? Aber doch nicht die Auftritte?«

»Nein, die mache ich sehr gern, aber wie ich bereits sagte, es ist eine gefährliche Droge. Jeder, der schon einmal dort oben gestanden und dieses Gefühl empfunden hat, diese reine Huldigung, diese Verbindung mit so vielen Leuten, die völlig entblößt sind, hat eine Heidenangst davor. Es ist wie Korruption. Man kann förmlich spüren, wie es einem an der Seele nagt.«

»Warum Korruption?«

»Weil es da eine Furcht einflößende Macht gibt, die man missbrauchen kann, wenn man nicht aufpasst. Man muss sie rein halten.«

Sarah beobachtete ihn und versuchte zu begreifen.

»Du kannst dein Publikum an jeden emotionalen Ort bringen, an dem du es haben willst. Es ist die reinste Gehirnwäsche. Wenn du es mit einer bösen Seele tust, dann kannst du ihnen Gift, Hass, Wut einflößen.«

»Mir hast du Freude und Melancholie eingeflößt. Und Leidenschaft«, fügte sie rasch hinzu.

Redford starrte Sarah lange und gebannt an. Sie kämpfte um ihr inneres Gleichgewicht unter diesem alles durchdringenden Blick. Sie sah den Spiegel ihrer Erinnerungen in seinen Augen.

»Genau davon singe ich«, erwiderte er langsam. »Genau das tue ich, aber verstehst du, was ich meine, verstehst du, wie es ins Gegenteil umschlagen könnte?«

»Das verstehe ich. Aber warum sollte es das?« Sarah spürte, wie sie irgendetwas, das in Redfords Seele verborgen lag, suchte und fast zum Greifen nah fand.

»Weil es das könnte.«

»Ich könnte den Gipfel eines Berges erklimmen und mich in die Tiefe stürzen. Aber nur weil ich es könnte, heißt das doch noch lange nicht, dass ich es auch tun werde«, sagte Sarah.

»Aber du würdest vielleicht auf die Idee kommen, der Gedanke könnte dir durch den Kopf schießen, und wenn er erst einmal da ist, was wirst du dann tun?«

»Schnell wieder nach unten klettern«, erwiderte Sarah. Sie schwieg einen Augenblick, bevor sie vorsichtig fragte. »Ist es das, worum es bei dieser bandagierten Hand wirklich geht?«

Redford wandte den Blick rasch ab. »Es geht um Frustration, um das Gefühl, in der Falle zu sitzen.«

»Du würdest gern aussteigen«, sagte Sarah, die ihn auf einmal begriff.

Redfords Blick verriet stilles Entsetzen, als hätte Sarah die schlimmste Blasphemie geäußert.

»Für mich ist das keine Ketzerei«, sagte sie und reagierte auf seine Gedanken. »Du hast es geschafft, du stehst seit zwanzig Jahren an der Spitze. Warum solltest du es nicht aufgeben?«

»Ganz so einfach ist es nicht. Ich singe gern, ich trete gern auf, ich schreibe gern Musik.«

»Hassliebe«, sagte Sarah.

»Genau.«

»Früher oder später wird eines von beiden gewinnen, oder du zerreißt unter der Spannung.«

Ein Schatten huschte über Redfords Gesicht.

»Ist das der Grund, weshalb du die Wertpapieremission jetzt willst? Willst du jetzt aussteigen, bevor irgendetwas passiert?« Sarah wusste, dass sie Gefahr lief, ihn zu sehr unter Druck zu setzen, aber sie spürte, dass eine Enthüllung in der Luft lag, und sie musste, um diese herbeizuführen, jetzt einfach weitermachen und das Risiko eingehen, dass Redford sich plötzlich wieder verschloss.

»Irgendetwas passiert? Wie zum Beispiel?«, fragte Redford angespannt.

»Das solltest du mir erzählen.«

»Nein, du mir. Du hast damit angefangen.«

»Ich weiß nicht. Nervenzusammenbruch?«

»Hatte ich schon. Darüber kommt man hinweg«, sagte er bissig.

»Drogenabhängigkeit?«

»Hatte schon Drogenprobleme. War früher mit Drogen so voll gepumpt, dass ich gar nicht mehr wusste, was ich tat, aber die Zeiten sind längst vorbei. Darüber bin ich auch hinweggekommen.«

»Sexabhängigkeit?«, versuchte es Sarah mit einem Lächeln.

»Ich bin ein Mönch. Ich lebe im Zölibat. Heutzutage.«

»O ja, *bitte*.«

»Hör zu, ich hatte dieses Groupie-Ding. Das hat sich schon vor langer Zeit verschlissen.« Seine Augen blickten sie forschend an – und zornig.

»Es gibt auch Sex ohne Groupies«, bemerkte Sarah, inzwischen völlig verwirrt, sodass sie schon gar nicht mehr wusste, wo das Persönliche aufhörte und das Berufliche begann.

»Ja, na ja, das richtige Mädchen zu finden und zu halten scheint für mich ein Problem zu sein.« Er warf Sarah einen böse funkelnden Blick zu.

»Geldabhängigkeit?« Jetzt spielten sie ein Spiel, und beide wussten es.

»Warum tust du, was du tust?«, fragte Redford. »Du scheinst selbst in einem kleinen Konflikt damit zu stehen.«

»Stimmt. Aber es ist das Einzige, was ich kann. Es ist das, was ich gelernt habe, und das, was ich beherrsche. Es ist schön, etwas zu beherrschen, Anerkennung dafür zu bekommen, Geld dafür zu erhalten.«

»Aber du hast doch gesagt, dass du dir deine Aufträge frei aussuchen kannst, dass du keine verarmte Merchant-Bankerin bist.«

»Ich bin nicht verarmt, aber ich brauche das Geld trotzdem.«

»Warum? Wozu? Manchmal sehe ich dich an und habe das Gefühl, du bist auf einer Mission.«

Weil ich deinem Sohn das Beste geben will, das ich ihm geben kann, dachte sie, womit sie sich gefährlich nah an die Wahrheit heranwagte.

Sarah lächelte. »Es heißt *Scheiß-drauf*-Geld. Freiheitsgeld.«

»Ja, ja, die Vorstellung ist mir vertraut. Keine Ambitionen darüber hinaus?«

Sarah dachte über die Frage nach. »Doch, vor langer Zeit. Neben Geld wollte ich auch Erfolg.«

»Und was ist passiert?«

»Ich bekam, was ich zu wollen glaubte.«

»Und das war nicht genug?«

»Es war gut, verdammt besser als Scheitern und Verarmen. Diesen beiden bin ich so nahe gekommen, dass ich nie wieder noch eine solche Runde drehen will.«

»Was war dann das Problem?«

»Muss es denn ein Problem geben?«

»Es ist in deinen Augen, Sarah.«

»Wir haben von dir geredet«, sagte sie, als würde sie ihre Gedanken aus weiter Ferne zurückzerren.

»Für den Augenblick haben wir genug geredet. Ich bin müde«, sagte Redford, ein kurzes Aufflackern des Rockstars in den Augen, bevor er sie schloss und seine Rückenlehne nach hinten stellte.

36

Ein schwarzer Mercedes brachte sie ins Hotel Costes an der Rue St. Honoré, gleich um die Ecke von der Place Vendôme. Rockmusik dröhnte ihnen entgegen, als sie in das dunkle, reich verzierte Foyer traten. Sarahs erster Eindruck bestand aus Palmen, Weihrauch, mit Troddeln besetzten Lampen, rotem Samtbrokat und einem entzückenden Innenhof, der von der Sonne beschienen und mit griechischen Statuen bevölkert war, Göttern, die auf ihre spielenden Untertanen hinabblickten. Sie fühlte sich sogleich in ihre Kindheit in New Orleans zurückversetzt. Sie fiel fast in Ohnmacht, als die Erinnerungen sie urplötzlich überkamen. Redford sah sich erwartungsvoll um, wobei er den Blickkontakt mit anderen Hotelgästen, die ihn diskret beobachteten, vermied.

»Das ist gut. Das gefällt mir.«

Strone blieb an der Rezeption, wo er allem Anschein nach die Zimmerpreise in fließendem Französisch neu aushandelte. In aller Förmlichkeit wurden Sarah und Redford zu ihren Zimmern geleitet. Sie kamen an Schalen voller Rosen vorbei, rot, rosa und weiß, an Zweisitzern und Schirmen. Sie fuhren in einem beängstigend langsamen und beengend kleinen Fahrstuhl nach oben, atmeten den Weihrauch ein, betrachteten die Gemälde schnöde verlassener Schönheiten, die unter der Last ihrer eigenen Tristesse in sich zusammensackten.

Sarahs Suite hatte einen eigenen, blumenbestreuten Balkon mit Rosen, Waldreben und Glyzinien. Entzückt stand sie da und starrte hinaus über die Dächer. Ihr Bett war ein Himmelbett mit vier Pfosten, mit kostbaren Gobelins behängt. Ihr Bad war kunstvoll gefliest, wie der Thronsaal eines Paschas, mit vergoldeten Wasserhähnen und einer luxuriös langen und tiefen Badewanne, groß genug für zwei. Der berauschende Geruch des Weihrauchs lag in der Luft, exotisch und suggestiv, heiße Nächte in einem Harem ins Bewusstsein rufend. Ich bin im Harem eines Mannes, dachte sie amüsiert. Sie duschte lange und ausgiebig, trocknete sich ab und rieb sich mit der Bodylotion des Hotels ein. Sie schlüpfte in ein gehäkeltes Seidenkleid. Schmeichelnd legte sich der Stoff um ihre nackte Haut. An der Tür klopfte es. Sie wollte schon aufmachen, ohne sich zu vergewissern, wer es war, als ihr die Notiz wieder einfiel. Aller Wahrscheinlichkeit nach hatte sie den Verrückten, der sie ihr geschickt hatte, in New York zurückgelassen, aber trotzdem. Es gab keinen Türspion.

»Ja?«

»Roomservice«, sagte eine melodische Stimme, »fragt an, ob Sie gern ein Abendessen hätten.«

»Das ist ja ein sehr eifriger Roomservice«, sagte Sarah und machte lächelnd die Tür auf. Redford stand vor ihr, in Jeans, weißem T-Shirt und barfuß. Sarah spürte, wie sich ihr Herz zusammenzog. O mein Gott. Sie würde es am liebsten jetzt sofort mit ihm treiben, ihn einfach auf den Hotelteppich werfen und loslegen.

»Und wohin plant der Roomservice zu liefern?«, fragte sie stattdessen.

»In meine Suite, gleich am Ende des Flurs. Auf dem Balkon ist ein kleiner Tisch gedeckt.«

Zweifel mussten in Sarahs Blick gelegen haben, denn Redford grinste und beschwichtigte sie. »Ganz Paris wird dich hören, wenn du schreist.«

»Bin ich denn in Gefahr?«

»Nur, wenn du willst.«

Sarah wandte sich ab. »Gib mir einen Augenblick Zeit.«

Sie ließ Redford auf der Türschwelle warten. Im Bad

bürstete sie sich das Haar, steckte es sich hinter die Ohren und besprühte sich mit ein bisschen Parfum. Sie starrte auf ihr Spiegelbild. Ihre Augen verrieten die Aufregung. Sie atmete schwer, ihre Brust hob und senkte sich merklich, der Brustansatz im V ihres Ausschnitts war deutlich sichtbar. Sie besah sich ein letztes Mal und ging zu Redford zurück.

»Geh du voran.«

Sie standen nebeneinander auf der Terrasse und beobachteten den Sonnenuntergang über den Häuserdächern.

»Nicht schlecht, oder?«, sagte Redford.

»Gar nicht schlecht.«

»Für den kleinen Jungen aus Wyoming.«

»Für das kleine Mädchen aus New Orleans«, pflichtete Sarah bei.

»Das klingt so viel schicker, New Orleans«, sagte Redford. »Dreckig, verkommen und exotisch.«

»Ja, aber Wyoming ist gut, rein und schön.«

Redford drehte sich zu ihr um und sah sie an. In diesem Augenblick blitzte, nicht weit von ihr entfernt, irgendetwas auf. Sarah warf einen kurzen Blick auf das Licht und sah dann wieder zu Redford zurück, der offenbar nichts bemerkt hatte. Er betrachtete Sarah, allem Anschein nach in seine eigenen Gedanken vertieft. Sarah rieb sich die Arme.

»Ich bin hungrig«, sagte sie.

Er lächelte sie an. »Dann müssen wir etwas essen.«

Der Tisch war mit feinstem Silber und Kristall gedeckt. Die Serviette war länger als manche von Sarahs Röcken. Sie aßen Spargel und tranken einen frischen Weißwein, der so lieblich war, dass Sarah fast das Bewusstsein verlor. Im letzten Schimmer des Sonnenuntergangs gingen die Lichter von Paris an. Bald stieg der Mond auf und schien auf sie hinunter. Es war einer jener Abende, die in der Erinnerung als ein Stück Vollkommenheit, ein Geschenk der Götter weiterleben.

»Erzähl mir von dir, Sarah Jensen.«

»Da gibt's nicht viel zu erzählen. Dein Leben ist weitaus interessanter.«

»Das möchte ich bezweifeln.«

»Selbstenthüllung ist nicht meine Stärke.«

»Das glaube ich aufs Wort.«

»Was soll das heißen?«

»Niemand, der irgendwelche Dinge versteckt, will sie gern preisgeben.«

»Und ich verstecke Dinge?«, fragte Sarah.

»Wir wissen beide, dass du das tust.«

»Aber du tust es auch.«

»Das bestreite ich ja gar nicht.«

»Und was machen wir nun?«, fragte Sarah.

»Wie wär's mit einem Handel?«

»Was für einem Handel?«

»Kling doch nicht so nervös. Du bist doch eine Händlerin, oder nicht? Eine Spielerin, das hast du mir selbst erzählt.«

»Und?«

»Eine Frage für eine Frage. Ich frage dich, du fragst mich. Die einzige Bedingung ist die Wahrheit.«

»Keine Einschränkungen?«

»Keine Einschränkungen.«

»Wie kann ich dir vertrauen? Lügen kann man leicht.«

»Kann man das? Kannst du gut lügen?«

»Das war jetzt schon deine Frage, oder?«

»Mmmm. Also, Sarah. Wollen wir? Jetzt oder nie.«

Das ist doch verrückt, dachte sie, wie russisches Roulette. Sie hatten beide allzu viele Geheimnisse. Ihre einzige Hoffnung war, dass ihre so gut vor ihm verborgen lagen, dass er gar nicht wissen konnte, auf welche Fragen es ankam.

»Wie viele Fragen?«, erkundigte sie sich.

»Wir können jederzeit Schluss machen.«

»Nein«, sagte Sarah. »Drei Fragen, nicht mehr und nicht weniger. Drei richtige.«

Redford streckte eine Hand aus. »Abgemacht.«

Sarah schüttelte sie. »Ich fange an. Warum brauchst du das Geld aus der Wertpapieremission?«

»Damit ich aufhören kann, *falls* ich es will. Es gibt mir

Entscheidungsfreiheit.« Er nahm einen Schluck Wasser. »Was ist das Schlimmste, was du je getan hast?«

Sarah fuhr sich mit den Fingern durchs Haar. »O mein Gott.«

»Antworte, Sarah. Die Wahrheit.«

Lange Zeit sah sie aus dem Fenster auf die Pariser Nacht hinaus. Schließlich drehte sie sich wieder zu Redford um.

»Rache zu nehmen«, sagte sie leise. Sie wehrte eine weitere Frage mit einer erhobenen Hand ab. »Was ist das Schlimmste, was *du* je getan hast?«

Er musste sich die Antwort schon zurechtgelegt haben, denn sie kam wie aus der Pistole geschossen.

»Meine Macht zu missbrauchen.« Dann: »Was hat dir am meisten wehgetan?«, fragte er.

»Das ist leicht. Der Tod meiner Eltern. Und dir?«

»Dasselbe. Wovor hast du Angst?« Er stellte seine Fragen rasch, in einen Rhythmus fallend.

»Ah.« Sarah verlangsamte ihr Tempo. »Gewalt an denen, die ich liebe.«

»Nicht an dir selbst?«

»Verstoß nicht gegen die Regeln. Ich bin dran«, sagte Sarah, womit sie das Limit von drei Fragen, das sie selbst gesetzt hatte, überschritt. »Wovor hast *du* Angst?«

»Vor einem zufälligen Mörder. Dass ich morgen früh aus diesem Hotel hinaus in den Sonnenschein trete, für einen Café au lait und ein bisschen Zeit für mich allein ein Bistro aufsuchen will, und dass dann irgendein Verrückter aus einer Seitenstraße angerannt kommt und alles wegpustet. So dass ich ein zweiter John Lennon werde.«

»O mein Gott.« Seine Vision war so stark, dass Sarah seine Angst spürte, als wäre es ihre eigene. »Erwartest du denn etwas in der Richtung?«

»Ich bin dran«, sagte er leise. »Was findest du aufregend?«

»Geschwindigkeit. Mit vollem Tempo einen Skihang hinunterzurasen, schnelle Autos, schnelle Boote, schnelle Pferde, Wellenreiten auf einer riesigen Welle. Ein bisschen außer Kontrolle zu sein.«

Er lächelte, wie über einen stillen Gedanken.

»Was macht dich glücklich?«, fragte Sarah.

»In Wyoming auf meinen Pferden zu reiten. In den Teton-Bergen zu wandern, unter den Sternen zu zelten.« Seine Augen fixierten ihre. »Was macht dich glücklich?«

»Leben.«

Er betrachtete sie. »Bist du dem Tod denn schon so nahe gekommen, hast du schon so viele Menschen verloren?«

»Das sind zwei Fragen, und außerdem bin ich dran. Was findest du aufregend?«

»Eine Vorstellung zu geben.« Er schenkte Sarah ein zweideutiges Lächeln.

Sarah spürte, dass der Augenblick gekommen war, aufzuhören. Sie hatten die drei Fragen, auf die sie sich geeinigt hatten, längst überschritten. Sie hatte ihn nicht belügen müssen. Die ganze Zeit über hatte sie eine Frage nach dem wahren Zweck ihres Hierseins befürchtet, und sie war überrascht, dass es nicht dazu gekommen war.

»Na schön«, sagte sie. »Letzte Frage. Überleg sie dir gut.«

Er nahm einen kräftigen Schluck Wasser, beugte sich über den Tisch und sah ihr in die Augen, sodass ihr kein Fluchtraum mehr blieb. »Warum bist du vor mir davongelaufen?«

37

Heller Sonnenschein glitzerte in dem weißen Innenhof, als Sarah zum Frühstück hinunterkam. Sie flüchtete sich in den Rokoko-Speisesaal, zwischen tiefe Samtsofas und dunkle Ecken. Ein Kellner brachte ihr einen Café Americain, während sie die Speisekarte durchging. Sie entschied sich für Spiegeleier mit Speck, dann lehnte sie sich zurück, sah sich um und hörte hier und da Gesprächsfetzen an benachbarten Tischen mit an. Sie schienen alle die Exzesse der vergangenen Nacht zu vergleichen. Die sinnliche Üppigkeit dieses

Orts, die Schönheit der Kellner, all das hätte leicht den Stil eines Bordells haben können, aber irgendwie war dem nicht so. Das Hotel besaß vielmehr einen feierlichen Ernst, der mit der Sexualität einherging, die darin pulsierte wie ein Bassrhythmus. In diesem Hotel würden die Stelldicheins nicht hoch im Preis, sondern billig sein. Das Hotel besaß Stil, ohne ihn allzu angestrengt oder allzu offensichtlich zur Schau zu stellen. Es besaß Seele, und irgendwie zog es eine stilvolle, seelenvolle Klientel an.

Als Sarahs Frühstück serviert wurde, fuhr sie aus ihrer Träumerei hoch und bemerkte zum ersten Mal, dass sie mehr als das übliche Maß an Aufmerksamkeit auf sich zog – eine Mischung aus Neugier, Bewunderung und Neid. Sie konnte sich das Geflüster schon vorstellen. John Redford war hier abgestiegen, und diese Frau mit dem üppigen, langen dunklen Haar, der schwarzen Armeehose, dem engen T-Shirt und den wissenden Augen war die Begleitung des Rockstars. Sie wollte einfach nur dasitzen und in aller Anonymität frühstücken, aber sie saß auf dem Präsentierteller, und sie hasste es.

Sie aß rasch auf und ging zurück auf ihr Zimmer. In dem Augenblick, in dem sie eintrat, klingelte das Telefon.

»Hallo?«

»Sarah? James hier.« Savage klang zornig.

»Was ist los?«

»Wachen Sie schon auf«, herrschte er sie an. »Sie klingen, als ob Sie noch halb schlafen.«

Sie holte einmal tief Luft. »Warum erzählen Sie mir nicht, welche Laus Ihnen über die Leber gelaufen ist und warum?«

»Ein gewisser Roddy Clark, so 'n schmieriger City-Schreiberling für *The Word*.«

»Aha.« Savage war berüchtigt dafür, wie sehr er die Presse verabscheute. »Sind Sie nicht schon einmal mit ihm aneinander geraten? Ich glaube mich zu erinnern, einen Widerruf oder etwas Ähnliches zu einem Artikel gelesen zu haben, den er letztes Jahr über Goldsteins verfasst hat. Irgendwas über Helen Jenks, eine Derivatenhändlerin.«

»Nettes Mädchen, Sie würden sie mögen. Wurde mit uns zusammen verleumdet. Wir haben die Dreckskerle verklagt und gewonnen, aber jetzt hat dieser verdammte Roddy Clark im Hinblick auf die City und vor allem auf uns nur noch Schrullen in seinem winzigen Kopf. In seinem Club geht das Gerücht, er würde große Töne spucken, dass er eine Firma in der City, vorzugsweise Goldsteins, zu Fall bringen will.«

»O ja, bitte. Und er ist ein seriöser Journalist?«

»Seriös genug, um für *The Word* zu arbeiten und seinen Job zu behalten, nachdem wir ihn verklagt hatten. Weiß Gott, wieso.«

»Und was hat er gesagt?«

»Dass wir für Redford dabei sind, seinen Plattenbestand zu verbriefen, dass ein Geschäft kurz vor dem Abschluss steht. Es wundert mich, dass er nicht noch Bedingungen und eine Liste der Investoren genannt hat.«

»Scheiße!«

»Allerdings.«

»Könnten Sie es bitte durchfaxen lassen?«

»Ist schon unterwegs.«

»Wie hat er es herausbekommen?«

»*Das* ist die Frage, stimmt's? *Ich* weiß es nicht. Sie haben doch nichts gesagt, oder?«

Savage stieß auf Schweigen.

Und dann: »Ich kann gar nicht glauben, dass Sie mich das fragen!«

»Oh, ich bitte Sie, Sarah, jetzt werden Sie nicht gleich patzig. Ich habe ja gar nicht geglaubt, dass Sie etwas gesagt haben, aber ...«

»Dann ersparen Sie mir doch bitte Ihre verworrenen Gedankengänge.«

»Sarah, ich übe Nachsicht mit Ihrer Laune, aber andere werden das vielleicht nicht tun.«

»Das ist deren Problem.«

»Sie helfen sich damit nicht, meine Liebe.«

»Zweifellos. Aber ich muss mich eben damit abfinden. Und Sie sich auch, also provozieren Sie mich nicht.«

»Ich habe völlig aus den Augen verloren, was Sie eigentlich provoziert. Meinen Sie nicht, Sie könnten versuchen, eine Lösung dafür zu finden?«

»Eine Lösung dafür zu finden? Wie denn?«

»Indem Sie Hilfe in Anspruch nehmen.«

»Wovon reden Sie eigentlich?«

»Therapie.«

»Therapie?«

»Warum nicht?«

»Das will ich nicht gehört haben. Wollen Sie sich über mich lustig machen?« Mein Gott, dachte Sarah, Machiavelli in Therapie.

»Es ist ein guter Vorschlag.«

»Ich möchte lieber nicht wissen, was in meinem Unterbewusstsein vor sich geht.«

»Dann werden Sie für den Rest Ihres Lebens sein Sklave sein.«

»Mein Gott. Sie haben sich ja zu einem Therapie-Groupie entwickelt. Sie sollten das alles doch eigentlich hassen.«

»Die Leute werden eben älter und weiser.«

»Aber doch nicht weicher. Sie hassen die Presse noch immer, und ich glaube mich zu erinnern, dass das das Thema dieses Gesprächs war. Und um Ihnen in aller Ruhe und Vernunft zu antworten, ich habe *nicht* mit der Presse gesprochen. Ich halte mich gern im Hintergrund, wie Sie sehr wohl wissen, daher würde ich niemals mit diesen Leuten sprechen.«

»Meinen Sie, Strone oder Redford könnten es getan haben?«

»Redford würde seine Zeit nicht damit verschwenden, aber vielleicht hat er unbeabsichtigt irgendetwas durchsickern lassen. Strone ist durchaus in der Lage dazu. Ich werde ihn mir vorknöpfen.«

»So bald wie möglich, und lesen Sie ihm die Leviten, falls er geplaudert hat. Höflich.«

»Könnte es die undichte Stelle gewesen sein?«, fragte Sarah.

»Könnte sein, aber es ist nicht sein Stil, oder, sich an die Presse zu wenden?«

»Bis jetzt nicht, nein. Lässt Breden noch immer die Kameras laufen?«

»Ja. Zamaroh hat allmählich die Nase voll, Eingriff in ihre Privatsphäre und das alles.«

»Lassen Sie sie weiterlaufen. Wir müssen dieser Sache auf den Grund gehen.«

»Das werden wir. Haben Sie irgendwas für mich?«

»Ich bin da einer Sache dicht auf den Fersen, aber im Augenblick ist noch nichts wirklich greifbar. Nur Andeutungen, Gespenster im Nebel. Ich will noch warten, bis ich etwas Konkreteres in der Hand habe, bevor ich anfange, Ihnen Sorgen damit zu machen.«

»Nichts Schlimmes, oder?«

»Nein, James, ich glaube, nicht.«

»Nichts, was dieser verdammte Roddy Clark in die Finger bekommen und verdrehen könnte?«

»Nein.«

»Nichts, was das Geschäft gefährden würde?«

»Bis jetzt nicht.«

»Was verschweigen Sie mir?«

»Hören Sie, James, lassen Sie mich einfach meinen Job machen, ja? Ich kann Ihnen keine allgemein gültigen Zusicherungen geben, das werde ich niemals tun können, aber im Augenblick gibt es keine Anhaltspunkte für irgendetwas Entsetzliches, okay? Ich lerne den Burschen langsam kennen. Was ich herausfinde, das sind Macken, wie wir sie alle haben, die Hoffnungen, Ängste und Schwächen. Niemand von uns möchte, dass seine persönlichen Sorgen und Träume in *The Word* ausgebreitet werden. Das Problem mit unserem Kunden ist, dass den Medien, was ihn betrifft, nichts heilig ist.«

»Sie müssen mich nicht überzeugen, aber ein Einblick in

seine Privatsphäre steht uns zu, soweit es dieses Geschäft betrifft.«

»Nein, James, die einzigen Dinge, die für uns von Belang sind, sind Dinge, die das Geschäft gefährden. Es gibt verdammt viele private Dinge, die dafür nicht von Belang sind. Und die werde ich mit niemandem teilen.«

»Sie schlagen sich doch nicht etwa auf die andere Seite, oder?«

»Vertrauen Sie mir, James, ich weiß, wie ich meinen Job zu machen habe.«

»Spielen Sie nicht Gott. Wenn Sie etwas Schlimmes wissen, erzählen Sie es uns.«

»Wenn es das Geschäft gefährdet, James, dann werde ich es Ihnen erzählen.«

»Ich werde entscheiden, ob es das Geschäft gefährdet, nicht Sie. Ich will, dass Sie morgen hierher zurückkommen, Sarah.«

Bevor sie es ihm heimzahlen konnte, hatte Savage aufgelegt.

Sarah knallte den Hörer aufs Telefon und schritt durch ihr Zimmer. Ein Zettel war unter der Tür durchgeschoben worden. Beklommen hielt sie inne und starrte ihn einen Augenblick lang an, bevor sie sich bückte, um ihn aufzuheben. Ein Umschlag existierte nicht, ihr Name war lediglich außen auf das zusammengefaltete Blatt getippt. Sie faltete den Zettel auseinander und las:

Wirst du es denn nie begreifen? Die Zeit läuft ab, du Schlampe. Hör auf oder stirb.

Ich werde nicht reagieren, dachte sie. Ich werde mein morgendliches Ritual wie sonst auch vornehmen. Ich werde mich nicht von irgendeinem Verrückten vergiften lassen. Auf einmal zuckte sie innerlich zusammen, als sie an Redford dachte, wie er seine Angst kühl skizziert hatte. *Irgendein Verrückter, der an einem sonnigen Tag draußen lauert*. An einem Tag wie heute.

Sie griff zum Telefon und versuchte, Redford anzurufen. Der Vermittler erklärte ihr, alle seine Anrufe würden abgeblockt, niemand sollte zu ihm durchkommen. Sarah rief Strone an.

»Ja.«

»Strone, hier spricht Sarah. Ich muss mit John sprechen.«

»Ausgeschlossen. Heute ist Konzerttag.«

»Es ist wichtig.«

»Nichts ist wichtiger als ein Konzerttag.«

Sarah stieß einen frustrierten Seufzer aus.

»Sprechen Sie mit *mir*«, sagte Strone.

»Nein. Es ist für John bestimmt.«

Auf einmal war Strone ganz Ohr. »Nichts ist nur für ihn bestimmt. Wir sind ein Team, Redford und Strone. Was er weiß, weiß auch ich.«

»O mein Gott, verschonen Sie mich. Es ist persönlich.«

Damit handelte sich Sarah ein spannungsgeladenes Schweigen ein.

»Wie persönlich?«

»Gibt es denn unterschiedliche Nuancen von persönlich? Was macht er denn den ganzen Tag? Wird er nicht irgendwann zwischendurch fünf Minuten Zeit haben? Ich muss ihm etwas sagen.« Sarah merkte, dass sie auf eine gefährliche Weise wie ein schmachtender Bittsteller klang, und wehrte sich gegen den Gedanken.

»Er macht stundenlang sein Yoga. Seine Atemübungen. Er zentriert sich. Wenn Sie da reinplatzen und ihm erzählen, was immer Sie ihm erzählen wollen, dann verliert er sein Zentrum, daher werden Sie keinen Zugang zu ihm bekommen. Sie werden heute nicht mit ihm reden.«

Strone sprach in einem aggressiven Tonfall, der Sarah normalerweise auf die Palme gebracht hätte, aber dann dachte sie an Savages Therapievorschlag und hielt sich zurück, nur um sich selbst zu beweisen, dass sie es konnte. Außerdem hatte Strone zufälligerweise Recht. Das Letzte, was Redford zu Ohren kommen musste, wenn er versuchte, sich zu zentrieren, war etwas über seine größte Angst, über den Verrückten, selbst wenn er oder sie nicht hinter ihm, sondern hinter Sarah her war. Das Wort ließ Sarah zusammenzucken. Savage würde, in seinem neuen Psychojargon, sagen, dass sie sich *im Zustand des Leugnens* befand.

»Na schön«, sagte Sarah. »Ich muss sowieso mit Ihnen sprechen. Wann können wir uns treffen?«

»Ich bitte Sie, Sarah. Sind Sie ein bisschen begriffsstutzig, oder was ist los? Heute ist Konzerttag. Ich bin ein klein wenig beschäftigt.«

»Fünf Minuten. Und zwar jetzt, verdammt noch mal.« Sarah knallte den Hörer aufs Telefon. Sie zitterte. *Wirst du es denn nie begreifen? Bist du ein bisschen begriffsstutzig?*

»Was glauben Sie eigentlich, wer Sie sind?« Strone kam durch Sarahs Tür ins Zimmer gestolpert.

Er konnte es nicht sein, dachte sie, als sie ihn beobachtete, wie er an ihr vorbeiging. Er war zu schlau, um einen solchen Fehler zu begehen, um sich durch seine Worte zu verraten, auch wenn er ein Motiv hatte, das sie vielleicht nicht erkennen konnte, angesichts der zehn Millionen Dollar, die er kassieren würde, wenn das Geschäft zu Stande kam. Sie wandte sich zu ihm um.

»Bitte entschuldigen Sie meine Laune. Sie ist ansteckend. Ich bin eben erst von James Savage zusammengestaucht worden.« Sie trat an ihr Faxgerät, zog ein einseitiges Fax heraus und schleuderte es ihm entgegen. »Kommt Ihnen das bekannt vor?«

Er las den Artikel in *The Word*, dann studierte er Sarahs Gesicht, als sähe er sie zum ersten Mal.

»Was soll mir daran bekannt vorkommen?«

»Sie haben nicht zufällig mit dem Journalisten gesprochen, oder?«

»Ich spreche ständig mit irgendwelchen Journalisten. Und was gibt's Neues?«

»Haben Sie mit *diesem* Journalisten über *unser* Geschäft gesprochen?«

Strone begann, betreten dreinzublicken.

»Sie haben es getan«, sagte Sarah.

»Wo ist das Problem?«

»Vertraulichkeit. Die ganze Methodik, nach der man ein Geschäft abschließt. Alles läuft nach einem sorgfältig ausgearbeiteten Schema ab. Es gibt da keine improvisierten Aktionen, kein beiläufiges Geplauder mit der Presse oder sonst irgendjemandem außerhalb der dazu bestimmten Personen, und das sind ich, Savage, Zamaroh, Breden, Sie und Redford sowie die ein oder zwei Geschäftsleute auf Ihrer Seite, die unbedingt wissen müssen, was Sache ist. Nämlich Ihre Anwälte.«

»Ach, ich bitte Sie. Hier geht's doch nun wirklich nicht um Staatsgeheimnisse.«

»So sollte die Sache aber besser behandelt werden, andernfalls wird Ihr Geschäft nämlich platzen – und wissen Sie was? Sie sind dafür verantwortlich. Erstens gibt es jede Menge Gesetze, die regeln, in welcher Form ein Investmentgeschäft abgewickelt wird, und sowohl wir, Goldsteins, als auch Sie, unser Kunde, müssen uns daran halten. Zweitens gibt es eine richtige und eine falsche Methode, wie man dieses Geschäft potenziellen Abnehmern anbietet. Investoren sind misstrauische Wesen. Sie wollen gern, dass alles glatt abläuft, nach einem vorgefassten Schema. Jede Abweichung von der Norm gibt Anlass zur Besorgnis. Wenn im späteren Verlauf irgendetwas schief läuft, wollen sie gern in der Lage sein, nach hinten zu deuten und zu ihren Vorgesetzten zu sagen: *Aber hey, hören Sie, es gab keine warnenden Anzeichen, nichts Ungewöhnliches, nichts Unnormales, nichts, was Anlass zu der Vermutung gab, dass das alles den Bach runtergeht*. Sie brauchen einen gut ausgearbeiteten Plan, und den müssen wir ihnen geben. Ein gut ausgearbeiteter Plan schafft Vertrauen, er ist nicht irgendeine freiwillige Zusatzleistung. Es gibt bei alledem eine äußerst strenge Choreographie. Sie können nicht einfach auf die Bühne der Finanzwelt gestolpert kommen und die Regeln umstoßen, ebenso wenig, wie

James Savage, Zaha Zamaroh oder ich auf Redfords Bühne stürmen und versuchen würden, mit ihm im Quartett zu singen.«

Strone hörte schweigend zu. »Na schön«, sagte er steif, »ich werde nicht wieder mit der Presse sprechen. Zufrieden?«

»Zufrieden«, sagte Sarah. »Aber nur damit ich Bescheid weiß, was genau haben Sie dem Journalisten erzählt, und wer hat wen kontaktiert?«

»Der Bursche hat mich angerufen, aus heiterem Himmel, hat gesagt, er hätte gehört, dass wir den Plattenbestand verbriefen wollten, dass Goldsteins das Geschäft abwickelt.«

»Und dann was?«

»Ich habe gesagt, ja, das ist richtig, wir werden die größte Wertpapieremission durchführen, die es bei einem Rockstar je gegeben hat ...«

»Scheiße«, stöhnte Sarah.

»Was ist denn so schlimm daran?«

»Wir wissen noch gar nicht, wie groß das Geschäft überhaupt werden wird, wir arbeiten noch immer an den finanziellen Details. Es ist völlig verfrüht, jetzt schon über Größenordnungen zu sprechen. Hier geht's nicht um ›meiner ist größer als deiner‹. Wenn Sie das Ding allzu groß aufbauschen wollen, fällt es in sich zusammen, verstanden?«

Strone grinste.

»Wenn es Ihnen passiert, ist es nicht witzig«, sagte Sarah.

»Passiert es Ihnen denn oft? Ich würde vermuten, dass Sie den meisten Männern eine Höllenangst einjagen.«

Sarah trat einen Schritt vor, bis sie Strone genau in die Augen sah. »Hören Sie zu, Bürschchen, es wird Ihnen passieren und Ihrem Star, und zwar mordsmäßig, wenn Sie nicht endlich Ihr Hirn einschalten und Ihr Ego ein wenig zurückschrauben.«

Strone steuerte auf die Tür zu. »Wissen Sie, Ihre Laune ist wirklich verdammt anstrengend, Sie sollten wirklich versuchen ...«

»Bitte«, unterbrach ihn Sarah, »schlagen Sie mir keine Therapie vor.«

»Woher wissen Sie, dass ich Ihnen eine Therapie vorschlagen wollte?«

»Weil Sie heute schon der Zweite sind, der mir eine vorschlägt.«

»Das sollte Ihnen vielleicht zu denken geben.«

»Das tut es auch. Ich bin in der falschen Branche.«

Strone lachte. »Kommen Sie heute Abend zum Konzert?«

»Ich würde es um nichts in der Welt verpassen.«

38

Sarah zog sich um, schlüpfte in die Hose ihres Herrenanzugs und in ein weißes Baumwoll-T-Shirt. Sie warf sich einen lavendelfarbenen Pashminaschal um die Schultern und wollte sich eben auf den Weg ins Konzert machen, als sie wieder einen Umschlag unter ihrer Tür entdeckte. Sie riss die Tür auf, ließ die Blicke über den Korridor schweifen, konnte aber niemanden sehen. Ihr Name war mit Schreibmaschine geschrieben, der Umschlag zugeklebt. Sie riss ihn auf. Ein Foto fiel heraus. Sarah und Redford, auf seinem Balkon stehend, die Gesichter im Sonnenuntergang golden schimmernd, sein Gesicht ihr zugewandt, ihres nach vorn gerichtet, mit forschendem Blick. Sie erinnerte sich an das aufblitzende Licht, erinnerte sich an eine Bewegung, blitzschnell, wie ein Heckenschütze. Ihr Gesicht wurde durch einen roten Streifen in zwei Teile zertrennt, der sich klebrig anfühlte, Blut oder Lippenstift. Sie schauderte, wütend und entsetzt zugleich. Auf dem Zettel stand in dem inzwischen vertrauten Schrifttyp:

Wenn du dich nicht von Redford fern hältst, wirst du dafür büßen müssen. Mach dich bereit, zu sterben.

Sie starrte auf die Notiz und dann auf das Foto, als könnte sie beides unter der Macht ihres Blicks schrumpfen lassen, aber die Botschaft des Hasses ließ sich nicht verringern. Sie konnte sie nicht länger ignorieren. Sie hasste unerledigte Angelegenheiten, sie hasste es, von anderen kontrolliert zu werden, vor allem von unsichtbaren Verfolgern, aber ihr Verstand sagte ihr, dass sie keine andere Wahl hatte. Sie war nicht bereit, Redford zu verlassen, er war eine unerledigte Angelegenheit und würde es immer sein, aber ihre Liebe zu Georgie zog sie mit erstaunlicher Kraft zurück nach Hause. Vor Georgies Zeit war es für sie ein selbstsüchtiges Spiel gewesen, ihr Leben zu riskieren. Sie hatte die Gefahr nie gesucht, aber wenn sie auf dem Weg lauerte, den sie eingeschlagen hatte, dann hatte sie deswegen nicht die Richtung geändert. Jetzt führten alle Wege zurück zu ihrem Sohn. Ihn im Stich zu lassen, das war undenkbar. Sie *musste* diesen Verfolger ernst nehmen.

Sie dachte an den vergangenen Abend und an Redfords letzte Frage. Sie hatte lange und angestrengt über ihre Antwort nachgedacht, hatte die Augen auf seinem Körper ruhen lassen und sich an ein Vergnügen erinnert, das intensiver war als alles, was sie je zuvor erlebt hatte. Dann hatte sie gelächelt und nichts weiter gesagt als: *Weil ich es tun musste*. Und bevor sie schwach werden konnte, war sie vom Sofa aufgestanden und hatte ihn verlassen.

Später, im Bett, hatte sie noch wach davon geträumt, wie es vielleicht hätte sein können, noch einmal mit diesem Mann zu schlafen, dem Vater ihres Kindes, in seine Gedanken zu schlüpfen, seine goldfarbene Haut zu spüren, Auge in Auge neben ihm zu liegen, seine Macht und seinen Zauber zu spüren.

Sie starrte auf die Notiz, versuchte, die Gedanken ihres Autors zu ergründen. *Du glaubst, er gehört dir,* dachte sie. *Du bist erfüllt von Hass, erfüllt von Wut, und du würdest mich zu Grunde richten*. Sie legte den Zettel auf einen Ablagetisch und trat in den Flur hinaus. Heute Abend werde ich dich betrachten, John Redford, entschied sie, in all deinem Glanz, und morgen werde ich dich deinem verrückten Fan überlassen.

Sie saß in einer privaten Loge des Parc des Princes und lauschte auf das Gejohle der Menge. Strone hatte sie zu ihrer Loge begleitet und war dann verschwunden. Sie war froh. Sie wollte seinen Blick nicht auf sich spüren, wenn sie John Redford zum letzten Mal betrachtete.

Während sie beobachtete, wie er auf die Bühne gelaufen kam, sah sie sein Lächeln, sah den Glanz in seinen Augen, spürte die Spannung, die er liebte und zugleich fürchtete, während die Menge ihn in ihr Herz schloss, individuell und kollektiv. Irgendwo dort draußen lauerte der Hass, aber im Augenblick wurde er verdeckt. Sie beobachtete, wie Redford sich bewegte, rundum geschmeidig und gelenkig, beobachtete, wie er sein Mikrofon liebkoste, und sie hörte zu, wie er »Komm zu mir« sang.

Geh jetzt fort oder komm zu mir,
wende dein Gesicht ab oder küss mich,
knöpf deinen Mantel zu oder lass ihn fallen,
komm zu mir und lass mich dich lieben,
lass es beginnen, lass mich dich sehen
und dich betrachten, lass mich dich küssen
und dich schmecken, lass mich dich lieben,
mit allem, was ich bin, jeder Sehne, jedem Atem,
jedem Herzschlag.

Ich will mit dir sprechen,
ich will mit dir gehen,
ich will dich kennen,
ich will dich lieben.

Er sang sich in ihren Verstand, in ihr Blut. Sie wollte hören, dass seine Stimme nur zu ihr sprach. Sie wollte sehen, wie er sich öffnete, sie wollte, dass er sich ihr zeigte, und sie wollte ihn provozieren und seine Lust spüren. Sie wollte jene erste, bewusste Berührung spüren, nicht das zufällige Streifen im Vorbeigehen, nicht die Hand, die ihr in ein Jackett half, sondern ein Streicheln, eine Liebkosung, eine Hand, die sich als Frage ausstreckte, und sie sehnte sich danach, sich als Antwort hinzugeben. Sie hasste den Gedanken, die Kontrolle zu verlieren, doch das Verlangen hatte sie fest im Griff. Sie musste diesen Mann noch einmal haben. Sie begehrte ihn mit einer Heftigkeit, über die sie selbst erschrak. Sie schwor sich, sie würde ihn noch einmal haben, ihn lieben, ihn besitzen, eine Nacht lang, und er würde sie besitzen. Noch eine vollkommene Nacht, aber nicht jetzt, nicht unter diesen Umständen, wo sie ihm die Falle stellte, ausgesandt, um seine Seele zu zerpflücken und seine Schwächen und seine Leichen im Keller aufzustöbern. Wenn es dazu kommen sollte, dann musste es irgendwann in der Zukunft sein, entschied sie. Die Schicksalsgöttinnen hatten sie bereits zweimal zusammengeworfen, und wenn es sein sollte, dann würden sie sie auch ein drittes Mal zusammenwerfen. Sie beobachtete ihn und gab sich ihren Träumen hin, während er »Nicht mehr atmen« sang.

Du bringst mir den Geschmack entlegener Orte,
Mit unergründlichem Blick,
Du hältst dir deine Ängste und Hoffnungen wie
private Tänzer,
aufgedonnert in der Dunkelheit.
Du zeigst nie, was dich rührt oder quält, aber,
Baby,
ich kann deine Verzweiflung spüren.
Die Berührung anderer Liebhaber liegt noch auf
deiner Haut.
Du wirst nie ihr Eigen sein, und auch mein Eigen
nicht, um dich
zu haben und zu halten, und das Traurigste dabei
ist, Baby,
du wirst auch nie dein Eigen sein.

Du bist das Geheimnis meines Gebets,
du bist mein vierzehn Jahre alter Traum,
ich sah dich, als ich Staub fraß, als ich nicht
schlafen konnte,
als die Sommernächte so heiß waren,
da kamst du zu mir wie ein Geist und berührtest
meine Schläfe
mit deiner kühlen Hand.

Und jetzt brennt das Feuer auf deiner Hand, und
nicht einmal
all meine Tränen können es löschen.
Ich kann deinen Schmerz nicht stillen,
ich kann nicht dein Atem sein,
aber ich kann dich lieben,
bis ich nicht mehr atmen kann.

39

Sarah saß allein auf einem Holzstuhl auf ihrer Terrasse und blickte über die stillen Häuserdächer hinaus. Sie konnte nicht schlafen und hatte es auch gar nicht erst versucht. Sie hatte sich entschieden, hier draußen im Dunkeln zu sitzen, sich den Geruch des Weihrauchs über die Haut wehen zu lassen wie eine Liebkosung, und zuzusehen, wie die Nacht allmählich der Morgendämmerung wich. Sie liebte dieses Gefühl, wach zu sein, wenn die Welt um sie herum schlief. Sie fühlte sich von der Dunkelheit beschützt. Wenn es dort draußen Hass gab, dann konnte er sie jetzt nicht erreichen, wenn Schmerz auf sie wartete, dann konnte sie ihn jetzt nicht spüren, wenn Traurigkeit hinter der Morgendämmerung lauerte, dann konnten jetzt keine Schatten davon auf sie fallen. Sie fühlte sich gereinigt. Redford hatte ihre Hoffnungen, Ängste und ihren Schmerz, ihren gemeinsamen

Schmerz, mit seinen Liedern zum Ausdruck gebracht. Er hatte sie mit der Schönheit seiner Seele berührt, sie und fünfzigtausend andere, und trotz seiner Ängste gingen sie alle mit beschwingten Seelen nach Hause. Wenn er die Macht besaß, sie alle zu vergiften, dann benutzte er sie im Augenblick jedenfalls nicht. Sarah warf einen Blick auf die Armbanduhr. Es war drei. Stockdunkel, noch Stunden bis zum Morgengrauen. Sie streckte die Hand nach ihrem Whiskyglas aus, doch dann hielt sie plötzlich inne. Es klopfte an ihrer Tür. Leise erhob sie sich und schlurfte durchs Zimmer. Klopf, klopf, da war es wieder.

»Wer ist da?«, flüsterte sie.

»Hier ist John.«

Ihr Herz machte einen Satz und begann, schneller zu schlagen. Ihr Mund wurde trocken.

Langsam machte sie die Tür auf. Er stand vor ihr, in Jeans, weißem T-Shirt und wieder barfuß. Er sah erschöpft aus, fast schon ausgelaugt, als hätte er all den Schmerz und Verlust, den er besang, mit jedem Wort noch einmal durchlebt, als hätte jeder Akkord in seiner Erinnerung ein Echo erzeugt und ihn von jedem Ort, an den er sich flüchten wollte, zurückgezerrt.

Er sah sie an. Als Antwort trat sie einen Schritt zurück, um ihn ins Zimmer zu lassen.

»Ich habe auf meiner Terrasse gesessen und einfach in die Nacht geschaut«, sagte sie. »Willst du dich zu mir setzen?«

Er lächelte, nickte und folgte ihr durchs Zimmer hinaus in die Nacht. Er zog sich einen Stuhl heran und setzte sich neben sie.

»Hast du Durst?«, fragte Sarah.

»Ich könnte einen Fluss austrinken. Ich hab schon das ganze Evian in meiner Suite geleert.«

»Augenblick, ich hol dir welches.« Sie erhob sich und kam mit vier kleinen Flaschen zurück. Sie beobachtete, wie Redford drei davon hinunterstürzte.

»Deine Vorstellung«, sagte sie und streckte einen Arm aus,

um sein Handgelenk zu berühren, »war eines der schönsten Erlebnisse, das ich je hatte. Es war zu schön, um danach schlafen zu können. Ich wollte einfach die ganze Nacht aufbleiben und auf den Sonnenaufgang warten.«

»Kann ich dir Gesellschaft leisten? Die ganze Nacht, bis zum Morgen?«

»Sehr gern.« Sie sah ihn an, lange und eindringlich. Sie war außer Stande, den Blick abzuwenden. Er ließ seine Augen auf ihren ruhen, beugte sich über sie und berührte ihr Gesicht. Er glitt mit den Fingern über ihre Augenlider, die Wangen hinunter und über ihre Lippen. All ihre Vorsätze lösten sich in nichts auf. Sie küsste seine Finger, beugte sich zu ihm hinüber und küsste ihn auf den Mund.

Es war wie ein Traum, eine hervorgeholte Erinnerung, bei der jeder ihrer Sinne wacher als je zuvor war. Sein Geschmack war so, wie sie ihn in Erinnerung hatte, nur noch besser. Sein Kuss war so, wie sie ihn in Erinnerung hatte, nur noch leidenschaftlicher. Er zog sie hoch, zog sie zu sich hin, und der Traum wurde in seiner Umarmung Wirklichkeit. Er führte sie sanft zu ihrem Bett, beobachtete, wie sie sich hinlegte. Er legte sich neben sie, und seine Finger glitten mit einer immer stärker werdenden Hitze über ihren Körper. Er schob ihr Kleid hoch und glitt mit den Fingern über die nackte Haut ihrer Schenkel. Sie drückte sich gegen ihn, zog ihn über sich und spreizte die Beine, bis sie spürte, wie er sich gegen sie presste. Sie zerrte an seiner Jeans, riss den Reißverschluss auf, zog sie ihm aus. Als er sie liebte, gab sie sich ihm in völliger Ergebenheit hin.

Danach lagen sie sich in den Armen, vereint in Schweigen und Liebe. Es gab zu viel zu sagen, als dass sie wussten, wo sie anfangen sollten, also sagten sie gar nichts, denn keiner von ihnen wollte den Bann dieses Augenblicks brechen. Irgendwann musste Sarah schließlich eingeschlafen sein, denn als sie aufwachte, sah sie, wie Redford vor ihr stand, mit kreidebleichem Gesicht. Ihr Blick wanderte auf das Foto und die Notiz, die er mit einer Hand umklammert hielt.

»Ah.«

»Ist das alles, was du sagen kannst?« Seine Stimme klang angespannt, um Selbstbeherrschung bemüht.

»Was soll ich denn sagen?«

»Hattest du vor, es mir zu sagen?«

Sie stieg aus dem Bett und schlüpfte in ihren Morgenrock. Sie wickelte ihn fest um sich und rollte sich in einem Sessel zusammen, die Beine bis an die Brust gezogen. »Ich habe es gestern Morgen versucht. Strone hat gesagt, du dürftest nicht gestört werden.«

»Hast du es ihm erzählt?«

»Nein. Ich wollte erst mit dir sprechen. Was ist los, John? Dir passiert genau dasselbe, stimmt's?«

Er sank aufs Bett. »Die letzten sechs Wochen. Ich habe fast jeden Tag eine Notiz bekommen, immer andere Worte, aber immer dieselbe Bedeutung: *Genieß es, solange du noch kannst, Asche zu Asche, Staub zu Staub*.«

»Irgendeine Ahnung, wer dahinter stecken könnte?«

Redford schüttelte den Kopf. »Könnte im Grunde jeder sein, oder irgendein Verrückter, der es sich zur Aufgabe gemacht hat, mich aus dem Weg zu räumen. Eine Abkürzung auf dem Weg zu eigenem Ruhm.«

»Es ist eine eifersüchtige Frau, das ist ziemlich offensichtlich.«

»Das lässt immer noch alles offen.«

»Das kann ich mir vorstellen.«

»Wie viele Notizen hast du bekommen?«

»Drei. Eine in New York, am Tag nachdem wir abends zusammen essen gegangen sind, dann eine gestern Morgen, und dann noch eine mit diesem Foto, kurz bevor ich mich auf den Weg ins Konzert gemacht habe.«

»Hast du Goldsteins davon erzählt?«

»Noch nicht.«

»Aber du wirst es tun?«

»Ich muss.«

»Was werden sie dann unternehmen?«

»Verlangen, dass ich mich elegant aus deinem Geschäft verabschiede.«

»Und wirst du das tun?«

»Ich will nicht. Ich weiß nicht«, antwortete sie mit ausdrucksloser Miene.

»Was passiert mit dem Geschäft, wenn du es ihnen sagst?«

»Ich weiß es einfach nicht.« Sie versuchte, den Aufruhr ihrer Gedanken zu besänftigen. Sie stand auf und schenkte sich einen doppelten Whisky ein. Sie nahm dreimal hintereinander einen kräftigen Schluck und spürte, wie sich so etwas wie Klarheit in sie einbrannte. »Vielleicht werden sie sich überzeugen lassen, dass die Verfolgerin mit diesem Geschäft nichts zu tun hat, aber das wird ein harter Brocken werden. Er wird ihnen nicht schmecken. Sie werden keine Publicity wollen, die eine solche Verfolgung in den Mittelpunkt rückt. Vielleicht werden sie sich Sorgen machen, dass die Verfolgerin ihre Aufmerksamkeit auf sie lenken könnte.« Sie hielt einen Augenblick inne. »Ich nehme an, du hast dich nicht an die Polizei gewandt?«

Er schüttelte den Kopf, als sei die Idee völlig abwegig.

»Warum nicht?«

»Weil es durchsickern würde, die Medien würden sich auf die Sache stürzen, und ich würde der reinste Magnet für Verfolger werden.«

»Es muss doch eine Möglichkeit geben, in dieser Angelegenheit diskret zu ermitteln«, sagte Sarah.

»Dann sag sie mir.«

Sie wollte sie ihm fast schon mitteilen, doch im letzten Augenblick gelang es ihr, sich zu beherrschen. »Ich weiß nicht, das ist nicht mein Gebiet. Du solltest einen Fachmann zu Rate ziehen. Hör zu, ich muss morgen nach London zurückfliegen. Ich muss Goldsteins davon erzählen. Ich könnte sie fragen, die werden irgendwelche Leute kennen. Sie könnten dir helfen, da bin ich mir sicher.«

»Das ist nicht mein Stil. Hör zu, Sarah, besteht vielleicht irgendwie die Möglichkeit, dass du Goldsteins *nicht* davon erzählst?«

»Warum?«

»Ich will nicht in ein Wespennest stechen. Ich will nur noch raus aus alledem, nach Hause, nach Wyoming.«

»Du meinst, dich verjagen lassen?«

Redford zuckte die Schultern.

»Du kannst doch nicht zulassen, dass dieser Mensch dein Leben beherrscht.« Sarah erhob sich entnervt und begann, im Zimmer auf und ab zu laufen. »Das tue ich nicht. Es ist sowieso an der Zeit, auszusteigen.«

»Warum?«

»Man soll aufhören, wenn man ganz oben ist.«

»Du könntest noch viele Jahre ganz oben sein.«

»Vielleicht.«

»Die Verfolgerin ist der eigentliche Grund, stimmt's?«, sagte Sarah, die auf einmal alles begriff. »Deswegen willst du die Wertpapieremission, um ihr zu entkommen. Deswegen willst du auch nicht, dass ich Goldsteins von ihr erzähle, weil du Angst hast, dann könnten sie das Geschäft platzen lassen und dir damit den Fluchtweg abschneiden.«

Sie sah die Bestätigung in seinen Augen. »Aber warum brauchst du denn die Wertpapieremission, um zu entkommen?«, fragte sie. Sie stand vor einem Rätsel. »Du musst doch ohnehin schon ein Vermögen gemacht haben, mehr als genug, um dich zur Ruhe zu setzen. Ich weiß, wir haben das alles schon einmal besprochen, aber ich kann mir einfach nicht vorstellen, dass du nicht genug Kohle hast, um jetzt Schluss zu machen.«

»Du würdest dich wundern. Meine Platten haben brutto Hunderte von Millionen eingebracht, meine Tourneen noch ein paar hundert mehr, aber bei alledem gibt es noch so viele Abzocker, so viele berechtigte Spesen, so viele Parasiten.« Der Gedanke schien ihn zu erschöpfen. »Zum Teil ist es auch meine eigene Schuld. Ich habe viel auf den Kopf gehauen, als ich in den Zwanzigern war.«

»Wie denn?«

»Ach, du weißt schon – das Rock-'n'-Roll-Klischee: Sex

und Drogen und Exzesse aller Art. Motorboote habe ich einfach verschenkt, Partys geschmissen, auf denen alles in Strömen floss. Ich hatte alles, und ich machte alles.«

»Und jetzt bestrafst du dich dafür.«

Redford sah überrascht aus. »Wieso das?«

»Du lässt zu, dass eine Verfolgerin eine der wichtigsten Entscheidungen deiner Karriere für dich trifft. Was soll das sein, eine Art Wiedergutmachung? Ich habe mich des Exzesses schuldig gemacht, und jetzt muss ich dafür büßen?«

»Sarah, ganz so einfach ist die Sache nicht. Ich bin es leid, ich zu sein, das öffentliche Ich, und, nun ja, ich geb's zu, ich habe Angst. All dieser Hass, das zehrt an den Nerven.«

»Es zehrt auch an meinen Nerven, und bei mir geht das erst seit ein paar Tagen.« Sie trank noch einen Schluck Whisky. »Warum tritt sie nicht hervor und kämpft offen mit uns?«

»Du scheinst dir ja sehr sicher zu sein, dass es eine Frau ist, stimmt's?«

»Es ist durchtrieben, hässlich und gemein. Und besitzergreifend. Meinst du nicht, es könnte eine Ex-Freundin sein?«

Einen Augenblick lang sah Redford völlig verblüfft aus. »Keine von ihnen hasst mich, soweit ich weiß. Vielleicht sind sie sauer auf mich, aber nicht so sehr, dass sie mir sechs Wochen lang auf einer Tournee hinterherreisen und mir diese getippten Notizen zukommen lassen würden.«

»Sie muss reich sein, wenn sie es sich leisten kann, einfach so durch die Welt zu fliegen. Sie arbeitet nicht, oder sie hat irgendeinen Job, der es ihr gestattet, sich sechs Wochen freizunehmen. Vielleicht ist sie selbstständig. Was auch immer, sie ist auf jeden Fall besessen und entschlossen, und sie hat das gottverdammte bisschen Verstand, das sie vielleicht hatte, völlig verloren.«

Redford erhob sich und nahm Sarahs Hand in seine. »Entschuldige. Bei allem habe ich dich völlig vergessen. Hast du denn Angst?«

»Natürlich habe ich Angst, und ich hasse es. Ich hasse die Vorstellung, verfolgt zu werden. Genau wie in deinem Albtraum, man tritt hinaus in den Sonnenschein und genau ins Blickfeld irgendeines verrückten Heckenschützen. Peng, peng, und man ist tot.«

40

Sarah nahm die erste Maschine zurück nach London und fuhr sofort zum Carlyle Square. Jacob wartete auf der Türschwelle, als Sarahs Taxi vorfuhr, Georgie auf dem Arm. Sarah stürzte ihnen entgegen.

»Oh, Georgie, Jacob. Meine beiden Leidenschaften. Wie geht es euch?«

Jacob grinste. Das Baby kicherte vor Vergnügen, als es seine Mutter sah, und streckte die Arme nach ihr aus. Sie nahm ihn, vergrub ihr Gesicht in seinem Nacken, atmete ihn ein, küsste ihn immer und immer wieder, bevor sie schließlich Luft holte, ihn ins Haus und hinunter in die Küche trug. Sie kuschelte sich in ihren Lieblingssessel und hielt Georgie im Arm, während sie mit Jacob plauderte.

»Wie ist alles gelaufen?«

»Gut, Schätzchen. Er ist solch ein braves Baby, so pflegeleicht und liebevoll. Wir haben uns prima verstanden, er und ich.«

»Oh, Jacob. Vielen Dank für alles. Ich wüsste nicht, was ich ohne dich täte.«

Er lächelte verlegen, seine Augen glühten vor Freude, und Sarah merkte, dass ihr kleines Baby ihn richtig verjüngt hatte. »Gern geschehen. Wirklich. Und wie ist es bei dir gelaufen? Du siehst gut aus«, bemerkte er mit einem, wie es Sarah vorkam, misstrauischen Unterton.

»Tatsächlich?«, sagte sie leichthin. »Ich wüsste gar nicht, wieso, hab allerdings kaum Schlaf bekommen – bei diesem frühen Flug«, fügte sie rasch hinzu. »Aber es ist schon alles okay. Vielleicht werde ich gar nicht mehr reisen müssen. Könnte sein, dass sich in der Hinsicht bald alles erledigt hat.«

»Das wäre doch schön, oder nicht?«

»Ja, das wäre es. Alles hängt davon ab, was Goldsteins heute sagt, ob sie mit meiner verkehrsüblichen Sorgfalt im Hinblick auf John Redford zufrieden sind oder nicht.«

»Was hast du herausbekommen?«

»Eigentlich gar nichts. Der Bursche ist fast blitzsauber. Keine Leichen im Keller, soweit ich erkennen kann.«

»Jeder hat Leichen im Keller, das weißt du doch.«

»Ja, schon, aber ich denke, was auch immer sie sind, solange niemand sie findet, wird das Geschäft nicht gefährdet sein, und damit ändert sich im Grunde nichts, oder?«

»Und das heißt?«

»Dass ich meinen Auftrag abgeschlossen habe und Goldsteins das Geschäft abschließt.«

»Und wieso habe ich dann das Gefühl, dass es nicht ganz so einfach sein wird?«

Sarah blieb eine Stunde, dann stürmte sie los in Richtung King's Road und winkte sich ein Taxi heran.

»In die City«, sagte sie. »Broadgate Circle, bitte, so schnell Sie können. Ich bin schon spät dran.«

»Was glauben Sie denn, was ich bin?«, fragte der Taxifahrer gutmütig. »Ein Zauberer?«

Sarah grinste, zog ihre Unterlagen aus der Aktentasche und vertiefte sich in sie, bevor der Fahrer auf die Idee kommen konnte, ein Gespräch anzuknüpfen. Er brachte sie noch fast rechtzeitig zu ihrer Besprechung bei Goldsteins. Sie gab ihm ein großzügiges Trinkgeld und eilte in ihr provisorisches Büro, um festzustellen, ob es irgendwelche Nachrichten für sie gab. Jezza war bereits dort. Sarah hielt auf der Türschwelle inne, überrascht und irritiert zugleich.

Sie zwang sich zu einem Lächeln. »Hi, Jezza. Was gibt's?«

»Ich hab mich nur gefragt, wo Sie eigentlich stecken. Hab Sie schon 'ne ganze Weile nicht mehr gesehen.«

»Ja, na ja, ich hab das Gefühl, ich hab mich selbst schon eine ganze Weile nicht mehr gesehen. Recherchen, Flüge nach hier, nach dort, Sie wissen ja, wie das ist.«

»Nein, das weiß ich nicht«, sagte er und nahm Platz. »Erzählen Sie's mir.«

»Das würde ich gern tun, aber ich kann nicht. Muss zu einer Besprechung mit Savage, und ich bin schon acht Minuten zu spät.«

Jezza erhob sich träge. »Mein Gott, das können wir doch nicht zulassen, oder? Dürfen den großen Meister doch nicht enttäuschen.« Er kratzte sich nachdenklich an der Nase. »Es ist nicht so, dass jeder auf dem Börsenparkett, der Zugang zum alten Savage hat, auch eine Hauptrolle spielt. Sie sollten besser ein bisschen vorsichtig sein.«

Sarahs Rücken versteifte sich. »Was soll das denn heißen?«, fragte sie scharf.

»Hey, bleiben Sie locker. Ich sage das in Ihrem eigenen Interesse, lassen Sie's nicht an dem Boten aus.«

»Bitte, Jezza, hören Sie um Himmels willen auf, in Rätseln zu sprechen. Ich habe nicht den ganzen Tag Zeit.«

Jezza sah sich rasch um und winkte Sarah dann näher zu sich heran. »Die Wände haben Ohren«, sagte er. Sarah nahm sich vor, sich das für später zu merken.

»Was?«

Er winkte noch einmal. Mit einem schweren Seufzer trat Sarah noch näher.

»Lassen Sie es mich so ausdrücken«, sagte er in einem theatralisch geheimnistuerischen Tonfall, »ich habe den Eindruck, an der häuslichen Front sieht es nicht allzu rosig aus.«

»Und das soll heißen?«

»Ich glaube, dass Mrs. Savage vielleicht fremdgeht.«

»Und wie kommen Sie zu dieser Vermutung?«

»Weil ich sie einmal gesehen habe. Ich hatte mir einen Krankheitstag genommen, und da habe ich sie mit einem jungen Liebhaber auf der Straße gesehen.«

Sarah musste an PJs Bemerkung über Fiona Savage denken, an die Andeutung eines Vergnügungsnachmittags. Sie fühlte sich in Versuchung, sie zu verteidigen, allein schon ihrem Ehemann zuliebe. »Ach, ich bitte Sie. Vermutlich war er ihr Sohn.«

»In dem Fall würde ich sagen, sie pflegt eine etwas ungesunde körperliche Beziehung zu ihrem Sohn, denn sie hat ihm ins Ohr gehaucht.«

Sie spürte, wie ein Gefühl von Ekel in ihr aufstieg. »Hören Sie, Jezza, das geht Sie doch im Grunde überhaupt nichts an, und mich auch nicht. Warum erzählen Sie mir das alles eigentlich?«

Jezza beendete die Theatralik und fuhr sie gereizt an.

»Mein Gott, Sarah. Begreifen Sie doch endlich. Savage sucht vermutlich Trost. Und wer eignet sich besser dafür als ein neues Baby auf seiner Gehaltsliste?«

Sarah trat einen Schritt zurück und starrte Jezza voller Empörung an.

»Aus dem Weg, Sie Suffkopf. Ich hab genug Zeit mit Ihnen vertrödelt.«

Sie stürmte an ihm vorbei, auf die Hintertreppe zu. Als sie allein im Treppenhaus stand, hielt sie einen Augenblick inne, versuchte, sich zu sammeln, versuchte, das schmuddelige Gefühl abzuschütteln, das Jezza stets verbreitete, das immer genau unter der Oberfläche des Börsenparketts lag.

41

»Sagen Sie«, begann Zaha Zamaroh, die im Konferenzzimmer umherschlich, bis sie schließlich innehielt und sich über Dick Bredens Sessel beugte, halb inquisitorisch, halb verführerisch, »was wissen Sie eigentlich über Sarah Jensen?«

Breden schenkte ihr ein verschwörerisches Lächeln. »Weshalb wollen Sie das denn wissen?«

»Bloße Neugier.« Zamaroh richtete sich wieder auf und

streckte sich genüsslich, sodass sich ihre Brüste unter dem scharlachroten Seidenhemd wölbten. »Sie sind doch auch neugierig, geben Sie's doch zu.«

Breden zuckte die Schultern, täuschte dieselbe Gleichgültigkeit vor. »Ich bin neugierig auf das, was sie zu Tage fördert, wie sie ihre Arbeit anpackt.«

»Nicht auf ihre Vergangenheit?«

»Was für eine Vergangenheit?«

»Nun ja ...« Zamaroh beugte sich über den Konferenztisch nach vorne. »Wie Sie doch sicherlich wissen, hat sie vier Jahre in der City gearbeitet, die ganze Zeit über für Findlays, wurde ihr bestes Pferd im Stall, unterbezahlt, weil all diese britischen Banken Geizkragen sind, und außerdem ist sie eine Frau, das ist auch nicht unbedingt hilfreich. Und dann springt sie auf einmal in den ziemlich scheußlichen Ozean der InterContinentalBank. Innerhalb weniger Wochen werden der Leiter des Bereichs Wertpapierhandel und der Vorstandsvorsitzende ermordet, und Sarah wirft das Handtuch. Verlässt die ICB, verlässt die City, verschwindet für lange Zeit. Und dann taucht sie drei Jahre später als James Savages Sonderermittlerin wieder auf. Ein recht ereignisreiches Leben, finden Sie nicht auch?«

Breden lächelte. »Was wollen Sie, Zaha?«

Zamaroh kniff die Augen zusammen. Warum musste er so krass und so offensichtlich sein? Wusste er denn nichts vom Ritual des Handelns, dem Verführungstanz, der ausnahmslos dazugehörte, selbst für die Eintagsfliegen unter den Händlern, die Tageshändler, die an ein und demselben Tag Stellungen bezogen und ausnahmslos wieder aufgaben?

»Ich will wissen, was da los war, wie sie mit den Leuten in Verbindung stand, denn das muss sie ja getan haben, das ist doch offensichtlich, sogar für Sie.«

»Und weshalb sollte ich diese Informationen beschaffen oder sogar Ihnen zur Verfügung stellen?«

»Sie werden sie beschaffen, falls Sie sie nicht schon besitzen, denn Sie würden gern sehen, wie Sarah Jensen in Ungnade fällt. Sie besitzt auf Ihrem Gebiet keinerlei Sachkenntnis, sie hat wie niemand sonst Zugang zu Savage, und sie ist unerträglich herrisch in einer Branche, in der Frauen immer noch gesehen und nicht gehört werden sollten. Und Sie werden mir die Informationen zur Verfügung stellen, da ich hin und wieder Ihr Zahlmeister bin. Es ist ein simples Konzept, Dick. Man nennt es Handel.«

Breden grübelte eine Zeit lang darüber nach. »Warum wollen Sie es wissen?«

»Wissen ist Macht.«

Die Tür schwang auf und ließ beide zusammenzucken.

»Sarah, wie schön«, säuselte Zamaroh.

Sarah beobachtete sie misstrauisch, sodass sich Zamaroh schon fragte, ob sie durch die schweren Mahagonitüren vielleicht irgendwelche Gesprächsfetzen mitbekommen hatte.

»Sie haben sich verspätet«, fügte sie hinzu, außer Stande, sich die Bemerkung zu verkneifen.

»Ja, nicht wahr?«

Zaha fand, dass Sarah blendend aussah. Sie trug einen Herrenanzug, offenbar ihre neue Uniform, hohe Absätze und ein schlichtes weißes T-Shirt mit einer Kette aus klumpigen, leuchtenden, offensichtlich echten Wildperlen, dazu ein ebensolches Paar als Ohrstecker.

»Ihre Perlen sind entzückend.« Zamaroh konnte sich auch diese Bemerkung nicht verkneifen. »Südsee?«

Sarah nickte, wobei sie sich bewusst war, dass Zaha nicht nur die natürliche Schönheit der Perlen, sondern vor allem auch ihr Preisschild bewunderte. Sarah wusste, dass sie ein Vermögen wert waren, hatte aber keine Ahnung, wie viel sie genau gekostet hatten. Jacob hatte sie ihr zur Feier von Georgies Geburt überreicht. Vielleicht hatte er sie damals gekauft, vielleicht hatte er sie auch in seiner Zeit als Safeknacker beschafft, Sarah hatte nie danach gefragt, wollte es nicht wissen, aber der Gedanke, dass sie sie vielleicht widerrechtlich besaß, tat ihrer Schönheit keinen Abbruch.

Zamaroh war unübersehbar ein Fan von echtem Schmuck. Am Mittelfinger der linken Hand trug sie einen riesigen Diamantring, dazu ein glitzerndes Paar Ohrstecker, aber Sarah hatte den Eindruck, dass sie sie fast zornig trug, als hätte sie sie sich selbst gekauft, und dass ihr Wert, in materieller oder emotionaler Hinsicht, sich dadurch verringerte.

Die Luft erbebte, als James Savage eintrat.

»Sarah, Dick, Zaha«, nickte er allen dreien zu, wie ein König seinem Hofstaat. Er nahm eine feine Porzellantasse mit Espresso von Fred entgegen, der ihm schweigend gefolgt war, und kippte ihn wie ein Gläschen Schnaps.

»Ist dieser Raum hier sauber?«, herrschte er Breden an.

»Jawohl.«

»Noch immer nichts über die undichte Stelle?«

Breden schüttelte den Kopf. »Äußerst schwer zu fassen. Die Ermittlung macht keine großen Fortschritte. Ich versteh das nicht. Ich weiß, dass uns irgendetwas fehlt, irgendein Schlüssel, und wenn wir den bekommen könnten, dann hätten wir eine Chance.«

Savage zog missbilligend die Augenbrauen hoch und wandte sich an Sarah. »Haben Sie irgendwas?«

»O ja.« Sie spürte, wie die Luft um sie herum in Bewegung geriet. »Erstens einmal war es Strone Cawdor, der mit Roddy Clark gesprochen hat.«

»Dieser Idiot«, brüllte Zamaroh.

»Schwachkopf«, schimpfte Savage.

»Dasselbe habe ich ihm mehr oder weniger auch gesagt, falls es Sie beide tröstet«, erwiderte Sarah, womit sie bei Savage ein Grinsen hervorrief.

»Wenn Sie sich mit Ihrem üblichen Mangel an Selbstbeherrschung geäußert haben, dann verschafft mir das allerdings einen gewissen Trost.«

»Wer hat den Kontakt aufgenommen?«, fragte Breden.

»Strone sagte, Clark hätte ihn angerufen, und ich habe keinen Grund, ihm nicht zu glauben, sodass die eigentliche Frage lautet, wer zum Teufel hat Clark auf die Fährte gesetzt?«

»Sie haben es getan«, antwortete Zamaroh spitzzüngig.

Sarah starrte sie mit jenem ungläubigen Misstrauen an, mit dem man im Allgemeinen einen Psychopathen betrachtet, der durch die Straßen schwankt und einem sein wirres Gefasel entgegenschreit.

»Wie bitte?«

»Sie und Ihr kleines Kunststück, Redford mit hinunter aufs Börsenparkett zu nehmen. Da hätte man ja gleich eine Anzeige in der *Times* schalten können.«

Sarah lächelte süßlich. »Die Sache ist die, Zaha, es ist grundsätzlich streng untersagt, ohne Einverständnis der Unternehmensleitung mit Journalisten zu sprechen, stimmt's? Ich gehe davon aus, dass Sie versucht haben, das Ihren Leuten unten klarzumachen. Das Problem ist nur, es ist Ihnen offenbar nicht gelungen, denn einer von ihnen hat Roddy Clark mit hundertprozentiger Sicherheit einen Tipp gegeben. Ich meine, er wird schließlich kaum jeden Abend vor Goldsteins herumhängen und die Angestellten mit der Frage löchern, wer alles tagsüber gekommen ist.«

»Und?«, fragte Zamaroh. »Bringt uns das irgendwie weiter, oder ist es bloß ein armseliger Versuch, mich schlecht zu machen?«

»Lassen Sie es mich einfach ausdrücken«, entgegnete Sarah. »Wer auch immer Clark den Tipp gegeben hat, ist vermutlich unsere undichte Stelle.«

Zamaroh starrte ausdruckslos an die Decke, als wartete sie darauf, dass Sarah ihre Vorstellung beendete. Mit einem Funkeln in den Augen wandte sie den Blick wieder nach unten. »Also, und nachdem Sie das nun wissen, wie gedenken Sie, ans Licht zu bringen, wer diese Person ist? Wollen Sie Clark rund um die Uhr auf den Fersen bleiben? Das ist doch die Art von Arbeit, für die Sie bezahlt werden, stimmt's? Damit werden Sie die Chance bekommen, für Ihr Geld ausnahmsweise einmal etwas zu tun, oder? Denken Sie bloß an die Genugtuung, die Ihnen das verschaffen wird.«

»Oh, nun hören Sie schon auf, sich anzukeifen, alle beide«,

sagte Savage. »Gott schütze uns vor den Frauen.« Er schüttelte den Kopf. »Wie wollen Sie diese Sache jetzt weiterverfolgen, Sarah?«

»Wir haben jetzt einen Anhaltspunkt. Wir werden weiter herumstochern, bis wir noch einen finden.«

»Klingt ein bisschen vage.« Er wandte sich an Breden. »Irgendwelche Vorschläge, Dick?«

Er zuckte elegant die Schultern. »Wie Sarah bereits sagte, wir werden weiterhin nach einem zweiten Anhaltspunkt suchen. Wenigstens haben wir jetzt etwas, an das wir anknüpfen können.«

Sarah wandte sich an Dick. »Meinen Sie, wir sollten ein Profil von Clark erstellen lassen?«

Er rieb sich das Kinn. »Ich denke, das sollten wir tun. Man kann nie wissen, was wir in seinen Telefonrechnungen finden. Ihr schmutziger Regenmantel oder meiner?«

Savage und Zamaroh hörten verwirrt zu.

»Meiner, glaube ich«, entgegnete Sarah lächelnd.

»Na, dann packen Sie die Sache doch endlich an«, entgegnete Savage im gekränkten Tonfall eines Außenseiters. »Schließlich werden Sie beide gut genug bezahlt.« Er erhob sich.

»Augenblick noch«, sagte Sarah. Savage sah sie an.

»Was gibt's denn noch? Ich habe in fünf Minuten eine andere Besprechung.«

Sarah streckte die Hand nach der Kaffeekanne in der Mitte des Tischs aus, schenkte sich eine halbe Tasse Espresso ein und trank ihn aus.

»Haben Sie noch irgendetwas?«

Ihre Zuhörer warteten.

Mit einem klirrenden Geräusch stellte sie die Tasse zurück auf die Untertasse und hob den Blick zu Savage. »Redford wird verfolgt.«

Alle Anwesenden hielten gleichzeitig den Atem an.

»Das geht jetzt seit sechs Wochen so. Wo er auch hinfährt, Westküste, Ostküste, die Verfolgerin reist mit und schickt ihm Drohbriefe: ›Genieß es, solange du noch kannst. Asche zu Asche.‹ Dieses Zeug, auf das Verrückte so abfahren. Er hat keine Ahnung, wer es sein könnte.«

»Scheiße!«, sagte Zamaroh.

Breden beugte sich über den Konferenztisch nach vorn, die Stirn in Falten gelegt.

»Verdammt noch mal«, sagte Savage. »Diese verdammten Unwägbarkeiten. Was zum Teufel machen wir denn jetzt?«

»Hat er Angst?«, fragte Breden, der als einziger Ruhe bewahrte.

»Und wie. Er hat diese ständig wiederkehrende Befürchtung, er könnte eines sonnigen Morgens aus seinem Hotel treten, und irgendein Verrückter wartet mit einer Pistole draußen und pustet ihn um.«

»Und Sie«, fragte Breden, »haben Sie irgendeine Ahnung, wer es sein könnte?«

»Ich glaube, es ist eine eifersüchtige Frau.«

»Warum? Wie können Sie das wissen?«, fragte er.

»Weil ich auch verfolgt werde.«

42

Savage ließ sich bei seiner anschließenden Besprechung entschuldigen und setzte zu einem Verhör Sarahs an, das eine Stunde dauerte. Danach fühlte sie sich völlig erschlagen und konnte es kaum erwarten, endlich zu Georgie nach Hause zu kommen. Sie hatte Goldsteins bis ins letzte Detail über die Verfolgung unterrichtet, hatte wiederholte Antworten auf wiederholte Fragen gegeben.

»Was ich noch immer nicht begreife, und was Sie nicht hinreichend beantwortet haben«, sagte Savage mit schlecht verhohlener Ungeduld, »ist, weshalb *Sie* eigentlich verfolgt werden?«

»Mein Gott, ich weiß es nicht«, fuhr Sarah ihn an. »Fragen Sie die verdammte Verfolgerin.«

»Verfolgung, Verrat, was soll denn da noch alles auf uns zukommen«, bemerkte Zamaroh, die, so kam es Sarah vor, das Schauspiel ihres Unbehagens zu genießen schien.

»Ich frage Sie, Sarah«, hakte Savage nach und warf einen zornigen Blick in Zamarohs Richtung. »Äußern Sie eine Vermutung – für eine Vermutung zahlen wir Ihnen doch sicher genug.«

Sarah seufzte theatralisch auf. »Na schön. Zwei Theorien. Die erste ist, wie ich bereits sagte, eine eifersüchtige Frau. Der Grund, weshalb sie eifersüchtig auf mich ist, besteht darin, dass sie glaubt, zwischen mir und Redford läuft irgendetwas. Offenbar sind einige Leute aus der Band dieser Ansicht. Auf einmal gehöre ich zu seinem Gefolge, ich wohne im selben Hotel wie Redford, was sonst niemand aus seiner Band oder seinem Team darf, bis auf Strone, und ich kann schließlich kaum den wirklichen Grund meines Dabeiseins nennen, also nehmen sie an, um einen von ihnen zu zitieren, ich bin seine *Tussi.*«

Sie verzog das Gesicht bei diesem Wort. Zamaroh versuchte erfolglos, ein Kichern zu unterdrücken. Savage besaß so viel Anstand, Sarahs wegen betreten dreinzublicken, während Breden sie lediglich mit seinem unergründlichen, distanzierten Gesichtsausdruck betrachtete.

»Die einzige Lücke in dieser Theorie ist die Frage, weshalb sie eifersüchtig auf mich ist, wenn sie Redford so sehr hasst, wie sie es offenbar tut«, fuhr Sarah fort.

»Hassliebe?«, mutmaßte Zamaroh. »Der schmale Grat und das alles?«

»Könnte sein«, sagte Sarah.

»Und wie lautet die zweite Theorie?«, fragte Breden.

»Dass es jemand ist, der meine eigentliche Aufgabe kennt und nicht will, dass ich irgendetwas aufdecke, was das Geschäft gefährden könnte. Aber das ergibt auch keinen Sinn, denn die Drohungen würden mich doch lediglich veranlassen, noch tiefer zu graben, um aufzuspüren, was da vertuscht wird. Und überhaupt, wer kennt denn schon meine eigentliche Aufgabe? Niemand, der näher mit diesem Geschäft zu tun hat, dürfte davon wissen, es sei denn, die undichte Stelle war wieder am Werk.«

»Das ist das reinste Labyrinth, diese ganze verdammte Geschichte«, sagte Savage.

»Gibt es denn irgendjemanden, der einen Nutzen davon hätte, wenn dieses Geschäft platzt?«, fragte Breden.

»Sie meinen, jemand könnte das alles nur tun, um uns davon abzubringen?«, fragte Sarah.

»Könnte doch sein«, überlegte Breden.

»Ich wüsste niemanden, der einen Nutzen davon haben könnte, es sei denn, irgendjemand, der einen Groll gegen uns hegt. Wir kassieren Gebühren, Strone, der Manager, bekommt einen Anteil von Redfords Einkünften, das heißt, bei dem Geschäft fällt auch ein hübscher Batzen für ihn ab. Vielleicht will die Band nicht, dass dieses Geschäft abgeschlossen wird. Es gibt da diesen einen Burschen, Ray Waters, der scheint völlig durchgeknallt zu sein.« Sarah hielt einen Augenblick inne und dachte nach. »Nein, die Verfolgung ist zu leidenschaftlich, zu intim. Ich bin mir sicher, es steckt eine Frau dahinter. Ich halte dieses Szenario Liebe, Hass, Eifersucht für das wahrscheinlichste.«

Savage blickte Sarah mit zusammengekniffenen Augen an. »Sie kommen Redford doch nicht etwa zu nahe, oder?«

»Was soll das denn heißen?«, fragte Sarah.

»Na ja, Sie wissen schon.« Savage wand sich verlegen. »Sie bewegen sich eben in gewissen Kreisen.«

Sarah funkelte ihn zornig an. »Ich verbringe so viel Zeit wie möglich mit ihm, um so viel wie möglich über ihn in Erfahrung zu bringen. Deswegen könnte es für eine geistig verwirrte Verfolgerin vielleicht so aussehen, als ob zwischen uns irgendetwas läuft.«

»Und läuft etwas?«, fragte Savage.

»Nein, es läuft nichts«, sagte Sarah leise und, wie sie hoffte, gelassen, während sie versuchte, die Bilder der vergangenen Nacht – und einer Nacht vor eineinhalb Jahren –

aus dem Bewusstsein zu bannen, damit Savage nicht einmal einen Schatten der Wahrheit entdecken konnte.

»Also, was werden wir jetzt unternehmen?«, fragte Savage. »Diese Sache hat uns ja nun wirklich einen Knüppel zwischen die Beine geworfen.«

Sarah erhob sich. »Ich fahre nach Hause.«

»Was soll das heißen?«, fragte Savage.

»Genau das, was ich gesagt habe. Wir können diese Sache im Augenblick nicht weiterverfolgen, und ich habe noch andere Dinge zu erledigen.«

»Was denn für andere Dinge?«

»Private Dinge, James. Ein Leben. Ich habe eines. Ich weiß, das ist in diesen Kreisen unmodern, aber so ist es nun einmal.« Sarah steuerte auf die Tür zu.

»Sie lassen sich von dieser Verfolgerin doch nicht etwa Angst einjagen, oder?«, fragte Savage überrascht.

Sarah hielt inne. »Würden Sie das nicht?«

»Natürlich würde ich das, und wie, aber ich bin schließlich nicht Sie. Sie hatten doch sonst noch nie eine solche Angst.«

»Vielleicht ist das die Weisheit des Alters. Außerdem, wer sagt denn, dass ich Angst habe?«

»Sie haben diesen entrückten, störrischen Ausdruck in den Augen, als hätten Sie sich schon halb von dieser Sache verabschiedet.«

»Vielleicht habe ich das getan. Ich weiß es nicht. Ich brauche etwas Zeit zum Nachdenken.« Sarah wandte sich um, verließ das Zimmer und machte sich auf den Weg nach Hause.

»Seltsam«, bemerkte Breden, als die Tür ins Schloss fiel. »So habe ich sie noch nie erlebt. Ängstlich und verletzlich.«

Sarah sprang auf die Rückbank eines Taxis, mit dem Gefühl, als würde sie jeden Augenblick auseinander brechen. Ihr Leben bestand aus allzu vielen Teilstücken, und die Mühe, die es sie kostete, sie alle zusammenzuhalten, zermürbte sie. Sie zwang sich, sich auf mechanische Aufgaben zu konzentrieren, suchte Zuflucht in Dingen, die sie erledigen, abhaken und streichen konnte. Über ihr Handy rief sie Freddie Skelton an. Der Anwalt war in einer Besprechung, aber Sarah erklärte hartnäckig, dass es dringend sei, und ließ ihn ans Telefon rufen.

»Hi, Sarah.«

»Hi, Freddie. Entschuldige, dass ich dir das antue.«

»Wie immer, Kleines. Macht überhaupt nichts. Unter uns gesagt, ich hab dort drinnen einen völlig zugekoksten Headhunter, der versucht, die Merchantbank zu verklagen, bei der er einen Kandidaten untergebracht und die sich geweigert hat, ihn zu bezahlen, nachdem sich eine Woche später herausstellte, dass ihr blitzgescheiter, brillanter neuer Angestellter auch ein Kokser ist.«

»Ich hätte gedacht, dass das in gewissen Unternehmen eher eine Einstellungsvoraussetzung als ein Hinderungsgrund ist«, bemerkte Sarah.

»Nicht, wenn sie alle stocksauer auf den Chef des Börsenparketts sind, nur weil der sich geweigert hat, ihnen das Trading-Limit zu erhöhen.«

»Ah, na ja, das ist natürlich ein klein wenig unsozial, selbst nach den auf dem Börsenparkett geltenden Maßstäben.«

»Also, was ist diesmal so umwerfend dringend?«

»Eine hübsche kleine Skizze.«

»Wollen wir uns treffen und es besprechen?«

»Liebend gern, aber dazu ist es zu dringend. Wie lautet deine private Faxnummer?«

Skelton rasselte sie herunter. Sekunden später kam ein schlichtes Blatt Papier raschelnd durch das Faxgerät, auf dem nur zwei Worte standen: *Roddy Clark.*

»Aha«, sagte Skelton.

»Weißt du, wen ich meine?«

»Diesen Schreiberling, der dich nicht besonders zu mögen scheint, wenn mich mein Gedächtnis nicht täuscht.«

»Genau der.«

»Kosten spielen also keine Rolle?«

»So weit würde ich nicht gehen. Verschaffen wir uns erst einmal einen ganz groben Überblick und sehen dann weiter.«

Skelton lächelte. »Mit Vergnügen.«

Sarahs Liste mit Erledigungen war an dieser Stelle zu Ende. Sie ließ sich in den rissigen, schwarzen, vinylbezogenen Sitz sinken und schloss die Augen.

»O mein Süßer, o mein Schatz.« Sie drückte Georgie an sich, presste die Lippen auf seine seidige Wange. Dann hielt sie ihn von sich weg, um ihn zu betrachten. Er streckte die Hände nach ihrem Gesicht aus. Mein Gott, er sah wirklich aus wie sein Vater. Wieder drückte sie ihn an sich.

»Oh, er ist einfach so entzückend«, sagte Sarah zu Jacob. »Ich dachte, er würde mich vielleicht ignorieren, nachdem ich einfach weggefahren bin.«

»Das tun sie durchaus«, sagte Mrs. V., die in diesem Augenblick mit einem Stapel Bügelwäsche im Arm auftauchte. »Sie können von Glück reden.«

»Ja, nicht wahr?«, sagte Sarah, vergrub ihre Nase in Georgies Nacken, küsste und kitzelte ihn.

»Und, wie war die Besprechung?«, fragte Jacob.

»Ich weiß nicht«, antwortete Sarah. »Es ging um all diesen Kram. Savage und ich müssen noch ein paar Dinge ausarbeiten. Im Augenblick will ich gar nicht daran denken.«

»Warum nicht? Was ist passiert?«, fragte Jacob. »Wollen sie noch mehr verkehrsübliche Sorgfalt?«

»Sie sind sich nicht sicher. *Ich* bin mir nicht sicher – und hinzu kommt noch, dass ich mir nicht sicher bin, ob ich Georgie noch einmal allein lassen will.«

»Savage wird einen Tobsuchtsanfall bekommen, wenn du gehst und er will, dass du weitermachst.«

»Ja, na ja, das ist Savages Problem, wenn ich mich dafür entscheide«, antwortete Sarah. »Ich geh nur rasch ein bisschen mit Georgie spazieren«, sagte sie, bevor Jacob mit seinem Verhör richtig loslegen konnte. »Georgie hat schon zu Mittag gegessen, oder?«, vergewisserte sie sich.

»Ja. Süße Dampfkartoffeln, Lachs und Brokkoli.«

»Mmm.«

»Hast du denn schon gegessen?«, fragte Jacob.

»Ich hole mir auf dem Spaziergang irgendwo ein Sandwich.«

»Du brauchst mehr als ein Sandwich, um bei Kräften zu bleiben.«

Sarah lächelte. »Ich habe reichlich Fettreserven. Mach dir keine Sorgen.«

Zwei Stunden später kam sie zurück, fütterte Georgie und brachte ihn zu Bett. Sie setzte Teewasser auf, das genau in dem Augenblick kochte, als das Telefon klingelte. Jacob nahm ab.

»Irgendein John«, sagte er mit einem kurzen, missbilligenden Blick. Er reichte Sarah das Telefon und übernahm den Tee, was er auf einmal so zeitaufwendig und rituell gestaltete, als sei er eine japanische Geisha.

»Wie geht's dir, du Schöne?«, fragte Redford.

Sarah lächelte. »Danke, Mr. Redford, und Ihnen?«

»Mein Gott, sind wir heute förmlich. Kannst du nicht reden?«

»So ist es.«

»Wer hört mit?«

»Ein Publikum.«

»Ah, na ja, vielleicht sollte ich das Reden übernehmen, dir sagen, wie absolut fantastisch und ...«

»Tatsächlich«, unterbrach ihn Sarah und drehte sich um, um einen Blick auf Jacob zu werfen. Er sah von seiner Teezeremonie auf und bemühte sich angestrengt, ihr ein unschuldiges Lächeln zu schenken.

Georgie wählte genau diesen Augenblick, um in ein wimmerndes Schluchzen auszubrechen, das über das Babyfon in die Küche übertragen wurde.

»Was war denn das?«, fragte Redford.

»Mein Onkel ist eben meinem kleinen Kätzchen auf den Schwanz getreten«, sagte Sarah und stellte das Babyfon rasch leiser, während Jacob die Treppe hochschlich, um sich um Georgie zu kümmern.

»Hör zu«, sagte Redford auf einmal ernst. »Ich denke, du solltest es wissen. Ich habe noch eine Notiz bekommen. Diesmal ein Fax, in London abgeschickt, von Kall Kwik, was immer das ist. Es wurde unter meiner Tür durchgeschoben.«

»O mein Gott. Und was steht drauf?«

»Es steht drauf, ich soll dir sagen, dass du dich von mir fern halten sollst und dass, wenn du es nicht tust, Georgie und Jacob sterben werden.«

Irgendwie gelang es ihr, zu sprechen. »Ich muss Schluss machen.«

»Wer sind Georgie und Jacob?«

»Bitte. Ich muss Schluss machen.« Sie legte auf. Noch nie hatte sie eine solche Wut verspürt wie in diesem Augenblick. Wenn die Verfolgerin den Kampf gegen sie eröffnen wollte, dann hatte sie jetzt ihre volle Aufmerksamkeit. Mit ihrer feigen Drohung hatte sie Sarahs mütterlichen Schutzinstinkt mit voller Wucht gegen sich entfesselt, gemischt mit ihrer Waisenliebe zu Jacob. Neben ihrem engen Band zu Alex waren das die reinsten, stärksten Formen von Liebe, die Sarah je empfunden hatte, und hätte die Verfolgerin in diesem Augenblick vor ihr gestanden, dann hätte Sarah sie in tausend Stücke gerissen. Eine Zeile aus einem von Kiplings Gedichten schoss ihr durch den Kopf. »Das Weibchen einer Spezies ist tödlicher als das Männchen, da es aufs Überleben ausgerichtet ist.« Nur allzu wahr. Sie würde, ohne mit der Wimper zu zucken, töten, um ihr Kind und Jacob zu beschützen. Woher wusste diese Frau von Georgie und Jacob? Woher konnte sie es überhaupt wissen?

Mit entsetzlicher Deutlichkeit fiel Sarah die Antwort ein. Sie musste ihr gefolgt sein, den ganzen Weg von Paris bis zum Carlyle Square, und sie auf der Türschwelle beobachtet haben, gehört haben, wie sie ihrem Kind und ihrem Onkel zurief.

Sarah klammerte sich an die Gitterstäbe des Souterrainfensters und starrte zur Straße hoch. Sie würde nicht in Angst leben. Sie würde sich ihr Leben und Georgies und Jacobs nicht davon vergiften lassen. Sie schlich in der Küche auf und ab, versuchte, gleichmäßig zu atmen, in aller Ruhe zu überlegen, was sie tun musste. Ihr Instinkt sagte es ihr bereits, aber sie musste sich überzeugen, dass ihr Verstand sie dabei auch unterstützte.

Sie hatte eine Entscheidung gefällt, hatte ihr Gelübde mit der kalten Wut ihres Entschlusses besiegelt, als Jacob fünf Minuten später die Treppe wieder hinunterkam, ihren lächelnden Sohn in seinen Armen. Sie nahm ihm Georgie ab, drückte ihn fest an sich, atmete ihn ein. Lange Zeit später reichte sie ihn wieder Jacob und rief Eva Cunningham an.

»Eva, Sarah hier. Ich muss dringend etwas mit dir besprechen. Könntest du bei mir vorbeikommen? Ach, und noch etwas, Eva, tu bitte, als ob es um eine ganz gewöhnliche Angelegenheit geht, ja?«

Eine Viertelstunde später stand Eva vor der Tür. Sarah ließ sie hinein. Jacob steckte den Kopf aus dem Wohnzimmer.

»Hallo, Eva«, sagte er freundlich. »Wie geht's?«

»Hi, Jacob.« Sie ging auf ihn zu und drückte ihm einen schmatzenden Kuss auf die Wange. »Mir geht's gut, danke. Und dir?«

»Ich halte mich wacker. Nicht allzu schlecht. Wie wär's mit 'ner Tasse Tee?«

»Liebend gern, aber ich muss leider ein bisschen ungesellig sein. Deine entzückende Nichte will in irgendeiner Angelegenheit meine Weisheiten hören, und da sie dafür ein hübsches Sümmchen hinblättern muss, sollte ich mich besser in ihr Arbeitszimmer verkriechen und ihr für ihr Geld auch etwas Ordentliches bieten.«

»Papperlapapp«, sagte er grinsend. »Ich bringe dir den Tee in einer Minute hoch.«

Unter überschwänglichem Dank stellte Jacob eine große Kanne Tee, zwei Becher und eine Auswahl von Keksen ab und zog sich diskret zurück.

Eva trank einen Schluck siedend heißen Tee, schien es nicht zu bemerken, und wandte sich dann mit einem Blick, der lebhafte Neugier verriet, an Sarah. »Also, was gibt's?«

Sarah starrte zu ihrer Freundin zurück, die Augen schwer vor Anspannung.

»Ich muss morgen früh wegfahren, für zwei Nächte. Ich benötige eine Rund-um-die-Uhr-Bewachung für Georgie und Jacob, und sie muss unsichtbar sein.«

Eva atmete einmal heftig aus. »Mein Gott, Sarah. Du verlangst aber gar nicht viel, oder? Vielleicht erklärst du mir erst einmal, was zum Teufel eigentlich los ist.«

Sarah erzählte Eva von der Verfolgerin und den Drohungen. Sie erzählte ihr von dem Geschäft mit Redford. Da der Rockstar irgendwie ein fester Bestandteil der Verfolgung war, hatte sie keine andere Wahl. Sie erklärte, dass mehrere Mitglieder aus Redfords Gefolge glaubten – fälschlicherweise, wie sie betonte –, dass sie seine Tussi sei und dass sie daher möglicherweise aus Eifersucht verfolgt würde.

»Scheiße. Dein Sohn und dein Onkel«, sagte Eva und atmete einmal heftig aus, nachdem sie eine halbe Stunde lang zugehört hatte. »Warum fährst du denn dann nach Venedig? Ich hoffe, du fährst nicht, um das zu tun, was ich vermute?«

Der Ernst, der sich in Evas Miene widerspiegelte, schwang in Sarahs Stimme mit. »Würdest du denn nicht genau dasselbe tun?«

Eva lächelte auf eine seltsame Weise. Einen Augenblick lang schienen ihre Augen ein anderes Leben noch einmal zu durchleben, doch dann sagte sie lediglich: »Aber pass um Himmels willen auf dich auf.«

Sarah zögerte. »Du kannst das also übernehmen, die Rund-um-die-Uhr-Bewachung, gleich ab morgen früh?«

Eva zuckte die Schultern. »Was habe ich denn schon für eine Wahl?«

Sarah zuckte zusammen, als es sanft an der Tür klopfte. Jacob steckte den Kopf ins Zimmer. »Ich geh rasch ein paar

Besorgungen machen. Wir müssen einige Vorräte dringend aufstocken.«

Sarah lächelte. »O Jacob. Ich hatte die ganze Zeit schon vor, es selbst zu erledigen.«

»Und wovon sollen wir in der Zwischenzeit leben?«, fragte er gutmütig. Er warf den beiden Frauen eine Kusshand zu und verschwand leise.

»Ich sollte besser Savage anrufen«, sagte Sarah, »bevor du dich mit deinen Leuten in Verbindung setzt. Ich muss ihn überzeugen, dass es letztendlich doch nicht so gefährlich sein wird, nach Venedig zu fliegen.«

Sie wurde mit dem Vorstandsvorsitzenden verbunden, als er gerade aus einer Besprechung kam.

»Ich habe noch einmal über alles nachgedacht, und ich bin zu dem Schluss gekommen, dass wir Gefahr laufen, der Sache mit dieser Verfolgerin allzu große Bedeutung beizumessen«, sagte sie mit emotionsloser Stimme. »Jeder Popstar bekommt massenweise Drohbriefe. Es ist praktisch eine Art Trophäe; je mehr Verrückte man in seiner Sammlung hat, desto mehr Ehre steckt man ein. Ich denke, wir sollten uns nicht von einer einzelnen Verrückten dieses Geschäft vermasseln lassen. Ich werde morgen früh nach Venedig fliegen.«

Seine Antwort war hitzig, und ein erbitterter Streit entflammte zwischen ihnen.

»Unter gar keinen Umständen werden Sie diese Sache weiterverfolgen«, sagte Savage, der fünf Minuten nach Sarahs Erklärung noch immer tobte. »Ich habe über diese ganze Angelegenheit nachgedacht, nachdem Sie heute Morgen davongestürmt sind, und ich habe es mit Dick besprochen. Denken Sie doch bloß dran, was mit John Lennon passiert ist. Mit George Harrison.«

»Ich bin mir durchaus darüber im Klaren, was mit denen passiert ist.«

»Dann nehmen Sie diese Verfolgerin doch endlich ernst!«

»Keine Sorge, James. Ich werde ihr den Respekt zukommen lassen, den sie verdient.«

Savage hielt einen Augenblick inne und fragte misstrauisch: »Was soll das denn heißen?«

»Ich werde mich entsprechend dem Maß an Drohungen, das ich wahrnehme, verhalten.«

»Sie könnten eine Kugel in den Kopf gejagt bekommen. Redford könnte eine Kugel in den Kopf gejagt bekommen. Hatten Sie denn noch nicht oft genug mit dem Tod zu tun?«, fragte Savage, der inzwischen fast die Beherrschung verlor.

»Glauben Sie mir, James, ich werde alles tun, was in meiner Macht steht, um am Leben zu bleiben.«

»Das will ich nicht bezweifeln«, sagte Savage, der durch die leise Eindringlichkeit ihrer Stimme wieder besänftigt wurde, »aber Sie sind nicht unbesiegbar.«

»Nein, aber ich habe mein eigenes Waffenarsenal«, und *es heißt Mutterliebe*, fügte sie im Stillen hinzu.

»Na schön, Sarah, ich habe weder die Zeit noch die Energie, mich mit Ihnen zu streiten. Meine Frau ist auf der anderen Leitung – ich muss Schluss machen. Tun Sie, was Sie nicht lassen können, aber erwarten Sie nicht, dass ich bei Ihrer Beerdigung Tränen vergieße.«

Erschöpft steckte Sarah sich das Haar hinter die Ohren. »Ich muss los«, sagte sie zu Eva.

»Das dachte ich mir schon. Und ich werde mich jetzt besser an mein Telefon setzen und anfangen, Leute in Bewegung zu setzen.« Eva erhob sich in genau dem Augenblick, in dem Sarahs Telefon klingelte. Savages Stimme ertönte auf dem Anrufbeantworter, missmutig und gefühlsduselig. »Sarah? Sind Sie da?«

»Entschuldige, Eva. Kann ich das noch rasch erledigen?« Sarah schnappte sich den Hörer. »Ich bin hier.«

»Hören Sie, Sarah. Ich wollte Ihnen nur sagen, ich hab das nicht so gemeint, was ich eben gesagt habe. Es tut mir Leid. Ich, ich ...«

Sarah befreite ihn aus seiner Zwangslage, während er noch um Worte rang. »Schon gut, James. Die Leute sagen manchmal genau das Gegenteil von dem, was sie meinen. Vergessen Sie's einfach.«

Es entstand eine Pause, und als er wieder das Wort ergriff, klang seine Stimme schon unbeschwerter. »Danke, Sarah. Jetzt fühle ich mich schon viel besser.«

»Ich werde nicht sterben, James. Sie müssen nicht Ihren Frieden mit mir machen. Wir werden uns auch in den kommenden Jahren noch gegenseitig an die Gurgel gehen.«

Er lachte. »Schön, dass in meinem Leben wenigstens in dieser Hinsicht Kontinuität herrschen wird.«

»Was soll das denn heißen?«

»Entschuldigen Sie, Sarah, Fiona ist noch immer auf der anderen Leitung.«

»Absolution?«, fragte Eva.

»Du sagst es«, erwiderte Sarah.

»Hast du was dagegen, wenn ich mich ein bisschen bei dir umschaue?«, fragte Eva.

»Nur zu.«

Sarah blickte Eva nach, als sie aus dem Zimmer huschte. Auf die Innenarchitektur würde Eva ihr Augenmerk nicht richten, dachte Sarah mit einer Mischung aus Bitterkeit und Ironie. Sie würde nach Einstiegsmöglichkeiten ins Haus Ausschau halten, nach seinen Schwachstellen suchen. Lautlos führte sie die Überprüfung durch. Da Georgie noch schlief, herrschte völlige Stille im Haus.

Sarah lehnte sich in ihrem Sessel zurück. Sie hätte sich freuen sollen, dass sie ihren Willen durchgesetzt hatte, aber Savages Reaktion machte ihr irgendwie Angst. Sie wollte am liebsten eine Wochc lang alle Tiiren verriegeln, in ihrem eigenen Bett schlafen, Georgie glückselig und sicher bei sich wissend, dem Irrsinn des Rockstardaseins, allen Verfolgern und undichten Stellen entkommen. Sie wollte sich nicht durch Angst, nicht durch Panik, nicht durch Lust und nicht durch Liebe entflammen lassen, wollte nur ihre Ruhe und ihren Frieden, wollte frei sein von Angst – und Georgie und Jacob.

Ein mulmiges Gefühl machte sich in ihrer Magengegend breit. Sie erhob sich und begann, in ihrem Arbeitszimmer auf und ab zu laufen, während ihr Verstand wie wild arbeitete. Sie ließ die Gespräche mit Savage noch einmal an sich vorbeiziehen. Teezeit. Savages Frau am Telefon, irgendetwas, das irgendjemand einmal gesagt hatte, über Savages Frau und Teezeit. Sie unterdrückte einen Aufschrei. Es war PJ gewesen. In einem verschlagenen, anzüglichen Tonfall hatte sie eine Andeutung fallen lassen, Savages Frau hätte zur Teezeit meist einen vollen Terminkalender. Und dann war da noch Jezzas Bemerkung über den jungen Liebhaber. Sie warf einen Blick auf die Armbanduhr. Halb vier. Ihr sagenhafter Instinkt schlug bereits Alarm. Sie musste los und ihrer Eingebung folgen.

Sie machte sich auf die Suche nach Eva und fand sie in der Küche, wo sie die Gitterstäbe des Fensters untersuchte. Eva blickte sich fragend um.

»Du musst mir einen Gefallen tun«, sagte Sarah rasch. »Und zwar jetzt. Kannst du nur für eine Stunde auf Georgie aufpassen? Er wird sowieso durchschlafen, bis Jacob nach Hause kommt.«

Eva zog die Augenbrauen hoch.

»Kannst du all deine Telefonate von hier aus erledigen?«, fuhr Sarah fort. »Ich gehe nicht fort, wenn es dich aufhält.«

»Keine Sorge. Mein kleines schwarzes Notizbüchlein habe ich immer bei mir. Ich kann die Anrufe von deinem Arbeitszimmer aus erledigen. Das ist es nicht, was mir Sorgen macht.«

»Georgie? Um ihn musst du dir keine Sorgen machen. Gib ihm einfach einen Kuss und drück ihn an dich, wenn er aufwacht, wechsle seine Windeln und spiel mit ihm. Du machst das schon.«

Sarah stürzte los, als hätte der Geruch irgendeiner versteckten Beute sie angelockt.

Eine Viertelstunde später, lässig auf dem Fahrersitz ihres alten BMWs kauernd, hatte Sarah in einer stillen Seitenstraße in der Nähe des Holland Parks Stellung bezogen. Sie wusste nicht, wie lange sie würde warten müssen, nur dass sie, wenn sie lange genug aushielt, ihre Antwort mit Sicherheit bekäme.

Eine halbe Stunde später kam ein Mann zu Fuß die Straße hoch und hielt vor der Hausnummer 43 an. Er glitt mit seiner schlanken Gestalt durch das klemmende Gartentürchen und stieg rasch die Stufen zur Haustür hinauf. Er drückte auf die Klingel und warf einen Blick um sich, während er auf der Türschwelle wartete. Einen Augenblick später beobachtete Sarah, wie die Tür aufging, erhaschte einen flüchtigen Blick von einem blonden Schopf, und der Mann verschwand. Ein Gefühl von Ekel überkam sie. Grimmig saß sie in ihrem Wagen, bis der Mann fast auf die Minute genau eine Stunde später wieder auftauchte.

Sie stieg aus ihrem Wagen, schloss leise die Fahrertür und folgte dem Mann. Sein Haar war unzerzaust, sein tadelloser City-Anzug unzerknittert, und sein Grinsen, als er innehielt und nach links und rechts sah, bevor er die Straße überquerte, Ekel erregend selbstgefällig. Sarah folgte ihm, als er elegant die Stufen zur U-Bahn-Station Holland Park hinunterstieg, während seine City-Schuhe laut klackten.

Er kaufte sich eine Ausgabe des *Evening Standard*, nahm Platz und war hinter der Zeitung vor Sarahs Blicken sicher. Sie stellte sich so hin, dass er sie nicht sehen konnte, und warf bei jedem U-Bahn-Halt einen prüfenden Blick auf ihn. Er stieg, wie sie erwartet hatte, in der City aus, an der U-Bahn-Station Bank. Sie folgte ihm die Treppe hinauf und in die Threadneedle Street, an der Bank of England vorbei. Er bog in die Throgmorton Street ein. Sarah eilte ihm nach, wobei sie den Abstand zu ihm verringerte. Sie war genau an seiner Schulter, als er sich zur Seite wandte, um durch den Portaleingang von Uriah's zu treten, einer der erfolgreichsten Investmentbanken in der City, der Erzrivalin von Goldsteins und Gewinnerin der drei Geschäfte, die Goldsteins kürzlich verloren hatte. Sarah streckte die Hand aus, übers ganze Gesicht strahlend, und berührte ihn an der Schulter.

»Das ist doch Mark, oder nicht?«

Der Mann schnellte herum. Er hatte ein junges, schmales Gesicht, einen ebensolchen Körper und war um die dreißig. Jung genug, um für die 50-jährige Mrs. Savage den jungen Liebhaber zu spielen. Schwarze Haare, blaue Augen, kalt, aber amüsiert. Er musterte Sarah von oben bis unten, bevor er antwortete. Sie widerstand der Versuchung, ihm ihr Knie in die Eier zu rammen.

»Nein, ich bin nicht Mark«, sagte er langsam, abschätzend.

»Dann müssen Sie einen Bruder haben, einen Zwillingsbruder«, sagte Sarah. »Ich kann einfach nicht glauben, dass Sie nicht Mark sind.«

»Tut mir Leid, dass ich Sie enttäuschen muss«, sagte er aalglatt, »aber ich habe keinen Bruder, und ich bin nicht Mark.«

»Wer sind Sie denn dann?«, fragte sie neckend.

»Ich bin Richard Deane. Und wer sind Sie?«

Sarah beugte sich nah zu seinem Gesicht vor. »Das müssen Sie selbst herausfinden. Treffen Sie mich hier, auf den Stufen, heute Abend um acht.« Bevor er antworten konnte, war sie herumgeschnellt und verschwunden.

Sie zückte ihr Handy, erledigte einen raschen Telefonanruf und hatte dann, nachdem ihre Frage beantwortet war, das Gefühl, als müsse sie sich übergeben.

43

Sarah saß in Savages Büro und wartete darauf, dass er von einer Besprechung zurückkam. Als er zehn Minuten später eintraf, schien er überrascht, sie zu sehen.

»Sarah, hallo. Was gibt's denn?«

Sie wies mit einem Kopfnicken auf seine Tür. Er machte sie zu.

»Dieses Büro hört Breden doch nicht etwa ab, oder?«

Savage schüttelte den Kopf. »Was ist los?«

»Ich glaube, ich habe Ihre undichte Stelle gefunden.«

»Das ging ja schnell.«

Sarah schüttelte den Kopf. »Es hat nichts mit Roddy Clark zu tun.«

Savage runzelte irritiert die Stirn, über Sarahs düsteren Tonfall irritiert. »Wer ist es?«, fragte er hastig.

»Entschuldigen Sie, James. Es fällt mir nicht leicht, Ihnen das zu sagen.«

»Jetzt spucken Sie's schon aus, verdammt noch mal, was immer es ist.«

Sarah sah zu Savage auf, nachdem sie ihren Blick wie zur Entschuldigung gesenkt hatte. »Es ist Ihre Frau.«

Er protestierte nicht. Es gab keinen Tobsuchtsanfall, keine sofortige Entlassung. Es gab nur Scham. Savage ließ den Kopf hängen. Er hatte Sarah nur einen flüchtigen Blick in seine Augen gestattet, und nun würde er sie für immer verschleiern. Lange Zeit sprach er kein Wort. Er stand am Fenster und starrte einfach nur hinaus. Schließlich drehte er sich wieder zu Sarah um.

»Sind Sie sich sicher? Es liegt kein Irrtum vor?«

»Ich habe keinen Urkundenbeweis, James, lediglich einen Indizienbeweis. Beurteilen müssen Sie die Sache selbst.«

»Na schön. Spucken Sie's aus.«

Sie würde Jezza nicht erwähnen. Würde Savage nicht in Ängste stürzen, dass sich der Klatsch auf dem Börsenparkett ausbreiten könnte. »Na ja, es fing mit einer Bemerkung an, die Sie selbst machten, über Kontinuität. Sie deuteten an, dass es Probleme mit Ihrer Frau gäbe, und auf einmal passte das Profil: die lieblose Ehefrau, die versucht, ihrem Mann wehzutun und sich an ihm zu rächen. Ich bin zu Ihrem Haus gefahren, auf Verdacht hin, und habe auf der anderen Straßenseite in meinem Wagen gewartet. Ich hatte nicht damit gerechnet, so rasch zu einem Ergebnis zu kommen, aber nach einer halben Stunde bekam sie bereits Besuch von einem

Mann. Er blieb eine Stunde. Ich folgte ihm, als er wieder ging. Er kam hierher, in die City, zu Uriah's. Ich habe eine zufällige Begegnung mit ihm inszeniert. Sein Name ist Richard Deane. Ich habe bei Uriah's in der Zentrale angerufen und mir seinen Titel nennen lassen. Er ist einer der Leiter im Bereich Kapitalmärkte. Er gehört dem Team an, das all die Aufträge an Land gezogen hat, die Goldsteins weggeschnappt wurden.«

Savage hielt sich die Hände vors Gesicht. Er rieb sich heftig die Augen, dann wandte er sich zu Sarah um. Unter seinem Schock trat allmählich eine grimmige Wut hervor.

»Das ist das letzte Mal, dass ich die undichte Stelle erwähnen werde«, sagte Sarah. »Weder Breden noch Zamaroh noch irgendjemand sonst wird davon erfahren.«

»Umbringen könnte ich diesen Dreckskerl«, flüsterte Savage.

»Falls es Sie interessiert«, sagte Sarah beiläufig, »ich habe ihm gesagt, ich würde ihn heute Abend um acht auf den Stufen vor Uriah's treffen. Ich werde mich natürlich nicht dort blicken lassen, aber wenn Sie selbst einen Blick auf ihn werfen wollen, werden Sie feststellen, dass er es nicht wert ist, dass Sie sich seinetwegen quälen. Er ist ein Gigolo und ein schmieriger Typ.«

Sie wusste, Savage würde seinen Rivalen in Augenschein nehmen wollen, und sie wusste auch, nach Deanes abschätzendem Blick zu urteilen, dass er da sein und auf sie warten würde. Zu beobachten, wie dieser Mann auf demütigende Weise versetzt wurde, das würde Savage wenigstens ein klein wenig Trost spenden, bevor er nach Hause fuhr, um seiner Frau gegenüberzutreten.

Um acht kam Sarah nach Hause. In der Küche erwartete sie ein Schauplatz fröhlicher Verwüstung. Georgie saß auf dem Boden, zwischen einer Ansammlung von Kochtöpfen, Salatschüsseln, hölzernen Schalen, im Grunde zwischen dem gesamten Inhalt eines großen Küchenschranks. Ihm gegenüber saß Eva Cunningham, das blonde Haar hinter die Ohren gesteckt, mit einem verzweifelten Gesichtsausdruck.

Sie stand auf, als Sarah eintrat. »Ah, du bist zurück. Schön, dann ...«

Sarah lachte schallend los. Sie schlängelte sich durch das Minenfeld aus Töpfen hindurch und nahm Georgie auf den Arm.

»Was ist denn hier so komisch?«, fragte Eva, die Hände in die Hüften gestemmt.

»Du«, brachte Sarah unter Lachsalven hervor. »Ich habe dich bis jetzt noch nie anders als hundertprozentig selbstbeherrscht erlebt.«

»Ja, na ja, du wärst an meiner Stelle vielleicht auch ein klein wenig abgekämpft.«

»Wo ist Jacob?«, fragte Sarah.

»Er hat eine Nachricht auf deinem Anrufbeantworter hinterlassen. Ich hab's zufällig gehört«, fügte Eva unschuldig hinzu. »Er sagte, er sei zufällig einem seiner Kumpel über den Weg gelaufen und würde noch ein Bier oder zwei mit ihm trinken.«

Sarah lächelte betreten. »Tut mir Leid, Eva. Er sollte nicht wissen, dass du hier gestrandet bist. Lief alles okay? Du hattest doch meine Handynummer. Du hättest mich anrufen sollen.«

Jetzt war es an Eva, zu lächeln. »Ich hab's schon geschafft – frag mich nicht, wie. Dein kleiner Schatz ist etwa eine Stunde, nachdem du gegangen warst, aufgewacht. Seitdem haben wir ununterbrochen mit seinen Wagenladungen von Spielzeug gespielt. Ich hab alles ausgegraben, aber die letzte halbe Stunde wurde er irgendwie quengelig, also habe ich es mit den Kochtöpfen versucht.« Sie zuckte unsicher mit den Schultern.

»Na ja, mit denen scheint es doch zu klappen.«

»Aber da ging mir auch allmählich schon die Luft aus«, erwiderte Eva. »Glaub mir, ich war heilfroh, als du endlich aufgekreuzt bist.« Sie schwieg einen Augenblick. »Ich hab ihm ein Stück Banane und eine Reiswaffel gegeben. Ich hoffe, das ist okay.«

»Du warst ein Schatz, Eva.«

»Ich war entsetzt. Ich hatte keine Ahnung, dass kleine Babys einem so viel Angst einjagen können.«

Sarah warf ihr einen ironischen Blick zu. »Da hast du gar nicht so Unrecht. Ich selbst bekomme bei ihm erst jetzt allmählich den Dreh raus. Das erste halbe Jahr hatte ich immer eine Heidenangst, ich könnte irgendetwas falsch machen.«

»Ja, na ja, offenbar habt ihr es beide überlebt.«

Sarah küsste Georgie auf die Wange. »Hör zu, vielen, vielen Dank für das alles.«

Eva lächelte. »Gern geschehen. Ich werde nicht sagen, jederzeit gern wieder, aber wenn Not am Mann ist, werde ich natürlich aushelfen, wenn ich kann.« Sie schwieg einen Augenblick. »Wie lief's denn überhaupt?«

»Ich habe auf Verdacht hin eine Spur verfolgt. Und lag leider damit richtig.«

»Schlechte Neuigkeiten?«

»Sehr schlechte.«

Eva zuckte die Schultern. »So was kommt vor.«

Sarah seufzte tief. »Und zwar ausgerechnet jetzt. Und wie kommst du mit deinen Vorbereitungen voran?«

»Ich bin noch dabei. Das meiste steht bereits, der Rest wird bis morgen früh so weit sein. Mach dir keine Sorgen.«

Sarah fütterte Georgie, badete ihn und brachte ihn zu Bett. Jacob kehrte nach einem ausgiebigen Austausch von Erinnerungen zurück; den Wagen hatte er auf dem Parkplatz von Sainsbury's stehen lassen. Er bestellte zwei Take-Away-Currygerichte, und er und Sarah saßen noch lange zusammen, genossen ihr Abendessen und plauderten.

Die Nacht verging allzu schnell. Sarah hatte eben zu Ende gefrühstückt, als es an der Tür klingelte. Es war Eva, mit einer Übernachtungstasche. Sie küsste Sarah überschwänglich.

»Kann ich mich für ein paar Tage bei dir einquartieren?«, fragte Eva. »Mein Durchlauferhitzer ist gestern Abend kaputtgegangen. Andrew ist nicht da, und der verdammte Klempner wird frühestens morgen kommen.« Sie zuckte die Schultern. »Du kennst doch mich und mein Bedürfnis nach Behaglichkeit.«

Jacob war rechtzeitig im Flur erschienen, um das meiste von Evas Geschichte mitzubekommen.

»Natürlich kannst du hier bleiben«, sagte er und lächelte erfreut. »Wir sind entzückt. Ich und Georgie.«

Eva lächelte. »Aber deine Nichte nicht?«

»Sie ist doch schon unterwegs, stimmt's, nach Venedig, nichts Geringeres.«

»Um die Mittagszeit«, sagte Sarah. »Ich werde erst in ein paar Tagen zurückkommen.« Sie nahm Evas Tasche. »Komm schon, du kannst in Alex' Zimmer schlafen. Hey«, rief sie über die Schulter zurück, während sie die Treppe hinaufstieg. »Du kannst Jacob helfen, auf Georgie aufzupassen.«

Ihre Freundin verzog das Gesicht. »Gib mir erst mal eine Chance, über gestern hinwegzukommen!«

Sarah stieg in den zweiten Stock hinauf, das Gesicht zu einem breiten, erleichterten Lächeln verzogen.

Die Mittagszeit kam, und das Taxi wartete draußen, mit einem gnadenlos tuckernden Dieselmotor. Sarah hielt Georgie in den Armen und versuchte angestrengt, nicht in Tränen auszubrechen. Jacob beobachtete sie, und das Mitgefühl stand ihm ins Gesicht geschrieben.

»Ich liebe dich, mein Schatz.« Sie küsste ihren Sohn auf die flaumige Wange und reichte ihn Jacob. »Und dich liebe ich auch«, sagte sie, woraufhin ein schüchternes Lächeln über das Gesicht des alten Mannes huschte. »Ich bin bald wieder zu Hause.« Sie küsste die beiden ein letztes Mal und betete, dass ihre Worte der Wahrheit entsprachen.

Sie drehte sich zu Eva um, die sich taktvoll im Hintergrund hielt, während Sarah sich von ihren Liebsten verabschiedete. Der Blick, den sie tauschten, sagte alles. Auf einmal drückte sich Eva an Jacob und Georgie vorbei und brachte Sarah bis ans Taxi.

»Pass gut auf die beiden auf«, sagte Sarah mit stockender Stimme. »Ohne sie ...«

Eva drückte ihre Hand. »Ich habe vier Leute auf diese Sache angesetzt, mich selbst nicht eingeschlossen. Und ich werde sie mit meinem Leben beschützen.«

Und Sarah wusste, dass sie selbst das auch tun würde.

44

Sie saß im Terminal 1 des Flughafens Heathrow, in Garfunkel's Café, trank einen Cappuccino und fragte sich, was zum Teufel sie da eigentlich tat. Sie dachte an Georgie, der mit Jacob zu Hause war und sein Lächeln lächelte, seine kleinen Spiele spielte und sich auf den Bauch rollte, ohne dass sie es sah. Sie wollte nichts weiter, als seinen üblichen Tagesablauf mit ihm erleben, aufwachen, spielen, essen, schlafen, alles eingelullt in Zufriedenheit und Sicherheit. Sarah strich sich das Haar zurück. Sicherheit, das besaß sie nicht. Nicht, seit sich dieses Miststück von einer Verfolgerin in ihr Leben geschlichen hatte, sie und Jacob bedrohte, Georgie bedrohte, sie von Paris bis hierher verfolgt hatte, ihr Kind mit ihren psychotischen Augen gesehen hatte. Das war Besessenheit. Extreme Besessenheit, und sie befleckte die Drohungen dieser Frau mit der Wirklichkeit des Wahnsinns.

Sie konnte sich nicht ins Leugnen flüchten, nicht, wenn es um Georgies Sicherheit ging. Sie konnten sich nicht zu Hause verkriechen, aber Sarah wusste auch, dass jeder Ausflug mit ihrem Sohn von Angst vergiftet sein und ein hohes Risiko bergen würde. Also würde sie nach Venedig fliegen, abwarten, ob sich diese Sache von selbst erledigte, ihr ein bisschen nachhelfen. Ihr einziger Trost war Eva. Eva würde es gelingen, Tag und Nacht bei Georgie und Jacob zu sein; sie würde ein Team von Leuten um sich haben, die in Kleinlastern mit verdunkelten Fenstern beziehungsweise zu Fuß das Haus bewachten. Gemeinsam würden sie im Rahmen des Möglichen fast alles tun, um Georgies und Jacobs Sicherheit zu gewährleisten, ohne Jacob auf sich aufmerksam zu machen und dadurch in Angst zu versetzen, und das nicht seinetwegen, sondern des kleinen Jungen wegen, den auch er über alles in der Welt liebte.

Sie flogen über die Zentralalpen. Blaue Gebirgskämme erstreckten sich unter ihnen wie Wellen auf einer stürmischen See, bis sie mit dem unendlichen Himmel verschmolzen. Nebelschwaden verschleierten unsichtbare Täler, Seen aus quecksilberartigem Eis lagen kalt und klar unter Sarahs düsterem Blick.

Die Minuten verstrichen, während sie aus ihrem wirklichen Leben in ihre Maskerade schlüpfte. Sie lächelte wehmütig. Venedig war schließlich die Stadt der Masken. In dem Reiseführer, den sie sich am Flughafen gekauft hatte, starrten sie weiße Maskengesichter von den glänzenden Seiten an, mit Katzenaugen, die man in den feinen Gips geschnitten hatte. Lange, schnabelartige Nasen ragten spöttisch aus ihnen hervor. Es handelte sich, las sie in ihrem Reiseführer, um Pestmasken von Ärzten. Sie kamen während der Pestepidemie auf, die Venedig im Jahr 1630 heimsuchte. Die langen Schnäbel wurden mit medizinischen Kräutern gefüllt, mit denen sich die Ärzte zu schützen hofften. Sarah versuchte sich vorzustellen, welche Ängste die Ärzte wohl ausgestanden haben mussten, während sie die Erkrankten behandelten.

Nach der Landung stieg Sarah aus dem Flugzeug und ging durch das Flughafengebäude ins Freie, wo die Wassertaxis warteten, deren Kirschbaumholz in der Sonne funkelte. Sie ergriff die dargebotene Hand des venezianischen Taxifahrers und trat mit beschwingten Schritten vom Kai die Stufen hinunter ins Boot. Sie bückte sich und ging durch den überdachten Innenbereich auf das kleine Achterdeck. Sie stand –

gegen die geschlossene Kajütentür gelehnt – da, während das Boot zurückstieß, herumschwenkte und dann mit einer plötzlichen Kraftanstrengung in die Lagune vorpreschte.

Sie hielt sich an der seitlichen Reling fest, während das Boot durchs Wasser pflügte und es in zwei Federbüsche zerteilte. Sie kamen am Ende der Landebahn vorbei, wo strahlende Lichter wie riesige Diamanten aufblitzten. Dalben aus uraltem Holz flankierten sie auf ihrer Fahrt wie Flammen entlang einer großen Prachtstraße. Sie donnerten an einer kleinen Insel mit Palmen und Zypressen und terrakottafarbenen Gebäuden vorbei.

Die Vorfreude ergriff rasch von Sarah Besitz. Sie war noch nie in Venedig gewesen. Sie hatte es sich für den Mann ihrer Träume aufgehoben. Jetzt war sie unterwegs, um den Mann zu treffen, der diese Rolle vielleicht in ihren Träumen spielen würde. John Redford ist es nicht, sagte sie sich, bevor ihr der Verstand einen Streich spielen konnte. Er entsprach ihren Vorstellungen so wenig, dass es noch nicht einmal komisch war. Der Mann ihrer Träume war kein Rockstar, war kein öffentliches Eigentum, würde ihr gehören, ihr allein. Er würde nicht der Schlangenbeschwörer von Millionen sein. Er würde ein stiller Mann sein, wild, mutig und privat.

Aber, o Gott, dieser Ort war perfekt dafür. Das Boot verlangsamte sein Tempo und sank tiefer ins Wasser, als sie, wie es ihr vorkam, durch das Innenportal der Stadt fuhren. Die Schönheit der Stadt raubte ihr den Atem. Die hinreißende Schönheit des Markusplatzes, von der Lagune aus betrachtet, nahm sie auf Anhieb gefangen. Die Pracht, die Symmetrie, die Kulisse, all das unterstrich die Macht der Basilika, des Dogenpalastes. Sie dachte an all die Seefahrerexpeditionen, die einst von hier aufgebrochen waren, an den Dogen selbst, der mit auf die Kreuzzüge gegangen war, an die Boote, die, reichlich beladen mit Gewürzen und Schätzen aus dem Orient, den Weg hierher zurückgefunden und ihre Kostbarkeiten dem großen Herrscher der heiteren Republik überbracht hatten. Sie dachte an die Würdenträger, die dieser Stadt einen Besuch abgestattet hatten, stellte sich vor, wie sie vor Staunen den Atem angehalten hatten, genau wie sie selbst es nun vor der Markuskirche tat. Die Kirche forderte eine Huldigung der Augen und des Herzens. Das Boot schob sich den Canal Grande entlang, unter den starren Blicken der Palazzi, die schon so viele Bittsteller in ihr Wasserreich hatten einfahren sehen.

Schönheit und Alltagsleben stellten sich hier nicht gegenseitig in den Schatten. Als Sarah einen Blick in einen Seitenkanal warf, sah sie eine Wäscheleine, auf der weite, weiße Männerunterhosen in der reglosen Luft hingen.

Sie zwängten sich unter einer Brücke hindurch, die so niedrig war, dass Sarah erschrocken den Kopf einzog. Die Spiegelung des Lichts auf dem Wasser warf schillernde Punkte auf die Unterseite der Brücke, sodass sie lebendig wie Haut wirkte.

Vor dem Hotel Principe hielten sie am Landungssteg an, flankiert von zwei riesigen, rotschwarz gestreiften Pfosten, die fast drei Meter hoch aus dem Wasser aufragten. Sarah bezahlte das Wassertaxi – eine Wuchersumme von einhundertfünfzigtausend Lire, fast fünfzig Pfund – und trug ihr kleines Köfferchen die Stufen hoch und auf die Terrasse des Hotels. Sie hielt einen Augenblick inne, um seine elegante Fassade zu bewundern, die in der Nachmittagssonne rosa schimmerte. Sie checkte ein und ging dann wieder auf die Terrasse. Sie bestellte sich einen Whisky Sour, nahm an einem kunstvoll verzierten weißen Metalltisch Platz und starrte auf den Kanal hinaus, während sie an ihrem Whisky nippte. Ein Passagierboot fuhr vorbei, tief im Wasser liegend unter seiner Last. Ein Spruch, in Sarahs Muttersprache verfasst und seitlich an die Bootswand gemalt, fiel ihr ins Auge und brachte sie zum Lachen: »Du hoffst nur, dass es Hoffnung gibt.« Eine kryptische, existenzialistische Botschaft, die fast an sie persönlich gerichtet schien.

Sie konnte fast nicht glauben, dass sie tatsächlich hier war. Sie fühlte sich, als sei sie in ein lebendiges Gemälde getreten.

Venedig war bis ins Mark aufwühlend und erregend. Vielleicht war es das Wasser, das fließend und plätschernd wie die Zunge eines Liebhabers an den Gebäuden leckte. Sie hatte schon immer eine Schwäche fürs Wasser gehabt; sie konnte nie auf eine weite Wasseroberfläche blicken, ohne dass sie das Gefühl überkam, sie müsste sich hineinwerfen. Sie stellte sich vor, wie das indigoblaue Wasser sie umspülte, wenn sie hineinspringen, ihm nachgeben und sich in seinem Rhythmus von Ebbe und Flut mit ihm bewegen würde. Das Wasser wühlte lange Algenfäden von den Stufen auf, die in den Kanal hinunterführten, und sie stellte sich vor, es sei ihr Haar. Auf einmal spürte sie einen Blick auf sich, und sie schnellte herum, aber es war niemand da.

45

Es ist ein richtig nettes Hotel, dachte sie, als der Page sie zu ihrem Zimmer brachte. Aber eines, von dem sie nicht erwartet hätte, dass John Redford vor einem Konzert dort absteigen würde – oder auch irgendwann anders. Vier Sterne, wo das Danieli und das Cipriani doch schließlich fünf hatten. Sie grübelte noch immer über Redfords Wahl, als sich der Mann selbst von hinten an sie heranschlich.

»Woher wusstest du, dass ich hier bin? Hast du deine Spione auf mich angesetzt?«, fragte sie.

Er lächelte. »Überall.« Das Lächeln verschwand aus seinen Augen. »Ich war mir nicht sicher, ob ich dich wieder sehen würde.«

Sie zog ihn in ihr Zimmer, schloss die Tür und trat ans Fenster. Sie schob die Tüllgardine zurück und ließ ihren Blick zur Lista di Spagna und wieder zurück wandern.

»Ich war mir auch nicht sicher.«

»Was hat dich dann zu deiner Entscheidung veranlasst?«

»Na ja, drücken wir es so aus, ich werde nicht zulassen,

dass dieses Miststück von einer Verfolgerin über mein Leben bestimmt.«

Redford betrachtete sie mit Besorgnis. »Kannst du das Thema nicht einfach fallen lassen, so tun, als ob es sie gar nicht gibt?«

»Wie? Du meinst, so wie du?«, entrüstete sie sich. »Nach Gespenstern Ausschau halten; wo immer man ist, in anderen Hotels wohnen als die Crew?«

»Ich will nicht dort, wo ich arbeite, leben, schlafen, scheißen. Es ist nicht ihretwegen.«

»Vielleicht, aber es geht doch um mehr als nur um deine Privatsphäre. Du vertraust deiner Crew nicht, stimmt's? Eine von den Frauen könnte ohne Schwierigkeiten deine Verfolgerin sein, schließlich reisen sie immer mit dir an alle Orte. Es müsste andernfalls schon eine ziemlich hingebungsvolle Verfolgerin sein, die dir auf eigene Rechnung hinterherfliegt.«

»Oder eine reiche. Scheiße, ich weiß es nicht. Sarah, räumen wir ihr doch am besten gar keine Sendezeit ein, hm?«

»Warum nicht?«

»Damit ich meine Illusionen ausleben kann. Ich will nicht, dass sie einen Schatten über uns wirft.«

»Leugnen.«

»Ist das so schlimm? Ich möchte wetten, du leugnest auch bestimmte Dinge.«

»Die ganze Zeit.« Sie schenkte ihm ein ironisches Lächeln. »Aber ich bin schließlich nicht das Vorbild dafür, wie du dein Leben leben sollst.«

»Scheint mir aber durchaus in Ordnung zu sein. Komm schon, ignorieren wir diese Schlampe und gehen wir auf Erkundungstour.«

Sie verließen das Hotel und bogen nach links auf Lista di Spagna ein. Sie liefen auf eine der wenigen Brücken zu, die den Canal Grande überspannten. Sie überquerten die Brücke, inmitten der Touristenströme und geschäftigen Veneziander, die nach Hause eilten. Auf der Mitte der Brücke hielten sie inne, um die Umgebung in Augenschein zu nehmen. Unter ihnen fuhren Gondeln hindurch, mit Lampen, die den Bug bestrahlten. Die Boote wirkten wie die Fußgänger: lebendig, zielstrebig unterwegs.

Sarah fiel auf, dass die Venezianer alle eine Art Uniform zu tragen schienen, gepolsterte Jacken in Rot, Blau oder Grün, die bei einem Reiterwettbewerb der Grafschaften um London durchaus nicht unpassend gewirkt hätten. Sie wirkten alle freundlich. Gondoliere, Postbootsmann, Büroangestellter, Manager: Wenn man sie ansah, erwiderten alle den Blick mit gleichzeitig freundlichen, neugierigen und stolzen Augen. Ein Paar kam ihnen entgegen, ins Gespräch vertieft und mit den Armen auf und ab schlagend wie Seemöwen. Sarah ging ein Stich durchs Herz, sie beneidete das Paar um seine Normalität. Redford hatte sich eine Baseballmütze tief in die Stirn gezogen, sodass ihn allem Anschein nach niemand erkannte. Doch sosehr sie sich auch um Normalität bemühten, sie würden doch immer weit davon entfernt bleiben.

Die Dunkelheit senkte sich herab, als sie den Canal Grande verließen und sich durch unzählige Seitenstraßen schlängelten. Die Kanäle, die ihren Weg kreuzten, wirkten nun ölig, tintenschwarz und spiegelten Lichter wider, als hätte sie der Pinselstrich eines Impressionisten berührt. Sieben Uhr, und die Luft war erfüllt von unterschiedlichem Glockengeläut, langem, kurzem, hektischem. Es war fast, als würde eine eindringliche Warnung bekannt gegeben. Das Echo der Glocken hallte noch lange in Sarahs Ohren wider, nachdem das Geläut längst verklungen war. Die eingetretene Stille hielt nicht lange an. Während sie sich durch die schmalen Gassen zwängten, hörte Sarah ein paar Takte Musik, und dann, als sie sich dem Sänger näherten, ein langes, gedehntes Klagelied. Auf einer Brücke hielten sie inne, um zuzuhören. Redford legte den Arm um Sarah und zog sie lächelnd an sich. Ein paar Sekunden lang verharrte Sarah ein wenig steif, bevor ihr Körper über den Verstand die Oberhand gewann und sie in seine Arme sank.

Ein Gondoliere kam in Sicht, der sein einzelnes Ruder plötzlich auf die andere Seite umlegte. Er sang nicht mehr, und auf einmal war die Nacht wieder still, während er sein Boot auf sie zulenkte. Eine Frau fuhr allein in der Gondel. Sie trug einen dunklen Hut und hatte das Gesicht auf die Brust gesenkt, als würde sie schlafen. Arm in Arm gingen Sarah und Redford weiter. Einem plötzlichen Impuls folgend, warf Sarah über die Schulter noch einmal einen Blick zurück und sah, dass die Frau aufblickte, genau zu ihr hoch, aber die Gondel war in eine dunkle Stelle gefahren, die die Gesichtszüge der Beobachterin verschleierte, sodass sie nur ihre Augen erkennen konnte. Redfords Schritte zogen sie weiter, doch das Bild von langem Haar, einem breiten Hut mit Krempe und Gesichtszügen, die im Dunkeln verborgen lagen, hatte sich Sarah eingeprägt.

Auf einmal hielt Redford an, zog einen Stadtplan aus seiner Jeanstasche, kniff in der Dunkelheit die Augen zusammen und schien sich zu vergewissern, dass sie den richtigen Weg eingeschlagen hatten. Dann ergriff er Sarahs Arm und ging weiter. Sarah war insgeheim beeindruckt, während er sie beide selbstsicher durch das Labyrinth führte. Sie überlegte, wohin sie wohl gingen, fragte jedoch nicht. Es spielte keine Rolle, wenn der Weg so wunderschön war. Immer gab es eine hübsche Aussicht, Andeutungen versteckter Geheimnisse und Entzücken gleich um die Ecke.

Ein paar Ecken weiter, und sie standen wieder am Canal Grande. Ein Frachtkahn zog vorbei, mit einem West-Highland-Terrier, der sich sicher an Deck hielt. Das kleine Hündchen verrenkte den Hals und bellte den Himmel an, ein dreimaliges lautes, fröhliches Aufbellen, als wollte er einen alten Freund begrüßen. Es schien so seltsam, dass es hier keine Autos gab. Das Gefühl, in die Vergangenheit zurückgeworfen zu sein, überkam Sarah erneut. Das einzige Überbleibsel der Moderne, das nicht ins Bild passte, war der Dieselgeruch, der in der fauligen Luft lag. Ein Fischer saß am Rand des Kanals, die Angelrute hoffnungsvoll über das trübe Wasser ausgestreckt.

»Auf seinen Fang hätte ich keinen Appetit«, sagte Sarah zu Redford. »Und du?«

»Sei nicht vorschnell mit deinem Urteil. Könnte dein Abendessen sein.«

Sie überquerten die Rialtobrücke. Ein Schwarm von Booten huschte vorbei wie aufgescheuchte Tiere auf einer Fährte. Sie erinnerten Sarah an die Scharen von Fahrrädern in Vietnam, die in alle Himmelsrichtungen flitzten und es wie durch ein Wunder schafften, nicht zusammenzustoßen. Sarah glitt mit einer Hand über die weiße Marmorbalustrade der Brücke. Sie fühlte sich unglaublich glatt an, wie kalte Haut, die durch streichelnde Berührungen im Lauf der Jahrhunderte erst fein geworden war. Sie musste an Redfords Haut denken, Seide über dem harten Stein seiner Muskeln. Ihre Blicke trafen sich. Er schenkte ihr ein ironisches Lächeln, als könnte er ihre Gedanken lesen. Sie wandte sich ab, und ihre Augen fanden Zuflucht in den hell erleuchteten Palazzi, die sich geheimnisumwittert und hoheitsvoll in der Dunkelheit erhoben. Sie erhaschte einen Blick auf einen schimmernden Kronleuchter sowie eine rubinrote Wand und stellte sich in diesem Zimmer ein brokatbezogenes Bett vor, auf dem sie und Redford lagen.

»Ich frage mich, wer jetzt dort wohl wohnt«, sagte sie grübelnd. »Es muss schon toll gewesen sein, einer dieser Adligen zu sein, die diese Paläste erbaut haben.«

»Hättest du denn gern damals gelebt?«, fragte Redford.

»O nein«, sagte Sarah und schüttelte den Kopf. »Ich bin sehr glücklich, wo ich bin.« Sie wollte weder in der Zeit noch im Raum reisen, falls das hieß, Georgie allein zu lassen. Sie spürte die Wärme des Arms seines Vaters, der sie näher an sich zog. Wie wäre es wohl, überlegte sie, sie beide beisammenzuhaben, Redfords Gesicht zu beobachten, wenn er seinen Sohn betrachtete? Sie verscheuchte den Traum, schimpfte mit sich selbst. Er wäre entsetzt. Oder noch schlimmer, was, wenn er Georgie haben wollte – was, wenn er versuchen würde, ihn ihr wegzunehmen? Redford musste ihren Gedankengang gespürt haben. Er wandte sich zu ihr um. »Alles in Ordnung mit dir?«

»Ja, ja«, sagte sie, ließ ihn los und befreite sich aus seiner Umarmung, dem Anschein nach, um sich das Haar aus dem Gesicht zu streichen. »Ich hab nur eben an zu Hause gedacht.«

Der sanfte Blick verschwand aus Redfords Gesicht. »Vermisst du jemanden?«

»Tun wir das nicht alle?«

»Georgie und Jacob«, sagte er, als Bemerkung, nicht so sehr als Frage.

Sarah hüllte sich in Schweigen. Redford brach es nicht. Auf einmal hielt er vor einem Geschäft voller Masken an. Sarah blieb neben ihm stehen. Er nahm sie bei der Hand.

»Komm. Gehen wir hinein.«

Das Geschäft war winzig klein. Jede verfügbare Oberfläche war mit Masken bedeckt. Weitere hingen von der Decke. Sarah fühlte sich fast, als würde sie von ihnen beobachtet. Ein älterer Ladenbesitzer betrachtete sie und Redford mit nachsichtiger Distanz. Sarah wandte sich zu Redford um, der eine Maske von einem Regal genommen hatte und sie sich vors Gesicht hielt. Die Nase war lang und spitz. Die Arztmaske. Sie schien nach Tod zu riechen, nicht nach Heilung. Wie mussten die Sterbenden gezittert haben, wenn sich dieses Alabastergesicht um sie kümmerte. Sarah unterdrückte ein Schaudern. Redford hatte sich in etwas Unheimliches verwandelt. Sie wandte sich ab und trat hinaus in die Nacht. Augenblicke später spürte sie seine Hand auf ihrer Schulter.

»Bist du dir sicher, dass mit dir alles okay ist? Du wirkst heute Abend irgendwie nervös.«

Sarah starrte zu seinem unbedeckten Gesicht hinauf. Die Angst, die sein maskiertes Gesicht hervorgerufen hatte, war verschwunden.

»Es ist nur diese verdammte Verfolgerin. Ich glaube, sie macht mich völlig fertig.«

Er nahm sie beim Arm. »Komm schon. Lass uns versuchen, einfach nicht mehr an sie zu denken.«

Sie bogen auf den Markusplatz ein und blieben vor dem Dogenpalast stehen. Von nahem betrachtet, wirkten die Basilika und der Dogenpalast sogar noch eindrucksvoller als vom Wasser aus. Die Basilika sah aus wie ein Märchenschloss, mit seinen Darstellungen heldenhafter Szenen und Christus, der vom Kreuz abgenommen wurde. Hier war ein athletischer Krieger, der im Begriff war, einen niederknienden Flehenden zu erschlagen, dort ein Wasserspeier, der sagte, *greif mich an, wenn du es wagst*, und noch ein anderer Wasserspeier, der mit wohlwollender Macht böse Geister wegblies. Durch das Gedränge hindurch gingen sie wieder ans Wasser. Redford hielt inne und sah in einen Seitenkanal. Er deutete auf eine überbaute Brücke. »Die Seufzerbrücke.« Er wandte sich zu Sarah um. »Weißt du, warum sie so heißt?«

»Sag's mir.«

»Nicht, weil Liebende darunter hindurchfuhren, zu seiner Schönheit hinaufstarrten und vor Glückseligkeit aufseufzten. Sie war die Verbindung zwischen den alten Gefängnissen und den Gerichtssälen im Dogenpalast. Sie wurde benutzt, um Gefangene zu ihrer Verhandlung zu bringen.«

»Also starrten sie durch diese winzigen Gitterfenster hindurch, erhaschten einen Blick auf das freie Venedig und seufzten«, sagte Sarah. »Warst du schon einmal im Gefängnis?«

Unvermittelt kehrte Redford aus seiner Träumerei zurück. Er betrachtete Sarah vorsichtig. »Warum fragst du? Warst du es schon einmal?«

»Nein.«

»Ich wurde einmal als Jugendlicher für zwei Nächte eingelocht.«

»Weswegen?«

»Trinken. Außer Kontrolle, verstehst du.«

»Nein. In welcher Hinsicht außer Kontrolle?«

»Ich habe in der Main Street ein Ständchen gesungen. Um vier Uhr morgens, und ich kann dir sagen, die braven Bürger im Bezirk Cook waren *keine* Fans.«

Sarah lächelte. »Die wussten eben nicht, was sie hörten.« Sie hielt für einen kurzen Augenblick an. »War es schlimm?«

Redford verfiel in Schweigen. Sarah beobachtete, wie Schatten über sein Gesicht zogen. »Ich bin klaustrophob veranlagt. Was meinst du, wie ich mich da gefühlt habe?«

»Das wusste ich nicht«, sagte Sarah schlicht, entsetzt über seine Bitterkeit, die selbst nach Jahrzehnten noch immer nicht verflogen war. »Das muss ja die Hölle gewesen sein.«

Redford nickte bedächtig. »Lass es mich so ausdrücken. Ich werde mich nicht noch einmal dorthin begeben.«

»Nie mehr betrunken und beleidigend«, versuchte sie die Stimmung aufzuheitern.

»Teufel, nein. Ich werde mich bloß nicht mehr erwischen lassen.« Er schenkte Sarah eines seiner verschmitzten Lächeln, die immer irgendwo zwischen Wahrheit und Ironie tänzelten. Er nahm sie beim Arm und führte sie weiter.

Sie spazierten an der Riva degli Schiavoni entlang und bogen ins Danieli ein. Sie setzten sich an die Bar. Das Licht war gedämpft, roter Brokat hing an den Wänden, ein Pianist spielte langsamen, lasziven Jazz, und sie bestellten Caipirinhas – Drinks, die aus einer fast halluzinogenen Mischung aus brasilianischem Rohrzucker und frischem Limonensaft bestanden. Es hätte so leicht sein können, so glückselig vollkommen, der Stimmung nachzugeben, alles zuzulassen, was unweigerlich passiert wäre, aber in Gedanken sah sie die Notizen vor sich, mit der nüchternen, zusammenhangslosen und Furcht einflößenden Beschriftung, sie sah Georgies Gesicht, sie sah eine Verfolgerin mit Kapuze, gekrümmt, verformt vom Bösen wie die Schurken in den Märchen, und dann blickte sie in die vom Kerzenlicht erhellten Gesichter in der Bar und wünschte sich, die Stigmata des Bösen würden im wirklichen Leben ebenso deutlich zu erkennen sein.

Sie aß das Eis, ließ den Drink übrig, tat auch beim nächsten so, als würde sie ihn trinken. Redford trank langsam, aber stetig. Sie stiegen auf die Dachterrasse des Restaurants und aßen dort zu Abend, mit Blick auf das nächtliche Venedig.

Sarahs Augen blieben an einer Kuppel haften, die im Mondlicht wie Haut schimmerte. Sie war mit Balustraden und fein gemeißelten Statuen verziert, die über den Canal Grande zu ihnen zurückstarrten.

»Mein Gott, ist das schön.«

»Santa Maria della Salute«, erwiderte Redford. »Die Lieblingskirche der Venezianer. Im Jahr 1631 für die Jungfrau Maria errichtet, zum Dank dafür, dass sie sie vor der Pest errettete, nachdem diese im Übrigen die Hälfte von ihnen bereits hinweggerafft hatte.«

»Du bist zynisch, John Redford.«

»Findest du?«

»Eigentlich nicht. Ich finde, du bist hoffnungslos romantisch.«

Er lachte. »Ja, vielleicht. Und was ist mit dir? Die stets ausweichende Sarah Jensen? Was glaubt sie wohl, wer sie erretten wird?«

Sie dachte an die Verfolgerin, sie dachte an Georgie und Jacob. »Ich selbst«, sagte sie entschlossen.

»Ohne Hilfe von den Göttern?«

»Mit aller Hilfe, die sie mir geben können.«

46

Um Mitternacht kehrten sie in ihr Hotel zurück. Die Luft vibrierte zwischen ihnen. Sarah sehnte sich danach, bei ihm zu bleiben, die Nacht in seinen Armen zu verbringen. Und sie sah die Sehnsucht in seinen Augen, wusste, dass sie auch in ihren deutlich sichtbar war. Sie wandte sich abrupt ab.

»Ich muss gehen.«

Er sah überrascht aus. Er verschleierte die Verletzung, die sich für einen kurzen Augenblick gezeigt hatte. »Musst du wirklich?«

Sie nickte.

Er betrachtete sie eine Zeit lang, bevor er antwortete, dann beugte er sich zu ihr vor und küsste sie.

»Na dann, gute Nacht.«

Sie erwiderte seinen Kuss, dann zog sie sich zurück, bevor die Hitze ihren ganzen Körper ausdörrte und sie verloren war.

Schwer atmend schloss sie die Tür zu ihrer Suite auf. Wie sie gehofft und befürchtet hatte, wartete unter der Tür eine Notiz auf sie.

Dein Leben neigt sich dem Ende zu. Und dann das deines Sohnes.
Fang an zu zählen.
Zehn ....

Sie war fast blind vor Wut. Sie stürmte im Zimmer auf und ab, mit brennenden Augen, die nichts sahen als ein verborgenes Gesicht. Jetzt war das Gesicht hinter der weißen venezianischen Maske versteckt, ließ nichts erkennen als das Funkeln geistesgestörter Augen. Was blieb ihr noch – zehn Stunden, zehn Tage, zehn Minuten? Sie trat ans Fenster und sah hinaus auf Lista di Spagna. Sie streifte die hochhackigen Slingpumps ab, riss sich die Seidenstrumpfhose von den Beinen und schlüpfte in eine Armeehose, ihre schwarzen, gummibesohlten Schnürstiefel und einen dunklen Parka. Aus der Minibar schnappte sie sich ein kleines Fläschchen Whisky, und bevor auch nur ein Funke ihres Zorns erloschen war, stahl sie sich aus dem Zimmer.

Sie ging die leere Treppe hinunter ins Foyer. Sie sah sich um. Eine Hand voll Pärchen saßen an den runden Tischen, die Köpfe zusammengesteckt oder den Blick weltfremd in die Ferne gerichtet, glücklich oder traurig; ein Mann in den Fünfzigern saß allein da und spielte mit einem Kognakschwenker voller Brandy; eine bezaubernd schöne Frau, die früher einmal ein Model gewesen sein musste, trat mit einer älteren Frau ein, die ihre Mutter zu sein schien. Sarah gab ihren Schlüssel an der Rezeption ab und trat auf die Straße hinaus.

Sie bog nach rechts ein, in der Hoffnung, der Menschenmenge zu entkommen, die noch immer über den belebten Platz strömte, und ging den Calle della Misericordia hinunter. Die Straße war so schmal, dass sie die blutroten Häuserwände mit ausgestreckten Armen fast gleichzeitig berühren konnte. Das sanfte Geplätscher, das von Lista di Spagna herüberkam, verebbte rasch. Sie lauschte angestrengt, doch sie hörte nichts als den leisen Hauch eines Vogelliedes: eine Nachtigall, die in der Ferne sang. Sie kam an dem Zweisternehotel Atlantide vorbei, dann an der Einsternunterkunft Casa Hilbert. Das hier war die Ecke der billigen Hotels, in denen niemand Fragen stellte, in denen nichts Böses gesehen, gehört oder gesprochen wurde. Sie war nicht weiter als zweihundert Meter von Lista di Spagna entfernt, doch sie hätte genauso gut mitten auf einem Friedhof sein können. Das Einzige, was sie hörte, war das leise Stapfen ihrer Stiefel auf den mondbeschienenen Straßen. Sie wollte innehalten, sie wollte sich umwenden, wenigstens über die Schulter einen Blick zurückwerfen, doch sie zwang sich, ihr Versteckspiel weiterzuspielen, und schlenderte gemächlich vor sich hin, als wollte sie lediglich einen Spaziergang unternehmen, um die Nachtluft und die Stille zu genießen.

Sie zuckte zusammen, als sie ihren eigenen Schatten sah, der sich vor ihr entlangschlängelte. Sie hielt inne, tat, als würde sie ein Taschentuch hervorholen, putzte sich sorgfältig die Nase und wartete, bis das Hämmern des Blutes in ihren Ohren allmählich nachließ. Hinter sich hörte sie ganz leise Schritte, dann nichts, als hätten sie angehalten. Steck dein Taschentuch weg, geh weiter, denk gar nicht erst dran, dich umzublicken. Bleib gleichmäßig in Bewegung, auch wenn deine Beine zu zittern beginnen. Der Nachthimmel lag pechschwarz vor ihr. Hier und da gab es ein paar Straßenlaternen, aber sie alle unterstrichen die Finsternis nur noch mehr. Sie kam an einem Gatter vorbei, das mit einem Vorhängeschloss gesichert war und hinter dem ein Garten düster schimmerte. Zu ihrer Linken erhob sich ein hohes Mietshaus. Laken hingen von einem Balkon, gespenstisch vor dem Hintergrund der terrakottafarbenen Wände. Wie ein Stück Spitzenborte auf Stein wirkte der Schatten der filigran gearbeiteten Gatter, die sie von den Häusern und der Sicherheit in ihnen trennten.

Als Sarah aus der Beengtheit der Gassen und der tintigen Schwärze des Canal Regio wieder hinaustrat, überkam sie ein Gefühl von Erleichterung. Sie war wieder in einer Welt von Lichtern, Leuten und freier Aussicht. Die Schritte, die zu hören gewesen waren, hatten vermutlich bloß einem späten Heimkehrer gehört, der außer Haus zu Abend gegessen hatte. Sie kam an roten Laternen vorbei, die vor einem chinesischen Restaurant hingen, sie wirkten heimelig und tröstlich, und bei den Gerüchen wurde ihr warm ums Herz. Sie sah die winkenden Lichter von Lista di Spagna und ging mit raschen Schritten auf sie zu, aber nur für einen Augenblick. Bevor sie der Versuchung nachgeben konnte, in ihr Hotel zurückzukehren, zwang sie sich, nach rechts in den Calle Vergola einzubiegen.

Sie sah ein Hinweisschild auf einen Parkeingang, und sie folgte dem Schild, entfernte sich weiter von den Lichtern und dem Lärm, bis sie erneut von Dunkelheit und Stille umgeben war. Sie fand den Park. Hohe, abgeschlossene Gatter versperrten ihr den Zutritt. Sie bog nach links, in eine unbeschilderte Gasse und weiter bis zu einer grünen Tür. In der Wand, genau vor der Tür, war eine Vertiefung, und Sarah ging instinktiv auf sie zu. Diesmal hörte sie eindeutig Schritte. Sie wich in die Nische zurück, stand wie erstarrt da, während die Schritte näher kamen, sich verlangsamten, sich weiter verlangsamten, während sie immer näher kamen. Dann fiel ein Schatten auf die grüne Tür, erhob sich wie ein Miasma vor ihren Augen, wurde größer, immer größer, bis der Körper dahinter schließlich ganz in Sicht kam, mit einem

Kopf in einer Kapuze, der sich umwandte. Entsetzen jagte durch ihren Körper. Sie sprang aus ihrem Versteck und unterdrückte ihr Schreien.

Eine Stimme schrie ihr etwas entgegen. Schwarzes Haar verhedderte sich in ihren Fäusten, Nägel gruben sich in ihr Gesicht. Ihre Körper taumelten zu Boden. Es gelang Sarah, die Oberhand zu gewinnen, sie schlug der Frau kräftig mit der Faust ins Gesicht, sah, wie die Nase blutend aufplatzte, und wieder schrie und krümmte sich die Frau. Sarah, der die Wut ungeahnte Kräfte verlieh, packte sie bei den Handgelenken und hielt sie fest. Sie beugte sich nach unten, bis ihr Gesicht nur noch wenige Zentimeter von dem der Frau entfernt war.

»Okay, du Miststück. Jetzt gib mir einen guten Grund, weshalb ich dir nicht das Genick brechen sollte.«

Die Frau spuckte ihr ins Gesicht. Sarah schrie auf, ließ die Handgelenke los und wischte sich den Speichel von der Haut. Und dann, mit einer geschmeidigen Bewegung, packte sie die Frau am rechten Handgelenk, zerrte sie hoch und schleuderte sie gegen die Wand. Als die Frau begann, in sich zusammenzusacken, packte Sarah sie und hielt sie aufrecht.

»Du hast mich bedroht, du elendes Miststück, das ist eine Sache, aber du hast auch meinen Sohn und meinen Onkel bedroht.« Sarah rang um Atem, während die Wut sie erneut packte. »Dafür sollte ich dich umbringen.« Wieder schleuderte sie die Frau gegen die Wand.

Die Frau sackte in sich zusammen und ging stöhnend zu Boden. Sie rollte sich zu einer Embryohaltung zusammen und begann – zu Sarahs Entsetzen – zu weinen.

Sarah ging neben ihr auf und ab, während ihr Zorn allmählich verrauchte und sie stattdessen ein unerwartetes Mitleid verspürte. »O Gott, nun hören Sie schon auf damit.« Das leise Schluchzen ging weiter, leidend, gequält – irgendetwas absolut Herzzerreißendes lag in ihm. Unwillkürlich beugte sich Sarah über die Frau. »Kommen Sie, stehen Sie auf.«

Nach einer weiteren Minute leisen Schluchzens drehte die

Frau den Kopf und blickte zu Sarah hoch. Sie schien etwa Ende dreißig zu sein, hager, spatzenartig. Reste von Schönheit ließen sich in dem zerbrechlichen Gesicht erkennen, das von Tränen zerfurcht war. Die Frau wirkte wie ein einziges zitterndes Durcheinander.

Scheiße, was jetzt?, dachte Sarah. Sie konnte ihre Verfolgerin nicht einfach hier lassen. Sie hakte sich bei der Frau unter und zog sie hoch.

»Kommen Sie. Ich nehme Sie mit in mein Hotel. Und dann werden wir feststellen, was zum Teufel das alles eigentlich soll.« Die Frau sah sie mit den entsetzten Augen eines Kaninchens an, aber sie sagte nichts, ließ sich lediglich helfen, die Straße entlangzugehen.

Im Hotel erklärte Sarah dem Portier rasch irgendetwas von einem Unfall und beteuerte ihm wiederholt, dass weder die Polizei noch ein Krankenhaus benötigt würde. Während die Frau neben ihr herstolperte und sich ständig die Nase abwischte, die nicht aufhören wollte zu bluten, betete Sarah, dass sie im Hinblick auf das Krankenhaus Recht hatte.

Sie setzte die Frau in einen tiefen Sessel und ging ins Bad, um kaltes Wasser sowie zwei Waschlappen zu holen. Sie wischte das restliche Blut ab und reichte der Frau den frischen, mit Wasser ausgewrungenen Waschlappen.

»Hier, drücken Sie sich den auf die Nase«, sagte sie grob, »dann müsste das Bluten bald aufhören.« Die Frau nahm den Lappen mit einem raschen Blick auf Sarah. Angst, Kummer und eine Art Verrücktheit lagen in ihren Augen. Sie hielt sich den Lappen an die Nase, mit weißen Fingerknöcheln, und das Schluchzen begann von neuem.

O Gott. Sarah ließ sich aufs Bett plumpsen. Inzwischen zitterte sie selbst unter dem verzögerten Schock. So hätte es eigentlich nicht laufen sollen. In Gedanken hatte sie sich vorgenommen, sie würde die Verfolgerin stellen, ihre Wut an ihr auslassen, sie halb bewusstlos prügeln – und dann was? Weiter war sie mit ihren Überlegungen nie gekommen, so sehr hatte die mütterliche Wut von ihr Besitz ergriffen. Und jetzt, als sie hier vor ihr saß, wirkte diese Frau nur noch bemitleidenswert und schien für niemanden eine Bedrohung darzustellen. Vermutlich sah so die Hälfte aller weltweit gefassten Mörder aus, Papiertiger, aber deswegen nicht weniger tödlich gefährlich.

Sie durfte keine Nachsicht üben. Sie nahm sich einen Whisky aus der Minibar, stürzte ihn hinunter und begann dann, im Zimmer auf und ab zu laufen, den Blick auf die Frau gerichtet. Irgendetwas an ihr ließ Sarah keine Ruhe. Sie war sich sicher, dass sie sie irgendwo schon einmal gesehen hatte.

»Wie heißen Sie?«

Das Schluchzen legte sich. »Carla. Carla Parton.« Der Akzent war amerikanisch, mit dem leicht trällernden Tonfall der Südstaaten. Die ängstlichen Augen wirkten intelligent. Sie betrachtete Sarah forschend wie ein gefangenes Tier.

Sarah blieb vor der Frau stehen, beugte sich über sie. »Warum haben Sie mich verfolgt? Warum haben Sie mich und meine Familie bedroht?« Wieder spürte Sarah, wie die Wut in ihr aufflammte. Sie wusste, wozu sie im Stande war. Eine Zeit lang hatte sie geglaubt, hatte sie gehofft, dass ihre Befähigung zu gewaltsamer Rache vielleicht nachgelassen hatte. Jetzt wusste sie, dass das nicht der Fall war. Die Tatsache, dass sie ein Kind hatte, hatte ihre bestehenden Beweggründe um unbändige Schutzinstinkte erweitert, und sie wusste, dass der Cocktail potenziell tödlich war. Und das wusste Carla, dem Blick in ihren Augen nach zu urteilen, ebenfalls. Sie war stumm vor Angst.

Sarah schnellte herum und schnappte sich die Notiz vom Kaminsims. Sie schleuderte sie Carla entgegen.

»Sie haben das geschrieben, Sie Miststück, und ich will wissen, warum.«

»Was haben Sie mit mir vor?« Die Stimme klang erbärmlich.

»Ich weiß es nicht. Ich habe mich noch nicht entschieden, aber erst einmal will ich ein paar Antworten, in der Zwischenzeit sozusagen.«

Carlas Gesicht fiel erneut in sich zusammen, als sie wieder zu schluchzen begann. Und es war nicht das leise Schluchzen von vorhin. Diesmal war es heftiger, von Krämpfen geschüttelt, als würde irgendein unaussprechlicher Schmerz wachgerufen. Sarah beobachtete sie voller Entsetzen.

Das Schluchzen hielt so lange an, war ein solch jämmerliches Elend, dass Sarah sich selbst wie gepeitscht fühlte. Schließlich flaute das Schluchzen zu einer Reihe heftiger, trockener Würgelaute ab.

»Reden Sie mit mir«, sagte Sarah und reichte ihr ein Glas Brandy, gefolgt von einem Zahnputzbecher voll Wasser.

Carla nahm einen kräftigen Schluck Wasser, rieb sich mit den Händen übers Gesicht und begann zu sprechen.

47

»Es begann alles vor dreißig Jahren, als meine Leute und ich von Georgia nach Wyoming zogen, als ich John Redford das erste Mal begegnete. Mein Gott, war er schön und so verletzt, dass man schon sah, wie es aus ihm hervorquoll. Das war, kurz nachdem seine Mama gestorben war. Wir haben uns alle in ihn verliebt, ich und all die anderen Mädchen – und all die Mamis auch, nehme ich an. Jedenfalls, er ließ keine von uns an sich ran, ist einfach seinen eigenen Weg gegangen, hat seine Pferde geritten, Gitarre gespielt.«

Ein glasiger Schleier legte sich über Carlas Augen, und ihre Stimme wurde distanziert, fast kindlich, als sei sie in die Vergangenheit zurückgekehrt. »Wir gingen auf dieselbe Schule, in dieselbe Klasse. Ich hab ihm immer meine Süßigkeiten gegeben, später auch mein gesamtes Lunchpaket, da er nie eines dabeihatte. Sein Papa war durch seine eigene Trauer praktisch nicht zu gebrauchen. John kam nicht oft in die Schule, daher musste er eine Klasse wiederholen, und wir haben uns irgendwie die nächsten fünfzehn Jahre aus den

Augen verloren. Dann war ich fünfundzwanzig, lebte in New York, machte das Übliche – kämpfte darum, Schauspielerin zu werden.«

Sie lächelte gequält. »Und ich arbeitete als Kellnerin – in einer echten Spelunke auf der Upper West Side. Eines Abends, auf dem Weg zur Arbeit, seh ich die Plakate. John Redford ist in der Stadt, tritt live in den Madison Square Gardens auf. Ich musste natürlich arbeiten, aber ich dachte, wenn ich mich beeile, kann ich vielleicht das Ende der Vorstellung gerade noch mitbekommen, also geh ich etwas früher von meiner Schicht, nehm mir nicht einmal die Zeit, aus meiner Uniform zu schlüpfen und mich umzuziehen, und flitze dort hinunter. Aber das Konzert war schon vorbei. Ich war so enttäuscht, dass ich einfach in Tränen ausbrach. Ich erzählte den Security-Leuten, ich sei eine alte Bekannte von John, und sie müssen mir geglaubt haben, denn sie haben mich reingelassen, in den Backstagebereich. Ich war im siebten Himmel«, sagte sie bitter.

»Jedenfalls, sie haben mich in die Richtung seines Umkleideraums geschickt, haben gesagt: ›Klopf einfach an, und sag, wer du bist.‹ Also bin ich dort herumgelaufen, hab sein Zimmer gefunden und geklopft. Er sagte, herein, aber als ich eintrat, war er hinter einer Art Wandschirm; ich hörte, wie er sich hin und her bewegte. Also hab ich mich dort hingesetzt, gewartet und Blicke auf mir gespürt, wissen Sie. Und allmählich bekam ich Angst. Irgendetwas war nicht in Ordnung. Ich wollte schon aufstehen und gehen, als das Licht ausging. Doch bevor ich aufschreien konnte, hatte er mich schon gepackt, vom Stuhl gerissen und sich auf mich geworfen.« Ihre Stimme stockte, sie rieb sich Tränen aus den Augen und verzog kummervoll ihre Lippen. »Ich hab versucht, ihn abzuschütteln. Ich hab ihn weggestoßen und versucht, ihn zu schlagen. Ich hab ihm das Gesicht zerkratzt. Er hat mich bei den Händen gepackt und sie nach unten gedrückt.« Ihre Augen blickten vom Boden auf und blieben an Sarahs haften. »Er hat gesagt, wenn ich auch nur einen Laut von mir gebe, bringt er mich um. Ich hab ihm geglaubt. Und dann hat er mich vergewaltigt.«

Sarah starrte die Frau an, rang um Fassung.

»Irgendwann ist er dann gegangen. Draußen hörte ich Stimmen, eine Art heftige Diskussion, und dann kam irgendjemand rein. Es war nicht er, dieser Mann fühlte sich anders an. Schwerer. Er packte mich, fesselte mich, legte mir eine Art Halstuch über die Augen und stopfte mir einen Knebel in den Mund. Ich weiß noch, wie ich dort in der Finsternis saß, stundenlang, so kam es mir jedenfalls vor, bis alles still wurde. Dann hob mich der Mann hoch, trug mich praktisch hinaus – über etliche Treppen nach unten – und schubste mich in einen Wagen. Er schloss die Türen ab und schlug mir dann so hart mit der Faust ins Gesicht, dass ich das Bewusstsein verlor. Und das Nächste, was ich wieder mitbekomme, ist, dass der Wagen an Tempo zulegt, ich höre, wie eine Tür aufgeht, und er stößt mich hinaus.« Die Augen richteten sich wieder prüfend auf Sarah und wandten sich dann flackernd ab. »Ein Bauarbeiter fand mich am nächsten Morgen. In irgendeiner Seitenstraße in Harlem. Er brachte mich ins Krankenhaus. Ich hatte zehn gebrochene Rippen, eine gebrochene Nase, einen gebrochenen Kiefer, und ich bekam eine Lungenentzündung. Ich war sechs Wochen im Krankenhaus. Nach drei Wochen stellten sie fest, dass ich schwanger war. Jedenfalls, ich hab's beendet. Ich hab's getötet.« Ihre Stimme erstarb.

»O mein Gott.« Sarah rang um Fassung und versuchte, nicht zusammenzubrechen. Sie zwang sich zu einer Frage, sie brauchte irgendetwas, woran sie sich klammern konnte, womit sie Carlas Schluchzen in Schach halten konnte. »Sind Sie nicht zur Polizei gegangen?«

»Sie kamen zu mir. Ich habe ihnen nichts erzählt. Sie haben versucht, mich zu überreden. Ich habe ihnen kein Wort gesagt, nicht einmal hallo.«

»Warum nicht?«

»Ich wollte, dass dieser Albtraum ein Ende hat. Ich wollte, dass es vorbei ist.«

»Und was passierte dann?«

»Na ja, ich brauchte eine Schönheitsoperation. Mein Gesicht war ruiniert. Ich wurde innerhalb von achtzehn Monaten viermal operiert. Ich gab mein Vorhaben auf, Schauspielerin zu werden. Meine Versicherung übernahm die gesamten Behandlungskosten, außerdem musste sie mir eine Entschädigung zahlen, da ich eine Police für mein Gesicht abgeschlossen hatte. Hab vier Millionen Dollar für mein Gesicht bekommen. Nicht schlecht, was?« Sie bemühte sich um ein Lächeln, das Sarah fast das Herz brach. Sarah erhob sich und kehrte mit der Brandyflasche zurück. Sie füllte ihre beiden Gläser, stellte ihres ab und rieb sich das Gesicht.

»Das war vor fünfzehn Jahren. Was haben Sie in all der Zeit gemacht?«

»Drei Jahre Therapie. Alles aufgearbeitet, wissen Sie. Ich habe einen Mann kennen gelernt und ihn geheiratet. Sechs Jahre lang waren wir glücklich. Dann haben wir versucht, ein Baby zu bekommen.« Die Tränen begannen zu kullern. »Wir haben es jahrelang versucht. Nichts passierte. Irgendwann bin ich zum Arzt gegangen und hab mich durchchecken lassen. Wissen Sie ...« Ihre Stimme brach, sie hielt einen Augenblick inne, um sich zu sammeln, und kämpfte dann weiter. »Der Abbruch war nicht gut verlaufen, hatte Narben zurückgelassen. Ich bin unfruchtbar. Ich werde niemals ein Kind haben.«

Sarah konnte sich nicht länger zusammenreißen. Tränen rannen ihr übers Gesicht.

Carla fuhr fort. »Als sie mir das in der Fruchtbarkeitsklinik sagten, brach ich zusammen. Ich erzählte meinem Mann von der Vergewaltigung. Ich sagte nicht, wer es war, sagte nur, ein Fremder.« Ihr Blick traf Sarahs. »Wissen Sie, was er getan hat?«

Sarah schüttelte den Kopf.

»Er hat mich verlassen.«

Sarah nickte, als sich allmählich alle Puzzleteile ineinander fügten. »Und daher haben Sie beschlossen, dass es nun an der

Zeit ist, John Redford und jede, die so aussieht, als hätte sie eine Beziehung zu ihm, dafür büßen zu lassen«, sagte sie grimmig.

»Hätten Sie das nicht getan?«

Sarah verschloss ihre Wut in einer Kammer ihres Herzens, zusammen mit all der anderen Wut. Sie kannte, fast besser als irgendjemand sonst, die Macht der Rache, wie sie einen in Versuchung führte, diese stärkste aller Drogen, und wie sie, wie jede Droge, alles versprach und dann doch nur eine große Lüge bereithielt. Rache war kein Heilmittel gegen das Verbrechen. Es gab keine Arznei gegen diesen Schmerz, keine andere als das scheinbare Gift des Akzeptierens. Setz dir den Becher deines Schmerzes an die Lippen und trink. Sie würgte noch immer bei dem Gedanken. Als sie zweiundzwanzig war, hatte sie, mit einer Pistole bewaffnet, den Mann getötet, der dreizehn Jahre zuvor ihre Eltern getötet hatte, den Mann, der ihr und ihrem sieben Jahre alten Bruder ins Gesicht gelacht hatte, als er als freier Mann das Gericht verließ. Obwohl es ihr keinen Trost gebracht hatte, würde sie es noch einmal tun, mit all dem Wissen, das sie nun, rückblickend betrachtet, besaß. Die Wut hatte sie fest im Griff, genau wie Carla.

Sie nahm die Hand der Frau. »Gehen Sie schlafen – legen Sie sich in mein Bett.« Carla folgte ihr duldsam; all ihre Wut hatte sich verbraucht.

»Und was werden Sie tun?«

»Ich werde meine Gedanken ordnen. Machen Sie sich keine Sorgen um mich, versuchen Sie einfach, ein bisschen zu schlafen.« Sarah saß da und beobachtete Carla, bis sie sah, dass der Schlaf sie fest im Griff hatte. In diesem Zustand der Ruhe wirkte ihr Gesicht fast friedfertig; die innere Zerrissenheit wurde nur deutlich, wenn sie plötzlich mit den Augen zuckte oder die Lippen zusammenkniff. Sarah erkannte die Frau aus der Damentoilette jenes Restaurants in New York wieder, die sie angerempelt und ihr das Portemonnaie gestohlen hatte. Sie hatte eine rote Perücke getragen, um ihr langes schwarzes Haar zu verbergen, das allem Anschein nach ebenfalls gefärbt war. Es stand in starkem Kontrast zu Carlas blasser Haut. Sie hatte ihren Westküsten-Akzent verstellt, einen kühlen, weltstädtischen Tonfall angenommen. Es war dieselbe Frau, die jedoch jetzt vollkommen anders aussah. Die schlafende Gestalt auf dem Bett wirkte wie ein gebrochenes Kind, beladen mit dem größten Schmerz, den eine erwachsene Frau erleiden konnte. Sarah wachte noch eine Stunde über sie. Ihr war bewusst, dass es dieselbe Art war, wie man auf ein Baby Acht gab; ein Glücksgefühl, das John Redford Carla Parton für immer versagt hatte.

Wie hatte er das bloß tun können, dieser Mann, der der Vater ihres Kindes war, dieser Mann, der eine Frau so wunderschön, zärtlich, leidenschaftlich lieben konnte, der solch herzzerreißende Lieder sang? Alles war vollkommen gewesen, er der vollkommene Liebhaber, der ihr, auch wenn er es nie erfahren hatte, das vollkommene Kind geschenkt hatte. Das würde Georgie immer bleiben. Nichts konnte seine Vollkommenheit beschmutzen, aber Sarahs Erinnerung an Redford war zerstört worden. Sie hatte geglaubt, sie würde ihn kennen; sie hatte sich getäuscht. Sie erinnerte sich an seine Angst, er könnte das Publikum korrumpieren. Die bandagierte Hand, die er mit unbeherrschter Wut gegen die Wand gerammt hatte. Kein Wunder, dass er Angst vor sich selbst hatte und vor dem, wozu er im Stande war.

Sie nahm ihren Schlüssel und marschierte zu seiner Tür.

Sie hämmerte laut dagegen, ungeachtet der anderen Gäste. Sie ballte die Hände zu Fäusten und trommelte, so hart sie konnte, bis sie blaue Flecken auf den Knöcheln hatte. Redford erschien im Türrahmen, mit zerzaustem Haar und bestürztem Gesichtsausdruck. Sarah drängte sich an ihm vorbei und schritt in seine Suite.

»Sarah, was zum Teufel ist denn los?« Er folgte ihr – wütend und verständnislos.

Sie wandte sich zu ihm um. »Sprich mich nicht an, du Dreckskerl. Setz dich einfach hin und hör zu.« Sie schubste ihn zu einem Stuhl. Er plumpste hinein und sprang sofort wieder auf. Er machte zwei Schritte auf Sarah zu, bevor ihre Worte ihn zum Stehen brachten.

»Willst du mich jetzt schlagen? Oder ist Vergewaltigung noch immer dein Stil, nach all den Jahren?«

Es war, als hätte sie ihm eine Ohrfeige verpasst.

»Wovon redest du?«

»Oh, ich bitte dich. Jetzt spiel doch nicht den Unschuldsengel.«

»Ich spiele überhaupt nichts. Ich weiß gar nicht, wovon zum Teufel du eigentlich redest.«

»Dann werde ich es dir erklären«, sagte Sarah, die im Zimmer auf und ab schritt, ohne den Blick von Redfords Gesicht abzuwenden. »Warum setzt du dich nicht und machst es dir bequem? Es ist eine lange Geschichte.« Sie beobachtete Redford, während er sich auf einen Stuhl zubewegte und behutsam Platz nahm, als sei sein ganzer Körper zerschunden. Sie sah die Verletztheit in seinen Augen, die Verwirrung, die Wut, aber auch eine tiefe Erschöpfung und hin und wieder ein kurzes Aufflackern von etwas, das nach Furcht aussah. Aber all seine Gefühle wirkten wie ein billiges Täuschungsmanöver im Vergleich zu Carlas alles lähmendem Schmerz.

»Vergewaltigung«, sagte Sarah mit verbitterter Stimme. »Ein Täter, du. Ein Opfer, aber ich möchte wetten, es gab noch mehr. Eine Frau zu vergewaltigen, das ist nichts, was man nur einmal tut, oder? Es ist eine Geisteshaltung, die es einem gestattet, es zu tun. Ich weiß, wer deine Verfolgerin ist, du Dreckskerl. Sie heißt Carla Parton. Sie ist mit dir zusammen zur Schule gegangen, hat ihr Lunchpaket mit dir geteilt, hat versucht, dich zu trösten, als du neun Jahre alt warst und deine Mutter gerade ums Leben gekommen war. Dann wurde sie älter, schlank und schön, und die große weite Welt lockte. Sie ging nach New York, versuchte, Schauspielerin zu werden und arbeitete als Kellnerin. Eines Tages sieht sie, dass John Redford in der Stadt ist, ihr alter Schulfreund, also taucht sie nach Ende des Konzerts dort auf, und mit ihrem Charme oder ihrer Schönheit schafft sie es, in den Backstagebereich vorgelassen zu werden. Die Security-Leute schicken sie in Richtung deines Umkleideraums, wie sie es vermutlich mit Hunderten anderer Mädchen in Dutzenden anderer Städte getan haben. Also geht sie rein. Du stehst hinter einem Wandschirm; sie setzt sich hin und wartet. Und dann schaltest du alle Lichter aus und vergewaltigst sie. Dann lässt du sie zurück und sagst einem deiner Spießgesellen, er soll hinter dir aufräumen. Er verbindet ihr die Augen, schleppt sie in seinen Wagen, schlägt sie bewusstlos und wirft sie, als krönenden Abschluss, in irgendeiner Seitengasse wie einen Müllsack aus seinem rasenden Wagen.«

Redford wandte den Blick ab.

»Sieh mich an, du Dreckskerl. Du wirst mich jetzt ansehen und mich bis zum letzten Wort anhören. Ein Bauarbeiter hat sie gefunden und ins Krankenhaus gefahren. Sie hatte zehn gebrochene Rippen, eine gebrochene Nase und einen gebrochenen Kiefer. Ach ja, und irgendwann stellte man auch noch fest, dass sie schwanger ist, mit deinem Kind. Sie hat das Kind abgetrieben, und Jahre später, als sie versucht, mit ihrem Mann Kinder zu bekommen, als sie denkt, dass sie das Trauma, das du ihr zugefügt hattest, endlich hinter sich gelassen hat, da muss sie feststellen, dass die Abtreibung verhängnisvolle Narben bei ihr hinterlassen hat, dass sie niemals Kinder bekommen kann. Sie bricht zusammen und erzählt es ihrem Mann. Und weißt du was? Er verlässt sie.«

Langsam trat sie auf Redfords Stuhl zu. »Wie konntest du das tun? Wer bist du?«, flüsterte sie.

Er suchte keine Ausflüchte. Er sprach nicht; er starrte nur vor sich hin – völlige Verzweiflung in jedem seiner Züge.

48

Der Morgen dämmerte, und Sarah ging zurück in ihr Zimmer. Sie trat ein und schloss hinter sich die Tür. Im Schlafzimmer rührte sich Carla. Sarah setzte sich zu ihr auf die Bettkante. Sie lächelte und nahm ihre Hand.

»Möchten Sie jetzt einen Schlussstrich unter diese Geschichte ziehen?«, fragte sie. »Sie ein für alle Male hinter sich lassen?«

Carla sah sie mit verschleiertem Blick an, hoffnungsvoll und ängstlich zugleich.

»Wie denn?«

»Ich habe Redford alles erzählt, was Sie mir mitgeteilt haben. Gehen Sie jetzt zu ihm.«

Carla legte sich die Hände um den Hals.

»Schon gut, Sie müssen nicht.«

Carla zwang sich, sich im Bett aufzusetzen. Zu ihrer Schande sah Sarah, dass Carlas Nase angeschwollen war und blaue Flecken hatte. »Ich muss nur erst zu mir kommen«, sagte sie leise. »Geben Sie mir fünf Minuten.«

Fünf Minuten später klopfte Sarah an Redfords Tür. Er machte auf, mit grauem Gesicht.

»Wirst du mit ihr sprechen? Das ist das Mindeste, was du tun kannst.«

Redford blickte Sarah an, von überwältigendem Schmerz erfüllt. »Na schön, dann hol sie. Bringen wir diese Sache hinter uns.«

Sarah holte Carla. »Ich bin draußen, falls Sie mich brauchen«, sagte sie.

Redfords Tür stand offen. Carla schob sich an ihr vorbei, als rechnete sie mit einem Hinterhalt, dann schloss sie sie unsicher hinter sich. Sarah ging den Flur hinunter, fort von dem leisen Stimmengemurmel. Sie lehnte sich gegen die Wand und wartete. Eine halbe Stunde später machte Carla die Tür auf und rief sie hinein.

Redford saß zusammengesunken in einem Sessel. Er sah

mutterseelenallein und verloren aus. Carla, die auf der Tischkante hockte, lächelte erleichtert, wenn auch ein wenig unsicher.

»Ich fahre heute nach Hause«, sagte sie. »Sie werden nicht mehr verfolgt werden. Es ist es nicht wert.«

»Was hat Sie zu diesem Entschluss bewogen?«, fragte Sarah.

»Ein Teil von mir wird diesen Mann immer hassen. Ein Teil von mir wird ihn immer töten wollen, wird immer dafür sorgen wollen, dass er niemals Frieden oder Glück findet, wird die Dinge töten wollen, die er liebt – aber wenn ich ihn jetzt ansehe, dann ist er wieder der kleine Junge, den ich einmal kannte. Er ist nicht das Monster, das mich vergewaltigt, das mir mein Leben genommen und meine Träume ermordet hat. Wenn Sie mir jetzt eine Waffe in die Hand gäben, würde ich sie nicht gegen ihn richten. Ich könnte es nicht.« Carla sah zu Redford hinüber. »Es zu wissen, das ist deine Strafe. Du wirst nicht mehr von mir hören. *Ich* werde dich nicht mehr verfolgen, aber deine Träume werden dich verfolgen.«

Trotzig verließ Carla das Zimmer, den Kopf zurückgeworfen, steif vor Selbstbeherrschung, mit einem Pyrrhussieg, den sie eben errungen hatte. Redford sah ihr nach, dann ließ er den Kopf in die Hände sinken. Als er aufsah, lag Wut in seinen Augen.

»Beantworte mir diese eine Frage. Was bildest du dir eigentlich ein, dich zum Richter und Henker aufzuschwingen?«

»Ich bilde mir nichts ein. Ich bin angewidert.«

»Hast du nie Mist gebaut? Hast du in deinem ganzen perfekten Leben nie irgendetwas Entsetzliches getan?«

»Ich würde mein Leben oder die Art, wie ich es gelebt habe, nicht als perfekt bezeichnen«, sagte Sarah. »Und ich habe selbst genug Entsetzliches getan. Der bessere Teil von mir würde es ungeschehen machen, wenn ich könnte, aber ein anderer Teil von mir würde es wieder tun. Ich bin auch angewidert von mir selbst, du hast also keinen Grund, dich einsam zu fühlen.«

»Das ist mein Epitaph, oder? Du bist angewidert von mir?«

»Was kümmert es dich denn, was ich denke? Du bist angewidert von dir selbst, das ist der springende Punkt, oder?«

»Der springende Punkt ist, dass ich nicht weiß, was ich glauben soll«, sagte Redford leise.

»Dann werde ich dir auf die Sprünge helfen. Du bist schuldig. Du solltest dich schuldig fühlen – und reumütig.«

Redford sah auf. »Bin ich das? Sollte ich das? Woher weißt du das?«

»Wegen Carla. Komm mir bloß nicht damit, dass sie sich das alles ausgedacht hat. Niemand könnte diese Gefühle vortäuschen.«

Redford sah zu Boden.

»Also?«, bohrte Sarah nach. »Was hast du zu sagen?«

Sie wollte seine Zerknirschung hören, wollte irgendetwas aus ihm hervorholen, was ihr zeigte, dass er das Ausmaß dessen, was er getan hatte, begriff. Ihr Verlangen nach Gerechtigkeit würde sich nicht mit weniger zufrieden geben.

Er sah sie matt an. »Vielleicht habe ich es getan. Vielleicht habe ich es nicht getan. Das Schreckliche ist, ich weiß es nicht.«

»Wie kannst du das denn *nicht* wissen?«

»Weil es Tage und Nächte gab, an denen ich so zugekokst und besoffen war, dass ich mir nicht mehr sicher war, was ich tat. Ich war kaum bei Bewusstsein, kaum zurechnungsfähig. Ich habe es geschafft, auf der Bühne aufzutreten, ich habe Platten aufgenommen, das ist das einzig Greifbare, was mir von etwa zehn Jahren meines Lebens geblieben ist.«

»Oh, ich *bitte* dich. Mein Gott, an eine Vergewaltigung würdest du dich doch mit Sicherheit erinnern.«

Redford schüttelte den Kopf. »Nein, das würde ich nicht. Ich hatte Black-outs, Phasen, die manchmal eine Nacht und einen Tag lang andauerten, in denen ich mich an überhaupt nichts erinnern konnte. Ich bin an irgendwelchen unbekannten Orten aufgewacht und wusste beim besten Willen nicht, wie ich dorthin gekommen war. Ich habe die Leute nicht wieder erkannt, die um mich herumgewuselt sind, oder die Frau, mit der ich zusammen war. Ich bin inmitten von Fremden aufgewacht, und wieder war eine Nacht meines Lebens verstrichen. Das heißt, ja, es könnte sein, dass ich sie vergewaltigt habe, und weiß Gott, ich bete zum Himmel, dass ich es nicht getan habe. Aber vielleicht habe ich es getan. Ich kann mich erinnern, dass es im Backstagebereich Tratsch gab, in den Tagen nach einem der New Yorker Konzerte, vor Jahren, wegen irgendeiner Frau, die in ein Auto verfrachtet und weggeschafft wurde.« Seine Gesichtszüge verzerrten sich vor Scham. »›Ein Stück Dreck‹ wurde sie genannt. Sie machte Ärger, und dann wurde sie irgendwo abgeworfen. Die Roadies haben darüber getuschelt. Ich hab mir damals nicht viele Gedanken darüber gemacht, es gab ständig irgendwelche Zwischenfälle mit Groupies, die sich einem an den Hals geworfen haben, die manchmal gewalttätig wurden, aber irgendetwas an dieser Geschichte muss mir doch im Gedächtnis haften geblieben sein. Sie kommt mir irgendwie bekannt vor. Also hätte ich es sein können. Ja, vielleicht bin ich es gewesen. Und meinst du nicht, dass mich das entsetzt? Ich muss immer an meine Mutter denken. Ich habe ihr Gesicht vor Augen. Was hätte sie von mir gedacht? Ich hätte ihr das Herz gebrochen. Und dieses arme Mädchen.« Sein Schmerz zeigte sich im Lid seines linken Auges, in einem Zucken, das durch winzige Gefühlsausbrüche ausgelöst wurde. »Wenn ich es tatsächlich getan habe, dann würde ich alles tun, um es ungeschehen zu machen. Ich würde alles geben, was ich besitze, um dieser Frau ihr Leben wiederzugeben, aber das kann ich nicht.«

»Dann tu etwas, was in deiner Macht steht«, sagte Sarah sanft.

»Zum Beispiel?«

»Ich weiß nicht. Es muss tausend wohltätige Organisationen geben, denen du helfen könntest. Spende fünf Millionen, um misshandelten Frauen und Kindern zu helfen.«

»Ganz so einfach ist es nicht. Ich spende schon jetzt jede Menge Geld. Damit kann ich mir keine Absolution erkaufen.«

»Hör auf, immer nur an dich zu denken. Hier geht es nicht um *deine* Absolution. Die kann dir nur Gott erteilen. Hier geht es darum, jemand anderem zu helfen. Nenn es Wiedergutmachung, wenn du willst. Fünf Millionen, das reicht für Häuser, Gesundheitsfürsorge, Verpflegung, Personal. Damit könntest du verdammt viel Gutes tun.«

»Fünf Millionen habe ich nicht einfach flüssig.«

»Aber die wirst du bald haben. Wenn die Wertpapieremission anläuft, wirst du einhundert haben …«

»Wie kann die Wertpapieremission denn jetzt noch anlaufen, nachdem du weißt, was du weißt? Goldsteins würde mich augenblicklich fallen lassen, und glaub bloß nicht, dass ich nicht schon auf die Idee gekommen bin, dass du eine Art Spionin in deren Auftrag bist. Du hast zu keinem Zeitpunkt einfach bloß die Zahlen überprüft, stimmt's?«

»Und wenn schon?«

»Wie auch immer, du weißt das Schlimmste, ganz gleich, ob es nun stimmt oder nicht, und wie du selbst sagst, Carla kann dieses Gefühl nicht vorgetäuscht haben. Niemand hätte das gekonnt. Also muss ich wohl annehmen, dass ich es getan habe. Du nimmst es ganz offensichtlich an.«

»Und was, wenn ich den Mund halte?«, fragte Sarah, die voller Entsetzen merkte, wie sie in eine selbst gestellte Falle tappte.

»Wie, Goldsteins anlügen?«

Sarah dachte an Carla, dachte an all die Carlas, die mit dem Gedanken an ihren Vergewaltiger lebten, die versuchten, ihre Kinder zu schützen, in einem Leben voller Gewalt gefangen, mit einem schmalen Ausgang, der durch schiere Hoffnungslosigkeit versperrt war. Fünf Millionen konnten diesen Frauen einen Zufluchtsort bieten, eine Eintrittskarte in ein neues Leben kaufen.

»Ja«, erwiderte Sarah langsam. »Ich könnte Goldsteins anlügen.«

»Es ist deine Entscheidung«, sagte Redford.

»Wenn ich lüge, wirst du dann fünf Millionen an eine wohltätige Einrichtung für misshandelte Frauen spenden, eine Einrichtung meiner Wahl?«

»Das klingt allmählich nach Erpressung.«

»Es ist keine Erpressung, es ist das, was einer Absolution auf dieser Erde am nächsten kommt. Wie ich schon sagte, nenn es Wiedergutmachung. Du suchst nach einer Möglichkeit, für das, was du getan hast, Entschädigung zu leisten. Ich biete sie dir an. Greif zu, oder lass es bleiben.« Sarah wandte sich ab, täuschte die Gleichgültigkeit der Händlerin vor, während ihr Herz raste angesichts der Hoffnung, was sie alles würde tun können. Aber eine andere Stimme in ihrem Inneren flüsterte: ›Was, wenn Redford log? Was, wenn er davor auch schon vergewaltigt hatte – und danach?‹ Indem sie seine Schuld stillschweigend zur Kenntnis nahm, würde sie womöglich andere Frauen dazu verurteilen, vergewaltigt zu werden.

Seine Stimme brach zwischen ihren Hoffnungen und Ängsten hindurch.

»Na schön, Sarah. Du bekommst deinen Deal.«

49

Sarah nahm den erstbesten Flug zurück nach London. Kurz bevor sie in Venedig an Bord ging, rief sie Jacob an, um ihm zu sagen, dass sie auf dem Heimweg sei.

»Ich dachte, du wolltest erst morgen zurückkommen«, sagte er, erfreut und überrascht zugleich.

»So war es auch geplant, aber was soll's? Es ist doch nur

geschäftlich. John Redford und sein Gefolge kommen auch ohne mich aus, aber ich komme nicht ohne dich und Georgie aus.« Sie spürte Jacobs Lächeln. Er liebte ihre kleinen Aufmüpfigkeiten gegen die Welt der Wirtschaft, daher fiel er auf ihre Lüge leicht herein. Wie immer hasste sie es, ihn anzuschwindeln. Aber ihm die Wahrheit zu erzählen, mit all den unzähligen Verstrickungen und Enthüllungen, das war unvorstellbar.

Redford trat heute Abend auf dem Festland auf, ein paar Kilometer von Venedig entfernt, in einem Open-Air-Konzert in Jesolo. Sie hatte sich fest vorgenommen, dabei zu sein, aber jetzt konnte sie nicht mehr schnell genug von hier verschwinden. Während ihr Flugzeug in den bleiernen Himmel aufstieg, versuchte sie, ein Gefühl der Erleichterung herbeizuführen, dass sie die Verfolgerin, wie sie Carla immer noch nannte, gestellt, in die Falle gelockt und ihr das Handwerk gelegt hatte und dass sie Redford nun entkam. Doch ihre Stimmung blieb so trübe wie der Himmel.

Ein paar Stunden später wurde sie von einem Empfangskomitee, bestehend aus Georgie, Jacob und Eva, zu Hause begrüßt. Georgie und Jacob blickten sie voller Liebe an, Eva mit einer Erleichterung und Erschöpfung, die sie jedoch zu verbergen versuchte. Sarah nahm an, dass sie die ganze Nacht nicht geschlafen hatte, um über den Haushalt zu wachen.

Nach einer ausgedehnten Schmuse- und Spielsitzung mit Georgie und einem längeren Plausch mit Jacob gelang es Sarah, sich für eine Weile mit Eva allein in ihr Arbeitszimmer zurückzuziehen.

»Alles in Ordnung«, sagte Eva, noch bevor Sarah Fragen stellen konnte. »Weder ich noch irgendjemand aus meinem Team hat irgendetwas beobachtet, was auch nur im Entferntesten verdächtig war.«

Sarah beugte sich vor und gab, zu Evas großer Überraschung, ihrer Freundin einen Kuss. Eva zeigte ihre Gefühle selten so offen, es sei denn, sie spielte eine bestimmte Rolle.

Gefühle, vor allem die überbordende Dankbarkeit, die sie in Sarahs Augen erkannte, hielt man nach Evas Ansicht am besten gut unter Verschluss. Sarah wusste das und lächelte ihre Freundin an.

»Wie lief's in Venedig?«, versuchte Eva, sich auf sichereres Terrain zu begeben. »Ich hab mir schon Sorgen gemacht, als Jacob mir sagte, du wolltest einen Tag früher zurückkommen, aber du scheinst ja relativ heil davongekommen zu sein.«

»Ich habe getan, was du vermutet hast. Und es gab keinen Grund, danach noch länger dort herumzuhängen.«

»Hast du die Verfolgerin?«, beeilte sich Eva zu fragen.

Sarah nickte.

»Und?«, fragte Eva, die sich über Sarahs Zurückhaltung wunderte.

»Das ist eine lange Geschichte. Aber ich denke, sie wird uns keine Probleme mehr machen.«

»Aber ein Problem gibt's da schon noch«, bemerkte Eva.

»Ja, schon, aber an dem kann ich nichts ändern«, entgegnete Sarah bekümmert.

Eva erhob sich. Sie wusste, dass sie besser nicht weiter nachhakte. »Ich sollte mich jetzt wohl auf den Weg machen. Ich habe Jacob schon gesagt, dass mein Durchlauferhitzer inzwischen repariert ist.«

Sarah griff in ihre Schreibtischschublade. »Was bin ich dir schuldig?«

Eva zuckte zusammen. »Zwei Schichten mit vier Burschen, jeweils neun Stunden. Fünfzig Pfund die Stunde. Macht dreitausendsechshundert.«

»Und was ist mit dir?«

Eva fuhr mit einer Hand durch die Luft. »Du kannst irgendwann mal für mich babysitten, wenn ich selbst Kinder habe.«

»Sehr gern, aber in der Zwischenzeit möchte ich dich für das hier bezahlen.«

Eva lächelte. »Du bemühst dich vergeblich. Ich werde es nicht annehmen, Sare. Es ist auch so schon teuer genug.«

»O Eva. Vielen Dank. Es ist jeden einzelnen Penny wert«, sagte Sarah, die Evas Unnachgiebigkeit kannte und ihr Scheckbuch wieder schloss.

»Ja«, pflichtete Eva bei. »Und wenigstens musst du dir nun keine Sorgen mehr wegen der Verfolgerin machen.«

Sarah rief sich Carlas Gesicht in Erinnerung, fragte sich, weshalb sie ihr ungutes Gefühl nicht abschütteln konnte.

Sie brachte Eva zur Tür und verabschiedete sich von ihr, begleitet von Jacob und Georgie. Danach trug sie ihren Sohn in die Küche hinunter. Sie setzte ihn sich auf die Knie, betrachtete ihn, verschlang ihn mit den Augen und verspürte jene seltsame Mischung aus Liebe und Angst, die sie manchmal empfand, wenn sie ihn ansah. Liebe auf Grund all dessen, was er war, und Angst vor dem Schmerz, der ihn treffen konnte, der noch tausendmal heftiger in sie selbst eindringen würde. O Gott, bitte, er war die Liebe nicht nur ihres Lebens, sondern ihrer Ewigkeit. Bitte schütze ihn.

Sie kochte sich einen extra starken Kaffee, kippte einen Schluck hinunter, erhob sich und versuchte, die nötige Entschlusskraft für ihre Besprechung bei Goldsteins aufzubringen.

50

James Savages Blick wirkte kummervoll. Er trank seine bitteren Espressi, einen nach dem anderen, kippte sie jedes Mal mit einer ruckartigen Kopfbewegung hinunter, als seien es Schnapsgläser voll Wodka. Sie schienen seinen Kummer in Zorn zu verwandeln.

»Noch am Leben?«, bellte er Sarah an.

»Bis jetzt schon«, entgegnete sie gelassen und glättete die Falten im Leinenstoff ihres Rocks, der über die Schenkel hochgerutscht war. In den letzten paar Tagen hatte sie endlich abgenommen, nachdem der Appetit sie im Stich gelassen hatte. Savage beobachtete die Bewegung mit einem verzweifelten Gesichtsausdruck.

»Was gibt's Neues über den Verfolger?«

»Nichts Neues. Scheint verstummt zu sein«, sagte Sarah.

»Das ist doch seltsam«, bemerkte Breden. »Er oder sie hat in den letzten Wochen doch an jedem Ort Kontakt aufgenommen, oder?«

»Ja«, antwortete Sarah, »aber in Venedig war nichts.« Ihr Blick blieb völlig ausdruckslos.

»Warum?«, fragte Breden.

Sarah zuckte die Schultern. »Keine Ahnung. Vielleicht musste sie zurück zur Arbeit oder hatte kein Geld mehr. Es wird spannend werden, ob Redford oder ich hier in London eine Notiz bekommen.«

Breden betrachtete Sarah noch lange, nachdem sie den Satz beendet hatte. Sie versuchte, unter seinem prüfenden Blick lässig zu wirken, und sie fragte sich, ob das der richtige Ansatz war.

»Vielleicht hat sie jemand Besseres gefunden, dem sie nachstellen kann«, sagte Savage verbittert.

»Vielleicht«, erwiderte Sarah. »Hoffen wir es. Haben Sie irgendwas, Dick?«

»Nichts Bedenkliches. Keine Drogenprobleme mehr. Lebt ein einfaches Leben in seinem Zuhause in Wyoming, wenn er nicht auf Tournee ist. Einsamer Bursche. Keine Freundin, soweit man weiß, aber auch keine Groupies. Macht viel Yoga, reitet seine Pferde, spendet viel Geld an wohltätige Einrichtungen.«

»Tatsächlich? Wie viel?«

»Über dreißig Millionen Dollar.«

»Mein Gott!«, rief Sarah aus.

»Sie hätten nicht vermutet, dass er ein wohltätiger Typ ist?«

»Ich hatte keine Ahnung. An wen spendet er es?«

»Einrichtungen für psychisch Kranke, Waisenkinder.«

Sarah schluckte und versuchte, die Fassung wiederzugewinnen. »Wie kommt unser Geschäft voran?«, fragte sie Zamaroh, wobei sie hoffte, dass ihre Stimme nicht so angespannt klang, wie sie befürchtete.

»Gut. Die Zahlen sehen toll aus. Ich bin zuversichtlich, dass wir die volle Summe aufbringen können.«

»Einhundert?«, fragte Sarah.

Zamaroh nickte. »Wir wollen das ganze Paket nehmen.«

»Wir *spielen mit dem Gedanken,* das ganze Paket zu nehmen«, berichtigte sie Savage.

»Für unser Fondsmanagement ist es perfekt«, beharrte Zamaroh. »Niedriges Risiko, einfache A-Einstufung, aber ein Ertrag von zweihundert Basispunkten über vergleichbaren einfachen A-Einstufungen. Wir müssen alles nehmen.«

»Wir *müssen* überhaupt nichts nehmen«, fuhr Savage sie an.

Sarah beobachtete Zamaroh. Ihr Temperament begann bereits mit ihr durchzugehen.

»Wir können nicht länger zwischen den Stühlen sitzen, James, ganz gleich, wie behaglich Sie sich in einer solchen Position fühlen.«

»Wir können, wenn ich es will.«

»Wenn wir das Geschäft sausen lassen wollen, dann können wir bis in alle Ewigkeit zwischen den Stühlen sitzen. Oder bis unsere undichte Stelle das Geschäft platzen lässt.«

Sarah und Savage bemühten sich angestrengt, jeden Blickkontakt zu vermeiden.

»Irgendwelche Neuigkeiten über die undichte Stelle, Dick?«, fragte Zamaroh.

»Nichts. Genau wie Sarahs Verfolger scheint er sich seltsamerweise still zu verhalten.«

Breden beobachtete Sarah, während er sprach. Sie starrte in ihren Kaffee.

»Meinen Sie, Sie könnten dann diese verdammten Kameras und Mikrofone aus meinem Büro entfernen lassen?«, verlangte Zamaroh. »Ich kann ja nicht einmal einen fahren lassen, ohne dass ich ein Publikum habe.«

Sarah und Breden lachten schallend.

Zamaroh warf ihnen ein kurzes Lächeln zu, dann ging sie wieder zum Angriff auf Savage über. »Also, können wir das Ausspionieren nun fallen lassen?«

Savage machte eine unbestimmte Handbewegung, als würde er eine lästige Fliege verscheuchen. »Warum nicht?«

»Und was ist mit meinem Geschäft?«, fuhr Zamaroh fort. »Soll ich damit warten, bis es in der Hölle friert?«

»Nicht ganz so lang«, sagte Savage, als könnte er sich einen Zeitpunkt in nicht allzu ferner Zukunft vorstellen, zu dem dieser Fall eintreten würde. »Nur, bis ich mir sicher bin, dass Sarah nichts Hässliches versteckt hat.«

»Ich?«, fragte Sarah. »Wovon reden Sie denn?«

»Von Ihrer Verfolgerin«, entgegnete Savage in einem täuschend beiläufigen Tonfall, »und allen anderen Kleinigkeiten, die vielleicht noch nicht ans Licht gekommen sind.« Seine Augen ruhten auf ihr, von Kummer getrübt, aber immer noch Furcht einflößend scharf.

Der Zeitpunkt der Entscheidung war gekommen. Lüg oder sag die Wahrheit. Sarah sah Carlas zerfurchtes Gesicht vor sich, ihre zerbrochenen Träume, sah aber auch Zufluchtsorte für vielleicht Tausende von Frauen. Zufluchtsorte im Wert von fünf Millionen Dollar. *Das ist nicht dein Job*, sagte die Stimme der Vernunft in ihr. *Es steht dir nicht zu, Gott zu spielen. Mach deinen Job, sag die Wahrheit.* Goldsteins konnte leicht einhundert Millionen in die roten Zahlen rutschen sehen, wenn sie sich verrechnet hatte, wenn Redford nicht nur diese eine Vergewaltigung begangen hatte oder wenn Carlas Geschichte ans Tageslicht kam. Es ging um alles oder nichts. Sie konnte Savage nicht empfehlen, das Geschäft abzuschließen, aber nur einen Teil der einhundert Millionen selbst zu nehmen. Er würde eine solche Beurteilung von ihrer Seite als Beweis dafür werten, dass sie irgendetwas wusste, was sie nicht preisgab. Auf einmal kam es ihr lächerlich vor, dass nach der Wissenschaft der Bewertungsmodelle, der nihilistischen Rücksichtslosigkeit des Börsenparketts, das Schicksal von einhundert Millionen Dollar und all jenen, die damit in Verbindung standen, auf ihr ruhen sollte, auf einer Lüge, die aus Hoffnungen, Verzeihen und Wiedergutmachung zusammengestrickt war. Aber andererseits hatte sie schon immer dazwischengefunkt, sich eingemischt, Gott gespielt – oder seinen Gegenpart. Sie hielt einen Augenblick inne, bevor sie mit einem leisen Lächeln antwortete.

»Es gibt keine ›anderen Kleinigkeiten‹, James. Die Verfolgerin ist zwar keine Fantasievorstellung, aber wir können ein Geschäft nicht wegen einer solchen Sache, die kaum fassbar ist, sausen lassen. Ich würde zugreifen, die ganzen einhundert nehmen.«

Zamaroh grinste hocherfreut. Breden hatte seine übliche Maske aus höflichem Interesse aufgesetzt. Savage schien sich rasch aus der Debatte zurückzuziehen.

»Schön.« Wieder machte er eine Handbewegung. »Dann nehmen wir also alles. Sie kümmern sich darum, Zaha.« Er erhob sich vom Tisch und schritt in Richtung Tür. Auf halbem Weg hielt er inne und schnellte zu Sarah herum. »Hoffen wir, dass Sie Recht behalten.«

Sarah, Breden und Zamaroh sahen ihm schweigend nach. Als er außer Sichtweite war, stieß Sarah einen tiefen Seufzer aus.

»Na wunderbar. Jetzt hat er den gesamten Erfolg oder Misserfolg dieses verdammten Geschäfts auf meine Schultern abgewälzt.«

»Nicht den Erfolg, Sarah«, berichtigte Zamaroh, »den würde er schon für sich selbst in Anspruch nehmen. Nur den Misserfolg.«

Sarah lachte. »Der offizielle Sündenbock. Ich frage mich, ob ich wohl eine ›Sündenbock-Zulage‹ herausschlagen kann. Für die Verfolgerin habe ich keine Gefahrenzulage bekommen, aber vielleicht könnte ich eine Sündenbock-Zulage erhalten. Ich denke, ich werde einen Antrag einreichen.«

»Brauchen Sie es denn?«, fragte Breden.

»Brauche ich was?«, fragte Sarah unaufrichtig.

»Eine Gefahrenzulage«, antwortete Breden gelassen.

»Offenbar nicht. Ich sehe doch aus, als ob ich heil davongekommen bin, oder nicht?« Sarah erhob sich, verabschiedete sich von den beiden und verließ das Zimmer.

»Na also«, sagte Breden zu Zamaroh, nachdem Sarah die Tür hinter sich geschlossen hatte. »Jetzt haben Sie ja bekommen, was Sie wollten.«

»Was habe ich denn bekommen?«, erkundigte sich die Iranerin schroff.

»Ihr Geschäft. Sarah hat Redford ein astreines Zeugnis ausgestellt.«

»Und Sie ebenfalls.«

»Jaaa, und ich bin nicht gern bescheiden, aber es war nicht *meine* Zustimmung, die Savage wollte. Sarah hat den Ausschlag gegeben, das wissen wir doch beide.«

»Sie hat ihn wirklich ganz schön im Griff, das ist es, was mich wurmt«, brummte Zamaroh.

»Verteufeln Sie das nicht. Wie ich schon sagte, auf die Weise ist Ihr Geschäft zu Stande gekommen.«

»Das Geschäft wäre sowieso zu Stande gekommen. Es ist nicht Sarah zu verdanken.«

»Da bin ich mir nicht so sicher.«

»Was soll das heißen?«, fragte Zamaroh blitzschnell.

»Ich denke, sie verheimlicht uns irgendetwas.«

»Etwas Großes?«

»Etwas, was das Geschäft platzen lassen würde, wenn wir es rausbekämen.«

»Weshalb sollte sie so etwas tun?«

»Vielleicht hat Redford es ihr angetan. Er ist ein Rockstar, die Frauen finden ihn unwiderstehlich.«

Zamaroh schüttelte den Kopf. »Nein. Es ist nicht ihr Stil, sich selbst so zu kompromittieren.«

»Sie glauben, sie ist nicht im Stande, zu lügen?«

»Im Gegenteil, ich glaube, sie bräuchte einen besseren Grund als Sex, um zu lügen.«

»Was ist mit Liebe?«

»Sieht sie denn aus wie eine verliebte Frau?«, fragte Zamaroh.

»Nein«, räumte Breden ein, »das nicht. Aber sie sieht aus wie eine Frau, der im Augenblick verdammt viel durch den Kopf geht.«

»Was sollen wir also tun? Savage macht allem Anschein nach irgendeine Art persönliche Krise durch, er kann uns nicht weiterhelfen. Wir brauchen bloß irgendetwas in dieser Richtung durchblicken zu lassen, und er wird das Geschäft platzen lassen, in der Stimmung, in der er sich im Augenblick befindet.«

»Vermutlich würde er das.«

»Wissen Sie, das macht mich einfach rasend. Wenn ich es wäre, wenn ich persönliche Probleme hätte, dann würde es heißen: *Frauen können die Dinge nicht trennen, sind übermotional, unstabil, könnten nie ein guter Kampfpilot sein.* Man rümpft die Nase. *PMS und das alles.* Aber wenn es ein Mann ist, und noch dazu der Vorstandsvorsitzende, dann machen wir alle eine Ausnahme, es wird als eine Art Exzentrik abgeschrieben, fast als etwas Gutes betrachtet: *Der Mann kann fühlen, er kann leiden, er ist menschlich wie wir anderen alle auch.* Wie er hier durch die Gegend läuft, wie ein Zombie, da sieht er ja aus wie einer von den Laufburschen. Bei dem Anblick wird mir schlecht.«

Breden zuckte die Schultern. »Auf die Revolution.« O Gott. Er biss sich fast auf die Zunge, kaum hatte er es gesagt.

Alles Blut wich aus Zamarohs Gesicht. »Was werden Sie wegen Jensen unternehmen?«, fragte sie in einem plötzlichen Stakkato.

»Ich werde sie zu Hause aufsuchen, ein bisschen mit ihr plaudern.«

51

Sarah wachte auf, eingehüllt in den Luxus ihrer eigenen Bettdecke. Sie streckte sich, riss die Füße hoch und sprang aus dem Bett, schlüpfte in eine Jogginghose sowie ein knappes, ärmelloses T-Shirt und ging zu Georgie ins Zimmer. Sie wechselte ihm die Windeln, fütterte ihn, spielte eine halbe Stunde mit ihm und nahm ihn dann auf dem Arm mit über die King's Road, um die Zeitungen zu kaufen.

Die Sonne schien strahlend hell. Der Tag war für die Jahreszeit ungewöhnlich warm. Es mussten über zwanzig Grad sein. Die Luft war nach einem heftigen Regen in der Nacht kristallklar, und Sarah spürte, wie sie sich allmählich entspannte, während sie John Redford und Goldsteins aus ihren Gedanken verbannte. Sie kehrte mit einem Arm voll Zeitungen und einem schwarzen Kaffee zurück.

Sie stieg hinauf auf ihre Dachterrasse, setzte Georgie in seinen mobilen Laufstall, zusammen mit seiner rotschwarz gestreiften Lieblingsstoffspinne, und breitete die Zeitungen in der strahlenden Herbstsonne auf dem kleinen Holztisch aus.

Sie las, dass Redford und sein Gefolge unter Beifallsstürmen nach London zurückgekehrt waren. Bei der Berichterstattung musste sie sich fast übergeben. Redfords Tourneen waren »magische Momente, in denen ein Engel herniederfährt, um uns ein paar goldene Stunden zu schenken«, schrieb ein allzu hingerissener Kritiker der *Times*. Das Urteil der *Sun* fiel etwas derber aus: »Das Sexsymbol auf zwei Beinen ist wieder da!« Der *Independent* bezeichnete die Welttournee etwas nüchterner als »dem Umsatz nach eine der größten Tourneen aller Zeiten. Hunderttausende treuer Anhänger strömen in die Konzerte. Millionen kaufen die CDs. John Redfords Stern steht so hoch wie nie zuvor.«

Sarah konnte diesen Stern abschießen. Oder ihn weiterhin scheinen lassen, unbefleckt. Sie hatte mit Redford nicht mehr gesprochen, seit sie ihre Abmachung mit ihm getroffen hatte.

Aber sie war ihm nicht entkommen. Sie sehnte sich nach ihm, wie er früher gewesen war, bevor sie wusste, was sie wusste, und sie verachtete ihn mit diesem neuen Wissen. Es lag ihr nicht, Leuten eine zweite Chance zu geben, aber jetzt kämpfte sie darum. Sie wusste gut genug, wenn sie sich erst einmal entschieden hatte, wenn sie jemanden erst einmal verurteilt hatte, dann blieb er verdammt. In ihrem Herzen gab es kein Berufungsgericht, keine mögliche Umkehr, aber dieser Mann war der Vater ihres Sohnes, auch wenn er es nicht wusste, und sie hatte ihn geliebt. Trotz ihrer Wut liebte ein Teil von ihr ihn noch immer. Er hatte etwas Abscheuliches getan, das mit der Zeit immer schlimmer wurde, da sich die Auswirkungen der Tat nach und nach einstellten. Seine Tat kam einer Art Gift gleich, das langsam, aber tödlich wirkte, wenn es erst einmal injiziert worden war. All diese Zeitbomben, die wir legen, ohne es je zu wissen, dachte Sarah, Entscheidungen, die wir treffen, Orte, die wir aufsuchen, Jobs, die wir annehmen, Leute, mit denen wir zusammentreffen. Vielleicht haben wir irgendeine leise Vorahnung, aber im Grunde pfeifen wir auf das Schicksal, und wir wissen nie, was es an der nächsten Straßenecke für uns bereithält.

Sie wandte sich wieder den Zeitungen zu und riss, wie in einem vergeblichen Versuch, diesen Mann aus ihren Gedanken zu exorzieren, die Seiten mit der Berichterstattung über Redford heraus und warf sie auf den Boden. Georgie fiel ein verirrtes in die Hände, das durch einen plötzlichen heftigen Windstoß in seine Richtung geweht wurde. Er schnappte es sich freudestrahlend und riss die Zeitungsspalten voller Lügen in Fetzen.

Er gluckste vor Vergnügen, die Finken in der Parkanlage des Platzes brachten ihnen ein Ständchen, Jacob schlief unten in seinem Zimmer, und Sarah wollte sich nicht vom Fleck bewegen. Weder jetzt noch irgendwann später. Sie wollte hier sein, mit ihrem Baby, in ihrem Zuhause, sich in der gütigen, angenehmen Anwesenheit ihres Onkels aalen. Sie wollte nichts mehr mit diesem Geschäft zu tun haben. Redfords Namen zu hören, ihn aussprechen zu müssen, kühl und professionell, lügen und seinen wahren Charakter verschleiern zu müssen, das war mehr, als sie glaubte, ertragen zu können. Aber sie war noch nicht bezahlt worden. Sie brauchte das Geld, und all die anderen Frauen auch, denen Redford helfen würde, wenn sie für ihn log.

Sie griff nach ihrer Tasse Kaffee und überflog den Rest der Zeitungen, als ihr plötzlich ein Artikel ins Auge sprang.

Interpol und FBI jagen Serienvergewaltiger

Ein Vergewaltiger, der in den letzten vier Monaten allem Anschein nach in mindestens zehn US-Städten zugeschlagen hat, ist offenbar nach Europa weitergezogen. Interpol und Polizeibehörden vor Ort, unterstützt durch das FBI, ermitteln nun in Fällen von Vergewaltigungen in Paris und Venedig, bei denen man annimmt, dass sie von demselben Mann begangen worden sind.

Es folgte eine Auflistung der amerikanischen Städte, in denen der Serienvergewaltiger zugeschlagen hatte. Sarah erhob sich langsam und bedächtig, als sei sie sich nicht sicher, ob ihr Körper ihren Befehlen gehorchen würde, und ging in ihr Arbeitszimmer. Sie zog ein Blatt Papier aus ihrem Schreibtisch und ging zurück auf die Terrasse, mit roboterartigen Bewegungen. Sie sah von dem Blatt Papier auf den Artikel und wieder zurück, dann sprang sie unvermittelt auf, wobei sie die Kaffeetasse umstieß. Sie wippte auf den Absätzen hin und her, legte die Arme um sich und stieß einen leisen, wimmernden Laut aus. Der Kaffee lief wie Blut über die Zeitung, bis die Worte völlig verschwammen. Er tropfte vom Tisch und sammelte sich in einer Lache auf dem Boden. Georgie sah die Flüssigkeit, die langsam auf ihn zukam, sah zum Gesicht seiner Mutter hoch und begann zu schreien.

Es klingelte an der Tür. Sarah schluckte den Geschmack von Erbrochenem im Mund hinunter, nahm ihren Sohn auf den Arm und tröstete ihn. »Es ist alles gut, mein Schatz. Mama hat einen Schock bekommen, das ist alles. Nichts passiert, nichts passiert. Hat den hässlichen Kaffee umgestoßen, das ist alles. Hat Georgie nicht getroffen. Alles in Ordnung mit Georgie.« Sie küsste sein seidiges Haar und nahm ihn mit nach unten. Ohne zu überlegen, mit den Gedanken woanders, riss sie die Tür auf.

Dick Breden stand vor der Tür. Sein übliches halbes Lächeln verschwand, als er Sarah und Georgie sah. Ihr Haar war verworren, als sei sie mit den Fingern kreuz und quer hindurchgefahren. Ihr Gesichtsausdruck schwankte zwischen Angst, Wut und Hilflosigkeit. Breden hatte sie überrumpelt. Sie fühlte sich, als wäre sie nackt. In diesem Augenblick konnte sie nichts tun, um ihre Empfindungen zu verschleiern.

Sie funkelte ihn an, wütend, dass er einfach bei ihr eingefallen war, dass er das Geheimnis gelüftet hatte, das sie so sorgsam gehütet hatte.

»Bitte gehen Sie, Dick. Ich weiß nicht, weshalb Sie hier sind, aber was immer es ist, es kann warten. Ich muss jetzt allein sein. Bitte gehen Sie. Und bitte vergessen Sie, dass Sie heute hierher gekommen sind.«

Breden sah von ihr auf das Kind in ihren Armen.

»Ihr Baby?«

»Ja. Mein Sohn.«

»Er ist wunderschön.«

»Ja. Das ist er.«

»Warum haben Sie uns nichts davon erzählt?«

»Es geht Sie nichts an.«

»Die meisten Leute posaunen es groß aus.«

»Er ist mein Privatvergnügen, und er wird deswegen nicht weniger geliebt, und jedenfalls geht es Sie noch immer nichts an.«

Breden starrte sie unverwandt an, versuchte, die Geheimnisse in ihren Augen zu ergründen. »Irgendetwas ist doch passiert. Was denn?«

»Lassen Sie es.«

»Kann ich Ihnen vielleicht helfen?«

Sie schüttelte heftig den Kopf. »Sie können mir helfen, indem Sie gehen.«

»Kann ich später noch einmal wiederkommen?«

»Nein.«

»Sarah, wir müssen miteinander reden.«

»Worüber? Über Georgie? Er hat mit nichts etwas zu tun.«

Breden warf ihr einen seltsamen Blick zu. »Nicht über Georgie. Wie Sie bereits sagten, er geht mich nichts an, und wissen Sie, Sie müssen sich auch keine Sorgen machen, dass ich zu irgendjemandem irgendetwas sagen werde, denn das werde ich nicht tun ...«

»Danke«, sagte Sarah. »Dafür wäre ich Ihnen wirklich sehr verbunden.«

Breden sah sie sanft an. »Kein Problem. Aber wir müssen trotzdem noch miteinander reden.«

»Warum? Was ist los?«

»Nennen Sie mir einen Zeitpunkt, dann komme ich wieder«, sagte Breden.

»O Gott, das werden Sie wirklich. Na schön, heute Abend um acht. Dann wird Georgie im Bett sein. Wir können reden, aber es gibt eigentlich nichts, worüber wir reden müssten.«

»Bis dann«, sagte Breden.

Sarah machte die Tür hinter ihm zu, ging in den Flur und lehnte sich gegen die Wand, Georgie wie ein heißes Bündel in den Armen haltend. Sie warf einen Blick auf die Armbanduhr. Sie hatte neun Stunden Zeit, bis Breden wiederkommen würde. Neun Stunden, in denen sie sich entscheiden musste, was zum Teufel sie tun sollte. Es war erst elf Uhr vormittags, zu früh für einen Drink. Sie warf einen Blick in Jacobs Zimmer. Der alte Mann schlief noch immer tief und fest, erholte sich von den Strapazen des Babysittens. Sie zog ihre Turnschuhe an, setzte Georgie in seinen Kinderwagen und ging mit ihm in Richtung Battersea Park, in der Hoffnung, der Spaziergang würde ihr helfen, einen klaren Kopf zu bekommen.

Sie spazierte zwischen den roten Zedern hindurch, an den unzähligen pickenden Tauben vorbei, sie schlenderte im Zoo umher, sie umkreiste tänzelnde Eichhörnchen; sie zählte die Minuten, sie zählte die Vergewaltigungen. Zehn in den Staaten, zwei in Europa. Zwölf Vergewaltigungen, allesamt in den Städten begangen, in denen John Redford auf seiner Tournee gewesen war und, das mochte sie wetten, vermutlich zur selben Zeit, zu der Redford und sein Gefolge sich in der jeweiligen Stadt aufgehalten hatten. Und sie hatte ihm geglaubt. Sie hatte ihren Fünf-Millionen-Dollar-Pakt mit ihm geschlossen. Fünf Millionen für eine Vergewaltigung. Absolution auf Erden. Ein Zufluchtsort für viele, erkauft mit dem Schmerz einer einzigen Frau. Ein Preis für etwas, das unbezahlbar war.

Nur dass es nicht fünf für eine waren. Es waren fünf für zwölf Frauen, und wer weiß, wie viele andere Frauen sich ebenfalls Schweigen auferlegt hatten, in der Hoffnung, einen Albtraum zu beenden, der sich durch Schweigen nicht austreiben ließ. Sie hatte sich getäuscht, sie hatte sich von dem Traum blenden lassen, was fünf Millionen tun könnten. Und was noch schlimmer war, sie hatte sich von dem Wunsch blenden lassen, dass alles nicht stimmte. Sie hatte glauben wollen, dass es ein einmaliges Vorkommnis war, eine Verirrung, und dass er eine zweite Chance verdiente. Ihre eigene innere Stimme hatte Recht behalten. *Mach deinen Job, versuch gar nicht erst, Gott zu spielen. Das Schicksal teilt die Karten aus. Spiel dein Blatt, versuch nicht, daran herumzudoktern, was auch immer deine Motive sein mögen.*

Sie spazierte um den See, an den Henry-Moore-Bronzeplastiken vorbei, die grüblerisch zwischen den Bäumen aufragten. Was nun? Sie ging nach Hause, legte den schläfrigen Georgie für ein Nickerchen in sein Bett und stellte sich unter die Dusche. *O Gott, was nun?* Sie trocknete sich ab und saß allein da, starrte auf die vier Wände ihres Arbeitszimmers und verurteilte sich zu Reglosigkeit, bis sie eine Lösung gefunden hatte.

52

Breden kam pünktlich um acht. Sarah begrüßte ihn in einer khakifarbenen Armeehose und einem anschmiegsamen braunen T-Shirt. Sie hatte sich das Haar nach oben gesteckt. Ein paar Locken fielen heraus und umrahmten ihr Gesicht. Sie hatte kein Make-up aufgelegt, nur einen Hauch berauschenden Parfums, das nach Jasmin in einer heißen Nacht duftete. Ihre Haut war blass, aber ihr Blick entschlossen.

Sie führte Breden durchs Haus, die Treppe hoch und auf die begrünte Terrasse hinaus. Sie legte das Babyfon auf dem Tisch ab, wo es knisternde Geräusche von sich gab, weil ein Flugzeug über ihren Köpfen eine atmosphärische Störung verursachte.

Als Breden Platz nahm, betrachtete sie ihn unbefangen, als sähe sie ihn zum ersten Mal. Sie wusste, dass er fünfundvierzig war, aber er sah jünger als vierzig aus. Er hatte die Körperhaltung, Gesichtsfarbe und Muskulatur eines Mannes, der viel Sport trieb. Er bewegte sich ungezwungen und kraftvoll, ohne aufgeplusterte Macho-Gangart. Sie wusste, dass er in der Armee gedient hatte, und auf einmal fand sie Gefallen an diesem Gedanken. Er war ein Mann von Welt, von vielen Welten, und er hatte ihnen mit Sicherheit allen seinen Stempel aufgedrückt, sie nicht nur durchlaufen, die Zeit totgeschlagen. Jetzt betrachtete er Sarah ebenfalls, und das nicht mit seinem üblichen sardonischen Lächeln, sondern mit offenem Interesse, wie ein Mann eine Frau vielleicht ansehen würde. Es war, als hätten beide eine stillschweigende Übereinkunft getroffen, die keiner Worte bedurfte. Es war, als würden sie die Waffen ablegen, sich öffnen, um gemeinsam einen unbekannten Pfad zu beschreiten.

»Möchten Sie etwas trinken?«

»Gern. Wodka.«

Sarah kehrte mit einer Flasche Whisky, einer Flasche Wodka, einem Eiskühler und zwei Gläsern zurück. Sie nahm Breden gegenüber Platz und schenkte die Drinks ein. Eine

Zeit lang saßen beide da, nippten an ihren Drinks und beobachteten einander, während sich die Stille und die Nacht um sie legten. Breden schwieg. Er stellte ihr keine Fragen zu Georgie, die sie ohnehin nicht beantwortet hätte, und sie respektierte ihn dafür umso mehr. Sie hatte sogar das Gefühl, in seinen Augen große Anerkennung zu erkennen, und eine Sanftheit, die früher nicht dort gewesen war.

»Ich denke, ich habe vielleicht einen schrecklichen Fehler begangen«, sagte Sarah schließlich. »Ich habe im Hinblick auf die Verfolgerin gelogen. Ich habe ihr in Venedig eine Falle gestellt, habe sie geschnappt, sie zur Rede gestellt, ihre Geschichte erfahren.« Mit einer Stimme, die durch die unterdrückten Gefühle dumpf klang, erzählte sie Breden von den Begebenheiten. Er hörte schweigend zu, während er an seinem Wodka nippte. Als sie zu Ende gesprochen hatte, starrte er einfach in die Nacht hinaus. Dann zeigte sie ihm den Artikel in der *Times*. Sie schenkte ihnen beiden nach und trank einen kräftigen Schluck Whisky.

»Ich habe das entsetzliche Gefühl, dass Redford der Serienvergewaltiger ist.«

Breden brauchte eine Weile, bis er antwortete. »Worin besteht also Ihr Dilemma?«

»Ein Teil von mir kann es nicht glauben – weigert sich, es zu glauben.«

»Ihr sagenhafter Instinkt?«

»Ja.« Sarah strich sich das Haar aus dem Gesicht. »Ich meine, warum sollte er jemanden vergewaltigen? Er hat doch so viele Frauen, die sich ihm an den Hals werfen.«

»Dabei geht es doch nicht um Sex, oder, bei Vergewaltigung? Es geht eher um Macht. Und vielleicht hat ihn der Sex mit Frauen, die nur allzu willig waren, allmählich gelangweilt. Vielleicht braucht er Widerstand, einen Kampf, damit es ihm echt vorkommt, wie eine richtige Eroberung.«

»Das ist doch völlig krank.«

Breden nickte. »Sie sagen es. Aber eine Sache begreife ich noch immer nicht«, fügte er langsam hinzu.

»Welche denn?«

»Warum erzählen Sie *mir* das alles?«

Sarah zögerte nicht. »Weil ich will, dass Sie mir helfen, festzustellen, ob er der Vergewaltiger ist.«

»Und wenn er es ist?«

»Dann werden wir ihn den Wölfen zum Fraß vorwerfen.«

»Und wenn er es nicht ist?«

»Dann werden wir sein Geheimnis hüten, und das Geschäft geht über die Bühne.« Sarah sagte nichts von den fünf Millionen, die an einen wohltätigen Zweck fließen würden; sie wollte nicht, dass Breden glaubte, ihr Urteilsvermögen sei dadurch getrübt.

»Und wie kann ich Ihnen dabei helfen?«

»Nutzen Sie Ihre Informationsquellen bei der Polizei, bei Interpol, beim FBI – ich weiß, dass Sie sie haben. Sie werden alle Einzelheiten über die Vergewaltigungen erfahren, den Modus operandi, weshalb die Cops glauben, dass zwischen den Fällen ein Zusammenhang besteht, den genauen Zeitpunkt, zu dem sie begangen wurden. Ich werde Redfords Schritte zurückverfolgen. Wenn er auf der Bühne stand, irgendwo in der Öffentlichkeit zu Abend gegessen hat, dann ist er entlastet.«

»Was ist mit Savage?«

»Er sollte nichts davon wissen, bis wir unsere Antwort haben.«

»Wir betreiben unsere eigene Ermittlung?«

»Ja. Ich bezahle Sie dafür.«

»Ich will Ihr Geld nicht, Sarah.«

Sie zuckte die Schultern.

»Sagen Sie mir, warum sollte ich bei dieser Sache mitmachen?«

»Weil wir, wenn er schuldig ist, eine relativ gute Chance haben, es zu beweisen, und weil es, wenn er unschuldig ist und bekannt wird, dass wir geglaubt haben, er könnte ein Serienvergewaltiger sein, vielleicht an ihm hängen bleiben wird. Savage würde nichts durchsickern lassen, aber wir können uns nicht sicher sein, dass die undichte Stelle bei Goldsteins nicht Wind davon bekommt.«

»Wer ist denn diese undichte Stelle? Ich habe das Gefühl, dass Sie auch darüber mehr wissen, als Sie uns sagen.«

»Fragen Sie mich nicht.«

»Ich frage Sie aber.«

»Ich kann es Ihnen nicht sagen. Bitte, es spielt keine Rolle.«

»Weiß Savage Bescheid?«

»Ja, er weiß es.«

Breden nickte. »Na schön. Ich lasse es dabei bewenden. Fürs Erste. Aber was diese klammheimliche Ermittlung betrifft: Wenn Savage herausbekommt, dass wir beide uns unerlaubt von der Truppe entfernt haben, wird er einen mordsmäßigen Anfall kriegen. Er ist mein wichtigster Auftraggeber – ich kann es mir nicht leisten, ihn zu verlieren. Und die andere Sache, die mich stört, ist das Gefühl, dass ich mit verbundenen Augen dastehe. Hier wird einfach so viel vertuscht, verschwiegen, wenn nicht sogar gelogen.«

Sarah starrte ihn über den Tisch an.

»Ich bin in beiden Punkten schuldig. Was soll ich sagen? Ich habe meine Gründe, von denen keiner irgendjemandem Schaden zufügen wird. Genau das Gegenteil.«

»Dann geben Sie *mir* wenigstens einen guten Grund, weshalb ich mich an dieser Sache beteiligen sollte.«

»Ich bitte Sie um Ihr Vertrauen, Dick, und um Ihre Hilfe. Das ist der beste Grund, den ich Ihnen nennen kann.«

53

Am nächsten Morgen klingelte es um zehn an der Tür. Sarah saß an ihrem Schreibtisch und war mit der Begleichung längst überfälliger Rechnungen befasst, während Jacob in der Küche Tee trank und Georgie ein Nickerchen machte. Sie eilte nach unten und machte die Tür auf. Ein Motorradkurier, finster vermummt hinter seinem Helm, streckte ihr einen Umschlag und dann ein Klemmbrett zum Unterschreiben entgegen.

Sie ging zurück in ihr Arbeitszimmer und riss den Umschlag auf. Eine Informationsmappe zu Roddy Clark fiel heraus – Telefonrechnungen, Bankauszüge von Coutts, eine Kurzbiografie. Er lebte am Camden Hill Square, geboren in St. Mary's, Paddington, im Jahr 1965, Schulzeit auf der Dragon-Schule, dann Eton, dann Oxford. Reiste vier Jahre um die Welt, bevor er angestellter Journalist bei *The Word* wurde, kometenhafter Aufstieg zum Nachrichtenredakteur mit neunundzwanzig, ein paar Jahre später dann allem Anschein nach ausgebrannt, als er normaler Reporter wurde, immer einem Skandal auf der Spur. Goldsteins auf der Spur, dachte Sarah. Sie würde die Artikel aus dem Jahr zuvor ausgraben müssen, in denen er Goldsteins verleumdete. Vielleicht hatte er schon damals über eine Insiderquelle verfügt. Irgendetwas kam Sarah merkwürdig vor, irgendeine Verbindung. Sie begann, einen prüfenden Blick auf die Telefonrechnungen zu werfen, als ihr eigenes Telefon klingelte.

Ärgerlich nahm sie den Hörer ab. »Ja?«

»Hi, hier spricht Strone.«

Sie stöhnte.

»Ich hab noch mehr von diesem Finanzkram für Sie. Wollen Sie vorbeikommen und 'nen Blick draufwerfen?«

O Gott, nein, alles, nur das nicht. Noch mehr gewundene Zahlentabellen, noch mehr Augenpulver, noch mehr Kopfschmerzen. Noch mehr Redford. Wann würde diese Geschichte endlich ein Ende haben? Wenn du bezahlt worden bist, schalt sie ihr Verstand.

»Wo sind Sie?«, fragte sie.

»Im Portobello.«

»Na schön. Wir sehen uns in einer halben Stunde.« Sie ließ Roddy Clark auf dem Schreibtisch liegen und machte sich auf den Weg.

Das Portobello war so unscheinbar, dass Sarah beim ersten

Mal an ihm vorbeilief. Es lag in einer der eleganten Straßen von Notting Hill, ein Haus mit weißem Stuck, poliertem Messing und einer Atmosphäre von Ordnung und stiller Behaglichkeit. Sarah fragte nach Strone Cawdor und wurde in sein Zimmer hochgeschickt. Sie klopfte an und hielt den Atem an, als Redford die Tür aufmachte. Er sah aus, als hätte er seit Tagen kein Auge zugetan.

»Äh, Entschuldigung«, sagte Sarah. »Man hat mich wohl ins falsche Zimmer geschickt. Ich bin hier, um mit Strone zu sprechen.«

»Das hier ist sein Zimmer«, antwortete Redford kühl. »Er musste nur rasch los, um jemanden zu treffen. Wird in fünf Minuten zurück sein. Er hat mir nicht gesagt, dass *du* kommst.«

»Ja, na ja, damit sind wir beide gleichermaßen im Nachteil, oder?«

»Dann soll es jetzt wohl so sein?«

Sarah schritt durchs Zimmer ans Fenster. Sie wollte ihn nicht ansehen, wollte nicht, dass er die Fragezeichen in ihren Augen sah, den Verdacht, der sich dort eingenistet hatte. Unschuldig, bis die Schuld bewiesen ist, wiederholte sie innerlich immer wieder, während sie um Gleichmut kämpfte. Auch Carlas Gesicht mischte sich in ihren innerlichen Kampf, stieg wie ein Rächer in ihr Bewusstsein empor.

Redford trat ans Fenster und stellte sich neben Sarah. Sie schnellte herum und sah ihm ins Gesicht. »Woher zum Teufel soll ich wissen, wie irgendetwas jetzt sein soll? Das Einzige, was ich weiß, ist, dass jetzt alles vor die Hunde geht.«

Sie standen da, kampfbereit, mit Fragen, die in ihren zornigen Augen aufflackerten, und Worten, die unausgesprochen auf ihren Lippen festfroren.

Strone trat ins Zimmer. »Störe ich?«

Sarah und Redford traten auseinander.

»Hallo, Strone«, sagte Sarah matt.

»Ganz schön erhitzt und geladen sehen Sie aus.«

»Und Sie sehen grob und ungehobelt aus, wie üblich.«

Strone ignorierte die Bemerkung und wandte sich an Redford. »Der Ver…« Er unterbrach sich. »Der Alte, der gestern bei dir war, ist wieder hier. Wartet unten.«

Auf einmal wirkte Redford völlig angespannt. »Er kann warten.«

Strone schüttelte den Kopf. »Damit hat er schon gerechnet. Sagt, er *wird* Sie *jetzt* sprechen. Hat viel um die Ohren und das alles.«

»Verdammt noch mal!« Redford fuhr sich mit den Fingern durchs Haar und verließ das Zimmer, ohne sich zu verabschieden.

»Was ist denn los mit euch beiden? Ein Streit unter Liebenden?«

»Was? Wissen Sie, Sie haben wirklich eine äußerst schmutzige Fantasie.«

»Ach ja? Ich kenne John Redford zufällig auch.«

»Und was wissen Sie über ihn?«

»Ich weiß, dass er sich in jemanden verliebt hat und dass dieser Jemand irgendetwas getan hat, was ihn sehr verletzt hat«, erwiderte Strone in einem unerwartet sanften Tonfall. Sarah wandte sich von ihm ab, Tränen brannten ihr in den Augen. Sie hustete, wischte die Tränen weg, gewann Zeit, indem sie tat, als sei sie fasziniert von der leeren Straße unter ihr.

»Wann wird es denn nun endlich so weit sein?«, lenkte Strone vom Thema ab. »Ich hab inzwischen doch bestimmt schon 'ne halbe Tonne Papier herangeschafft, doch diese Zamaroh, die Sie da haben, will immer noch mehr.«

»Geschäfte dieser Art sind grundsätzlich ein Albtraum, was die Papierarbeit betrifft«, sagte Sarah und drehte sich zu ihm um, dankbar, dass sie nun wieder festen Boden unter den Füßen hatte. »Sie würden gar nicht glauben, welche Berge von Akten da erstellt werden müssen. Ich könnte mir vorstellen, dass das Ende bald in Sicht ist«, sagte sie – nicht so sehr, weil dieser Zeitpunkt tatsächlich bevorstand, sondern vor allem, um ihn zu beschwichtigen. »Die nächste Überlegung betrifft dann die Marktbedingungen. Sie müssen Ihr Boot zu Wasser lassen, wenn die Strömung günstig ist.«

»Wir *sind* die Strömung«, hielt Strone lächelnd dagegen.

»Ja, und behaupten Sie bloß nicht, Sie können sie aufhalten, genau wie König Knut. Schon mal was von Selbstüberschätzung gehört?«

»Soll das eine Warnung sein?« Das Lächeln schwand.

»Sagen wir, ein lebensverlängernder Ratschlag.«

»Ich will, dass dieses Geschäft abgeschlossen wird, und zwar rasch, haben Sie mich verstanden?«

»Sie werden dieses Geschäft bekommen, wenn es so weit ist, und keinen Augenblick früher. Haben Sie mich verstanden? Also, wo sind jetzt diese Unterlagen, die Sie für mich haben?«

Strone reichte ihr ein Bündel Papiere. »Sollen wir sie zusammen durchgehen?«, fragte er.

»Ich werde Sie anrufen, falls ich ein Problem damit haben sollte«, erwiderte Sarah. »Ich meine, das ist schließlich keine hochkomplexe Wissenschaft, oder?«

Strone lächelte. »Passen Sie auf, was Sie sagen.«

»Was?«

»Selbstüberschätzung und so weiter. Hochmut kommt vor dem Fall.«

»Ich sollte also besser aufpassen, wohin ich trete, was?« Sarah verließ das Zimmer und schloss erleichtert hinter sich die Tür. Einer plötzlichen Eingebung folgend, setzte sie sich ins Foyer, zog ihre Zeitung hervor und tat, als würde sie lesen. Außer ihr wartete nur noch eine einzige weitere Person im Foyer. Ein Mann in den Vierzigern. Irgendetwas an ihm strahlte Autorität aus, trotz seines zerknitterten Anzugs.

Als würde er Sarahs prüfenden Blick spüren, richtete er ein Paar zynische Augen auf sie. Ein paar Minuten später wurde ihre Geduld belohnt, als die Empfangsdame zu dem Mann gestelzt kam und bedeutungsvoll sagte: »Mr. Redford wird Sie jetzt empfangen.«

Der Mann grunzte und steuerte auf die Treppe zu. Er war der »Ver…«, der Alte, wie Strone ihn zu nennen bevorzugte. Verräter? Versicherer? Vertreter? Wer war er für Redford, dass er ihn so dringend sprechen musste, und warum verwirrte er ihn so?

54

Sarah kehrte in ein leeres Haus zurück. Georgie und Jacob schienen einen Spaziergang im herbstlichen Sonnenschein unternommen zu haben. Ach Gott, wär das jetzt schön. Schmeiß den ganzen Kram hin, der da auf dich wartet, und verpiss dich in die Sonne. Sie kochte sich einen ungeheuer starken Becher Kaffee, stieg dann missmutig die Treppe hoch und zog sich in ihr Arbeitszimmer zurück. Roddy Clark lag vor ihr. Sie blätterte seine Kreditkartenbelege durch. Der Mann war ein Dandy, hatte Schneider in London, Schneider in Windsor, dort, wo all die alten Etonianer als Knaben eingekleidet wurden. Rührend, diese Loyalität. Dann spürte Sarah allmählich den heißen Draht einer Verbindung, der in ihrem Gehirn zu brennen begann. Schule, Loyalität, Schuljunge, Eton … Komm schon, komm schon, spuck's aus, du bist ganz nah dran, du neckst mich bloß noch, beschwor sie ihr Gehirn. Sie konnte spüren, wie es arbeitete. Bingo! Sie sprang hoch. Eton. *Jezza.*

Ihre Finger zitterten vor Erregung, als sie die Schreibtischschublade aufzog und ihr die Jezza-Akte entnahm. Sie blätterte sie rasch bis zu seiner Biografie durch. Geboren 1965. Sie zog die Telefonrechnungen heraus und verglich sie mit Clarks. Mit dem Finger glitt sie über die Spalten der gewählten Verbindungen. Da war Clarks Nummer. Am 23. September hatte Jezza sie zweimal gewählt, zwei Tage bevor Clark den Artikel über Goldsteins und Redford verfasste. Sie überprüfte die zurückliegenden neun Monate, um festzustellen, wie oft die beiden Männer miteinander telefoniert hatten. Nur zwei weitere Male. Auf keinen Fall so regelmäßig, dass man den Anruf am 23. als reinen Zufall betrachten konnte. Sarah lächelte. *Hab ich dich, du Dreckskerl.* Ihr Triumphgefühl schwand rasch. Warum hatte Jezza das getan? Was konnte er dabei schon gewinnen? Und wie konnte er so dumm sein zu glauben, dass er damit davonkommen würde? Die Telefonrechnungen waren ein Indizienbeweis, das schon, aber schließlich würde ihm nicht unter den liberaleren Auspizien eines Gerichtssaals der Prozess gemacht werden, sondern im Feudalsystem eines Börsenparketts.

Sarah nahm sich ein Taxi in die City. Sie zückte ihr Handy und kündigte Savage, Zamaroh und Breden eine Besprechung in einer Stunde an, aber davor wollte sie sich noch mit Zaha allein treffen.

Die Chefin des Börsenparketts kauerte in ihrem Sessel und sprach in ihr Headset, als Sarah eintraf. Mit verächtlicher Miene beobachtete die Iranerin, wie Sarah Platz nahm. Sarah bemerkte den Blick und ignorierte ihn. Einem Teil von ihr war zu traurig zu Mute, um sich an diesem Spielchen zu beteiligen. Die Iranerin beendete ihr Gespräch mit einem »Nun, dann kümmern Sie sich darum!« und legte mit einem Stirnrunzeln das Headset ab.

»Sarah. Was kann ich für Sie tun?«

Sarah betrachtete sie gleichmütig. »Ich habe einen relativ starken Beweis, der vermuten lässt, wer die undichte Stelle ist, die das Geschäft mit Redford an Roddy Clark ausgeplaudert hat«, sagte Sarah, bemüht, ihre Gewissheit beiläufig klingen zu lassen.

Zamarohs Gesichtszüge verhärteten sich. »Wer?«, flüsterte sie.

»Jeremy St. James.«

Zamaroh sprang auf. »Ich wusste es – ich wusste es einfach! Dieser Dreckskerl!« Sie begann, im Zimmer auf und ab zu laufen, den Kopf gesenkt, den Blick auf den Teppich gerichtet, sich in einen Zyklon verwandelnd.

»Einen Augenblick noch, Zaha. Werfen Sie erst einmal einen Blick auf das Beweismaterial.« Sarah zeigte Zamaroh die Telefonrechnungen, erläuterte ihr die Eton-Verbindung.

»Für mich ist das gut genug«, schlussfolgerte die Iranerin.

»Es ist ein Indizienbeweis, kein wirklicher Beweis«, warnte Sarah.

Zamaroh wandte sich zu ihr um. »Wollen Sie einen wirklichen Beweis?«

Sarah nickte zweifelnd.

»Holen Sie St. James hierher.«

»Holen Sie ihn doch selbst«, sagte Sarah und ging aus Zamarohs Büro zurück in ihr eigenes. Sie wollte nichts mit dem zu tun haben, was, wie sie befürchtete, nun kommen würde. Es dauerte nur etwa eine Minute. Von ihrem Büro aus hörte sie Zamarohs Stimme, erst relativ leise, zischend und bissig, durchsetzt von Jezzas tieferem Tonfall. Diese Einwürfe schienen Zamaroh nur noch mehr in Rage zu bringen, denn ihre Stimme wurde schriller und lauter, sodass Sarah nicht umhinkonnte, ihre Worte zu verstehen.

»Warum? Sagen Sie mir bloß, *warum?* Ich habe Ihnen doch alles gegeben. Sie sind unter mir aufgeblüht, weit über Ihre begrenzten Fähigkeiten hinaus. Ich habe Sie aufgebaut. Ich habe Ihnen eine Chance gegeben. Ich habe Sie rausgepaukt, als Sie alles vermasselt hatten, und die letzten acht Monate haben Sie durch meine Gnade hier existiert, wenn ich das sagen darf, auch wenn ich Sie damals unbarmherzig hätte feuern sollen, als Sie mit einer einzigen, an Dummheit kaum zu übertreffenden Leistung acht Millionen in den Sand gesetzt hatten.«

Sarah rieb sich das Gesicht, als versuchte sie, Zamarohs Worte von sich abzustreifen. Die Iranerin klang in jeder Hinsicht wie eine verschmähte Geliebte.

»Warum? *Sagen Sie mir das!*«, schrie sie. Eine seltsame Stille hatte sich über das Börsenparkett gelegt. Jezzas Demütigung war zu einer öffentlichen Hinrichtung geworden.

»Wie kommen Sie eigentlich auf die Idee, dass ich irgendetwas getan habe?«, fauchte Jezza im Tonfall eines Todgeweihten zurück.

»Sehen Sie das?«, herrschte Zamaroh ihn mit schriller Stimme an. »Sehen Sie das? Ein Beweis, schwarz auf weiß. Sie sind nicht nur illoyal, Sie sind auch noch dumm. Haben Sie wirklich geglaubt, Sie würden damit davonkommen?«

»Womit?«

Sarah krümmte sich zusammen. Je länger Jezza die Sache noch hinauszögerte, desto schlimmer würde sein unvermeidlicher Fall werden. Der arme Bursche glaubte noch immer, er könnte mit heiler Haut davonkommen.

»Sie haben es getan. Wir haben noch mehr Beweismaterial auf Lager. Sie haben mich verraten, Sie haben das gesamte Parkett verraten. Und jetzt sagen Sie mir nur noch, warum. Na los, sagen Sie's schon, geben Sie's zu wie ein Mann, dann werde ich in Betracht ziehen, ob ich Ihre erbärmliche Haut rette.«

Ein langes Schweigen trat ein, und dann kam Jezzas Stimme, triefend vor Verzweiflung. »Ich wollte doch gar keinen Ärger machen. Es war keine böse Absicht.«

»Was denn dann?«

»Ich wollte Roddy etwas geben. Ich wollte so tun, als hätte ich hier etwas zu melden, als sei ich am Entscheidungsprozess beteiligt und nicht nur einer der Sklaven, die im Streb arbeiten.« Eine langes Schweigen folgte. Sarah konnte fast spüren, wie Jezza Zamaroh bedrängte, ihm noch eine Chance zu geben. Im Stillen schlug sie sich auf seine Seite.

Alle Hoffnung wurde durch den Hammer von Zamarohs Lachen zerschlagen.

»Machen Sie, dass Sie verschwinden, Sie kleines Stück Dreck.«

Wieder trat Stille ein, und Sarah stellte sich vor, wie Jezza seine Chefin verwirrt anblickte. Dann wieder Zamarohs Stimme.

»Security? Hier ist Miss Zamaroh. Ich möchte Sie bitten,

jemanden aus dem Gebäude zu begleiten, der sich hier oben befindet.«

O Gott, nein, dieses Miststück.

Sarah sah St. James, der mit gesenktem Kopf Zamarohs Büro verließ, zutiefst gedemütigt. Er sah auf, und ihre Blicke trafen sich. Sarah versuchte, das Mitleid in ihren Augen zu verschleiern – und die Schuldgefühle. Jezza ließ sich auf seinen Sessel plumpsen. Und dann erschienen zwei Security-Leute.

»Also, Sir«, sagte einer von ihnen, dem Aussehen nach ein Rugby-Spieler, einen Meter neunzig groß. »Wenn Sie bitte mit uns mitkommen würden.«

»Geben Sie mir fünf Minuten, ja?«, zischte er.

Zamaroh trat von hinten an ihn heran. »Sie kennen die Regeln. Raus hier, und zwar sofort.«

Jezza erhob sich und starrte sie hasserfüllt an. Er wandte sich ab und begann, seine Schreibtischschubladen zu öffnen, nahm ein Paar Tennisschuhe und etwas Korrespondenz heraus.

»Lassen Sie das alles hier«, sagte Zamaroh. *»Sie kennen die Regeln.«*

»Das hier sind persönliche Gegenstände«, sagte St. James.

»Das werden wir lieber selbst beurteilen. Gehen Sie jetzt!« Sie nickte den Security-Leuten zu, die Jezza links und rechts am Arm packten und ihn von seinem Sessel zerrten. Sein Blick irrte verzweifelt über die Menge, die sich rasch versammelt hatte. Wieder trafen sich sein und Sarahs Blick. Sie versuchte, ihm eine Botschaft der Stärke zu vermitteln. Sie erkannte, dass er kurz davor war, die Kontrolle zu verlieren.

»O mein Gott, so lassen sie ihn doch frei gehen!«, platzte Sarah hervor und trat aus ihrem Büro. »Er ist doch schließlich kein Mörder.«

Die Security-Leute blickten verlegen. Zamaroh wandte sich ab und entfernte sich, als sei sie von diesem Schauspiel gelangweilt. Die Umstehenden warteten.

»Und machen Sie sich wieder an Ihre Arbeit, Sie verdammter Schwarm von Piranhas«, sagte Sarah, bevor sie in ihr Büro zurückkehrte, die Tür hinter sich zuknallte und, von einem plötzlichen Ekel erfasst, die Jalousien vor ihren Fenstern herunterließ.

55

Sarah traf Zamaroh dreißig Minuten später wieder, zusammen mit Dick Breden in Savages Büro. Sie fühlte sich, als seien die beiden Männer das Einzige, was sie noch davon abhielt, Zamaroh an die Gurgel zu gehen.

»Äh, Sarah, es gibt da noch eine Sache, die ich rasch mit Ihnen besprechen muss«, sagte Savage mit einem Kopfnicken in Richtung Tür. Sarah erhob sich und folgte ihm in sein privates Badezimmer. Savage schloss hinter ihnen die Tür und lehnte sich mit dem Rücken gegen das Marmorwaschbecken. Sarah klappte den Toilettendeckel herunter und nahm darauf Platz.

»Ich habe Ihren Rat befolgt«, sagte Savage mit einem Funkeln in den Augen.

»In welcher Hinsicht?«, fragte Sarah lächelnd.

»Dieser kleine Dreckskerl, Richard Deane. Ich habe es Ihnen gestern nicht gesagt. Offenbar hat mich das Gewissen oder sonst etwas geplagt, ich habe mich ein bisschen geschämt, aber je länger ich darüber nachdenke, desto besser fühle ich mich.«

»Was haben Sie getan?«, fragte Sarah entnervt, aber gleichzeitig erfreut, dass Savages Miene endlich wieder Leben ausstrahlte.

Der Vorstandsvorsitzende grinste. »Ich habe meinen Fahrer angewiesen, bei Uriah's vorbeizufahren, um acht Uhr abends an dem Tag, an dem Sie mir alles erzählt hatten. Da stand Deane, geschniegelt und gespornt, dieser eingebildete

Schnösel. Jedenfalls ... ich bin aus dem Wagen gestiegen, auf ihn zugegangen und hab ihm mit der Faust ordentlich eins vor den Latz geknallt.«

Sarah lachte schallend los, entsetzt und begeistert zugleich.

»Wunderbar!«, rief sie aus. »Und was geschah dann?«

»Er taumelte nach hinten, setzte sich auf die Stufen, mit Blutflecken überall auf seinem Brooks-Brothers-Hemd. Ich hab ihm einen kurzen Blick zugeworfen, dann habe ich mich abgewandt, bin zurück zu meinem Wagen gegangen und davongefahren.«

»Hat Sie irgendjemand beobachtet?«

»Ein paar Leute bestimmt. Ich war selbst viel zu benommen, um auf sie zu achten.«

»Scheiße. Aber seitdem hat niemand Kontakt zu Ihnen aufgenommen?«

Savage lächelte. »Keine juristischen Klagen, wenn Sie das meinen.«

Sarah führte sich die Szene vor Augen. »Gut gemacht.«

Savages Lächeln schwand. »Ja, na ja, wir versuchen, kleine Siege zu erringen, wo immer wir können.«

Sarah wollte fragen, ob Fiona die Affäre beendet habe, aber sie befürchtete, die Antwort in der Verzweiflung, die auf einmal in Savages Stimme mitschwang, bereits herausgehört zu haben.

Sie gingen zusammen ins Konferenzzimmer zurück, zu den neugierigen Blicken von Breden und Zamaroh.

»Strone hat mir das hier heute Morgen gegeben«, sagte Sarah zu Zamaroh, noch immer entzückt angesichts der Vorstellung, dass Savage seinen Rivalen zu Boden geschlagen hatte. Sie schubste den Stapel mit den Unterlagen mit einer gehässigen Drehung über den Konferenztisch, sodass Zamaroh mit den Händen in alle Richtungen greifen musste, um sie einzusammeln. »Er will das Geld«, fuhr Sarah fort. »Er hat mich ganz schön gelöchert. Wie sieht der Zeitplan für diese Sache aus?«

»Wir arbeiten, so rasch wir können«, sagte Zamaroh, während sie in aller Eile die Unterlagen durchblätterte. Sie blickte zu Sarah auf. »Wenn wir die ganze Emission nehmen, würde es alles noch beschleunigen.«

»Ich dachte, Sie hätten sich bereits darauf geeinigt, das ganze Ding zu nehmen?«, wandte sich Sarah an Savage.

»Er schwankt noch«, sagte Zamaroh mit kaum verhohlener Verachtung.

Savage warf der Iranerin einen versteinernden Blick zu.

Es war gut, ihn wütend zu erleben, dachte Sarah, besser als verzweifelt.

»Also?«, fragte sie ihn. »Was meinen Sie?«

»Sollen wir uns auf dieses verdammte Ding wirklich voll einlassen?«, fragte Savage nachdenklich, als grübele er über irgendein philosophisches Problem nach.

Sarah beobachtete ihn, versuchte, nicht den Atem anzuhalten. Sie spürte die Anspannung in Breden, der aus dem Fenster sah, mit beiläufigem Blick und zusammengekniffenen Lippen.

»Sollen wir, Sarah?« Savage richtete den Blick auf sie wie eine Waffe.

Sie zuckte die Schultern. »Es ist nicht mein Geld, James. Die Entscheidung liegt bei Ihnen, oder? Bei Ihnen und Zaha.«

»Und *wenn* es Ihr Geld wäre?«, hakte Savage nach.

»Wenn ich Goldsteins' Portfolio hätte, dann würde ich behaupten, ich könnte einhundert schlucken, ohne es auch nur zu merken. Wenn es für Ihren persönlichen Rentenfonds ist, dann ist es vielleicht ein bisschen riskant, aber es bringt auch ein bisschen mehr als das Übliche, also würde ich vermutlich zuschlagen.«

»Dann schlagen wir zu«, sagte Savage.

Zamaroh sah begeistert aus.

»Wann?«, fragte Sarah, »schlagen wir zu?«

»Es wird noch ein paar Monate dauern, bis alles vollständig abgeschlossen ist«, antwortete Zamaroh. »Es sind die

Rating-Agenturen, die das größte Hindernis darstellen. Ich muss diesem Kontrollfreak Strone zugute halten, dass er, was seine Berichte betrifft, gute Arbeit geleistet hat. Die Aktendokumentation, die er uns geliefert hat, war erstklassig. Hat die Sache wirklich beschleunigt.«

Stumm vor Überraschung, lauschte Sarah Zamarohs unerwarteten Lobeshymnen.

»Sagen wir neun Wochen, um auf Nummer sicher zu gehen«, sagte Zamaroh abschließend.

»Das heißt, Anfang Dezember«, folgerte Savage. »Sagen Sie Mr. Strone, dass das Geschäft dann vom Stapel läuft. Es sei denn, es treten unvorhersehbare Probleme auf.«

56

Breden kam an jenem Abend um elf.

»Entschuldigen Sie, dass ich so spät dran bin. Ich war bei einem Dinner. Es hat sich endlos hingezogen.«

»Sie sind mir keine Erklärung über Ihr Privatleben schuldig«, sagte Sarah mit einem etwas scharfen Unterton. Es war spät, sie war müde, und auch wenn Breden ihr half, war sie doch traurig und zornig, dass es überhaupt zu diesem Treffen kommen musste, dass Redford es nötig gemacht hatte.

»Es war nichts Privates«, erwiderte Breden mit seiner üblichen Gelassenheit. »Es war geschäftlich, ein paar Bullen, alte Freunde von mir.«

»Irgendwas über die Vergewaltigungen?«

»Ich habe sie danach gefragt. Es wird ein paar Tage dauern, bis sie sich wieder bei mir melden, und ein paar hundert kosten.«

»Haben Sie gezahlt?«

»Natürlich. Die Jungs wollten wissen, was ich damit zu tun habe.«

»Und? Was haben Sie gesagt?«

»Hab sie abblitzen lassen. Sie haben auch keine Antwort erwartet, aber sie wären schließlich kein Cops, wenn sie nicht gefragt hätten.«

»Wenn die Presse Wind davon bekommt ...«, sagte Sarah.

»Sie müssen mich nicht warnen, ich bin so vorsichtig wie möglich.«

Sarah legte die Stirn in Falten. »Ich weiß. Geben Sie mir Bescheid, sobald sie sich wieder bei Ihnen melden.«

»Ich habe da noch etwas.«

Sarah blickte ihn interessiert an.

»Dieser Jim O'Cleary, nach dem Sie mich gefragt haben.«

»Ja, der Security-Chef, der verschwunden ist.«

»Er ist ein Ex-CIA-Mann. Ist vor drei Jahren unter etwas undurchsichtigen Umständen ausgeschieden – hatte irgendwas mit Drogen zu tun. Soweit ich weiß, wurde nie etwas bewiesen, aber es gab ernst zu nehmende Verdächtigungen, dass er bei irgendeiner Anti-Drogen-Aktion auf beiden Seiten mitgemischt hat, den großen Jungs ihr Silber abgeknöpft und sich gleichzeitig selbst großzügig bei ihrem Produkt bedient hat.«

»Tatsächlich. Ich frage mich, ob Redford irgendetwas davon weiß?«

»Strone Cawdor ist der Mann, der ihn angestellt hat. Offenbar hat O'Cleary im Hinblick auf sein Drogenproblem plötzlich reinen Tisch gemacht, oder er hat erst recht eines bekommen, nachdem er angefangen hat, für Redford Inc. zu arbeiten, denn Strone hat die Kosten dafür übernommen, dass er für zwei Monate in eine Entzugsklinik gehen konnte.«

»Ja, und er hat dafür zweifellos Redfords Geld verwendet.«

»Nein – sein eigenes, nach dem zu urteilen, was ich gehört habe. Offenbar fühlt sich der Manager seinen Leuten gegenüber sehr verpflichtet.«

»Oh! Man lernt nie aus. Ich frage mich, ob O'Cleary

inzwischen wieder aufgekreuzt ist. Vielleicht ist er ja wieder rückfällig geworden?«

»Warum fragen Sie nicht Strone?«

»Das werde ich.«

»Und was sagt Strone zu dieser ganzen Carla-Geschichte?«

»Er weiß nichts von Carla. Zumindest nehme ich an, dass er nichts weiß.«

»Aber vielleicht dieser CIA-Bursche. Ein professioneller Schnüffler, der gern im Dreck wühlt.«

»Ich glaube, er ist eher dafür da, um Redford vor möglichen Verfolgern zu schützen. Redford ist ziemlich nervös geworden, als O'Cleary verschwunden ist.«

Breden erhob sich. »Stellen Sie fest, ob er wieder aufgetaucht ist. Und ich werde Sie anrufen, sobald ich irgendetwas habe.«

»Ich hab mein Handy immer bei mir.«

»Übrigens, noch eine Warnung.«

»Ja?«

»Zamaroh ist überzeugt, dass Sie uns irgendetwas verheimlichen. Selbst wenn sie einen guten Tag hat, ist sie ständig auf der Suche nach etwas, was sie gegen Sie verwenden kann.«

»Warum? Was habe ich ihr denn getan?«

»Sie machen sie nervös.«

»Wieso?«

»Jeder hat etwas zu verbergen. Ich nehme an, sie hat Angst, Sie könnten bei ihr herumschnüffeln, ihre Geheimnisse lüften, sie gegen sie verwenden.«

»Daran habe ich nicht das geringste Interesse. Die Frau ist doch paranoid.«

»Paranoid, abscheulich und rücksichtslos, eine würdige Nachfahrin ihrer Mogul-Ahnen. Denken Sie doch bloß dran, wie sie diesen armen Idioten Jezza behandelt hat.«

»Sie hätte ihn nicht unbedingt demütigen müssen. Aber bei mir liegt die Sache anders. Über mich besitzt sie keine Macht«, fügte sie trotzig hinzu.

»Passen Sie bloß auf, Sarah. Mehr sage ich dazu nicht.«

»Warum erzählen Sie mir das? Sie hat sich Ihnen doch offensichtlich anvertraut.«

»Weil wir beide, Sie und ich, jetzt als ein Team arbeiten, und Zamaroh könnte Sie leicht zu Fall bringen, wenn Sie nicht aufpassen.«

57

Am nächsten Tag beschloss Sarah, Goldsteins, Redford, Carla und die gesamte Außenwelt aus ihren Gedanken zu verbannen. Jacob war nach Hause in die Rotherwick Road gefahren, um einen Tag in dringend benötigter Einsamkeit zu verbringen, die nur durch ein Kartenspieltreffen mit seiner alten Gang unterbrochen werden sollte. So hatte Sarah endlich wieder einmal Zeit für sich und ihr Baby.

Es war zehn Uhr morgens, und Sarah war seit halb sechs mit Georgie auf gewesen. Jetzt schlief er glückselig nach seinem frühen Start und brachte seine Mutter ins Schwanken. Wehmütig blickte sie auf ihr Bett und kam zu dem Schluss, wenn sie sich jetzt hinlegte, würde sie nie wieder aus den Federn kommen. Sie zog ihren Pyjama aus und schlüpfte in akzeptable Tageskleidung: Trainingshose und ein T-Shirt. Draußen auf dem Carlyle Square war es vielleicht nicht akzeptabel, aber hier, in ihrem Zuhause, war es die höchste Haute Couture, zu der sie sich durchringen konnte. Ihr Blick fiel auf den Feigenbaum, der vor Durst die Blätter zusammengerollt hatte. Bevor sie irgendetwas anderes in Angriff nahm, musste sie sich um ihn kümmern. Sie füllte eine große Gießkanne mit Wasser, gab einen Spritzer Pflanzendünger hinzu und goss den Feigenbaum sowie all die anderen Pflanzen.

Als Nächstes musste sie sich um sich selbst kümmern. Das bisschen Schlaf, das sie in der Nacht zuvor abbekommen hatte, war unruhig gewesen, und sie war mit Schmerzen am ganzen Körper aufgewacht. Sie musste unbedingt zehn Minuten Yoga machen, ihr Rückgrat lockern, sonst würden sich als Nächstes höllische Kopfschmerzen einstellen. Sie ging nach unten, sah ihre CDs durch und entschied sich für Gloria Estefan. Gloria sang von Hoffnungen und Träumen, von besseren Tagen und Nächten voller Liebe. Sarah drehte die Lautstärke auf und sang mit, während sie ihr Yoga-Programm abspulte, das sie bis zu ihrer Entbindung gnadenlos täglich durchgezogen und seitdem erst fünfmal wieder in Angriff genommen hatte. Ihr Körper bestrafte diese Vernachlässigung. Und er ließ sie ebenfalls spüren, dass ihr mit Anfang dreißig nicht mehr alles so leicht fiel wie früher, als sie das einwandfreie Funktionieren ihres Körpers für selbstverständlich gehalten hatte. In genau dem Augenblick, in dem sie das Programm beendete, klingelte es an der Haustür, ein einmaliges, gnädigerweise kurzes Läuten. Jeder, der Georgie einmal aufgeweckt hatte, würde es eine ganze Weile nicht vergessen.

Dick Breden wartete auf der Türschwelle auf sie. So viel also zum Thema Flucht.

»Was immer es ist, es muss warten, bis ich gegessen habe. Mein Blutzucker ist niedrig, und ich werde einen Zusammenbruch erleiden, wenn ich jetzt nicht gleich etwas esse«, sagte Sarah.

»Na schön. Ich will nicht schuld an Ihrem Zusammenbruch sein.«

»Oh, das habe ich nie behauptet. Obwohl ich mir gut vorstellen kann, dass Sie bei ziemlich vielen Leuten für einen Zusammenbruch sorgen könnten.« Sarah warf einen Blick in ihre Vorratskammer. Sie entschied, dass sie Pfannkuchen haben musste.

»Haben Sie Hunger?«

»Kommt darauf an, was Sie anzubieten haben.«

»Pfannkuchen.«

»Dann habe ich auf jeden Fall Hunger.«

Erst nachdem Sarah acht Pfannkuchen gebacken und vier verdrückt hatte, mit braunem Zucker bestreut und Zitronensaft beträufelt, fühlte sie sich in der Lage, sich Bredens Neuigkeiten anzuhören. Sie nahm einen kräftigen Schluck schwarzen Kaffee.

»Also, schießen Sie los.«

Breden zog ein zusammengefaltetes Blatt Papier aus seiner Jacketttasche.

»Hier ist eine Liste der Orte, an denen die Vergewaltigungen begangen wurden, mit den ungefähren Zeiten. Einige der Opfer waren so traumatisiert, dass sie nicht genau sagen konnten, wann die Vergewaltigung geschah.«

Er legte das Blatt Papier auf den Tisch. Sarah überflog es rasch, dann holte sie die Unterlagen mit der Reiseroute der Tournee aus ihrem Arbeitszimmer. Das Ergebnis, zu dem sie gelangte, war offensichtlich. Alle Vergewaltigungen wurden in Städten begangen, die Redford während seiner Tournee besucht hatte. Auch die Tatzeiten stimmten mit den Tourneen überein.

»Haben Sie eine Beschreibung bekommen?«

»Ja. Dreißig bis vierzig Jahre alt. Knapp einen Meter achtzig groß, hat einen trainierten, harten Körper.«

»Und«, unterbrach ihn Sarah, »was ist mit seinem Gesicht?«

»Er hat eine Maske getragen, wissen Sie, eine schwarze Maske, die auf seiner Haut klebte, sodass sie sich nicht herunterreißen ließ. Ein paar Frauen haben es versucht, aber es hat ihnen nichts gebracht außer noch ein paar Faustschläge mehr.«

»O mein Gott.« Sarah strich sich das Haar aus dem Gesicht. »Redford muss etwa einen Meter fünfundsiebzig groß sein, er hat einen trainierten, schlanken Körper. Er musste eine Maske tragen. Jeder kennt sein Gesicht. Den Dreckskerl bringe ich um.«

»Immer mit der Ruhe, Sarah. Der Vergewaltiger muss nicht unbedingt Redford sein. Wie viele Leute haben ihn denn auf seiner Tournee begleitet?«

»Ich weiß nicht. Vielleicht einhundert. Und davon etwa achtzig Männer.«

»Jeder von ihnen kommt in Frage.«

»Es könnte aber auch Redford sein. Hier steht, dass sämtliche Vergewaltigungen zwischen Mitternacht und neun Uhr morgens begangen wurden. Zu dem Zeitpunkt war seine Vorstellung längst zu Ende.« Sie hielt einen Augenblick inne, als ihr ein weiterer Gedanke durch den Kopf schoss. »Nach einem Konzert ist er immer stundenlang aufgedreht. Er hat große Probleme damit, wieder runterzukommen. Strone hat diese Vorstellungen mit allem, was dazugehört, als Verblödung bezeichnet, als etwas Gefährliches. Und ich weiß, dass Redford selbst Angst davor hat, er hat es mir selbst gesagt. Nach seinem letzten Auftritt in New York hatte er einen Verband um eine Hand, hat gesagt, er hätte die Faust gegen eine Wand gerammt. Vielleicht vergewaltigt er nach einem Konzert, um all sein Adrenalin abzubauen, und vielleicht hat er sich die Faust während einer Vergewaltigung verletzt.«

Breden warf einen Blick auf seine Unterlagen. »An welchem Tag war dieses letzte Konzert in New York?«

Sarah nannte ihm das Datum.

Breden verzog das Gesicht. »Da kam es in den frühen Morgenstunden des nächsten Tages zu einer Vergewaltigung.«

Sarah vergrub das Gesicht in den Händen und versuchte, alles, was sie wusste, nicht zu sich durchdringen zu lassen.

»Was ist mit Paris und Venedig?«, fragte Breden. »Waren Sie da spätabends irgendwann mit ihm zusammen?«

»Das war ich«, erwiderte Sarah mit belegter Stimme, »aber nicht in den Nächten, in denen die Vergewaltigungen begangen wurden. Haben Sie sonst noch irgendetwas?«, beeilte sie sich zu fragen.

»Diese Vergewaltigungen erfolgen nach einem bestimmten Muster. Sie wurden alle in etwas schmuddeligen Stadtvierteln begangen, und alle Frauen arbeiteten als Kellnerinnen oder Köchinnen in Nachtbars. Er hat sie überfallen, wenn sie von der Arbeit kamen. Immer nach Mitternacht, manchmal auch erst um vier Uhr morgens, ist ihnen ein Stück weit gefolgt und hat dann zugeschlagen.«

Sarah glaubte, sich übergeben zu müssen. Ein leises Stöhnen entfuhr ihr.

Breden griff nach ihrem Arm. »Was ist los?«

»Ich habe Ihnen nichts davon erzählt. Es schien ein unbedeutendes Detail zu sein. Carla Parton war Kellnerin. Sie ist nach ihrer Schicht bei Redfords Konzert aufgetaucht, noch in ihrer Uniform. Er hat sie in ihrem Kellnerinnenkleid vergewaltigt. Es muss eine Art Fetisch für ihn sein.«

Breden schnaufte kurz. »Das sieht nicht gut für ihn aus.«

»Es deutet einfach *alles* in seine Richtung«, sagte Sarah. »Er braucht mehr als irgendjemand sonst eine Maske. Jeder kennt sein Gesicht. Hat der Vergewaltiger denn irgendetwas gesagt?«

»Kein Wort, allem Anschein nach. Die Polizei hat keine Stimme, keinen Akzent, nichts, was ihr als Anhaltspunkt dienen könnte.«

Eine Zeit lang starrten sie sich schweigend an.

»Und was nun?«, fragte Breden schließlich.

Ein Plan begann allmählich, in Sarahs Gedanken Gestalt anzunehmen.

»Ich habe eine Idee. Aber es ist ein Schuss ins Blaue.«

58

Breden schien Sarahs Plan in groben Umrissen in ihren Augen erkannt zu haben, denn auf einmal richtete er sich auf.

»Ich könnte die Kellnerin sein. Ich könnte der Köder sein. Sie könnten sich um die Verstärkung kümmern. Unser Vergewaltiger springt auf den Köder an, stürzt sich auf mich, Sie stürzen sich auf *ihn*. Bingo.«

Bredens Reaktion wirkte merkwürdig unentschlossen.

»Ganz so einfach ist es nicht. Und wie stellen Sie sich das überhaupt vor, ihn in die Falle zu locken? Er könnte es bei jeder beliebigen Fast-Food-Bude oder Nachtbar in London versuchen – oder auch außerhalb Londons, um genau zu sein.«

Sarah lächelte. »Wir werden ihm folgen.«

»Und ich nehme an, Sie werden sich verkleiden müssen. Er wird wohl kaum eine Frau vergewaltigen, die er kennt, und schon gar nicht Sie, oder? Sie sind schließlich sein Reisepass zu einhundert Millionen.«

»Ich werde mir eine Perücke besorgen, und ich kann mich so schminken, dass ich völlig anders aussehe. Ich werde einen kurzen Rock tragen, hohe Absätze –«

»Und er wird Ihnen nicht widerstehen können«, ergänzte Breden.

»Das ist der Plan«, sagte Sarah mit einem verlegenen Lächeln. »Haben Sie einen besseren?«

»Nein, aber der hier gefällt mir nicht besonders gut. Da könnte zu viel schief laufen.«

»Was denn zum Beispiel?«

»Wenn er sich auf Sie stürzt, könnte er 'ne Menge Unheil anrichten, bevor ich ihn zu fassen bekomme. Damit die Falle wirklich zuschnappt, müsste ich mich außer Sichtweite im Hintergrund halten. Könnte eine Minute dauern, bis ich bei Ihnen bin. Das ist lange genug, um Ihnen ernste Verletzungen zuzufügen, körperlicher und seelischer Art.«

»Wurden sie denn verletzt, die Frauen, die er vergewaltigt hat?«, erkundigte sich Sarah.

»Wenn sie Widerstand leisteten, ja.«

»Was für Verletzungen?«

»Alle möglichen, von blauen Augen bis zu gebrochenen Rippen, eine perforierte Lunge, ein gebrochener Kiefer, ein gebrochenes Handgelenk. Der Bursche scheint Spaß an Gewalt zu haben.«

Sarah schluckte. »Trägt er irgendwelche Waffen?«

»Benutzt hat er keine – außer seinen Fäusten und seinem

Penis. Aber es könnte trotzdem sein, dass er welche bei sich hat. Wenn wir uns für diesen Weg entscheiden, werde ich vorher alles Mögliche überprüfen müssen. Eine Vergewaltigung kann sich leicht zu einem Mord ausweiten, Sarah. Und es gibt da noch eine Sache, die ich noch nicht erwähnt habe: Die Polizei vermutet, dass der Bursche anfängt, zu dekompensieren. Die Vergewaltigungen treten immer häufiger auf. Der Vergewaltiger braucht immer stärkere Reize, um noch denselben Kick zu verspüren. Eine ›einfache‹ Vergewaltigung wird ihm vielleicht bald nicht mehr genug sein.«

»Das ist ja eine tröstliche Aussicht.«

»Sie sollten die Arena schon kennen, in die Sie da treten wollen. Haben Sie denn schon einmal Erfahrungen mit Gewaltsituationen gemacht?«

Sarah wandte den Blick ab. Sie gab keine Antwort. Als sie sich wieder umdrehte, hatte sie Tränen in den Augen.

»Alles klar, das war's, wir blasen die Sache ab«, sagte Breden.

»Wir machen weiter«, sagte Sarah, die Lippen entschlossen zusammengekniffen. »Die Zukunft kann ich schon bewältigen, nur die Vergangenheit macht mir manchmal noch ein bisschen zu schaffen.«

»Wenn man die Vergangenheit nicht bewältigt hat, wird man auch mit der Zukunft nicht fertig, das ist meine Erfahrung«, bemerkte Breden in lakonischem Ton. Sarah fand es tröstlich und empörend zugleich, wie energisch er versuchte, der Situation die Dramatik zu nehmen.

»Ich komme schon zurecht mit Gewalt, die sich gegen mich richtet. Es macht mir nichts aus, für den Vergewaltiger den Köder zu spielen«, sagte sie beharrlich.

»Im Augenblick vielleicht nicht. Hier in Ihrem hübschen Haus, bei verschlossener Tür. Versuchen Sie's doch mal draußen auf der Straße, um vier Uhr morgens, auf hohen Absätzen stöckelnd. Sie hören Schritte hinter sich, beschleunigen Ihr Tempo, versuchen vielleicht zu rennen, aber er ist schneller, holt Sie ein, wirft Sie zu Boden, reißt Ihnen den

Rock hoch, spreizt Ihnen mit Gewalt die Beine auseinander.«

»Halten Sie den Mund! Meinen Sie nicht, dass sich jede Frau schon einmal vorgestellt hat, wie es wohl ist, vergewaltigt zu werden? Es ist eine Angst, mit der wir alle ständig konfrontiert sind. Jede von uns ist schon einmal spätabends allein nach Hause gelaufen, oder an einem düsteren Nachmittag, und hat diese Schritte hinter sich gehört. Manchmal erweisen sie sich als harmlos, aber für die, die Pech haben, eben nicht. Also glauben Sie bloß nicht, Sie müssen es mir im Detail vor Augen führen, ich habe mir diese Situation in Gedanken selbst schon oft genug ausgemalt.«

»Davon bin ich überzeugt, aber jetzt schlagen Sie vor, diese Situation tatsächlich zu durchleben.«

»Nennen Sie mir einen besseren Weg, und ich werde ihn einschlagen.«

»Es muss einen besseren Weg geben. Sie scheinen mir allzu bereit, sich in die Schusslinie zu begeben. Ich begreife das nicht. Scheint mir fast, als hätten Sie einen persönlichen Grund.«

»So ist es auch«, sagte Sarah, wobei sie die Wahrheit mit einer Lüge verwob. »Ich hatte beschlossen, Gott zu spielen. Ich habe mich getäuscht. Und jetzt muss ich versuchen, es wieder ins Lot zu bringen.«

»Was ist mit Ihrem Sohn? Wenn irgendetwas schief geht, betrifft es nicht nur Sie.«

»Der Grund, weshalb ich überhaupt bei dieser Sache mitmache, ist er. In dem letzten Brief, den die Verfolgerin, diese Carla, mir schickte, hat sie Georgie und meinen Onkel Jacob bedroht. Deswegen bin ich nach Venedig geflogen und habe sie aufgespürt. Ich konnte Georgie und Jacob nicht in dieser Gefahr schweben lassen.«

Breden zog die Augenbrauen hoch. Auf einmal begriff er alles. »Das erklärt natürlich Ihr Verhalten. In einem Augenblick wollen Sie die ganze Sache fallen lassen, im nächsten bestehen Sie darauf, dass Sie doch hinfliegen wollen.« Breden rieb sich die Augen. »Sie sorgten also für die Sicherheit Ihres Sohns, indem Sie diese Frau entlarvten?«

»Ja. Ich glaube nicht, dass sie mich noch weiter belästigen wird, oder auch Redford.« Sie schwieg einen Augenblick. »Es kann immer sein, dass ich mich irre, aber diesmal nicht, glaube ich.«

»Das glaubt man nie. Erst hinterher.«

»Lassen Sie das. Versuchen Sie nicht, mir Angst einzujagen.«

»Ich stelle nur die Fakten dar, wie ich sie sehe. Sie haben mir noch immer nicht erklärt, wieso Sie sich als Köder hergeben wollen, ungeachtet dessen, was mit Ihrem Sohn geschieht, wenn Ihnen etwas passiert.«

»Nichts wird passieren«, sagte Sarah mit zusammengebissenen Zähnen. »Sehen Sie, ich besitze den besten Überlebensmechanismus, den es gibt. Mutterliebe. Ich liebe diesen Jungen mehr als alles andere auf der Welt, mehr als mein Leben, aber ich bin egoistisch, ja. Ich will am Leben bleiben, um ihn zu lieben, um von ihm geliebt zu werden. All diese Geschichten von Müttern, die Lastwagen heben, um ihre Kinder zu retten, das ist die Kraft der Mutterliebe. Etwas Stärkeres gibt es nicht auf dieser Erde. Auch nicht die Lust eines Vergewaltigers. Nichts.«

Breden wandte den Blick ab, versuchte, die Sorge zu verbergen, die in seinen Augen lag.

»Also helfen Sie mir«, verlangte Sarah, die seine Angst um sie spürte. »Helfen Sie mir, mich zu verteidigen.«

»Wie denn?«

»Bringen Sie mir ein paar Tricks bei, mit denen ich mich gegen ihn zur Wehr setzen kann.«

»Die Frauen, die sich gegen ihn zur Wehr gesetzt haben, wurden am schlimmsten verletzt, Sarah. Dazu würde ich Ihnen nicht raten. Wenn Sie nicht gerade den schwarzen Gürtel haben, machen Sie alles nur noch schlimmer, wenn Sie sich mit einem solchen Typen anlegen.«

»Was raten Sie mir dann?«

»Tun Sie's nicht. Aber wenn Sie unbedingt müssen, dann werden wir es wie eine militärische Operation planen. Oh, und meinetwegen, ich werde Ihnen ein paar dreckige Kampftricks beibringen, Dinge, die Sie in ein paar Tagen lernen können. Die den Burschen vielleicht außer Gefecht setzen, bis ich eingreifen kann.«

»Glauben Sie bloß nicht, Sie sind die Kavallerie.«

»Wäre ich das? Sie allein sind doch schon eine Kavallerie.«

»Wir alle brauchen Hilfe.«

»Was haben Sie dieses Wochenende vor? Werden Sie zu Hause sein, falls ich anrufe?«

»Ich werde hier sein, mir mit Georgie die Zeit vertreiben. Und ich denke, vielleicht werde ich Redford einen Besuch abstatten. Mal sehen, ob ich da irgendwie fündig werde, ein altes Tagebuch mitgehen lassen kann, was auch immer.«

»Die Aussicht scheint Sie nicht übermäßig zu begeistern.«

»In der Seele eines anderen Menschen herumzustöbern, dort etwas zu stibitzen? Nein, ich kann nicht behaupten, dass mir das besonders viel Spaß macht.«

59

Am Samstagmorgen spielte Sarah unten in der Küche mit Georgie, als es an der Haustür klingelte. Sie trug noch ihr Nachthemd, ein altes Lieblingsstück aus honigfarbener Baumwolle, das sie im Laufe der Jahre so oft gewaschen hatte, dass es schon durchsichtig war; ihre Haare waren wirr und ungekämmt. Selbst den Schlaf hatte sie sich noch nicht einmal aus den Augen gewaschen. Georgie schien durchaus zufrieden mit der momentanen Situation. Da er noch nicht krabbelte, ließ sie ihn auf dem Küchenboden zurück und eilte leise fluchend die Treppe zur Tür hoch. Sie riss sie auf, und da stand Redford. Er trug Jeans und Lederjacke, von der strahlenden Sonne beschienen, und trotz allem, was sie wusste, raubte sein Anblick ihr den Atem.

Sie sah ihn an und fühlte sich, als würde sie aus einem Traum erwachen, fröhlich und unbekümmert, bis sie sich an den Albtraum erinnerte.

»John.«

Sie sprach seinen Namen wie eine Wehklage aus. Er betrachtete sie schweigend, mit einem gebannten Ausdruck in den Augen. Nach ein paar Augenblicken wandte er sich um und hob eine Gardenie hoch, die hinter ihm stand und mit weißen, duftenden Blüten übersät war.

Er hielt sie, als wollte er sie für sie ins Haus tragen. Sie streckte die Hände aus, nahm sie ihm ab und warf dann unwillkürlich über die Schulter einen Blick zurück ins Haus, als könnte Georgie auf einmal die Kunst des Krabbelns und Kletterns erlernt haben und langsam die Treppe hochkommen, um seinen Vater kennen zu lernen.

Redford folgte ihrem Blick. Sarah spürte, wie er ihr wirres Haar zur Kenntnis nahm, die schläfrigen Augen mit dem Schatten dunkler Ringe, und den unvermeidlichen und falschen Schluss zog. Er schenkte ihr ein trauriges Lächeln.

»Na, dann mache ich mich mal wieder auf den Weg.«

»Hör zu, drinnen herrscht völliges Chaos«, beeilte sich Sarah zu sagen. »Ich würde dich ja gern hereinbitten, aber …«

»Du musst mir nichts erklären«, sagte er. »Du hast mir selbst gesagt, dass wir alle ein Recht auf Geheimnisse haben. Ich werde dir deines nicht entreißen.« Er wandte sich zum Gehen.

»Warte, John. Treffen wir uns doch etwas später, lass uns irgendetwas Einfaches machen, spazieren gehen und uns unterhalten.« Als sie ihn in diesem Augenblick ansah, konnte sie trotz allem, was sie wusste, noch immer nicht glauben, dass er der Serienvergewaltiger war.

Redford zögerte; Unschlüssigkeit flackerte in seinen im Allgemeinen entschlossenen Augen auf.

»Zufälligerweise hatte ich genau das für heute Abend vor. Einen langen Spaziergang, vielleicht in eine Bar hineinschauen, in der's ein bisschen Musik gibt.«

Sarah wartete.

»Wir könnten zusammen gehen«, sagte Redford, halb als Frage formuliert.

»Wie viel Uhr?«

»Um zehn?«

Sarah schluckte. Weitaus später als die Zeit, zu der sie am liebsten schon im Bett lag.

»Ich komme ins Portobello.«

Sie rief Jacob auf dem Handy an, das er sich zugelegt hatte, als Georgie geboren wurde.

»Hallo, Schätzchen. Alles in Ordnung?«

»Alles bestens.« Sie schwieg einen Augenblick. »Ich hab mir eben überlegt, ob ...«

»Um wie viel Uhr brauchst du mich denn?«, fragte er, ein Lächeln in der Stimme.

Sie versuchte den ganzen Tag über, Breden zu erreichen. Er hatte gesagt, er würde in der Gegend sein, vielleicht bei ihr vorbeischauen, um mit ihrem Crashkurs »Dreckige Kampftechniken« zu beginnen. Wo zum Teufel steckte er, wenn sie ihn brauchte? Um neun gab sie auf, nachdem sie eine lange Nachricht auf seinem Anrufbeantworter hinterlassen und ihm zu ihrer persönlichen Absicherung ihre Abendverabredung mitgeteilt hatte. Sie würde einfach mit Redford mitgehen, das Risiko auf sich nehmen müssen. Wenn er der Vergewaltiger war, dann würde sie als jemand, den er kannte, nicht seine Zielscheibe sein, nicht nach dem bisherigen Muster, zumindest dem bisherigen Muster, das die Polizei kannte und verbreitet hatte. Aber andererseits war da auch noch Carla, ein Vergewaltigungsopfer, das der Vergewaltiger gekannt hatte, auch wenn er den Zusammenhang vergessen hatte oder zu kopflos gewesen war, um ihn zu bemerken. Und was hatte Breden sonst noch gesagt? Irgendetwas davon, dass der Vergewaltiger dekompensierte. Sie wusste, das bedeutete, dass er die Kontrolle verlor, aus einem vorangegangenen Muster ausbrach, die Verbrechen häufiger und rasender beging, fast, als würde er nach einem Ausweg suchen, Verhaftung oder völlige Verrücktheit oder beides.

Was zum Teufel hatte sie sich da eigentlich vorgenommen? Wollte sie irgendetwas aus dem Wrack einer Beziehung retten oder den Untergang derselben beschleunigen? Sie war noch immer kein bisschen klüger, als die Zeit des Aufbruchs nahte. Ihre Gedanken, das wusste sie selbst, wurden getrübt von dem überwältigend starken Wunsch, dass Georgies Vater kein Vergewaltiger war. Wenn sie sich ihn als den Vater ihres Sohnes vorstellte, nicht als den Rockstar, dann erschien es ihr unmöglich, dass er der Vergewaltiger sein *könnte*. Aber sie wusste auch, dass der Wunsch allein diese Tatsache nicht herbeiführte.

Sie zog sich etwas Bequemes an, in dem sie notfalls auch gut rennen konnte. Sie schlüpfte in ihre schwarze Armeehose und Turnschuhe, dazu ein weißes T-Shirt und eine schwarze Lederjacke, in die sie etwas Geld, ihr Handy und eine Dose Reizgas stopfte.

Sie warf einen Blick in Georgies Zimmer und gab Jacob einen Abschiedskuss.

»Pass auf dich auf, Mädchen, was immer du vorhast.«

»Noch mehr Herumschnüffeln«, sagte sie mit einem kläglichen Stirnrunzeln.

»Wann wird das alles bloß endlich vorbei sein?«, fragte Jacob.

»Sobald ich bezahlt worden bin«, erwiderte Sarah hoffnungsvoll.

Sie schlug den Weg in Richtung King's Road ein und winkte sich ein Taxi heran. Als sie sich auf den Sitz plumpsen ließ, fragte sie sich auf einmal, wie Redford eigentlich ihre Adresse herausbekommen hatte. Sie hatte sie ihm nie gegeben, dachte sie mit einem plötzlichen Gefühl des Misstrauens. *Die Adressenliste*, begriff sie dann leise fluchend. Bei jedem Geschäft bekommen die wichtigsten Beteiligten eine Liste mit den privaten Telefonnummern und Anschriften aller anderen. Mein Gott, heute Morgen war es wirklich knapp gewesen. Sie hätte so leicht mit Georgie auf dem Arm die Tür aufmachen können. Und sie wollte Redford nicht einmal auf eine Million Kilometer Entfernung an ihr Kind heranlassen. Das stimmte nicht ganz, das wusste sie. In einem ihrer Wachträume zeigte sie ihren Sohn seinem Vater, platzend vor Stolz über dieses Wunder, das in ihr herangewachsen war.

Der John Redford, der sie mit einer solch Schwindel erregenden Leidenschaft und Zärtlichkeit geliebt hatte, konnte das Gesicht eines Kindes vielleicht mit derselben einmaligen Intensität streicheln. Redford konnte durchaus fühlen, konnte vom Kopf bis zu den Zehenspitzen fühlen und lieben. Wenn er auch nur mit der halben Intensität, mit der er liebte, hassen konnte ... Sarah war außer Stande, den Gedanken zu Ende zu führen. Sie schauderte, rieb sich die Arme, versuchte, sich wieder an einem Stück Wirklichkeit festzuklammern. Sie verspürte einen plötzlichen Gewissensbiss angesichts der Stärke ihres Gefühls. Ob er nun schuldig an den Serienvergewaltigungen war oder nicht, an dem schrecklichen Angriff gegen Carla würde Redford immer schuldig sein, und ein Teil von Sarah würde ihm niemals vergeben können. Sie dachte an seine tote Mutter, dachte daran, wie er den von einer Waffe durchschossenen Leichnam seines Vaters gefunden hatte, und das Mitgefühl überkam sie erneut.

Um zehn erreichte sie das Portobello, ging zu Redfords Zimmer hinauf und klopfte an. Die Tür schwang auf. Er stand barfuß da, ein halbes Lächeln auf den Lippen.

»Hi, komm rein.«

Sie steckte die Hände in die Hosentaschen, schob sich an ihm vorbei, vermied ein förmlicheres oder intimeres Hallo.

»Danke für die Gardenie«, sagte sie über die Schulter. »Ich habe sie in mein Wohnzimmer gestellt, ans Fenster, damit sie genug Licht bekommt. Sie erfüllt das ganze Zimmer mit einem herrlichen Duft.«

»Gut. Ich war auf der King's Road unterwegs, hab einen Blick in ein Geschäft geworfen, die Chelsea-Gärtnerei oder so ähnlich, hab die Pflanze entdeckt und dabei an dich gedacht.«

Sarah lächelte. »Da bin ich aber froh, dass es kein Kaktus war.«

»Es war nicht meine erste Wahl«, sagte Redford, »aber Venusfliegenfallen gab es nirgends.«

»Ha, ha.«

Jedes Wort verringerte die Distanz zwischen ihnen um einen Zentimeter und vergrößerte das Ausmaß von Sarahs Verrat und Schnüffelei um einen Kilometer.

»Also, fertig für einen Spaziergang?«, fragte Redford, noch immer grinsend.

»Spazieren gehen«, sagte Sarah mit einem Ruck, als hätte er sie eingeladen, ohne Fallschirm aus einem Flugzeug zu springen.

»Ja, spazieren gehen. Wie wir es uns vorgenommen hatten.«

»Scheint ein Thema zu sein, dein Spazierengehen.«

»Das ist es auch. In jeder Stadt suche ich mir eine Gegend, die mir gefällt, und gehe dort spazieren.«

»Wo zum Beispiel?«

»In Paris gefällt mir St. Germain, obwohl ich diesmal nicht dort war. Ich spaziere einfach durch die Straßen, gehe auf ein paar Drinks in eine Bar oder einen Club, nur um die Atmosphäre in mich aufzunehmen. Wenn du spazieren gehst, dann gehört dir die Gegend. Ich hab das schon immer so gemacht – bin allein losgezogen, tagsüber oder spätabends, hab mir die Stadt angesehen, wie es ein Einheimischer tun würde.«

»Warum hast du es diesmal in Paris nicht getan?«

»Die Verfolgerin.«

»Ach ja. Dabei fällt mir ein, ist dein Security-Chef eigentlich schon wieder aufgetaucht? Wie hieß er gleich wieder?«, fragte Sarah, als wüsste sie es nicht mehr genau.

»Jim O'Cleary«, antwortete Redford. »Der Mistkerl ist wieder aufgetaucht, einen Tag später, hat behauptet, er hätte irgendein dringendes persönliches Problem gehabt, um das er sich kümmern musste.«

Sarah zuckte die Schultern. »Das hat jeder einmal.«

»Er hat sie zu oft. Ich hätte seinen Arsch gefeuert, wenn Strone sich nicht eingeschaltet hätte.« Er dachte eine Zeit lang nach. »Vielleicht werde ich es trotzdem noch tun.«

»Nützt doch nichts, ein Security-Chef, dem man nicht vertraut«, bemerkte Sarah.

»Ja, na ja, ich nehme an, ich werde selbst auf mich aufpassen müssen.«

Sarah dachte eine Weile darüber nach. »Aber das gibt mir irgendwie zu denken, all diese Spaziergänge in den Städten ... Würdest du denn nicht von allen möglichen Leuten belagert werden, vor allem wenn du keinen O'Cleary mehr um dich hast, der dich abschirmt?«

»Ach nein. Meistens trage ich eine Perücke, manchmal sogar ein bisschen Make-up, also werde ich im Allgemeinen gar nicht erkannt.«

Sarah spürte, wie ihr Herz erstarrte. Sie bückte sich, tat, als würde sie sich einen Schuh zubinden, wartete, bis der Schock aus ihrem Gesicht gewichen war, bevor sie sich wieder aufrichtete.

»Also, wo wollen wir spazieren gehen?«, fragte sie.

»Irgendwo im East End. Ich mag all diese kleinen Gassen rund um den Smithfield-Markt, die Cafés, die rund um die Uhr geöffnet haben. Vielleicht gibt's in der Gegend irgendwo ein paar Clubs. Wir könnten dorthin gehen und etwas trinken, einer Band zuhören. Eine Zeit lang an gar nichts denken.«

»Ein bisschen schmuddelig ist die Ecke dort schon, meinst du nicht?«, entfuhr es Sarah, die im selben Augenblick über ihre eigenen Worte erschrak.

Redford lächelte. »Was ist denn so schlimm daran, wenn es ein bisschen schmuddelig ist? Ich dachte, so etwas würde dir gefallen. Das Mädchen aus der feinen Gegend trifft ein Mädchen aus der Schmuddelgegend.«

»Schmuddelig darf es schon sein, das macht mir keine Sorgen. Aber es könnte ein bisschen gefährlich sein, dort spätabends herumzulaufen.«

»Gefährlich? Doch nicht, wenn du mit mir unterwegs bist.«

Sarah wandte sich ab, suchte Zuflucht in ein paar Reiseführern und einem Londoner Stadtplan, der auf dem Sofa lag.

»Kennst du die Gegend um Spitalfields?«, fragte Redford, als Sarah ein Buch in die Hand nahm.

»Nicht besonders.«

»Dann lass mich dein Reiseführer sein.« Er hockte sich neben die Bücher, skizzierte ihr den Weg. »Wir könnten bis zum Tower laufen«, sagte er abschließend, »falls wir so viel Energie haben. Klingt das gut?«

»Klingt gut, aber was ist mit deiner Verkleidung?«

»Warte einen Augenblick.«

Redford verschwand im Bad, sodass Sarah etwas Zeit hatte, die Stadtpläne und seine Route genauer zu studieren, sie auf Sackgassen zu überprüfen, die nächstgelegenen Polizeiwachen ausfindig zu machen. Ein Geräusch ließ sie aufblicken. Redford war leise an sie herangetreten und stand über sie gebeugt da – zumindest nahm sie an, dass es Redford war. Dieser Mann hatte einen hellbraunen wirren Schopf, wo Redfords Haar glatt und dunkel war. Dieser Mann hatte Pausbacken neben den Mundwinkeln, wo Redfords Haut glatt war. Dieser Mann hatte braune Augen, wo Redford blaue hatte.

»Ich bin's«, sagte die vertraute, melodische Stimme.

»Mein Gott, du siehst aber gar nicht danach aus. Wie in aller Welt hast du das geschafft?«

»Die Perücke ist offensichtlich, die Kontaktlinsen sind offensichtlich, die Polster zwischen den Zähnen nicht. Ich habe zwei Polster ans Zahnfleisch geklebt, damit ich hübsch pausbäckig aussehe, wie ein echter englischer Gentleman.«

Sarah lachte, ohne es zu wollen. »Nicht wie die englischen Gentlemen, mit denen *ich* meine Zeit verbringe.«

»Wirst du es ertragen können? Die Standards einen Abend lang schleifen zu lassen?«

»Das werde ich wohl müssen, oder?«

Sie nahmen sich ein Taxi in die City. »Ich würde gern im Herzen der Reichen anfangen und mich dann durcharbeiten, zurück zu den raueren Gegenden.«

»Wie eine Reise in die Vergangenheit?«

»Ja, sozusagen.«

Wie der Gang in einem seiner Lieder, dachte Sarah, die sich in diesem Augenblick an »Herz der Reichen« erinnerte, sein Lied vom Gang eines einsamen Jungen durchs Leben, die Reise eines Waisenkindes.

Ich will zurück an jenen Punkt, bevor das Spiel begann,
Zurückbekommen, was ich einst besaß.
Ich gebe den Erfolg und den Ruhm her,
Denn das Herz der Reichen ist kalt.

Ich will die alten Wege gehen,
Ich will die alten Lieder singen,
Ich habe auf der ganzen Welt gesucht
nach dem, was ich einst besaß.

Sarahs Herz fühlte mit ihm. Sie kannte diese planlose Suche nur allzu gut. Am Ende des Weges wartete keine Erklärung. Es blieb also nur übrig, einen anderen Weg einzuschlagen. Dieser Weg war ihr aufgezeigt worden. Dieser Weg war Georgie. Ihre Gedanken verweilten bei ihrem Sohn, und der Bann des Mitgefühls war gebrochen. Sie war nicht mehr das Waisenkind, sondern die Mutter eines Kindes. In ihrer Jackentasche ballte sie die Faust um das Reizgas.

Ein Taxi setzte sie im Herzen der City ab. Sie spazierten durch die Schluchten zwischen den Tempeln des Mammons, die um diese Zeit völlig ausgestorben waren. Sarah blickte sich um. Wer würde sie in diesen menschenleeren Straßen schreien hören? Unter der Woche war die City nach zehn Uhr abends eine Geisterstadt, vom Wochenende ganz zu schweigen. Was führte Redford im Schilde? Sie warf einen Blick auf ihn. Er sah sie an und ließ den Blick auf ihr ruhen, erfüllt von unausgesprochenen Fragen.

Sie gingen am Bishopsgate hoch, in Richtung Spitalfields. Das East End wurde belebter, als sie in die Brick Lane einbogen, und Sarah spürte, wie sie sich entspannte. Der süßliche, beißend scharfe Geruch von Curry lag schwer in der Luft, zwischen dem herrlichen Pakistani-Rokoko der Straßenlaternen. Sie bogen in die Hanbury Street ein, gerieten plötzlich in den Taumel des Verkehrsgewühls auf der Commercial Street und fanden in der Lamb Street wieder Frieden. Sarah entzifferte den Straßennamen und unterdrückte ein plötzliches Schaudern, als ihr ungewollt die Worte in den Sinn kamen: *wie ein Lamm zur Schlachtbank*. Sie war erleichtert, als sie das Eingangsportal der alten Spitalfields-Märkte vor sich aufragen sah, denn menschliche Schreie drangen durch die altertümlichen Bögen zu ihnen. Drinnen, auf einer Kunstrasenfläche, fand ein Fußballturnier mit jeweils fünf Spielern auf einer Seite statt.

Redford beobachtete die Spieler interessiert, ein leises Lächeln auf den Lippen. Das gefiel ihm, dachte Sarah, sich in seine eigene Welt zurückzuziehen, wie sie selbst es normalerweise ebenfalls tat, wenn sie spazieren ging, nur dass sie es heute Abend nicht konnte. Sie gingen weiter, an Reihen blauweiß gestreifter Markisen vorbei, die über Tische ragten, die einige Stunden zuvor noch unter der Last frischen, zum Verkauf angebotenen Obstes gestöhnt hätten. Sie hielten inne, um eine Ladenzeile zu betrachten, als ihr Blick auf die Namen fiel.

»›Grob & Schläger‹«, sagte Redford kichernd. »Was zum Teufel verkaufen sie dort wohl? Komm, werfen wir einen Blick hinein.«

Gemeinsam spähten sie durch das Schaufenster, das mit Postern und Postkarten voll geklebt war, sodass man nicht erkennen konnte, was auch immer sich dahinter verbarg. »Was sind das denn für Leute?«, fragte Redford, während er die kunstvoll ausgestalteten Figuren betrachtete, die auf den Postern umhertollten.

»Sieht aus wie das gesamte Pantheon der indischen Gottheiten«, sagte Sarah.

»Ich bin beeindruckt«, sagte Redford und richtete sich wieder auf.

»Ja, na ja, frag mich bloß nicht noch mehr, denn mein gesamtes Wissen darüber ist hiermit erschöpft.«

Aus den Restaurants, die von orange flackernden Öllampen erhellt wurden, strömten Gäste, die gutes Essen, reichlich Wein und Konversation genossen hatten. Sarah spürte, deutlicher als je zuvor, die Kluft zwischen ihr und Redford. Es gab so vieles, was sie ihm nicht sagen konnte, und zweifellos hatte auch er seine Geheimnisse. Welcher Art sie wohl sein mochten, darüber wollte sie gar nicht erst nachdenken. Und so spazierten sie weiter, allein in ihrem Schweigen, aus Spitalfields fort, in die Nacht hinein.

Sarah warf einen prüfenden Blick auf die Straßenschilder, versuchte erfolglos, sich den Stadtplanausschnitt ins Gedächtnis zu rufen. Sie kamen an einem unterirdischen Parkhaus vorbei, dessen Einfahrt ein gewaltiges Eisengitter versperrte, das in dem Augenblick, in dem sie vorbeigingen, plötzlich aufschwang und einen gigantischen, schnittigen silbernen Mercedes ausspie, der leise surrend davonfuhr und sie wieder allein mit ihrem Schweigen zurückließ, während sie weiter die Lamb Street entlanggingen.

Sie kamen an der Spitalfields-Krypta vorbei. Innen schien ein helles Licht und beleuchtete die schmutzigen und lächelnden Gesichter einer zerlumpten Prozession von Leuten, die das Gebäude verließen, die Hände fest um Pappschachteln mit dampfenden Mahlzeiten gelegt: Obdachlose bei ihrer Suppenküche.

Sie bogen in die Fournier Street ein. Sarah blickte an den eleganten Fassaden einer Reihe georgianischer Häuser empor.

»Hier haben sich die Hugenotten niedergelassen, als sie aus Frankreich flohen«, sagte Redford auf einmal. »Sie waren Meister in der Kunst des Webens und Färbens; sie stellten Damast, Brokat und Seide her, und sie nutzten ihren neu gewonnenen Wohlstand, um sich diese Häuser zu errichten.«

»Jetzt bin *ich* aber beeindruckt«, sagte Sarah.

»Reiseführer sind doch wunderbare Bücher«, bemerkte Redford grinsend.

Als sie wieder auf die Brick Lane stießen, ertönte ein tiefer, eindringlicher Ruf aus der Moschee an der Ecke Fournier Street, ein Muezzin, der die Gläubigen zum späten Gebet rief. Das Geräusch folgte ihnen wie ein Geist. Vor dem Fenster einer Wache der Metropolitan Police hielt Sarah unvermittelt inne. Die Glasscheibe war bedeckt mit Postern, die die traurige Währung der kriminellen Unterwelt bekannt gaben. Auf mindestens fünf Plakaten stand: MORD. *Können Sie helfen?* Oder: SCHWERER SEXUELLER ÜBERGRIFF. *Haben Sie irgendetwas beobachtet?* TERRORISMUS. BRIEFBOMBEN. SEIEN SIE WACHSAM. *Haben Sie irgendwelche Informationen? Melden Sie sich bei der Einsatzzentrale.* Es war eine grimmige Erinnerung daran, in was für einer Gegend sie sich im Augenblick bewegten. Der Carlyle Square lag weit entfernt von hier. Redford führte sie von der Brick Lane in eine schmale Seitengasse.

»Ja, hier ist es«, sagte er leise, fast zu sich selbst. Sarah wollte ihn schon fragen, was er meinte, als ihr Blick auf einen schwarzen Landcruiser fiel, der in schnellem Tempo auf sie zukam.

»O mein Gott.« Sarah drückte sich flach gegen die Wand. Es gab hier keinen Bürgersteig, und die Straße war so schmal, dass der Landcruiser allein kaum ausreichend Platz hatte, geschweige denn Fußgänger. Mit quietschenden Reifen bremste der Wagen auf dem Asphalt ab und kroch im Schritttempo an ihnen vorbei. Die verdunkelten Fensterscheiben verstärkten Sarahs Gefühl, dass feindliche Mächte sie von innen beobachteten. Mit einem plötzlichen Ruck, der vermutlich die Lautsprecher im Wageninneren zum Wackeln brachte, und einem Aufheulen des Motors, als aufs Gaspedal gedrückt wurde, war der Wagen verschwunden, und wieder blieben sie beide mit ihrem Schweigen zurück. Beklommen blickte sich Sarah um. In der Straße hallten ihre einsamen Schritte wider.

»Wusstest du eigentlich, dass Jack the Ripper in diesen Straßen sein Unwesen getrieben hat?«, fragte Redford und drehte sich zu Sarah um. »Sein erstes bekanntes Opfer wurde hier gefunden, in der Gunthorpe Street.«

»O mein Gott. Lass uns von hier verschwinden.« Sarah hoffte, dass ihre Stimme keine Aufregung verriet. Bloß keine Angst zeigen. Ihre Finger krallten sich um die Dose mit Reizgas.

Redford blieb stehen. Sarah machte sich auf alles gefasst.

»Hey, alles in Ordnung mit dir?«, fragte Redford und streckte eine Hand aus, um Sarahs Arm zu berühren.

»Hast du das gehört?«, fragte sie, trat einen Schritt zurück und sah sich um.

»Was?«

»Schritte«, antwortete Sarah, um jede, wenn auch nur eingebildete, Ablenkung bemüht.

»Gruselst du dich?«, fragte Redford.

»Natürlich, und wie ich mich grusele. Du bringst mich hierher, in diese Gegend, und dann fängst du an, mir von Jack the Ripper zu erzählen.«

Redford blickte Sarah fest ins Gesicht, als suchte er darin nach der Wahrheit. In diesen Augenblicken rührte sich keiner von ihnen vom Fleck, und Sarah konnte sich vorstellen, dass einfach alles möglich war, so geladen war sein Blick. Doch dann war die Begutachtung vorbei, und Redford wandte seine Augen ab. Er drehte sich um.

»Gehen wir. Ich bringe dich irgendwohin, wo du ein Taxi finden kannst.«

»Was ist los?«

Er schnellte herum. »Was los ist?«, fuhr er sie an. »Tu doch nicht so. Komm mir doch nicht auf diese gönnerhafte Art. Du vertraust mir nicht, stimmt's? Was glaubst du denn, was ich dir antun werde? Dich hierher bringen und vergewaltigen? Ich kann es in deinen Augen lesen. Die dunklen, einsamen Straßen – etwas, was ich für romantisch hielt, das hältst du für unheimlich. Das Problem ist, ganz gleich, was ich tue, es wird immer unheimlich sein. Du hast mich mit Teer beschmiert, und jetzt siehst du nur noch schwarz.«

Sarah antwortete nicht, konnte nicht antworten. Redford sprach die Wahrheit. Sie verspürte keine Angst mehr, sondern nur noch eine starke Erschöpfung.

Redford begann, langsam weiterzugehen. »Komm, suchen wir ein Taxi.«

»Geh allein weiter«, erwiderte Sarah. »Ich finde meinen Weg schon selbst. Es tut mir Leid, dass alles so gekommen ist, John.«

»Nicht halb so Leid wie mir.«

60

Schließlich setzte das Taxi Sarah am Carlyle Square ab. Erleichtert, endlich wieder in ihrer vertrauten Umgebung zu sein, bezahlte sie den Fahrer und stieg eben die Stufen zu ihrer Haustür hoch, als eine zuschlagende Wagentür sie innehalten ließ. Sie schnellte herum. Dick Breden überquerte die Straße und kam auf sie zu.

»Was zum Teufel haben Sie sich eigentlich gedacht?«

»Ich habe versucht, Sie anzurufen. Sie haben nicht abgenommen.«

»Und Sie haben gedacht, wenn Sie irgendeine dämliche Nachricht auf meinem Anrufbeantworter hinterlassen, würde Sie das schützen.«

»Psst«, sagte Sarah. »Nicht so laut.«

»Was, haben Sie Angst, ich könnte Ihr Baby aufwecken? Ihr kleines Baby kann von Glück reden, dass es überhaupt eine Mutter hat, auch wenn sie so unverantwortlich und gedankenlos ist wie Sie.«

Sarahs Hand schnellte hervor wie ein Springmesser. Ein Knall hallte durch die Luft, als sie Breden eine Ohrfeige versetzte. Tränen strömten ihr übers Gesicht.

»Glauben Sie das bloß nicht. Es ist auch schwer genug ohne jemanden, der nicht den blassesten Schimmer hat, worin er sich da eigentlich einmischt. Sie haben Recht – ich *war* töricht. Ich hätte es nicht tun sollen, glauben Sie nicht, dass ich das selbst weiß? Aber jetzt bin ich zu Hause, und ich will nichts weiter als nach oben schleichen, mich neben das Bettchen meines Babys kauern und es atmen hören.«

Sie fummelte an ihren Schlüsseln und stürzte schluchzend ins Haus. Sie lehnte sich für ein paar Augenblicke gegen die Wand, die Hand auf den Mund gepresst, um ihr Schluchzen zu ersticken, bis sie sich allmählich wieder im Griff hatte.

Breden war ihr ins Haus gefolgt. Er stand hinter ihr im Flur, seine Wut fortgespült von ihren Tränen.

Er stand da und wartete auf sie, während sie nach oben ging. Georgie schlief tief und fest, die Ärmchen in vertrauensseliger Selbstvergessenheit seitlich von sich gestreckt. Im Flur brannte Licht. Sarah blickte durch die offene Tür des nächsten Schlafzimmers und sah Jacob, der zusammengerollt auf der Seite lag und die tiefe, rhythmische Kadenz des Tiefschlafs atmete. Sie zog das Babyfon, das auf seinem Nachttisch lag, leise aus der Steckdose und nahm es mit nach unten.

»Wer kümmert sich denn um Ihr Baby, wenn Sie nicht da sind?«, fragte Breden.

»Glauben Sie, ich lasse ihn allein?«

»Nein, natürlich nicht.«

Sarah ging in die Küche hinunter. Breden folgte ihr. Sarah steckte das Babyfon in die Steckdose, stibitzte sich eine Flasche Whisky von einem Regal, machte sie auf und goss zwei Vierfache ein.

»Mein Onkel Jacob kümmert sich um Georgie. Ich würde ihm mein Leben anvertrauen. Ich *habe* ihm mein Leben anvertraut.«

»Sarah, hören Sie auf. Schon gut. Sie sind mir keine Erklärung über Ihr Leben schuldig.«

Sie lachte freudlos auf. »Das ist doch genau das, was Sie wollten. Nun, jetzt haben Sie Ihre Erklärung bekommen, also hören Sie endlich auf, über mich den Stab zu brechen. Ich bin eine gute Mutter. Ich tue mein Bestes. Ich tue, was ich tun muss. Es ist nicht leicht. Es ist voller Konflikte. Wenn man etwas tut, dann muss man eben auch die Konsequenzen tragen. Ich muss vieles tun, was ich nicht tun will, aber ich habe meine Gründe. *Meine* Gründe, verstehen Sie.«

»Schon gut, Sarah. Es tut mir Leid. Ich hatte Angst um Sie. Es war die Angst, die das Wort geführt hat. Es sollte keine Verurteilung, keine Kritik sein. Ich habe bemerkt, wie Sie Ihren Sohn betrachten. Mir ist aufgefallen, wie er Sie anblickt. Es ist wie ein Kraftfeld. Ich war völlig platt. Ich habe so etwas noch nie gesehen.«

Sarah lächelte. »Dann kennen Sie nicht viele Mütter.«

»Nein.«

»Wie lange haben Sie gewartet?«, fragte sie – nun in einem etwas sanfteren Tonfall.

»Ein Weilchen.«

»Und wie lange hätten Sie noch gewartet?«

»So lange es gedauert hätte.«

Sarah lächelte traurig. Sie war sich nicht sicher, was Breden damit sagen wollte. Zu einer anderen Zeit, an einem anderen Ort, hätte sie vielleicht weiter nachgehakt, abgewartet, wohin es führte, aber in ihrem Herzen war kein Platz dafür.

»Was war heute Abend los?«, fragte Breden, der unvermittelt einen anderen Ton anschlug, als hätte er Sarahs Gedanken gelesen.

Sie berichtete ihm die Ereignisse des Abends, während er in gebanntem Schweigen zuhörte.

»Ich dachte, Sie könnten sich geschickter anstellen, sich bedeckt halten.«

»Das dachte ich auch«, entgegnete Sarah pikiert.

»Sie sollten sich nicht in eine solche Situation bringen, wenn Sie nicht glauben, dass Sie sie im Griff haben.«

»Ich dachte, ich hätte sie im Griff.«

»Nein, das dachten Sie nicht. Sie haben einfach Ihr Glück versucht.«

»Scheiße, vielleicht habe ich das getan, aber normalerweise komme ich damit auch durch.«

»Nicht bei Redford. Er hat einen Draht zu Ihnen. Es ist, als ob Sie beide irgendetwas verbindet.«

»Ich kann mich hinsichtlich seiner Vergangenheit in ihn hineinversetzen«, beeilte sich Sarah zu sagen, als könnte sie die Wahrheit durch Schnelligkeit verbergen. »Wir sind beide Waisen. Ein engeres Band als das kann es kaum geben. Was immer er getan oder auch nicht getan hat, ich habe noch immer Mitleid mit dem kleinen Jungen, der seine Mutter verloren hat, der den leblosen Körper seines Vaters gefunden hat.«

»Dieses Mitleid macht Sie verletzlich. Er hat auch Mitleid mit Ihnen. Er sorgt sich um Sie. Es ist ihm äußerst wichtig, was Sie denken. Wenn er unschuldig ist, dann nehmen Sie ihn wirklich ganz schön durch die Mangel. Wenn er schuldig ist, dann können Sie von Glück reden, dass Sie so glimpflich davongekommen sind.«

»Aber er ist doch nicht unschuldig, oder?«

»Wird er durch eine einzige Vergewaltigung zu einem Vergewaltiger?«

»Wird er es nicht?«, fragte Sarah. *Wurde sie durch einen einzigen Mord, auch wenn er in Notwehr begangen wurde, zu einer Mörderin?*

»Wir sind nicht hier, um diese Frage zu erörtern.«

»Warum sagen Sie, ich bin glimpflich davongekommen?

Schließlich ist es doch nicht der Modus operandi des Vergewaltigers, Leute zu überfallen, die er kennt. Oder zumindest gehen wir davon aus.«

»Wenn er schuldig ist, dann kommen Sie ihm wirklich ungemütlich nahe. Er hätte Ihnen gegenüber um ein Haar sein Selbstbild verloren. Wenn Sie ihn schon für völlig bösartig halten, was hat er denn dann noch zu verlieren, wenn er unser Vergewaltiger *ist?* Wie ich bereits sagte, es liegt ihm sehr viel daran, dass Sie eine gute Meinung von ihm haben. Jetzt weiß er, dass er sie verloren hat. Und Sie sind, abgesehen von Carla, der einzige andere lebende Mensch, der von der Vergewaltigung weiß. Nur Sie und Carla stehen zwischen ihm und seinem guten Namen und einhundert Millionen Dollar.«

Sarah fragte sich, was Breden wohl sagen würde, wenn er wüsste, dass sie Redford dazu gebracht hatte, fünf Millionen davon an eine wohltätige Einrichtung ihrer Wahl zu spenden. »Was meinen Sie damit?«, fragte sie.

»Damit will ich sagen, wenn er schuldig *ist,* wird es ihm allmählich als immer bessere Option erscheinen, Sie aus dem Weg zu räumen. Er hat ein Motiv, und heute Abend hatte er auch die Gelegenheit. Und was mich am meisten beunruhigt, er war verkleidet. Keine Zeugen, keine Augen, die vielleicht von einem Schlafzimmerfenster aus etwas hätten beobachten können, würden ihn erkennen.«

»Warum hat er es dann nicht versucht?«, fragte Sarah, die ein Schaudern unterdrückte.

»Vielleicht hat ihn Ihr Trick, Sie hätten Schritte gehört, abgeschreckt.«

»Ziemlich erbärmlicher Trick.«

»Nicht, wenn man vorhat, jemanden umzubringen. Und er könnte natürlich auch unschuldig sein.«

»Aber dieser ganze Spaziergang, die leer gefegten Straßen, die Verkleidung, das alles *sieht* einfach nach dem Vergewaltiger aus.«

»Schon«, räumte Breden ein. »Zudem habe ich heute zwei neue Informationen erhalten, die mir große Sorgen machen.

Erstens war ich bis heute Abend in Lyon, im Hauptquartier der Interpol. Bevor wir mit unserer Falle weitermachen, wollte ich sichergehen, dass ich alles weiß, was es zu wissen gibt. Ich habe dort einen Freund, weit oben, und die einzige Möglichkeit, ihm die Fakten zu entlocken, bestand darin, es von Angesicht zu Angesicht zu tun. Deswegen konnten Sie mich nicht erreichen.«

Sarah spürte, wie ihr Herz vor Aufregung schneller schlug. »Was haben Sie herausbekommen?«

»Details. Der Bursche ist Rechtshänder. Riecht nach Zitronen, trägt Gummihandschuhe, benutzt ein Kondom ...«

»Das ist ja sehr rücksichtsvoll«, warf Sarah voller beißender Ironie ein.

»Um zu verhindern, dass man seine DNA feststellen kann. Die Maske bedeckt sein Haar, er geht einfach auf Nummer sicher, dass er möglichst wenig Spuren auf seinen Opfern hinterlässt.«

»Was für Spuren hat man denn festgestellt?«

»Kleidung, Taxisitze. Sonst nichts.«

»Und er spricht nie?«

»Nein, das bedeutet, wir haben keine Stimme, und auch keine Sprache.«

Sarah dachte eine Zeit lang nach. »Aber er muss doch grunzen, stöhnen, irgendwelche Laute ausstoßen.«

»Nein. Er ist völlig still.«

»Unglaublich, diese Kontrolle.«

»Über sich selbst. Und über seine Opfer. Offenbar wirkt er äußerst überzeugend, absolut furchteinflößend. Seine Augen sind, ich zitiere, ›gnadenlos‹, ›kalt‹, ›bösartig‹. Bis alles vorbei ist, und dann sieht er verzweifelt aus.«

»Postkoitale Tristesse. Mir kommen die Tränen. Aber dieses Schweigen – das ist noch ein Punkt, der auf Redford hindeutet. Der Mann mit der goldenen Stimme, die Millionen kennen.«

»Meinen Sie, seine Singstimme klingt genauso wie seine Sprechstimme?«

Sarah dachte eine Zeit lang nach. Auf einmal musste sie an

die Nacht denken, als sie beide gemeinsam aufblieben, im Hotel Costes, und auf der Terrasse saßen, während der Mond auf sie hinunterschien.

»Seine Sprechstimme ist in gewisser Hinsicht sogar noch besser, und zwar dann, wenn er sanft und verträumt ist. Je mehr Zeit ich mit ihm verbringe, desto mehr höre ich die Ähnlichkeiten zwischen den beiden Stimmen heraus, aber ich denke, mit verbundenen Augen hätte ich dies anfangs vielleicht nicht feststellen können.«

»Aber der Vergewaltiger ist ein Perfektionist, er achtet peinlich genau darauf, dass ihn kein Detail verrät. Wenn es Redford *ist*, dann wäre es im Rahmen seines Modus operandi von größter Bedeutung, dass er seine Stimme nicht zu erkennen gibt.«

»Er ist wie ein Schachspieler«, sagte Sarah. »Er plant alles bis ins letzte Detail.«

»Oder ein Musiker. Musik zu schreiben, das ist eine mathematische Kunst.«

»O mein Gott, es deutet einfach alles in seine Richtung. Gibt es denn keine anderen Details? Nichts, womit wir ihn entlarven könnten?«

»Widerstand lockert seine Kontrolle, löst Gewalt aus. Das wussten wir schon. Aber mein Freund ist der Ansicht, dass die Gewalt nicht nur dazu dient, seine Opfer unter Kontrolle zu halten. Es ist auch die Wut darüber, dass seinem hübsch ordentlich ausgearbeitetem Schlachtplan Widerstand entgegengesetzt wird. Der Bursche ist ein Kontrollfreak.«

»Das ist halb London.«

Breden lächelte grimmig. »Stimmt.«

»Wo versteckt er seine Handschuhe und seine Maske vor und nach dem Angriff?«

»Dazu liegen uns keine Informationen vor, aber im Allgemeinen trägt der Bursche eine Jacke, das heißt ...«

»Was für eine Jacke?«

»Manchmal Leder, manchmal eine Art Steppjacke, manchmal Jeans.«

»Was trägt er sonst noch?«

»Jeans, Turnschuhe. Die typische Stadtuniform.«

»Armbanduhren, Schmuck?«

»Auch dazu liegen uns keine Informationen vor.«

Sarah starrte frustriert in den leeren Raum.

»Es gibt da eine Sache, die mein Freund erwähnt hat, die mein eigenes, persönliches Gefühl widerspiegelt.«

Sarah blickte auf, verwirrt von Bredens Tonfall.

»Der Bursche hat rund um die Welt vergewaltigt. Im Fernen Osten, in Südamerika, Nordamerika, jetzt in Europa. Die Zeitungen haben nichts über die Fälle im Fernen Osten und in Südamerika berichtet. Ich habe den Zeitplan seiner Tournee überprüft, und bevor Sie mich fragen, ja, es gab da eine Überschneidung. Damals, vor knapp einem Jahr, wurden die Vergewaltigungen weniger häufig begangen, etwa alle drei Wochen eine. Jetzt ist es jede Woche eine. Der Bursche dreht auf jeden Fall allmählich durch. Er wird von Tag zu Tag gefährlicher. Mit jeder Vergewaltigung hat er weniger zu verlieren. Der nächste Schritt wird in seinen Gedanken immer kleiner werden.«

»Und welcher Schritt ist das?«, fragte Sarah dumpf.

»Mord.«

»Na toll.« Sie verfiel in Schweigen, fragte sich, ob diese ganze tragische, traurige Katastrophe überhaupt noch schlimmer werden konnte. »Sie sagten, Sie hätten heute zwei Punkte in Erfahrung gebracht. Was ist denn der zweite?«

»Redfords Bankkonto. Ich hab Leute darauf angesetzt, all seine Konten, auf die wir Zugriff haben, genauestens unter die Lupe zu nehmen. Gestern wurde bei seiner Bank ein Scheck eingereicht, ausgestellt auf eine Carla Parton, über eine Million Dollar.«

»O nein. Er hat es getan«, sagte Sarah und stöhnte gequält auf. »Ich kann es nicht glauben. Er hat es wirklich getan.« Aber sie konnte es glauben. Jetzt blieb ihr keine andere Wahl mehr. Sie glaubte, in einer Art Schwindel der Wirklichkeit zu taumeln. Die Beweise gegen Redford türmten sich nun rings um sie auf.

»Wollen Sie diese Sache immer noch weiterverfolgen?«, drang Bredens Stimme durch die Verwirrung zu ihr hindurch.

Sie sah zu ihm auf, nahm sich etwas Zeit, seine besorgte Miene genauer zu betrachten.

»Ich weiß nicht. Ich denke, es hat keinen Zweck, es sei denn, es besteht eine reelle Chance, dass er unschuldig ist. Wenn wir wissen, dass er schuldig ist, dann könnten wir ihn jetzt ebenso gut der Polizei übergeben.«

»Wir wissen noch nicht, ob er schuldig ist, Sarah. Es sieht zwar nicht gut für ihn aus, aber das Einzige, was wir im Augenblick haben, sind Indizienbeweise. Wir haben keinen konkreten Beweis.«

»Bis auf Carlas Aussage.«

»Stimmt, aber das war lediglich *eine* Vergewaltigung, keine Serie.«

»Eine Serie von Kellnerinnen, nachdem er seine erste Kellnerin, Carla, vergewaltigt hat. Ich glaube nicht, dass man das als einen Zufall abtun kann.«

»Nein, das glaube ich auch nicht. Wenn wir uns jetzt an die Polizei wenden, müssten sie irgendeine Undercover-Operation in die Wege leiten, versuchen, ihm eine Falle zu stellen, um den Beweis zu bekommen, den sie benötigen. Was wir haben, ist einfach nicht stichhaltig, Sarah.«

Ihr Gesicht nahm einen Ausdruck grimmiger Entschlossenheit an. »Dann machen wir weiter. *Wir* werden ihn mit einer Undercover-Operation in die Falle locken.«

Breden nickte bedächtig. Er betrachtete Sarah eine Weile, bevor er wieder das Wort ergriff, als wollte er sich vergewissern, wie ernst es ihr mit ihrer Absicht war.

»Wie stehen die Chancen, dass Sie morgen nah an ihn herankommen?«, fragte er.

Sarah zögerte einen Augenblick, versuchte, sich zu sammeln. »Äußerst gering. Wir haben uns nicht gerade freundschaftlich getrennt, außerdem begibt er sich an Tagen, an denen er ein Konzert hat, immer in eine Art Purdah. Will niemanden sehen.«

»Ich will, dass Sie ihm einen Sender anheften, nur einen ganz kleinen Anstecker, der einen Impuls abgibt. Damit wir ihm leichter auf den Fersen bleiben können.«

»Selbst wenn ich nah an ihn herankommen könnte, nach einem Konzert duscht er immer, und danach, nehme ich an, wird er sich wohl umziehen.«

»Könnten Sie sich nach dem Konzert mit ihm treffen?«

»Ich denke, schon. Ich könnte Strone bitten, mir einen Backstage-Ausweis auszustellen. Dann könnte ich dort aufkreuzen, ihn zu seinem Konzert beglückwünschen, versuchen, ein offenes Wort mit ihm zu reden. Er dürfte entweder high sein oder deprimiert, weil die Vorstellung vorbei ist. Was auch immer, in beiden Fällen müsste er geneigt sein, mich zu empfangen.«

»Das heißt, falls wir uns für diesen Weg entscheiden. Morgen ist nicht nur der Tag des Konzerts, Sarah. Morgen Nacht – oder übermorgen früh – ist auch der Tag der Vergewaltigung. Wir fangen mit dem Count-down an. Sie können jederzeit aussteigen, aber wenn Sie es tun wollen, dann muss ich die Uhr jetzt in Gang setzen.«

Sarah blickte lange Zeit hinaus in die Nacht, dann wandte sie sich zu Breden um.

»Beginnen Sie mit dem Count-down.«

61

»Also, fangen wir an. Punkt eins ist, dass ich hier bleiben werde. Ich werde auf dem Sofa schlafen, wenn Sie nichts dagegen haben.«

»Warum?«

»Wenn Redford unser Mann ist, dann kann es gut sein, dass Ihr Auftritt heute Abend ihn irgendwie aufgeputscht hat. Ich will nicht, dass er auf die Idee kommt, Ihnen einen nächtlichen Besuch abzustatten.«

»Jacob ist doch oben. Ich bin also nicht allein.«

Breden schwieg einen Augenblick. »Ihr Onkel?«

»Ja.«

»Und wie alt ist Ihr Onkel?«

Sarah sah ihn gequält an. »In den Siebzigern.«

»Ich will Sie nicht beleidigen, Sarah, weder Sie noch Jacob, aber ich will einfach kein Risiko eingehen.«

»Na schön«, sagte sie langsam. »Aber Sie müssen nicht auf dem Sofa schlafen. Ich habe oben ein tadelloses Gästezimmer.«

Die Nacht verlief friedlich. Niemand versuchte einzubrechen. Wenn irgendjemand in der Parkanlage des Platzes unter den Büschen kauerte und auf das schlafende Haus starrte, dann wusste Sarah wenigstens nichts von dieser unheimlichen Nachtwache. Sie fiel in jenen bleiernen Schlaf, in dem der Körper in sich zusammenzufallen scheint, außer Stande, sich den nächtlichen Aufgaben von Wartung und Reparatur zu stellen. Am nächsten Morgen wachte sie auf, als ihr Sohn fröhlich einen neuen Tag begrüßte. Sie lag eine Zeit lang da, hörte ihm zu, freute sich an ihm, bevor sie sich etwas überwarf und hinüber in sein Zimmer schlurfte. Sie nahm ihn auf den Arm, was bei ihm ein begeistertes Glucksen auslöste, wechselte seine Windeln und trug ihn nach unten. Auf dem Weg dorthin blickte sie kurz in Bredens Zimmer, dessen Tür einen Spaltbreit offen stand. Der Privatermittler befand sich auf dem Boden, Bauch nach unten, mit nichts bekleidet als seinen Boxershorts, und machte eine Art statischen Liegestütz. Nach einer beeindruckend langen Zeitspanne sackte er schließlich stöhnend zusammen. Einen Augenblick lang ruhte er sich aus, dann stemmte er sich hoch und stand auf.

»Nicht schlecht«, bemerkte Sarah.

»Die Brücke«, erläuterte er. »Eine Foltermethode.« Er kam zu den beiden herüber. »Morgen, Georgie. Wie geht's dir, Kleiner? Gut geschlafen?«

»Ja, danke. Das hat er«, sagte Sarah. »Und dank dieser Tatsache hat seine Mutter ebenfalls gut geschlafen.«

»Schön, dass Sie das konnten.«

»Sie nicht?«

»Nein. Zu vieles, über das ich nachdenken musste.«

»Ich werde jetzt nicht darüber nachdenken. Nicht, wenn ich Georgie auf dem Arm habe«, sagte Sarah entschlossen. »Er saugt alles in sich auf, wie ein kleiner Schwamm. Ich will nicht, dass er Mamas Angst spürt.«

»Na schön«, sagte Breden und hob eine Hand, als wollte er sich ergeben. Er ließ die Hand sinken und berührte Georgie an den nackten Füßen. Sarah beobachtete, wie er mit den Fingern über die winzigen, perfekt geformten Zehen glitt, sah die Ehrfurcht in seinen Augen, spürte, wie Tränen in ihr aufstiegen.

»Wer ist denn das?«

Sie schnellten herum, als sie die barsche Stimme hörten. Jacob stand hinter ihnen, in einen dicken Morgenrock aus Schottenstoff gewickelt, die Arme in Abwehrhaltung verschränkt.

»Jacob, das ist Dick Breden. Er ist gestern Abend hierher gekommen, um mit mir über den Fall zu sprechen. Wir waren länger wach, als wir ursprünglich vorhatten. Er ist über Nacht geblieben.« Sarah verspürte das Bedürfnis, aufs Gästezimmer zu deuten. Amüsiert und beunruhigt zugleich merkte sie, dass sie sich wieder wie sechzehn fühlte.

»Hmmm.« Angewidert beäugte Jacob Bredens Boxershorts. »Na schön. Wie du meinst. Ich ziehe mich nur rasch an und übernehme dann deinen Jungen. Wenn dich dein Fall die halbe Nacht lang wach gehalten hat, dann solltest du, wenn ich mir die Bemerkung erlauben darf, am besten gleich damit weitermachen.« Er wandte sich mit einem letzten, warnenden Blick auf Breden um und knallte die Tür zu seinem Schlafzimmer hinter sich zu.

»Mein Onkel. Er hat mich mehr oder weniger großgezogen«, sagte Sarah, die Augen auf die zugeschlagene Tür gerichtet. »Hunde, die bellen, beißen nicht.«

Breden zuckte die Schultern. »Er will Sie doch bloß beschützen. Ich würde an seiner Stelle genau dasselbe tun.«

»Was immer Sie tun, verraten Sie ihm nichts von der Falle. Er würde ausrasten.«

Breden sah aus, als würde er ebenfalls gern ausrasten. »Das kann ich mir vorstellen.«

Sarah zog Georgie an, reichte ihn Jacob und zog sich rasch selbst an.

»Bis später, meine Jungs«, sagte sie und küsste Georgie und Jacob zum Abschied. Der alte Mann schien etwas versöhnt, als Sarah seine Hand drückte und ihm einen beschwichtigenden Blick zuwarf.

Im Oriel am Sloane Square setzten sie sich an einen Ecktisch und bestellten. Vollkorntoast und schwarzen Kaffee für Breden, ein üppiges, warmes Frühstück für Sarah.

»Essen Sie immer solche Mengen?«, fragte Breden.

Sarah nickte.

»Wie zum Teufel schaffen sie es dann bloß, so schlank zu bleiben?«

»Das sind die Nerven – und das Stillen, aber im Augenblick bin ich nicht gerade schlank.«

Breden musterte sie von oben bis unten, unmissverständlich ein bewundernder Blick, und schüttelte den Kopf.

»Ich finde es immer noch erstaunlich, dass Sarah Jensen Mutter ist.«

»Warum? Was ist daran so unnatürlich?«

»Überhaupt nichts«, sagte Breden mit einer Spur Wehmut in der Stimme. »Wenn man Sie mit ihm sieht, scheint es das Natürlichste auf der Welt zu sein.«

»Das ist es auch.«

»Sie lieben ihn wirklich.«

»Aus tiefstem Herzen. Bedingungslos und für immer.«

»Der Glückspilz.« Breden stand auf, ging an die Bar und kam mit zwei Zeitungen zurück. Er reichte Sarah die *Times* und behielt den *Telegraph* für sich selbst.

»Haben Sie was dagegen?«, sagte er mit einem Kopfnicken auf die Zeitungen. »Alte Gewohnheiten lassen sich schlecht ablegen. Wenn ich die Zeitungen nicht beim Frühstück lese, dann tue ich es gar nicht.«

»Tun Sie sich keinen Zwang an. Sie sind eben ein Zeitung-zum-Frühstück-Mann. Warum sollten Sie es nicht zugeben?«

»Haben Sie schon einmal einen Burschen kennen gelernt, der es nicht ist?«

Sie dachte an John Redford. Sie nahm sich die Zeitung und begann zu lesen. Das Frühstück wurde ihnen von einer Kellnerin mit einer gepiercten Nase serviert, die Dick Breden mit hungrigem Blick anstarrte, während sie seinen Teller schwungvoll vor ihn hinstellte. Breden dankte ihr geistesabwesend, und sie zahlte es Sarah, die ihrer Ansicht nach schuld an seiner Gleichgültigkeit war, mit einem ›*Hier, für Sie*‹ und einem lauten Geklirr von Porzellan auf Marmor heim. Sarah zuckte zusammen und blickte zu Breden hinüber, einen Augenblick lang ohne Scheuklappen, und erkannte deutlich, was die Bedienung wahrnahm. Ein gut aussehender Mann in den Vierzigern, eine Oase der Stärke, jemand, der dich während deiner Albträume festhalten und all deine Probleme lösen würde. Sie lachte laut auf.

Breden betrachtete sie überrascht. »Was?«

Sarah wischte sich die Heiterkeit aus dem Gesicht. »Nichts, nur Märchen und Drachen.«

Breden sah sie verwirrt an, dann begann er, eine hauchdünne Schicht Butter sorgfältig auf seinem Vollkorntoast zu verstreichen.

Eine Zeit lang aßen und lasen sie in geselligem Schweigen. Auf einmal knallte Sarah die Zeitung auf den Tisch.

»Scheiße!«

»Was?«, fragte Breden.

Sarah las laut vor.

»›Die Bedrohung durch Verfolger nimmt immer mehr zu. Es geht das Gerücht, dass zurzeit ein bekannter Popstar das Opfer eines offenbar geistesgestörten Verfolgers ist‹, schreibt Roddy Clark. ›Der Star, nach jahrzehntelangem Erfolg auf dem Gipfel seiner Karriere angelangt, wird, wie es heißt, seit sechs Monaten verfolgt, weigert sich jedoch, seine persönliche Sicherheit verstärken zu lassen. Aus informierten Quellen verlautete jedoch, dass er sein Leben für gefährdet hält und seine Verhaltensweise geändert hat. Öffentliches Auftreten ist andererseits der Sauerstoff, den alle Künstler zum Leben brauchen, und der betreffende Musiker gehört mit seinen Tourneen weltweit zu den größten Attraktionen, die regelmäßig Hunderttausende von Fans in seine Konzerte locken. Die Polizei erklärt, nichts von einem Verfolger zu wissen, man gehe jedoch davon aus, dass der Rockstar sie nicht informieren wolle. Der bisher bekannteste Musiker, der das Opfer einer Verfolgung wurde, ist natürlich John Lennon. Der frühere Beatle wurde erschossen, als er vor dem Eingang zu seinem –« Sarah brach ab. »Den Rest *dieser* Geschichte kennen wir. O Gott, verdammt noch mal!«

Breden hatte eine ernste Miene aufgesetzt. »Wer wusste davon? Sie, ich, Savage, Zamaroh und Carla. Sonst noch irgendjemand?«

»Wissen Sie, was mit Jeremy St. James passiert ist?«

»Natürlich. Aber er hätte nichts von der Verfolgung mitbekommen können, es sei denn, einer aus dem engsten Kreis hat etwas durchsickern lassen. Er hätte mit Sicherheit ein Motiv, die Sache auszuplaudern, nachdem Zaha ihn gefeuert hat.«

»Ihn öffentlich zerfleischt hat, meinen Sie. Ja, er hatte sicherlich ein Motiv, aber wie Sie bereits sagten, es gibt eigentlich keinen Grund, weshalb er es überhaupt hätte wissen können.«

»Wer denn dann?«, fragte Breden.

Savages Frau. Sie hätte es ihrem jungen Liebhaber erzählen können, und der junge Liebhaber, vielleicht als eine Art Racheakt gegen Savage, hatte Clark aufgesucht, von dem er wusste, dass er selbst mit Goldsteins im Clinch lag, und hatte die Geschichte ausgeplaudert. Aber Sarah schwieg.

»Wieder die geheime undichte Stelle?«, fragte Breden.

Sarah nickte fast unmerklich.

»Wissen Sie, das kotzt mich wirklich an«, sagte Breden zornig.

»Ich weiß«, sagte Sarah, »und es tut mir Leid, aber ich kann noch immer nichts sagen. Wenn Sie Bescheid wüssten, würden Sie verstehen, wieso. Also lassen wir das Thema jetzt bitte einfach fallen.«

»Diese Person arbeitet doch nicht mehr für Goldsteins, nehme ich an? Sie kann also in Zukunft keinen Schaden mehr anrichten?«, fragte Breden.

»Beides richtig«, erwiderte Sarah und betete, dass sie Recht hatte.

Breden riss die Hände hoch, als wollte er sich ergeben. »Schon gut, schon gut. Ich hab verstanden. Vergessen wir die Frage, wer die undichte Stelle ist, und befassen wir uns stattdessen mit den Auswirkungen, die sie haben wird. Wenn Redford unser Vergewaltiger *ist*«, fuhr er fort, »dann wird diese Sache bewirken, dass er nur noch mehr dekompensiert. Sein Geheimnis droht enthüllt zu werden. Er hat weniger zu verlieren. Er könnte beschließen, die beiden losen Enden, Sie und Carla, zu eliminieren, oder er könnte einfach beschließen, dass alles zu kompliziert ist, und sich im Unterbewusstsein wünschen, dass er geschnappt wird.« Breden hielt einen Augenblick inne, um die Wirkung seiner Worte auf Sarah abzuschätzen. Sie starrte ihn entschlossen an.

»Mein Rat lautet«, sagte Breden, »blasen Sie die Sache jetzt ab.«

Sarah schüttelte den Kopf. »Das ist unsere einzige Chance, ihn zu erwischen. Wir müssen jetzt die Antwort finden.«

»Oder was? Das Geschäft platzt. Würde das denn den Weltuntergang bedeuten?«

»Für Redford schon, und wenn er unschuldig ist, hat er das einfach nicht verdient. Wir verdächtigen ihn lediglich wegen Carla. Wir müssen ihm eine Chance geben.« Die fünf Millionen schossen ihr durch den Kopf. Sie wusste, dass sie ihr Denken beeinflussten, aber sie konnte sie einfach nicht ausblenden. Allein schon aus diesem Grund hätte sie sich eigentlich selbst disqualifizieren sollen.

»Wir machen weiter, Dick. Je früher wir die Falle stellen, desto früher werden wir den Vergewaltiger schnappen, und desto früher werden wir verhindern, dass ihm noch mehr Frauen zum Opfer fallen. Wenn es Redford ist. Das ist mein letztes Wort.« Sie *musste* wissen, ob der Vater ihres Kindes ein Serienvergewaltiger war.

»Es könnte eines Ihrer letzten Worte sein, Sarah. Wenn Ihr Plan bislang schon gefährlich war, dann ist er jetzt glatter Selbstmord.«

62

Dick Breden wohnte in Battersea, gleich hinter der Albert Bridge, im Penthouse eines sechsstöckigen Wohnblocks aus Glas, Metall und Beton. Zu jeder anderen Zeit hätte Sarah ihrer Neugier nachgegeben und sich in diesem asketischen Tempel des Minimalismus ein wenig umgesehen, aber sie spürte bereits, wie der Tunnelblick einsetzte. Sie hatte keine Zeit, Breden zu analysieren und herauszufinden, ob er wirklich so war, wie er sich nach außen hin gab. John Redford und die Falle, das zog nun Sarahs ganze Aufmerksamkeit auf sich. Aber so schwer es ihr auch fiel, als Erstes musste sie etwas unternehmen, um Savage und Zamaroh in Schach zu halten. Breden reichte ihr ein Telefon. Beide verbrachten die nächsten zwei Stunden damit, bei Zamaroh und Savage anzurufen und sich für ihr Vorhaben einzusetzen. Beide mussten standhaft behaupten, dass es ihnen unmöglich war, ins Büro zu kommen. Beide mussten sich von Savage und Zamaroh eine ordentliche Abreibung erteilen lassen. Als sie wieder zusammenkamen, sahen sie beide ein wenig mitgenommen aus.

»Darauf hätte ich verzichten können«, sagte Breden. »Sie haben beide groß gejammert, dass keiner ihrer Top-Sicherheitsexperten zur Verfügung stehe, dass unser Plan einfach nicht gut genug sei.«

»Ja, ich hab mir in etwa dieselbe Leier anhören müssen«, sagte Sarah kläglich.

»Und jetzt vergessen wir die beiden«, sagte Breden. »Machen wir uns an die Arbeit. Wir fangen damit an, uns auf unsere Operation zu konzentrieren. Und nichts anderes kommt uns dazwischen, okay?«

Sarah begrüßte den Stahl in seinen Augen, der den sanften Ton seiner Stimme Lügen strafte.

»Okay.«

Bredens Wohnzimmer war perfekt. Weitläufig und leer, bis auf einen Glastisch und Sofas, die er ans Fenster schob. Er erklärte ihr, was er tun würde, und trat dann mit drei leichten Schritten vor und warf Sarah quer durchs Zimmer. Sie bemühte sich nach Kräften, auf der Matratze abzurollen, die er von seinem Bett ins Zimmer geschleift hatte, aber sie trug trotzdem Schmerzen und blaue Flecken davon.

»Alles in Ordnung?«, fragte Breden besorgt.

»Ich werd's überleben.«

»Jetzt haben Sie gesehen, wie leicht es ist.«

»Für Sie. So durchtrainiert, wie Sie sind.«

»Woher wollen Sie denn wissen, dass der Vergewaltiger nicht durchtrainiert ist? Außerdem ist es für einen Mann grundsätzlich nicht schwer, eine Frau durch die Luft zu schleudern, Sarah, dazu muss man nicht durchtrainiert sein, da genügt allein schon die Überlegenheit an Körpergewicht und Kraft. Ich werde Ihnen etwas zeigen, was Ihnen helfen wird, ihn zu Boden zu werfen: drei rasche Bewegungen, die Sie an mir üben können.«

Eine Stunde lang drillte Breden Sarah, die zwischen den Schweißbächen, die ihr übers Gesicht rannen, tapfer lächelte. Sie kämpfte sich aus seinen Armen frei, schlug zu, wie er es ihr gezeigt hatte, wand sich, um sich zu befreien, wenn sie einen Fehler begangen hatte, und er verstärkte seinen Griff, um sie zu bestrafen. Er kam ihr so nahe, dass sie ihn schon riechen konnte. Mein Gott, was machte sie hier eigentlich? Sie richtete sich auf. Redford hatte ihre Sexualität wieder erweckt, und auf einmal fühlte sie sich wie ein Tier auf der Jagd. Umso besser, wenn wir ihn in die Falle locken, durchzuckte es sie plötzlich.

»Wenden Sie diese Bewegungen nur an, wenn Sie sonst keine andere Wahl haben«, warnte Breden Sarah, wobei er sie an den Handgelenken festhielt, damit sie ihm nicht wehtun konnte, »und wenden Sie sie dann mit äußerster Aggressivität an. Wenn Sie auf Samtpfoten schleichen, können Sie nichts gegen ihn ausrichten.« Er überspielte ein Lächeln, da er sich selbst nicht vorstellen konnte, dass Sarah um irgendetwas auf Samtpfoten schlich.

»Ich habe ein Verstärkungsteam aus acht Männern zusammengestellt«, fuhr er fort, während er sie losließ. »Und so werden wir es machen.«

»Was wird das alles kosten?«, fragte Sarah, nachdem Breden ihr seinen Plan dargelegt hatte. »Ein Verstärkungsteam von acht Mann und Sie. Das wird ein Vermögen kosten.«

»Ich fürchte, das wird es«, nickte Breden. »Ich selbst werde Ihnen nichts in Rechnung stellen, aber die anderen Burschen werde ich bezahlen müssen. Kommt darauf an, was passiert, wie die ganze Geschichte abläuft, aber auf vier Riesen werden Sie nicht mehr viel Wechselgeld rausbekommen.«

Sarah verzog das Gesicht. »Hoffen wir, dass Savage mich bald bezahlt.«

»Da Sie für ihn allem Anschein nach die undichte Stelle zur Strecke gebracht haben, denke ich, er ist Ihnen schon einen dicken Batzen schuldig.«

Sarah lächelte verlegen.

Breden verabschiedete sich gegen Mittag, um die Operation von seinem Büro aus zu steuern. Sarah blieb in seiner Wohnung. Sie konnte nicht nach Hause fahren. Jacob und Georgie würden sich von ihrer Nervosität anstecken lassen, sie würde ihnen Angst machen, und sie würden sie ablenken. Sie spürte, wie ein neues Gefühl der Unerbittlichkeit Besitz von ihr ergriff, diesen beiden zuliebe – und all den Frauen zuliebe, die vergewaltigt worden waren.

Sie rief Strone an. »Hi, hier spricht Sarah. Hören Sie, könnte ich vielleicht für heute Abend einen Backstage-Ausweis bekommen?«

Strone klang zornig und geladen, aber er versprach, an der Rezeption des Portobello einen für sie zu hinterlegen. Sarah legte auf und ging in Bredens Wohnung auf und ab, versuchte die Spannung zu lockern, die sich wie eine Infektion in ihr ausbreitete. Sie zwang sich, eine große Portion Pasta mit Basilikum und Tomatensauce zu essen, die sie in seinen reich bestückten Küchenvorräten fand. Sie wusste, dass sie sich möglichst viele Energiereserven zulegen musste. Extremer Stress erschöpfte sie grundsätzlich, und sie hatte in der Nacht zuvor nicht viel geschlafen. Nach dem Mittagessen zog sie sich ins Gästezimmer zurück, um ein paar Stunden Schlaf nachzuholen.

Fiebernd und schweißbedeckt wachte sie mitten aus einem Albtraum auf. Das Echo eines Geräuschs schien im Schlafzimmer widerzuhallen. Es klang wie ein Schreien oder ein Rufen. Es war ihre eigene Stimme, begriff sie dann, die laut und entsetzt schrie. Sie fuhr aus dem Bett hoch, noch erschöpfter, als sie war, als sie sich hingelegt hatte. Der Wecker zeigte sechs Uhr. Scheiße, sie hatte wesentlich länger geschlafen als beabsichtigt und musste den Wecker überhört haben, den sie auf halb fünf gestellt hatte. Sie begab sich für fünf Minuten unter die heiße Dusche, dann drehte sie den Kaltwasserhahn voll auf und brauste sich noch einmal lange ab. Adrenalin jagte durch ihren Körper, während sie sich abtrocknete, anzog und ein Taxi nach Hause nahm.

Jacob war dabei, Georgie zu baden, sodass beide glücklicherweise abgelenkt waren. Sie steckte den Kopf durch die Tür und warf den beiden eine Kusshand zu.

»Hallo, du wunderschönes kleines Monster und du entzückendes altes Haus. Hab leider gar keine Zeit, muss mich nur rasch umziehen und gleich wieder los. Es wird heute Abend spät, Jacob, warte nicht auf mich.«

Einen Arm stützend um Georgies Rücken gelegt, sah der

alte Mann mit fragendem Blick zu ihr auf. Sarah war sich vollkommen im Klaren, dass er wusste, dass sie ihm etwas verheimlichte. Sie durchquerte das Zimmer mit zwei raschen Schritten, gab ihm einen Kuss auf die Wange, strich dem Baby über den Kopf und eilte wieder hinaus. »Ich muss los. Bin schon spät dran.«

Sie suchte Zuflucht in ihrem Schlafzimmer, machte die Tür hinter sich zu, lehnte sich mit dem Rücken dagegen und sah noch immer zwei besorgte, aufmerksame Augenpaare vor sich, die sie forschend betrachteten: den kindlichen, aber doch manchmal uralt wirkenden Blick ihres Kindes und den ihres Onkels, voller ängstlicher Liebe. Schnell, sie musste von hier verschwinden, sonst würde sie alles hinschmeißen. Sie zögerte noch einen Augenblick, spielte mit dem Gedanken, alles aufzugeben, sich hier einzuschließen, mit zwei der drei Menschen, die sie liebte. Nur ihr Bruder war im Augenblick außerhalb ihrer Reichweite. Sie wusste, dass es eine Lüge war, noch während sie sie sich zurechtlegte.

Es gab vier Männer, die sie liebte. Redford hatte sie mit seiner Liebe infiziert, so sah sie die Sache. Sie wollte ihn hassen oder zumindest hoch über ihm schweben, auf einer Ebene der Gleichgültigkeit, aber sie verspürte noch immer ein tumultartiges Gefühl der Liebe für ihn, und noch immer geriet sie in Wallung, wenn sie ihm von Angesicht zu Angesicht gegenüberstand. Und wenn sie daran dachte, wie sie sich geliebt hatten, dann spürte sie, wie sie innerlich brannte. Sie stand in seinem Bann, gequält von Liebe und Zweifeln. Außerdem zementierte die leidenschaftliche Liebe zu ihrem Sohn etwas, das durch all die Schläge, die sie erlitten hatte, eigentlich längst hätte getilgt sein müssen; Redfords Abwesenheit, der Verdacht, Verrat und Carla. Wer stand sonst noch auf der Liste seiner Opfer? Sie hatte Verrat an ihm begangen, indem sie ihn ausspioniert hatte, und jetzt hatte sie, wenn er unschuldig war, die Chance, es wieder gutzumachen. Und wenn er schuldig war, dann konnte sie ihn loswerden und zu einem Leben zurückfinden, über das sie die Kontrolle hatte, mit sich und Georgie allein.

Sie entfernte sich von der Tür und blieb vor dem Kleiderschrank stehen, berührte Stoffe aus Samt und Seide, wie eine Frau, die verzaubern will, und versuchte sich zu entscheiden. Ein Teil von ihr wollte bequeme Kleidung tragen, alte Jeans, ein Sweatshirt und Turnschuhe, ein anderer Teil wollte sich kleiden, als ginge sie zu ihrer eigenen Beerdigung, eine letzte modische Laune, ein letzter betäubender Tanz. Sie entschied sich für ein rotes und lachsfarbenes Kleid aus Samt und Seide, das sich lang und schmeichelnd um ihren Körper legte, mit einem tiefen Ausschnitt, dazu hochhackige rote Sandalen mit Riemchen. Sie steckte sich das Haar hoch, legte ein komplettes Make-up auf und rundete alles mit einem Hauch Parfum ab. Sie warf einen letzten, prüfenden Blick in den Spiegel und machte sich dann auf den Weg, ohne sich zu verabschieden.

63

Sarah saß allein in ihrer VIP-Loge im Wembley-Stadion und sah auf die Bühne hinunter. Sie gierte nach einer Zigarette, verfluchte sich, dass sie geglaubt hatte, sie würde ohne welche auskommen. Sie kaute an den Fingernägeln und wartete auf Redfords Auftritt.

John Redford betrat die Bühne, ganz der Profi, der er war. Blaue Jeans, lässiger, geschmeidiger Gang, fließend, kraftvoll und unglaublich sexy. Sie musste an seine Hände auf ihrem Körper denken, und ein Schauder lief ihr über den Rücken. Er war voller Zärtlichkeit gewesen, hatte alle Gewalt unterdrückt und war ihr doch so nah, Schwindel erregend und aufpeitschend nah gewesen. Er begann mit der ersten einer langen Reihe von Rockhymnen, und seine Stimme, so ausdrucksvoll und stark, vibrierte in ihr. Sie konnte erkennen, wie er die Menge allmählich in den unvermeidlichen überdrehten Zustand versetzte, doch bevor das Publikum die Kontrolle verlor, wechselte er zu einer Ballade, einem neuen Song, nur er und seine Gitarre – ohne Begleitung. Der Scheinwerfer war allein auf ihn gerichtet, und er blickte in die Menge. Obwohl ihr klar war, dass er sie unmöglich erkennen konnte, es sei denn, er wusste genau, wo sie saß, hätte sie schwören mögen, dass er sie direkt ansah. Er zupfte die Einleitung, und dann begann er zu singen.

Eine dunkle Nacht,
eine Sünde, ohne Erlösung,
Herz und Seele gebrochen
Die Zeitbombe gelegt.
Was muss ich tun, um mich zu entschuldigen?
Dürfen wir nicht alle wenigstens einen Fehler machen?
Gott allein weiß, ich würde alles geben, was ich habe,
um es ungeschehen zu machen, aber nicht einmal Gott
kann das tun.

Ich seh nichts als Verdacht
in deinen Augen.
Du bist mein Richter,
und du wirst mich büßen lassen.

Was muss ich tun, um mich zu entschuldigen?
Dürfen wir nicht alle wenigstens einen Fehler machen?
Gott allein weiß, ich würde alles geben, was ich habe,
um es ungeschehen zu machen, aber nicht einmal Gott
kann das tun.

Gibt es noch einen anderen Weg,
den wir gemeinsam gehen können?
Oder sind wir
am Ende angelangt?

Die Menge verharrte schweigend, nachdem die letzten Takte des Liedes mit dem Echo seiner Stimme verklungen waren. Dann setzte der Applaus ein, eine sanfte Welle, die zu einem Ozean anwuchs. Das Publikum wusste, dass das hier eine Art Testament war, dem sie alle als Zeugen beiwohnten, und sie waren auf seiner Seite.

Redford verbeugte sich.

»Danke. Das war mein ›Lied für Sarah‹.«

John Redford saß allein in seinem Umkleideraum. Sarah klopfte an und trat ein. Er schnellte herum, als er ihre Stimme hörte.

»Hallo, Sarah.«

»Hallo, John.«

In seinen Augen lag Frieden, als hätte er eine Art persönlichen Exorzismus betrieben.

»Dein Lied war wunderschön.«

»Danke. Ein bisschen veraltet inzwischen, aber was soll's? Es ist 'ne hübsche Melodie.«

Sarah blickte ihn verwirrt an. »Was willst du damit sagen?«

Er schüttelte den Kopf. »Egal.« Er zuckte die Schultern, und Sarah fiel plötzlich auf, wie oft die schmerzhaftesten Worte im Rahmen und im Tonfall einer solchen Banalität ausgesprochen wurden. Vielleicht schaffen wir es nur so, bei Verstand zu bleiben.

»Strone hat mir gesagt, dass du mich sprechen willst«, fuhr Redford in seinem monotonen Tonfall fort. »Warum?«

»Um mich zu verabschieden«, sagte Sarah.

»Aha.«

»Und um dir alles Gute zu wünschen.« Sie breitete die Arme aus. Er sah sie einen Augenblick lang an, mit unergründlicher Miene, bevor er aufstand und zu ihr hinüberging. Sie hatte den elektronischen Sender auf der Spitze ihres Zeigefingers, und sie drückte ihn auf die Unterseite des Kragens seines Jeanshemds, als Redford sie mit einer Umarmung an sich zog.

»Leb wohl, Sarah. Du weißt, ich hab mir Hoffnungen gemacht.«

Sarah drückte ihn fest. Dann ging sie etwas auf Abstand und hielt seine Arme fest. »Ich wäre nicht gut für dich gewesen.«

»Das kannst du nicht wissen.«

»O doch, das kann ich.«

Sie ließ los, küsste ihn auf die Wange, wandte sich ab und ging, bevor er die Tränen sah, die ihr über die Wangen strömten.

64

Sie fand Bredens Kleinlaster, der genau an der Stelle parkte, die er ihr genannt hatte. Diese Tatsache empfand sie als starken Trost. Breden war ein Mann, der seinen Teil präzise wie ein Uhrwerk erledigte. Ihm blieb keine andere Wahl, wie er es ausgedrückt hatte. Ihr Leben stand auf dem Spiel.

Die Hintertür ging auf, als sie sich näherte. Sie kletterte hinein, etwas unbeholfen in ihrem engen Kleid und den hochhackigen Schuhen. Bredens Augen weiteten sich einen Spaltbreit.

»Sie sehen schön aus.«

»Danke.«

»Warum so bedrückt?«

»Ich habe mich eben von Redford verabschiedet. Ich habe ihm den Sender angeheftet, als er mich umarmte. Er hat ein Lied für mich geschrieben und gesungen, Dick, hat mich um Verzeihung gebeten, hat gefragt, ob das das Ende sei. Es hat mir Angst gemacht. Er hat sich benommen, als hätte er irgendeine Entscheidung getroffen.«

»In welcher Hinsicht?«

»Ich weiß nicht.« Sie zögerte, nicht gewillt, ihre Ängste offen auszusprechen. »Es war, als sei er selbst an seinem Ende angelangt. Als ich seinen Umkleideraum betrat, hatte ich nicht vor, mich zu verabschieden. Es ist mir einfach herausgerutscht. Ich hatte das Gefühl, als sei es ein Abschied.«

»Vielleicht sollten wir diese ganze Sache einfach vergessen. Sie können immer noch aussteigen, Sarah.«

»Nein, das kann ich nicht. Ziehen wir sie durch.«

Breden reichte Sarah ein Kleidungsstück, wie es Kellnerinnen häufig anhatten: einen gestärkten weißen Kurzmantel. Sie trug ihn mit einer hautfarbenen Nylonstrumpfhose und ihren eigenen hochhackigen Schuhen. Ein knochiger, orientalischer Visagist bearbeitete ihr Gesicht und ihr Haar. Er sprach kein Wort, legte nur ihren Kopf mal auf die eine, mal auf die andere Seite, mit erstaunlich sanften und starken Fingern. Als er fertig war, hatte sich Sarah, unter einer blonden Perücke, in einen verkommenen Vamp verwandelt.

Breden betrachtete sie. Er nickte dem Visagisten zu. »Gute Arbeit. Bis später.«

Der Mann erwiderte sein Nicken, dann wandte er sich langsam wieder zu Sarah um. Davor hatte er sie, wenn er ihr Gesicht ansah, mit einem professionellen Auge betrachtet; sie war nichts weiter als ein Mannequin gewesen. Jetzt machte ihr sein finsterer Blick Angst. Er verbeugte sich vor ihr, dann öffnete er die hintere Tür des Kleinlasters und sprang behände hinaus.

»Hoffentlich müssen wir nicht allzu lange warten«, sagte Sarah, während die Tür mit einem lauten Knall zuschlug.

Breden nickte. »Das ist immer das Schlimmste, das Warten. Das ist es, was die Leute aufreibt. Ein weit unterschätztes Talent.«

»Das Warten?«

»Mucksmäuschenstill dazuliegen, in deinen Tarnanzug zu pinkeln, mit einem Kribbeln in der Kehle, zu würgen, um nicht husten oder niesen zu müssen.«

»Wenigstens muss ich nicht stillhalten.« Sarah sah sich besorgt um. »Und was ist, wenn ich pinkeln muss?«

Breden langte unter seinen Sitz und holte eine Schüssel hervor. Sarah lachte schallend auf.

»Kommen Sie damit zurecht?«, fragte er.

»Sie sprechen mit einer Frau, die im Stehen pinkeln kann. Ja, damit werde ich zurechtkommen.«

Ein Klopfen drang von der verdunkelten Scheibe zu ihnen hinüber, die die Vorder- und die Rücksitze des Kleinlasters voneinander trennte. Breden schob sie zurück.

»Hat sich in Bewegung gesetzt«, sagte eine Stimme von vorn. Sarah erhaschte einen Blick auf dunkles, lockiges Haar, gebräunte Haut. »Bewegt sich zielstrebig zu Fuß, vermutlich auf seinen Wagen zu.« Breden guckte zwischen den Sitzen hindurch auf einen Monitor. Sarah sah einen kleinen, weißen, pulsierenden Punkt, der sich in nördlicher Richtung bewegte. Breden überprüfte einen winzigen Hörer in seinem Ohr und sprach dann in ein kleines Mikrofon, das an seinem Hemdkragen befestigt war.

»Haben Sie Bewegung zwei?«, fragte er. »Gut. Halten Sie sich bereit.« Er wiederholte seine Frage noch zweimal.

»Wie viele Fahrzeuge haben wir denn?«, fragte Sarah.

»Vier, dieses hier eingeschlossen, zwei Männer in jedem.«

Der weiße Punkt hielt an.

»Wird er sich gleich weiterbewegen?«, fragte Breden in sein Mundstück. »Ich vermute, er ist eben in seinen Wagen gestiegen.«

Auf einmal begann der Punkt, sich erneut zu bewegen, diesmal schneller und in südlicher Richtung. Breden beobachtete die Bewegung. »Schnallen Sie sich an«, sagte er zu Sarah. Sie tat es und reckte dann wieder den Kopf nach vorn, um den Punkt zu beobachten.

»Er kommt auf uns zu«, sagte Breden. »Nummer zwei wird ihn übernehmen, wiederhole, Nummer zwei wird ihn übernehmen. Drei, stellen Sie sich hinter mich, vier, versuchen Sie, vor ihn zu gelangen.« Als der Punkt sich näherte, ließ der Mann mit dem lockigen Haar den Motor an, und als der

Punkt plötzlich nach rechts abdrehte, legte er den Gang ein und fädelte sich in den Verkehr ein.

»Hat irgendjemand Sichtkontakt?«, fragte Breden. »Nummer vier? Gut. Was hat er für ein Fahrzeug? Hat er einen Fahrer? Sonst noch jemand bei ihm?« Er hörte zu, dann wandte er sich zu Sarah um.

»Er sitzt in einem Range Rover mit verdunkelten Fenstern. Sie scheinen zu zweit in dem Wagen zu sein, vermutlich hat er einen Fahrer. Meine Burschen können Redford nicht erkennen, aber er sitzt dort drin.«

»Ein Fahrer würde die Sache erschweren«, sagte Sarah.

»Er wird Redford vermutlich irgendwo absetzen. Wenn er unser Vergewaltiger ist, dann wird er sich ein Stück entfernt von seinem Jagdgebiet absetzen lassen wollen, es sei denn, der Fahrer ist ein Komplize.«

»Das würde es für ihn doch nur noch komplizierter machen. Ich kann mir nicht vorstellen, dass er es riskieren würde, jemand anderen in sein Geheimnis einzuweihen.«

»Nein, das glaube ich auch nicht. Ich vermute, der Fahrer wird ihn irgendwo absetzen, und er wird zu Fuß weiterlaufen.«

»Er läuft gern abends durch die Stadt«, sagte Sarah. »Das hat er mir selbst gesagt. Er könnte meilenweit laufen.«

»Dann werden wir uns darauf einstellen müssen, dasselbe zu tun.« Breden sprach in sein Mikrofon. »Halten Sie sich bereit, das Fahrzeug eventuell zu verlassen. Die Zielperson könnte einen längeren Streifzug unternehmen.«

»Und möglicherweise wird er seine Verkleidung tragen«, fügte Sarah hinzu. »Er hasst es grundsätzlich, erkannt zu werden.«

»Sandfarbene, lockige Perücke mit kinnlangen Haaren und Pausbacken?«, vergewisserte sich Breden. Sarah nickte.

»Zielperson könnte verkleidet sein, wie besprochen«, sprach Breden in sein Mikrofon. »Könnte eine sandfarbene Perücke tragen, Pausbacken haben, könnte stark verändert aussehen.«

Sarah versuchte sich vorzustellen, wie Redford sich in diesem Augenblick wohl fühlte. Hatte er die Persönlichkeit, die sie kannte, vollkommen abgelegt, eine versteckte, abscheuliche Seite zur Schau gestellt? Sie konnte es sich nicht vorstellen, aber sie wusste gut genug, dass das kein Trost war. Wenn Vergewaltiger, Kinderschänder und Mörder so leicht zu erkennen wären, dann würden ihre Nachbarn sie schließlich der Polizei übergeben. Die erfolgreichsten Verbrecher waren gleichzeitig die besten Verstellungskünstler, deren Seelen über das Talent eines Schauspielers verfügten. Und Redford war ein herausragender darstellender Künstler. Er wusste, was die Leute wollten, und er gab es ihnen. Sarah schauderte.

Sie fuhren auf der Harrow Road in südöstlicher Richtung, auf die Western Avenue, über den Westway, in schnellem Tempo. In Eile. Sarah starrte durch die verdunkelten Fenster und hörte zu, wie Breden in sein Mikrofon säuselte, in einem leisen, gedehnten Tonfall.

»Nummer vier, zurückfallen lassen, Nummer zwei, erste Position übernehmen.« Marylebone, Euston, King's Cross. Hübsch und zwielichtig. Sie sah die Nutten, die ihren Wagen beobachteten, auf Stoff für ihre Cracksucht hoffend. Der weiße Punkt hielt an. Sie hielten an. Sarah starrte auf den Bildschirm.

»Nummer zwei, haben Sie Sichtkontakt?«, fragte Breden. Er hörte gebannt zu. »Begleitperson zwei, verlassen Sie das Fahrzeug. Folgen Sie ihm zu Fuß. Wagen zwei, bleiben Sie bei seinem Wagen. Alle Begleitpersonen aussteigen, folgen Sie mit Ihren Handmonitoren zu Fuß. Fahrer drei und vier, bewegen Sie sich in Intervallen vorwärts, lassen Sie den Abstand zwischen ihm und Ihnen nicht größer als vierhundert Meter werden.«

Breden wandte sich zu Sarah um. »Er ist zu Fuß unterwegs.«

»Was geschieht jetzt?« Sie kratzte an ihren Fingernägeln, die Augen auf sein Gesicht gerichtet.

»Sie und ich werden im Wagen folgen, bis wir besser überblicken können, was er eigentlich vorhat. Soweit wir wissen, haben alle seine Opfer als Kellnerinnen oder Köchinnen in irgendwelchen Nachtbars gearbeitet. Ich nehme an, er wird durch die Gegend laufen, bis er etwas Passendes findet, und dann wird er sich irgendwo verstecken. Wenn er aufhört, sich zu bewegen, das ist der Augenblick, in dem wir uns bereithalten müssen.«

Sarah nickte, mit einem flauen Gefühl im Magen. Sie parkten und warteten. Der Punkt bewegte sich weiter, auf der Pentonville Road. Bredens Augen wanderten in stiller Berechnung mit, während er auf die Stimmen lauschte, die in seinen Hörer murmelten.

»Sie sind zu zweit«, wandte er sich an Sarah. »Redford und noch ein Bursche – zumindest glauben sie, dass es Redford ist. Er trägt eine Lederjacke mit hochgeschlagenem Kragen und eine Baseballmütze.«

»Hat ihn irgendjemand eindeutig identifiziert?«, fragte Sarah.

Breden schüttelte den Kopf. »Sie wollen nicht allzu nah an ihn ran. Der Vergewaltiger ist hochintelligent, und wir vermuten, dass er eine ungeschickte Überwachung bemerken würde. Wir müssen uns im Hintergrund halten. Wir gehen nicht näher als fünfundzwanzig Meter an ihn ran, und auf diese Entfernung können wir ihn einfach nicht sicher erkennen. Die Burschen haben zwar Ferngläser, aber sie müssen aufpassen, dass sie nicht dabei ertappt werden, wie sie sie benutzen; das würde die ganze Sache auf einen Schlag verpatzen.«

Breden konzentrierte sich wieder auf seine Ohrhörer, in die er angespannt hineinhorchte. »Er ist in die City Road eingebogen. Und sie sind immer noch zu zweit.«

»Irgendeine Ahnung, wer der andere Bursche ist?«, fragte Sarah.

»Etwa einen Meter achtzig groß, mittlere Statur, ein Weißer, Baseballmütze, weite Jacke, Turnschuhe.«

Sarah schüttelte den Kopf. »Sagt mir nichts.«

»Fahren wir etwas näher an ihn heran«, wandte sich Breden an den Fahrer.

Sarah starrte aus dem Fenster, während ihr Wagen angelassen wurde. Sie fuhren in die City Road, bogen ab und parkten in einer Seitenstraße.

Sarah blickte durchs Fenster auf eine Straße hübscher georgianischer Häuser, die neben einer strengen Yuppie-Wohnanlage etwas merkwürdig wirkten, sie blickte auf den Asphalt mit seinen Bodenschwellen, auf den das Licht der Straßenlaternen fiel, auf die unbeseelten Sozialwohnungen, die man etwas abseits der Straße errichtet hatte, und die trostlosen Lagerhäuser der benachbarten Taplow Street; ein urbanes Ödland aus Anonymität und trister Funktionalität. Sie spürte, wie die Fangarme der Erschöpfung sich allmählich um sie legten. Nur das Adrenalin hielt sie noch wach.

Der Punkt bewegte sich unablässig vorwärts, die Great Eastern Street entlang. Redford war nun schon seit über vierzig Minuten zu Fuß unterwegs.

»Er läuft in Richtung Spitalfields«, sagte Sarah entsetzt. »Vielleicht war das gestern Abend nur eine Art Erkundungstour.«

»Würde er es denn riskieren, Sie an einen späteren Tatort mitzunehmen?«, fragte Breden.

»Vielleicht will er wirklich geschnappt werden.« Sarah und Breden starrten auf den blinkenden Punkt, während sein Träger in die Commercial Street und dann weiter in die Grey Eagle Street einbog. Dann blieb er stehen.

»Wer hat Sichtkontakt?«, fragte Breden scharf. »Nummer zwei, was ist los?« Breden wandte sich wieder an Sarah. »Redford und sein Freund sind in eine Bar eingekehrt. Gehen wir«, sagte er zu dem Fahrer. Er wandte sich zu Sarah um und nahm ihre Hand. »Sind Sie bereit?«

Sie nickte. Er reichte ihr einen Ohrhörer und befestigte ein Mikrofon an ihrem Kragen. »Denken Sie dran, ich bin Nummer fünf, Sie sind Nummer eins. Funktioniert alles?«

Sarah steckte sich den Hörer ins Ohr, sprach und lauschte. »Hier ist Nummer eins. Können Sie mich alle hören?« Ein Chor von Stimmen antwortete »ja«.

Breden glitt mit einem Finger über Sarahs Gesicht. »Ihre Verkleidung ist gut. Er wird Sie nicht erkennen, nicht bevor er auf Ihnen liegt, sozusagen. Sprechen Sie nicht mit ihm, bis ich bei Ihnen bin. Ich will nicht, dass er Sie an der Stimme erkennt und abhaut.« Oder Sie umbringt, dachte er im Stillen.

»Ich werde schweigen wie ein Grab«, sagte Sarah mit einem gezwungenen Lächeln.

Breden umarmte sie spontan. »Viel Glück.«

Sarah umarmte ihn ebenfalls. »Danke.« Sie glaubte, er müsste ihr Herz spüren können, das hämmerte, als sei es auf einmal doppelt so groß. Er würde ihre Angst spüren, sie zurückhalten, alles abblasen wollen, aber er ließ sie einfach nur los.

»Wenn Sie mich rufen, sprinte ich sofort zu Ihnen. Im Notfall rufen Sie ›Mayday‹. Geben Sie einen fortlaufenden Kommentar ab, bewegen Sie den Mund dabei so wenig wie möglich. Sprechen Sie leise. Die Mikrofone sind so empfindlich, dass sie sogar Ihr Atmen übertragen.«

Sie stellten den Kleinlaster in der Grey Eagle Street ab, einen lang gezogenen, leeren Korridor städtischen Verfalls. Sarah und Breden schlüpften aus dem Wagen. Es war ein Uhr morgens. Die Straßenlaternen glimmten orange; Regen warf ein Miasma um das Licht. Die Bar hieß *Der gefallene Engel*. Sie umkreisten sie, bis sie den Hintereingang fanden. Breden führte Sarah hinein.

Ein Mann mit einem Pferdeschwanz versperrte ihnen den Weg. »Was woll'n Sie?«, fragte er mit barscher Stimme.

»Mit wem spreche ich?«, fragte Breden.

»Ich bin der verdammte Besitzer. Wer zum Teufel sind *Sie?*«

»Polizei«, erwiderte Breden. »Ich werde mit der Hand in meine Tasche fassen und es Ihnen beweisen, okay?«

Der Mann nickte abweisend. Breden zückte einen laminierten Polizeiausweis, demzufolge er Detective Inspector Dick Evans von der Metropolitan Police war. Der Besitzer nahm den Ausweis und betrachtete ihn unbeeindruckt.

»Was wollen Sie mit dem *Engel*?«

»Wir wollen Ihr Lokal zu Überwachungszwecken benutzen. Wir würden gern in einer stillen Ecke warten, und dann, wir wissen noch nicht genau, wann, wird mein Constable hier« – er nickte in Sarahs Richtung – »ihr Gesicht in der Bar zeigen müssen, nur für eine Minute. Wir wollen, dass Sie mit ihr sprechen, gute Nacht zu ihr sagen, so tun, als ob sie Ihre neue Aushilfsköchin ist, die nur für einen Abend einspringt, aus Gefälligkeit.«

Der Blick des Mannes huschte von Sarah zu Breden hinüber. »Sieht für mich nicht gerade nach 'ner Köchin aus!«

Sarah schenkte ihm ein verkniffenes Lächeln.

»Sie ist Köchin«, sagte Breden. »Tun Sie einfach so.«

Der Mann zog die Augenbrauen hoch. »Warum sollte ich?«

Breden betrachtete den anderen Mann einen Augenblick lang, bevor er antwortete: »Haben Sie noch nie jemanden um einen Gefallen bitten müssen?«

»Haben wir doch alle schon.«

»Na, dann sagen wir doch, Sie können sich damit einen Stein im Brett verdienen.«

Der Besitzer nickte langsam, als wollte er seine unterschiedlichen Optionen abwägen, sich Zeit lassen, sein Gesicht wahren.

»Dann sind Sie mir aber etwas schuldig.«

»Dann bin ich Ihnen etwas schuldig. Aber nur, wenn Sie die Sache nicht vermasseln.«

»Und wie sollte ich das tun?«

»Das werden Sie nicht tun, wenn Sie tun, was ich Ihnen sage.«

Der Besitzer schien der Ansicht, dass er sich genug in Pose geworfen hatte, denn auf einmal wurde er geschäftsmäßiger.

»Dann kommen Sie doch besser in mein Büro.«

»Nur mein Constable«, sagte Breden. »Ich werde hier draußen bleiben.«

»Wie Sie wollen.«

Sarah wandte sich um, warf einen letzten Blick auf Breden und folgte dem Besitzer in den *Gefallenen Engel*.

65

In dem Lokal stank es nach Rauch, Pisse und gebratenen Zwiebeln. Aus einer Jukebox dröhnte Rock, irgendetwas von Bon Jovi: *You Give Love a Bad Name*. Ja, genau, dachte Sarah. Der Besitzer führte sie eine morsche Hintertreppe hoch. Ihre Beine zitterten, während sie hinaufstieg. Der Mann zog einen Schlüssel aus der Hosentasche und schloss sein Büro auf. Er öffnete die Tür, trat einen Schritt zurück und forderte Sarah mit einer Handbewegung auf, einzutreten.

»Danke.« Sie nahm auf einem abgewetzten Sofa Platz. Der Besitzer folgte ihr ins Zimmer.

»Und was passiert jetzt?«, fragte er.

»Sie lassen mich hier allein, kümmern Sie sich um Ihre eigenen Angelegenheiten, und warten auf die Anweisungen des Detective Inspectors.«

»So einfach ist die Sache?«

Sarah nickte. »So einfach.« Geh bloß, bitte. Geh bloß, flehte sie im Stillen. Und als hätte der Mann ihre Gedanken gelesen, schlenderte er langsam zurück durchs Zimmer. Mit einem raschen Blick durch den Raum – wie zur Bestandsaufnahme der Einrichtung – verließ er Sarah wortlos.

Sarah verriegelte hinter ihm die Tür, entdeckte eine Flasche Whisky und ein Glas auf seinem Schreibtisch, schenkte sich einen doppelten ein und ließ sich wieder aufs Sofa plumpsen. Sie starrte in das Glas, als sei es irgendein Zaubertrank. *Du falscher Mutmacher, lass mich jetzt nicht im Stich.*

Sie schluckte den Whisky langsam, ließ ihn in der Kehle brennen und dachte an Redford unten in der Bar. Die Stimmen in ihrem Ohr plapperten vor sich hin.

»Nummer drei hier«, ließ sich ein weicher irischer Tonfall vernehmen. »Ich bin mit Nummer vier in der Bar. Wir haben Sichtkontakt. Zwei Männer an der Bar, einer von ihnen ist der mit dem Sender, aber es ist nicht Redford.«

»*Was?«*, krächzte Bredens Stimme in ihr Ohr.

»Augenblick«, rief Sarah. »Wie sieht er aus?«

»Eins fünfundsiebzig, vielleicht eins achtzig, dunkles, lockiges Haar, braune Augen.«

»Pausbäckig?«

»Ja, hi, Kumpel – ’tschuldigung, bin ich dir im Weg?« Sarah hörte, wie ein paar Stühle gerückt wurden, eine Stimme, die etwas erwiderte, dann ein Schlürfen an einem Drink und ein Schmatzen, das sich nach Chips anhörte.

»’tschuldigung, aber da ist mir eben jemand ein bisschen zu nahe gekommen. Pausbäckig, ja, um den Mund ist er ziemlich füllig, ich würde sagen, pausbäckig.«

»Das ist Redford«, flüsterte Sarah. »Es ist seine Verkleidung, genau wie letzte Nacht. Andere Perücke, das ist alles.« Sie griff nach ihrem Whiskyglas. Es war leer. Ohne hinzusehen, stellte sie es auf die Kante des kleinen Couchtischs. Es fiel hinunter und ging in Scherben.

»Was war das?«, fragte Breden scharf.

»Hab ein Glas fallen lassen«, sagte Sarah. »Alles in Ordnung. Wie sieht der andere Bursche aus?«

»Genauso groß wie Redford. Baseballmütze, blondes Haar, zottelig, raucht.«

»Kennen Sie ihn?«, fragte Breden.

»Nein«, antwortete Sarah. »Was trinken die beiden?«

»Der zottelige Blonde trinkt irgendwas Hartes, sieht nach Whisky aus«, sagte Nummer drei. »Der andere hat ein Pintglas mit irgendwas vor sich, sieht weiß und sprudelnd aus, könnte Wasser sein, könnte Limonade sein. Isst Chips. Sieht heißhungrig aus.«

»Ich bin mir sicher, das ist Redford«, sagte Sarah. »Nach einem Konzert ist er immer ausgehungert und durstig.«

»Er muss es sein«, sagte Breden. »Es sei denn, er hat sein Jeanshemd hergegeben.«

»Ja, so wird es sein, was?«, bemerkte Sarah sarkastisch. »Und er hat es jemandem gegeben, der dann in genau dasselbe Lokal gegangen ist, in dem er am Abend davor war? Nein«, murmelte sie. »Es muss Redford sein. Ich bin mir ganz sicher.«

»Verdammt gute Verkleidung«, sagte Nummer drei.

»Er kennt die besten Visagisten der Welt«, sagte Sarah. »Das ist kein Problem für ihn. Außerdem hätte er gestern Abend auch mich um ein Haar ausgetrickst.«

Die Stimmen verfielen in Schweigen. Sarah lehnte sich zurück, ihr Atem wurde wieder langsamer. Vielleicht würde gar nichts passieren. Vielleicht würde Redford einfach in seinen Wagen steigen und nach Hause fahren. Sie verlor sich in ihrer Träumerei und zuckte zusammen, als die weiche irische Stimme von Nummer drei auf einmal leise und rasch in ihr Ohr sprach.

»Nicht identifizierter Mann ist auf die Herrentoilette verschwunden. Ich glaube, sie werden sich bald in Bewegung setzen. Wiederhole. Sieht aus, als würden sie sich in Bewegung setzen müssen.«

»Alles klar«, kam nun Bredens Stimme. »Nummer eins, halten Sie sich bereit. Ich geh jetzt rein.«

Sarah zuckte zusammen. Sie hörte Schritte, dann eine Tür, die geöffnet und wieder geschlossen wurde, dann Breden, der mit dem Besitzer sprach. »Ich geh jetzt und hole meinen Constable. Hier sind fünfzig Pfund. Geben Sie sie ihr, sagen Sie ›danke fürs Kochen und fürs Mithelfen‹ zu ihr, und alles nicht zu laut, übertreiben Sie's nicht.«

»Nicht mein Stil«, erwiderte der Mann lakonisch.

Sarah hörte Schritte, dann ein Klopfen an der Tür.

»Machen Sie auf, ich bin's.«

Sie machte Breden die Tür auf.

»Alles in Ordnung?«

Sie nickte, mit trockener Kehle.

»Na, dann los. Viel Glück.«

Sie warf ihm einen letzten Blick zu und ging dann die Treppe hinunter in den Flur, wo der Besitzer auf sie wartete. Sie hatte das Gefühl, ihre Beine würden unter ihr nachgeben. Sie zitterte am ganzen Körper, und Schweiß rann ihr über den Rücken.

Der Besitzer ging in Richtung Bar. Er öffnete die Tür und trat ein. Sarah hielt die Tür so, dass ihr Gesicht teilweise dahinter verborgen lag, und spähte um die Türkante. Der Besitzer redete vor sich hin, während er an die Kasse ging. Er zählte fünf Zehnpfundnoten ab und reichte sie Sarah.

»Fünfzig Eier für eine Aushilfsköchin. Du bist wirklich Wucher, Mädchen.«

»Oh, ersparen Sie mir das doch«, sagte Sarah mit der Stimme einer anderen Frau. Die beiden Männer an der Bar, die sich in diesem Augenblick ihre Jacken anzogen, schnellten herum, um der Stimme zu folgen. Sarah sah gerade lange genug hin, um Redfords Augen auf sich zu spüren, bevor sie den Blick abwandte, als sei sie schüchtern oder einfach nur kokett. Sie starrte auf ihre Füße. Sie wagte es nicht, noch einen Blick zu riskieren und den anderen Mann unter die Lupe zu nehmen. Sie tat rasch, als würde sie ihr Geld zählen, steckte es ein, murmelte dem Besitzer ein »Wiedersehen« zu und ging zur Tür. Sie ließ die Tür hinter sich zuknallen und setzte sich langsam in Bewegung.

»Ich gehe jetzt in nördlicher Richtung die Grey Eagle Street entlang«, flüsterte sie dem Überwachungsteam zu. Mein Gott, war das trostlos hier. Der rissige Asphalt mit Abfall übersät. Hohe Betonwände, Wellblech, das durch den Schimmer der wenigen Straßenlaternen, die man nicht zertrümmert hatte, in ein grelles orangerotes Licht getaucht wurde. Ein Riss in der Wellblechwand, der den Blick auf baufällige Wohnungen freigab, die jeder, der entweder Verstand oder die Wahl besaß, längst geräumt hatte. Doch es gab noch immer die Überbleibsel menschlicher Anwesenheit: einen zerbrochenen Stuhl, Bierdosen. Die Gegend sah bewohnt aus. Hausbesetzer hätten sich etwas Besseres gesucht. Es mussten Junkies sein, die hier lebten. Sarah ging rasch weiter.

»Sie verlassen die Bar«, sagte Nummer drei. Sie hörte eine Tür zuschlagen, widerstand dem Drang, sich umzuwenden. »Sie beobachten dich, Nummer eins, alle beide«, sagte eine andere Stimme in ihr Ohr. Sie ging weiter, langsam auf ihren hohen Absätzen. »Sie unterhalten sich, sehen sich um. Augenblick, da kommt ein Wagen, sieht nach einem Taxi aus. Der Wagen hält an, Zielperson nähert sich, spricht mit dem Fahrer. Er steigt ein. Wiederhole. Zielperson steigt in den Wagen. Roter Volvo Estate. Amtliches Kennzeichen CST 45P. Wiederhole. Roter Volvo Estate. Amtliches Kennzeichen CST 45P. Der Wagen der Zielperson fährt los, in nördlicher Richtung die Grey Eagle Street entlang.«

»Nummern zwei, drei und vier, nehmen Sie die Verfolgung des Wagens auf. Wiederhole, nehmen Sie die Verfolgung des Wagens auf«, befahl Breden. »Nummer eins, bleiben Sie cool. Gehen Sie weiter.«

Sarah machte sich auf alles gefasst, als sie den Wagen näher kommen hörte. »Wagen nähert sich, schaltet einen Gang höher, beschleunigt sein Tempo«, sagte Sarah. Sie warf einen Blick auf den Wagen, entdeckte Redford, der hinaussah, genau auf sie. Mein Gott, seine Augen waren wie ein Laserstrahl. Hatte er sie erkannt? »Er fährt vorbei, biegt fünfzig Meter vor mir rechts ab«, fuhr sie mit gebannter Stimme fort. »Ich kann den Wagen noch immer hören, er entfernt sich, wird leiser«, sagte sie, während ein Gefühl der Erleichterung und Verwirrung Besitz von ihr ergriff.

»Zielwagen fährt in östlicher Richtung die Cheshire Street entlang«, sagte eine Stimme.

»Nummer vier, fahren Sie vor den Zielwagen«, sagte Breden. »Nummer drei, Sie halten sich hinter ihm, bleiben Sie außer Sichtweite. Hat irgendjemand Sichtkontakt?«

»Ich konnte ein bisschen was erkennen«, antwortete ein walisischer Akzent. »Pakistanischer Fahrer, Zielperson auf der Rückbank.«

»Was passiert jetzt?«, fragte Sarah.

»Biegen Sie nach links in die Quaker Street ab«, sagte Breden, »dann noch einmal links in die Commercial Street. Gehen Sie vor bis zur Kreuzung Hanbury Street. Ich werde dort auf Sie warten.«

»Bin schon unterwegs«, sagte Sarah.

66

Unbeholfen stolperte sie auf ihren hohen Absätzen vorwärts, rutschte auf den holprigen Straßen fast aus. Mein Gott, was für eine Art, die Nacht zu verbringen! Jetzt, nachdem das Drama vorbei und die Gefahr überstanden war, überkam sie eine überwältigende Erschöpfung und Verwirrung. Was war schief gelaufen? Warum war Redford weggefahren? Vielleicht suchte er irgendwelche anderen Jagdgründe auf. Vielleicht war er doch unschuldig. Aber wer war dann der Vergewaltiger, wenn nicht er?

Sie bog in die Quaker Street ein. Mein Gott. Weit abseits vom *Gefallenen Engel*, in dem man den Verkehrslärm der Commercial Street hören konnte, umfing sie die Stille wie Nebel. Sie konnte ihre eigenen Schritte hören, aber niemand, das wurde ihr auf einmal bewusst, würde sie schreien hören. Es war unvorstellbar, dass die albtraumhafte Stadtlandschaft noch schlimmer werden konnte, aber diese Gegend hier, das war der Stoff, aus dem Albträume sind. Eine verlassene Straße, die neben einem Rangiergleis verlief. Ein hoher Maschendrahtzaun, um Vandalismus auf den Gleisen zu verhindern, oder vielleicht auch, um mögliche Selbstmordabsichten zu durchkreuzen. Ein leerer Parkplatz, der mit Abfall übersät war. Lampen an den Bahnhofsbögen über den Gleisen warfen ein trübes Licht auf pockennarbigen Beton. Verödete Hinterhöfe voller Schrott wurden kurz erleuchtet, als ein roter BMW vorbeibrauste, mit hämmernder Musik. Ein geeigneter Ort, um sich Drogen zu beschaffen, wenn man wollte, dachte Sarah. Einen Augenblick lang befürchtete sie, der Wagen würde mit quietschenden Bremsen anhalten, aber er fuhr weiter, als hätte der Fahrer sie gar nicht zur Kenntnis genommen. Sie merkte, dass sie den Atem anhielt, bis der Wagen außer Sichtweite war, dann ging sie weiter, jetzt völlig allein.

Irgendetwas ließ sie innehalten, ein seltsames, platschendes Geräusch. Sie lauschte, mit plötzlich pochendem Herzen. Es war das Geräusch von Schritten, von Turnschuhen auf der nassen Straße, die langsam näher kamen. Sie lief weiter, lief schneller auf ihren hohen Absätzen. Die Kreuzung Commercial Street war nur noch fünfzig Meter vor ihr. Sie wollte mit aller Kraft dorthin gelangen, sie wollte rennen, sie verspürte einen überwältigenden Drang, zu rennen. *Bleib ruhig, es ist nur jemand auf dem Weg nach Hause, Redford ist weggefahren*, sagte sie sich. Sie konzentrierte sich auf die Stimmen in ihrem Ohr, die noch immer ihren fortlaufenden Kommentar abgaben. Redford war jetzt auf der Great Eastern Street unterwegs, in westlicher Richtung. Sie hatte die Kreuzung fast erreicht, nur noch zwanzig Meter. Auf einmal hörte sie hinter sich ein überstürztes Geräusch. Sie schnellte herum, ein Mann kam mit vollem Tempo auf sie zugerannt.

Ein gellender Schrei entfuhr ihr. »*Neeeiiin.*« Sie begann zu rennen. Der Mann holte auf, sie versuchte, schneller zu rennen, während die Stimmen ihr ins Ohr brüllten.

Bredens Stimme. »Wo sind Sie, Nummer eins? Was ist los?«

»Helfen Sie mir! Helfen Sie mir! Ich bin –« Sie rutschte aus, ihr Knöchel bog sich, sie knickte um und stürzte zu Boden.

Sie schrie vor Schmerz und Entsetzen laut auf, versuchte, wieder auf die Beine zu kommen. Sie hatte sich halb aufgerichtet, als der Mann sie einholte und sich auf sie warf. Sie spürte, wie ihr Kopf auf den rauen Boden geschmettert wurde. Der Mann packte sie an den Handgelenken, und seine Finger legten sich wie ein stählerner Ring um sie. Ein Gefühl von Übelkeit überkam sie, und leuchtend rote Perlen tanzten vor ihren Augen. Sie schüttelte den Kopf, kämpfte verzweifelt darum, bei Bewusstsein zu bleiben. Durch den rötlichen Schleier sah sie den Mann, der bedrohlich über ihr aufragte. Er trug eine schwarze Kapuze mit Augenschlitzen. Er roch nach Zitronen. Er sprach kein Wort, während er sie anstarrte. Das einzige Geräusch, das er von sich gab, war sein keuchender Atem, der in schnellen, erregten Stößen ging.

Auf einmal verlangsamte sich die Zeit, wie in einem Traum, wenn man zu fliehen versucht und merkt, dass die Beine im Schlamm feststecken, während ein Verfolger immer näher kommt. Der einzige Unterschied hier war, dass der Verfolger über ihr kniete und ihre Handgelenke zu Boden drückte. Sie spürte, wie sich der Splitt in die Haut bohrte, schmeckte Blut in ihrem Mund. Sie musste sich auf die Lippe gebissen haben, als sie auf den Boden aufschlug. Verschwommen sah sie am Rand ihres Blickfelds die stillgelegten Rangiergleise. Sie hörte Verkehr; er schien weit weg zu sein, als gehörte er zu einer anderen Welt. Und das tat er auch. Die Welt, aus der sie von diesem Mann gerissen wurde, war eine, die sie selbst geschaffen hatte. Eine Welt, in der es keine Gewalt, sondern nur Güte und gute Dinge gab. In der es Georgie gab. Ihr Kind, ihren Sohn, ihre Liebe.

Während sie sich sein Gesicht vergegenwärtigte, verspürte sie auf einmal eine ungeahnte Stärke, und sie stemmte sich mit all ihrer Kraft gegen den Mann, um seinen Griff zu lockern. Er reagierte mit einem Faustschlag in ihr Gesicht. Ihr Kopf prallte wieder auf den Asphalt, und sie merkte, wie sie allmählich das Bewusstsein verlor. O nein, o Gott, nein, das darf nicht passieren. Sie kämpfte dagegen an. Sie klammerte sich an allem Gutem fest, das es gab. *Georgie, mein Baby, Georgie, ich liebe dich. Nichts kann mir passieren. Nichts wird Mama passieren.* Sie sah ihr Baby im Geist vor sich, wie es sich ihr entgegenreckte, die Arme flehend nach ihr ausstreckte. Tränen rannen ihr übers Gesicht. Sie versuchte sich zu erinnern, was Breden ihr beigebracht hatte.

Ungeachtet des letzten Faustschlags versuchte sie noch einmal, den Mann abzuschütteln. Die Reaktion war ein weiterer Schlag gegen ihren Kopf. O Gott, noch mehr davon, und sie würde nicht mehr standhalten können. So war es eigentlich nicht geplant gewesen. Sie musste an das denken, was Breden zu ihr gesagt hatte, dass immer irgendetwas schief ging. Wo war er, wo war er? Wo zum Teufel war er? Der Mann begann, Sarah von der Straße zu schleifen, auf die Rangiergleise zu. Ihre Unterschenkel kratzten über den rauen Boden. Sie spürte, wie das Blut zu fließen begann, als sich die Haut in Fetzen löste. »Hilfe, HILFE!«, schrie sie ins Mikrofon, aber niemand kam. Sie war diesem Mann ausgeliefert. Jeder Augenblick dehnte sich zu einer Endlosigkeit des Entsetzens. Sie spürte, wie sie allmählich innerlich Abstand nahm. Sah sich auf dem schmutzigen Boden liegen, als Opfer des Verfolgers, der bedrohlich über ihr aufragte. Sie sah die Szene schon fast vor sich, als würde sie beobachten, wie sie irgendjemand anderem zustieß. *Oh, Georgie, ich kann nicht zulassen, dass Mama das geschieht. Ich kann nicht zulassen, dass dieser Mann …*

Wut stieg in ihr auf. Sie drehte sich zur Seite und versuchte aufzustehen. Sie zog die Knie an, bis sie beide Füße unter den Rippen des Mannes hatte, und trat dann mit aller Kraft dagegen. Der Mann stöhnte auf und taumelte nach hinten. Langsam, gebremst durch die Schläge, die sie auf den Kopf bekommen hatte, rappelte sie sich auf. Der Mann sprang auf die Füße, schwang die Fäuste. Mit einer traf er Sarah seitlich am Kopf. Das schien irgendetwas in ihr zu lösen, und sie schlug zurück, nicht, wie Breden es ihr beigebracht hatte, mit der Handkante, sondern mit den bloßen Fäusten.

Sie konnte kaum erkennen, was genau sie eigentlich traf, ein Schleier des Zorns hatte sich über ihre Augen gelegt, sie merkte nur, dass sie auf sein Gesicht einschlug, dass sie selbst

Schläge einsteckte, die sie ins Wanken brachten, spürte einen höllischen Hieb, spürte Sterne, die in ihrem Kopf zerbarsten, spürte, wie sie nach hinten fiel. Jetzt würde der Mann keinen Halt mehr kennen, das wusste sie. Sie hatte einen Sturm der Gewalt entfesselt. Sie musste an das denken, was Breden zu ihr gesagt hatte: Der Vergewaltiger wurde immer brutaler, und je stärker seine Opfer ihm Widerstand leisteten, desto härter bestrafte er sie. Sie glaubte, es sei unmöglich, noch mehr Angst zu empfinden, doch auf einmal schien die Angst in ihr aufzulodern wie ein Feuer, das außer Kontrolle geraten war, als ein zweites Paar Arme sie von hinten packte. Sie schrie auf, voller erbärmlichem Entsetzen. Sie konnte kaum noch hören, so laut war das Hämmern des Blutes in ihren Ohren, aber langsam, bruchstückartig, drangen Worte in ihr Bewusstsein.

»Sarah, Sarah, es ist alles in Ordnung, ich bin's. Ich bin's, Dick. Es ist alles in Ordnung, Sarah, ich habe Sie. Sie sind jetzt in Sicherheit.«

Der maskierte Mann schnellte herum und stürzte davon. Rasch legte Breden Sarah sehr sanft auf den Boden und spurtete hinterher. *Schnapp ihn, o Gott, bitte schnapp ihn,* flüsterte Sarah, bevor eine gewaltige schwarze Welle über sie hinwegrollte und sie nichts mehr dachte.

67

Linoleumböden, der Geruch von Desinfektionsmittel und Zigarettenrauch, leise sprechende Stimmen.

»Werfen Sie einmal einen Blick auf sie. Möglicherweise schwere Kopfverletzungen, Gehirnerschütterung, jede Menge Blutverlust. Ich würde sie lieber gleich in die Notaufnahme bringen.«

»Der Doktor ist schon unterwegs. Er wird in fünf Minuten hier sein. Wenn sie gehen muss, wird sie gehen.«

Worte prasselten auf sie nieder wie Faustschläge, und sie versuchte sich zu erinnern, warum ihr das Angst machte. Dann kam auf einmal alles wieder, und damit auch ihr volles Bewusstsein, sodass sie sich aufsetzen und übergeben musste.

Hände legten sich um sie, stützten sie, hielten ihr den Kopf.

»Schon gut, alles ist gut. Husten Sie's raus, so ist es gut, so ist es besser«, sprach eine Stimme voller Mitgefühl zu ihr, in einem Tonfall, der von ihrer Mutter hätte stammen können. Dann erneut ein zuckender Schmerz, und wieder musste sie sich übergeben.

Dieselbe Stimme, jetzt in einem schärferen Tonfall. »Frische Handtücher, eines trocken, eines angefeuchtet mit kaltem Wasser. *Sofort* bitte.« Und sie spürte, wie man sie nass abwusch. Das Wasser rann ihr übers Gesicht, und mit ihm irgendetwas anderes, etwas Beißendes, Ekelerregendes. Sie betupfte sich den Kopf mit den Fingern und hielt sie sich vors Gesicht: dicke Blutstropfen. Und dann ihre eigene Stimme.

»Ich bin verletzt, ich bin verletzt.«

»Es ist alles in Ordnung, Sarah.« Jemand nahm ihre Hand. »Alles in Ordnung.«

Sie blickte auf, versuchte, etwas zu erkennen. Verschwommen sah sie das Gesicht von Dick Breden. »Sie sind es. Was ist passiert?« Und dann, dringlicher: »Haben Sie ihn geschnappt? Bitte sagen Sie mir, dass Sie ihn geschnappt haben. Sie haben ihn geschnappt, stimmt's?«

»Ja, ich habe ihn geschnappt.«

»Wer ist es, wer ist es? Sagen Sie's mir.«

»Ich weiß nicht. Er sagt nicht, wer er ist, und er hat offenbar keine Ausweispapiere bei sich.«

»Redford ist es nicht«, sagte Sarah, während sie sich zu erinnern versuchte, weshalb sie glaubte, dass er es nicht war.

»Nein. Nicht Redford.«

»Wer denn dann?«

Eine andere Stimme, ein Mann, der sich über sie beugte.

»Ich bin Detective Inspector Harding, Miss Jensen. Das würden wir Sie gern fragen, Miss. Glauben Sie, Sie sind in der Lage, einen Blick auf ihn zu werfen?«

Sie bemerkte, dass Breden zweifelnd zwischen ihr und dem Inspector hin und her sah.

»Wo bleibt der verdammte Arzt?«, fragte Breden in den Raum hinein. »Sie muss jetzt untersucht werden.«

»Wir werden sie untersuchen lassen, sobald er hier ist«, versprach der Inspector. Er beugte sich über Sarah. »Wie fühlen Sie sich? Können Sie sich diesen Mann ansehen? Er wird Sie nicht sehen können, keine Sorge.«

Sarah wischte sich mit dem Handrücken über den Mund. »Ich will ihn sehen. Und ich will, dass *er* mich sieht.«

Der Inspector führte sie einen langen Korridor entlang, in dem noch mehr Plakate von der Art hingen, die sie erst vor kurzem gesehen hatte: MORD, VERGEWALTIGUNG, TERRORISMUS, VERSCHWINDEN. Jetzt war sie ein Teil davon, und einer der Täter wartete in einer Zelle auf sie. Dick Breden ging neben ihr, einen Arm um sie gelegt, hielt sie aufrecht. Ihre Füße marschierten schlurfend im Takt. Sie gingen eine Treppe hinunter und hielten an. Der Inspector wandte sich zu Sarah um. »Sind Sie sich sicher, dass Sie dazu in der Lage sind?«

Sie nickte.

Er warf ihr einen zweifelnden Blick zu, bevor er sich wieder umdrehte und sie um eine Ecke führte. Eine Reihe von Zellen verlief an der Wand entlang. Vor der ersten hielten sie an. Ein Mann saß auf dem Boden, mit dem Rücken zu ihnen.

»Steh auf, du Dreckskerl«, sagte Harding. »Hier ist jemand, der dich sehen will.«

Das wirkte. Der Mann löste sich langsam aus seiner Haltung, erhob sich und drehte sich zu ihnen um. Es war Strone.

68

Es war nach vier, als Sarah die Polizeiwache endlich verließ. Der Arzt hatte sie dort untersucht. Die Verletzung am Kopf war oberflächlich, eine kleine, klaffende Wunde an der Kopfhaut. Der Arzt hatte die Schmerzmitteldosis erhöht und sie mit zwei Stichen genäht, aber er hatte, was schwerwiegender war, auch eine schwere Gehirnerschütterung festgestellt und sie zur Beobachtung in ein Krankenhaus einweisen wollen. Doch Sarah wollte nach Hause, hatte darauf bestanden, nach Hause zu fahren. Sie musste ihren Sohn sehen, und niemand würde sie davon abhalten. Der Arzt und Breden gaben – wider besseres Wissen – erst nach, als Sarah ihnen versprach, dass dort jemand auf sie aufpassen würde. Jacob, wie immer.

Ein uniformierter Constable fuhr sie nach Hause. Breden musste noch auf der Wache bleiben und sich gegenüber einem Detective Inspector erklären, der etwas von einer Falle schrie. Strone war hinter Gittern, so viel wusste sie, und nicht mehr. O Gott, bitte lass ihn doch für immer hinter Gittern bleiben. Sie schauderte unwillkürlich bei dem Gedanken an das, was ihr um ein Haar passiert wäre, bei dem Gedanken an das, was all den anderen Opfern passiert war, die kein Überwachungsteam in ihrer Nähe gehabt hatten, das sie in letzter Minute hätte retten können. Sie wischte sich mit einem Ärmel übers Gesicht, versuchte, all das Make-up aus ihrem Gesicht zu entfernen. Ihre blonde Perücke lag in Bredens Wagen im Kofferraum; sie hatte sie abgelegt, bevor sie die Polizeiwache betraten.

Die Fahrt schien nicht enden zu wollen. Sie wurde allzu lange mit ihren Gedanken allein gelassen. Sie hatte sich immer eingeredet, unbesiegbar zu sein. Diese letzte ihrer Illusionen war nun zunichte gemacht worden, und sie wusste, dass sie die Welt von nun an nie wieder mit denselben Augen betrachten würde. Sie wusste, wie durch einen ureigenen Instinkt, dass das Vermächtnis der Gewalt ein kleiner

Kern der Angst sein würde, der niemals völlig verschwinden würde.

Der Constable brachte sie bis zu ihrer Tür. Sarah hielt einen Augenblick inne, bevor sie den Schlüssel ins Schloss steckte. Sie wollte das Gift dieser Nacht nicht in ihr Haus lassen. Sie wollte mit der Angst, mit der Gewalt, die über sie hereingebrochen war, nicht ihr Zuhause verseuchen. Schließlich, beim fünften Versuch, gelang es ihr, ihre zitternden Hände so weit zu steuern, dass sie den Schlüssel ins Schloss stecken konnte. Auf wackeligen Beinen schlich sie in ihr Zimmer hinauf, legte die Kleidung ab und ging zur Dusche. Die Anweisungen des Arztes befolgend, setzte sie behutsam eine Badekappe auf, bevor sie sich unter den Wasserstrahl stellte. Sie blieb zehn Minuten darunter, bis sie sich nicht mehr aufrecht halten konnte. Dann schlüpfte sie in ihren ältesten, abgetragensten Pyjama und stahl sich aus dem Zimmer. Im Flur brannte Licht, und als sie die Tür zum Zimmer ihres Sohnes aufdrückte, fiel ein Lichtstrahl hinein und warf einen schwachen Schimmer auf die Gesichtszüge des schlafenden Kindes. Sie kauerte sich neben ihn und blickte ihn durch die Stäbe seines Gitterbettchens hindurch an, lauschte auf seinen Atem, sah, wie sich seine winzige Brust unter den Decken hob und senkte, sog seinen milchigen, brotartigen Geruch ein und weinte leise vor sich hin. Sie streckte die Finger aus, zwischen den Stäben hindurch, und suchte seinen schlafenden Körper.

Jacob wartete an der Schlafzimmertür auf sie, in seinen zerschlissenen Morgenrock gewickelt. Er wirkte alt und gebrechlich, mit weißen Bartstoppeln am Kinn, ungekämmtem Haar, Angst in den Augen.

»O mein Gott. O gütiger Gott. Was ist denn mit dir passiert? Was ist denn mit dir passiert?«, jammerte er mit wehklagender Stimme. Vorsichtig streckte er eine Hand aus und glitt mit den Fingern über die geschwollenen Konturen ihres Gesichts. »Großer Gott im Himmel, ich bring den Kerl um, der das getan hat. War es dieser Breden? War er es? Ich werde …«

»Er hat mich gerettet, Jacob. Er hat mich gerettet.«

Gemeinsam gingen sie nach unten, setzten sich neben den Küchenherd, um es warm zu haben, Jacob mit einem Whisky und Sarah mit einer Tasse Tee mit Milch und Zucker, und sie erzählte ihm, was passiert war.

69

Das Klingeln des Weckers traf sie auf den Kopf wie Hammerschläge. Taumelnd stand sie auf, stürzte ins Bad und übergab sich ins Waschbecken. Gehirnerschütterung, Schock, Schmerzmittel und Erschöpfung: All das vermischte sich zu einem toxischen Cocktail. Sie hob den Kopf, spritzte sich Wasser übers Gesicht, zuckte zusammen, schielte durch geschwollene Augen auf die Verwüstung, die ihr Gesicht heimgesucht hatte. Behutsam betupfte sie das blaue Auge, die geschwollenen Lippen, die aufgeschürfte Wange. Das Bild von Strones maskiertem Gesicht, die schwarzen Augenschlitze, die sie mit purer Bosheit anstarrten, tauchten vor ihrem geistigen Auge auf. Wieder musste sie sich übergeben. Eine Viertelstunde unter die Dusche, und sie fühlte sich dem Tod ein bisschen weniger nah. Rasch trocknete sie sich ab und zog sich frische Kleidung an. Es war neun Uhr. Georgie war längst wach, hatte von Jacob sein Frühstück bekommen und hielt bereits das erste seiner morgendlichen Nickerchen. Sarah warf einen kurzen Blick zu ihm ins Zimmer, sog seine Gutherzigkeit tief in sich ein. Ihr Herz füllte sich mit Liebe, als sie die Tür leise hinter sich schloss.

Jacob saß in der Küche bei einer Tasse Tee. Der Blick, mit dem er sie musterte, als sie ins Zimmer trat, verriet seinen Schmerz. Sie war sein Kind, in jeder Hinsicht, wenn auch nicht biologisch, und ihr Schmerz vergrößerte sich hundertfach in seinem Herzen und in seiner Seele. Dass er ihn nicht für sie, an ihrer Stelle, erdulden konnte, dass sie ihre Pläne und Überlegungen nicht mit ihm geteilt hatte, ihm nicht die Chance gegeben hatte, ihr zu helfen, wenn schon nicht, sie abzuhalten, das war eine Wunde, die weitaus langsamer heilen würde als Sarahs zerschundenes Gesicht.

»Wie fühlst du dich?«, fragte er steif.

»Immer viel besser, wenn ich dich und mein Baby sehe«, antwortete sie.

»Ja, na ja, du kannst von Glück reden, dass du überhaupt noch etwas siehst, wenn du ...«

»Ich weiß, du hast's mir gestern Abend schon gesagt. Ich bin dumm, unverantwortlich, eine nachlässige Mutter, man sollte mir nicht erlauben ...«

»Hör auf. Es war falsch von mir, das alles zu sagen. Du bist eine wundervolle Mutter. Ich würde nie etwas anderes behaupten, es sei denn, ich bin vor Sorge nicht mehr recht bei Sinnen, aber dumm bist du schon. Du warst dumm. Ich begreife noch immer nicht, wie du dich in eine solche Gefahr begeben konntest. Das ist einfach völlig unlogisch. Du verheimlichst mir doch irgendetwas.« Er sah sie mit einem verletzten Blick an.

Sarah ging zu ihm hinüber und nahm seine Hand. »Jacob, ich habe dir alles gesagt, was ich dir sagen kann. Bitte, lass es gut sein. Ich habe meine Gründe. Steh sie mir zu. Ich bin ein großes Mädchen. Ich entscheide mich nicht aus einer Laune heraus, Geheimnisse vor dir zu haben. Bitte vertrau mir.«

Er ließ seine Hand aus ihrer fallen und stand auf. »Ich werde dir ein Frühstück machen. Du siehst kreidebleich aus – zumindest da, wo du nicht grün und blau bist.«

Es war Viertel nach zehn, als Sarah schließlich ins Portobello kam. John Redfords Gesicht war verschlafen und überrascht, als Sarah an seine Tür klopfte.

Sie hielt sich am Türpfosten fest, fast gelähmt von der Erschöpfung. Redford machte die Tür auf, vom Schlaf noch ganz benommen, die Augen kaum offen.

»Sarah. Komm rein.« Er strich sich das Haar aus dem

Gesicht. Er trug den Hotel-Morgenrock, und seine nackten Füße wirkten blass und seltsam verletzlich. Wieder sah Sarah, was die ganze Zeit über da gewesen war: den kleinen Jungen, die seltsame Unschuld. Er wusste es nicht. Noch hatte es ihm niemand gesagt.

Das Wohnzimmer lag im Dunkeln. Schwere Vorhänge hielten das Licht ab. Redford ließ sich in einen Sessel plumpsen. Sarah nahm ihm gegenüber auf dem Sofa Platz.

»Ich habe schlechte Neuigkeiten«, sagte sie leise. »Es geht um Strone.«

»Mein Gott, was denn? Ich war vor ein paar Stunden noch mit ihm zusammen.«

»Wir glauben, dass er an über zwanzig Vergewaltigungen schuld ist, in Südamerika, Nordamerika, dem Fernen Osten und jetzt in Europa.«

»Was?« Mit einem Ruck war Redford wach. »*Wer* glaubt das? Strone ist niemals ein Vergewaltiger. Das ist nicht irgendein Spiel, Sarah. Verdammt noch mal, du redest hier über das Leben anderer Leute, über ihren Ruf.«

Sie erhob sich, schaltete das Licht an und wandte sich zu Redford um.

»Scheiße! Was ist dir passiert?« Redford stand auf und ging zu ihr hinüber. Er glitt mit den Fingern über die blaugrauen Flecken, die Sarahs Gesicht entstellten. Sie zuckte zusammen und schob ihn weg.

»Dieser Serientäter hat in fast jeder Stadt vergewaltigt, in der du eine Vorstellung gegeben hast, immer am frühen Morgen nach einem Auftritt«, sagte sie, wobei sie auf Armeslänge von Redford entfernt stehen blieb, ohne die Augen von seinen abzuwenden.

»Als ich von der Sache mit Carla erfuhr – und dann von diesem Serienvergewaltiger und der Route seiner Vergewaltigungen –, da dachte ich, du könntest es sein. Ich musste es mit Bestimmtheit wissen, also haben mein Team und ich den Modus operandi des Vergewaltigers untersucht und beschlossen, ihm eine Falle zu stellen, mit mir als Köder. Ich habe an deiner Lederjacke einen Überwachungsbeeper befestigt, als ich in deinen Umkleideraum kam. Ich bin dir mit einem Verstärkungsteam bis zum *Gefallenen Engel* gefolgt. Ich war die Frau mit der blonden Perücke, in der Kellnerinnenuniform. Das ist der Typ, den sich der Vergewaltiger immer ausgesucht hat. Ich habe das Lokal zur selben Zeit verlassen wie du. Du hast mich sogar angesehen. Du warst in deiner Verkleidung, ich in meiner. Du bist in einem roten Volvo davongefahren, und ich dachte, die Gefahr sei vorbei. Ich bin zu Fuß einmal um den Block gelaufen. Irgendjemand kam hinter mir her. Ein Mann mit einer schwarzen Kapuze, mit Augenschlitzen.« Ihre Stimme, die zu Beginn noch kalt und völlig emotionslos geklungen hatte, begann nun zu zittern. »Er ist auf mich losgegangen. Ich habe versucht, mich zur Wehr zu setzen, da hat er mich geschlagen. Ich war nur kurze Zeit in seiner Gewalt, vielleicht fünfundvierzig Sekunden, aber es kam mir wie eine Ewigkeit vor. Er muss etwa sechsmal auf mich eingeschlagen haben, bevor mein Verstärkungsteam eintraf, ihn verfolgte, ihn schnappte. Ich habe das Bewusstsein verloren, bin auf der Polizeiwache in der Brick Lane wieder zu mir gekommen. Sie haben mich mitgenommen, um einen Blick auf den Mann zu werfen, den mein Team geschnappt hatte. Es war Strone.«

Redford verbarg das Gesicht in seinen Händen.

»Großer Gott, Sarah, es tut mir Leid. Es tut mir Leid, dass du das alles durchgemacht hast. Mein Gott, das muss ja die Hölle gewesen sein.«

»Das war es.«

Redford trat einen Schritt zurück und begann, im Zimmer auf und ab zu laufen.

»Ich kann es noch immer nicht fassen. Er hat mir gesagt, er wollte einfach ein bisschen spazieren gehen. Das macht er immer, in jeder Stadt, er macht einfach einen Spaziergang – so bin ich auch auf diese Idee gekommen. Aber er hat seine Anonymität, er kann überallhin gehen. Es wurde so ein Witz zwischen uns, seine Spaziergänge, bei denen er sich in verwahrlosten Gegenden unters Volk mischte. Und wenn wir zusammen losgezogen sind, hat er sich einen Spaß daraus gemacht, sich ebenfalls zu verkleiden. Ich dachte immer, vielleicht ist er hinter Nutten her, hab nie nachgehakt.«

Er blieb vor Sarah stehen. »Mein Kopf fühlt sich an, als würde er gleich zerplatzen. Strone ein Serienvergewaltiger, und du… Verstärkungsteam, Überwachungssender. Dich in eine solche Gefahr zu begeben. Wer zum Teufel *bist* du eigentlich?«

»Eine Frau, die sich ihren Lebensunterhalt verdient.«

»Ich habe einmal gesagt, du bist eine Spionin für Goldsteins. Das ist doch alles, was du bist, oder? Die Geschichte mit den Zahlen, das war doch nur ein Trick, um mich auszuspionieren.«

»Es war nicht nur ein Trick, aber zu einem gewissen Teil natürlich schon. Irgendjemand musste doch nach deinen Leichen im Keller suchen. Goldsteins hat entschieden, dass dieser Jemand ich sein sollte.«

»Wie konntest du das tun? Wie konntest du es mir, dir, uns antun?«

»Oh, John. Bitte komm mir jetzt nicht damit. Ich kann mich damit jetzt nicht auseinander setzen.«

»Antworte mir, Sarah. Du kannst nicht einfach hier antanzen, alles abladen, was du mir in den letzten Monaten angetan hast, und erwarten, dass ich wie ein Sündenbock einfach dasitze und nicke. Das hier ist das wirkliche Leben, nicht irgendein Finanzspiel mit mir als Pfand. Es ist etwas, das wirkliche Menschen betrifft. Wie zum Beispiel uns.«

»Es gibt kein Uns, John«, sagte Sarah langsam. »Das hat es nie gegeben.«

»Glaubst du das wirklich?«

»Ich glaube, was ich glauben muss.«

»Und das ist der Grund, weshalb du mit mir geschlafen hast? Du hast einfach deinen Job gemacht?«

Sarah schlug ihm ins Gesicht. Redford rieb sich die Wange, die sich langsam rötete, und schien sich fast zu freuen, dass er Sarah ein leidenschaftliches Gefühl entlockt hatte.

»Was glaubst du denn?«

»Woher soll ich wissen, was ich glauben soll? Du hast mich von Anfang an belogen.«

»Nicht in Wyoming«, sagte sie leise. »Und danach, hier drüben, habe ich getan, was ich konnte, um *nicht* mit dir zu schlafen. Und als ich es tat, hatte es nichts mit dem Job zu tun, glaub mir.«

Redford lachte bitter auf. »Glauben ist in dieser Gegend hier ein ziemlich rarer Rohstoff. Du hast geglaubt, ich bin ein Serienvergewaltiger.«

»Ich habe mich getäuscht, aber einmal hast du schließlich vergewaltigt, und da sah es eben nicht gut für dich aus.«

Redford fuhr sich mit einer Hand durchs Haar. »Die Polizei war bei mir. Ein Detective Inspector.«

Sarah blickte unvermittelt auf.

Der Verräter, der Versicherer. Ein Vertreter der Polizeibehörde. Sie hätte es sich denken müssen, nach dem Auftreten des Mannes zu urteilen, nach dem zerknitterten Anzug, der Art, wie er die Abwehrhaltung des Rockstars durchbrach.

»Wollte mich wegen einer Miss Carla Parton sprechen«, sagte Redford in einem absichtlich emotionslosen, gedehnten Tonfall. »Alias Jenni White, alias D. D. Simmonds.«

Sarah spürte, wie sie weiche Knie bekam. Der Angriff, die Gehirnerschütterung, die Angst und Erschöpfung, und nun auch noch das Gefühl, dass ihr eine weitere schreckliche Geschichte an den Kopf geschleudert werden würde, all das führte dazu, dass sie fast das Bewusstsein verlor. Sie setzte sich aufs Sofa und legte die Arme um die Knie, um sich zu trösten.

»Carla Parton, gescheiterte Schauspielerin, zeitweilig Insassin verschiedener psychiatrischer Abteilungen, wo sie wegen psychotischen Verhaltens behandelt wurde, wird in fünf Bundesstaaten im Zusammenhang mit Verfolgung, Erpressung und Nötigung gesucht«, erklärte Redford. »Ein gewisser Rockstar, es ist mir nicht gestattet zu sagen, wer, stellte sich ihr entgegen, als sie ihn beschuldigte, er hätte sie im

Drogenrausch vergewaltigt. Er rief die Cops, und seine Security-Leute hielten Miss White, wie sie sich selbst nannte, vor Ort fest. Die Cops nahmen Fingerabdrücke von ihr, und diese Fingerabdrücke passten zu einer Liste von Beschuldigungen, die etwa so lang wie ihre Beine war. Sie hat es vor mir bei drei anderen Künstlern versucht. Alle drei haben gezahlt, haben sie dafür entschädigt, dass sie ihr Leben ruiniert hatten. Ihr Märchen war so glaubwürdig, und sie hat sich ihre Opfer so raffiniert ausgesucht, genau so, dass eine Schuld gerade noch denkbar war.«

Sarah verbarg ihr Gesicht in den Händen. Sie saß da, spürte ihren heißen Atem auf ihren Fingerrücken und sah Carlas Gesicht vor sich, hörte ihre Stimme, die Tränen, den Schmerz. Sie hatte Carla glauben wollen, hatte Redford verurteilen wollen, das Schlimmste sehen wollen, nur damit sie sich von ihm befreien konnte, damit sie die Liebe zerschlagen konnte, die sie an ihn band, nur damit sie ihren Sohn von ihm fern halten konnte, damit sie sich nicht verpflichtet fühlen würde, ihr Kind mit einem Vergewaltiger zu teilen. Sie hatte alles im Zerrspiegel ihrer eigenen Liebe und Bedürfnisse gesehen. Dann schoss ihr noch ein Gedanke durch den Kopf.

»Vielleicht hat Carla das erste Mal doch die Wahrheit gesagt. Vielleicht wurde sie wirklich vergewaltigt, aber nicht von dir, sondern von Strone.«

Redford betrachtete sie in grimmigem Schweigen.

»Sie hat den Mann nie gesehen, der sie, wie sie behauptet, nach deinem Konzert vergewaltigt hat«, fuhr Sarah fort. »Die Security-Leute haben sie zu einem Umkleideraum geschickt. Sie ist hineingegangen, und wer immer sich in diesem Zimmer befand, war hinter einem Wandschirm versteckt. Und dann ging plötzlich das Licht aus, und irgendjemand ist über sie hergefallen. Sie hat nie gesehen, wer ihr das antat, aber sie hat angenommen, dass du es warst, da es sich schließlich um deinen Umkleideraum handelte.«

»Strone hatte auch immer seinen eigenen Raum, um sich

zu entspannen, um *Operationen zu leiten*, wie er es nannte«, sagte Redford mit angespannter Stimme.

»Sie hatte ihre Kellnerinnenuniform an. Alle Frauen, die, wie wir glauben, von Strone vergewaltigt wurden, trugen eine Kellnerinnenuniform. Carla hätte ein solches Detail nicht kennen können. Wenn sie von Strone vergewaltigt wurde, dann hat es vielleicht in ihrem Hirn irgendetwas verschoben, und sie dachte, alle anderen Rockstars, die sie erpresst hat, hätten sie ebenfalls tatsächlich vergewaltigt.« Sarah ließ den Kopf sinken.

»Vielleicht. Wie auch immer«, sagte Redford. »Sie ist verdammt überzeugend, ganz gleich, ob sie selbst überzeugt ist oder nicht. Sie hat mich zum Narren gehalten. Ich habe ihr eine Million Dollar gezahlt«, fügte er in einem Tonfall hinzu, als sei er von sich selbst angewidert.

Sarah entschied, ihm nicht zu sagen, dass sie davon bereits wusste. Sie ging in Redfords Zimmer auf und ab und war vollkommen durcheinander. Sie hielt inne und wandte sich zu Redford um.

»Warum hast du mir nicht davon erzählt?«

Redford lachte höhnisch auf. »Dafür war es doch zu spät, oder, Sarah? Du hattest dir doch schon dein Urteil über mich gebildet.«

Sarah begann zu weinen. Sie erhob sich und rannte aus dem Zimmer.

70

An der Kensington Park Road nahm sie sich ein Taxi und fuhr zu Goldsteins. James Savage war der Nächste, dem sie jetzt gegenübertreten musste. In dem Augenblick, in dem das Taxi auf die Liverpool Street zufuhr, klingelte ihr Handy. Es war Breden. Sobald er sich vergewissert hatte, dass es Sarah den Umständen entsprechend gut ging, wurde seine Stimme erregter.

»Ich habe eben mit Old Bill gesprochen. Strone hat gestanden.«

Der Schock machte Sarah für eine Weile sprachlos. »Gestanden? Damit hätte ich nie gerechnet. Ich dachte, er würde die Sache in grimmigem Schweigen aussitzen.«

»Nein. Hat vor ein paar Stunden gestanden, wollte allem Anschein nach den Mund gar nicht mehr zumachen. Es sprudelte alles nur so hervor. Wie ich schon erwähnt hatte, nahm man an, dass er dekompensierte, dass er fast geschnappt werden wollte. Es sieht aus, als sei es fast eine Erleichterung für ihn, ein Geständnis abzulegen.«

Sarahs Gedanken überschlugen sich. »Hat er irgendetwas von Carla gesagt?«

»Hat er, offenbar war sie die Erste.«

»Das ist doch schon so lange her. Wie oft hat er seitdem denn vergewaltigt?« Einen Augenblick lang drohte das Grauen all dieser Dinge Sarah zu verschlingen.

»Sie haben ihn gestoppt, Sarah«, sagte Breden. »Ihr Mut hat ihn gestoppt.«

»Ja, na ja, davon werde ich jetzt noch etwas mehr benötigen. Ich werde mich gleich mit Savage treffen und ihm alles erzählen.«

»Viel Glück«, sagte Breden.

»Möchten Sie, dass ich Sie aus der Sache heraushalte?«, fragte Sarah. »Er wird stocksauer auf Sie sein.«

»Das wird er, aber machen Sie sich keine Sorgen. Früher oder später würde die Wahrheit ohnehin ans Licht kommen. Ich werde mich auf ein Donnerwetter gefasst machen.«

Als Evangeline Sarahs Gesicht sah und ihre grimmig vorgetragene Bitte hörte, den Vorstandsvorsitzenden unverzüglich zu sprechen, zögerte sie keinen Augenblick, Savage inmitten einer Besprechung mit einem potenziellen neuen Kunden zu unterbrechen. Savages cholerische Stimmung legte sich, sobald er Sarah sah.

»Um Himmels willen, was ist Ihnen denn passiert?« Unvermittelt streckte er eine Hand nach ihr aus, dann zog er sie zurück, als könnte selbst eine sanfte Berührung Sarah noch mehr Schaden zufügen.

»Können wir uns setzen?«, fragte Sarah, die auf einmal ein erneuter Anfall von Übelkeit überkam. Wieder streckte Savage die Hand aus, diesmal entschlossener, fasste sie am Arm, führte sie in sein Büro und setzte sie auf sein Sofa.

»Evangeline«, rief er über die Schulter. »Bringen Sie uns doch bitte ein Glas Wasser.«

Vorsichtig nippte Sarah an dem Wasser, das Evangeline ihr gebracht hatte, und begann, sich zu sammeln. Savage betrachtete sie mit besorgten Augen.

»Erzählen Sie mir bloß«, flüsterte er mit zusammengebissenen Zähnen, »wer das getan hat.«

»Lehnen Sie sich zurück«, sagte Sarah und hob matt eine Hand. »Das ist eine lange Geschichte. Am besten fange ich ganz von vorn an.«

Sie brauchte eine Stunde und zwei weitere Gläser Wasser. Sie berichtete ihm, wie sie beschlossen hatte, der Verfolgerin eine Falle zu stellen und sie zu schnappen. Sie berichtete ihm, wie sie Carla geschnappt hatte, und alles über Carlas hässliche Geschichte, dann von den Serienvergewaltigungen in der *Times* und von ihrem Verdacht gegen John Redford. Schließlich berichtete sie ihm, wie sie als Köder für den Vergewaltiger fungiert hatte, mit Breden als Verstärkung.

»Wenn es also nicht Redford war, wer zum Teufel war es dann?«, rief Savage, als sie zum Ende ihrer Geschichte kam.

»Es war Strone.«

»O verdammt noch mal.« Savage sprang auf. »Ich dachte, ich bin auf dem Laufenden, und dabei findet die ganze Zeit dieser Wahnsinn statt.« Er schlich sich an Sarah heran und beugte sich über sie. »Sie haben Ihr Leben aufs Spiel gesetzt. Warum in aller Welt haben Sie das alles getan? Erst das mit der Verfolgerin, und dann noch das mit dem Vergewaltiger? Haben Sie eine Todessehnsucht oder was?«

Sarah biss sich auf die Lippe. Ihr Herz bebte, während sie zu trennen versuchte, was sie Savage sagen würde und was nicht.

»Ich hatte meine Gründe.«

»Was für Gründe? Was könnte das alles denn bloß rechtfertigen?«

»Die Verfolgerin hat nicht nur mich bedroht«, sagte Sarah mit dumpfer Stimme. »Sie hat auch meinen Onkel und mein Kind bedroht.«

Savage schwieg. Er blickte Sarah mit einem erneuten Schock an. »Ihr Kind?«

»Ich habe einen neun Monate alten Sohn. Er ist der Grund, weshalb ich diesen Auftrag überhaupt angenommen habe. Er ist der Grund, weshalb ich Ihnen gegenüber, als es um meine Bezahlung ging, knallhart geblieben bin. Er ist der Grund, weshalb ich mich entschloss, die Verfolgerin in eine Falle zu locken. Sie hat mir geschrieben, sie würde Georgie umbringen.« Tränen begannen, Sarah übers Gesicht zu laufen, als sie den Namen ihres Sohnes aussprach. Sie wischte sie weg und fuhr fort. »Wie hätte ich das denn zulassen können? Ich habe mir für meinen Onkel und meinen Sohn eine Rund-um-die-Uhr-Überwachung beschafft und bin nach Venedig geflogen, um meine Falle zu stellen.«

Savage atmete einmal tief aus. »Sie haben sich in so vielen Dingen so seltsam benommen. Ich habe nicht verstanden, was in Sie gefahren war, aber jetzt leuchtet mir alles ein. Vor allem Venedig. In einem Augenblick wollten Sie nicht fahren, im nächsten haben Sie darauf bestanden, es doch zu tun.«

»Und dazwischen hat sie Georgie und Jacob bedroht.«

Savage nickte. »Warum haben Sie mir nichts von alledem erzählt?«

»Ich weiß nicht. Sie hatten Ihre eigenen Probleme, und ich dachte, ich könnte meine selbst lösen.«

»Gott spielen.«

»Wenn Sie so wollen.«

»Ich habe doch immer gewusst, dass Sie uns irgendetwas verheimlichen. Ach verdammt, Sarah, ich kann kaum noch klar denken. Das ist einfach zu viel, um es auf einmal zu verdauen. Diesmal sind Sie wirklich Amok gelaufen.«

»Bin ich das?«, fragte Sarah, während die Wut in ihr aufstieg. »Sie wollten doch, dass ich herumschnüffle, dass ich die verdammten Leichen aus jedem Keller schleife, und genau das habe ich für Sie getan. Ich habe Ihre undichte Stelle ausfindig gemacht, ich habe festgestellt, dass Redford verfolgt wurde, ich habe die Verfolgerin ausfindig gemacht, und ich habe herausgefunden, dass Strone ein Serienvergewaltiger ist. Jetzt ist Ihr kostbares Geschäft gerettet. Die strafrechtliche Verfolgung von Strone wird vielleicht noch ein bisschen problematisch werden, aber Redfords Unschuld ist schließlich das, was zählt.«

»Sie glauben also, ich sollte mich auf dieses Geschäft jetzt einlassen?«, fragte Savage ungläubig.

»Warum zum Teufel denn nicht? Wenn Sie es nicht tun, dann war alles, was ich getan habe, waren alle Risiken, die ich auf mich genommen habe, umsonst.«

Savage holte ein paarmal tief Luft, als versuchte er, selbst ein Gefühl von Übelkeit zu überwinden.

»Sie sind wirklich unglaublich. Ich nehme an, Sie haben Breden ordentlich in die Mangel genommen, damit er Ihnen hilft?«

»Ich habe es ihm schwer gemacht, nein zu sagen. Er wollte nicht hinter Ihrem Rücken handeln, das kann ich Ihnen versichern.«

Savage lachte schallend auf. »Keine Sorge, ich werde es Dick nicht zum Vorwurf machen. Ich werde ihn ordentlich zusammenstauchen, aber der arme Bursche hatte natürlich keine Chance.«

»Was meinen Sie damit?«, fragte Sarah.

»Er ist verrückt nach Ihnen«, sagte Savage. »Sagen Sie mir bloß nicht, Miss Superinstinkt hat das nicht gewusst.«

»Das wusste ich *nicht*«, antwortete Sarah erbost. »Und ich bin mir sicher, Sie irren sich.«

Savage nahm hinter seinem Schreibtisch Platz und holte ein Scheckbuch hervor. Er riss einen Scheck heraus, füllte ihn aus und reichte ihn Sarah.

»Hier, bitte sehr. Ich kann nicht behaupten, dass Sie das hier nicht verdient haben, aber ich wünschte bei Gott, Sie hätten sich nicht in all diese Gefahren gestürzt.«

»Es *gab* keinen gefahrlosen Weg in dieser Angelegenheit, James. Das müssen Sie doch wissen, tief drinnen. Sie wollen am liebsten nicht allzu genau über unsere Methoden Bescheid wissen, aber die Ergebnisse wollen Sie trotzdem haben.«

Savage schwieg einen Augenblick, bevor er den Scheck über den Schreibtisch reichte.

»Vielleicht haben Sie Recht. Jedenfalls, hier sind einhundert Riesen für die Arbeit zu Redford und fünfzig dafür, dass Sie die undichte Stelle gefunden haben. Das müsste eigentlich alles abdecken, was meinen Sie?«

Sarah steckte den Scheck ein. »Danke, James. Das wird es. Nur eine Frage noch. Werden Sie mich wieder beauftragen?«

Savage zog die Augenbrauen hoch. »Ein hervorragender Augenblick, mich das zu fragen, wenn ich noch unter Schock stehe.«

»Ich muss es wissen.«

»Damit Sie Ihren Sohn durchbringen können?«

»Ja.«

Savage lächelte mit einer überraschenden Sanftheit. »Jetzt kurieren Sie sich erst einmal aus, machen Sie sich eine schöne Zeit mit Ihrem Jungen. Und machen Sie sich keine Sorgen.«

»Und das Geschäft?« Sie dachte an Redford und seinen Traum, sich zur Ruhe zu setzen. »Werden Sie es abschließen?«

Savage ließ sich Zeit mit seiner Antwort. »Ich weiß es noch nicht. Ich muss darüber nachdenken. Es ist ein solches Durcheinander. Von außen wird die Presse über uns herfallen, und intern muss ich mit Zamaroh fertig werden. Wie zum Teufel soll ich ihr das alles erklären? Oder versuchen, es ihr zu verschweigen? Sie wird wie ein Vulkan auf zwei Beinen sein.«

»Tun Sie es, James«, sagte Sarah auf dem Weg zur Tür. »Es ist die richtige Entscheidung, und das wissen Sie. Das Durcheinander liegt hinter uns.«

»Wirklich?«, fragte Savage bedächtig. »Da bin ich mir nicht so sicher.«

71

Auf der Liverpool Street winkte sich Sarah ein Taxi heran und ließ sich auf den Sitz fallen. Ihre Gedanken kehrten zu ihrer Begegnung mit Redford zurück, der ihr von Carlas Erpressung berichtet hatte, und zu Breden, der ihr anschließend die Nachricht von Strones Geständnis überbracht hatte. Wie hatte sie sich in alldem so täuschen können? Wie hatte sie so rasch glauben können, dass Redford der Schuldige war? Das Persönliche und das Berufliche verschwammen ineinander, bis sie nur noch ihre eigene Unfähigkeit, ihre eigene Schuld erkennen konnte. Sie hatte John Redford geliebt, trotz der Tatsache, dass er ein Rockstar war. Weshalb hatte sie eine solche Angst vor den Gründen, aus denen sie ihn liebte? Sie wollte keine Berühmtheit. Geld vielleicht. Aber sie hätte sich niemals jemanden ausgesucht, der im Licht der Öffentlichkeit stand, schon gar nicht jemanden mit einem Gesicht, das überall auf der Welt erkannt wurde. Sie liebte die Anonymität. Sie liebte den Mann, nicht den Rockstar, aber der Rockstar machte ihr Angst, und so zerstörte sie ihn in Gedanken, tötete ihre Liebe.

Sie kam nach Hause, kurz vorm Zusammenbrechen, das Gesicht gerötet von Tränen, und nahm Georgie einem überrascht aussehenden Jacob ab.

»Was ist denn nun passiert?«

»Ich war ein Idiot«, keuchte sie, verzweifelt bemüht, Georgie zuliebe nicht in Tränen auszubrechen. »Ich habe einen solchen Mist gebaut, du würdest es nicht glauben. Ich habe …« Die Türklingel erstickte ihre Worte. »Oh, wer in aller Welt ist *das* denn jetzt?« Sie eilte den Flur hinunter und riss die Tür auf. John Redford stand auf der Schwelle. Sarah stieß einen gequälten Schrei aus. Sie wandte den Körper von ihm ab, versuchte erfolglos, Georgie vor seinen Blicken zu schützen.

»Wer zum Teufel sind Sie?«, herrschte Jacob ihn an, der inzwischen an Sarahs Seite aufgetaucht war. »Soll ich ihn rausschmeißen?«, fragte Jacob, während er bereits in Kampfstellung ging.

Sarah warf einen Blick auf Jacob und drehte sich dann langsam wieder zu Redford um, dessen Augen ungläubig zwischen Georgie und ihr hin und her flogen.

»Nein. Das ist nicht nötig.« Mit belegter Stimme wandte sie sich an Redford. »Komm doch besser rein.«

Sarah setzte sich aufs Sofa und drückte Georgie an sich. Redford stand ihr gegenüber. Jacob verharrte unschlüssig im Türrahmen.

»Wie alt ist er?«, fragte Redford. Seine im Allgemeinen sanfte Stimme klang erschüttert.

»Etwas über neun Monate«, antwortete Sarah. Sie konnte erkennen, wie Redford Berechnungen anstellte.

»Muss ich dich sonst noch etwas fragen?«, sagte er langsam.

Sarah hatte sich noch nie so völlig offen, so wehrlos gefühlt. »Nein«, sagte sie. Ihre Stimme war nicht mehr als ein Flüstern. »Das musst du nicht.«

Redford vergrub das Gesicht in seinen Händen. »Warum hast du mir nichts davon erzählt?«, fragte er gequält. »Wie konntest du so etwas tun?«

»Was tun?«, fragte Sarah. Auf einmal war ihre Stimme angespannt vor Entsetzen. »Du meinst, keine Abtreibung vornehmen zu lassen?«

»Nein, *verdammt*. Wie konntest du mir nichts davon sagen? Wie konntest du ihn mir vorenthalten? Wie konntest du tun, was du getan hast?«

Sie starrte ihn an und sah in seinen Augen dieselbe Wildheit aufflackern, die sie schon in Wyoming wahrgenommen hatte. Damals war es Leidenschaft gewesen, und jetzt war es Wut, aber durch diese Wut hindurch war doch eine Spur von etwas Gutem erkennbar.

»O gütiger Gott«, sagte Jacob, »*Sie* sind Georgies Vater?«

Sowohl er als auch Redford blickten zu Sarah hinüber, um die Wahrheit bestätigt zu bekommen, die sie alle nur zu deutlich in den blauen Augen des Babys erkannten.

Sarah drehte sich zu Redford um und gab ihm direkt die Antwort auf diese Frage.

»Ja. Du bist Georgies Vater.«

72

Im Jahr darauf

The Word
3. Juni

Der Aufsehen erregende Prozess gegen Strone Cawdor, bekannt geworden als der Rock-Vergewaltiger, endete heute vor dem Londoner Strafgericht mit einem Schuldspruch. Strone, der Manager des Rockstars John Redford, wurde der Vergewaltigung in fünfzehn Fällen für schuldig befunden, die allesamt über einen Zeitraum von achtzehn Monaten hinweg während John Redfords Welttournee begangen worden waren. Interpol, FBI sowie die Polizeibehörden von mehr als zwölf Ländern haben nach dem Serienvergewaltiger gefahndet, letztendlich gefasst wurde er jedoch dank der Bemühungen einer Finanzberaterin und eines Privatermittlers. Sarah Jensen, eine frühere Devisenhändlerin bei der InterContinentalBank, die inzwischen freiberuflich als Finanzberaterin für Goldsteins International arbeitet, war im vergangenen Jahr in den frühen Morgenstunden des 4. Oktober nach einem Besuch in der Bar »Gefallener Engel« in der Nähe des Spitalfields Market auf dem Weg nach Hause, als Strone, mit einer schwarzen Kapuze bedeckt, aus dem Schatten trat und über sie herfiel. Dick Breden, der sich ebenfalls im »Gefallenen Engel« aufgehalten hatte, hörte Jensens Schreie und kam ihr zu Hilfe. Breden nahm als Zivilperson Strone vorläufig fest und verständigte die Polizei. Sarah Jensen, früher bekannt als einer der besten Devisenhändler der City, hatte nicht das erste Mal mit Gewalt zu tun. Sie verließ die ICB vor vier Jahren, nachdem eine Mordserie an hochrangigen Mitarbeitern dieses Spitzenunternehmen der City erschütterte. Man vermutete damals ...

Sarah warf die Zeitung beiseite. »Wenn Roddy Clark noch weitergräbt, wird er irgendwann in Australien landen.«

The Word
4. Juni

Nach der gestrigen Verurteilung von Strone Cawdor, dem Rock-Vergewaltiger, wegen fünfzehn Vergewaltigungen weltweit, wurde Jim O'Cleary, John Redfords Security-Chef, zu acht Jahren Haft wegen Behinderung der Justiz verurteilt. O'Cleary wurde für schuldig befunden, versucht zu haben, im Prozess gegen Strone Cawdor Schlüsselzeugen einzuschüchtern. Er wurde ebenfalls angeklagt und für schuldig befunden, Beihilfe zur Vergewaltigung geleistet zu haben. Nach der Beweislage wusste er zumindest von einigen der Vergewaltigungen, die Cawdor begangen hatte, behielt die Informationen jedoch aus einem falsch verstandenen Loyalitätsgefühl für sich.

Angewidert hörte Sarah mit dem Lesen auf.

The Word
6. Juni

Goldsteins International startete den in der Branche bisher größten »Bowie-Bond«, indem die Bank den Plattenbestand der Rocklegende John Redford verbriefte. Goldsteins hat für Redford 110 Millionen Dollar aufgebracht. Die Bonds, die von Moody's eine einfache A-Einstufung erhielten, wurden von zehn institutionellen Anlegern erworben. Redford scheint durch den Skandal um seinen früheren Manager Strone Cawdor, der letzte Woche wegen Serienvergewaltigung zu zweiundzwanzig Jahren Haft verurteilt wurde, keine Nachteile erlitten zu haben. Redfords Umsatzzahlen scheinen von der Publicity rund um den Prozess vielmehr profitiert zu haben, nachdem der Star viermal in den Zeugenstand gerufen wurde, um gegen seinen früheren Manager auszusagen.
Weitere Einzelheiten lesen Sie unter »Großstadt-Gerüchte«.

The Word
6. Juni

Großstadt-Gerüchte
von Roddy Clark

Der gebieterische Goldsteins-Vorstandsvorsitzende James Savage hat sich nach 28 Jahren von seiner Frau Fiona scheiden lassen. Fiona Savage ist mit Richard Deane zusammengezogen, einem aufstrebenden Angestellten, der bei Goldsteins' Rivalen Uriah's arbeitet. Man fragt sich, was da wohl alles als Bettgeflüster galt ...

Dumme Kuh, dachte Sarah.

The Word
10. Juni

»Frauen in der Krise«, eine internationale wohltätige Einrichtung, deren Aufgabengebiet eine Vielzahl von Aktivitäten umfasst, von rekonstruktiven Operationen für Frauen, an denen eine Klitoridektomie vorgenommen wurde, bis hin zu Schutzhäusern für misshandelte Frauen und deren Kinder, ist überglücklich, nachdem ein anonymer Wohltäter fünf Millionen Dollar an die Organisation gespendet hat.
»Eine schöne, dunkelhaarige Frau kam mit einem Umschlag zu uns. Sie wartete eine halbe Stunde bei uns im Flur, nachdem sie um einen Termin bei der Direktorin, Lydia Priors, gebeten hatte. Dann reichte sie ihr einfach einen Umschlag mit den Worten: ›Verwenden Sie es gut‹, und verschwand. Die Direktorin ließ den Umschlag ungeöffnet auf ihrem Schreibtisch liegen und erinnerte sich erst nach der Mittagspause wieder daran«, berichtet die Sekretärin der Direktorin, Lindsay McManners. McManners sagt, sie hätte einen Aufschrei gehört und sei in Lydia Priors' Büro gestürzt, wo ihre Chefin freudestrahlend durchs Zimmer sprang und einen Scheck über glatte fünf Millionen schwenkte.

Lächelnd legte Sarah die Zeitung beiseite. Sie beugte sich zu Georgie hinunter und küsste seine seidige Wange.

»Willst du noch ein bisschen mit an die frische Luft kommen, bevor wir dich baden und ins Bett bringen?«, fragte sie.

Er schüttelte entschieden den Kopf und gab ein perfektes und definitives Nein! von sich, bevor er sich wieder seinem Puzzle zuwandte.

Sarah lächelte. »Na schön, mein Engel. Ich werde nur fünf Minuten fort sein.« Sie blickte durchs Zimmer, nur um sich zu vergewissern, dass alles möglichst kindersicher war, dann machte sie die Tür fest zu, trat auf den Balkon hinaus und atmete die erfrischende Bergluft tief ein. Der Sommer war urplötzlich in die Berge gekommen und hatte ein Gefühl von Euphorie mit sich gebracht.

Mit jedem Tag schmolz der Schnee, der sich noch vor zwei Wochen wie ein dicker Mantel über die Teton-Berge gelegt hatte, ein bisschen weiter und schneller. Jetzt lag er nur noch in den tiefsten Spalten. Die Sonne ging allmählich unter, hüllte den Felsen in ein terrakottarotes Licht und ließ genau dasselbe Bild, nur auf den Kopf gestellt, in dem See schimmern, der sich durch die Schneeschmelze von Tag zu Tag mit mehr Wasser füllte. Sarah stieg die hölzernen Stufen vom Balkon hinunter und ging hinaus auf das dicht wachsende Gras. Sie lief die fünfzig Meter bis zum See hinunter und kletterte auf einen bemoosten Felsen. Sie reckte ihr Gesicht der Sonne entgegen, sog die letzte Wärme des Tages in sich ein, bevor die Sonne wie ein Meteor hinter dem hoch aufragenden steinernen Horizont versank. Schon konnte sie die Kälte in der Luft riechen, die Frische von Moos und den reinen Tang des Sees.

Von ihrem Aussichtspunkt aus konnte sie das Tal und die dahinter liegenden Ebenen sehen sowie die Berge, die ihr Blickfeld zur Linken und zur Rechten umsäumten. Sie sah einen Elch, der sich geschickt zwischen einer Baumgruppe hindurchschlängelte und sich einer anderen näherte. Auf halbem Weg hielt er inne. Sie sah, wie seine Ohren vor- und zurückzuckten, dann wandte er sich in ihre Richtung um. Er musste etwa dreißig Meter entfernt sein. Sie verharrte völlig reglos. Elche konnten gefährlich sein, aber sie hatte das Gefühl, dass dieser hier lediglich seinen Weg fortsetzen wollte. Auf einmal drehte er den Kopf in die entgegengesetzte Richtung und schien irgendetwas gebannt anzustarren. Sarah brauchte eine Weile, bis sie entdeckte, was seine Neugier geweckt hatte. Dann, allmählich, erkannte sie einen Punkt, der sich bewegte und der nach und nach zu einem Pferd wurde, auf dem ein hoch gewachsener Reiter mit einem Cowboyhut saß. Das Pferd besaß dieselbe terrakottarote Farbe wie die sonnenbeschienenen Berge. Selbst auf die Entfernung von etwa einer halben Meile bemerkte sie die Eleganz und Trittsicherheit des Reittiers, das in einem langsamen Galopp auf sie zukam. Der Elch sah mit ernstem Interesse zu, wie es sich näherte, bevor er sich langsam und majestätisch zwischen die Bäume zurückzog.

Sarah kletterte von ihrem Felsen und ging zurück in die Hütte. Georgie spielte noch immer fröhlich vor sich hin. Sie nahm ihn auf den Arm und trat mit ihm ins Freie. Das Pferd verlangsamte sein Tempo und kam nun im Schritt auf sie zu. Zehn Meter von ihnen entfernt, ließ sich der Reiter aus dem Sattel gleiten, verhakte die Zügel am Sattel und ging mit ausgestreckten Armen auf sie zu. Georgie wand sich in den Armen seiner Mutter, bis sie ihn auf dem Boden absetzte. Wackelnd ging er auf den lächelnden Mann zu und wiederholte ein Wort immer und immer wieder: »Papa.«

Die attraktive Sarah Jensen, der Shooting-Star der Londoner Finanzwelt, nimmt einen gefährlichen Undercoverauftrag des Geheimdienstes an: Als Devisenhändlerin wird sie in eine Bank eingeschleust, die im Verdacht steht, in illegale Machenschaften verwickelt zu sein. Tatsächlich stößt sie bald auf Unstimmigkeiten, die auf Mafia-Kontakte schließen lassen. Und dann ist da auch noch ihr neuer Vorgesetzter, der undurchsichtige Dante Scarpirato, dessen Interesse an Sarah nicht nur mit ihren Erfolgen im Börsengeschäft zusammenhängt ...

Der berühmteste Thriller der Bestseller-Autorin

Linda Davies

Das Schlangennest

Roman

Econ | Ullstein | List